本书为国家哲学社会科学基金项目"俄罗斯及中亚国家现当代俄语小说中的丝路文化叙事研究"(项目编号:16BWW035)的结项成果

本书出版受哈尔滨师范大学外国语言文学一级学科资助

现当代丝路文化叙事俄语小说研究

XIANDANGDAI SILU WENHUA XUSHI
EYU XIAOSHUO YANJIU

杨玉波 ◎ 著

中国社会科学出版社

图书在版编目(CIP)数据

现当代丝路文化叙事俄语小说研究/杨玉波著. —北京：中国社会科学出版社，2023.7
ISBN 978-7-5227-2153-8

Ⅰ.①现… Ⅱ.①杨… Ⅲ.①小说研究—俄罗斯—现代 Ⅳ.①I512.074

中国国家版本馆 CIP 数据核字(2023)第 118994 号

出 版 人	赵剑英
责任编辑	郭晓鸿
特约编辑	杜若佳
责任校对	师敏革
责任印制	戴 宽

出　　版	中国社会科学出版社
社　　址	北京鼓楼西大街甲 158 号
邮　　编	100720
网　　址	http://www.csspw.cn
发 行 部	010-84083685
门 市 部	010-84029450
经　　销	新华书店及其他书店
印　　刷	北京明恒达印务有限公司
装　　订	廊坊市广阳区广增装订厂
版　　次	2023 年 7 月第 1 版
印　　次	2023 年 7 月第 1 次印刷
开　　本	710×1000　1/16
印　　张	23
插　　页	2
字　　数	345 千字
定　　价	118.00 元

凡购买中国社会科学出版社图书，如有质量问题请与本社营销中心联系调换
电话：010-84083683
版权所有　侵权必究

目 录

绪论 …………………………………………………………………（1）

第一章　丝路文化叙事俄语小说的体裁类型 …………………（18）

第一节　历史小说:跨越时空的对话 ……………………………（19）
一　长篇三部曲小说的全景叙事 ………………………………（20）
二　俄罗斯作家卡拉什尼科夫的《严酷的年代》:
　　哲理小说 …………………………………………………（36）
三　吉尔吉斯斯坦作家艾特玛托夫的《成吉思汗的白云》:
　　增补长篇的中篇 …………………………………………（41）

第二节　传记小说:重现历史人物的画卷 ………………………（45）
一　塔吉克斯坦作家哈穆达姆的《张骞的一生》:
　　伟大使者的传奇 …………………………………………（46）
二　俄罗斯作家什克洛夫斯基的《马可·波罗》:
　　史料纪实与传说故事的结合 ……………………………（49）
三　俄罗斯作家涅恰耶夫的《马可·波罗》:
　　旅行家一生的科学述评 …………………………………（54）

第三节　俄罗斯作家沃尔科夫的幻想小说《成吉思汗》:
　　穿越的幻象和奇遇 ………………………………………（58）
一　平行蒙太奇:两条情节线索的交互 ………………………（60）
二　双重叙事视角:内视角与外视角的交替 …………………（62）
三　神秘色彩:小说的风格与基调 ……………………………（65）

· 1 ·

第四节 塔吉克斯坦作家阿利莫夫的童话体小说《沙尔沙尔赴北京历险记》:真实与虚构的交织 ……………… (70)
    一 奥运牵出美好的真实时空 ……………………… (71)
    二 福娃搭建温馨的虚构时空 ……………………… (73)
    三 四个"敌人"构建的心理时空 …………………… (75)

第二章 丝路文化叙事俄语小说的基本主题 ……………… (78)
第一节 战争与和平:丝路古国秩序的解体与重建 ……… (78)
    一 蒙古帝国题材小说:有意识抗争与无意识屈服 …… (80)
    二 蒙古帝国题材小说:对战争的憎恶与对和平的向往 …… (92)
第二节 记忆与遗忘:故乡的建构与解构 ………………… (102)
    一 蒙古帝国题材小说:遗忘不生,祖国永在 ………… (103)
    二 《撒马尔罕上空的星辰》:记忆不灭,民族永存 …… (107)
第三节 漫游与归乡:丝路历史见证者精神的漂泊与归依 … (111)
    一 《张骞的一生》:为实现梦想而漫游 ……………… (114)
    二 《蒙古人入侵》:为探索真理而漫游 ……………… (122)

第三章 丝路文化叙事俄语小说中的历史人物形象 ……… (132)
第一节 张骞:丝绸之路的伟大开拓者 …………………… (133)
    一 坚韧的梦想家:开创商路,勾画宏伟蓝图 ………… (135)
    二 文化的传播者:互通有无,传播东西文化 ………… (137)
第二节 马可·波罗:丝绸之路的书写者 ………………… (139)
    一 伟大的旅行家:穿越漫长的丝路 …………………… (141)
    二 才华卓越的游记作者:记述旅途的见闻 …………… (143)
第三节 蒙古帝王:丝绸之路的构建者 …………………… (146)
    一 成吉思汗:丝路的编织者 …………………………… (147)
    二 拔都:丝路的拓展者 ………………………………… (156)
    三 忽必烈:丝路的保护者 ……………………………… (161)
第四节 帖木儿:丝绸之路的英雄 ………………………… (165)

一　有梦想的军事家:拓展通商之路 …………………… (167)
　　二　有谋略的政治家:保护丝路贸易 …………………… (173)
　　三　有远见的活动家:包容多元文化 …………………… (178)

第四章　丝路叙事俄语小说中的丝路文化意象 ………………… (182)
　第一节　驼队:丝路文化传播的媒介 ……………………… (183)
　　一　财富与繁荣的象征 …………………………………… (184)
　　二　和平与友好的象征 …………………………………… (188)
　　三　长久与永恒的象征 …………………………………… (192)

　第二节　道路:丝路文化发展的平台 ……………………… (195)
　　一　神秘与未知的象征 …………………………………… (197)
　　二　动荡与艰辛的象征 …………………………………… (200)
　　三　不朽与永恒的象征 …………………………………… (204)

　第三节　荒漠:丝路文化穿越的空间 ……………………… (208)
　　一　危险与灾难的象征 …………………………………… (209)
　　二　神秘与未知的象征 …………………………………… (215)
　　三　快乐与自由的象征 …………………………………… (220)

第五章　丝路文化叙事俄语小说中的宗教文化 ………………… (222)
　第一节　宗教习俗与宗教仪式 ……………………………… (222)
　　一　蒙古人的信仰:萨满教的习俗与仪式 ……………… (223)
　　二　中亚古国的宗教信仰:伊斯兰教的习俗与仪式 …… (232)
　　三　俄罗斯人的宗教信仰:东正教的习俗与仪式 ……… (238)

　第二节　宗教神职人员形象 ………………………………… (246)
　　一　萨满教的萨满:蒙古人心目中的智者 ……………… (246)
　　二　伊斯兰教的伊玛目:花剌子模沙摩诃末博学的仆人 … (254)
　　三　东正教主教和神父:俄罗斯信徒的精神引领者 …… (259)

　第三节　统治者的宗教信仰 ………………………………… (264)
　　一　成吉思汗与拔都的宗教信仰:获得成功的保障 …… (264)

二　摩诃末的宗教信仰：维护统治的工具 ………………（270）
　　三　帖木儿的宗教信仰：对外扩张的旗帜 ………………（274）

第六章　丝路文化叙事俄语小说中的中国元素 …………（280）
第一节　中国文化的真实再现 …………………………（280）
　　一　汉字、丝绸与瓷器：中国文化符号 …………………（281）
　　二　民风、民俗与传说：中国文化底色 …………………（287）
　　三　古迹、宫廷与城市：中国建筑文化 …………………（293）
第二节　中国人的形象塑造 ……………………………（297）
　　一　长春真人：睿智的哲学家 ……………………………（298）
　　二　李通波：有才华的建筑师 ……………………………（303）
　　三　伊莲荷：忠诚的女仆 …………………………………（308）
第三节　古老中国的文学想象 …………………………（313）
　　一　遥远：神秘的中国 ……………………………………（315）
　　二　富有：繁荣的中国 ……………………………………（318）
　　三　文明：发达的中国 ……………………………………（322）

第七章　丝路文化叙事俄语小说中的丝路精神 …………（327）
　　一　丝路：互助合作之路 …………………………………（328）
　　二　丝路：互鉴融通之路 …………………………………（332）
　　三　丝路：人类发展之路 …………………………………（339）

结语 ……………………………………………………………（344）

参考文献 ………………………………………………………（354）

绪　　论

"丝绸之路"（Шёлковый путь，简称"丝路"）不仅是沟通东西方经济、政治、军事、宗教、民俗和思想交流的文化大动脉，还是丝路沿线各国、各族人民传统文化的巨大载体，更是世界各国、各民族文学的书写对象。20世纪以来，俄罗斯、吉尔吉斯斯坦、塔吉克斯坦、乌兹别克斯坦等中亚各国的一些作家创作了以丝路文化为叙事核心的俄语小说。这些小说题材和内容丰富，体裁多样，书写丝路发展历程、相关历史事件和人物以及发生在丝路上的故事，是对丝路历史和丝路文化的真实记录和深入思考，充分反映出俄罗斯和中亚国家俄语文学对丝路文化的重视以及对丝路文学叙事的兴趣，这无疑是值得研究的文学现象。

一　问题的提出

广义而言，丝绸之路分为陆上丝绸之路与海上丝绸之路，是横亘亚欧非各大洲经济、文化交流的国际大通道，至今已有两千多年的历史，是世界重要的文化遗产之一。其中，陆上丝绸之路由中国政府在公元前的西汉组织开辟，自中国西北渭水流域以及新疆境内向西而行，"经甘肃、新疆，到中亚、西亚，并联结地中海各国……其基本走向定于两汉时期"[1]。在塔吉克斯坦作家哈穆达姆（А. Хамдам，1948—）和齐格林（Л. Чигрин，1942—2020）的小说《张骞的一生——伟大的

---

[1] 李文增：《略论中西方丝路文化视野的差异性》，《世界文化》2019年第1期。

丝绸之路》（Жизнь Чжан Цяня, или Великий шелковый путь, 2002）的"序言"中，塔吉克斯坦历史学博士纳比耶夫（В. Набиев）详细描述了陆上丝路的走向，他写道："透过千年历史的烟云，我们仿佛可以看见商队是如何从伟大的中国的长城出发，把中国古代的都城长安落在身后而最终到达了敦煌的。在这里伟大的丝绸之路分为两支：一支向南，越过塔克拉玛大沙漠，途经穆尔克莎车、巴尔克，最后到达传说中的马勒阜。另一支向北穿过喀什，途经阿斯帕尔、孔多、胡詹多、伊斯塔拉夫山那、撒马尔汗和布哈拉最终又像大河一样注入了马勒阜。在此之后两条分支合在一起一直延伸到巴格达和古罗马，穿越整个欧洲。"[1] 可以看到，陆上丝路所经之地涉及俄罗斯以及哈萨克斯坦、吉尔吉斯斯坦、塔吉克斯坦、乌兹别克斯坦和土库曼斯坦等中亚俄语国家。1877年，德国地质地理学家李希霍芬在其著作《中国——我的旅行成果》中首次把中国与中亚、中国与印度间以丝绸贸易为媒介的这条西域交通道路命名为"丝绸之路"。海上丝绸之路是古代中国与外国交通贸易和文化交往的海上通道，也称"海上陶瓷之路"和"海上香料之路"，1913年由法国的东方学家沙畹首次提及。海上丝路萌芽于商周，发展于春秋战国，形成于秦汉，兴于唐宋，转变于明清，是已知最古老的海上航线。中国海上丝路分为东海航线和南海航线两条线路，其中主要以南海为中心，分别前往日本列岛和朝鲜半岛以及东南亚和印度洋地区，发展了与这些地区以及欧洲各地（古海上丝路终点多止于阿拉伯国家，货物一般经由其转运至欧洲）的文化和贸易关系。

丝绸之路是"一个庞大复杂的交通系统"，它"不是一条简单的商贸通道，而是一个承载着国际间历史文化传习的网络"[2]，既促进了中国与上述各国和各地区政治、经济和文化交流，同时对这些国家的文学艺术产生了一定的影响。在庞大复杂的丝路网中，古老的陆上

---

[1] ［塔］阿多·哈穆达姆、列奥尼特·齐格林：《张骞的一生——伟大的丝绸之路》，塔吉克斯坦共和国驻华大使馆2002年版，第1页。
[2] 黎跃进、孟昭毅：《丝路文化与东方文学史重构》，《东北亚外语研究》2021年第1期。

"丝绸之路对西方的影响最大"①。丝路文化成为"文人墨客进行艺术创作的重要题材。……几千年来，那些行走于丝路上的各色人等以及其所经历的悲欢离合，都通过不同民族和地域的各种艺术形式记录下来"②。尤其值得关注的是，陆上丝绸之路所经俄罗斯和中亚俄语国家的现当代文学中，陆续出现了一些以丝路历史和文化为核心的叙事作品，这也是本书研究的对象，因此下文论述中涉及的丝绸之路均指陆上丝绸之路。

（一）丝路文化与俄罗斯和中亚各国

丝绸之路无疑是多维度的，它兼具历史、地理和时代的独特内涵，"真正使世界主要文明、使东西方文化有机联系在一起的就是丝绸之路"③，它跨越先秦、汉唐、宋元、明清等两千多年的历史时期，"逐渐成为亚欧非大陆之间的经济、文化、宗教交往的通衢。丝路文化就是这一地区的人民在民族往来、货物交流、思想接触中所创造的物质文明与精神文明的总和"④。这就意味着，丝路文化不是某一个民族创造的、某一个国家独有的，它"是沿丝路不同时期和不同地域文化的总和，是沿丝路不同国别和不同民族文化的总和……丝路文化是世界文化与民族文化共同作用的结晶"⑤，因而既是中国的，也是世界的。丝路文化具有开放性、包容性、多民族性、全球性的特质，它是"多种文化的混合体"⑥。

中亚广义上指的是亚洲中部内陆地区，其概念最早由德国人亚历山大·冯·洪堡于1843年提出，所包含的范围存在多种界定，本书取其狭义，即"指中央亚细亚西部的历史地理区域（историко-географический регион на западе Центральной Азии），即苏联的五个中亚加盟共和国，今位于独联体的中亚五国（乌兹别克斯坦、土库曼斯坦、塔吉克斯坦、

---

① 李文增：《略论中西方丝路文化视野的差异性》，《世界文化》2019年第1期。
② 李冰：《丝路文化的历史传承》，《光明日报》2017年8月9日第12版。
③ 陈一军：《丝路文化的人类学意义》，《丝绸之路》2015年第4期。
④ 黎跃进、孟昭毅：《丝路文化与东方文学史重构》，《东北亚外语研究》2021年第1期。
⑤ 张远：《新时代丝路文化研究与文化自信》，《红旗文稿》2017年第24期。
⑥ 李冰：《丝路文化的历史传承》，《光明日报》2017年8月9日第12版。

吉尔吉斯斯坦和哈萨克斯坦)所在地区"[1]。俄罗斯和中亚五国是贯通亚欧大陆的交通枢纽，历来是东进西出和南下北上的必经之地，古代的丝绸之路途经此地，在这些国家和地区的经济、贸易、文化和历史发展过程中留下了深刻的印记，故而与丝路文化关系密切。在中国、哈萨克斯坦和吉尔吉斯斯坦联合申报的世界文化遗产项目"丝绸之路：长安—天山廊道的路网"中，列入世界遗产名录的33处丝路考古遗址、古建筑，在哈萨克斯坦和吉尔吉斯斯坦境内各有8处和3处，足见丝路对这些国家影响之深远。在这些国家境内，有很多遗迹昭示着丝路沿线各民族文化交流的历史，例如"位于哈萨克斯坦的阿克亚塔斯遗址带有中东建筑传统风格，是跨文化传播的有力证明；吉尔吉斯斯坦的新城则融合突厥、印度、粟特和中国文化，记录了那段辉煌的丝路岁月"[2]。

在公元8—10世纪，丝绸之路在俄罗斯境内主要沿里海北部海岸而行，途经黑海、北高加索、顿河和伏尔加河下游流域，在古代俄罗斯国家的形成中发挥了重要作用，而贸易的发展则促进了城市的发展。例如，如今塞瓦斯托波尔郊区的赫尔松涅斯露天博物馆便是建于公元前5世纪至公元前1世纪的古罗马城邦，曾经是丝绸之路上的重要贸易城市、北部黑海地区的大型政治中心和经济中心。建于公元前5世纪的中央广场得以在这里保存下来，是俄罗斯和独联体唯一的古希腊罗马风格的圆形剧场，可容纳3000名观众。俄罗斯境内古丝绸之路上的另一个主要贸易中心是顿河河口的泰内伊斯古城，建于公元前3世纪至公元5世纪，其遗迹在俄罗斯最大的考古博物馆保护区内，位于罗斯托夫州涅德维戈夫卡村镇附近，其中保留着当时交易的一些器皿、武器、工具、服装和各种饰品。达吉斯坦的杰尔宾特是古丝绸之路上最古老、最重要的城市之一，位于里海和高加索山脉之间，也是战略要地、行走在丝路上的商人们的必经之地，途经此地必须纳税，因此

---

[1] 李琪：《"中亚"所指及其历史演变》，《新疆师范大学学报》（哲学社会科学版）2015年第3期。

[2] 李冰：《丝路文化的历史传承》，《光明日报》2017年8月9日第12版。

得名杰尔宾特，意思是"狭窄、封闭的大门"。从杰尔宾特出发沿里海行进便进入现今的阿斯特拉罕州，这里如今仍能找到古丝绸之路时期的硬币等文物，金帐汗国（1240—1502）的首都拔都—萨莱就在该州同名首府阿斯特拉罕北面约 105 千米处，2017 年阿斯特拉罕还举办了"伟大丝绸之路的美食传统"国际节。古城保加尔在 10—12 世纪为伏尔加河卡马河保加利亚首都，在今鞑靼自治共和国境内，是古丝绸之路上的重要经济中心、14 世纪欧洲最大的城市之一，如今保加尔市仍可见到可汗宫殿的遗址，博物馆里保存着丝路贸易时期的硬币、武器和手工艺品等。通过伏尔加河地区之后，古丝路的北部分支穿过南哈萨克斯坦到达阿尔泰州，当地的游牧民族也与中国进行贸易，考古发现了一些丝绸织物；比斯克市自 2014 年以来定期举办名为"伟大的丝绸之路杯"的包饺子、吃饺子比赛，赛事组织者认为饺子是唯一将贸易之路沿线各民族联系起来的食物。

可以看出，俄罗斯的欧洲和亚洲部分地区在古代和中世纪时期均与丝绸之路息息相关，尤其在中东地区政治不稳、东西方之间的贸易联系面临危机时，凸显出其重要作用。丝绸之路的数条支线是保障欧亚地区商贸往来能在数个世纪持续不断的最重要因素。近现代时期，随着国际商路重心逐步转向海洋，丝绸之路渐渐退出了历史舞台。然而，上述地区之间建立的文化经济联系仍在不断发展，在不同程度上影响着民族文化的发展进程。直至今日，多民族和多宗教文化仍然是上述地域社会文化发展的重要因素。

中亚五国也是丝路的重要路段，"连接中国与罗马的丝绸之路的主要路段正是处于这一地区不同族群的控制之下"①，其境内各种遗迹无声地诉说着丝路的历史。

哈萨克斯坦横跨亚欧大陆，丝路穿过其南部、中部和东部领土，是丝路从中国向西延伸的第一站。在中世纪，哈萨克斯坦境内有诸多

---

① 李琪：《"中亚"所指及其历史演变》，《新疆师范大学学报》（哲学社会科学版）2015 年第 3 期。

重要的丝路沿线城镇，如咸海的古城、沙漠中的城址、楚河流域的政治和贸易中心，此后又涌现其他一些城市。阿拉木图在1997年以前曾是哈萨克斯坦的首都，也是哈萨克斯坦最古老的城市之一，古代中国通往中亚的丝绸之路经过这里，如今阿拉木图仍然是国家的经济和文化中心。突厥斯坦是中亚最具价值的古城之一，古城中最有代表性的建筑是一座尚未完工的陵墓，埋葬着突厥族著名的贤人艾哈迈德·亚萨维（1093—1166），1396年帖木儿（1336—1405）下令开始修建这座陵墓，可未及陵墓竣工他就过世了。离突厥斯坦不远处还有一座古城讹答剌，它曾是丝路上一座繁荣的城市，是8世纪时中亚地区最大的城市之一。公元1218年，成吉思汗特派使者带着中国商品来过此地。奇姆肯特曾是哈萨克斯坦共和国南哈萨克斯坦州首府，是哈萨克斯坦共和国第三大城市，从12世纪起便是丝绸之路上东西方交通要冲。除此之外，在4—13世纪丝路繁荣时期涌现出一些起重要作用的城镇，例如卡亚雷克、卡拉默根、塔尔加等，后来随着丝路的沉寂或战争的原因而没落。"丝绸之路：长安—天山廊道的路网"遗产点在哈萨克斯坦共和国境内共有8处，分别为科斯托比遗址、阿克托贝遗址、库兰遗址、开阿利克遗址、塔尔加尔遗址、奥尔内克遗址、阿克亚塔斯遗址、卡拉摩尔根遗址。这些遗址既表明丝路沿线不同国家文化和商业关系的存在，也说明它们在丝路以及该国的经济乃至整个国家发展过程中起过重要作用。

吉尔吉斯斯坦是丝绸之路中亚段的重要组成部分，因独特的地理位置而成为连接东西方的桥梁，并吸收东西方文化成就得以发展。几千年来，丝绸之路的线路一直在不断变化，但贯穿吉尔吉斯斯坦的丝路路线却始终保持不变。吉尔吉斯斯坦仿佛是这条古老商路的"山门守护者"，沿途出现富有的城市、贸易和手工业村镇，例如杜尚别和伊尔克什坦现所在地，以及奥什、伊斯法拉、乌兹根等均为古丝路沿线的重要城市。中世纪的吉尔吉斯斯坦是古代突厥人的文化中心之一，境内保留着许多与丝路文化相关的文化遗迹。世界文化遗产"丝绸之路：长安—天山廊道的路网"遗产点之一的布拉纳古城（巴拉沙衮城）遗址位于托克马克城，建于 10 世纪，是中世纪时期楚河流域最大的城市之一、古丝路上重要的商贸中心。丝路遗产点之二的碎叶城又称阿克·贝希姆遗址，位于托克马克城，始建于 5 世纪，13 世纪毁于蒙古西征。中国唐朝唐高宗调露元年（679 年）在西域设此重镇，是中国历代以来在西部地区设防最远的边陲城市，与龟兹、疏勒、于阗并称为唐代"安西四镇"。奥什市是中亚地区最古老的居民点之一，早在 8 世纪这里就以丝路上丝绸生产和加工的中心闻名于世，位于奥什附近的苏莱曼圣山一直是中亚地区人们朝拜的圣地，山中两座 16 世纪重建的清真寺和许多史前洞穴壁画已经被列为世界文化遗产。此外，科拉斯纳亚·瑞希卡遗址（也称为新城遗址）的宗教和民间建筑融合了多元文化特色，是见证丝路发展轨迹的重要遗存。

塔吉克斯坦位于崎岖复杂的高山地区，但在古代和中世纪一直起着联结各民族与文明的桥梁作用。经过塔吉克斯坦的丝路有多条线路：粟特路线从撒马尔罕到浩罕，经过彭吉肯特，再沿着瓦尔茨、乌拉秋别、苦盏、科尼博多姆和塔斯法拉一路到达费尔干纳山谷；哈喇特斤线路通过希萨尔和杜尚别把铁尔米兹与喀什（中国）连接起来；哈特隆州路线是哈喇特斤的南向分支，从杜尚别通往巴尔赫（阿富汗），再连接到丝绸之路的南部分支；帕米尔路线从巴尔赫（阿富汗）通往霍罗格（塔吉克斯坦），随后分支并入其他路线。丝路沿线发展起来的塔吉克城市包括彭吉肯特、乌拉秋别、苦盏、胡勒布克等，彭吉肯特等八处历史遗迹被提名纳入联合国教科文组织"丝绸之路"遗产名录。苦盏则是中亚最古老的城市之一，地处中国通往欧洲的丝绸之路上，城中还有中世纪的城堡及清真寺等古迹。国立塔吉克斯坦国家博物馆中与丝绸之路相关的古代遗物是博物馆的重要藏品，例如在胡勒布克考古中发现的珍贵文物等。胡勒布克出土的大量文物表明，丝绸之路对东北亚、西亚和中亚地区各民族间经济文化纽带的发展起到了重要作用。塔吉克斯坦历史学博士纳比耶夫指出："在很早很早以前，塔吉克斯坦人民和中国人民就被丝之路这条文化和经济贸易的纽带紧紧地连在一起了。随着伟大的丝绸之路的不断繁荣与发展，我们有理由相信这种联系会不断得到发展和加强。中国的手工制品很早就在中亚有盛誉,特别是从中国运来的各种陶瓷制品更是深受塔吉克斯坦人民的欢迎。我们相信,新的丝绸之路会更加拉近我们的距离,将会为发展我们两国人民长期的睦邻友好关系创造更加良好的条件。"[①]

乌兹别克斯坦是著名的丝路古国,古丝路在其境内直穿而过,因而历史上与中国联系较为悠久。乌兹别克斯坦13世纪被蒙古鞑靼人征服,14世纪中叶突厥人阿米尔·帖木儿建立以撒马尔罕为首都的庞大帝国,16—18世纪乌兹别克人建立布哈拉汗国、希瓦汗国和浩罕汗国。乌兹别克斯坦因古城撒马尔罕和塔什干而闻名,而这两个古城是古丝路的一部分。两千多年前,张骞出使西域到过的大宛国,就在今乌兹别克斯坦的费尔干纳一带。可以说,乌兹别克斯坦到处都是与丝路相关的古城,纳曼干、安集延、浩罕、塔什干、撒马尔罕、花剌子模、布哈拉、希瓦都是古代丝绸之路在中亚所经过的地方。撒马尔罕、布哈拉、希瓦是三大古都,均始建于中国春秋与战国交替的时期;布哈拉是古丝绸之路上的重要节点,有"中亚麦加"之称;希瓦至今仍保存着古建筑群的风貌,被称作独一无二的"历史活化石"。可以说,这些均有千年以上历史的城市见证了古丝路的繁荣和兴衰。

土库曼斯坦位于丝绸之路上,古丝路经此通往欧洲。张骞两次出使西域,到过今天土库曼斯坦的古梅尔夫、乌尔根奇、尼萨等主要城市。梅尔夫是位于马雷州的一个古代绿洲城市,梅尔夫古城在撒马尔罕和巴格达之间,是古代丝路上的交通要道。在12—13世纪,它成为世界上最大的城市之一,1220—1221年成吉思汗的四子拖雷攻破城池并拆毁城墙,该城从此结束了繁荣的历史,1999年联合国教科文组织将其列入世界文化遗产。土库曼斯坦素有"丝绸之路上的明珠"之美誉,境内有阿什哈巴德、巴尔卡纳巴特、达沙古兹、土库曼纳巴德等重要城市。除了梅尔夫古城以外,昆亚乌尔根奇古迹、尼萨的帕提亚

---

① [塔] 阿多·哈穆达姆、列奥尼特·齐格林:《张骞的一生——伟大的丝绸之路》,塔吉克斯坦共和国驻华大使馆2002年版,第3页。

要塞也被列为世界文化遗产。

综上可见,俄罗斯和中亚五国境内都有丝路穿越,古道所经之处,留下众多历史和文化遗迹,其中多个历史古迹点列入联合国教科文组织世界遗产目录。毋庸置疑,古丝路在这些国家文明发展史上起过不可替代的作用,经由丝路,不同民族、不同国家的思想和知识、技术和发明、文化传统和宗教教义得以广泛传播。

古丝路在俄罗斯以及中亚各国发展史上的作用不容小觑,而在21世纪的今天,俄罗斯与上述中亚各国仍然是丝绸之路经济带这条世界上最长、最具有发展潜力的经济大走廊上的重要国家。这就意味着,丝绸之路与各国在新时期发展外交、营造良好经济环境、构建经济新格局、保障国家安全、提升人民生活水平以及发展文化艺术等多个维度上起着重要的作用。有鉴于此,一些国家逐渐意识到丝路的重要性并对其进行考察和探究。总的来说,俄语国家中最初对丝路最感兴趣的是俄罗斯,自19世纪中期开始俄罗斯多次派出探险队、考察队到中亚、中国西部、蒙古高原进行探险考察活动,考察的大部分地区正是"丝路"经过之地。与此相应,古丝路自19世纪中期以来就为俄罗斯文学界所关注,陆续出现了以丝路为描写对象和叙事核心的作品,进入20世纪后中亚各国也有相关作品问世,学术界逐步将这些作品纳入文学研究范围且已取得一些成果,极大地促进了中国与其他国家的相互认知以及文学文化关系的发展。基于多种因素可以预见,丝绸之路将一如既往地成为各国艺术和文学关注和描写的对象。

(二)俄罗斯与中亚各国丝路文化叙事俄语小说创作简况

俄罗斯和中亚各国俄语文学对中亚、东方、中国的关注由来已久[①],而19世纪末20世纪初的作家和诗人创作了一些相关的诗歌和小说,例如索洛维约夫(В. Соловьёв)的诗歌《泛蒙古主义》(Панмонголизм,1894)、安德烈·别雷(Андрей Белый)的长篇小说《受洗的中国人》(Крещёный китаец,1927)、普拉东诺夫(А. Платонов)的《切文古尔

---

① 参见刘亚丁《俄罗斯文学和历史文献中的"看东方"》,《俄罗斯文艺》2021年第1期。

镇》(Чевенгур, 1928) 和《江族人》(Джан, 1935) 等以中亚为题材的"东方小说"。此后，俄罗斯和中亚各国越来越重视对丝绸之路的描写，20 世纪 30 年代以来陆续出现了多部以丝路历史文化为叙事核心的俄语文学作品。

俄罗斯的丝路文化叙事俄语小说创作始自 20 世纪 30 年代，形式主义理论家、小说家什克洛夫斯基（В. Б. Шкловский, 1893—1984）首先于 30 年代初创作了传记小说《马可·波罗》(Марко Поло, 1931)。30 年代末开始，作家瓦西里·扬（Василий Ян, 1874—1954）陆续创作了历史小说《蒙古人入侵》(Нашествие монголов) 三部曲，其中包括三部长篇小说，即《成吉思汗》(Чингисхан, 1939)、《拔都汗》(Батый, 1942)、《走向"最后的海洋"》(К "последнему" морю, 1955)。70 年代末，作家卡拉什尼科夫（И. Калашников, 1931—1980）以成吉思汗的成长史、蒙古帝国创建史、西征史为题材，创作了长篇历史小说《严酷的年代》(Жестокий век, 1978)。进入 21 世纪以来，丝路文化再次受到俄罗斯作家们的关注，在短短的十几年时间当中先后诞生了三部长篇小说，其中有加塔波夫（А. С. Гатапов, 1965—）的长篇小说《铁木真》(Тэмуджин, 2004)、沃尔科夫（С. Ю. Волков, 1969—）的幻想三部曲《成吉思汗》(Чингисхан, 2010)、涅恰耶夫（С. Ю. Нечаев, 1957—）的历史传记小说《马可·波罗》(Марко Поло, 2013)。从题材上看，俄罗斯的丝路文化叙事俄语小说有两类，一类是以蒙古帝国及其西征历史为题材，包括三部长篇历史小说和一部幻想小说；另外一类以马可·波罗的东方之旅为题材，包括两部传记小说。

需要提及的是，除了上述小说作品以外，关注丝路文化的还有其他体裁的作品，例如东方学家阿赫梅特申（Н. Х. Ахметшин, 1953—2008）的旅行记《丝绸之路的秘密》(Тайны Шелкового пути, 2002)、《广袤荒漠的秘密》(Тайны великой пустыни, 2003)、《香巴拉的大门》(Врата Шамбалы, 2012)；诗人维克多·斯利佩丘克（Виктор Слипенчук, 1941—）的叙事诗《成吉思汗》(Чингисхан, 2012)；等等。在诗集《伟大的丝绸之路》(Великий шёлковый путь, 2010) 中，收入了 11 位诗人的诗歌作品，这些诗歌或者以丝路为主题，或者贯穿着丝路意象，充满了浪漫主义色彩。除了上述俄语文学作品以外，俄罗斯雅库特作家卢吉诺夫（Н. А. Лугинов，1948—）用雅库特语创作过与蒙古帝国历史相关的作品，例如三部曲《奉成吉思汗之命》（По велению Чингисхана，1998），目前已经有俄文译本。

吉尔吉斯斯坦作家艾特玛托夫（Ч. Айтматов，1928—2008）早在20世纪70年代就关注过丝路文化，2012年其家人发现的一本名为《大地与长笛》（Земля и флейта）的小说手稿便与丝路文化有关，作家生前在俄罗斯并未出版这部小说。但是，据吉尔吉斯科学院院士阿博特尔达江·阿克马塔利耶夫（Абдылдажан Акматалиев）说，这部作品于1973—1974年在保加利亚的两本杂志上发表过，1976年以保加利亚语出版了两卷本。然而，这部小说并未最终完稿，因而不作为本书研究的对象。此外，艾特玛托夫创作了中篇历史小说《成吉思汗的白云》（Облока Чингисхана，1990），讲述了成吉思汗西征路上发生的故事，是一部内容丰富、体裁独特的小说。

近十几年，随着中、塔两国外交关系以及"一带一路"在新时期的发展，塔吉克斯坦作家也将目光投向丝路历史和文化，哈穆达姆与齐格林联合创作了历史小说《张骞的一生——伟大的丝绸之路》；塔吉克斯坦驻华大使阿利莫夫（Р. К. Алимов，1953—）创作了将现实、历史和想象结合起来的童话体小说《沙尔沙尔赴北京历险记》（Шаршар покоряет Пекин，2007）。这两部小说体裁不同，小说中的人物却都是沿着丝路而行，作家记录和描写的就是他们踏上丝路的动因及其在丝路上的种种遭遇和经历。

乌兹别克斯坦作家博罗金（С. П. Бородин，1902—1974）自50年代开始创作史诗性长篇历史小说《撒马尔罕上空的星辰》（Звёзды над Самаркандом），小说由三卷构成，第一卷为《瘸子帖木儿》（Хромой Тимур，1953—1954），第二卷为《行军篝火》（Костры похода，1958），第三卷为《闪电王巴耶塞特》（Молниеносный Баязет，1971），三部曲描写了14—15世纪中亚和外高加索地区的历史事件，塑造了核心人物帖木儿的形象。作家计划写第四卷《白马》(Белый конь)，但是除个别章节外，小说未能完成。

在中亚五国中，土库曼斯坦和哈萨克斯坦两国尚未见到描写丝路历史和文化的俄语小说。需要指出的是，哈萨克斯坦作家虽然没有用俄语进行相关创作，但是很多作家用哈萨克语创作了以丝路文化为叙事内容的小说。这些小说大多都有俄文译本，其中比较有代表性是：作家多斯让诺夫（Д. Досжанов，1942—2013）的长篇小说《丝绸之路》（Шёлковый путь，1972）；谢尔盖耶夫（А. Сергеев）主编的小说集《商队黎明出发：哈萨克历史故事》（Караван выходит на рассвете: казахские исторические повести，1989）中收入的作品如下：多斯让诺夫的《奥特拉尔》（Отрар），斯卡克巴耶夫（М. Скакбаев）的《瘸子帖木儿的诗人》（Поэт хромого Тимура），凯基利巴耶夫（А. Кекильбаев）的《遗忘岁月的叙事诗》（Баллады забытых лет），马加乌因（М. Магауин）的《沙汉·谢尔》（Шахан-шер），阿利列库洛夫（Т. Алилекулов）的《灰鹰》（Серый ястреб），穆汉别特卡利耶夫（К. Муханбеткалиев）的《不共戴天的仇敌：关于哈萨克斯坦民族英雄乌捷米索夫》（Заклятый враг: О казахском народном. герое М. Утемисове）等作品；阿季巴耶夫（Х. Адибаев，1924—2012）的历史小说《奥特拉尔的毁灭（成吉思汗最后的岁月）》［Гибель Отрара (Последние годы Чингисхана)，1997］；等等。哈萨克斯坦作家的上述小说，因用哈萨克语创作，不列入本书研究范围。

综而观之，上述以丝路为叙事核心的作品题材较为丰富，从内容上看，主要关注丝路发展史（以张骞出使西域为书写对象）、蒙古帝国的历史（即成吉思汗及其后代在中亚的政治和军事活动）、帖木儿及其帝国、意大利旅行家马可·波罗的东方之旅，以及在丝路上发生的各类故事等。从体裁上看，其中既有小说，也有诗歌，还有文学传记和游记，但是小说所占比重较大，有历史小说、传记小说、幻想小说、惊险小说、童话体小说等多种类型。由此可见，俄罗斯以及中亚各国的俄语文学对丝路叙事保持着一定的兴趣，对丝路文化较为重视，本书则以俄罗斯及中亚国家现当代描写丝绸之路的俄语小说为研究对象，探讨其中的丝路文化表征。从总体看来，丝路文化看似自成体系，却因内容庞杂、涉及面广、包罗万象而相对较为松散。有鉴于此，本书主要分析这些小说的体裁特征及其依托的历史文化语境，研究小说中与丝路历史相关的主题和人物形象、丝路文化意象、宗教文化和中国文化元素等，在此基础上解读丝路文化叙事俄语小说中蕴含的丝路精神，揭示丝路文化叙事的文学和文化意义。

二 国内外丝路文化叙事俄语小说研究现状

20 世纪 30 年代以来，俄罗斯、吉尔吉斯斯坦、塔吉克斯坦、乌兹别克斯坦等中亚各国作家都创作过以丝路文化为叙事核心的俄语小说，然而，直到 20 世纪 60 年代才逐渐引起学术界关注，将上述作品纳入研究范围，但是成果寥寥。近年来，相关研究成果渐多，这无疑对中国与各国的相互认知以及文学文化关系的发展有促进作用。

（一）国外研究现状

在俄罗斯以及中亚各国，描写丝路历史的文学作品自 20 世纪中期受到重视，相关研究主要集中在两个时期。第一个时期为 20 世纪 60—70 年代，主要研究瓦西里·扬的生平及其《蒙古人入侵》三部曲的主题和体裁特征，例如拉兹贡的著作《瓦·扬评传》（Разгон Л. Э. В. Ян: Критико-биографический очерк, 1969）、扬切韦茨基的著作《历史作家瓦·扬创作概述》［Янчевецкий М. В. Писатель-историк В. Ян（Очерк творчества）, 1977］侧重介绍作家的生平和创作；伊万诺娃的副博士学位论文《瓦西里·扬的历史小说体裁问题和创作》（Иванова Т. Н. Проблемы жанра исторического романа и творчество Василия Яна, 1979）、洛巴诺娃的专著《瓦西里·扬的历史小说》（Лобанова Т. К. Исторические романы Василия Яна, 1979）研究了三部曲中的《成吉思汗》和《拔都汗》的主题和体裁特征；卡甘诺维奇的《20—40 年代俄苏文学中的东方：某些民族文化关系问题》（Каганович С. Л. Восток в русской советской литературе 20—40-х годов: Некоторые проблемы. взаимодействия нацианальных культур, 1979）则以瓦西里·扬、马尔科夫等作家的历史小说为基础，侧重阐释各个民族之间的文化关系。

  第二个时期为20世纪90年代至今，除了瓦西里·扬以外，什克洛夫斯基和卡拉什尼科夫等作家也被纳入研究范围，研究视角主要有如下三个方面。第一，研究作品的体裁和风格特征，例如塔吉克斯坦文学副博士斯特留科娃的论文《当代塔吉克斯坦俄语文学的历史体裁（阿多·哈穆达姆和列奥尼特·齐格林的创作)》［Стрюкова В. Д. Исторические жанры в современной русскоязычной литературе Таджикистана（в творчестве Ато Хамдама и Леонида Чигрина）, 2009］分析了两位作家的历史小说《张骞的一生——伟大的丝绸之路》的体裁和风格特征。第二，关注成吉思汗和马可·波罗等历史人物的文学形象，例如伊马特的副博士学位论文《瓦西里·扬的小说〈成吉思汗〉与卡拉什尼科夫的小说〈严酷时代〉中历史人物的观念》（Имад К. Ш. Концепция исторической личности в романах "Чингиз-Хан" В. Яна и "Жестокий век" И. Калашникова, 1995），让努扎科夫的论文《关于中世纪的俄罗斯历史小说中草原游牧民族的描写》（Жанузаков М. Н. Изображение кочевников в русской исторической прозе о средневековье）中概括了草原游牧民族的总体特征，分析了成吉思汗的文学形象。波尔多诺娃的文章《历史主义的诠释：当代布里亚特文学中成吉思汗的艺术形象是民族意识发展的因素》（Болдонова И. С. Герменевтический историзм：художественный образ Чингисхана в современной бурятской литературе как фактор развития национального самосознания, 2012）分析了成吉思汗的形象；曼科夫与拉特尼科夫合著的文集《伊戈尔·莫热伊科—基尔·布雷切夫：天才之界》（Манаков М., Ратников К. Игорь Можейко-Кир Булычёв：грани таланта, 2014）除了分析作家再现历史上各民族文化关系的艺术手法以外，还诠释了作家叙事诗中的马可·波罗形象。第三，从词汇语义层面分析小说文本，例如萨尔米娜的文章《俄语作家中亚作品中教权主义词汇的使用》（Салмина М. А. Использование клерикальной лексики в произведениях русскоязычных писателей о центральной Азии, 2010)，亚济佐娃的文章《瓦西里·扬的历史长篇小说〈成吉思汗〉中作为主要语义文本的语言文化述位》（Азизова З. Т. Базовые лингвокультуремы как смысловые доминанты текста в историческом романе Василия Яна «Чингисхан», 2015)，叶戈杜洛娃和马尔科娃的文章《加塔波夫的俄语长篇小说〈铁木真〉中无等值词汇作为成吉思汗时代的反映》（Егодурова В. М. Маркова Т. Д. Безэквивалентная лексика как отражение Эпохи Чингисхана в русско язычном романе А. С . Гатапова "Тэмуджин"，2017)，等等。

可以看出，国外学术界趋向于越来越重视俄语文学中丝路文化叙事的研究，但是从总体上看，目前国外的研究仍停留在对个别作家或者个别作品的介绍和分析方面，研究视角仍有很大的局限性，成果不够丰富，未成体系，近20年来无相关专著出版。

（二）国内研究现状

1955年至今，中国国内陆续翻译并出版了一些丝路题材的俄语小说。苏联作家瓦西里·扬的《蒙古人入侵》三部曲均已翻译并出版，且译作有多个版本，如1955年劲循岱译《成吉思汗》，1983年乌恩奇译《拔都汗》，1985年陈弘法译三部曲，2014年李秀峰、卢浩文译三部曲。此外，2007年出版塔吉克斯坦驻华大使阿利莫夫创作的《沙尔沙尔赴北京历险记》，2002年翻译并出版塔吉克斯坦作家哈穆达姆与齐格林合著的小说《张骞的一生——伟大的丝绸之路》，2016年翻译并出版什克洛夫斯基的小说《马可·波罗》。以此为基础，一些中国学者对俄罗斯及中亚国家的丝路叙事文学作品展开研究。

最早的研究是传记研究。中国学者和翻译家关注作家的生平经历，例如上述作品的中译本前言、刘宗次译《散文理论》（1994）的前言、杨玉波译《感伤的旅行》（2014）的后记以及一些学者在相关文章中简要介绍过瓦西里·扬、什克洛夫斯基等一些作家的人生经历和基本创作情况。

此后是翻译研究和文体风格研究。陈弘法根据其翻译瓦西里·扬所著《蒙古人入侵》三部曲的经验，撰写《关于翻译俄文历史小说译名和风格的处理问题》（1993）一文，既说明在小说译名翻译以及文体风格选择上遵循的原则和方法，同时也阐释了瓦西里·扬的历史小说的文体特征。

近几年的研究趋向文本分析和解读。焦洋的硕士学位论文《什克洛夫斯基的传记作品研究》（2015）分析了《马可·波罗》塑造的马可·波罗形象、作品的中国元素以及作家的艺术表现手法，侯佳希的硕士学位论文《什克洛夫斯基"语文体小说"初探》（2015）深入探讨了《马可·波罗》的艺术特征，杨玉波在《丝绸之路的文学想象：什克洛夫斯基的历史传记小说〈马可·波罗〉》（2016）一文中阐释了作家在小说中使用的陌生化叙事手法及其对丝路文化的认识。可见，国内的研究已经从最初的出版译著和传记研究逐渐走向文本分析和解读，但是目前相关研究成果极少，只有上述几部译著的前言、译后记、几篇硕士学位论文、个别文章以及一些零星的文字予以蜻蜓点水似的介绍和分析。

综上所述，虽然丝路作为重要的文化现象早已渗入俄语文学创作之中，但是目前国内外对俄罗斯及中亚国家现当代俄语小说丝路文化叙事的研究主要集中在个别作家或个别作品上，国内对此类小说的译介也很不够，研究成果寥寥，既没有对其文学史和文化史意义进行阐释，也没有对丝路文化叙事发展历程及小说体裁的演变进行研究，更缺少对作品进行主题、人物形象、意象和文化因素等多维度的文本解读。总体上看，国内外对丝路文学叙事的研究远远滞后于对丝路历史、经济、地理和政治等方面的研究，尚待进一步展开。

作为一种文化现象，丝路承载着沿线各族人民的历史、文化与审美记忆，它既是物质的，也是精神的；既是时间的，也是空间的；既是历史的，也是现实的；既是文化的，也是艺术的；既是真实的，也是想象的；既是亚洲的、东方的，也是欧洲的、西方的；既是民族的，也是世界的。丝路与文学关系密切，丝路是文学的重要书写对象，文学则是记录和传承丝路历史和文化的重要载体。以丝路文化为叙事核心的文学作品反映与沿线多个国家相关的重要历史时代和事件，折射出对国家兴衰、民族关系、世界历史和人类发展的思考，具有浓厚的历史感和使命感，是世界文学和文化的重要组成部分。本书拟钩沉俄罗斯及中亚国家丝路文化叙事俄语小说的发展史、体裁类型及其创作的历史文化语境，探讨上述各国俄语文学对丝路文化的多维度阐释及其对丝路文化浓厚兴趣的缘由，揭示俄语小说丝路文化叙事的文学意义和文化意义。

第一章　丝路文化叙事俄语小说的体裁类型

　　自 20 世纪 30 年代以来，俄罗斯和中亚国家的俄语文学对丝路文化及其文学叙事的兴趣渐趋浓厚，先后出现多种体裁类型的小说，主要有历史小说、传记小说、幻想小说、童话体小说等。其中历史小说主要包括：俄罗斯作家瓦西里·扬的《蒙古人入侵》三部曲，卡拉什尼科夫的《严酷的年代》，沃尔科夫的《成吉思汗》，加塔波夫的长篇小说《铁木真》，吉尔吉斯斯坦作家艾特玛托夫的中篇小说《成吉思汗的白云》，乌兹别克斯坦作家博罗金创作的史诗性长篇小说《撒马尔罕上空的星辰》等。传记小说主要包括：俄罗斯作家什克洛夫斯基的《马可·波罗》，涅恰耶夫的《马可·波罗》，塔吉克斯坦作家哈穆达姆与齐格林合作的《张骞的一生——伟大的丝绸之路》。童话体小说指的是塔吉克斯坦驻华大使阿利莫夫创作的《沙尔沙尔赴北京历险记》。幻想小说指的是沃尔科夫的三部曲《成吉思汗》。

　　上述小说体裁的形成，一方面与文学自身发展规律有关；另一方面也与各民族历史文化背景密不可分，同时还受到世界政治、经济和文化发展的影响。总体上看，从 20 世纪初期至今，在描写丝路文化及其历史事件和人物时，历史小说和传记小说一直是作家们较常采用的文学样式，近年来才出现了幻想小说和童话体小说。应该说，各类小说的体裁特征和文体风格及形成的历史文化语境不同，其文学史地位和文化意义也有一定的差别。

第一节 历史小说：跨越时空的对话

历史小说"是以真实历史人事为骨干题材的拟实小说"[①]，也就是说，历史小说必须依据历史事实，人物和事实都要有根据。"在历史小说这一概念中，'历史'是小说的限定词，构成历史小说的基础和前提。……没有一个基本的历史的事实或根据作为历史小说的起点而去创作历史小说是不可思议的。"[②] 因此，历史小说要反映历史的真实情况，史料的纪实性、真实性是其必不可少的条件。在创作历史小说时，作家往往从历史中取材，以历史上著名的事件和人物作为小说的叙事对象，小说中的故事也在一定的历史背景下展开。如前所述，一些俄罗斯和中亚各国的作家以丝路历史文化为题材创作了历史小说，而历史小说毕竟不同于史书，作为文学作品的一个种类其创作手法也会有别于史书的写法，不同的作家在历史小说中采用的艺术手法和表达方式也会有所不同，以丝路历史为题材的小说也是如此。

在丝路文化叙事俄语小说中，总体上看中短篇小说相对少些，其中有代表性的是艾特玛托夫的中篇小说《成吉思汗的白云》。相比较而言，以丝路历史为题材的小说多为长篇小说，且各有特色。需要指出的是，作家们创作历史小说并非仅仅是为了再现历史，卡拉什尼科夫就历史小说创作宗旨的观点有一定的代表性，他说过，"我想创作的作品，其中的事件似乎是当下正在发生的……最主要的是内在的心理和生活问题，这些问题即便是在七个世纪之后的今天依然重要"[③]。可见，作家在构思历史小说时，也会充分考虑当代的观念、认识和理想，这样一来，历史与现实、过去与当代往往构成对话关系。

[①] 马振方：《历史小说三论》，《北京大学学报》2004 年第 4 期。
[②] 李裴：《"历史"与"小说"——对"历史小说"概念的一种理解》，《文艺理论研究》1992 年第 1 期。
[③] Ломунова М. Н.，*Исай Калашников*，Улан-Удэ：Бурят. кн. изд-во，1986，С. 70.

一 长篇三部曲小说的全景叙事

综而观之，与丝路历史文化相关的小说多以长篇为主。更为有趣的是，这些长篇小说往往以三部曲的形式呈现，例如俄罗斯作家瓦西里·扬的《蒙古人入侵》三部曲、沃尔科夫的三部曲《成吉思汗》、加塔波夫的长篇小说《铁木真》，乌兹别克斯坦作家博罗金创作的史诗性长篇小说《撒马尔罕上空的星辰》也是三部曲。

从小说文体的渊源来看，"三部曲"起源于古希腊悲剧，"在文艺复兴以后，逐渐成为小说家学习和创造的一种小说作品的类型模式"[①]，在欧洲的小说中陆续出现了多部此类形式的小说。就俄罗斯文学而言，著名的戏剧三部曲是 19 世纪俄国诗人和剧作家阿列克谢·康斯坦丁诺维奇·托尔斯泰（Алексей Константинович Толстой，1817—1875）创作的历史剧三部曲，包括《伊凡雷帝之死》（Смерть Ивана Грозного，1866）、《沙皇费多尔·伊凡诺维奇》（Царь Фёдор Иванович，1868）、《沙皇鲍里斯·戈都诺夫》（Борис Годунов，1870），主要反映 16 世纪末 17 世纪初三个沙皇的悲剧以及当时俄国人民的斗争和生活。在小说领域，果戈理（Н. Гоголь，1809—1852）的长篇小说《死魂灵》（Мёртвые души，1842）最初的构思就是三部曲形式，列夫·托尔斯泰（Лев Толстой，1828—1910）的自传体三部曲包括《童年》（Детство，1852）、《少年》（Отрочество，1854）和《青年》（Юность，1857），高尔基（М. Горький，1868—1936）的自传体三部曲为《童年》（Детство，1913—1914）、《在人间》（В людях，1915—1916）、《我的大学》（Мои университеты，1923），阿列克谢·尼古拉耶维奇·托尔斯泰（Алексей Николаевич Толстой，1883—1945）的《苦难的历程》（Хождение по мукам，1918—1941）三部曲包括《两姐妹》（Сёстры，1918）、《一九一八年》（Восемнадцатый год，1928）、《阴暗的早晨》（Хмурое утро，1941），这些三部曲都是最广为人知的作品。

---

① 裴树海：《试论多部曲长篇小说》，《湛江师范学院学报》1997 年第 4 期。

总体上看，在以丝路历史和文化为题材进行创作时，作家们对三部曲的青睐与这种文体形式的特征有关。这类小说的取材"不是人生的一个片断，大抵是人物的整个生涯；不是一个人的遭遇，而是几个、十几个、甚至几百个人物的命运，不是社会生活的一个角落、一个插曲、一条小溪，而往往是它的全部、整体、江河大海，是对整整一个历史时期或一个大革命时代作出全方位的艺术概括"①。可见，三部曲容量之大为历史小说的宏大叙事提供了便利。与此同时，三部曲并不是三部小说简单叠加之总和，小说的三个部分之间是存在有机联系的。三部曲"不是随便将三部作品凑在一起就成了，而是有它严格的总体结构，每部作品都有它自身结构上的完整性，同时又要考虑到三部之间的内在连续性"②。应该说，这些文体特征符合历史小说家宏大的艺术构思和审美需求。在瓦西里·扬、沃尔科夫、加塔波夫以丝路历史为叙事核心的各个三部曲中，"作者善于在众多人物传里交织漫长而壮阔的社会生活史。又在社会生活史的艺术画卷中贯穿着主要人物的性格传。全书的构架既不是历史事件或主人公经历构成单线条发展，又不是史与传两条线索平行布局，而是历史事件与人生命运结合在一起"③，从而既具有全景化叙事的特征，也体现着三位作家不同的艺术构思。

（一）俄罗斯作家瓦西里·扬的《蒙古人入侵》三部曲：惊险小说

《蒙古人入侵》三部曲是俄罗斯作家瓦西里·扬的代表作，由《成吉思汗》《拔都汗》《走向"最后的海洋"》组成，是"十分具有史学价值的历史小说"④，其中《成吉思汗》成书于1939年并于1942年获得斯大林文学奖，《拔都汗》成书于1942年，《走向"最后的海洋"》成书于1955年。小说以13世纪蒙古帝国西征这一当时震撼世界的事件为描写对象，主要反映了13世纪20—40年代蒙古人远征俄罗

---

① 裴树海：《试论多部曲长篇小说》，《湛江师范学院学报》1997年第4期。
② 张柠：《长篇"三部曲"的繁盛与终结》，《文艺争鸣》2015年第9期。
③ 裴树海：《试论多部曲长篇小说》，《湛江师范学院学报》1997年第4期。
④ ［苏］瓦西里·扬：《成吉思汗（上）》，陈弘法译，中国书店出版社2012年版，第1页。

斯和中亚各国的这段历史，"所描写的主要历史事件、历史人物均见于史籍记载，并与历史记载基本符合"①，可以说最大限度地复原了当时的历史，使读者在几个世纪后的今天依然能透过时光的云雾窥见那波澜壮阔、铁血交织的场面。西方记录和描写蒙古西征的典籍和作品很多，但一般认为其中写作最为成功、在西方文学界及史学界影响最大的却非瓦西里·扬的《蒙古人入侵》莫属。

作为典型的三部曲，《蒙古人入侵》的三个部分既各自独立、故事和结构完整，又密切关联，形成严整的一体。《成吉思汗》是三部曲的第一部。13世纪20年代，成吉思汗亲率蒙古大军征服中亚的花刺子模国，随之派大将哲别和速不台在迦尔迦河畔击破俄罗斯和钦察联军，后来又征讨西夏并于途中病逝，这段历史构成了小说的主要线索。作家描写了成吉思汗的大帐、摩诃末的后宫、卡拉库姆沙漠、钦察草原、申河河畔等不同场景，再现了广阔的历史画卷，塑造出一系列真实的历史人物形象，其中有：威严、野心勃勃的成吉思汗，骁勇善战的蒙古将领哲别和速不台，性格乖戾、不听劝告的花刺子模沙摩诃末，目光短浅、各自为战的俄罗斯公爵们，以及草原上神出鬼没的"强盗"和刚正不阿的托钵僧等，揭示了入侵者的凶恶残暴、统治者昏庸无能、老百姓的不甘屈服这一主题，同时也描写了蒙古、中亚、俄罗斯各民族的生活习俗。

《拔都汗》是三部曲的第二部，小说中的故事发生在成吉思汗去世15年之后，即13世纪30年代。拔都汗承继祖父之志率领蒙古大军继续西征，占领现今俄罗斯境内的不里阿耳和钦察草原，破袭梁赞、莫斯科和弗拉基米尔诸公国。一方面，作家描述了蒙古大军统帅拔都汗的刚毅性格和用兵之计、普通蒙古士兵的吃苦耐劳精神和残忍行为；另一方面，表现了俄罗斯公爵们面对强敌的软弱无能乃至叛变投降、平民的奋起反抗和英勇赴难、勇士的揭竿而起和壮烈就义。小说在呈现宫帐议事和田野激战广阔场面的同时，还插入托钵僧的奇异经历、

---

① ［苏］瓦西里·扬：《成吉思汗（上）》，陈弘法译，中国书店出版社2012年版，第1页。

魔法师的荒唐生活、萨满巫师的乖戾表演等有趣情节,既妙趣横生,又令人深感震撼。

《走向"最后的海洋"》是三部曲中的最后一部,以13世纪30年代末拔都汗率领蒙古大军继续远征的史实为情节线索:先是征服俄罗斯的基辅公国,40年代初攻占波兰的莱格尼察和莫拉维亚、匈牙利的布达和桑多米尔,抵达塞尔维亚的亚得里亚海滨,接到窝阔台大汗去世的噩耗后退守萨莱。小说描述了拔都汗大军攻占基辅、中欧诸国和基辅市民、中欧山民拼死迎击的经过,呈现了欧洲各国国王和教皇在入侵者面前的争吵不休和恐怖不已、蒙古大军将领在亚得里亚海滨("最后的海洋")的欢呼雀跃和撤兵问题上意见分歧、拔都汗撤回萨莱后忧心忡忡和孤独无奈的场面。

综上可见,《蒙古人入侵》三部曲的时间和事件呈线性发展,故事脉络清晰,描写了广阔的时代和社会画卷,充分展现了历史时代的广度以及作家对战争与和平问题思考的深度。就小说艺术而言,《蒙古人入侵》三部曲具有明显的惊险小说特征。总体上看,惊险小说在"作品的布局(提出一个悬案再一步步地进行解决,或者先把悬案的解决摆出来再追溯故事的发生等)、写作的手法(故布疑阵、逻辑推理、一环扣一环的紧张情节、时间、地点所起的关键作用等),或是主人公的刻画(英雄式的人物,英雄小流浪汉或海盗式的人物,用一个有些傻气的助手衬托破案主角的精明等)"[①] 方面有其特点。惊险小说的这些特点在《蒙古人入侵》三部曲中均可以捕捉到,在小说中,"作者在叙述过程中充分运用了他擅长写作惊险小说的功力。在每部小说的开头,总是先落笔于一连串乍看起来与小说要描述的主线似无瓜葛的戏剧性场面,造成一种扑朔迷离引人入胜的效果;而后,随着故事情节的向前发展,再将这些场面中出现的人物身份挑明,人物关系一一交代;接着让这些人物在重大事件中登台亮相,推动情节向前发展;最后,在全书收尾时还要让这些人物重新出现。前后照应,非

---

① 傅惟慈:《外国惊险小说漫谈》,《编创之友》1981年第3期。

常得体①。"这样一来，就形成了惊险小说"紧张的气氛、错综复杂的情节以及令人拍案叫绝的结局"② 的典型特点。

可以说，作家瓦西里·扬运用了惊险小说的外壳，表现的却是严肃而重大的主题。在同类题材的小说作品中，《蒙古人入侵》三部曲是最早的长篇小说，作家也较为关注中心人物形象及其性格特征，着力刻画了成吉思汗、拔都汗、花剌子模沙摩诃末、摩诃末之子扎兰丁等真实的历史人物形象。

三部曲的开端描写中世纪的中亚地区，而结尾则展现蒙古社会的内部关系，均服从于揭示主人公形象以及形象的复杂性和矛盾性的艺术目的。瓦西里·扬曾经在文章中指出，成吉思汗是"一个不识字的野蛮人，他不会签自己的名字，是从太平洋到第聂伯河两岸最大的游牧帝国的创造者"③。然而在小说中，成吉思汗不仅是与其他人、氏族所属的社会发生冲突的人，他还是"震撼世界的人"，到处播种破坏和死亡，他象征着与文明世界发生冲突的野蛮人世界。这无疑是作者的观点，这既决定了评价成吉思汗个性的主要标准，也决定了小说的情节、结构、人物体系和诗学特征。三部曲着重塑造主要人物的性格，作家遵循历史小说体裁特征，充分利用历史事实和虚构事件的关系，充分展现成吉思汗和拔都汗的形象。

在成吉思汗形象的塑造上，作家是别具匠心的：在成吉思汗出场之前，充分利用一些人对主人公的评价，其中有认识、了解成吉思汗的人，有见过他、与他打过交道的人，也有仅仅听说过他的人，其中使者马合木·牙老瓦赤对成吉思汗外貌和性格的描写较为详细：

> 他个子很高，虽然已年逾六十，可是还很健壮有力。他稳重的步履和过人的膂力赛过狗熊，狡狯赛过狐狸，凶狠赛过毒蛇，迅猛赛过老虎，吃苦耐劳赛过骆驼，慷慨赏赐赛过抚爱幼崽的渴

---

① [苏] 瓦西里·扬：《拔都汗》，陈弘法译，外文出版社2006年版，第358页。
② 刘连杰：《惊险小说何以外热内冷》，《出版参考》2004年第28期。
③ Ян В., "Путешествия в прошлое", *Вопросы литературы*, 1965, No. 9, С. 108.

血雌虎。他长着高高的额头，留着长长的胡须，猫一样的黄眼睛从不眨动。所有的汗和士兵惧怕他甚于大火或雷电。只要他命令十名战士进攻千名敌人，这十名战士就毫不犹豫地冲上前去，因为他们深信会取得胜利——成吉思汗永远会取得胜利。①

这些人的评价从不同侧面和角度展现了人物的特征，作家对成吉思汗的描写和塑造自然而然地从介绍传说中的"战无不胜的成吉思汗"② 过渡到直接描写。这样一来，成吉思汗与周围人的关系，就成为小说的情节和结构基础，而这些人物在保留独立思想和意义的同时，也成为一面面镜子，映照出主要人物的性格特征。

三部曲中的另外一个重要历史人物是拔都，他也是《拔都汗》和《走向"最后的海洋"》中的核心人物。作家描写了拔都从少年成长为蒙古汗王、世界征服者的艰难和不易，以及远征欧洲建立庞大帝国——金帐汗国的过程。与成吉思汗形象的塑造不同，在《拔都汗》的开端，作家直接描写了逃避追杀的拔都的形象：他"面色黑红，身材高大，穿一身蒙古式的服装"，"一举一动都透露着一种自信，一种威严"③，此后才逐步通过他的所作所为揭示其性格特征。

在众多人物当中，花剌子模被废黜的王储扎兰丁·蒙布尔尼被作家称为"精神的勇士"，与软弱犹疑的摩诃末形成对比，与成吉思汗构成了对照。据编年史资料记载，扎兰丁是花剌子模贵族中少数坚决抵抗成吉思汗的代表之一，率部反对蒙古人入侵。扎兰丁的形象具有浪漫色彩，他勇敢无畏，忠于自己的祖国，忠于自己的信念。小说中扎兰丁的历史使命就在于否定成吉思汗的侵略政策，拒绝任何形式专制主义。小说中的成吉思汗是"万国之灾"、暴君和毁灭者，而扎兰丁则是人民的保护者和祖国的解放者，二者是完全对立的。

在小说的主要人物体系当中，除了上述提到的真实历史人物以外，

---

① [苏] 瓦西里·扬：《成吉思汗（上）》，陈弘法译，外文出版社2005年版，第117页。
② [苏] 瓦西里·扬：《成吉思汗（上）》，陈弘法译，外文出版社2005年版，第82页。
③ [苏] 瓦西里·扬：《拔都汗》，陈弘法译，外文出版社2006年版，第3页。

还有一些虚构的人物。例如第一卷中的强盗哈拉·孔恰尔和突厥少女扎玛尔，第二卷里林中小村的居民们，第三卷中的圣像画工瓦吉姆和治印人杜达，都各具性格、栩栩如生。围绕着这些虚构人物产生的虚构情节生动有趣，同时将真实的历史人物与虚构的小说人物巧妙地结合起来，将真实的历史事件与虚构的小说细节巧妙糅合起来。虚构人物当中最为重要的是哈吉·拉希姆，他是在三部小说中均出现的虚构人物，也是将三部曲结合为严整一体的人物，贯穿三部曲的始终，对小说结构以及主要人物形象的塑造起了重要作用。哈吉·拉希姆原本是花剌子模国玉龙杰赤城人，曾云游四方，到过伊斯兰教圣地麦加，获得"哈吉"头衔，成为一名托钵僧，学识渊博，为人善良耿直。在小说中，哈吉·拉希姆扮演着控告者的角色，他代表着人民身上一切最美好的品质：良心、勇气和精神。他的哲学是善的哲学，反对成吉思汗宣扬的残忍、专制和破坏。第一部《成吉思汗》便是以哈吉·拉希姆的《旅途札记》及其本人出场为开端，他向读者致敬，并说明要把成吉思汗及蒙古人入侵的全部情况记载下来的缘由，从而引入小说正文。第三部《走向"最后的海洋"》则以摘自其《旅途札记》的文字结尾，与第一部《成吉思汗》构成呼应。特别需要指出的是，在《走向"最后的海洋"》中，摘自《旅途札记》的篇幅和段落非常之多，这样一来，作家通过哈吉·拉希姆的言行，特别是他的《旅途札记》，可以顺利地交代出不便交代的种种情况，甚至通过他所说所写直接表述自己的观点。

在塑造人物形象时，作者力图重现从成吉思汗到拔都远征的总体情况，因而没有详细介绍和描写成吉思汗早期的成长过程和活动，但是通过回顾史前史——青少年时期经历的苦难和困境的方式，揭示了其威严、忍耐和坚毅等主要性格特征形成的背景，阐释了其行为动机和根源。成吉思汗能够把相互敌对的部落统一起来，建立强大的蒙古军队，但是他却无法阻止即将来临的衰老和死亡。这意味着，一方面，任何伟人终有软弱之处，无法逃避生与死的自然规律；另一方面，这也符合成吉思汗个性发展的逻辑。应该说，作家对成吉思汗和拔都性

第一章 丝路文化叙事俄语小说的体裁类型

格和命运的阐释与历史时代密不可分，这里面包括两个历史时代，一个是成吉思汗和拔都生活的历史时代，一个是作家瓦西里·扬创作小说的时代（1934—1939），后者决定了作家的思想观念和对历史主义的看法，并通过小说人物命运和性格折射出来。

不言而喻的是，在瓦西里·扬的小说《蒙古人入侵》三部曲"宏大的艺术构思和统一的艺术整体中，包含着更深层次的内涵"[①]，作家的思想和小说的主题便是深层次内涵的重要方面。从三部曲的名称《蒙古人入侵》可以看出，贯穿于三部小说的基本主题是战争与和平、入侵与反抗，这也是将三部曲结合起来的基本要素。毋庸讳言，蒙古人西征是一场侵略性战争，给俄罗斯、中亚和东欧各国人民造成了严重伤害和损失。各国人民面对战争和蒙古铁骑，在反抗和维护家园的同时，无疑渴望和平安宁的生活。三部曲分别于1939年、1942年和1955年问世，前两部的问世恰逢苏联反抗德国法西斯入侵的伟大的卫国战争开始前夕和激烈进行之时，小说反抗侵略的主题符合时代的背景和要求，在一定程度上可谓时代的产物。可以说，瓦西里·扬的艺术构思和小说布局具有史诗的宏伟，充分发挥了三部曲长篇小说容量大的优势，可谓包罗万象、气势恢宏、波澜壮阔。在《蒙古人入侵》三部曲之前，瓦西里·扬写过游记、侦探小说、中短篇历史小说，例如《腓尼基船》（Финикийский корабль，1931）、《瞭望台上的灯火》（Огни на курганах）、《思巴达克》（Спартак，1933）、《锤工党》（Молотобойцы，1933）等，虽然声名渐显，但是只有在40年代发表三部曲之后才成为著名作家，这无疑要归功于三部曲的艺术成就。三部曲在20世纪80年代译介到中国，瓦西里·扬也随之为中国的俄罗斯文学爱好者所知，目前三部曲已经出版了多个译本，引起越来越多的读者和研究者关注。

（二）俄罗斯作家加塔波夫的《铁木真》：心理小说

长篇三部曲《铁木真》的作者是俄罗斯作家加塔波夫，蒙古帝国

---

① 裴树海：《试论多部曲长篇小说》，《湛江师范学院学报》1997年第4期。

历史是该部小说的基本题材，这与作家的人生经历有密切关系。加塔波夫为布里亚特人，现居布里亚特共和国首府乌兰乌德市，1965年出生于布里亚特巴尔古金斯克区乌留恩村，1983—1985年曾在蒙古的戈壁沙漠服役，1989年毕业于布里亚特国立班扎罗夫师范学院历史系，1989—1990年在阿尔加金斯克中学任历史老师，1990—1991年在国立巴什基尔师范学院任教，1999年成为俄罗斯作家协会成员，2001毕业于高尔基文学研究所高级文学培训班。2005—2007年担任文学艺术杂志《贝加尔湖》主编，撰写有关历史和其他问题的文章。加塔波夫1995年起开始创作小说，除了长篇三部曲历史小说《铁木真》以外，还出版了中短篇小说集《领袖的诞生》（Рождение вождя，1998）、《成吉思汗的第一个亲兵》（Первый нукер Чингисхана），翻译了布里亚特—蒙古史诗《绍诺—巴托尔》（Шоно-Батор）（译为俄文）。2007年出版《蒙古历史词典》，其中收入自古石器时代至20世纪中亚历史人物、事件和现象的基本信息，2015年出版了增补版并更名为《蒙古历史百科》。

作家于2001年开始创作长篇小说《铁木真》，2010年8月完稿。2010年首次出版以后，《铁木真》成为极受欢迎的畅销书，几次再版，并译为蒙文出版。尤其需要指出的是，2012年莫斯科历史悠久的艺术文学出版社（Художественная литература）出版了这部小说。此外，2011年加塔波夫因《铁木真》俄文版获得卡拉什尼科夫文学奖，2011—2012年《铁木真》被提名为2010—2011年布里亚特共和国文学和艺术国家奖，2015年进入"亚斯纳亚·波利亚纳奖"长名单。这些荣誉的获得，无疑与作家高超的小说创作艺术密不可分。

《铁木真》分为三部，第一部和第二部讲的是铁木真9岁失去父亲后到11岁之间的痛苦经历和生活的艰难。第三部中铁木真已经变得强大，积极参与部族政治生活和军事事务，并最终实现了自己的夙愿，夺回了掌控父亲军队的权力。

作为一部历史小说，《铁木真》中描写的人物和事件是基于历史事实之上的。在创作《铁木真》之前，作家首先详细研究了许多蒙古编年史，尤其是《蒙古秘史》（Сокровенное сказание монголов），但《铁木真》所述故事在《蒙古秘史》中只占12页的篇幅，而小说的篇幅则超过700页。在《铁木真》中，加塔波夫遵循了《蒙古秘史》中所记事实和事件发生的先后顺序。迄今为止，成吉思汗结婚的年龄仍是未知的，因为尚未确定他出生的年份是1155年、1162年还是1167年。据《蒙古秘史》中记载，也速该在儿子9岁时为其求亲，然而拉希德·丁[①]在《编年史集》（Сборник летописей）中则称当时成吉思汗是13岁。在小说《铁木真》中，铁木真求亲的时间依据的是《蒙古秘史》，即9岁那年，而结婚是在12岁。成吉思汗在世时间大约为70年，而小说《铁木真》只描写了其中的两年，即铁木真大约9岁到11岁的经历，这是铁木真的成长时期：他失去父亲成为孤儿，全家遭到同族人抛弃，经历了贫困、屈辱、饥饿和死亡的威胁，最终依靠自己的力量生存下来，并在各个部落敌对和仇视的环境中成为伟大的战士和统帅。

  总体上看，《铁木真》有别于同类题材的其他小说，它讲述的是未来的成吉思汗成长的故事，作家关注的是铁木真的成长过程、其钢铁般的意志和刚强的性格是如何在艰难困苦中一日日、一年年地逐步形成的，小说中的铁木真是颇具浪漫特征和传奇色彩的形象。在小说中，铁木真的出生充满了神秘色彩，他的"右手紧紧握着羊拐子大小的血块，所有人都惊异于这样闻所未闻的事情"[②]。于是整个部族的萨满——白萨满和黑萨满都聚集在一起向天神腾格里求助，白天白萨满向西方诸神祈祷，晚上黑萨满向东方诸神祈祷。在第九天的时候，他们声明想要宣布上天的秘密。在也速该的蒙古包里，赶走不必要的人，找来近亲、叔叔、乞颜部诺颜以及族长，萨满对他们说："你们这个新生的男孩将成为伟大的可汗和战士。他会把九万九千巴格图尔置于自己的旗帜之下，他能征服九十九个国家，九百九十九个民族将接受

[①] 拉希德·丁（1248—1318），蒙古四大汗国之一伊儿汗国的宰相。
[②] Гатапов А., *Тэмуджин. Книга 1*, ФТМ, 2014, С. 9.

他的律法。"① 成吉思汗出生的传说是《蒙古秘史》中记述的，然而并非所有历史小说都利用了这个传说，比如卡拉什尼科夫在《严酷的年代》中并未提及。毫无疑问，加塔波夫对成吉思汗奇异出生的描写是有意为之，意在说明未来的成吉思汗的出生是上天的意志，他将按照天意团结所有蒙古人，征服半个世界，建立蒙古帝国并永远庇佑自己的人民，这是他的历史使命。铁木真不仅出生带有传奇色彩，他在整个成长过程中都有别于同龄人，具有与众不同的"超能力"，很多时候都能"心想事成"：他想要骑马去草原，马上就会有人让他去草原狩猎；看到湖中被狩猎者瞄准的几十只鸭子，他希望靠近湖边的一只公鸭和一只绿头鸭不要被射中，于是箭矢就只射其他的鸭子。他在射箭的时候，根本不用眼睛瞄准，只是凭双手的感觉即可射中目标。这一切都非同寻常而又神奇，都是因为他与生俱来的"萨满气质"②，有神秘的洞察力，甚至会"读心术"，像萨满那样能够洞悉他人的思想。

除此之外，铁木真的形象还具有英雄传奇的浪漫色彩。在父亲被害以后，铁木真遭受了一系列的磨难，而他真正的性格也正是此时表现出来的。无论什么样的困难都不能使他放弃和屈服，他是信念坚定的人，他要保护母亲和家人，要为父亲复仇，要成为人民的庇护者。这一切只有具有钢铁般意志的人，只有英雄才能做到。如果说卡拉什尼科夫笔下的成吉思汗是一个残酷的征服者，丧失了人最美好的品质，而加塔波夫笔下的青年铁木真在道德上则是纯洁的，他为正义和争取父亲旗帜的权力而战。这样一来，《铁木真》的诗性特征与《严酷的年代》相比较就更加突出。卡拉什尼科夫在小说《严酷的年代》中将成吉思汗的时代视为个性的悲剧，加塔波夫则在小说中歌颂了这个时代，将其诗意化。

在诗意化的背景之下，小说描写的核心不是成吉思汗率部军事远征、攻克城市和征服各个民族，而是一个无依无靠的孩子在贫穷、困

---

① Гатапов А., *Тэмуджин. Книга 1*, ФТМ, 2014, С. 9.
② Гатапов А., "Тэмуджин. Роман", *Байкал*, 2006, №. 6, С. 11.

苦、饥饿、孤独时的心理状态，因而成为一部极有特色的心理长篇小说。广义上而言，心理小说是"一种以直接呈现人物的直觉、感知、印象、记忆、联想、情感、思维等各种心理活动或一定条件下的心理过程为主的小说"①，作家把焦点凝聚在人物心理的发展过程上，着意于剖析人物的精神世界。从艺术表现手法上看，《铁木真》属于传统的现实主义小说，小说中主人公两年的经历基本按时间先后顺序展开，作家主要通过独白、对话、行为等方式直接描写人物心理活动和变化，细致地描写了小铁木真的童年、他的内心感受和与自我的抗争，从而揭示了主人公矛盾的情感、丰富的内心世界和心理变化过程，比如铁木真在也速该死后、射杀别克帖儿时的心理描写都非常细腻。通过这些心理描写，作家阐释了铁木真性格形成的原因及其行为的动机。

对铁木真而言，人生中第一个沉重打击便是父亲也速该之死，作家在小说中描写了铁木真得知消息以及此后的心理变化。在刚刚听到这个不幸的时候，铁木真像是被蜜蜂蜇了的孩子一般大哭，此后在从弘吉剌部归家途中的三天里，他再也没有说过一句话，只是默默地骑在马上，茫然望着眼前的道路。途中休息时他下了马，"只是漠然地吞下几口东西，躺下来看着星星，回想着与父亲在一起的旅程，回忆着他的每一句话和每一个动作"②。回到家以后，铁木真也很少说话，他疏远了原来的朋友，不再参与他们每日的嬉戏，"只是回想最近以及很久以前父亲的样子，想一想他在祖先的世界里正在做什么"③。小铁木真一直沉浸在失去父亲的痛苦之中，直到札木合劝他不要难过。札木合告诉他，对出色的男人来说死亡是极大的成功，死后可以成为天兵天将，与诸位天神并肩战斗。铁木真第一次听到这种说法，他于是开始思考：

"但是他说的没错！"对这位新结识的人的话，铁木真感到惊

---

① 钱善行：《俄苏心理小说简述》，《文艺理论与批评》1989 年第 6 期。
② Гатапов А., *Тэмуджин. Книга 1*, ФТМ, 2014, С. 133.
③ Гатапов А., *Тэмуджин. Книга 1*, ФТМ, 2014, С. 133.

讶，细细端详着他，"所有伟大的巴格图尔都生活在天上，父亲也在那里，因为他是部落中最出色的战士，也许在那里他也在受人尊敬的人当中。所以，他在那里，在像叔叔达里泰和阿尔坦这样的人当中，比在这里更好。"

这个想法终于使他一直没有停歇的头脑得到了休息，从那时起，他对父亲去世的看法发生了变化。每个人都有自己的道路——这话他已经听过很多次了。父亲也应该在人世间的路很短。但是在这里，在平庸的亲戚当中，他没有白白浪费时间，因而很快就在天上的战士中找到了更好的生活。

"所以，我也要在人世间扬名，以后就能进入天上受尊敬的人之列，"他得出了结论，再次明确了对自己而言的男人生命的意义。①

综上可见，《铁木真》无疑是一部历史小说，但是却是以描写和揭示人的心理为核心的长篇历史小说。除了主人公铁木真以外，加塔波夫还通过描写其他人物的心理和行为、宗教信仰和仪式、等级制度等多种方式揭示了蒙古人民的心理和思想意识。可以说，《铁木真》是一部当之无愧的心理长篇小说。在谈到《铁木真》的创作时，加塔波夫指出，"我是蒙古族人，我能更好地理解自己主人公的心理和动机、我们祖先的传统和风俗"②，这不仅指明了作家的创作主旨，也说明这部小说获得极大成功是不无缘由的。

（三）乌兹别克斯坦作家博罗金的《撒马尔罕上空的星辰》：长篇史诗小说

《撒马尔罕上空的星辰》是乌兹别克斯坦作家博罗金创作的长篇三部曲。1902 年博罗金出生于莫斯科一个知识分子之家，学过绘画，1914 年发表第一篇随笔，1922 年发表一些诗歌作品。1926 年毕业于

---

① Гатапов А., *Тэмуджин. Книга 1*，ФТМ，2014，С. 134.
② Алексей Гатапов о романе "Тэмуджин" и об исторических романах в России. https://www.tuva.asia/news/ruregions/5450-gatapov.html.

勃留索夫高等文学艺术学院，在俄苏著名的民俗学家尤里·马特韦耶维奇·索科洛夫（Юрий Матвеевич Соколов，1889—1941）的指导下研究俄罗斯的民间诗歌，参加了外奥涅加湖地区、卡累利阿和沃洛格达的民间文学考察，也参与过布哈拉和撒马尔罕地区的民族志考察。此后他很多时间逗留在远东地区（1928）、哈萨克斯坦（1929）、塔吉克斯坦（1931）、亚美尼亚（1933）等地。曾参加过文学团体"山隘派"，1931年退出，1951年移居塔什干。作家的上述经历，为其创作历史题材和中亚题材的小说奠定了基础。

20世纪30年代，博罗金根据他在苏联偏远地区逗留期间收集的资料，创作了一些描写中亚、远东、帕米尔、哈萨克斯坦、外高加索等地的中短篇小说。1925年成为全俄作家协会成员。他的第一部长篇历史小说是在旧鲁萨创作的《德米特里·顿斯科伊》（Дмитрий Донской），在塔什干定居后创作了第二部长篇历史小说《撒马尔罕上空的星辰》。《撒马尔罕上空的星辰》由三卷组成，第一卷名为《瘸子帖木儿》，创作于1953—1954年。第二卷名为《行军的篝火》，1957年末完稿。第三卷名为《闪电王巴耶塞特》，1970年末完稿。此后，作家开始创作名为《白马》的第四卷，遗憾的是只写了四章便不幸病逝。即便如此，《撒马尔罕上空的星辰》的规模也相当宏大，堪比列夫·托尔斯泰的《战争与和平》，从篇幅、内容、主题思想等各个方面来看，都是当之无愧的史诗性长篇小说。

《撒马尔罕上空的星辰》详细描写了14—15世纪的中亚和外高加索地区的历史画卷。小说的第一卷《瘸子帖木儿》共20章，分为两部，分别从经济和政治两个方面描写帖木儿的活动。第一部《1399年》主要介绍的是帖木儿在经济领域的活动，他建立中央集权制的国家，确立了国家制度，颁行法律和规范，使国家渐趋富强。在这部分当中，作家以花园、市场、商人、商队、蓝色宫殿、工匠为各章节标题，以彰显帖木儿在发展国家经济上所做的努力及其对商业和贸易的重视。第二部《苏丹尼耶》以道路、工匠、苏丹尼耶、审判、建设者、王子等为各章节标题，主要讲的是帖木儿为政治上巩固国家所做的努力，在儿子米兰沙犯错之后所做的惩罚：把米兰沙拖到大不里士的城墙边鞭打，继而剥夺其位，任命其子哈里勒接任。第二卷《行军篝火》共20章，分为三部，分别名为《1400年》《星空》《亚美尼亚之石》，主要讲述帖木儿率军入侵阿塞拜疆、亚美尼亚、伊朗、格鲁吉亚等中亚国家以及被奴役国家各族人民的激烈反抗，反映了帖木儿的专横暴虐。第三卷《闪电王巴耶塞特》由20章组成，分为《众山之脉》《围困大马士革》两部，从1401年春天写起，至帖木儿占领大马士革后结束，描绘了中东各族人民在帖木儿部队入侵前夕的生活，展现了几千年以来中东人民创造的丰富的文化，也再现了残忍阴险的入侵者所造成的创伤。帖木儿大军所到之处，人民失去了生活的安宁，入侵者帖木儿同样"无论在哪里都得不到安宁，他'祖国'人民的抗争与他所占领国家的人民的抗争结合为一个整体"①。

与《撒马尔罕上空的星辰》的内容相关，作家描写一系列真实的历史人物形象，例如帖木儿、脱脱迷失、奥斯曼帝国闪电王巴耶塞特一世、秃忽鲁帖木儿、德里苏丹纳西尔、历史学家伊本·赫勒敦等。其中，帖木儿是公认的人类历史上最残酷的征服者之一，被称为"世界征服者"。他一生南征北战、东讨西杀，征服印度、伊朗、阿塞拜疆南部、亚美尼亚、格鲁吉亚等地，在中亚和许多其他国家的历史上留下了深刻的印记，建立了东起北印度、西达小亚细亚、南濒阿拉伯海和波斯湾、北抵里海和咸海的庞大帝国。《撒马尔罕上空的星辰》以帖木儿为小说中的核心人物，以真实的历史时代为背景，在帖木儿的个人生活和社会活动中贯穿了时代的基本特征和社会发展的主要倾向。小说涉及的大量历史、经济、文化、民族学信息和资料，作家都参考了编年史、档案文献、文学作品以及其他古老的文献，从而真实再现了中世纪亚洲和欧洲部分民族的生活画面。

博罗金在塑造帖木儿的形象时，采用了其惯用的艺术表现手法，即

---

① Бородин С., *Звёзды над Самаркандом*: *Том 3. Молниеносный Баязет*, Харьков: Прапор, 1994, С.488.

第一章　丝路文化叙事俄语小说的体裁类型

"揭示主要人物性格从其完全形成时期开始，绕开漫长的发展过程"①。小说第一卷便从 1399 年写起，而帖木儿生于 1336 年，卒于 1405 年，1370 年开创帖木儿帝国，小说开端描写的帖木儿已经在位近三十年。也就是说，作家没有描写帖木儿驱逐外族统治者建立统一帝国的过程，而是从其名望极盛时期写起，将已经"定型"的帖木儿及其时代直接展现在读者面前。此后，作家通过对往事的追溯、小说人物的回忆以及帖木儿与妻子、儿孙之间的关系，完整再现了帖木儿的性格形成史和帝国建立史。

正如作者所说，《撒马尔罕上空的星辰》的主人公不仅仅是帖木儿，"在很大程度上更是人民，尽管战争和内讧连绵不断，人民并没有停止大规模的创造活动"②，可见人民也是作家在小说中重点描写的对象。一方面，面对异族的奴役和本族统治者的压迫，人民勇于奋起抗争；另一方面，在连年的战乱中，各个民族的人民依然创造了丰富的物质文化和精神文化。因此，人民的反抗不仅是为了自由而战，也是为了自古以来人类创造的物质文化和精神文化财富而战。应该说，帖木儿时代亚洲和欧洲人民的生活非常复杂，是世界历史上最富戏剧性的，也是非常重要的一环。无论如何，人民都是历史的创造者，博罗金也正是这样描写人民的。就博罗金对人民的态度，弗拉基米罗夫（Г. П. Владимиров）指出，"三部曲的第一卷确定了表现人民主题的方法。在其中打了一些思想的结，需要在史诗后续的章节中通过重要的事件阐释这一主题。正是在《瘸子帖木儿》中突出强调人民作为不可战胜的力量、国家不可摧毁的基础的作用③。"

作为一部传统的现实主义（确切而言，是社会主义现实主义）历史长篇小说，《撒马尔罕上空的星辰》对历史人物和时代的细致描写

---

① Бородин С., *Звёзды над Самаркандом: Том 3. Молниеносный Баязет*, Харьков: Прапор, 1994, С.484.

② Бородин С., *Звёзды над Самаркандом: Том 3. Молниеносный Баязет*, Харьков: Прапор, 1994, С.486.

③ Бородин С., *Звёзды над Самаркандом: Том 3. Молниеносный Баязет*, Харьков: Прапор, 1994, С.486.

占有很大篇幅，小说开端就详细讲述了帖木儿的印度远征及其从印度返回途中国内后方的情况，紧接着是对撒马尔罕城内市场的细致描写：桌子做的柜台、商人手中叮当作响的铜币、乞丐和托钵僧的祈祷等。作家意在以此展示社会和日常生活情况以及时代精神，因为市场一向是人民富裕生活和情绪的独特的晴雨表。博罗金极为注重细节描写，如对商队的描写历历在目，如在眼前，仿佛亲眼看到商队在行进：

> 商队队长走在商队最前面，他骑驴而行，端坐在软垫子上，身后是一些受雇为商队服务的人，接着是商队护卫队，而后才是商人们，商人后面则是商队的向导，他牵着穿过领头骆驼鼻孔的绳子。
>
> 商队向导有时会唱起古老的长歌，但是唱歌时，他习惯性地侧耳倾听身后骆驼肚皮下铃铛发出均匀的叮叮当当声，而那有节奏的声音稍有错乱，稍有颤抖，他的心也跟着打颤：商队不会是有麻烦了吧？①

应该说，这些描写无不与时代和历史事件相呼应。一般而言，"史诗性长篇小说广泛地描写社会的政治、经济、文化、道德、风俗等各个方面"②，而《撒马尔罕上空的星辰》反映的正是整整一个历史时代——帖木儿时代的生活全貌，深刻而广泛地概括了当时中亚各国以及欧洲部分国家的重大历史事件以及各个民族的日常生活，人物形象之多，时间和空间跨度之广，是同类题材的小说难以企及的，称其为时代的"百科全书"并不为过。

二 俄罗斯作家卡拉什尼科夫的《严酷的年代》：哲理小说

《严酷的年代》是一部富有哲理意义的长篇小说，作者为俄罗斯

---

① Бородин С., *Звёзды над Самаркандом： Том 1. Хоромой Тимур*, Харьков：Прапор，1994，C. 107 – 108.

② 胡良桂：《史诗与史诗性的长篇小说》，《文艺理论与批评》1990 年第 2 期。

第一章 丝路文化叙事俄语小说的体裁类型

作家卡拉什尼科夫，他以这部描写成吉思汗及其历史时代的小说而享誉俄罗斯国内外。

《严酷的年代》的创作与卡拉什尼科夫长期生活在布里亚特自治共和国及其人生经历密切相关。作家一生经历颇为丰富，他只读了五年书，当过牧羊人，在拖拉机大队干过活儿，1950年起在木材工业企业的采伐队做木材筏运工、车工。他的第一部短篇小说《萨什卡》（Сашка）发表在《布里亚特—蒙古真理报》上。自1954年开始，卡拉什尼科夫一直为《布里亚特—蒙古共青团员报》撰稿，同时在夜校毕业获得中等教育证书。1959年《贝加尔湖上空之光》杂志发表了他的第一部长篇小说《最后的撤退》（Последнее отступление），小说描写的是国内战争时期发生在外贝加尔地区的事件，以其故乡沙拉尔台村的居民为主人公。此后又发表了中篇小说《幼林》（Подлесок）和《穿越沼泽》（Через топи），不久成为苏联作家协会会员。1963—1965年受布里亚特作家协会派遣到莫斯科高级文学培训班学习，1965年当选布里亚特自治共和国作家协会执行秘书。1970年发表长篇小说《裂草》（Разрыв-трава），描写了叶卡捷琳娜二世时代徙居到外贝加尔的旧教徒后裔在20世纪上半叶的生活。《裂草》先是在《长篇小说报》上连载，而后由现代人出版社出版，作家因这部小说获得布里亚特自治共和国国家奖。1973年卡拉什尼科夫被授予"布里亚特共和国人民作家"的称号。1978年小说《严酷的年代》出版。卡拉什尼科夫的作品被翻译成布里亚特语、德语、捷克语、爱沙尼亚语等多种语言。

《严酷的年代》是一部以成吉思汗为主人公的历史小说，分为上下两部，上部名为《被追逐者》（гонимые），讲述的是成吉思汗称汗之前处于被追逐者地位时的生活和斗争经历。下部名为《追逐者》（гонители），讲述的是成吉思汗称汗之后处于追逐别人地位时的扩张和征讨过程。下部所述内容，与瓦西里·扬所著《成吉思汗》大体相仿。总体来看，《严酷的年代》是一部规模宏大的长篇小说，情节遵循了《蒙古秘史》的时间顺序，内容丰富，人物众多，来自各行各业、各阶层的人物多达数百个，有警惕而阴险的可汗、随时会背叛的诺颜、备受封建主折磨压迫的手工业者以及普通的信使等，展现了从中国内陆到中亚地区的广阔空间里许多民族的生活图景，称得上时代的全景图。就题材而言，《严酷的年代》并无出奇之处，而在体裁上与同类小说比较则是一部富含哲理的历史长篇小说，这既与小说创作的年代有关，更与作家的艺术思维密不可分。

《严酷的年代》创作于20世纪70年代，正是文坛对历史小说体裁较为关注的时期，对历史主义的理解日益深化。所谓历史主义，在以往的文艺学中是指所描写事实和事件的可靠性、再现历史人物性格和行为的准确性等历史体裁特征，从20世纪70年代开始则指与作家世界观直接相关的思想范畴，要反映所描绘历史阶段生活的主要趋势。这就意味着，"历史小说作家最重要的任务往往不仅仅是再现时代精神和时代氛围，还要着重强调观念独特的历史哲学思想"①，因此作家们试图理解历史哲学，深化心理描写，重点关注人的道德面貌，表达对历史发展过程的看法。

在创作《严酷的年代》时，卡拉什尼科夫将对历史主义的新观念、新认识融入其中。一方面，作家严格遵循历史事实，为了能够通过艺术形式表达对成吉思汗的认识，作家认真研究过有关成吉思汗个性的历史和文学作品，而在小说文本中参考和引用了许多编年史资料和文献，并重现时代色彩和语言特征。另一方面，卡拉什尼科夫无疑认真思考了成吉思汗时代的历史现实，从自己的艺术视角出发表达对历史的哲学思考，小说中的所有内容完全服从作家的主要艺术任务——展示成吉思汗这个残酷征服者的个性形成过程。也就是说，作家感兴趣的是"民族的歼灭者"出现的原因及其道德"堕落"的缘由。这样一来，作家必然要对所描写人物进行心理、哲学和伦理的分析，从而也克服了对成吉思汗这一历史人物惯有的刻板印象。在作家笔下，他既具有普通人的所有本性特征，同时也是一个政治家、军事家。作家面临的

---

① Болдонова И. С.，"Герменевтический историзм: художественный образ Чингисхана в современной бурятской литературе как фактор развития национального самосознания"，*Вестник Бурятского государственного университета*，2012，№. 6，С. 270.

艰巨任务是：追踪一个孩童转变为伟大领袖的过程，展现他走向权力之路的每个阶段。与成吉思汗个性形成与发展过程相关，小说因而分为"被追逐者"与"追逐者"两个部分。作家研究成吉思汗的性格发展，再现了他由被追逐者转变为追逐者，由最初引人同情和怜悯的英雄转变为残酷的征服者的过程及原因，从而既充当了历史学家，也充当了心理分析学家，成吉思汗的个性通过其心理演变过程得到了揭示。通过研究成吉思汗的整个人生历程可以看出，他并非生而为恶，残酷、暴力和冷血并非其天生的性格。可见，卡拉什尼科夫遵循了传统的普遍思想和观念，即"没有哪个民族或者个人生来就是侵略和残酷的，而是存在决定形成这些品质的环境"[①]。小说用"严酷的年代"为名，意在表明这一思想。

小说中的系列人物形象一方面有其自身存在的意义；另一方面构成了整个人类的形象。他们追求理性与自然和平的生活，作为独特的象征性形象与成吉思汗形成对照，成吉思汗与这些人物之间的关系便具有了一定的思想结构意义，他们对成吉思汗的不同看法也有助于塑造主人公的完整形象，从而更加凸显成吉思汗主要的性格特征和内心世界。成吉思汗的母亲诃额仑是一面重要的镜子，特别鲜明地映照出铁木真身上发生的变化。她的形象体现了为人民的利益而牺牲的观念，她不赞同铁木真的冷漠残酷，劝说儿子不要使自己的心变硬，越来越不能接受他的变化，而他对母亲的态度也随之改变，无论是母亲的愤怒还是痛苦都无法触动他，他的残忍也加速了母亲的死亡。札木合是另外一个重要的人物，他在整部小说中与成吉思汗之间存在奇怪的友谊与敌对的矛盾关系。札木合是一位真实的历史人物，有关他与成吉思汗之间的友谊、仇恨以及斗争在《蒙古秘史》等许多编年史中都有记录。札木合看到儿时的朋友铁木真实现了自己的目标，而他的军事行动、新的政治秩序永远终止了祖先的传统，于是便向从前的朋友宣

---

① Жанузаков М. Н., "Изображение кочевников в русской исторической прозе о средневековье", *Вестник Челябинского университета*, 1997, No. 1, С. 51.

战，后来遭到护卫背叛和出卖，最终败给了成吉思汗。可见，诃额仑与札木合的形象在小说中都具有特殊的艺术功能。

应该说，"严酷的年代"里的现实法则——"要么征服他人要么被他人征服"① 无疑是成吉思汗的个性形成的重要因素，作家在小说中逐渐揭示了主人公的心理及其从"被追逐者"到"追逐者"的转变。最初毫无缘由地杀死塔古泰·基里鲁克手下的两名士兵，然后处决了自己亲戚，以及对本族各部落的压制，标志着铁木真最终"黑化"为成吉思汗，成为所有民族和部落的征服者。对成吉思汗来说，战争政策成为一种内在需求，随着他变得越来越残酷，他的权力得以巩固，部族越来越强大。作家通过描写成吉思汗的所思所为，达到了让人物自我塑造、自我揭露的艺术目的，他最终的结局便合情合理，有内在的发展逻辑。应该说，《严酷的年代》中成吉思汗的形象具有悲剧性。成吉思汗到了老年已经掌握了一半的世界，他思考自己半个世纪以来的所作所为，意识到自己是完全孤独的，他试图说服自己是上天赋予了他统治人民的使命，然而在即将来临的死亡面前依然感到完全无能为力，并寻求永生的方式。卡拉什尼科夫一步一步地再现了成吉思汗作为个体、领导人和政治家的形成，以及登上绝对权力的各个阶段，同时进行了道德评价和判断。

在思考和理解历史事件的过程中，卡拉什尼科夫将成吉思汗的道德探索与蒙古帝国对许多民族命运的影响相互关联和比照，从而将作品的思想内容置于永恒的普遍价值的背景下，凸显了历史与个性之间无法切割的联系。在小说中，成吉思汗这一艺术形象的情节和结构功能，基于广泛的历史材料，实现了艺术的历史主义原则，从而将个性和共性、个人与民族、传记与历史结合起来，确保了历史小说中历史主义和心理主义的统一，使《严酷的年代》真实再现了中亚草原游牧民族的生活画面，刻画了真实的历史人物和虚构的人物形象，在同类题材的小说中以其丰富的哲理性独树一帜。

---

① Калашников И. К.，*Жестокий век*，Москва：Издательство АСТ，2019，С. 175.

三 吉尔吉斯斯坦作家艾特玛托夫的《成吉思汗的白云》：增补长篇的中篇

艾特玛托夫是吉尔吉斯斯坦著名作家，他对丝路文化的关注始于 20 世纪 70 年代。在未完稿的小说《大地与长笛》中，故事在 1941 年开始的丘伊河大运河建设的背景下展开，小说的主人公是一位建筑工人，他在施工过程中发现了一尊佛像。在这项工程进行的过程中，当地发现了许多有价值的文物，因为这条运河流经丝绸之路经过的地方。

艾特玛托夫创作的另外一部与丝路相关的小说是《成吉思汗的白云》，这是作家发表于 1990 年的一部中篇小说。小说的主人公阿布塔利普·库特巴耶夫原本是萨罗泽基草原一个小车站的教师，二战期间参加了战争，曾在战场上被俘并进过德军的集中营，战后却无故被告发和关押。梦想升职的侦查员坦瑟克巴耶夫企图通过这一案件飞黄腾达，对阿布塔利普刑讯逼供，诬陷他记录的关于成吉思汗的传说《萨罗泽基的刑罚》别有寓意，阿布塔利普最终因不堪忍受非人的折磨而卧轨自杀。

艾特玛托夫的创作极具民族特色，大量使用民间传说和神话故事是其作品的标志性艺术特征，《白轮船》《花狗崖》《一日长于百年》《断头台》等许多小说都是鲜明体现这一艺术特征的代表作。在《成吉思汗的白云》中，作家沿用了他一贯的小说叙事手法，即在小说叙事过程中插入关于成吉思汗的传说故事。成吉思汗远征欧洲时为保证军队高度的机动性降下一道诏令，禁止在军中生育子女。一名绣旗女工与勇敢的百夫长相爱并诞下一名女婴，成吉思汗得知后下令将二人处死。远征之初，成吉思汗的头顶上空飘浮着一朵白云，在处死这对相爱的青年男女以后，白云消失。这样一来，小说就并存着两条情节线索，一条是阿布塔利普的经历和遭遇，另一条是传说故事中人物的命运和遭遇。神话传说的运用，赋予《成吉思汗的白云》这部小说的结构、内容和主题具有明显的对话性。

就篇幅而言，《成吉思汗的白云》无疑是一部中篇小说，但就其体裁却存在不同的意见：有人称其为短篇小说，也有人称其为中篇小说，作家本人在《成吉思汗的白云》的"序言"中则将其体裁定为"增补长篇的中篇"，是长篇小说《一日长于百年》的一部分，1980年《一日长于百年》发表时为了能够"整个地"通过，这段文字不在最初的版本之中①。作者有意识地为《成吉思汗的白云》作如此小序，将这部小说与《一日长于百年》联系起来。阿布塔利普是《一日长于百年》中的人物之一，艾特玛托夫在此处对其交代不多。《成吉思汗的白云》则以阿布塔利普为主人公，详细讲述了他的经历和遭遇，所以作家说这篇小说是对《一日长于百年》的"增补"。事实上，不论《一日长于百年》的出版和发表过程如何曲折，无论作家做过怎样的删改，在时隔九年《成吉思汗的白云》发表时，《一日长于百年》已经作为一部完整的长篇小说为读者所接受和喜爱，取得了极大的成功。在读者看来，两部作品无疑是独立的作品。但是，作家对《成吉思汗的白云》体裁的界定，使读者自然而然地产生联想，把两部作品对照和比较，从而影响了对两部作品的认识。

在人物形象上，两部小说中有三组正面人物：叶吉盖和妻子，阿布塔利普与妻子，百夫长与绣旗女工，三对夫妻之间互相对照、彼此印证。《一日长于百年》中的主人公叶吉盖与妻子正直善良，他们身上保留着民族的传统美德，二人努力守护和延续这种美德，不惜与丧失民族之根的萨比特让和中尉小唐塞克巴耶夫做抗争。《成吉思汗的白云》中，阿布塔利普十分忠诚，他爱祖国，爱家乡，爱妻子儿女，爱生活。他勇敢无畏，不惧怕制造冤假错案的侦讯员坦瑟克巴耶夫的折磨，不惧怕死亡，宁死不屈，不惜以死维护自己做人的尊严。勇猛善战的百夫长违抗成吉思汗的禁令，不惧怕成吉思汗的气势，在恋人被行刑时挺身而出，与爱人一起赴死。可见，三组人物的精神世界是相通的。《成吉思汗的白云》与《一日长于百年》之间的关系，在世界文学史上也是极为罕见的。《成吉思汗的白云》作为多年之后对此前出版的《一日长于百年》的增补，是一个独特的文学现象，两部作

---

① [苏联] 钦·艾特马托夫：《成吉思汗的白云》，严永兴译，《世界文学》1991年第2期。

品各自独立成篇,各有艺术价值,又彼此关联,互相照应,形成一个有机的整体。

在《成吉思汗的白云》中,作家通过现实与神话传说的讲述,构建出三个时空。第一个为传说时空,即成吉思汗时代;第二个时空为历史时空,即斯大林时代;第三个时空是现实时空,即小说作者和读者生活的当代。无论是在关于成吉思汗的神话传说中,还是在阿布塔利普的现实悲剧中,都出现了神权、王权与人权三种力量,它们三者之间关系错综复杂,或激烈交锋,或彼此对立。

在关于成吉思汗的神话传说中,白云是神权的化身,代表着上天的意志;成吉思汗是人世间至高无上的统治者,是王权的代表;相爱的百夫长和绣旗女工则是普通大众,他们的抗争是在维护属于自己的人权。白云与成吉思汗是对立的。成吉思汗是拥有无限权力的统治者、威震四方的君主、草原的征服者。他亲率大军向西进发,远征欧洲。一路上,他的上方总是飘着一朵营帐大小的白云,为他遮蔽骄阳的照射。在许多民族的宗教当中,白云都是纯洁、美好的象征,是神性的象征。飘在成吉思汗头顶的也并不是一朵普通的白云,它"一如活的生灵","那是一种象征,是上天对世界统治者表示的祝福……是上天旨意的标志"[1]。也就是说,白云是上帝或者天意的象征,代表着上天的庇佑。在成吉思汗所作所为都是"人间事"的时候,白云垂青于他,一直在他的头顶上方保护他。然而,成吉思汗也是个暴君,他残忍、专权,不达目的不罢休。"成吉思汗周围那些勇敢无畏的卫士和侍从——他们的生命属于成吉思汗甚于属于他们自己,他们百里挑一被挑选出来,只是充当一把把利剑。"[2] 为了行军之便,他禁止军中生育儿女。一名百夫长和年轻的绣旗女工未听从他的命令,他们二人将爱情置于成吉思汗征服者的目的之上,相爱并诞下女婴。于是,成吉思汗下令将二人处以绞刑。神奇的是,就在成吉思汗开始决定他人生死的时

---

[1] [苏联]钦·艾特马托夫:《成吉思汗的白云》,严永兴译,《世界文学》1991年第2期。
[2] [苏联]钦·艾特马托夫:《成吉思汗的白云》,严永兴译,《世界文学》1991年第2期。

候，白云消失了，飞离了他，不再为他遮蔽阳光，上天不再庇佑他。

一般认为，《成吉思汗的白云》是反对斯大林个人崇拜的小说，20世纪80—90年代出现了一批这样的小说，但是在吉尔吉斯的文学作品中这类小说并不多见，只有几部作品描写过斯大林个人崇拜时期，例如西迪克别科夫（Т. Сыдыкбеков）的《豁达的伊曼拜》（Иманбай Великодушный）、艾特玛托夫的《成吉思汗的白云》、阿克马托夫（К. Акматов）的《环绕太阳的年代》（Годы вокруг солнца）、拉耶夫（С. Раев）的《社会主义现实主义》（Соцреализм）等。应该说，权力与个性之间的关系，是超越时代、超越阶级、超越民族而永恒存在的。因此，《成吉思汗的白云》无疑具有时代性、当代性，其中反映和描写的内容，无疑也具有超越时代的现代性意义。

《成吉思汗的白云》无疑是艾特玛托夫的一部杰作，与《一日长于百年》之间的密切关系以及神话传说的嵌入，赋予小说丰富的内涵。需要说明的是，作家在《成吉思汗的白云》"序言"中明确指出，小说中关于成吉思汗的口头传说"与历史的实际情况很少相符，却对人民的记忆有着很多表露"[①]。对于传说和神话，艾特玛托夫有自己的认识和理解。在他看来，传说和神话是"无数代前辈遗留给我们的经验"[②]。这就意味着，在神话与传说中，最重要的是世世代代积累的经验、对世界的认知及其承载的道德观和价值观，而不是历史事实。"整体来说，俄罗斯民间故事都具有或浅或显的道德教诲和伦理功能，都把自由人性、伦理意识和寥廓天地视为最高的审美享受和道德情操。"[③] 再进一步而言，神话传说不一定必须或完全符合历史事实。即便在真实反映历史事件的历史小说中，虚构的因素也不可缺席，否则就称不上是文学作品了。毫厘不差地记述史实是史书的任务，却不是

[①] [苏联] 钦·艾特马托夫：《成吉思汗的白云》，严永兴译，《世界文学》1991年第2期。
[②] 余一中：《赞颂善与爱的悲歌——试析〈成吉思汗的白云〉》，《当代外国文学》1991年第3期。
[③] 王树福：《阿法纳西耶夫与〈俄罗斯民间故事〉中的神话思想》，《长江大学学报》（社会科学版）2017年第4期。

文学的任务，作为重要文学类别的传说和神话也不例外。关于成吉思汗的传说是否真实存在，这并不重要，作家透过传说故事要表达的思想，才是需要特别关注的。历史小说并非单纯地讲述真实的历史故事，它"并不是给科学中确立的对历史事件的看法做插图，而是要以先进的科学成果为基础去独立发现历史发展规律。历史小说家不仅要细致深入地理解历史时代，还要具体生动地将其描绘出来。艺术创作的本质要求深刻地洞察所描写时代的人们的内心世界，其中蕴含着巨大的潜能不断去发现似乎科学已经发现并且研究得相当充分时代。这就是为什么只有艺术中的历史画面才能够再现历史时代的具体性和多样性。只有它不仅能够证实科学对历史事件的看法，还能在很大程度上予以补充，有时甚至予以驳斥"①。也许这就是历史小说创作经久不衰的重要原因，也是为什么艾特玛托夫会通过神话故事来描写和再现成吉思汗及其生活的时代。

第二节 传记小说：重现历史人物的画卷

在丝路文化叙事俄语小说中，传记小说是重要的一部分，主要有三部小说：塔吉克斯坦作家哈穆达姆与齐格林合作的《张骞的一生——伟大的丝绸之路》（以下简称《张骞的一生》），俄罗斯作家什克洛夫斯基的《马可·波罗》和涅恰耶夫的《马可·波罗》。总体上看，《张骞的一生》通过张骞作为西汉使者的政治活动与其个人生活两条情节线索，以历史事实为依据，通过写实与虚构描写了张骞西域之旅中的奇遇和巧合，塑造了极富传奇色彩的英雄形象。什克洛夫斯基的《马可·波罗》依托真实的历史事件，恰到好处地运用传说故事、虚构与想象、互文性等艺术表现手法，塑造了一位走在时代前面的旅行家形象。涅恰耶夫在《马可·波罗》中记述和描写人物与事件

---

① Бородин С., *Звёзды над Самаркандом: Том 3. Молниеносный Баязет*, Харьков: Прапор, 1994, С. 482.

时，往往一边记述主人公的经历，一边引用各种文献资料说明所述之事，记述与论证紧密结合，具有一定的科学性特征。可以说，这些传记小说各有特色，即便是同一历史人物的传记小说，在体裁特征和创作手法上也不尽相同。

一 塔吉克斯坦作家哈穆达姆的《张骞的一生》：伟大使者的传奇

《张骞的一生》是塔吉克斯坦作家哈穆达姆与齐格林合作创作的小说。哈穆达姆是塔吉克斯坦一位有才华的作家、新闻工作者、剧作家和翻译家。他在独联体国家、伊朗、阿富汗、美国、巴基斯坦、波兰、捷克共和国和其他国家享有盛名。哈穆达姆创作了数十部戏剧、电影剧本以及一些中短篇小说，还将许多世界著名作家的作品翻译成塔吉克语。他的很多作品获得了最负盛名的奖项，他是塔吉克斯坦首位获得巴基斯坦最高文学奖的作家，被授予"塔吉克斯坦共和国功勋工作者"的荣誉称号，是塔吉克斯坦共和国总统的高级顾问，在发展和丰富本国文化方面做了很多工作。哈穆达姆作品的特点是清晰、富有表现力、充满乐观精神，表现出他了解并真诚地热爱自己的祖国和人民。

齐格林也是一位新闻工作者，出生于塔吉克斯坦，白俄罗斯族人，其父母在伟大的卫国战争期间从俄罗斯撤离到塔吉克斯坦，定居于北部的一个小镇，齐格林在此出生。对齐格林而言，塔吉克语与俄语都是母语，塔吉克人的习俗和生活方式也融入了他的日常生活，因而他一生伴随着两种文化和民族传统的融合。齐格林在文学上的尝试开始于翻译，他将一些作家的作品从塔吉克语翻译成俄语，反之亦然，于是逐渐产生了自己创作的想法，1970年开始发表作品。他创作过一百多个电影剧本，偶然的机会结识了哈穆达姆并与之合作至今。

哈穆达姆和齐格林在合作的二十多年当中，共同创作了一系列历史小说，其中有中短篇小说，例如：《在塔赫提·桑金脚下》（У подножия Тахти Сангина，2003），《母亲的勇气》（Мужество матери，2005），《帖木儿的错误》（Ошибка Тамерлана，2003），《所罗门神庙》（Храм

Соломона», 2006),《张骞的一生》(2002),《伊玛目·阿扎姆的白日之星》(Дневная звезда Имома Азама, 2009);也有长篇历史小说,例如:《哈特隆斯克的堡垒》(Хатлонский бастион, 2005),《征服粟特国》(Покорение Согдианы, 2003),《来自乌斯特鲁沙纳的奥扎尔,或者斯巴达克斯之剑》(Озар из Уструшаны, или Меч Спартака, 2007),等等,这些小说多以本国历史为主要题材。除此之外,两位作家还创作了不少惊险小说和侦探小说,得到了读者的广泛认可。

在20世纪末21世纪初塔吉克斯坦的俄语文学中,哈穆达姆和齐格林在历史小说创作上可谓独树一帜,这些小说的主人公往往都是历史上著名的人物,在一定程度上影响了本国人民的命运。作家们通过对这些杰出历史人物形象的塑造,充分再现了特定时代社会政治生活的真实画面,揭示了将各代人结合起来的精神基础。《张骞的一生》是两位作家由历史剧改写成的历史传记小说,极具研究价值和时代意义。

张骞出使西域以及古丝绸之路的开辟是广为人知的世界历史大事,"发生在二十个世纪以前"[①]。小说《张骞的一生》鲜明生动地描写了张骞出使前后、出使途中的经历以及真实发生的事件,故事开始于公元前138年7月,结束于12年后,具有历史传记小说固有的特征。从结构上看,《张骞的一生》由两部分构成,第一部分是"大帝的使者",第二部分是"特殊的使命",小说因此设置了两条情节线索。第一条线索讲述的是张骞作为西汉使者的政治活动。张骞受命于汉武帝,从西安出发前往大月氏国结盟,途中遭遇匈奴袭击而被俘成为奴隶,因治愈患疟疾的匈奴首领久琛而救下来自伏尔加河流域的斯拉夫人甘父,而后张骞与甘父趁匈奴人松懈之机逃走,此时距离他离开长安已经十年之久。走出沙漠后在山林间偶遇女孩法罗阿特和小男孩施拉克遭劫并将其救下,法罗阿特是大夏国巴克特部落首领巴哈拉姆的女儿,

---

① [塔] 阿多·哈穆达姆、列奥尼特·齐格林:《张骞的一生——伟大的丝绸之路》,塔吉克斯坦共和国驻华大使馆2002年版,第3页。

张骞遂前往巴克特部落并与之建立军事同盟，随后与阿列尔部落缔结联盟，进而与大夏国建立友好关系，确定了从大夏国到中国等国家的商道，回国途经马勒阜时与之建立军事联盟和贸易关系，至此张骞完成了使命。小说的第二条线索与张骞的个人生活有关，匈奴单于将一个部落头领的女儿赐给他为妻，在巴克特部落收养了视其为父的孤儿施拉克，与法罗阿特相爱，在马勒阜救下沦为奴隶的苏兹达里姑娘柳巴，回国后因单英挑拨被汉武帝褫夺所有荣誉、奖赏与特权，靠打铁为生，单英的谎言被戳穿后受到汉武帝重新重用，再次出使西域。上述两条情节线索并行，反映了人与时代、人与历史、人与人之间的各种关系以及时代的文化，将家国情怀与个人情感生活等巧妙结合起来。

　　需要指出的是，《张骞的一生》虽是基于历史事实的传记小说，但是在伟大使者的经历中却充满了奇遇和巧合，许多事件充满了超自然的力量和因素。比如在匈奴单于要烧死奴隶为牺牲的战士陪葬时，水井的水源突然干涸，张骞自告奋勇成功解决水源问题，这样才有机会逃脱死亡；张骞从匈奴人手中救下甘父，而后者恰好勇敢而又忠诚，自此陪伴他经历种种考验并多次帮助他逃过劫难；张骞救下法罗阿特，而后者恰好是部落首领的女儿，并且与之相爱。阿列尔部落首领的儿子恰好是张骞在匈奴做俘虏时结识的奴隶，且二人私交甚好、相互了解。张骞在巴克特部落接受火神考验时，恰好刮起大风将火墙劈为两半形成可以通行的走廊；阿列尔部落崇拜"四十姑娘"，那些雕像竟然晃动并睁开眼睛轻轻说起话来，告诉人们要相信张骞。这些巧合和超自然力是张骞成功的保障，使伟大使者的经历充满了神秘和传奇的色彩。

　　在小说中，张骞的形象极富传说中的英雄的特征。张骞一行只有20人，却要穿越匈奴领地，这本身就是英雄之举；在匈奴领地炸泉眼、两次救甘父、不畏艰难接受巴克特部落考验、深入巴克特部落调节部落间矛盾也都是英雄所为。无论是可能会为匈奴人陪葬，还是与阿玛勒对决，张骞总是临危不惧，镇定自若，表现出英雄本色。正如作者所说：张骞"曾多次与死神对峙，他已经学会了在生死关头保持勇敢与冷静①。"张骞与嫉妒者单英在一起的比较，更凸显了张骞的英雄特征。"单英走近张骞。站在地上，他明显输了一筹。虽然没有带武器，但张骞仍显得高大英武。张骞保持着平静，单英踌躇了一下，虽然他努力想保持冷酷的样子。"②通过上述描写，小说具有了英雄传奇的鲜明特征。

《张骞的一生》的情节无疑是基于真实历史人物经历的事实，对于张骞，作家们试图使其形象尽可能接近历史原型。与此同时，作家们也积极使用艺术虚构，细致描写甘父、巴哈拉姆、法罗阿特和许多其他次要人物，设置正面和负面人物的冲突（张骞与单英的矛盾代表不同社会历史力量的人物的对立），将两类人的性格和命运对立起来，从而生发出更多有趣的故事，如主人公的个人生活、人物的爱情等，主人公的内心世界从而也得到了一定程度的揭示。可以说，无论小说的结构还是思想内容，都体现了作家的历史小说创作艺术。不言而喻，哈穆达姆和齐格林共同撰写的《张骞的一生》是可圈可点的"勇敢的尝试，它给描绘丝绸之路的历史画卷上添上了绚丽的一笔"③。

需要指出的是，《张骞的一生》是中、塔两国友好邦交关系发展的产物和见证。中、塔两国于1992年正式建立外交关系，此后各方面的合作逐步展开。小说发表的2002年，恰好是中塔建交20周年，该书的发行即是20周年庆典的系列文化交流活动之一。

二 俄罗斯作家什克洛夫斯基的《马可·波罗》：史料纪实与传说故事的结合

在什克洛夫斯基的散文作品中，《马可·波罗》是创作较早、较

---

① ［塔］阿多·哈穆达姆、列奥尼特·齐格林：《张骞的一生——伟大的丝绸之路》，塔吉克斯坦共和国驻华大使馆2002年版，第12页。
② ［塔］阿多·哈穆达姆、列奥尼特·齐格林：《张骞的一生——伟大的丝绸之路》，塔吉克斯坦共和国驻华大使馆2002年版，第97页。
③ ［塔］阿多·哈穆达姆、列奥尼特·齐格林：《张骞的一生——伟大的丝绸之路》，塔吉克斯坦共和国驻华大使馆2002年版，第2页。

为特别的一部小说。自20世纪30年代起，什氏在近四十年间的散文创作中多次触及马可·波罗及其相关故事。早在1931年，什氏就写过一本关于马可·波罗的小册子，名为《侦探马可·波罗》，由莫斯科的青年近卫军出版社出版。这本书是为儿童系列丛书"先驱就是第一"所撰写的，作家依据马可·波罗所作游记描写了其一生的故事，其中的叙述十分有趣，篇幅接近中篇，可谓后来的《马可·波罗》一书的简写本。1935年什氏将小说进行修改，一些片段刊发在杂志《星火报》（1935年第14期）、《接班人》（1935年第6期）上面，其全文1935年载于杂志《旗》第6期和第7期。1936年什氏为系列丛书"杰出人物生平"撰稿，再次修改了小说《马可·波罗》并出版单行本。1958年经过修改和补充，《马可·波罗》收入什氏的文集《中短篇历史小说》，由莫斯科苏联作家出版社出版，小说终成定稿。

  作为13世纪的旅行家和商人，威尼斯人马可·波罗的名字可谓具有世界性意义。在热那亚监狱里，马可·波罗向狱友鲁斯梯谦讲述了自己的旅行及见闻，后者记录并整理成书出版，1307年，马可·波罗亲自修订并将书再版，汉译本多名为《马可·波罗游记》或《马可·波罗行纪》。此后相当长的时间，该书一直是欧洲了解和认识东亚的唯一文献资料，并被翻译为多种欧洲语言。从欧洲到东方的陆路经过俄罗斯南部，因而马可·波罗在其游记的最后一章中描写了俄罗斯和俄罗斯人。该书的俄文译本最早出现在1861—1862年，什氏主要参照的是1902年出版的米纳耶夫（И. П. Минаев，1840—1890）的译本。米纳耶夫是俄罗斯著名的东方学家，其译本在出版时由东方学家、科学院院士巴托尔德（В. В. Бартольд，1869—1930）审校，从而确保了该书的严谨性和科学性，这也许正是什氏选择该译本的主要缘由。需要指出的是，什氏在创作《马可·波罗》时并未仅仅参考《马可·波罗游记》一书，而是对比和研究了很多与之相关的文献资料，例如意大利传教士若望·柏郎嘉宾的《蒙古史》、西班牙旅行家兼作家克拉维约的《克拉维约东使记》等，他虽然以马可·波罗的叙述为基石，但是却在小说中融入了很多自己的看法和结论。也许正因为如此，

《马可·波罗》一书才不仅是马可·波罗这位"著名旅行家的传记",同时也是对其生平所做的"独特的文学注解"①。

什克洛夫斯基作为重要文艺理论家,在创作时自然会将许多艺术表现手法融入作品之中。他在创作《马可·波罗》这部历史传记小说时,将史料纪实与传说故事结合起来。《马可·波罗》作为传记小说,是建构在真实的历史事件之上的,小说中的事件和故事均在浓厚的历史氛围中展开,其中塑造的人物形象多为真实的历史人物。

什克洛夫斯基的小说《马可·波罗》虽为马可·波罗的传记小说,但是其中大部分篇幅描写的是马可·波罗及其父亲和叔父的东方之旅。在《马可·波罗游记》问世之初,马可·波罗的同时代人认为书中所写均为作者杜撰和虚构,直到20世纪仍然有人怀疑马可·波罗及波罗兄弟是否到过东方和中国,这种论争持续了多年。持怀疑和否定态度的学者中,较为著名的是英国不列颠图书馆中国部主任弗兰西丝·伍德博士,他1995年著《马可·波罗到过中国吗?》一书,以182页专著的形式论证自己的观点。② 对此类的怀疑论者,中国杨志玖等学者发表文章予以驳斥,以大量证据说明上述观点的悖谬。早在19世纪末20世纪初,马可·波罗研究专家——德国的傅海波、英国的亨利·玉尔和法国的伯希和都肯定了马可·波罗中国之行。③ 截至目前,随着世界马可·波罗学的进一步发展以及中国古代丝绸之路研究的深化,越来越多的证据倾向于马可·波罗确实到过中国。2012年德国学者傅汉思出版了新作《马可·波罗在中国——来自货币、食盐和税收的新证据》,再次证明马可·波罗确实来过中国。

除了马可·波罗及其东方之行以外,什克洛夫斯基在小说中所写到的很多重要人物也是历史上的名人,例如成吉思汗、忽必烈、阿合

---

① Шкловский В. Б., *Собрание сочинений. Том первый*, М.: Художественная литература, 1973 – 1974, C. 733.

② 杨志玖:《马可·波罗到过中国——对〈马可·波罗到过中国吗?〉的回答》,《历史研究》1997年第3期。

③ 申友良:《马可·波罗与〈马可·波罗游记〉新探》,《湛江师范学院学报》2001年第1期。

马等人，与之相关的一些事件也确有其事，例如十字军远征、忽必烈统一中国、阿合马其人其事等均为历史事实。如前所述，什克洛夫斯基在创作《马可·波罗》时，并没有单纯地只参考《马可·波罗游记》，而是研究了与之相关的很多资料。正因为如此，什克洛夫斯基才能通过对13世纪欧亚一些国家的物质、制度、习俗、意识和观念的描写，在小说中营造出浓厚的历史氛围，从而带领读者做了一次穿越时空的旅行。

在《马可·波罗》中，什克洛夫斯基在主要依据历史事实的前提下，借用一些传说来增强小说的趣味性。作家"在记述自己的观察和经验的同时，……毫不犹疑地以古代典籍和传说中奇异的故事丰富了自己的叙述。……在很长一段时期内，所有关于中亚游牧和尚武民族的讲述都是从传说故事开始"，这些故事往往讲的是这些民族"假想的功绩和极端的残酷，以及他们强盗的声誉"[1]。什克洛夫斯基首先借用的是有关蒙古人的传说故事，描写了蒙古可汗及其率领的部队的英勇和残酷。在叙述这些故事时，作家在其中增添了一些神奇的成分，从而增强了小说的趣味性。

什克洛夫斯基在讲述马可·波罗眼中的摩苏尔时指出，对马可·波罗而言最重要的东西是此地的钻石，并且根据一些童话讲述了这些钻石的故事："在那些山里有许多又大又粗的蛇，凶恶且有毒；在山洞里有许多钻石。小溪把钻石冲到一些岩洞和大山洞里。那里有一个又大又深的山谷，周围的岩石上都是岩洞，没有人敢到那里去，于是人们就这样做：拿上一些肉块扔进深深的山谷里，肉块落到许多钻石上，钻石便粘在上面。鹰看见肉块，把它叼住，衔到另一个地方，人们就大声吓唬鹰，从它那里把肉夺下来。或者跟在鹰的身后，在它扔的垃圾里找到钻石。"[2] 这种描写和叙述使小说更加引人入胜。

---

[1] Жак Эрс, Jacques Heers, *Марко Поло*, Издательство: Ростов-на-Дону «Феникс», Перевод: С. Пригорницкая, 1998, С. 233.

[2] ［俄］什克洛夫斯基：《马可·波罗》，杨玉波译，四川人民出版社2016年版，第67—68页。

作为商人，马可·波罗不可能不对黄金感兴趣。在小说《马可·波罗》中，什克洛夫斯基几次描写了有关黄金的传说。首先是日本，那里原来是陆地，人们极少做生意，"这个群岛位于东方的茫茫大海之中。距离大陆一千五百英里。群岛的面积很大。那里的黄金极其丰富，因为只可以在那里开采，却不能外运。那里的宫殿雄伟高大，用纯金覆盖屋顶，就像我们威尼斯用铅覆盖房子和教堂的屋顶一样。……那里的地板也是黄金制成的，地板上的黄金有两指厚，窗户也是黄金装饰的，那里还盛产粉红色的珍珠"①。此外，在中国南方云南省的一个大集市上，山区的人们用黄金兑换白银，一条金块兑换五块白银，而在欧洲，在威尼斯，要兑换10—12块白银。这些拥有诸多黄金的人属于哪个民族，他们从哪里来，却没有人知道，也没有人能够到达他们那里，因为"那个民族生活的地方，没有人能够到达，也没有人会做任何伤害他们的事。他们住在无法通行的国度，没有道路通向那里，也没有人知道他们住在哪里，从来没有人去过那里"②。在《马可·波罗》中，什克洛夫斯基将这些传说故事与历史纪实结合起来，增强了小说的艺术感染力和可读性。

俄罗斯批评家伊瓦奇（А. Ивач，1900—1978）指出，"什克洛夫斯基对马可·波罗笔记的阅读，与那些迷恋于做注释和寻找地理错误的评论者不同。他在马可·波罗描写自己旅行的书中看到的是马可·波罗本人，他是走在那个时代前面的人"③。什克洛夫斯基在《马可·波罗》中依托真实的历史事件，恰到好处地运用传说故事、虚构与想象、互文性等艺术表现手法，塑造的正是这样一个伟大的旅行家的形象。

什克洛夫斯基对马可·波罗及其游记的关注不无缘由，一方面与作家对东方和中国的兴趣密不可分；另一方面也与当时的文化语境有

---

① ［俄］什克洛夫斯基：《马可·波罗》，杨玉波译，四川人民出版社2016年版，第135—136页。
② ［俄］什克洛夫斯基：《马可·波罗》，杨玉波译，四川人民出版社2016年版，第141页。
③ Шкловский В. Б., *Собрание сочинений. Том первый*，М.：Художественная литература，1973 – 1974，С. 733.

关。作为文艺理论家，什克洛夫斯基在文学领域中的活动始于1913年，至20世纪20年代中期成为形式主义学派的核心人物和代表人物。20世纪20年代末30年代初，国内形势发生了变化，时代的氛围也在改变，开始出现一些批判形式主义方法的书籍和文章，形式主义的代表人物受到严厉的批判。在这种氛围之下，对什克洛夫斯基而言，继续保持原有的立场并写作和发表相关论著似乎是不可能的。对当时的许多作家来说，"从事文学活动相对安全的方式剩下了两个：要么是儿童文学，要么是历史传记文学"①。许多批评家和文论家因此从文学研究转向儿童文学创作，什克洛夫斯基也将理论研究暂时搁置一旁，表现出对历史体裁作品创作的浓厚兴趣，在极短的时间内完成了几部小说，主人公均为历史人物，其中就包括《侦探马可·波罗》，并在后来将其逐步完善，终成传记小说《马可·波罗》。

三 俄罗斯作家涅恰耶夫的《马可·波罗》：旅行家一生的科学述评

涅恰耶夫是俄罗斯作家、历史学家、翻译家、记者。他生于莫斯科，先后毕业于莫斯科国立大学和国际关系学院研究生院，获得副博士学位。他致力于科研工作多年，后来在商业机构任职，目前是俄罗斯作家协会、俄罗斯新闻工作者协会和国际新闻工作者联合会的成员。涅恰耶夫的文学创作活动开始于2001年，2009年被授予俄罗斯作家协会莫斯科分会金奖和荣誉证书，以表彰其"对俄罗斯文学的忠实服务"。涅恰耶夫参与创作的书籍（包括有声书籍和翻译）的总发行量在2013年12月超过了100万册，是一位很受欢迎的作家。

涅恰耶夫所著《马可·波罗》发表于2013年，书中记述了马可·波罗的一生，也肯定地评价了旅行家的所作所为及其贡献。全书共14章，第1—3章描写了波罗兄弟的东方之行，第3—11章记述了马可·波罗出生至死亡的整个人生。可见，作家在小说中不单单讲述了卓越

---

① "Буду писать письмо. Фильма подождёт. Переписка Виктора Шкловского и Александра Марьямова", *Новый мир*, 2012, No. 11, C. 152.

第一章　丝路文化叙事俄语小说的体裁类型

的威尼斯旅行家马可·波罗的东方之行及其人生际遇，还细致地描述了在马可·波罗之前来过中国的波罗兄弟（马可·波罗的父亲和叔叔）的经历和遭遇，也展示了 13 世纪亚洲和欧洲各国人民的历史背景、文化和生活。在小说中，涅恰耶夫在记述和描写人物与事件的时候，往往掺杂着许多评价。在涅恰耶夫笔下，波罗兄弟正如马可·波罗评价的那样"机智聪明"①，他们第二次前往东方的主要原因是"在他们看来，物质利益胜过任何危险"，但是他们两个人"并不擅长选择道路"②。作家对马可·波罗的评价很高，认为他是"卓越的旅行家""勇敢的威尼斯人"③，他的贡献是卓著的。

涅恰耶夫的《马可·波罗》第 12—14 章将小说评与述结合的特征体现得最为鲜明。众所周知，1271 年波罗兄弟带着马可·波罗，三人一起出发踏上旅途，直到 1292 年才返回家乡。在这段时间里，马可·波罗曾毛遂自荐在忽必烈汗的宫廷供职，他研究了蒙古习俗和中国，并收集了许多有关日本、印度和非洲的信息，马可·波罗将获得的信息都写进了他的《马可·波罗游记》之中。因此，谢尔盖·涅恰耶夫不仅详细记述了马可·波罗东方之旅的各种奇遇、返回故乡的生活及最后的离世，还在记述完旅行家的整个一生以后，在小说中专设一章——第 12 章，详细讲述《马可·波罗游记》问世、不同名称、传播以及与游记内容有关的一些情况，这是与什克洛夫斯基所著《马可·波罗》十分不同之处。此外，涅恰耶夫还引用美国传记作家劳伦斯·贝尔格林（Лоуренс Бергрин）的说法对马可·波罗的游记做出了评价："所成之作就像是由多位无名大师所建的中世纪大教堂一样，极为鲜明生动，但思想无序庞杂"，然而"由于作者的不懈努力，已成为一部历史纪实和一件艺术珍品，以超越时间的冒险形式将消逝的世界保留下来"④。

---

① Нечаев С. Ю., *Марко Поло*, Москва: Молодая гвардия, 2013, C. 10.
② Нечаев С. Ю., *Марко Поло*, Москва: Молодая гвардия, 2013, C. 50.
③ Нечаев С. Ю., *Марко Поло*, Москва: Молодая гвардия, 2013, C. 242.
④ Нечаев С. Ю., *Марко Поло*, Москва: Молодая гвардия, 2013, C. 220.

在小说的第13章中，涅恰耶夫先是列举了否定和批评马可·波罗及其游记的众多说法和观点，接着在该章最后用很大的篇幅和有说服力的论据为其辩护，驳斥对旅行家的各种抨击，建议人们"对待马可·波罗不应过于严苛，因为他不是现代意义上的科学家。他没有为自己设定任何复杂的科学任务。他是一个生活在几百年前的质朴的商人，他只是想告诉人们：'世界充满了奇迹，我相信这些奇迹——也请您相信。'"[①] 涅恰耶夫认为，无论哪一部学术著作，即便是最科学的学术著作，也不可能将一个国家的一切都包容进去，并且全部讲述和论证得清楚明白。第14章是小说的最后一章，涅恰耶夫以"毋庸置疑的贡献"为该章命名，肯定了马可·波罗的东方之旅及其无可比拟的贡献。作家明确指出，在《马可·波罗游记》中，"尽管日期、城市的位置以及对城市的记述明显存在混淆的情况，但是无论如何都不能认为马可·波罗是一个幻想家，讲述一些他所未见过的国家、人民和动物来欺骗读者"[②]。综合考察马可·波罗的旅行，虽然他的游记中"存在一些问题和缺点"，但是"只能得出一个结论"，那就是马可·波罗的东方之行及其游记"意义非凡"[③]。

从文体的角度来看，涅恰耶夫的《马可·波罗》最突出的特征是科学性，作家一边记述主人公坎坷而又传奇的经历，一边引用各种文献资料说明所述之事，记述与论证紧密结合。作家在写作这部作品时，参阅了38本俄文资料，66本外文资料（主要是英文和法文资料）。全书共有543个注释，分布在近250页的小说中，平均每页约有2个注释。小说由14章组成，除了第11章、第12章和第14章没有小节以外，其余各章共分了103个小节，按章节计算的话，每个小节有近5个注释，小说的科学性和作家的严谨性可见一斑。例如在小说的第11章"马可·波罗之死"中，涅恰耶夫从1323年69岁的马可·波罗患重病无法下床写起，紧接着引用雅格布·阿奎（Джакопо д´Аккуи）

[①] Нечаев С. Ю., *Марко Поло*, Москва：Молодая гвардия，2013，С. 247.
[②] Нечаев С. Ю., *Марко Поло*, Москва：Молодая гвардия，2013，С. 249.
[③] Нечаев С. Ю., *Марко Поло*, Москва：Молодая гвардия，2013，С. 252.

和历史学家弗朗索瓦·佩诺（Франсуа Перно）在著述中关于马可·波罗临终前对自己游记的评价，以及劳伦斯·贝尔格林对游记的评价，说明旅行家死前拒绝对游记内容进行更正。由于病情严重，马可·波罗便听从医生建议在牧师的见证下立了遗嘱，小说简要介绍了遗嘱的内容，接着引用劳伦斯·贝尔格林著作中的叙述说明马可·波罗对跟随他的蒙古仆人的宽宥仁慈，三处引用1865年巴黎出版的《威尼斯人马可·波罗之书》的描写分别说明遗嘱的内容、违反遗嘱的惩罚以及遗嘱的真伪。此后，涅恰耶夫记述了马可·波罗死亡的时间、举行葬礼的情形、埋葬的墓地，引用弗朗切斯科·桑索维诺（Франческо Сансовино）对圣洛伦索教堂的介绍来证明马可·波罗之墓的所在地。在第11章最后，涅恰耶夫介绍了马可·波罗墓地的现状。从篇幅上看，第11章内容从215页至219页共4页，而其中的引文有8处之多。从词汇量上看，第11章共有俄文单词956个，而引文中的单词为262个，占总词汇量的27%。应该说，涅恰耶夫采用的这种写作手法是比较难以驾驭的，需要高超的写作能力，否则就会有滥用引文之嫌。涅恰耶夫则深谙其道，他致力于科研工作多年，在小说中把这些材料运用得游刃有余，很好地展现了旅行家传奇的经历和人生。

总体来看，传记小说是文与史牵手的小说，跨传记和小说双重文类，因而兼具两个体裁的特征。作家们把名人的经历作为创作素材，不仅要写出人物的生平事迹，也要观照历史文化语境，反映历史面貌，表达情感和对人物的评价。传记小说作品无疑要以客观事实为基础，以严谨的研究为依据，对人物予以文学和美学的阐释，这类小说"既要纪实，又要创造，……就是要达成学术性和文学性的完美结合，兼具科学性和可读性"[①]。可以说，什克洛夫斯基的《马可·波罗》与涅恰耶夫的《马可·波罗》这两部传记小说都充分体现了上述特点。

---

① 顾农、陈学勇：《关于传记作品文学性的通信》，《书屋》2014年第3期。

第三节　俄罗斯作家沃尔科夫的幻想小说《成吉思汗》：穿越的幻象和奇遇

俄罗斯当代作家沃尔科夫是幻想小说作家、记者，出生于斯摩棱斯克州，目前生活在莫斯科，从事新闻工作和文学创作。作家自幼爱好文学，11 岁便成为《少先队真理报》组织的最佳幻想小说比赛的获奖者。中学毕业后，先是在一家防腐涂料厂工作，并开始为当地一家报纸撰稿，此后参与了贝加尔湖—阿穆尔河干线的建设。在军队服役后，就读于喀山国立大学，参加了第二次科利马小气候考察。1993 年沃尔科夫进入莫斯科文学学院学习，这成为他人生的转折点，1996 年发表处女作《惊恐的诅咒》（Потревоженное проклятие）。沃尔科夫的创作以幻想作品为主，例如侦探幻想小说、英雄幻想小说、战争幻想小说等。他在早期发表小说时就引起读者的关注，并很快成为俄罗斯作家协会成员，2010 年他的神秘幻想小说《除魔者》（Бесобой）获得"巴斯特孔奖"（Басткон）。

沃尔科夫的长篇小说《成吉思汗》于 2010 年出版，由三个独立而又相互关联的长篇小说组成，是一部长篇三部曲小说。小说的第一部名为《恐惧之王》（Повелитель Страха），分为 21 章。小说主人公是名为阿尔乔姆·诺维科夫（Артём Новиков）的喀山大学 19 岁的大学生，喜爱射击运动和文学，在杂志社做兼职。1979 年他从一个远房亲戚那里继承了一个上着锁的盒子，打开盒子后发现里面有一个银质的小马雕像，并将其作为自己的护身符随身携带。奇怪的是，他的性格和命运竟然因此发生了极大的变化。他先是冷漠对待此前喜爱的姑娘娜佳并与之分手，后因被警察怀疑私下倒卖外国货而被开除出共青团并失去了在报社兼职的机会，又因没有接受当克格勃间谍的建议而被大学开除，无奈之下前往阿富汗加入苏联在那里的部队。他在一次战斗中受伤，与大部队失去联系并巧遇此前采访过的教授涅费多夫。阿尔乔姆的遭遇和命运与成吉思汗息息相关，他眼前经常出现幻象，穿越到 12 世纪，看到那里的人与发生的一切事件：成吉思汗如何从一个失去父亲庇护的孤儿成长为蒙古人的领袖并征服中亚和欧洲部分国家的历程，他死前给后人留下银马雕像，希望有一天能够被找到并借助银狼像的力量复活。银马雕像为阿尔乔姆揭示了成吉思汗的秘密，他也知晓了自己身负的特殊使命。

小说第二部为《异域之邦》（Чужие земли），分为 15 章。阿尔乔姆与涅费多夫在银马雕像的指引下穿越阿富汗的兴都库什山脉的冰川和峡谷，阿富汗国王纳狄尔·沙赫的手下以为他们杀死了自己的领袖便一路追踪。在多次与追兵周旋和战斗之后，阿尔乔姆与涅费多夫来到一个人迹罕至的神秘山谷。阿尔乔姆在那里爱上了部族首领的女儿泰莉并想留下来，但是使命与责任促使他继续前行。途中偶然来到一处与世隔绝的山谷，那里的时间是静止的，生活在这里的人们来自各个时代、各个国家，其中有古代的西徐亚人、俄国白卫军军官、马其顿亚历山大大帝的士兵、蒋介石的军队，这些人不老不死，永远一个样子。山谷不久后意外被水淹没，阿尔乔姆历经波折奇迹般幸存下来。然而，时间静止的神秘之地却夺走了他 14 年的时间，他回到俄罗斯时竟然已经是 1994 年，整个国家发生了极大的变化。他儿时的朋友维捷克成为黑帮老大，提议让他成为杀手，去杀死一名年轻的莫斯科商人安德烈·古米廖夫。

小说第三部为《失败之兵》（Солдат неудачи），分为 12 章。阿尔乔姆救下年轻商人安德烈·古米廖夫，但是却属于违法行为，黑帮和执法人员都因此而追捕他。以前的射击教练建议他离开本国前往巴尔干半岛，那里的战争已经持续了好几年。阿尔乔姆想念泰莉并想要去找她，但他首先必须摆脱银马雕像，然而教授涅费多夫与他的想法不同。阿尔乔姆面临选择，代价是要参加新的战争。

从小说内容可以看出，阿尔乔姆在得到银马像之后经历的种种奇遇，构成了小说的主要内容，而很多奇遇是在现实世界无法找到的体验，是超现实、超自然的，从而赋予小说《成吉思汗》非写实性，并使之成为一部独特的幻想小说。一般来说，幻想小说有广义和狭义之分,至于什么是幻想小说,"至今仍无定论。但是无论怎样描述阐释定义,都无法绕开'幻想'的存在",这类小说最主要的特征是"所描述的内容不局限在生活中以通常的逻辑观念和自然方式所能见到的事物或所可能发生的事件,而是存在于一个与存在世界相对的幻想虚拟世界、具有超出事物自然性的幻异特征或超出人事能力和社会逻辑性的变态超现实的特征"①。小说《成吉思汗》无疑具备幻想小说的基本特征,作家通过平行蒙太奇、双重叙事视角以及浓厚的神秘色彩构建起小说的幻想世界。

一 平行蒙太奇:两条情节线索的交互

"平行蒙太奇"属于蒙太奇的一种剪辑方法,是把不同时间段内、不同空间中展开的两条以上的情节线索并行出现,分别进行论述,最后统一到一个完整的情节结构中,或两个以上的事件相互穿插出现,揭示一个统一的主题或情节。《成吉思汗》三部曲最突出的特征就是使用了这种艺术表现手法,并贯穿小说始终。

在《成吉思汗》中,沃尔科夫设置了两条线索:一条线索与小说主人公阿尔乔姆有关,讲述了他得到遗产后的人生经历。第二条线索则与成吉思汗有关,讲述他如何从贫穷的孤儿成为蒙古帝国的统治者。表面上看,这两条线索表现的内容似乎毫无关系,阿尔乔姆生活在20世纪70—90年代,与成吉思汗活动的年代相距8个世纪;而且二者身份地位悬殊,一个是年轻的大学生,一个是一代帝王。将二者写进一部作品,如果处理得不好,就会使结构松散凌乱,难以形成统一的艺术整体。然而,令人惊异的是,沃尔科夫成功地采用了蒙太奇的艺术手法,不断进行画面的剪辑和切换,让两条线索同时展开,将书中各个章节内部及各章节之间都衔接得非常紧密,从而使小说《成吉思汗》结构清晰、浑然天成、别具特色。

---

① 冯鸽:《论幻想小说的非写实叙事》,《宝鸡文理学院学报》(社会科学版)2011年第5期。

第一章　丝路文化叙事俄语小说的体裁类型

　　在小说中，对于小说场景的切换起重要作用的是银马雕像，它像电视遥控器一样可以随时实现两个故事的转换。第一次二者之间的转换是在阿尔乔姆从莫斯科返回喀山的火车上。他打开盒子看到银马雕像以后铺好床刚要准备睡下，突然间眼前一片黑暗，地面在脚下消失，整个人陷入无边无际的深渊，未及细想坠落便停止了，他已经"来到另外一个现实世界"[1]，看到了草原、盆地、山丘、骑兵、狩猎短矛、长袍和羊皮袄。小说中写道："我蒙头转向。这些人是谁？我怎么了？马上开始从记忆中努力寻找词汇和形象、名词和称呼。也许，突然获得视力的盲人就是这种感觉！我认出了这个世界！我记得它！这不是我的记忆，不是我的知识，但是现在难道这还重要吗？"[2] 接下来的场景便是成吉思汗的父亲也速该率部与塔塔尔人经过激烈的战斗获胜，俘虏并处死塔塔尔部首领铁木真兀格，他十分欣赏这个异部首领，立下儿子出生便以铁木真为名的誓言。

　　阿尔乔姆第一次看到的幻象到这里就戛然而止了，自此之后类似的幻象常常出现在他的面前：有时是在电梯里、课堂上、公共汽车里，有时是在与他人交谈时，有时是在回家的路上。表面上看，这些幻象的出现似乎没有规律，实际上是有其内在逻辑的：每一次场景的交互都是两位人物人生中发生重要事件或者命运转变的时刻。比如，阿尔乔姆采访教授涅费多夫并与之发生争执，离开时在电梯里幻象再次出现：也速该在出于复仇的目的战胜并杀死一个商队的护卫队员，因为他们的可汗曾经俘虏了其祖父并处死。这一情节的插入具有承前启后的作用，既说明阿尔乔姆不畏惧教授的权威，也预示他在与情敌交手时毫不退缩。在课堂上，阿尔乔姆眼前出现的幻象真实再现了铁木真出生的情景以及星占家对也速该及其子命运的预测，而且阿尔乔姆的眼睛改变了颜色，这预言了他的性格特征及其将要进入军队参加苏联对阿富汗的战争。阿尔乔姆被警察怀疑倒卖进口商品而受审问，在从

---

[1] Волков С.，*Чингисхан. Повелитель Страха*，М.：АСТ：Этногенез，2010，С. 30.
[2] Волков С.，*Чингисхан. Повелитель Страха*，М.：АСТ：Этногенез，2010，С. 31.

警察局回家的路上，他的幻象中出现的是也速该带着儿子铁木真求娶弘吉剌·孛儿帖，回家途中被塔塔尔族人毒死，铁木真得知这一不幸的消息。后来阿尔乔姆又被克格勃叫去问话，因不同意做间谍而失去了在报社兼职赚取生活费的机会并被开除出共青团队伍和大学。回家途中在电车里，他的幻象中出现的是铁木真及其母亲和兄弟遭遇部族抛弃并备受欺凌的场景。这就意味着，铁木真与阿尔乔姆此时都陷入了困境。在此之后，阿尔乔姆在射击教练的帮助下进入部队，然而却因殴打上司差点被投入监狱，在大尉苏霍夫的建议下同意随外派军队前往阿富汗。此时出现的幻象则是铁木真在流浪数月、历经艰难和考验之后回到母亲身边，与亲人共同建设部落并迎娶孛儿帖，在妻子的鼓励之下励志重振部落。可以看出，无论是阿尔乔姆还是铁木真，在困境之后都柳暗花明、峰回路转，而后二人都在历经种种波折之后成长、成熟，逐渐实现自己的人生目标。

综上可见，作家正是通过蒙太奇的方式，使两个人物的经历、两条情节交互出现在小说中，形成相互印证、相互比照的关系，同时也赋予小说更为深刻和丰富的思想内涵，因为"上下镜头一经连接，原来潜藏在各个镜头里异常丰富的含义便像火花似地发射出来"[①]，这也是蒙太奇这种表现手法的重要作用。

二 双重叙事视角：内视角与外视角的交替

叙事视角是小说重要的因素，不同的视角为作家叙述故事、表情达意提供的方式有别，往往构成小说的重要特征。在《成吉思汗》中，沃尔科夫采用了两个视角，即第一人称和第三人称的双重叙事视角。如前所述，小说中有两条情节线索，而不同的故事中使用的视角不同。在讲述阿尔乔姆的经历和遭遇时，采用的是第一人称的叙事视角，"我"便是小说的主人公阿尔乔姆。而在讲述也速该和成吉思汗的故事时，主要采用的是第三人称叙事视角。根据两条线索的进展，

---

① 贝拉·巴拉兹：《电影美学》，何力译，中国电影出版社1982年版，第103页。

第一章　丝路文化叙事俄语小说的体裁类型

内外两种叙事视角交叉叠用，将故事完整地呈现。

"我"是小说的主人公，是小说的一号人物，"我"讲述自己的故事，因而第一人称视角贯穿整部小说。众所周知，这一视角的认知范围具有局限性，"我"只知道自己看到或者听到的一切，除此之外的其他事件对"我"来说都是未知的。"我"收到了一封信，信中说"我"将得到一份遗产，而遗产是什么，"我"并不知道。拿到作为遗产的木盒以后，"我"不知道盒子里装的是什么，也不知道为什么不能打开盒子。旧书贩所罗门·卢维莫维奇把"我"想要买的丛刊卖给了谁，最初"我"并不知道，后来看到它在教授涅费多夫手里才恍然大悟。通过第一人称的有限叙事，作家设置了一个又一个悬念，抛出一个个谜团，使故事跌宕起伏，具有极强的趣味性。可见，这种视角进行叙事既激发了阅读者强烈的好奇心，无疑也增添了小说的神秘色彩。与此同时，第一人称视角便于表达"我"的感受、"我"对人物和事件的观点和看法，"我"的心理和精神世界一览无余。此外，"我"的叙述或者独白当中，经常出现"您""你""你们"等，仿佛在与小说中的人物对话。例如在逃避阿富汗国王纳狄尔·沙赫的手下追捕的过程中，"我"与涅费多夫跑到一处难以通行的山崖：此时小说中写道："晚啦，小伙子们，晚啦。我们又有一个山崖保护了。前方是两座山之间的通道，到处都是庞大的巨石。在那里你们抓不住我们。"① 此话是"我"叙述当时的情景，然而却看似是在对追捕者说话，甚至是在与读者交谈。上述种种特征，使"我"的叙述具有极强的代入感，极易引起阅读者共情。

小说的另外一条情节线索讲述的是成吉思汗及其父母兄弟等历史人物的故事，这对"我"而言是他人的故事，因而采用的是第三人称视角。但是，这里的第三人称视角并非全知型视角，依然是有限的外视角。"我"生活在20世纪70年，可是却不断穿越到遥远的12世纪，看到了那个时空当中的人与事，而"我"并未参与其中，他们也不知

---

① Волков С., *Чингисхан. Чужие земли*, М.：АСТ：Этногенез, 2010, С. 8.

道"我"的存在。在"我"看来,"过这种双重生活——在这里和那里,在过去——还是可怕的"①。可见,"我"只是历史的见证者,"我"并不是无所不知的上帝。即便如此,"我"还是窥探到了人物的所思所想。例如,也速该"躺在妻子和儿子身边,想的完全是另外一件事儿。他当了父亲。总有一天,铁木真会继承现在也速该所拥有的一切"②。想到这些年的经历,"他心里想:'很快我就会把所有蒙古部落聚在一起,震惊世人。'"③"我"也能看到成吉思汗的内心世界,"铁木真的脑海中出现了各种各样的想法,随之又像火花一下子消失了。但是孛儿帖的话彻底打消了他的疑虑"④。可以看出,在这一点上"我"似乎又是无所不知的,这种叙事方式对于塑造立体完整的人物形象无疑是有益的。

非常有趣的是,在第一部最后一章"成吉思汗的秘密"中"我"穿越到过去的时候,"我"与成吉思汗融为一体,"我"成了成吉思汗本人。小说中写道:"这次,穿越到过去的情况与平常不一样。我的感受完全不同了,感觉、观察、思考的方式都变了。以前,我只不过是一个观众,无声地见证了不知名导演在我面前演绎的一部伟大的历史剧。现在我却是参与者。"⑤ 小说接着写道:

> 先是听到一些声响。油灯中火焰轻微的噼啪声,窗外的风声,远处马匹的嘶鸣。然后闻到许多气味。我所在的房间里弥漫着香味、皮革味、煤烟味和醋味。接着我的眼睛能看得见了。我在一个装饰精美的房间里——到处铺着地毯,有许多箱子,箱盖都雕着花纹,石砌的墙上挂着丝帘。小窗上镶嵌着精致的窗格。
>
> 最后,我感受到了自己的身体。就在此时我害怕起来。我害

---

① Волков С., *Чингисхан. Повелитель Страха*, М.: АСТ: Этногенез, 2010, С. 130.
② Волков С., *Чингисхан. Повелитель Страха*, М.: АСТ: Этногенез, 2010, С. 76.
③ Волков С., *Чингисхан. Повелитель Страха*, М.: АСТ: Этногенез, 2010, С. 78.
④ Волков С., *Чингисхан. Повелитель Страха*, М.: АСТ: Этногенез, 2010, С. 167.
⑤ Волков С., *Чингисхан. Повелитель Страха*, М.: АСТ: Этногенез, 2010, С. 230.

怕，因为这是一个老人的身体。我现在是个老人了。是一个沉重、笨拙的老人。我的双腿疼痛，腰部酸痛，呼吸困难。

这是怎么了？我是谁？我在哪儿？为什么？

对这些问题我还没找到一致的答案——立即便恍然大悟了。这是别人的记忆洪流落在了我身上。一时间我脑海中乱糟糟的一团。所有一切混杂成一股可怕的旋风。从过去，如同从汹涌的、一去不复返的急流中一样，我面前忽而突然出现咧嘴笑的士兵的面孔，忽而是被赶得疲惫不堪的马匹，忽而是很久之前的战争场面。渐渐地，我的思考、推理和分析能力又恢复过来。迅速思考了我的新记忆之后，我开始猜测我现在是用谁的眼睛在看、沉浸在谁的记忆当中。

乞颜-孛儿只斤部的成吉思汗铁木真。孤儿。被遗弃的流浪者，囚犯，草原上的掠夺者，最终成为了震惊整个宇宙的人。

他快死了……是他——还是我？现在我们合为一体，确切地说，我们是同一个人，同一个存在，同一个思想。①

可以看出，此时的"我"与成吉思汗已经不分彼此，"我"中有他，他中有"我"，此时第一人称和第三人称两个视角重合。在经历（见证）成吉思汗死前对种种事情的安排以后，"我"又从他中抽离出来，回到本来的"我"，即阿尔乔姆。毫无疑问，小说中第一人称与第三人称视角的衔接自然而又巧妙，凸显了幻想小说的特征。

三 神秘色彩：小说的风格与基调

应该说，神秘色彩是幻想小说的基本特征，《成吉思汗》中同样渗透着浓重的神秘色彩，这是该小说的一个重要特征和构成因素，也是小说的风格和基调，这与小说中的事件、人物和情节以及作家的叙述方式密不可分。前文已经介绍过小说的基本情节、主要事件和叙事

---

① Волков С., *Чингисхан. Повелитель Страха*, М.: АСТ: Этногенез, 2010, C. 230-231.

视角的神秘色彩，此处再对小说中主要的神秘之物、神秘之人、神秘之地稍作论述。

应该说，《成吉思汗》中的许多物品都笼罩着神秘的光晕。最先出现的神秘之物是一本古旧的丛刊，名为《圣彼得堡帝国神秘学会丛刊》，1916年出版。这是旧书贩所罗门·卢维莫维奇曾经向阿尔乔姆推荐的。其中一篇文章名为《古代蒙古人的宗教信仰及其对民族特征的影响》，还有一篇文章为《论魔法物品及其对主人命运的影响》，附有一张折叠着的薄纸，上面画着各种动物、鸟类和爬行动物的剪影，剪影之间有很多箭头，像是一张线路示意图。阿尔乔姆得到银马雕像时首先想到的就是这幅图，他意识到自己的奇遇与这本丛书有所关联并打算把它买下来，可是这本书已经售出，最初买者是谁没有说明，而在第一部《恐惧之王》结尾这本丛刊出现在教授涅费多夫的手里，而他正在寻找成吉思汗之墓。毫无疑问，阿尔乔姆在书中看到的"遇见死者的人走向死者"这句话有丰富含义。可以说，书的名称和内容无不透露着神秘，旧书贩预言阿尔乔姆会对它感兴趣是不无缘由的。

小说中第二个神秘之物是阿尔乔姆得到的遗产：一个小盒子。小说中对盒子的描写虽然没有占据很大的篇幅，却给它蒙上了浓重的神秘色彩。亲戚在遗嘱中声明：盒子作为其个人财产遗赠给阿尔乔姆，而且必须在没有见证人的情况下由其遗孀转交。盒子是黑色的，极其古旧，"木头已经发黑，几个角都磨坏了。盒盖上似乎是有过一些字母或标志，但无情的时间把它们磨没了——如今只剩下依稀可辨的印痕"①。盒子上着锁，但是却没有钥匙，而且只传给家族中的长子，按照嘱托继承者不应该打开盒子。这着实令人费解，小盒子就像是一个谜，缭绕着看不透的迷雾，因此在拿到盒子以后，主人公忍不住想要打开盒子。就在产生这一想法的时候，他突然感到一阵不寒而栗，车厢里本来又闷又热，可是他脸上却好像有一阵冰冷的风掠过，"眼前突然出现了奇怪的景象——漆黑的夜空，高高的草丛上许多骑手的剪

---

① Волков С., *Чингисхан. Повелитель Страха*, М.：ACT：Этногенез, 2010, C. 28.

第一章 丝路文化叙事俄语小说的体裁类型

影,远处草原的几堆篝火和一轮满月,它那朦朦胧胧的光芒笼罩了周围的一切"①。即便如此,主人公的好奇心还是占了上风,他用小刀撬开了锁舌,然而恐惧心理却一直伴随着他:"我害怕吗?是的。不知为什么,我极其害怕朝盒子里看。我特别想看,可也害怕去看。我深吸一口气,打开了盒子!"② 盒子中的银马雕像冷冰冰的没有温度,它在阿尔乔姆看来是个莫名其妙的东西,充满了神秘,正是它不时地使主人公眼前出现与成吉思汗相关的人与事,即 12 世纪中期至 13 世纪上半叶的历史画面。不可思议的是,这些相当真实的幻象涵盖了一天发生的事件,可是在当代的现实生活中仅仅用时几秒钟而已,颇有"天上一日,地上百年"之意。

银马雕像不仅散发着神秘的气息,而且具有改变人的神奇力量。自从得到这个银马雕像之后,阿尔乔姆的性格和命运随之发生了变化。此前他从来都不是一个乖孩子,在街头打架斗殴是常有的事儿,而得到银马雕像之后他慢慢开始思考自己的人生:"有生以来我一直觉得自己是个正常人——不是笨蛋,也不是傻瓜。我所有的行为都是理性聪明的人的行为。如今我觉得过去的岁月都是一些平庸无聊的日子,毫无意义。"③ 从前,一切都让他感到惬意和满足,而现在却让他的内心痛苦不堪,他不禁自问:"我从前怎么过的?我快十九岁了,但是我一生中做了什么?我是谁?……必须做点事儿!必须改变自己,改变世界。"④ 从此以后他发生了"巨变""蜕变":"现在的我就是这样。一个全新的我。"⑤ 这个变化是主人公喜欢的:"我喜欢我的新生活。新的'我'好于从前的我,这是显而易见的。就让这个银色小马在生活之路上引领我吧。"⑥ 银马像确实使主人公成长和成熟起来,他把雕像作为护身符也不无缘由,同时这个雕像也引领着他一步步

---

① Волков С., *Чингисхан. Повелитель Страха*, М.: АСТ: Этногенез, 2010, С. 28-29.
② Волков С., *Чингисхан. Повелитель Страха*, М.: АСТ: Этногенез, 2010, С. 29.
③ Волков С., *Чингисхан. Повелитель Страха*, М.: АСТ: Этногенез, 2010, С. 48-49.
④ Волков С., *Чингисхан. Повелитель Страха*, М.: АСТ: Этногенез, 2010, С. 49.
⑤ Волков С., *Чингисхан. Повелитель Страха*, М.: АСТ: Этногенез, 2010, С. 66.
⑥ Волков С., *Чингисхан. Повелитель Страха*, М.: АСТ: Этногенез, 2010, С. 69.

接近成吉思汗的墓地,并将墓地的秘密展现在他眼前。阿尔乔姆"很早就意识到,违背马的意志——或者说,违背穿越几个世纪传给我这个银像的人的意志,是根本不可能的"①,足见银马雕像拥有不可抗拒的力量。

小说中另外一个具有神奇力量的是银狼像,它的出现本身就有神秘色彩。也速该少年时代与同伴在河边钓鱼时,因山体滑坡而发现了满是金子的古代人之墓,从中发现了这个小巧的银狼像并保留下来,后来把它缝在帽子的衬里下面。自此以后,不仅大人、同龄人和孩童都非常惧怕他,而且他率部参与的历次战斗都会获胜,无疑银狼像的神秘力量起了作用:"也速该的武器是利剑,而狼的武器是恐惧。"②也速该死后,铁木真在神秘力量的指引下来到父亲遇害之地,找到了这个小银狼像并一直带在身上,他也越来越像父亲。长春真人曾告诉成吉思汗,远古时期众神创造了很多动物的雕像,每个雕像都有独一无二的能力:"比如说,狼能使敌人恐惧,而马则能传递信函并将主人带到指定地点。"③ 因此,在成吉思汗眼里银狼像是至宝,永远不会送给任何人。他希望将银马雕像传给耶律楚材的后人,后者能够在它指引下发现自己的墓地,而自己则能借助狼的力量获得重生。

除了神秘之物以外,小说中许多人物的身上充满了神秘的色彩,主人公阿尔乔姆、旧书贩、教授涅费多夫等人无不如此。在看到铁木真出生的情景、星占家预言其会成为伟大的统治者之后,阿尔乔姆的眼睛颜色发生了变化,他原本有一双曾经引以为傲的褐色眼睛,可是此时左眼变成了黄色,而右眼却是黑色。这种变化让他欣喜异常,觉得自己成了与众不同的人。有趣的是,幻象中也速该的两只眼睛也是不同颜色的,这既说明阿尔乔姆对也速该的欣赏和崇拜,无疑也预言他将拥有与其相同的军事才华以及勇敢无畏的性格特征。不久之后,阿尔乔姆被大学开除,在射击教练的帮助下进入部队开始了军人的职

---

① Волков С., *Чингисхан. Чужие земли*, М.: АСТ: Этногенез, 2010, С. 55.
② Волков С., *Чингисхан. Повелитель Страха*, М.: АСТ: Этногенез, 2010, С. 78.
③ Волков С., *Чингисхан. Повелитель Страха*, М.: АСТ: Этногенез, 2010, С. 235.

业生涯，甚至爱上了军人的生活，逐渐成长为坚强果敢而又冷酷的人，很多性格特征酷似成吉思汗。

教授涅费多夫也是一个神秘人物，他的很多言行像谜一样令人费解。一方面，他的确是列夫·古米廖夫的学生、历史学家、东方学家。另一方面，他仿佛一直监视跟踪着阿尔乔姆：从阿尔乔姆的朋友那里买关于他的信息，得知他的眼睛变了颜色；在阿富汗与其多次相遇，甚至与其同行去寻找成吉思汗之墓。涅费多夫的目的是什么，为什么要寻墓，为什么他要得到成吉思汗的银狼雕像？也许是想复活成吉思汗，也许是想取代他，这一切都是一个谜。

小说中的神秘之地非常之多，例如上文提到的也速该与同伴发现的古人墓地、成吉思汗的墓地和时间静止的山谷等。对主人公阿尔乔姆而言，阿富汗也是一个神秘的国度。小说第二部的主要故事发生在异国他乡，因此作家直接以"异域之邦"命名。除了前述提到的时间静止的山谷以外，美丽的姑娘泰莉及其部落生活的山谷也是一个奇异之地。山谷的人口有一个古老的黑色木柱，远远看去像是一根石柱，风吹霜冻使其破旧不堪。木柱有四个面，顶部尖尖的，上面刻着许多圆形和方形符号，符号里面刻着多角星，四周的光线弯弯曲曲，与火神斯瓦洛格的标志相似，这个柱子很像古斯拉夫人的边界柱。这里的人相貌也很奇怪，与阿富汗人不同，男性身材高大，身穿束着宽腰带的粗麻布衬衫，头戴毛皮帽子，蓄有胡须，他们自称马汉达人，与卡拉什人[1]有亲缘关系。这里没有药物，没有电，没有通信设施，没有报纸，仿佛处在中世纪一样。在知识渊博的教授涅费多夫看来，"这些马汉达人是真正的奇迹"，"要是按我的意愿，我愿意在这里住上一年。这真令人难以置信：科学未知的民族，不是在加里曼丹或亚马孙河的丛林中，而就在附近！语言，神话，习俗和日常生活——他们至今仍然在使用16世纪的东西！"[2] 可见，这个部族的一切都奇异而又

---

[1] 卡拉什人是巴基斯坦人口最少的一个非穆斯林民族，他们被认为是希腊马其顿亚历山大大帝东征军的后裔，生活在布姆布雷特、比里尔和鲁姆布尔三个峡谷中。

[2] Волков С., *Чингисхан. Чужие земли*, М.：АСТ：Этногенез, 2010, С. 65.

神秘，着实令人想要去探究。

　　幻想小说的核心无疑就是幻想，是用超现实的手法描写人物、表达思想。沃尔科夫的《成吉思汗》是典型的幻想小说，具备幻想小说的基本特征。超自然的力量在小说中起着非常重要的作用，可谓情节和内容构建的基础。小说人物生动，情节有趣，细节真实，表现出作家丰富的想象力。但需要指出的是，小说中描写的蒙古历史人物和一些事件却并非作者杜撰，而是真实存在的人物，作家创作时也参考了很多历史文献，例如《蒙古秘史》、拉希德·丁的《编年史集》等，并在小说中将历史与现实、当代与过去、写实与想象巧妙地结合起来，表现出高超的写作艺术。

第四节　塔吉克斯坦作家阿利莫夫的童话体小说《沙尔沙尔赴北京历险记》：真实与虚构的交织

　　《沙尔沙尔赴北京历险记》是一部童话体小说，作者是拉希德·阿利莫夫。阿利莫夫不仅是塔吉克斯坦驻华大使，也是塔吉克斯坦的儿童文学作家，《沙尔沙尔赴北京历险记》是他于2007年创作的作品，2007年11月由外语教学研究出版社出版，同年12月11日在俄罗斯大使馆举行了《沙尔沙尔赴北京历险记》的首发式。小说篇幅不长，全书采用俄汉对照形式，并配有乌克兰画家列娜·刘（Лена Лю）专为该书所创作的8幅彩色图画和22幅黑白图画。在小说中，阿利莫夫讲述了塔吉克斯坦杜尚别一名叫沙尔沙尔的学生沿着古老的丝绸之路奔赴2008奥运会举办地——北京的历险经过。

　　《沙尔沙尔赴北京历险记》的副标题是"一个近乎真实的故事——塔吉克斯坦学生沙尔沙尔徒步赴北京参加第29届奥林匹克运动会"，这已然说明了小说的基本内容和文体特征。小说的主人公是一个名叫沙尔沙尔的学生，他在塔吉克斯坦的首都杜尚别出生、长大，相信自己的梦想能够实现。在接到参加第29届夏季奥运会的邀请时，他勇敢地决定沿古代丝绸之路步行到达北京。

在通往奥运会举办地的路上，沙尔沙尔经历了对耐力的考验，锻炼了自己的性格和意志，战胜了邪恶，坚定了对善良的信念。这得益于他坚强的性格和智慧、对体育的热爱和崇高的奥林匹克理想。最主要的是，沙尔沙尔来到了伟大的邻国——中国，赢得了众多真挚的朋友，他们慷慨地与他分享自己的知识和经验。阿利莫夫用生动、流畅的俄语写作，塑造了活泼、可爱的主人公沙尔沙尔的形象。在奥运精神的感染下，沙尔沙尔不远万里，从帕米尔雪山启程，长途跋涉，走向奥运会，走向北京。

毫无疑问，《沙尔沙尔赴北京历险记》是一部真实与虚构交织的作品，是一部童话体的小说。一般认为，童话"是儿童的、创作的、幻想的"[①]，是"一种以幻想、夸张和拟人为表现特征的儿童文学样式"[②]。在《沙尔沙尔赴北京历险记》中，作家充分发挥想象力，运用多种童话的艺术表现手法，塑造了现实生活中可寻的人物形象，形成了独特的文体。

一　奥运牵出美好的真实时空

《沙尔沙尔赴北京历险记》创作于 2008 年奥运会举办之前，奥运会可谓小说中故事发生的"导火线"，也就是说，小说中的故事是有现实基础的，是基于现实生活基础之上假想与虚构的故事，奥运会相关的一些事件以及举办地中国构建起小说中真实的时空。

小说开篇即说明了故事发生的时间和地点：2006 年初的中国首都北京，此时一月份就要过去，中国人殷切地等待着春节的到来，城市里一派欢快的节日气氛。此时，即将于 2008 年 8 月在北京举行的第 29 届夏季奥林匹克运动会吉祥物全国评选结果揭晓，它们分别是五个福娃：小飞燕妮妮，藏羚羊迎迎，奥运圣火欢欢，大熊猫晶晶，小鲤鱼贝贝。众所周知，北京奥运会吉祥物早在 2005 年末就已经确定，是

[①] 洪汛涛：《洪汛涛童话论著·童话学（修订本）》，长江文艺出版社 2018 年版，第 9 页。
[②] 洪汛涛：《洪汛涛童话论著·童话学（修订本）》，长江文艺出版社 2018 年版，第 21 页。

2005年11月11日、距离第29届奥运会开幕恰好1000天时正式发布问世的。在小说中,作家根据小说情节的需要将时间后移,但是这并未影响故事发生的现实感、真实感,也正是这五个福娃决定邀请塔吉克斯坦的中学生沙尔沙尔前来当奥运会的志愿者。沙尔沙尔在接到五个福娃的邀请后,毅然决然地从塔吉克斯坦的首都杜尚别出发,沿着古老的丝绸之路向北京步行而去。一路上,沙尔沙尔不畏艰难,越过山峰林立、氧气稀少的帕米尔山脉,抵达塔中边界的库勒买—卡拉苏边防口岸并进入中国境内。

在中国境内,沙尔沙尔所到之处美丽富饶。在帕米尔高原,"山里的空气整年都非常清新,山中的睡眠又香又甜。山里的声音总是既刺耳又神秘。山中的声响充满神奇:邻村的狗在吠叫,而你却觉得狗就在隔壁院子门口;远处的山泉顺着山石湍流而下,可给你的感觉就像在你身边,伸开手掌就会被冰凉的水流激一下似的"[1]。空中有高傲的鸟儿飞翔,白云在雾霭中缭绕,湍急的山间小溪在欢叫,沿绿宝石般、如同地毯似的草地奔流而下。正如作者所说,"世界屋脊"的景象"美丽怡人,无与伦比"[2]。从前对行人而言凶险的塔克拉玛干沙漠已经今非昔比,一望无际的流沙中已经修建起铁路和高速公路,沙漠正在变成绿洲,人们修渠种树,过去荒无人烟的戈壁现在盖满了房子。敦煌莫高窟石墙上色彩鲜艳的壁画,给人安详华贵的感觉,美得令人震惊。嘉峪关上三个高高的蝶楼威严宏伟,祁连山上的皑皑白雪银光闪闪,长城依山势蜿蜒起伏,伸向广袤无垠的戈壁沙漠,美丽的景色令人心旷神怡[3]。沙尔沙尔一路走来,从大城市到小山村,从广袤的田野到山丘之间绿草如茵的羊肠小道,现代化的高速公路、高层大厦与乡村农舍比邻,佛家浮屠与宏伟的宫殿和园林花

---

[1] [塔]拉希德·阿利莫夫:《沙尔沙尔赴北京历险记》,吴喜菊译,外语教学与研究出版社2007年版,第67页。
[2] [塔]拉希德·阿利莫夫:《沙尔沙尔赴北京历险记》,吴喜菊译,外语教学与研究出版社2007年版,第69页。
[3] [塔]拉希德·阿利莫夫:《沙尔沙尔赴北京历险记》,吴喜菊译,外语教学与研究出版社2007年版,第79页。

园相映成趣。中国古都西安宏伟而又富丽堂皇，像是盛开的牡丹花。可以说，这一切既是小说故事发生的背景，也是现实中富饶、美丽和强大的中国，作者通过主人公沙尔沙尔所见所感自然而又真实地呈现出来。

沙尔沙尔所到之处，都受到隆重热烈的欢迎，大家都用当地特色的美食和歌舞盛情款待他。在中塔边境，高大魁梧的边防战士热情地迎接了沙尔沙尔。在塔什库尔干，人们吹起长笛、跳起舞蹈、摆上烤全羊等美食欢迎沙尔沙尔，将其奉为贵宾。玉田县的县长身穿黑白相间的缎子长裙，戴着当地的"民族名片"捷尔帕克——头饰和帽子，并将一顶绣着花边的红色小帽子和吉祥物"如意结"送给了沙尔沙尔。塔克拉玛干的牧人们用馕款待沙尔沙尔，还送给他一匹金鬃快马。在奥运风筝上，沙尔沙尔品尝了用豆腐、芦荟和竹笋等原料制作的具有中国特色的各类美食，亲身感受了浓厚的中国传统文化。

综上可见，阿利莫夫童话故事主人公沙尔沙尔赴北京过程中的所见所闻，存在于现实时空当中，这是一个真实而又美好的现实世界。

二 福娃搭建温馨的虚构时空

如果说奥运会牵出了《沙尔沙尔赴北京历险记》的真实时空，那么作为一部童话体小说，小鲤鱼贝贝、小飞燕妮妮、藏羚羊迎迎、奥运圣火欢欢、大熊猫晶晶这五个福娃则与主人公沙尔沙尔一起，构建起了小说想象世界，这个世界充满了温馨、和睦与友爱，这是由福娃搭建起来的虚构时空。

小说第一章描写现实生活中人们喜迎新年情景之后，马上在第二章进入童话世界：人造海洋世界的居民们也慢条斯理地游到把鱼缸分成两部分的长城模型旁，共同迎接新年，而此时的小鲤鱼贝贝则从电视报道中得知自己当选为奥运吉祥物，却不敢相信这是事实。直到三天后，成百上千人聚焦在鱼缸周围采访贝贝的时候，它才相信自己当选，并且从鱼缸里跳出来，与其他四个福娃成了朋友。在贝贝爸爸眼里，这五个福娃长得非常相像，而贝贝妈妈认为这是因为它们是幸福的，"看起来就像是一家人——奥林匹克大家庭的成员"①。

从此以后贝贝与其他福娃们开始为新的事情忙碌，与朋友们一起会见记者，到大中小学校去演讲，视察奥运工程，写回信。信件像雪片似的飞来，堆成了小丘，然后又变成小山。福娃们还分别邀请了历届奥运会的吉祥物，其中包括：莫斯科奥运会的吉祥物小熊米什卡，洛杉矶奥运会吉祥物金翅雏鹰山姆，悉尼奥运会"三胞胎"笑翠鸟奥利、鸭嘴兽悉德和针鼹米利，雅典奥运会吉祥物费沃斯和雅典娜，巴塞罗那奥运会吉祥物小狗科比，慕尼黑奥运会的达克斯狗瓦尔迪，首尔奥运会吉祥物小老虎虎多力，亚特兰大奥运会吉祥物伊兹和蒙特利尔奥运会吉祥物海狸阿米克。总之，它们把所有的朋友——历届夏季奥运会的吉祥物全都请到北京来。福娃们认为，这样一来，它们"每个人就不光有朋友，还有帮手了。要知道2008年8月会有几千名运动员和成千上万的宾客聚集北京。他们每个人都应受到关注，体会到独特的东方待客之道。这不仅仅是我们中国的传统，还是我们作为奥运会主人和吉祥物的义务"。同时，这也意味着"奥运会吉祥物们之间的友谊牢不可破，就像地球上运动员之间的友谊一样"②。

在贝贝和其他福娃看来，塔吉克斯坦学生沙尔沙尔不仅是全国学生运动会的冠军，而且勇敢又坚毅，善良又热心，就像是国家奥林匹克队的吉祥物，因此决定邀请沙尔沙尔，这样就可以为奥运会宾客做更多的事情。它们一直关注着沙尔沙尔的行程，贝贝还派出巨大的神龙风筝到嘉峪关帮助沙尔沙尔飞抵西安。最终在距离奥运会开幕式还剩下五个小时的时候，沙尔沙尔乘火车抵达北京，而朋友们兴高采烈地在音乐声中手持鲜花迎接他的到来，它们手拉着手，围着沙尔沙尔，

---

① ［塔］拉希德·阿利莫夫：《沙尔沙尔赴北京历险记》，吴喜菊译，外语教学与研究出版社2007年版，第57页。
② ［塔］拉希德·阿利莫夫：《沙尔沙尔赴北京历险记》，吴喜菊译，外语教学与研究出版社2007年版，第57页。

热烈拥抱。

三 四个"敌人"构建的心理时空

沙尔沙尔的旅程并不是一帆风顺的，走过漫长的旅程并不是一件容易的事。在旅途中，沙尔沙尔受到了四个"敌人"的威胁，它们分别是"犹疑""懒惰""教唆""疲倦"，这无疑是主人公内心世界的真实反映，构成了独特的心理时空。

沙尔沙尔遇到的第一个"敌人"是"犹疑"。在到达塔中边界库勒买—卡拉苏边防口岸时，沙尔沙尔觉得有人在拽他的背包。他转过身，看到"犹疑"那巨大、瘦高的身影，站在晒得发烫的沥青路上冒出的腾腾热气中。它站在他面前，好似凝固的曲线，灰色的长衫上全部扣子扣得紧紧的，睁着充满恐惧的眼睛。最后，它弯下腰来，低声说道："你为什么要这么做啊，沙尔沙尔。回家吧，家里多舒服，多凉爽。妈妈做好了香喷喷的晚饭，晚上电视里播放电影《指环王》。明天还有一场足球决赛。还有，夏天刚刚来临，学校马上要放假了。"[①] 然而，坚毅的沙尔沙尔仅有一秒钟的犹豫，他并没有选择坐舒服安全的飞机飞到乌鲁木齐，而是勇敢地踏上了旅途，因为半途而废不是他的性格。

沙尔沙尔遇到的第二个"敌人"是"懒惰"。在走到帕米尔高原时，山中美好的一切都让沙尔沙尔感到惬意和留恋，而且被窝里那么暖和，让人真不想起床。这时候，"懒惰"便乘机出现在沙尔沙尔身边，阴阳怪气地笑着劝说他休息的时间越长越好。"懒惰"的面庞看起来很慈祥，但面颊像大象耳朵似的可笑地耷拉着。它小声地对沙尔沙尔说："我等了你好长时间了，亲爱的。我去给你再拿三个枕头和两床鸭绒被，把早饭给你送到被窝里来，吃完你就接着再睡，睡，睡。"[②]

---

① [塔]拉希德·阿利莫夫:《沙尔沙尔赴北京历险记》，吴喜菊译，外语教学与研究出版社2007年版，第64页。

② [塔]拉希德·阿利莫夫:《沙尔沙尔赴北京历险记》，吴喜菊译，外语教学与研究出版社2007年版，第67页。

"懒惰"本身也像是由大大小小的枕头组成的:它的手臂又短又胖,粗大的双腿困难地挪动着笨重的身躯,刚移到椅子上,马上就睡着了。然而,沙尔沙尔最终战胜了自己,战胜了懒惰,他飞快地起床把一桶泉水浇到自己身上,精神抖擞地上路了。而"懒惰"也失望得像雾一样在晨风中散去。

沙尔沙尔面对的第三个"敌人"是"教唆"。在沙尔沙尔遇到一座三层楼高的峭壁时,最初有些不知所措,不知道是应该绕过它,还是想办法翻越过去。如果绕过去,就得多走不止一天,可要翻越它又困难、又危险,而且还没有专用工具。此时,"教唆"来到沙尔沙尔身后,告诉他要原路返回。"教唆"像个无人照料的老太太,身上破衣烂衫,长长的脸上满是疙瘩,仅有的几颗牙歪七扭八地露在外面,眼睛深陷,宛如漆黑的深沟。"教唆"试图使自己的面孔看起来和善一些,让人产生好感,声音也显得充满热情。它奉承沙尔沙尔是个聪明、勇敢的小伙子,而聪明人是不去爬山的,聪明人得绕过山去。然而沙尔沙尔并没有因"教唆"的话而改变坚定的信念,为了赶上与朋友们聚会,他坚决反驳了"教唆",然后从背包里拿出一把锋利的刀,灵巧地爬上树,砍下一根最长最粗的树枝,迅速削去多余的枝条,接下来一眨眼的工夫他就轻松地落到了悬崖的顶端,他撑竿跳成功了。在沙尔沙尔遇到水流湍急的大河时,"教唆"再一次气喘吁吁地出现在沙尔沙尔的身边,建议他结束自己的旅行,打电话向贝贝求救。然而,沙尔沙尔却不想证明自己软弱无能,那不是他的风格,他停下来平静地仔细考虑并且朝下游走去,终于找到了水流比较平缓的地方并在第二天早上游到了对岸。

沙尔沙尔面对的第四个"敌人"是"疲倦"。在敦煌莫高窟,沙尔沙尔遇到了他的第四个敌人——"疲倦",它步履蹒跚地朝他走来,它的头发湿漉漉的,汗顺着面颊流淌。看样子它的岁数不大,但却弯腰驼背。双手几乎垂到了地面,两腿半弯着,目光呆滞,舌头还不时地从嘴里伸出来。它喘着粗气,有气无力地低声说:"蝙蝠是不会伤人的。佛窟里很舒适,世世代代的过路人都在这里找到了栖身之所。

第一章　丝路文化叙事俄语小说的体裁类型

歇会儿吧，睡会儿吧，积蓄力量好赶路。"① 沙尔沙尔却用力推开它，还请自己在体育方面最忠诚的朋友"吸氧"来帮忙，他深吸了几口从神秘洞穴中吹来的清风，立刻感觉心脏欢快地跳动起来，双腿轻快，呼吸也变得通畅。马拉松跑是缓解疲劳、远离"疲倦"和莫高窟不友好主人最好的办法。就这样，他智慧地战胜了疲倦，加快脚步奔向中国的古都西安。

《沙尔沙尔赴北京历险记》作者阿利莫夫曾经表示，这本书是献给所有拥有梦想并为实现梦想而努力奋斗的少男少女们以及所有寻找真正的朋友并找到朋友的人的。通过小说中的故事，作者将现实的美好世界、想象的温馨世界、充满矛盾的内心世界结合在起来，意在说明，无论路途多么遥远，只要坚定不移，不受"敌人"的蛊惑，终能有所得、有所获，进而实现自己的梦想。

---

① ［塔］拉希德·阿利莫夫：《沙尔沙尔赴北京历险记》，吴喜菊译，外语教学与研究出版社2007年版，第76页。

第二章 丝路文化叙事俄语小说的基本主题

在两千多年的历史长河中,丝路并非如同其名字一样美好而安宁,而是在战争与和平的交替中发展,这是丝路主要的文化特征之一。丝路沿线人民渴望和平,但是却往往因战争被迫离乡或者失去家园,离开故园的人们并不会遗忘祖国和家乡,民族的一切都留存在记忆之中,时刻盼望回到故国家园。与此相关,在俄罗斯及中亚国家现当代丝路文化叙事俄语小说中,形成了"战争与和平""记忆与遗忘""漫游与归乡"等几个基本主题。这些主题内部的两个方面既相互对立又相互依存,贯穿在许多丝路题材的俄语小说之中,构成丝路文化主题的重要表达形式。这些主题在蒙古帝国题材、描写帖木儿及其帝国、张骞的人生经历等小说中都有鲜明的反映,如俄罗斯作家瓦西里·扬的《蒙古人入侵》三部曲、卡拉什尼科夫的《严酷的年代》、吉尔吉斯斯坦作家艾特玛托夫的《成吉思汗的白云》、乌兹别克斯坦作家博罗金的《撒马尔罕上空的星辰》、塔吉克斯坦作家哈穆达姆和齐格林的《张骞的一生》等小说,这些小说中的上述主题蕴含着重要的现实意义与丰富的思想价值。

第一节 战争与和平:丝路古国秩序的解体与重建

在漫长的发展史上,丝路并非总是同其名字一样华美,很多时候并

第二章 丝路文化叙事俄语小说的基本主题

不是一条安宁之路，这条道路及其沿线各国有过刀光剑影的血腥战争，有些战争甚至影响了世界历史发展进程。一些丝路文化叙事俄语小说反映了这些战争和事件，例如瓦西里·扬的《蒙古人入侵》三部曲描写的是成吉思汗因1215年蒙古大商队被害事件于1219—1225年间西征西域强国花剌子模，此后百年间蒙古人沿着丝绸之路几乎征服了整个欧亚大陆，一直到"最后的海洋"；卡拉什尼科夫的《严酷的年代》第二部内容与《蒙古人入侵》三部曲中的《成吉思汗》基本一致；《撒马尔罕上空的星辰》主要讲述帖木儿率军入侵印度和中亚各国，如阿塞拜疆、亚美尼亚、伊朗、格鲁吉亚等，以及被奴役国家各族人民的激烈反抗。

与上述小说内容相应，"战争与和平"成为丝路文化叙事俄语小说的重要主题。战争无疑破坏了原有的社会秩序和世界秩序，正如瓦西里·扬所说，"蒙古人发动西征之后，世界变得像埃塞比亚人的头一样杂乱无章。人变成了狼"[1]。面对战争，花剌子模沙摩诃末也感到，"他建立的那套秩序正在崩溃"[2]。战争打破原有秩序的同时，也在尝试建立新的秩序或者"在被征服的地面恢复秩序"[3]。成吉思汗希望全世界都按照他确立的秩序生活，他表示："所有人按照同一个法律生活，听命于同一个君王，才能建立普遍的和平。因而我创立这样的律法，制定《大札撒》。我就是这样的君主。"[4] 在整个马维阑纳赫尔落入成吉思汗之手以后，他"像一位获得珍贵遗产的勤勉主人一样，开始关心起秩序与和平生活的建立了"，只不过"重建秩序的过程进展得十分缓慢"[5]。著名的哲学家乌尔巴纳耶娃（И. С. Урбанаева）就此写道："伟大的草原改革者有意识地培养了他思考的中亚传统……以确保他的世界统一并在其中建立起秩序，符合人与人的尊严的概念。"[6] 拔都

---

[1] ［苏］瓦西里·扬：《成吉思汗（上）》，陈弘法译，外文出版社2005年版，第152页。
[2] ［苏］瓦西里·扬：《成吉思汗（下）》，陈弘法译，外文出版社2005年版，第2页。
[3] ［苏］瓦西里·扬：《成吉思汗（上）》，陈弘法译，外文出版社2005年版，第149页。
[4] Волков С., Чингисхан. Повелитель Страха, М.: АСТ: Этногенез, 2010, С.234.
[5] ［苏］瓦西里·扬：《成吉思汗（下）》，陈弘法译，外文出版社2005年版，第21页。
[6] Урбанаева И. С., Человек у Байкала и мир Центральной Азии: философия истории, Улан-Удэ, 1995, С.214.

在征服的区域推行成吉思汗制定的《大札撒》，尤其是在军队之中。例如，有一些来自不同地方、操着不同语言的战士被称作"疯狂者"，他们缺乏统一的意志，中间既没有建立起秩序，又没有设置官长，在离亦的勒河不远的平地上得到一片设立营盘的地方。拔都与速不台来到这个营地，要求战士们停止斗殴和吵闹，因为《大札撒》禁止伟大军队中的全体战士互相仇视、互相偷盗、撒谎吹牛。此外，要求他们立即按千户、百户组织部队，挑选十户长、百户长，委派千户长、万户长，从而在营地中建立起一套严格的纪律。在攻下马扎尔之后，拔都汗宣布昔班为马扎尔王国的国君，鞑靼公爵被派往各地并担任各地的最高法官，这些做法都旨在建立新的秩序。小说《撒马尔罕上空的星辰》的核心人物帖木儿在征服多个国家和地区以后，表达了要建立起统一秩序的想法，他说："联合还不是统一。联合应该做到我们的思想一致，感受一致，目标一致，意愿一致。我们的力量就在于此。"①

在秩序解体与重建过程中，征服者与被征服者形成对立，例如永不屈服的俄罗斯人在遭到蒙古人入侵以及破坏以后，仍然坚信"俄罗斯还会重建起来的"，正如哈吉·拉希姆梦中的镇尼所说："西方广阔的平原上将要爆发一场令人恐惧的战争。你将在那里目睹祖国捍卫者们的大无畏精神，同时也将目睹征服者们不可遏止的意志。捍卫者们和征服者们的力量都将胜过铁与火。"② 从被征服者、被侵犯者角度来看，战争与和平主题主要表现为"被追逐者"的有意识抗争或者无意识屈服，而对和平的向往与对战争的憎恶几乎是所有人的情绪，尤其是人民大众的真实感受。

一 蒙古帝国题材小说：有意识抗争与无意识屈服

在丝路文化叙事俄语小说中，不同的人面对外敌的表现有所不

---

① Бородин С., *Звёзды над Самаркандом: Том 3. Молниеносный Баязет*, Харьков: Прапор, 1994, C.234.

② [苏]瓦西里·扬：《走向"最后的海洋"》，陈弘法译，外文出版社2006年版，第113页。

同，作家们主要描写了面对战争时的两类人物及其表现。第一类人坚决抗争，誓死捍卫祖国和故乡的领土、守卫人民的安全和利益，即便可能会失败，但是却败得光荣、有尊严，这是值得称颂的有意识抗争，这样的人可谓绝不服输的英雄。另外一类人则懦弱胆小，退缩不前，只顾自己，最终惨败，这是失去了自我的无意识屈服，这样的人是贪生怕死的懦夫。总的来说，瓦西里·扬的《成吉思汗》与卡拉什尼科夫的《严酷的年代》中的花刺子模王子扎兰丁与将领帖木儿·灭里在所有的主战派中是比较突出的，瓦西里·扬集中笔墨塑造了这两个英雄的形象，与软弱胆小的花刺子模沙摩诃末形成鲜明的对比。

（一）绝不服输的英雄：意志坚定，誓死抗争

面对外敌入侵，意志坚定、誓死抗争的既有将士，也有普通民众，他们无疑都是英雄，为了家国可以牺牲一切，这在多部丝路文化叙事俄语小说中有所描写，尤其是蒙古帝国题材的小说。

在《严酷的年代》中，金国丞相福兴与另外一个将领在金王离开中都以后留守城市，"两人都发誓宁可死，也不让敌人进城"[①]。在守城无望以后，丞相福兴心灰意懒，绝望自杀。鲍西作为普通百姓的一员，几乎参加了所有战斗，最终战死在城墙之上。霍虽然食不果腹、身体虚弱、双腿颤抖，但是仍坚持与其他守城者一样，将滚木雷石搬到城墙之上，后来在保护妻子李翠时二人被蒙古人刺死。瓦西里·扬的《成吉思汗》中，很多花刺子模将士在与蒙古军队的战争中表现出英勇无畏的精神，誓死保卫自己的国家和人民。布哈拉的显贵们不战而降的时候，守城的长官阿秃儿古儿汗与跟他在一起的400名士兵一致诅咒将城门钥匙献给异教徒的伊玛目和显赫的老者，并决定抵抗到底。他们占领了内城中央的一座小城堡，宁死不屈，战斗持续了12天，最后守卫者几乎全部战死。

在《严酷的年代》中，基辅以及其他一些地区的公爵面对蒙古人

[①] Калашников И. К., *Жестокий век*, Москва: Издательство АСТ, 2019, С.667.

入侵纷纷表示,"必须赶紧召集勇敢的人们,将敌人包围起来,在荒野中,在波洛维茨大地上痛打他们……让其他人不敢来进犯"①。在《拔都汗》中,俄罗斯人民和部分公爵在对抗入侵的蒙古人时表现出同仇敌忾、英勇顽强的精神,其中有公爵,也有普通士兵和农民。梁赞大公之子费奥多公爵对拔都所说的话表达出俄罗斯人民的心声:"我们很愿意和你交朋友,结成睦邻同盟。但是,我们俄罗斯人有一句谚语:亲密不可强求。我们可以做你忠实的朋友,但是不当你的奴隶——永远不当。如果你要对我们发动战争,那就让我们用剑解决争论吧。"② 正是在这种精神的支撑下,梁赞大公尤里·英格瓦列维奇及其大军、罗斯托夫公爵瓦西里科、俄罗斯公爵奥尔吉均在战斗中被杀,响应梁赞公爵号召而离家的战士们全都牺牲在战场上,科泽尔斯克城由于有英勇的守卫者抗争,49 天才被攻克。速不台在与俄罗斯人开战之前对胜利毫无把握,因为他"现在面临着一场与斡罗思人的战斗。这些斡罗思人都是强健有力的战士,他们不但不退缩,反而主动挑战。要战胜他们是很困难的!……现在面临的日子很可能是哲别在中国用胜利得的荣誉将完全丧失的日子"③。正如哈吉·拉希姆所写:"我亲身经历了在异常严寒的气候之中和深不见底的沼泽冰面之上进行的那场恶战。我亲眼见到了成千上万像野兽般疯狂的鞑靼人向数千名斡罗思农民发起的攻击。而斡罗思农民中没有一个肯于屈服,虽然身被刀剑砍伤,依然挥起斧头奋力拼杀,犹如被人们围困的野狼一般,一直进行着绝望的反抗和撕咬,直到生命的最后一息。"④ 即便如此,俄罗斯人并没有失去与蒙古人抗争到底的决心:"瞧,孩子们还小。需要把他们抚养成人。可他们的父辈都在战争中牺牲了。从现在起,我们必须长期与鞑靼人打交道,作为被征服者忍受他们的压迫……过后,我们肯

---

① Калашников И. К., *Жестокий век*, Москва: Издательство АСТ, 2019, С. 822.
② [苏] 瓦西里·扬:《拔都汗》,陈弘法译,外文出版社 2006 年版,第 148 页。
③ [苏] 瓦西里·扬:《成吉思汗(下)》,陈弘法译,外文出版社 2005 年版,第 122 页。
④ [苏] 瓦西里·扬:《拔都汗》,陈弘法译,外文出版社 2006 年版,第 327 页。

第二章 丝路文化叙事俄语小说的基本主题

定要跟他们清算这笔账!"① 面对拔都入侵俄罗斯的要求,波洛维茨科特扬汗之子明确表示:"如果我们屈从拔都汗,这就意味着不战而降,主动地将我们头颅伸到鞑靼人锋利的剑刃之下。一天也不能迟疑了,我们应当卸下帐篷,出走马扎尔王国。贪婪凶狠的鞑靼人会追赶我们,可是一旦到了马扎尔平原,即使再跟鞑靼人交手,我们也会感到旁边有马扎尔人坚强的友谊之手在支持我们。"② 这番话得到了科特扬汗的认可,这才是一个真诚的战士应当说的话。在《走向"最后的海洋"》中,蒙古人在入侵基辅之前要求基辅在他们的优惠条件下屈服,但是英勇而智慧的俄罗斯人并没有上他们的圈套,而是要与其抗争到底。正如一位年老的神父所说,俄罗斯的子孙会以神圣的真理和坚固的壁垒战胜入侵者。基辅守将德米特罗号召市民,要以在残酷的敌人面前不屈服的先人为榜样保卫祖国并甘愿为之献身。基辅的守卫者也誓死保卫城市,甘愿抛洒生命和热血,至死不放弃基辅和神圣的土地。

欧洲在拔都及其军队的攻击之下总体上也是以上两种表现,瓦西里·扬在《走向"最后的海洋"》中对此予以描写。一方面,一些城市不堪一击或者不战而降,例如马扎尔国对于巩固和保卫祖国毫无措施可言,甚至没有一支组织完好的军队和必要的秩序;另一方面,也有一些城市誓死抗敌。在里格尼茨之战中,统帅西里西亚公爵及其城市守卫者几乎全部英勇献身。波盖米亚王国统帅雅罗斯拉夫在布尔诺突袭蒙古人并获得胜利,蒙古人只好放弃攻打奥洛莫乌茨,这使人民意识到蒙古人并非不可战胜。波兰城市桑多米尔虽然最后沦陷,但是所有的城市居民都参加了保卫城市的战斗,无论白发苍苍的老者,还是年轻力壮的青年,都在不知疲倦地投掷石块,挥舞剑斧木棒,从城墙上将不断蜂拥而上、大喊的鞑靼人击溃下去,饱受苦难的妇女们无所畏惧地搬运石块、送饭送水、包扎伤员,而流浪各地的年轻歌手不畏拔都并在他面前用自己的歌声号召波兰人保卫自己的祖国。

---

① [苏]瓦西里·扬:《拔都汗》,陈弘法译,外文出版社2006年版,第352页。
② [苏]瓦西里·扬:《走向"最后的海洋"》,陈弘法译,外文出版社2006年版,第145页。

在博罗金的《撒马尔罕上空的星辰》三部曲中，印度虽然最终被帖木儿征服，但是印度人民面对帖木儿大军毫无惧色：僧人们看到佛像遭到亵渎，虽无反抗之力，但是对破坏者诅咒不止；女人们扑向帖木儿的士兵，试图用刀、针、指甲和牙齿抵抗侵略者；人们在敌人的剑下挣扎，呼唤佛陀的帮助；孩童们也不甘屈服，从墙上、树上和废墟中把石块和断瓦扔向帖木儿的士兵。"被俘者没有屈服，紧紧咬住手臂，不期待怜悯，也没有求饶。"① 整个印度大地到处是尸体，其中既有士兵，也有老老少少的平民百姓，全部是在捍卫城市时丧生的。尽管百姓们没有武器，但是却没有成为俘虏，而是为保卫家园战斗到最后。被挑选出来要送往撒马尔罕的十万印度工匠、艺术家、建筑师被集中在一个地方，但是没有人抬头，他们只看着地面不说一句话，即便又累又饿、疲惫不堪，却没有人要求吃喝。面对帖木儿，他们无所畏惧地直视他，这令世界征服者感到恐惧，很明显他们不打算屈服。帖木儿因此下令杀死所有人，然而这十万人昂首挺胸，"不低头，不逃避，不遮挡，他们静静地看着冲向他们的骑兵的大刀和军刀"②，视死如归。亚美尼亚人民与印度人民一样"顽固"、不肯屈服，"每个亚美尼亚人都在对抗外国人的控制。只要你走近，每座和平的神殿都会变成一座堡垒，墙壁厚得无法穿透，通风口狭窄，通风口栅栏后面都是坚强的战士"③。大马士革的守军和市民面对来犯之敌英勇无畏，决定"不惜牺牲生命守护大马士革的生活"，他们表示，"我们既不会走出城墙，也不会放帖木儿进来"④。帖木儿的军队攻入城内以后，"城市骄傲而又勇敢地反抗，在所有小巷和街道，在工匠们的定居点，

---

① Бородин С., *Звёзды над Самаркандом*: Том 1. *Хоромой Тимур*, Харьков: Прапор, 1994, C.12.

② Бородин С., *Звёзды над Самаркандом*: Том 1. *Хоромой Тимур*, Харьков: Прапор, 1994, C.13.

③ Бородин С., *Звёзды над Самаркандом*: Том 2. *Костры похода*, Харьков: Прапор, 1994, C.307.

④ Бородин С., *Звёзды над Самаркандом*: Том 3. *Молниеносный Баязет*, Харьков: Прапор, 1994, C.360.

第二章 丝路文化叙事俄语小说的基本主题

在市场上，在庭院里，在清真寺中——普通民众聚集的地方到处都在反抗"①。

在所有的人物当中，瓦西里·扬《蒙古人入侵》三部曲中的扎兰丁是极富浪漫色彩的人物，他是花刺子模最勇敢的英雄。对哈吉·拉希姆来说，扎兰丁的名字就像黑夜里的一颗璀璨耀眼的明星；对花刺子模人民而言，他是拯救国家的唯一希望。扎兰丁与父亲摩诃末相反，一直主张积极面对敌人，"他不但不惧怕敌人，反而敢向敌人挑战"②。他不理解父亲为什么要退到印度去，如果成吉思汗用不了几天就会打到布哈拉城门口，应当做好准备才行，战士的护符是利剑和烈马。他说，"如果那个该死的成吉思汗真要来到这里，那么我们的军队就不应该凭借高高的城墙进行据守，而应该出击。……我们应当拨转马头，在他的身后，盯住他的行踪，阻挡他的前进道路，从四面八方对他发起攻击，抢夺他的骆驼，撕下他的皮肉"③。在扎兰丁看来，如果大军不去筑成一座军营，不去按照指示随时准备扑向敌人，而是藏在高高的城墙后面，那么这支军队就没有什么用处了。扎兰丁不惧父亲盛怒下杀掉他，仍然强烈建议父亲向撒马尔罕进发，而不是去伊朗或者印度逃避。他对父亲直言："我们面临的选择只能是两种：或者勇敢战斗，或者在逃亡中可耻地灭亡。我们应该率领军队到开阔地去同鞑靼人决战……我们应该像闪电一般神速，像夜影一般莫测。你应该像一位伟大统帅一样名扬天下！"④ 在摩诃末逃离蒙古人的途中，扎兰丁一路相随，同时"尽量召集部队"⑤。在父亲摩诃末死后，扎兰丁集结军队继续与敌人抵抗，终因寡不敌众而在申河惨遭失败，全部军队被歼灭。此后他辗转于各国之间，集结勇敢者的队伍，与蒙古人抗争了很多年。

---

① Бородин С., *Звёзды над Самаркандом: Том 3. Молниеносный Баязет*, Харьков: Прапор, 1994, С.379.
② [苏]瓦西里·扬：《成吉思汗（下）》，陈弘法译，外文出版社2005年版，第7页。
③ [苏]瓦西里·扬：《成吉思汗（上）》，陈弘法译，外文出版社2005年版，第170页。
④ [苏]瓦西里·扬：《成吉思汗（上）》，陈弘法译，外文出版社2005年版，第170页。
⑤ Калашников И. К., *Жестокий век*, Москва: Издательство АСТ, 2019, С.791.

与摩诃末形成鲜明对照的，还有他手下的将领帖木儿·灭里，作者在小说中称其为"桀骜不驯的帖木儿·灭里""沙的宝剑之柄、平安之盾"。帖木儿·灭里精通兵法、勇敢顽强，身经百战，富有经验，不避艰险。"敌人的大刀不止一次在他头上翻飞，敌人的长矛不止一次刺穿他手中的盾牌，敌人的利箭不止一次射进他的铠甲，豹子撕伤过他，老虎扑倒过他，死神在他的头上盘旋过，用乌云遮蔽过他的双眼。这样的人，还有什么可怕的呢？"① 无论是战争开始之前，还是面对敌人，帖木儿·灭里从未退缩过。在摩诃末战前召开的军事会议上，帖木儿·灭里直接表达了主战的思想，他认为进攻者得胜，谁一味守卫，谁就必死无疑，弱者只要勇敢进攻，就会战胜疯狂的猛虎。可是，摩诃末听后却发了怒，任命他为兵力有限的忽毡城总兵，这显然是一种惩戒。即便如此，帖木儿·灭里依然顽强与蒙古军队对抗。在蒙古大军来袭时，很短时间内便在忽毡河中间河流分汊处的一个小岛上筑起一个高大的城堡，并在那里储备了许多武器和食品。遗憾的是，蒙古人驱赶着一批俘虏来到忽毡城下，立刻便挥起马鞭、抡起刀剑迫使被俘的穆斯林向城墙发起冲击。城头上的居民们不愿意同本民族的弟兄们发生火拼，便决定停止抵抗。帖木儿·灭里只好带领一千名勇敢的骑士渡过忽毡河，将全部船只抢到手，而后在小岛上固守起来。帖木儿·灭里的战士们没有一个人肯向敌人投降，最后随行战士全部战死，他在哈拉·孔恰尔帮助下回到花剌子模，又着手进行与成吉思汗继续作战的各种准备。可以说，帖木儿·灭里"为花剌子模沙摩诃末拼杀了一辈子，从来不惜流洒鲜血"②。

瓦西里·扬在三部曲中都反复强调"战士的护符是利剑"③，"谁被动防守，谁就会被击败"④，遇到敌人应当主动进攻，而不是一味逃避。然而，花剌子模沙摩诃末却反其道而行之，奉行"谁不守卫，谁

---

① ［苏］瓦西里·扬：《成吉思汗（上）》，陈弘法译，外文出版社2005年版，第77页。
② ［苏］瓦西里·扬：《成吉思汗（下）》，陈弘法译，外文出版社2005年版，第10页。
③ ［苏］瓦西里·扬：《成吉思汗（上）》，陈弘法译，外文出版社2005年版，第168页。
④ ［苏］瓦西里·扬：《拔都汗》，陈弘法译，外文出版社2006年版，第169页。

第二章　丝路文化叙事俄语小说的基本主题

将灭亡"的原则，纵使有扎兰丁和帖木儿·灭里这样勇敢的战士，最终也没能改变国家灭亡的悲惨结局。

（二）贪生怕死的懦夫：软弱胆小，退缩不战

与上述英雄行为相反，一些当权者在面对外敌时却一再退缩，软弱胆小，放弃抗争，甚至将国家、城市、财富乃至一切拱手相让。这无疑是懦夫的行为。

在《严酷的年代》中，作家从成吉思汗的视角描写了金国面对战争时的不抵抗和软弱表现："战争持续了一年多，他夺下了几十座城池，只有一次不得不撤退。在大都郊外敌方的弓箭手射中了他。大汗退回草原疗伤，让军队休整后再次进攻。他的部队夺下先前离开的那些城池，继续一路向南，直奔中都。"战事的顺利完全出乎成吉思汗意料，"无论是城墙还是山峦都保护不了这片土地的主人。他们把自己捧上了天，以其威严压迫人，以其势众吓唬人。他来了以后，为自己从前的恐惧感到气恼。财富和简单的生活剥夺了这里的主人的勇气，他们变得萎靡迟钝"①。大敌当前，金王仓皇逃离中都，很显然"统治者不想保卫这座城市。人们想用武力留住皇子。当他的马车驶出宫门后，城中百姓哭喊着躺在路上。侍卫用鞭子清理道路，用长矛刺伤坚持不懈的人，丢弃到一旁"②。无论百姓如何请求，金王仍乘车离开，弃百姓于不顾。正如鲍西所说，他们在搜刮百姓时就像老虎一样残暴，可是一旦敌人来临，叫喊一阵就夹起尾巴逃远了。

在幻想小说《成吉思汗》中，沃尔科夫描写了成吉思汗征服金国的过程。在金国统治下的汉族人得到蒙古军队逼近的消息后，全都留在家中，在门前的街道上为入侵者摆上了敬献之物。有钱人摆放的是瓷器、杯盘、丝绸或亚麻布，穷人则摆放大米和铜灯。作家认为，汉族人不会为金国皇帝而战，因为他们并不担心权力的变化，即便没有战争，农民的生活依然艰辛，无论谁执政，他们的生活都会保持不变。

---

① Калашников И. К., *Жестокий век*, Москва：Издательство АСТ，2019，С. 646.
② Калашников И. К., *Жестокий век*, Москва：Издательство АСТ，2019，С. 667.

· 87 ·

金军最初有意抵抗，但终究敌不过蒙古人而撤军至中都。成吉思汗鉴于中都城池坚固便有撤军之意，他说："我希望为蒙古人赢得和平，中国人与我无关。"① 然而金国新帝完颜珣（即宣宗）却主动送来求和之信，承认成吉思汗有权统治臣服于他的所有国家和人民，并奉上丰厚礼物以示和解，希望蒙古人不再进攻并返回自己的土地。可以看出，金国的宣宗十分软弱，甚至不战而降。

在《蒙古人入侵》三部曲的第一部《成吉思汗》中，亦难赤汗的五千骑兵在保卫布哈拉的过程中不是英勇地战斗，而是可耻地逃跑。布哈拉城中的伯克、伊玛目、有学识的乌里玛和富商等显贵市民在大清真寺中集会，经过长时间的协商后决定不战而降，他们认为"俯首总比昂头更容易保留下一条性命。因此，我们还是替成吉思汗效劳为好"②。他们换上丝绸长袍，用银盘托上11座城门的金钥匙，成群结队走出城门向蒙古人献上本是固若金汤的城市，结果城中居民惨遭杀害，城市在一片火海中成为废墟。在花剌子模诸座城市中，撒马尔罕是最坚固牢靠的一座，古老的城墙高大厚实，包铁皮的城门上筑着箭楼，守城部队有11万人之多，守城的统帅是花剌子模沙摩诃末的舅舅，这是一个从未统领过军队的自高自大的人，第二天钦察士兵就不想出城作战了。第三天，撒马尔罕最显贵的人士——大法官（哈迪）、宗教首领舍赫·乌里·伊斯兰和清真寺的长老伊玛目连夜开会，决定向蒙古人投降。第四天早上，他们走出城门前往成吉思汗的大营，想请求蒙古大汗宽赦被围困的全城居民的性命。成吉思汗答应绝不迁怒于他们，允许他们各回各家，使团成员便高高兴兴地返回城中。于是第六天城门就被打开，蒙古大军进入城中，撒马尔罕就这样被上层人士出卖了。

在《走向"最后的海洋"》中，德意志国王腓特烈二世也是一个懦弱的逃避者，他虽然起草过一些慷慨激昂的诏令，号召所有国王、

---

① Волков С., *Чингисхан. Солдат неудачи*, М.：АСТ：Этногенез，2010，С. 178.
② [苏] 瓦西里·扬：《成吉思汗（上）》，陈弘法译，外文出版社2005年版，第184页。

第二章 丝路文化叙事俄语小说的基本主题

公爵、男爵们组成一支统一的强大的军队,英勇抵御拔都汗手下这批来自亚洲的侵略者,但是他本人却躲在西西里岛上那座别墅王宫中。在别墅旁边有一个小港口,港口中停泊着两只小帆船,一旦遇到紧急情况,国王随时可以乘坐这两只船开往亚历山大港或者贝鲁特,投奔他的阿拉伯朋友。得到拔都停止西征率军返回亦的勒河入海口的都城的消息时,腓特烈二世欣喜不已,不由想到:"如果这个消息能被特里盖斯图木地方长官的情报所证实,那就说明,汹涌澎湃的鞑靼之海掀起的恶浪冲到我国国境线之后,便要退回到他们荒凉野蛮的草原去了……是什么力量阻止了鞑靼的进攻呢?眼下这还是个难解的谜!要知道,他们原本是能够以火与剑扫荡整个意大利、法兰西、西班牙,并在各地建立起千年不朽的权力,传播异教和那个狂暴的成吉思汗制定的令人生畏的法律的呀……我要感谢这名修道士信使。"①

当然,在所有逃避与蒙古人对抗的人当中,最突出的代表就是花剌子模沙摩诃末,正是他的不抵抗思想导致了国家的毁灭,对此《蒙古人入侵》三部曲中有详细描写。

表面上看,在得知成吉思汗很快来犯之后,花剌子模沙摩诃末是积极应对即将到来的战争的。他首先下令在都城撒马尔罕四周建造牢固的城墙,城墙规模大,须迅速完成。他派出征税官到全国各地征收赋税,下令组建一支箭队,让大军从全国各地往一起集结。将锡尔河右岸直接与哈剌契丹接壤的东部边境的全部村庄迅速烧掉,因为那里已经出现了蒙古人。事实上,摩诃末的真实想法却是"谁不守卫,谁将灭亡"②。他在撒马尔罕召开由主要将领、显贵伯克、高级官吏和伊玛目参加的军事会议,商讨对敌之策。这些人分为两派,一派主战,一派主守。绰号为"宗教的中坚、国家的基石"的大伊玛目号召所有人挥起勇敢和虔诚之剑,打垮来犯之敌,应当将军队开到锡尔河畔,在那里与蒙古人展开殊死之战。应当率领生力军进攻敌人,而不能让

---

① [苏]瓦西里·扬:《走向"最后的海洋"》,陈弘法译,外文出版社2006年版,第293页。
② [苏]瓦西里·扬:《成吉思汗(上)》,陈弘法译,外文出版社2005年版,第152页。

这些在亚洲荒原上经过长途跋涉的蒙古人得到喘息。然而，摩诃末对此却不置可否。另外一派主张不战而守的人认为，对蒙古人必须实行诱敌深入，因熟悉地形自然可以更轻而易举地消灭他们，而且撒马尔罕和布哈拉墙高堡坚，有险可依。应该说，这种想法与摩诃末不谋而合。他说："帖木儿·灭里反复说，只有敢于进攻的人才能取得胜利。然而战争需要的不是鲁莽，而是机智。我绝不责怪他，也绝不会将任何一座城市弃而不守。我认为，身穿羊皮衣服的蒙古人或曰鞑靼人，无法忍受我们这里的炎热，不可能在我们这里长久下去。对于和平居民们来说，最好的保卫手段就是我们坚不可摧的城堡高墙。"①

战争开始，花剌子模沙摩诃末在布哈拉广场上举行庄严的礼拜仪式、号召全民起来对抗蒙古人以后，他离开布哈拉，却并未前往撒马尔罕，而是拨转马头折向南方的迦夫里。当得知蒙古军队占领了讹答剌并前往布哈拉、南方和克兹尔苦姆沙漠出现了鞑靼人的侦察部队以后，摩诃末担心的是他们切断自己退到印度的道路，他一味地逃避，而不是考虑如何应战，主战派的意见他一概不听。他说："也许，这头红胡子已经打到不花儿城下了，他的部队说不定正在四下里搜索我们呢。我们必须赶快离开这里！"②摩诃末一边咕哝着，一边紧紧地盯着前方，似乎花园树丛中随时有人会发起进攻一样。作家通过摩诃末的言行将他的胆小懦弱生动地展现出来，也正是这种软弱和逃避最终使他走上了失败的道路。摩诃末这样做无异于抛弃了国家和人民，难怪老百姓诅咒整个花剌子模沙摩诃末王族，说他们只会横征暴敛，一旦大难临头就扔下老百姓任人宰割。

摩诃末带着一支人数不多的部队前往迦里夫，在那里守卫忽毡河渡口，目的是不许蒙古人渡过忽毡河，期望不久之后能在伊朗集结起一支新的大军赶走蒙古人；同时派扎兰丁到巴里黑去，在那里集结一支新的部队。而此时，撒马尔罕已经被包围，失陷已经在旦夕之间，

---

① ［苏］瓦西里·扬：《成吉思汗（上）》，陈弘法译，外文出版社2005年版，第155页。
② ［苏］瓦西里·扬：《成吉思汗（上）》，陈弘法译，外文出版社2005年版，第170页。

第二章　丝路文化叙事俄语小说的基本主题

派去的支援已经无济于事；布哈拉失陷，驻守那里的庞大军队只突围出来 200 人。许多亲近摩诃末的可汗背叛他而投降成吉思汗，花剌子模沙摩诃末感到"他确立的政权正在瓦解，忠诚和恭顺正在灰飞烟灭"①，得知蒙古追兵临近，他迅速西去，狼狈逃窜，不择方向。每到一处，他都要求居民们加固城墙，死守免战。当他逃到赞奴亦地区的阿模里城附近，只剩下孤身一人。他以绝望的口气反反复复地说："在这块大地上哪里能找到一个能使我脱开鞑靼人的雷霆、稍微喘息一口气的地方呢？"② 可见，摩诃末直到溃不成军时依然在逃避正面与蒙古人较量，依然没有醒悟自己失败的原因，还是躲到了一个没有人烟的孤岛上，因遭遇流放到这里的麻风病人而不吃不喝，最终惨死岛上："从此，花剌子模沙摩诃末同故国以及永远不满于他而经常起事的臣民们的最后一线联系断绝了。从此，鞑靼人的奔袭和红胡子成吉思汗的阴影再也不会威胁到他了。"③ 这个昔日伊斯兰国家最强大的统治者，就这样可耻地结束了一生。

对摩诃末的消极抵抗做法，《严酷的年代》中的描写基本与《蒙古人入侵》三部曲相同。花剌子模很多城池守军也因沙的态度而放弃防卫，朱赤攻打昔格纳黑城时，城里"基本没有士兵"，"市民们没有反抗，一个士兵都没有伤亡"④。布哈拉城内有三万人的部队，但是成吉思汗不费吹灰之力就攻下了城市，因为"沙的埃米尔们更关心的是如何挽救自己的生命，而不是保卫城市。而且安拉的仆人帮助了他，劝说居民放下武器"⑤。

在博罗金的三部曲《撒马尔罕上空的星辰》中，奥斯曼帝国的一些城市在帖木儿入侵时往往不战而降，例如在逼近古城安特普时，城市的首领出城迎接帖木儿并声称"他们不会反抗，只请求几个世纪以

---

① ［苏］瓦西里·扬：《成吉思汗（下）》，陈弘法译，外文出版社 2005 年版，第 2 页。
② ［苏］瓦西里·扬：《成吉思汗（下）》，陈弘法译，外文出版社 2005 年版，第 6 页。
③ ［苏］瓦西里·扬：《成吉思汗（下）》，陈弘法译，外文出版社 2005 年版，第 7 页。
④ Калашников И. К., *Жестокий век*, Москва: Издательство АСТ, 2019, С. 783.
⑤ Калашников И. К., *Жестокий век*, Москва: Издательство АСТ, 2019, С. 783.

来居民们守护的城市能够完好无损"①，然而帖木儿并未接受这一建议，仍然使用武力攻城，毫无准备、手无寸铁的居民"跑向军队请求停止破坏，自愿当奴隶，自愿受死"②。从某种意义上看，人们也在试图保卫自己的家乡，只不过他们"更多地依靠安拉的怜悯，而不是自己的力量"③。总的来看，逃避与敌人对抗的胆小懦弱者并没有得到对手的怜悯和宽宥，并没有因拱手献上城池或财富而得到豁免，他们或者备受欺压，或者被夺去生命，下场和结局并非如他们所愿。显而易见，通过类似的描写，作家们的意旨在于告诫和呼吁人们在面对外敌时应该奋起抗争，而不是一味地逃避和屈服。

应该说，除了遭遇战争和入侵者以外，面对剥夺自由与幸福的统治者亦该如此，艾特玛托夫在《成吉思汗的白云》中通过百夫长与织绣女工的故事表达了这一思想。成吉思汗率军西征，他要求将士绝对服从，他手下是"成千上万名驯顺而又卖命地去征伐世界的士兵们，他们对他的个人意志是那么的驯顺，对完成他的意愿是那么的卖命，仿佛他们不是人，而是他自己手中不时拽动着缰绳的手指"④。在作家看来，这些失去自我意识的人们已经麻木，已经物化。与他们相对的则是百夫长和织绣女工，二人顺应人的本性和自然规律，生下爱情的结晶，甚至秘密谋划逃离成吉思汗的军队，而面对死刑二人毫不惧怕，毅然携手接受。可以说，他们的所作所为是对成吉思汗绝对权威的挑战，是他们有意识的抗争，这种不甘屈服的精神正是作家所推崇和歌颂的。

二 蒙古帝国题材小说：对战争的憎恶与对和平的向往

如果说，面对战争时国家的统治者和将领或软弱逃避或积极应

---

① Бородин С., *Звёзды над Самаркандом: Том 3. Молниеносный Баязет*, Харьков: Прапор, 1994, C. 231.

② Бородин С., *Звёзды над Самаркандом: Том 3. Молниеносный Баязет*, Харьков: Прапор, 1994, C. 232.

③ Бородин С., *Звёзды над Самаркандом: Том 3. Молниеносный Баязет*, Харьков: Прапор, 1994, C. 245.

④ [苏联] 钦·艾特马托夫：《成吉思汗的白云》，严永兴译，《世界文学》1991年第2期。

战的话，那么人民主要的表现则是对战争的憎恶与对和平的向往，即便是发动战争的国家和民族的普通百姓，也同样向往和平、安宁、幸福的生活。这一点在蒙古帝国题材的俄语小说中有较多描写和反映。

（一）被征服者：仇恨战争，反对侵略

仇恨战争、反对侵略既是人民大众的普遍情绪，也是一些身份高贵、位高权重者的心理。

在小说《严酷的年代》中，霍对意欲进军中原的铁木真表达了反对战争的想法："你打不败皇帝。而且为什么要去那里？草原那么辽远宽阔。至今仍然令我十分向往。这是我的第二个故乡。我不希望在这里或那里有流血的战争。"① 但是，没有人能阻止铁木真的计划，霍一家与千万百姓都成了战争的受害者：先是他的儿子和岳父在战争中遇害，妻子的姐姐一家杳无音讯。家园被破坏，亲人被杀害，这让霍和姐夫鲍西对入侵者充满了仇恨。鲍西诅咒侵略者："这些该死的蛮夷！遍地都是人的尸骨。要是把百姓的眼泪都聚集起来，眼泪都能淹死疯了的可汗狗和他所有的亲人。……我恨，我恨所有的人。"② 战争使人们远离家园、无数人丧生，使孩子成为孤儿，苏图深刻地认识到了这一点，他在跟随朱赤远征的途中对扎哈尔说，"我被迫离开了孩子、离开了妻子。我们在这里都很孤单。我想回家，你也想回家，可是我们两个人明天都要从这里去别的国家。会有多少孩子成为孤儿？也包括我们的"③。即便是身份高贵的朱赤也对战争和流血十分不解，他对苏图表达了自己的困惑："如果我们烧掉城市，杀掉所有的人，就只剩下光秃秃的土地。然而我们有很多土地，为什么我们要流血，流自己人的，也流异族的？"④

在小说《拔都汗》中，托钵僧哈吉·拉希姆曾经对拔都汗说，"我

---

① Калашников И. К., *Жестокий век*, Москва：Издательство АСТ，2019，C. 645.
② Калашников И. К., *Жестокий век*, Москва：Издательство АСТ，2019，C. 667－668.
③ Калашников И. К., *Жестокий век*, Москва：Издательство АСТ，2019，C. 760.
④ Калашников И. К., *Жестокий век*, Москва：Издательство АСТ，2019，C. 780.

再一次求你了——你放我走吧。我不想生活在这血的海洋里。你为什么要杀害那么多想和平自由地生活的老百姓呢？"① 应该说，哈吉·拉希姆的话表达出备受战争之苦的人民的心声，没有人不痛恨侵略者、反对战争。一方面，人民表现出对入侵者的极大仇恨，例如《拔都汗》中被围困的科洛姆纳的居民对城下的入侵者带着满腔仇恨；另一方面，则坚决与入侵者对抗，例如弗拉基米尔城的守卫者奋勇抗击敌人，宁肯战死也誓不投降。多数作家笔下的人民都是如此。

在《成吉思汗》中，蒙古人占领布哈拉以后开始大肆杀戮，城内呼喊号啕声四起，绝望的眼泪犹如泉涌："不花儿新的主宰者们就像市场上那些随便挑选哞哞嗥叫的母牛或咩咩哀鸣的山羊并挥起棍棒将它们赶进屠宰场的卖肉的人一样，用皮鞭抽打不肯离开人群的不花儿人，用套马杆套住这些人的脖颈，催动坐骑，将他们拖出人群。"② 蒙古人造成的恐怖之感是如此之重，以致布哈拉人连反抗的念头也不敢产生。然而，那些做丈夫和做父亲的男子们，看到自己的妻子或女儿被蒙古人拖倒在地，不禁悲愤满腔，忘却了恐惧，扑上前去，想把亲人解救出来。蒙古人则毫不留情地用马践踏他们，用铁棍木棒猛敲他们，把他们打倒在地。作家通过一位布哈拉学者面对这惨无人道、令人胆战心惊的暴力场面时的感受，表达了布哈拉人民对入侵者的痛恨："对这些，我难道还能够容忍吗？"③ 年迈的学者和他的儿子看到蒙古人糟蹋妇女时，便扑上去援救，结果当时就被杀死。其他许多人也遭到同样的命运，他们看到自己的家人受到污辱，就上去保护，于是被蒙古人击倒在地。撒马尔罕城遭到了几乎相同的命运，城中百姓惨遭杀戮，他们一直抵抗到生命的最后一息，直到"没有抵抗的勇气，就连逃命的勇气也没有了"④。

在《拔都汗》中，一个保加尔商人给雷神林村的居民讲了成吉思

---

① ［苏］瓦西里·扬：《拔都汗》，陈弘法译，外文出版社2006年版，第200页。
② ［苏］瓦西里·扬：《成吉思汗（上）》，陈弘法译，外文出版社2005年版，第199页。
③ ［苏］瓦西里·扬：《成吉思汗（上）》，陈弘法译，外文出版社2005年版，第200页。
④ ［苏］瓦西里·扬：《成吉思汗（上）》，陈弘法译，外文出版社2005年版，第203页。

第二章 丝路文化叙事俄语小说的基本主题

汗入侵比里阿尔城的情景,成吉思汗的孙子昔班汗率军摧毁城市,逮住保加尔人,挑出会做手艺的人拴起来送走,只有躲到森林里的人才幸免于难。这个保加尔商人对蒙古人充满了憎恶,在他看来,蒙古人多得就像沼泽地上的蚊子,极为野蛮,叫人无路可逃。蒙古人也是可怕的民族,他们就像晴天霹雳一样突然降临,他们不饶恕任何人,不放过任何东西,逢人便杀,逢城乡便烧,因此被称之为恶棍。在得知蒙古人杀害了费奥多公爵以及亲眼看到他们掳走阿波尼查以后,来自梁赞的农民们满脸忧愁,他们知道,从此以后等着他们的将是更大的灾难和血腥的战斗,因为"既然鞑靼人已经杀害了费奥多公爵,那我们就休想从这些游牧民嘴里等到对和平、友好的承诺了!"①

在《蒙古人入侵》三部曲中,农民库尔班·吉兹克得知自己被任命为军队的大头目需要骑上战马带上刀剑去打仗以后,觉得这是开玩笑,自己除了种地根本不会打仗。可是谁要是不去,谁的脑袋就会搬家,于是他把不满发泄到家里耕田用的骡马身上:"为什么我们家那头黄骡子到现在还不死呢?要是没有它,我就不必到哈吉姆那里报到去了。……我们又不是战士!我们种了粮食,然后伯克收去,就算完了。谁也再别来打扰我们。"② 母亲认为这是新的灾难降临到了他们的头上。库尔班·吉兹克的邻居们也纷纷表示:"我要带上妻子儿女,到山里或沼泽地里避难去。我有什么好保卫的?这些土地吗?这些土地又不是我的,而是伯克的!让伯克带上骑士为自己的土地去打仗好了!""花剌子模沙摩诃末有一支由花钱雇来的钦察人组成的军队。打仗是他们的事。至今为止,他们老跟我们种地人打仗,弄得我们过不上好日子。"③ 战争来临,手无寸铁的老百姓开始恐慌地四处奔逃,所有小道上,到处可以看到一群群步行的、骑马的乡亲们以及载着家当和孩子们的大车行列,许多老人和女人疲惫地拖着沉重的双腿走在路上。人们和

---

① [苏]瓦西里·扬:《拔都汗》,陈弘法译,外文出版社2006年版,第153页。
② [苏]瓦西里·扬:《成吉思汗(上)》,陈弘法译,外文出版社2005年版,第158—159页。
③ [苏]瓦西里·扬:《成吉思汗(上)》,陈弘法译,外文出版社2005年版,第159页。

车辆朝各个方向走去，有的去城市，有的恰恰相反，要去南山。大道变得干燥了，灰尘像乌云一般在逃难的人们上空盘旋。而在布哈拉城里，一群群流民随处可见，他们拖老携幼，企图寻找一个安身之处。

在《拔都汗》中，尤勒杜兹得知木苏克即将离家参战以后，眼泪止不住顺着面颊滚落下来。她说："这场令人诅咒的战争到底是为了什么？谁都真切地记得，可怕的蒙古人到来的时候昔格纳黑发生了什么。他们杀死所有的人，烧掉所有的房子，把一半的妇女儿童不知弄到了什么地方！我就是那时候失去父亲和母亲的。"① 尤勒杜兹不理解为什么要有战争，为什么要打仗，她痛恨战争，因为战争让她失去了双亲成为孤儿，又将带走她心爱的男人。

除了上述蒙古帝国题材的小说以外，在博罗金的《撒马尔罕上空的星辰》中，印度人民面对帖木儿大军知道必败无疑时同样宁死不屈，帖木儿的修史人记录了当时的情景：崇拜神像的居民们自己纵火焚烧了妻子、孩子和所有的财产，穆斯林居民自己像宰杀羔羊一样杀死了妻子和孩子，"这两个民族，异教徒和穆斯林像一个民族那样团结起来，决定拼命抵抗世界统治者的强大军队。他们变得像强大的老虎和大象，坚强、内心坚定，像豹子和龙，内心坚强"② 。图拉工匠纳扎尔告诉徒弟鲍里斯，一旦帖木儿要准备攻打俄罗斯，那么在撒马尔罕的俄罗斯人会把这个消息以口口相传的方式传递到自己的祖国，而同胞们则会保卫祖国："我告诉一个人，你告诉一个人。就像我们铆接铠甲一样，一环套一环，环环相扣。……我们的人民就像铠甲一样保护着祖国。……自古以来我们就坚持这一点：我们不觊觎别人的东西，自己的东西我们也不能弄丢。"③ 从中不难看出，俄罗斯人民、普通百姓抗击侵略者的坚定决心，各地的人民都"宁可死在绞刑架上，

---

① ［苏］瓦西里·扬：《拔都汗》，陈弘法译，外文出版社2006年版，第40页。

② Бородин С., *Звёзды над Самаркандом*：*Том 1. Хоромой Тимур*, Харьков：Прапор, 1994，С.131.

③ Бородин С., *Звёзды над Самаркандом*：*Том 1. Хоромой Тимур*, Харьков：Прапор, 1994，С.190.

第二章 丝路文化叙事俄语小说的基本主题

也不愿活在蒙古人统治下"①,很多活下来继续抗击蒙古军队的人们因此称自己为"受绞刑者"。这就意味着,他们已经随时准备牺牲自我,发誓把蒙古人驱逐出祖国,即便被蒙古人送上绞刑架也毫不妥协。俄罗斯人民"团结起来反对蒙古人……不是只有几个各自为战的村镇,而是全民奋起作战"②,以三十年前抵制蒙古人入侵、将其驱逐出去的霍拉桑为榜样,坚决反抗侵略。大马士革的人民善良而又勇敢,一把枣子和一杯冷水足以让他们满足和快乐,其余的一切在他们看来都是真主的馈赠。然而,他们却可以做出任何牺牲,只要能够维护自己美好的家园,因为这里"在自幼就心爱的狭窄街道上、在围墙之间充满劳动、和平和欢乐"③。

瓦西里·扬通过哈吉·拉希姆的《旅行札记》描写了战争带来的苦难,表达了对战争的厌恶:"我从哪朵白云上能采摘下渲染,我从哪片智慧之湖中能用结实之网捕捞到正义和动人思想的银色涟漪,我在哪个地方能寻找到一锅滚烫的油脂,用以描述蒙古大军每前进一步随之而出现的苦难、绝望、充满无尽泪水、充满无限悲悯和愤怒的情景?……这支大军吞噬和消灭征途中遇到的一切……每个人,每个妇女儿童都成为铁面无情的蒙古士兵的牺牲品……所有的反抗都遭到灭顶之灾,所有的归顺都导致沉重的奴役,一切都无济于事……四十万挟着毁灭和死亡的蒙古大军呼啸而来的时候,巍然屹立并勇敢抵抗的军队到底何在?驱赶这批热衷于劫掠和暴力的草原猛兽的到底是谁?"④ 正如博罗金在小说中所写,对于入侵者,对于战争,"很多人都不满,到处都是不满的人们"⑤。有不满就有反抗,然而反抗的方

---

① Бородин С., *Звёзды над Самаркандом: Том 1. Хоромой Тимур*, Харьков: Прапор, 1994, С. 315.
② Бородин С., *Звёзды над Самаркандом: Том 1. Хоромой Тимур*, Харьков: Прапор, 1994, С. 314.
③ Бородин С., *Звёзды над Самаркандом: Том 3. Молниеносный Баязет*, Харьков: Прапор, 1994, С. 360.
④ [苏]瓦西里·扬:《拔都汗》,陈弘法译,外文出版社2006年版,第57页。
⑤ Бородин С., *Звёзды над Самаркандом: Том 1. Хоромой Тимур*, Харьков: Прапор, 1994, С. 318.

式是多种多样的，手持武器与敌人面对面作战是一种反抗，但这不是唯一的方式、唯一的壮举。博罗金因此在小说中指出，"荣誉并不在于挺起胸膛抵御敌人的长矛。更大的壮举在于一步步无声地每天都在抵御长矛和刀剑，就像蒙受苦难一样。这是伟大的壮举！也许并不会为人所知，但是如果没有那些不为人知的人，就不会有人所共知的壮举"①。

（二）各国人民：向往和平，渴望安宁

总体上看，对人民而言，无论是发起战争之国的百姓，还是被侵犯之部族的人们，他们的想法都非常简单，无论是在战争年代，还是在战争停息之后，各国"人们不想拿起武器，不想生乱"，"他们也渴望和平和安宁"②。正如《严酷的年代》中的苏图所说，"人们看得比丝绸和黄金还重的是安宁"③。

小说《张骞的一生——伟大的丝绸之路》开篇即写道，当时在汉王朝的土地上并没有和平，中国有一个非常强大的敌人，他们打败了中国强大的军队，到处烧杀抢掠，把中国人民赶出家园并使他们沦为奴隶。这个强敌就是匈奴。他们少而精的军队骑着耐力很强的快马侵入中国的领土，给中国军队以重创，闯进和平宁静的村庄，"一团团升起的浓烟盖住了房子。到处传来被匈奴赶出家园沦为奴隶的村民的哀号。到处都是被屠杀的村民的尸体。穿着兽皮，披头散发的匈奴人正在匆忙撤退。他们边挥舞着鞭子赶着村民，一边往马背上装抢来的东西一边用沙哑的声音相互呼唤着。到处是大火，屠杀，破坏"④。中国人再也不能忍受这种现状了，他们想要改变，想要安宁与和平的生活。这也成为张骞出使西域的重要动因。

在瓦西里·扬的小说《成吉思汗》中，农民库尔班认为，"与其在

---

① Бородин С., *Звёзды над Самаркандом: Том 3. Молниеносный Баязет*, Харьков: Прапор, 1994, C. 16.
② Калашников И. К., *Жестокий век*, Москва: Издательство АСТ, 2019, C. 175, C. 404.
③ Калашников И. К., *Жестокий век*, Москва: Издательство АСТ, 2019, C. 175, C. 780.
④ [塔] 阿多·哈穆达姆、列奥尼特·齐格林：《张骞的一生——伟大的丝绸之路》，塔吉克斯坦共和国驻华大使馆2002年版，第2页。

第二章 丝路文化叙事俄语小说的基本主题

异乡替国王看马,还不如回家忍饥挨饿的好。无论怎么说,回到自己家中就像鹌鹑住进酒馆门前挂着的锦绣笼中,总是一件快乐的事。……不,库尔班再也不想替国王打仗了,也再不想逃难去了。再逃下去,就会逃到'最后的海洋'了。为什么要逃到那里去呢?库尔班只想回到自家的耕地上去,只想看到自己的孩子"①。库尔班要回家去,他什么也不希望,只希望看到长在他家耕地拐弯处的那棵老杨树,只希望再次同自己的孩子们亲热亲热。瓦西里·扬的《拔都汗》中,尤勒杜兹对木苏克说,她不想要木苏克因战争而获得的任何礼物,她向往和平幸福的生活,想与自己所爱的人一起"在小河边支起自己的帐篷,拥有自己的羊群,每天都有一张新鲜的烙饼和一块香香的奶酪"②。她的愿望不过就是在水泉旁边搭个破旧的烟熏火燎的帐篷住下来,"每天晚上等待木苏克骑着枣红马回来,听他讲在牧场上干了些什么,公马怎样斗架,母马下了什么小马,他怎样把靠近的恶狼赶走"③。

应该说,和平和安宁是各个时期人们共同的心愿。对和平的渴望人人都有,即便是征战四方的成吉思汗也是如此。卡拉什尼科夫在小说《严酷的年代》中描写过少年铁木真对战争的不理解与对和平的希望:"草原悠远辽阔,人们可以互不干扰地生活。是可以的。但是,他们为什么不和睦相处呢?"④

在《铁木真》中,加塔波夫也描写了青年铁木真对战争的不喜以及对全体人民和平共处的美好愿望:"如何阻止人与人之间的战争?难道生活中不能没有战争吗?如果我得到一个兀鲁思,那么我要第一个呼吁大家和平共处。大家可以聚在一起商量。每个人都清楚:战争不会带来任何好处。每年大家都可以聚在一起商量:分给谁什么样的牧场,多少份额,谁损失了什么,给谁什么补偿……甚至也可以

---

① [苏]瓦西里·扬:《成吉思汗(下)》,陈弘法译,外文出版社2005年版,第13页。
② [苏]瓦西里·扬:《拔都汗》,陈弘法译,外文出版社2006年版,第40页。
③ [苏]瓦西里·扬:《拔都汗》,陈弘法译,外文出版社2006年版,第70页。
④ Калашников И. К., *Жестокий век*, Москва: Издательство АСТ, 2019, С. 146.

和其他部落——和鞑靼人，和蔑儿乞惕人，都可以商量：也许，他们也不需要徒劳地流血。父亲与克烈部就一直和平相处……每个人都很聪明，足以理解这一点。"①在沃尔科夫的小说《成吉思汗》中，成吉思汗临终前表达了希望世界和平的想法："我就要死了。早晚会这样的。我65岁了。这些年来，我一直尽力让我的臣民生活在和平当中。但是只有一种情况才会实现和平——那就是你的敌人全都已死。可是敌人如此之多，实在太多了。一场场战役，一次次出征，接连不断的战役和出征——我的一生就这样过去了。……但是我的大业还没有完成。没有！和平的生活还很遥远，就像是荒漠中的海市蜃楼。……遗憾的是，大地上的和平到来时我已经不在人世。"②有鉴于此，他希望在不久的将来"拔都汗就可摘下晨星，消灭一切敌人，征服世界，直到日落之处。到那时，瘟疫、饥饿和旱灾就会停止，普遍和平就会降临"③。瓦西里·扬在《成吉思汗》中也提到成吉思汗类似的想法。成吉思汗问长春真人有什么要求一定满足的时候，长春真人说："我不畏雨雪、翻山越岭前来见你，只有一个请求，就是想对你说：请你停止残忍的战争，好让各国人民遍享太平！"对此成吉思汗马上回答他说："要想遍享太平，就得需要战争！……我们草原上的老者说得好：'只有杀死不共戴天之敌，远近各方才能得到安宁。'我还没有打垮我的宿敌——西夏国王不儿汗！另一半世界还没有踏在我的脚下！"④从中可以看出，成吉思汗对战争与和平有自己的理解，其中充满了矛盾性，卡拉什尼科夫在《严酷的年代》中分析了产生这种矛盾的根源。最初铁木真只觉得他自己的命运艰难而曲折，可是后来他看到，"混乱无序、对未来的不确定性、对安全与和平的渴望是许多人的命运"⑤，因此他要成为蒙古人的汗，让人们能够获得安宁的生活："各

---

① Гатапов А., *Тэмуджин*. Книга 1, ФТМ, 2014, С. 93.
② Волков С., *Чингисхан. Повелитель Страха*, М.：АСТ：Этногенез, 2010, С. 232.
③ [苏] 瓦西里·扬：《拔都汗》，陈弘法译，外文出版社2006年版，第52页。
④ [苏] 瓦西里·扬：《成吉思汗（下）》，陈弘法译，外文出版社2005年版，第167页。
⑤ Калашников И. К., *Жестокий век*, Москва：Издательство АСТ, 2019, С. 173.

个部落的人们都希望和平安宁,他们的意志就是他的武器。任何一个当权的诺颜都没有这种武器。"① 小说中写过这样一个情节:成吉思汗问仍为普通牧民的儿时朋友想要什么奖赏时,朋友说,"我什么都不需要。我的双手可以让我有饭吃,有衣服穿。人们现在过上了好日子……你做了应该做的一切,就没有人会骂你打你。你上床睡觉也不会担心夜里有人会杀死你,不会掳走你的妻子和孩子。我经常和契列杜谈起这件事儿。我们都认为,是你,铁木真汗,你给了我们所有人美好的生活"②。生活环境的安宁,是成吉思汗通过武力达到的,他使自己的部族不再遭受外敌的侵袭,从这个角度来看,成吉思汗思想的矛盾性也是可以理解的。

在艾特玛托夫的小说《成吉思汗的白云》中,百夫长和织绣女工厌倦了远征和行军,尤其是女儿出生后他们更加思恋故乡平静的生活,他们相会的夜晚静悄悄,此时"只有比邻的一座营盘里断断续续响起并无恶意的狗吠声,远处传来马的拖长的嘶鸣声——兴许今晚战马记起了群山中的故里、奔腾不息的河川、茂密的牧草、马背上的阳光"③。他们回忆曾经美好的生活,回忆那时候唱的歌曲。

在《撒马尔罕上空的星辰》中,常年征战的士兵们"希望在远征归来后可以开始平静的生活"④。作家博罗金通过工匠纳扎尔告诫人们不要发动战争:"当人民起来防卫的时候,战斗是神圣的,当人们聚集抢劫的时候,为他们制造武器的人就是在犯罪。"⑤ 在作家看来,为发动战争的人制造武器是一种罪过,发动战争的人无疑也是在犯罪。在《严酷的年代》中,蒙力克为解救铁木真意欲挑起与塔里忽台之间的战争,诃额仑则表示反对,她说:"战争总是要流血。还要留下

---

① Калашников И. К., *Жестокий век*, Москва: Издательство АСТ, 2019, С.441.
② Калашников И. К., *Жестокий век*, Москва: Издательство АСТ, 2019, С.383.
③ [苏联] 钦·艾特马托夫:《成吉思汗的白云》,严永兴译,《世界文学》1991年第2期。
④ Бородин С., *Звёзды над Самаркандом: Том 1. Хоромой Тимур*, Харьков: Прапор, 1994, С.356.
⑤ Бородин С., *Звёзды над Самаркандом: Том 1. Хоромой Тимур*, Харьков: Прапор, 1994, С.126.

孤儿。家园被摧毁，蒙古包被抢劫。战争是草原上的火，烧掉干草和好草。"① 战争如此残酷，因此在《走向"最后的海洋"》中哈吉·拉希姆表示，"当我这本札记行将结束，并回想起我在这些令人恐怖的岁月耳闻目睹的种种事件时，我只有一个念头，但愿我未来的读者不再经历我们这一生中所经历的最可怕的东西——残酷无情的毫无意义的战争所卷起的无所不摧的风暴。"② 可以说，渴望和平、远离战火硝烟是人们共同的愿望。

第二节 记忆与遗忘：故乡的建构与解构

战争不仅会改变一个人的命运，也会改变一个民族或者国家的命运，甚至会使一些民族或者国家消亡。对于失去祖国或远离故乡的人而言，记忆与遗忘变得尤为重要，这是故乡建构与解构的方式和体现，因而成为丝路文化叙事俄语小说的重要主题。无论记忆还是遗忘，无一例外都与过去、与历史有关。关于过去与记忆，米兰·昆德拉曾经在《从容不迫》中写道："记住自己的过去，一直将它藏在身上，这可能是保持人们所说的自我的一贯性的必要条件。为了使自我不至于萎缩，为了使自我保持住它的体积大小，就必须时时浇灌记忆，就像浇灌盆里的花儿一样，而这种浇灌需要跟一些过去的见证人，也就是说跟朋友们保持固定而有规律的接触。"③ 换句话说，记得自己的过去，把它永远封存在心里，是确保自我完整的必要条件，只有这样才能建构完整的自我，不会丧失自我的完整。对于个体如此，对于整个国家和民族也是如此。远离故乡、流离失所的人们，只有不忘记故乡，记得祖国的一切，祖国才会永远存在，故乡和家园才不会真正毁灭，这是对祖国和故乡的一种守护。正如博罗金在《撒马尔罕上空的星辰》中所说，"大概每个人的记忆中都有自己的故乡。每个人都有自

---

① Калашников И. К.，*Жестокий век*，Москва：Издательство АСТ，2019，С. 109.
② [苏] 瓦西里·扬：《走向"最后的海洋"》，陈弘法译，外文出版社 2006 年版，第306页。
③ 米兰·昆德拉：《米兰·昆德拉经典语录》，《美文：下半月》2009 年第9期。

己的民族、自己的祖国。……每个人都有自己的根，每个人都扎根在自己的土地上"①。

一　蒙古帝国题材小说：遗忘不生，祖国永在

对绝大多数人而言，祖国和故乡都是极为珍贵而重要的，尤其在战争频发的年代。祖国是幸福的家园，故乡是歇息的港湾。远离祖国四处漂泊的人们期待回归，不忘故乡。只要不忘记，祖国就会永远存在，不会覆灭。这是丝路文化叙事俄语小说中作家们通过人物的言行要表达的一个重要观念。

在瓦西里·扬的小说《成吉思汗》中，对许多人物来说，故乡一直都在他们的心上。托钵僧哈吉·拉希姆、米尔咱·玉素甫的仆人萨克拉普等人无论走到哪里，对故乡都难以忘怀。来自俄罗斯伏尔加河岸边的萨克拉普被卖到花剌子模成了奴隶和仆人，然而他说："现在我虽然白发垂肩像老山羊似的了，可是总愿意爬上陡峭的河岸眺望遥远的故乡。我学会了突厥语和波斯语，倘若这里再没有别的俄罗斯俘虏，我的本民族语就全忘了。有时候，我在市场上偶然能碰上几个老乡，有机会互相说几句俄语。"② 萨克拉普虽然回乡无望，但是却没有忘记故乡，期望不忘故乡的语言，总要眺望家乡的方向。铁匠霍里在山顶上打造箭镞，他说："我站在山顶上能看到更远的草原和我们的游牧故地。"即便根本看不到游牧故地，但是他认为，"从远处看，草原难道不都是一样的吗？我只要望着故乡的方向，心里就会舒坦起来！"③ 速不台和哲别率蒙古军队攻占速答黑并洗劫了这座城市，又向北挺进，到钦察草原进行休整。在这里，他们停留了一年的时间。这里牧场水草丰美，良田由奴隶们耕种，瓜地长满西瓜、香瓜，母牛和

---

① Бородин С., *Звёзды над Самаркандом: Том 1. Хоромой Тимур*, Харьков: Прапор, 1994, С. 128–129.
② [苏] 瓦西里·扬：《成吉思汗（上）》，陈弘法译，外文出版社2005年版，第10页。
③ [苏] 瓦西里·扬：《成吉思汗（上）》，陈弘法译，外文出版社2005年版，第143—144页。

绵羊一群群非常肥壮。蒙古士兵喜爱这片草原，他们的战马在这里如同在故乡一样自由自在。然而"他们更热爱蒙古故乡的草原，绝不肯用别的草原去取代它。全体蒙古人只有一个愿望：征服全世界之后，就回到故乡怯绿连河畔去"①。被迫参加战争抗击蒙古人的农民库尔班只想回到自家耕地上去，只想看到自己的孩子，对他而言，"与其在异乡替国王看马，还不如回家忍饥挨饿的好，无论怎么说，回到自己家中就像鹌鹑住进酒馆门前挂着的锦绣笼中总是一件快乐的事"②。

在卡拉什尼科夫的《严酷的年代》中，苏图随成吉思汗远征归来，他觉得"世界充满了欢乐。苏图的心里也充满了喜悦。他现在在家里。在故乡的土地上"③。来自基辅的扎哈尔是商人马赫穆德的奴隶，跟随成吉思汗派出的大型驼队前往花刺子模。马赫穆德非常信任扎哈尔，答应在驼队顺利归来后给他自由，并且希望他留在蒙古草原做自己的助手，在他看来，在哪里生活得好，哪里就是家。扎哈尔则表示想要回到故乡去，因为"一个人必须永远稳稳地扎根在自己的故土上"④。他认为，马赫穆德身为商人走遍各地，已经不再区分故乡和异乡，然而对他自己而言，故乡一直都在他的心里，"异乡也许会比自己的故乡要好上许多倍，可是不管怎样还是自己的故乡更合心意"⑤。扎哈尔在基辅出生长大，故乡基辅的一切他都记得清清楚楚。驼队路过阿尔泰山脚下时，高大的山丘上长满了绿树，这非常像基辅周围的山丘，不过只是有点像而已，细细看去根本不一样，于是扎哈尔心情更加怅惘。

在瓦西里·扬的小说《拔都汗》中，扎兰丁有一名当过奴隶的士兵阿拉普沙，他谈起祖国和故乡时说："虽然我告诉你我叫阿拉普沙，可我尊敬的父亲到底给我起的是什么名字，我的童年又在什么地方度

---

① ［苏］瓦西里·扬：《成吉思汗（下）》，陈弘法译，外文出版社2005年版，第89页。
② ［苏］瓦西里·扬：《成吉思汗（下）》，陈弘法译，外文出版社2005年版，第12页。
③ Калашников И. К., *Жестокий век*, Москва：Издательство АСТ, 2019, С. 677.
④ Калашников И. К., *Жестокий век*, Москва：Издательство АСТ, 2019, С. 827.
⑤ Калашников И. К., *Жестокий век*, Москва：Издательство АСТ, 2019, С. 740.

过，说实话，我是一无所知。我只模模糊糊记得，我在森林中一个湖边上生活过，我和父亲划过小船，看到过父亲从渔网中把银色的鱼倒进篮子里。我记得，我躺在母亲怀里，听她唱歌是多么温暖。我还记得，我有一个小妹妹……"① 阿拉普沙童年时就被强盗掳走卖为奴隶，所以他忘记了自己是哪里人，只是对故乡和家人有模糊的记忆，他根据自己的外貌猜测："也许，我生在某个北方国家，是莫尔达瓦人，萨克森人，或者斡罗思人，因为这些地方的奴隶，特别是斡罗思人，都很健壮，而真主恰恰赋予我一副健壮的体魄。"② 远离故乡成为奴隶，对阿拉普沙而言生活是灰暗的，正如他自己所说："在我做奴隶的日子里，天空似乎是乌黑而干燥的，就像我挖掘过的主人的土地一样！"③ 后来阿拉普沙遇到并救下扎兰丁及其坐骑，扎兰丁告诉他，要用剑为自己赢得自由，阿拉普沙清楚地记得那一天："当我获得自由，骑上战马，出现在扎兰丁部队中的时候，我看到头顶上的天空不是乌黑的，而像绿松石，是蔚蓝色的，就像我在遥远的童年，跟父亲在林中划船经过的那片湖水。于是，我明白了，世界上再没有比自由更甜蜜的了。"④ 故乡是美好而又温暖的，更是自由的，阿拉普沙获得自由后的感受与在故乡时的感受相同，可见对他而言自由与故乡的意义是相同的：故乡即自由，自由亦是故乡，故乡永远在他心上。

在瓦西里·扬的小说《走向"最后的海洋"》中，年轻的诺甫哥罗德贵族加甫里尔·奥列克西奇出使拔都的营地以后，常常几乎彻夜不眠，总是想起倒映在平静湖水中的彼连雅斯拉夫尔的橡木城寨、壕堑旁白雪覆盖着的乡村灯火、富庶自由的诺甫哥罗德庄严的寺院、节日中到处回响着的寺院钟声、召唤喧闹的人群走向市民议会的长鸣警钟以及他多次与童年的伙伴、热情而勇敢的亚历山大公爵并肩站立过的市民议会。故乡的一切时时刻刻都在公爵的心上，因此无论拔都如

---

① [苏] 瓦西里·扬：《拔都汗》，陈弘法译，外文出版社2006年版，第8页。
② [苏] 瓦西里·扬：《拔都汗》，陈弘法译，外文出版社2006年版，第9页。
③ [苏] 瓦西里·扬：《拔都汗》，陈弘法译，外文出版社2006年版，第9页。
④ [苏] 瓦西里·扬：《拔都汗》，陈弘法译，外文出版社2006年版，第9—10页。

何对待他,他都只盼着尽快离开返回自己的故国。来自俄罗斯的俘虏现在成了拔都营地的木筏放送工,而这些人和他一样心里想的都是可爱的故乡、辽阔的沃尔霍夫河、严寒沉静的伊尔门湖。他答应这些人要带着他们一起回家乡去,他也常常登上一座山丘,久久地眺望着薄雾弥漫的远方。妻子委托熟识的老人给他带来儿子木雕玩具,希望来自大森林的兽皮给他带来俄罗斯故乡的气息,希望他不会忘掉故乡。这一切都让他的眼前顿时出现了自家宽阔的庭院、院子里茂盛的绿草、草地上正在散步的妻子柳芭娃和孩子、古老的诺甫哥罗德的城墙、雄伟的沃尔霍夫河水、喧闹的市民议会。这一切虽然遥远,然而是那么亲切,他是不会忘记的,绝不会放弃自己的故土不加理会,恰恰相反,他会"一心热爱和守护"① 自己的故乡。

《撒马尔罕上空的星辰》中,在撒马尔罕为帖木儿建造蓝色宫殿的工匠来自不同的国度,他们严格遵守家乡的穿着习惯,甚至比他们身在祖国时更加严格。这样做"不仅是对遥远家园的记忆,也是对人民永远忠诚的标志"②。安顿下来后,他们做的第一件事就是缝制民族服饰,剪裁缝制都与在祖国时一样。因此,在作者看来,"一个人无论多么精疲力竭,多么备受压迫,就算是身为奴隶也有自己的梦想。一些人仍然梦想着回到家乡,那里有高耸的塔楼、花园、房屋、家庭、孩子们小巧的手指……另一些人仅仅希望能有东西闻起来像家乡的黏土、酸苹果、一包辣椒"③。人们知道,从这里返回故乡路途遥远,警卫到处都是,路上无处躲藏,他们只能在这里生活、劳作、忍耐,但是始终对祖国、对祖国的土地念念不忘。

在撒马尔罕,来自不同国家的工匠无疑都心怀对故乡家园的思念之苦,然而他们却"像是一个民族"在一起生活,分享水和面包。这

---

① [苏]瓦西里·扬:《走向"最后的海洋"》,陈弘法译,外文出版社2006年版,第95页。
② Бородин С., *Звёзды над Самаркандом: Том 2. Костры похода*, Харьков: Прапор, 1994, С. 21.
③ Бородин С., *Звёзды над Самаркандом: Том 2. Костры похода*, Харьков: Прапор, 1994, С. 21-22.

些生活在兵器村的工匠们来自不同国家，每个人都记得自己遥远的祖国，但是在这里，在远离祖国的地方，他们意识到，在异乡人身上也有着强烈的情感，否则他们身上腐烂的血液就会发臭了。这种感情在人们身上形成之前，所有的人都必须经历和忍受很多，但是一旦形成，就是牢固而坚不可摧的。① 也就是说，人们在保持自我的同时，也接受了他者，在建构故乡的同时，也解构了故乡。无论建构还是解构，祖国永在，正如帖木儿的信使阿亚尔对图拉工匠纳扎尔和鲍里斯所说："你们的人民是沉默寡言的人民，性格不开朗。是要求严格的人们！无论怎样驯服他们，他们都不会忘记自己的国家，也不会遵循我们的信仰。……他们像兄弟一样，密切地生活在一起。看得出，既然人们都记得，那么你们的国家就是美好的！"②

电影《寻梦环游记》中认为，一个人真正的死亡，是被所有的人遗忘。对于一个国家而言也是如此：国家的灭亡不是被入侵者征服，而是人们将它遗忘。反过来说，人们不忘祖国和故乡，那么祖国就会永生不灭。这也是丝路文化叙事俄语小说中的一个重要观念。

二 《撒马尔罕上空的星辰》：记忆不灭，民族永存

记忆对独立的民族而言非常重要。记忆既可以是人们在心里记得，也可以是文字、文献对历史和思想的记录和记载。有了记忆，民族的根、民族的魂便不会丢失，民族的一切都能有迹可循，都有机会重新焕发生机，有机会重新构建起来。

在《撒马尔罕上空的星辰》第一卷《瘸子帖木儿》的第 20 章中，阿斯特拉罕银钱兑换商的仆人在与亚美尼亚商人格沃尔克·普绍克交谈时讨论了记忆与遗忘的问题。这个仆人是花剌子模人，他原本是乌尔根奇的修史人，因帖木儿征服花剌子模而沦为仆人。这个仆人认为，

---

① Бородин С., *Звёзды над Самаркандом*: Том 1. *Хоромой Тимур*, Харьков: Прапор, 1994, С. 304.

② Бородин С., *Звёзды над Самаркандом*: Том 2. *Костры похода*, Харьков: Прапор, 1994, С. 33.

记忆对一个民族和国家而言是非常重要的："我们信仰伊斯兰教已经七百年了。继库泰巴胜利之后就信了。阿拉伯人使他们的信仰成了我们的信仰。但是除了信仰，还有记忆。而记忆保留下来了，为了信仰之名将记忆扎根在我们的身上。"[1] 众所周知，花剌子模是一个历史悠久的国家。公元前后，贵霜王朝统治了花剌子模地区，佛教从印度传入该地区，但是这里的居民长期信奉古老的拜火教。公元7世纪，阿拉伯帝国征服波斯，也顺带征服了花剌子模人，于是花剌子模成为阿拉伯帝国的附属国。在对外征服和对被征服地进行统治时，阿拉伯统治者有一个信念，即认为他们力量的源泉在于伊斯兰教，被征服的民族如果信仰了伊斯兰教就不会反对阿拉伯人的统治。于是，阿拉伯征服者强令被他们占领的中亚各国人民改变原来的宗教信仰，强迫当地居民接受新的宗教信仰，破坏各民族文化和风俗习惯，用这种方法巩固自己的统治。

至于留在花剌子模人心中的记忆到底是什么，仆人就此说道："我们，花剌子模人，起源得很早。太久远了，没人知道是什么时候。你看现在我们的生活已经有好几千年了——要么是创造，要么是防御入侵，要么是再创造，要么是再防御。我们曾经拥有过一切：城市，寺庙，书籍，歌曲。大约七个世纪前，阿拉伯人出现了。他们的领袖库泰巴出现了，对我们声称他们的神更好，为了他们的神的名义，我们需要忘记我们几千年来培养、创造和发现的一切。他告诉我们要忘记一切，因为真正的信念在阿拉伯人这里，真正的智慧在阿拉伯人这里，而我们甚至需要抛弃记忆，只记住那些对阿拉伯人来说是正确的真理。我们不同意，我们战斗。"[2] 可以看出，记忆是不可能完全根除的，仆人记住了民族的辉煌、民族的信仰、民族的骄傲，所以他说，7世纪前如果他在，一定会参加对阿拉伯人的战斗，因为祖先的一切都

---

[1] Бородин С., *Звёзды над Самаркандом：Том 1. Хоромой Тимур*，Харьков：Прапор，1994，С. 481.

[2] Бородин С., *Звёзды над Самаркандом：Том 1. Хоромой Тимур*，Харьков：Прапор，1994，С. 479 – 480.

第二章 丝路文化叙事俄语小说的基本主题

在他的身上得以传承:"难道我祖辈的精神没在我身上吗?如果没在我身上,在谁身上呢?英雄是不朽的——我的祖辈为自己的人民而在战斗中牺牲,他们的精神在谁身上呢?"① 这就意味着,民族的精神在,民族的继承人在,那么民族就在,就不会消亡。

据银钱兑换商的这位仆人说,花剌子模学者比卢宁曾经在书中写道:"库泰巴使用各种手段消灭并打倒了所有知道花剌子模文字的人、所有知道花剌子模珍贵传说的人,他消灭了全部有学问的花剌子模人;自从伊斯兰教到他们这里以后,这一切都被遗忘的黑暗所笼罩,从前的科学没有留下任何踪迹,也没有留下对自己有了解的人。"② 从这段文字的记述中可以看到,一切仿佛都被遗忘了,然而事实并非完全如此,总会有一些文化印记保留下来,比如石刻和歌曲。正如仆人所说,当人们走在自己国土上的时候,不由会问这些墙壁从何而来,这里曾经有过什么;当歌曲唱累了的时候,不由会想这是谁创作的歌曲,"于是记忆就苏醒了"③。其实这就是文化的记忆、民族的记忆,它以各种各样的方式时刻陪伴着人们。

令格沃尔克·普绍克疑惑的是,比卢宁是花剌子模人,他的名字有阿拉伯人名字的特征,他学习的也是阿拉伯文字,书写花剌子模的历史用的自然也是阿拉伯文字,花剌子模人信仰的神也是阿拉伯人的神。这样看来,对于花剌子模人而言,似乎没有什么是可以留在记忆中的,仆人却反驳了格沃尔克·普绍克的观点。库泰巴为了颂扬神的仁慈,毁灭了成千上万的花剌子模战士,毁了花剌子模的祖先。为了让他们只能阅读《古兰经》,阿拉伯人没有给他留下一页完整的文字,没有留下任何一本书,没有给他们其他任何书籍,于是他们只能成为穆斯林。仆人认为,虽然花剌子模人是用阿拉伯文字书写,然而写的却是他们脑中所

---

① Бородин С., *Звёзды над Самаркандом*: *Том 1. Хоромой Тимур*, Харьков: Прапор, 1994, C. 479 – 480.

② Бородин С., *Звёзды над Самаркандом*: *Том 1. Хоромой Тимур*, Харьков: Прапор, 1994, C. 479 – 481.

③ Бородин С., *Звёзды над Самаркандом*: *Том 1. Хоромой Тимур*, Харьков: Прапор, 1994, C. 479 – 481.

想、心中所思。他们向阿拉伯的神祈祷，但那是为了自己国家的幸福，为了自己的事情顺遂，为了花剌子模人的需要。至于宗教信仰，仆人也有自己的观点，在他看来，"有的信仰提升人民。有的信仰压制人民。有的神学家与人民同在，而有的神学家则将毒矛扔进人民的胸膛。我们的人虽然不多，但我们有自己的信仰、隐秘的信仰"①。

　　至于这种隐秘的信仰是什么，一方面可能指的是宗教信仰，而另外一个方面，仆人则在下文进行了解释。当国家被阿拉伯人占领以后，花剌子模人保留着自己的智慧和技能，保留着力量和对创造的热爱，梦想着能够重建自己的国家，并且在七个世纪当中逐渐按照自己的规则重新建起了城市、塔楼和学校。然而，蒙古金帐汗国入侵，几场战斗就毁坏了几百年来的建设成果：人烟稀少，水渠干涸，花园枯萎，商路空旷，集市消失，学校沉寂，手工业衰落，文人粗鄙；只有在黎明时分，在没有金帐汗国人的时候，才能听到花剌子模的古老歌曲。后来在集市上、在手艺人定居点里，有一些陶艺工、铜匠、铁匠以及一些来自撒马尔罕、伊朗、布哈拉的人们，他们计划联合起来驱逐金帐汗国人，一些远远近近的城市逐渐都有了这个想法，人民设法恢复和创造了很多东西。可是此时帖木儿出现了，一切又都功亏一篑。

　　从仆人的讲述可以看出，所谓"隐秘的信仰"无疑包括复兴民族与重建国家的理想和愿望，而当深陷困境、愿望无法实现的时候，仆人依然念念不忘祖国和人民，他说："我的智慧枯竭了。手指忘记了怎么写字。只是偶尔我独自一人坐下来，对自己说说自己的祖国，就好像我在写历史一样。要是有可以写字的东西我会写的。是的，这里纸张比黄金贵，羊皮纸稀有，而我要写的很多。为了不忘记，我对自己重复着这一切，我一遍遍重复。阿拉伯人如何出现，金帐汗国人如何践踏我们的土地，帖木儿如何出现。"② 原为修史人的仆人在花剌子

---

① Бородин С., *Звёзды над Самаркандом*: Том 1. Хоромой Тимур, Харьков: Прапор, 1994, С. 482.

② Бородин С., *Звёзды над Самаркандом*: Том 1. Хоромой Тимур, Харьков: Прапор, 1994, С. 483.

模非常有声望，他的书在撒马尔罕和赫拉特都有流传，书籍无疑既是他的思想载体，也是民族和国家文化与精神的载体，这就意味着花剌子模人的记忆是不会泯灭的，那么这个民族就会永远存在。正如哈吉·拉希姆梦中的镇尼所说，"人会死去，但是人的思想却是永存的"①。作家通过小说中另外一个人物之口，再次强调这个观点："王国可以被摧毁，然而整个民族可以被摧毁吗？人可以被迫低下头颅，但是思想可以低头吗？……即便身为奴隶，人们的思想还是和以前一样，心里的爱还是和以前一样。"②

面对帖木儿的军队，一位俄罗斯修道士表示，"我们的力量不在于武器。我们人少，军事经验薄弱。我们没有胜过他的残酷。他的马匹就能踩死我们，根本不用拔出剑来。但是我们拥有精神力量——它能产生有力的话语。我们将继续加强人民的精神，以此保护人民。"他还说，"我会死去，你会生存下来。即便我们俩都倒下了——对我们的记忆将会存在。人们会记得我们的死亡，他们相聚，回忆我们的时候会思考，会记住我们的话语"③。正因为如此，在敌人撤退以后，那些热爱自己的土地、自己的语言、自己习俗的幸存者将再次凝聚在一起，再次成为一个民族。

第三节　漫游与归乡：丝路历史见证者精神的漂泊与归依

如果说主人公的记忆与遗忘是故乡建构与解构的方式，那么其漫游与归乡的目的之一则是为了寻找自我、证明自我存在的意义。故乡是神圣的，是人的庇佑者、保护者，也是人永远的精神家园。离开故

---

① ［苏］瓦西里·扬：《走向"最后的海洋"》，陈弘法译，外文出版社2006年版，第112页。

② Бородин С., *Звёзды над Самаркандом: Том 1. Хоромой Тимур*, Харьков: Прапор, 1994, С. 322.

③ Бородин С., *Звёзды над Самаркандом: Том 2. Костры похода*, Харьков: Прапор, 1994, С. 90－91.

乡、抛弃故乡,人就像是无根的浮萍,无所归依。在瓦西里·扬的《拔都汗》中,作家借托钵僧哈吉·拉希姆之口写道:"最好的赐予应该是最及时的赐予。一个人最大的幸福莫过于在故乡清澈的小溪旁拥有一顶帐篷。无休止地在异国漂泊下去的人,总归要悲惨地了结自己的一生!"①正因为如此,托钵僧哈吉·拉希姆、米尔咱·玉素甫的仆人萨克拉普等人无论走到哪里,都一直想要回到故乡。

离开故乡的人无论在外境遇如何,都会深怀对故乡的思念。在《严酷的年代》中,朱赤问扎哈尔是否想回家、想回到故乡基辅时,扎哈尔回答说:"怎么能不想呢?我总是梦见故乡。"②朱赤对此表示赞同,认为人应该热爱自己的故乡。在《撒马尔罕上空的星辰》中,帖木儿的妻子萨莱·穆里克·汗内姆常年随丈夫征战各地,"但是无论她看到什么,无论她赞叹什么,无论她喜欢什么,世上没有哪个地方会比撒马尔罕的花园更亲切。现在,她睡得很香,呼吸着潮湿的黏土的气味,这气味是她无论在哪个国家都一直思念的"③。即便是要征服整个世界的帖木儿,对故乡也怀有独特的情感,当他回到久别的故土,"在撒马尔罕市郊一个宽阔茂密的花园里,在梧桐木地板上,朝向花园敞开的门旁,在一摞纻过的被子上,帖木儿独自酣睡着,皱着眉头呼吸着家乡的凉意"④。帖木儿的信使阿亚尔常年在外,因此每到应该踏上旅途的时候都不想离开撒马尔罕,他"厌倦了永远处于戒备状态,长期无家可归的到处流浪"⑤。阿亚尔在旅途中生病借宿一户普通人家,主人曾经作为普通士兵随帖木儿大军征战多年,他表达了对故乡的永恒眷恋:"你践踏着他人的田地,但是却想耕种自己的田地。

---

① [苏]瓦西里·扬:《拔都汗》,陈弘法译,外文出版社2006年版,第352页。
② Калашников И. К., *Жестокий век*, Москва: Издательство АСТ, 2019, С. 740.
③ Бородин С., *Звёзды над Самаркандом: Том 1. Хоромой Тимур*, Харьков: Прапор, 1994, С. 8.
④ Бородин С., *Звёзды над Самаркандом: Том 1. Хоромой Тимур*, Харьков: Прапор, 1994, С. 7-8.
⑤ Бородин С., *Звёзды над Самаркандом: Том 2. Костры похода*, Харьков: Прапор, 1994, С. 29.

第二章 丝路文化叙事俄语小说的基本主题

你越思念自己的一切,您就越凶残地破坏他人的一切。……你在寻找,在哪里可以弄到精选的种子带回自己的国家。"①

在瓦西里·扬的《成吉思汗》中,成吉思汗率军追击扎兰丁,离开故乡草原已久,成吉思汗的幼子阔列坚及其年轻的母亲忽阑哈敦染病,忽阑哈敦说,"只有蓝色的怯绿连河水才能拯救我们,放我们回故乡蒙古大草原吧!""我想回去,全体将士也都想回去。"② 应该说,忽阑哈敦的想法代表着绝大多数人的想法,在营地里被大批战利品拖得疲惫不堪的士兵们谈论的都是有关返回故乡游牧地的话题,只是谁也不敢将这一点向威严的成吉思汗禀明,无人知道他的真实想法,无人预料到他明天会发出什么样的命令,是班师回朝还是再一次发动远征;倘若再一次发动远征,那就不得不在各个国家漂泊许多年,在战火中杀戮碰到的百姓,而这是全军将士不愿意看到的。大军中已经传出不满的议论,说在狭窄的阿富汗山谷中驻扎的时间太久了,这里连马匹草料都难以找到。在这种情况下,耶律楚材才会与忽阑哈敦想办法劝说成吉思汗返回故乡草原,编造了两名那可儿在山里迷路碰到一个独角绿色怪兽及其预言"大汗当及时返故乡"的故事。成吉思汗通过巧妙试探知道故事是编造的,但是他仍然说:"我今天总算明白了,我的大军有了厌战情绪,他们怀念故乡的草原。所以我宣布,遵照给我派来角端异兽的苍天之意,我将率领大军返回本土兀鲁思。"③ 全军战士得知成吉思汗的决定之后欣喜异常,一边唱着歌儿,一边打点班师的行装。

在两部小说《马可·波罗》中,波罗一家的两次东方之旅都是从漫游到归乡的过程。他们在中国居住长达十余年,即便享受忽必烈给予的各种优待,也"积聚了巨额财富",但是"他们开始商谈回国事宜。他们看到大汗年事已高,担心他死后他们将难以返乡"④。小说中

---

① Бородин С., *Звёзды над Самаркандом: Том 2. Костры похода*, Харьков: Прапор, 1994, С. 50.
② [苏] 瓦西里·扬:《成吉思汗(下)》,陈弘法译,外文出版社2005年版,第154页。
③ [苏] 瓦西里·扬:《成吉思汗(下)》,陈弘法译,外文出版社2005年版,第157页。
④ [俄] 什克洛夫斯基:《马可·波罗》,杨玉波译,四川人民出版社2016年版,第148页。

提及到过印度旅行的特维尔人尼基京，通过对他的评价表达了人们对祖国和故乡的眷恋和热爱，"在遥远的世界里学到了很多东西，多数是从印度人和波斯人那里学来的。他爱上了他们。然而，他最爱的还是祖国。他越是了解世界，就越爱祖国"①。应该说，波罗兄弟对故乡的感情更为浓厚，他们"在异国非常寂寞，很想回到家乡"。小说中写道："自从威尼斯人来到中国以来，已经过去了十七年，他们开始思念祖国。毕竟他们在这里是异乡人，当他们想到再也见不到自己的家乡时，他们心中便充满了恐惧。他们越来越多地梦见威尼斯，无论在中国的生活带来什么荣誉和财富，他们都开始思考回到意大利的计划。"②

总体来看，在丝路文化叙事俄语小说中，《张骞的一生——伟大的丝绸之路》中的主人公张骞与《蒙古人入侵》三部曲中的托钵僧哈吉·拉希姆的漫游是比较有代表性的，也有一些共性特征，例如两个人都因身负重要使命而离乡漫游，漫游时间较长，经历也非常丰富而坎坷。不同的是，张骞是为梦想而漫游，而哈吉·拉希姆是为追寻真理而漫游。

一　《张骞的一生》：　为实现梦想而漫游

张骞生活的年代是战争频发的年代，汉王朝的土地上并没有和平，匈奴是当时中国面对的强大敌人，匈奴人不时地侵扰汉王朝北部边境，闯进和平宁静的村庄，焚烧居民的房子，四处劫掠。小说《张骞的一生》开篇即描写了这样悲惨的场景，"到处传来被匈奴赶出家园沦为奴隶的村民的哀号，到处都是被杀的村民的尸体。匈奴人……一边挥舞着鞭子赶着村民，一边往马背上装抢来的东西。"③面对此情此景，中国的将士们十分痛苦，然而却又无能为力："在高高的城墙上一群中国的士卒正眼睁睁地看着这一切。他们的脸上充满了痛苦，因为他

---

① ［俄］什克洛夫斯基：《马可·波罗》，杨玉波译，四川人民出版社 2016 年版，第 148 页。
② Нечаев С. Ю.，*Марко Поло*，Москва：Молодая гвардия，2013，С. 143 – 144.
③ ［塔］阿多·哈穆达娃、列奥尼特·齐格林：《张骞的一生——伟大的丝绸之路》，塔吉克斯坦共和国驻华大使馆 2002 年版，第 2 页。

第二章 丝路文化叙事俄语小说的基本主题

们深深感到自己的无能和软弱。破碎的衣服和手中的武器说明了他们刚刚参加完同匈奴的一场战斗。他们的力量和匈奴相比实在是太悬殊了，他们不得不败下阵来。"[1]

张骞就生活在这样一个时代。据小说中所写，他原本是一名御林军军官，身材魁梧，当时只有三十岁左右，刚毅的脸上两只眼睛炯炯有神。张骞是一个有思想、爱思考的人，面对匈奴人的进犯和军队的强势，张骞不断思索汉朝军队失败的原因。在他看来，自己军队失败的原因在于负担太重，行动迟缓，贻误了战机。而匈奴人则轻装上阵，具有灵活机动的优势，因此应该重新改造军队，向匈奴军队学习先进的战法，以便最终打败他们。当他从一个匈奴士兵口中得知大月氏王国也被匈奴侵略时，便产生了与其结盟共同对付匈奴的想法，而这个想法决定了他以后的命运：接受汉武帝之命，出使大月氏国结盟，找到大宛国购买一批天马。

可以说，张骞出使西域是中国历史上最具英雄气概的冒险。张骞此行充满了千难万险，几乎命丧他乡，但是他始终心怀梦想，支撑着他不辱使命，成功完成了艰难的任务最终回到家乡。可以说张骞是为了实现梦想而漫游，支撑他的不是"个人的生死，而是江山社稷的存亡"[2]。

（一）从离乡到归乡：艰险的历程

张骞从西安出发前往大月氏的旅程充满了艰难险阻，大月氏和大宛国在何方何地是个未知，只知道需要穿过匈奴的领地方能到达。道路的漫长是不言而喻的，大漠、戈壁等艰苦的自然条件，土匪、匈奴的拦截，随时会遇到危险甚或生命的威胁也是可以预见的，但是张骞毅然决然地带着小队人马踏上了征程。

遭遇匈奴袭击是张骞旅途的第一次遇险。张骞带着队伍先是沿着

---

[1] [塔] 阿多·哈穆达姆、列奥尼特·齐格林：《张骞的一生——伟大的丝绸之路》，塔吉克斯坦共和国驻华大使馆2002年版，第2页。

[2] [塔] 阿多·哈穆达姆、列奥尼特·齐格林：《张骞的一生——伟大的丝绸之路》，塔吉克斯坦共和国驻华大使馆2002年版，第4页。

起伏的山路行走，道路四周长满了低矮的灌木丛，路两边到处都是匈奴遗弃的马车轮子以及在匆忙逃窜时丢下的东西。可见，这是随时都会有匈奴人出没的地界。为了不引起敌人的注意，他们尽量悄悄地行进。张骞走在队伍的最前头，时刻警惕着，准备抵御随时可能突然来袭的敌人。即便如此，当一群匈奴士兵从灌木丛中蹿出来的时候，张骞及士兵拼尽全力抵御匈奴的进攻，终究还是败在他们的箭矢之下而被俘，20个人的队伍仅活下来5个人。

为匈奴人修死亡塔并将为其陪葬是张骞第二次遇险。张骞被俘后沦为匈奴人的奴隶，为死去的匈奴人修死亡塔，而塔修完以后将会陪葬，因为匈奴人认为死后也需要奴隶和忠实的仆人。在修塔的过程中，张骞和其他奴隶一样光着脚艰难地走在滚烫的沙子上，一块又一块地扛着重重的石板，无休止的炎热和超负荷的劳动早已使人筋疲力尽。死亡塔终于建好，超生仪式已经准备就绪，恐怖的一刻即将来临，所有的奴隶都将被杀死，他们的尸体将要作为陪葬被扔进死亡塔燃烧掉。就在此时，有匈奴人来报告说，他们唯一的水源干涸了。看到单于久琛无计可施，张骞便站出来说，他能够让干涸的水源"复活"，经单于允许利用炸药炸开了堵塞的泉眼，复活了水源，并因此免去陪葬的惩罚活了下来，成为匈奴人的一名奴隶。

为匈奴首领久琛治病是张骞第三次遇险。单于久琛患了重病昏迷不醒，匈奴人便想用奴隶代替久琛作为贡品祭祀天神，张骞为了救下被当作祭品的奴隶，冒着生命危险称能够治愈久琛的疾病。张骞判断久琛患的是急性疟疾，与被救下的奴隶甘父一起治好了久琛而受到奖赏，被任命为国师。久琛还将甘父赐给张骞为奴，将一个部落头领的女儿赐给他为妻。

在沙漠中遭遇沙暴是张骞的第四次遇险。张骞与甘父逃离匈奴人的领地后进入沙漠，漫无边际的沙漠酷热难耐，沙地难以行走，他们的水也越来越少。雪上加霜的是，此时沙漠上刮起了狂风和沙暴，而这就意味着死亡。确实如此，沙暴过后两个人都被埋在沙子下面，甘父则失去了意识，好在他们的最后一点水救活了甘父，于是两个人在更大的困难下继续前行。

在大夏国巴克特部落接受三种考验是张骞的第五次遇险。张骞为了与巴克特部落建立军事同盟，需要以来访者的身份接受英勇、无畏和智慧的考验。英勇的考验是要穿过火墙，无畏的考验是要用宝剑与部落最强的战士搏斗，张骞在首领巴哈拉姆的女儿法罗阿特的提示和帮助下顺利通过这两个考验。在智慧的考验上，张骞选择帮助巴克特部落与阿列尔部落谈判，缔结两个部落的友好关系，张骞终不负使命。应该说，与阿列尔部落谈判是张骞的第六次遇险，在通往阿列尔部落的山间小道上方悬崖上的三名战士，随时都会拿起石头砸向张骞，可以说他面临着生命的威胁。张骞返回中国的途中，遭遇爱慕法罗阿特的阿勒玛的突袭是他的第七次遇险，所幸在甘父的帮助下化险为夷，阿勒玛最终跌落深谷。回国途中再次穿越沙漠，仍然面临着严峻的考验，这是张骞的第八次遇险，好在他们最终平安走出了沙漠。

在小说《张骞的一生》中，因篇幅所限，作家主要描写了以上威胁张骞生命的几次历险。正如作家在小说"自序"中所说，"我们放弃了细节，没有把它们写进故事中"[1]，即便如此，张骞西域一行旅途的艰辛及其坚韧不拔的毅力仍跃然纸上，令人油然而生敬佩之情。这也是小说作者的创作目的之一，表达了"对英雄们的赞扬之情和对敌人的无比仇恨"[2]。

(二) 不负使命，结盟诸国

众所周知，张骞出使西域的目的之一是与大月氏建立同盟共同抗击匈奴。此外，汉武帝还希望张骞能够找到大宛国并和他们谈判买一批天马回来。汉武帝将使臣用的旌节以及国书交给张骞，而旌节和国书将代表汉武帝的意志，张骞将全权代表皇帝行使权力。张骞虽然历经十几年才最终回到祖国，但是无疑未辱使命。

---

[1] [塔] 阿多·哈穆达姆、列奥尼特·齐格林：《张骞的一生——伟大的丝绸之路》，塔吉克斯坦共和国驻华大使馆2002年版，第1页。

[2] [塔] 阿多·哈穆达姆、列奥尼特·齐格林：《张骞的一生——伟大的丝绸之路》，塔吉克斯坦共和国驻华大使馆2002年版，第1页。

在匈奴沦为奴隶的时候，张骞因治愈单于的疾病而有机会提出要求，想要什么单于都会答应。张骞此时却表示，他什么都不想要，只希望匈奴与自己的人民不再为敌。但是他也知道，匈奴人生来就是为了战争，没有战争他们无法生存下去。因此，渴望回到祖国并获得自由的张骞还是逃离了匈奴的领地，继续前行去完成自己的使命，希望能找到同样遭受匈奴侵扰的大月氏国与他们结成军事联盟。

张骞结盟的第一个国家是大夏国。在大夏国巴克特部落，张骞从首领巴哈拉姆那里得知，大月氏人不会再打仗了，他们已经迁到北方，那里连匈奴也很难到达。他们的首领死了，现在这个部族已经四分五裂，面临着选出新的首领，但是各个头领们的意见不统一。这样一来，与大月氏王国建立军事联盟已经不可能了，这使张骞非常失望。但是，他表示要找到大宛国，与他们商定买一些马回去，在中国这种马被叫作天马。巴哈拉姆却告诉他，大宛国重商而不重战，他们的马匹都是从自己的部落购买的，而巴克特部落是一个强大的部落，只是目前受内讧困扰。张骞于是便劝说巴哈拉姆与自己的国家结成军事同盟共同对抗匈奴，因为匈奴也侵犯了他们的土地。巴哈拉姆则提出了条件："如果你是作为你们伟大的皇帝的使节来出使我们国家的话，那我们也将以使节的待遇来接待你，而不是把你当成普通的朋友。我们巴克特人有个习惯。来访的使节应该接受三种考验，即英勇、无畏与智慧。如果你经受住了这三个考验，我们就相信你们的人民是伟大而且智慧的。那我们就会同你们建立军事联盟，并且开辟商路。如果你经受不住的话，你仍然是我们的朋友，但是国家大事免谈。"① 张骞欣然应允这些条件和挑战，并最终顺利通过了考验，获得了与大夏国各部落建立联盟的机会。

在劝说各个部落同意结盟的过程中，张骞表现出了勇气和智慧，对于各个部落首领提出的什么时候、怎样才能击退奴、目前并没有匈

---

① ［塔］阿多·哈穆达姆、列奥尼特·齐格林：《张骞的一生——伟大的丝绸之路》，塔吉克斯坦共和国驻华大使馆2002年版，第35页。

奴来犯等问题,张骞说:"他们没有来侵犯,是因为正在和中国交战,但谁也不能保证,明天他们不来侵犯我们。你们应该比我更清楚匈奴是多么残酷和可怕的敌人。……我离开中国已经十年了,不知道那里现在情况如何。我应该回去,向皇帝汇报,对抗匈奴的盟国找到了。由他来决定,中国出多少士兵,大夏出多少。他指定我们和敌人交战的地点,那个时候我会带着准备好的方案再来的。"①张骞就这样说服了大夏国各部落,与之达成了建立军事同盟的意向。

张骞结盟的第二个国家是安息。在回国的途中,张骞与甘父路过安息国马勒阜城,经过与城市首领的交往,建立了友好关系,并提议:既然两国都被匈奴侵略和骚扰,匈奴是两个国家共同的阴险可怕的敌人,希望安息国马勒阜也加入军事同盟。城市首领说:"我们所有人都需要这样的联盟。我们考虑过这件事。现在应该讨论另一件事。匈奴不是永远存在的。他们的首领久琛病了,说不定什么时候就会死去,这也就意味着内讧的开始。当他们开始互相攻击的时候,我们应该协商和准备好:由谁,多少兵力,在哪里同他们交战。"②城市首领不仅同意加入军事同盟,还提供适合在沙漠中与匈奴作战的宝马。此外,还提出相互通商和共建丝绸之路的想法,这一点本书将在后面探讨。

离开安息国马勒阜的时候,张骞的内心十分满足,因为他不辱使命,终于有可以向汉武帝汇报的成果,已经把想到的和能做的都做到了。

(三) 宠辱不惊,只为梦想

张骞的西域之行是冒着生命危险的,同时也存在一些诱惑。在匈奴的领地上,张骞因治愈了久琛的疾病而受到奖赏,被任命为国师,成为一人之下、万人之上的人物。久琛还将甘父赐给张骞为奴,将一个部落头领的女儿赐给他为妻,以此希望张骞能够永远留下。甘父也

---

① [塔]阿多·哈穆达姆、列奥尼特·齐格林:《张骞的一生——伟大的丝绸之路》,塔吉克斯坦共和国驻华大使馆2002年版,第60页。
② [塔]阿多·哈穆达姆、列奥尼特·齐格林:《张骞的一生——伟大的丝绸之路》,塔吉克斯坦共和国驻华大使馆2002年版,第89页。

提醒张骞，即便是在自己的国家，他也未必能达到这样的权力高峰，需要考虑逃跑是否值得。张骞对名誉、地位、女人并不动心，仍旧秘密筹划着逃走。他认为，在异国他乡当大官不如在家乡当乞丐，可见家乡是张骞永远的心之所向。

大夏国巴克特部落首领巴哈拉姆欣赏张骞，挽留张骞留在部落、治理部落并与所爱的人结婚，过富有安定的生活。张骞深爱着法罗阿特，但是于他而言更重要的是自己的使命和故乡，他的心里时时浮现出祖国边疆的图画：烽火台上的浓烟，破落的村庄和死亡的人们，骑在马上疾驰的匈奴。他取出旌节，把它递给首领说："这是伟大的中国皇帝交给我的旌节。拿着这样旌节的人已经不属于自己了，他已经不能安排自己的命运，他一定要回去，报告自己出行的成果。这是他的使命。"① 面对爱情和幸福安定的生活的诱惑，张骞经受住了考验，把对祖国的使命和责任放在了首位。

张骞的旅途无疑充满了意外和艰险，时刻面临着生命的考验，可谓处处是敌人，这是不言而喻的。此外，在小说《张骞的一生》中，作家们还设置了一个与张骞时刻对立的人物，可谓他艰险旅途之外的"敌人"，这个人是他的同僚——单英。单英胆小如鼠，却是个嫉妒心很强而且很狡猾的人。他嫉妒张骞，处处设置障碍，不择手段，对张骞诽谤诬陷。而张骞面对这一切的表现，更加突出了他宠辱不惊、淡泊名利的性格，他所做的一切，都只是为了实现最初的梦想。

张骞出使西域之前，与单英谈过与大月氏结盟以及改造军队的想法。单英不喜欢耿直诚实的张骞，他迫不及待地将他们谈话的内容转告给汉武帝，将与大月氏部落结盟的主意说成自己的。单英盘算着张骞定会在与匈奴作战中丧命或者变成俘虏，一生沦为奴隶。不仅如此，单英还诽谤张骞对军队不满，造谣说张骞最初对这种想法表示反对，后来对他详细论述结盟的利害关系，他才表示决意为了朝廷出使大月

---

① [塔] 阿多·哈穆达姆、列奥尼特·齐格林：《张骞的一生——伟大的丝绸之路》，塔吉克斯坦共和国驻华大使馆 2002 年版，第 60 页。

第二章 丝路文化叙事俄语小说的基本主题

氏国,并且只带少数随从。张骞从汉武帝那里得知单英的言行以后,除了感到惊讶以外,并没有过多表示,只是毅然领命出使未知的异国。

张骞载誉而归以后,得到了汉武帝很多奖赏:赐予他博望侯的封号、金钱和所有的宫廷里最高官员的荣誉;授予甘父大使护卫的称号。所有人都向张骞表示祝贺,同时也惹来单英嫉妒的目光。单英对汉武帝说,大夏同汉朝结成军事联盟仅仅有一个条件,那就是张骞当皇帝。为了这一点张骞想先招集军队,等到合适的时机,以同匈奴作战为借口,然后就开始叛乱,接着他就成为中国的统治者。汉武帝虽然怀疑单英毁谤张骞,但是依然相信了他的话,便发布诏令褫夺张骞一切荣誉称号、所有的奖赏和特权,把他降级为平民,从宫廷里清除出去。汉武帝同时说,他会派出一支强大的军队,验证单英和张骞谁的话具有真实性,那时才会做出最终的决定:如果张骞确实想夺取皇位,他将会以叛国罪被处以绞刑。如果单英说谎也将会面对最严酷的惩罚。

宠与辱、荣誉与惩罚都如此突如其来,又突然其去,张骞又开始了流浪的生活。但是张骞并没有因此而抱怨、愤怒或者气馁,他对施拉克说,"涨潮后面是退潮。我们不应该绝望。应该记住,过一段时间,水就会又涨起来的"[1]。此后三年里,张骞一直在铁匠铺打铁,他打造的剑名声传遍了全国。在街上偶然遇见升为御林军统领的单英,面对单英的冷嘲热讽,张骞说:"我过得很坦然,心里没有丝毫的抱怨。"[2] 当汉武帝派出的队伍回来后,一切真相大白,单英受到惩罚,而张骞重新受到重用,他再次穿上华贵的官服,佩带上了武器。然而,"他的脸保持着平静,一如往常。无论是人生的高潮和低谷,伟大的荣誉和痛苦的奴隶生活,他都坦然地接受了。对他来说,人生本来就应该是这样。……张骞站在高高的城墙上,向下看着曾经和匈奴交战过的平原。伟大的丝绸之路将从这里开始,他想着过去的日子。张骞

---

[1] [塔]阿多·哈穆达姆、列奥尼特·齐格林:《张骞的一生——伟大的丝绸之路》,塔吉克斯坦共和国驻华大使馆2002年版,第94页。

[2] [塔]阿多·哈穆达姆、列奥尼特·齐格林:《张骞的一生——伟大的丝绸之路》,塔吉克斯坦共和国驻华大使馆2002年版,第97页。

扬起头,看着云彩,笑了起来。这些年来,他内心里第一次充满了和平和安宁"①,因为他的梦想最终实现了。

  应该说,在丝路文化叙事俄语小说中,除了张骞以外,很多小说中的主人公都是为梦想而漫游的人。《沙尔沙尔赴北京历险记》中的小主人公沙尔沙尔对体育无限热爱,心怀崇高的奥林匹克理想,并且一直坚信自己的梦想能够实现。在接到参加第29届夏季奥运会的邀请时,他毅然决定独自一人沿古代丝绸之路步行到达北京,在经历艰难和诱惑之后实现了梦想。正因为如此,阿利莫夫在小说的作者"自序"中写道:"这本书献给所有拥有梦想并为实现梦想而努力奋斗的少男少女们;所有寻找真正的朋友并找到朋友的人们。无论路途多么遥远,无论他们拥有何种肤色,操着何种语言。"② 杜尚别离北京四千多公里,虽然路程漫长,沙尔沙尔还是打算沿丝绸之路走到北京去,在他看来这样会更有意义,因为"通向朋友的路总是很短的"③。在什克洛夫斯基的小说《马可·波罗》中,马可·波罗的梦想就是漫游,他"无所畏惧,但是他想看看远方的国度和远方的岛屿"④,因此他一旦停下来就会寂寞无比。在瓦西里·扬的《成吉思汗》、《拔都汗》和《走向"最后的海洋"》中,成吉思汗和拔都也都是心怀梦想的帝王,他们远征是为了实现征服"日落之国"和"走向最后的海洋"的梦想,但是二者皆因各种缘由最终回到家乡,未能真正完成和实现毕生夙愿。

二 《蒙古人入侵》:为探索真理而漫游

  《蒙古人入侵》三部曲中的哈吉·拉希姆是学者、法学家,因为在巴格达求过学,人们也叫他巴格达迪。他师从一些品德完美、心胸

---

① [塔]阿多·哈穆达姆、列奥尼特·齐格林:《张骞的一生——伟大的丝绸之路》,塔吉克斯坦共和国驻华大使馆2002年版,第100—101页。
② [塔]拉希德·阿利莫夫:《沙尔沙尔赴北京历险记》,吴喜菊译,外语教学与研究出版社2007年版,第Ⅺ页。
③ [塔]拉希德·阿利莫夫:《沙尔沙尔赴北京历险记》,吴喜菊译,外语教学与研究出版社2007年版,第63页。
④ [俄]什克洛夫斯基:《马可·波罗》,杨玉波译,四川人民出版社2016年版,第143页。

第二章 丝路文化叙事俄语小说的基本主题

宽广、知识渊博的人，研究过许多门学问，阅读过许多阿拉伯文、突厥文、波斯文以及用古老的巴列维文写成的史书。他学富五车，名扬四海，骑着毛驴到处游历，"来往于无尽的大道上，追寻那些已经弃世的教义宣扬者们的踪迹"①，是一个为了探索和追求真理而漫游的托钵僧。

托钵僧为波斯语，原意为"乞丐"。在伊斯兰教世界，托钵僧是特殊的阶层，他们自成一体，身穿故意打满补丁的长袍，腰系麻绳，以示自甘其贫之志。最初托钵僧中曾出现过一些著名的诗人和研究哲学问题的学者，后来托钵僧发生演化，成为剥削愚昧民众、使用咒语治病、为人占卜、兜售护符、进行诈骗活动的寄生虫。行走在路上，托钵僧往往一面走，一边大声吆喝托钵僧的呼唤语："牙—古—呜！牙—哈克！里亚·伊里亚希·伊里亚—古—呜！"这是阿拉伯托钵僧常用的呼唤语，其意为："是啊，他是公正的，除了他以外，再没有另一个安拉了！"②哈吉·拉希姆就是一路喊着这个呼唤语走到了玉龙杰赤。

从外貌上看，哈吉·拉希姆蓄着大胡子，穿着肥大的长袍，上面打着五颜六色的补丁，戴着高高的尖顶帽，帽子上挽着一圈白布带——那是去过麦加朝圣过的托钵僧的标志。这是当时到处漫游的托钵僧的典型装束，因此扎兰丁初遇哈吉·拉希姆时就问他说："你是什么人？看你的装束，你必定到过遥远的地方吧？"哈吉·拉希姆回答说："我云游四方，想在谎言之海中寻求真理之岛。"③ 他追求的是真理，并非金银财宝等身外之物，因而当面对失去主人的驼队，本可以将其据为己有，他却认为"托钵僧乃真理之探索者，他是毫无所求的。他应当赤条条一无所有，哼着歌儿向前走去"④。这里的毫无所求，指的无疑就是不求财富和金钱。

对扎兰丁的问题："你到底要到哪里去？有何目的？"哈吉·拉希

---

① ［苏］瓦西里·扬：《成吉思汗（上）》，陈弘法译，外文出版社2005年版，第18页。
② ［苏］瓦西里·扬：《成吉思汗（上）》，陈弘法译，外文出版社2005年版，第21页。
③ ［苏］瓦西里·扬：《成吉思汗（上）》，陈弘法译，外文出版社2005年版，第10页。
④ ［苏］瓦西里·扬：《成吉思汗（上）》，陈弘法译，外文出版社2005年版，第5页。

姆回答说："我要漫游这五洋环绕的平坦大地，我要遍访城市、绿洲和沙漠，我要寻求胸怀不可遏止的伟大抱负之火的人们。我想目睹非凡的事件，我想拜见真正的英雄和遵守教义者。眼下，我打算去玉龙杰赤。人们都说，那是花剌子模国和全世界最美丽最富庶的城市。人们说，在玉龙杰赤我既可以结识博学多才的圣哲，也可以见到技术精湛、以伟大艺术典范将这座城市装点一新的匠人。"①

哈吉·拉希姆对马合木·牙老瓦赤说，"还是云游人的手杖和遥远的旅途更适合我的脾气"②。后者称其为尊敬的"吉罕·格什特"，其意义即为"漫游世界者"。那么，哈吉·拉希姆在多年的漫游中经历了什么、收获了什么？是否追寻到了他想要的真理？总体看来，哈吉·拉希姆从家乡出发，经过十几年的漫游回到家乡，此后又离开家乡继续漫游，后来成为拔都汗的修史人，其经历可谓异常坎坷丰富。从三部曲的叙述中可以看出，哈吉·拉希姆漫游的收获主要体现在两个方面：第一，结识并帮助了马合木·牙老瓦赤、扎兰丁、拔都等重要的历史人物，预言了他们的未来和命运。第二，将所见所闻记录下来，其中包括成吉思汗入侵花剌子模经历的种种不平凡的事件、拔都汗西征的过程等，希望给后人以启示。

（一）从离乡到归乡：坎坷的历程

哈吉·拉希姆的经历可谓坎坷丰富，带有传奇色彩。他本名阿布·扎法尔·花拉子米，是花剌子模玉龙杰赤人，幼年时代天资过人，刻苦用功，跟随最优秀的教师学习阅读和书法，还学《古兰经》的精深含义。他各科成绩优异，并且开始模仿菲尔多西、鲁杰吉、阿布·赛义德的风格学习诗歌创作。后来他对上帝是否存在产生质疑，他认为："在我看来，去哪儿都一样。我到处寻找上帝，可是哪里也找不到。原本就没有上帝，上帝不过是那些贩卖他的名声者杜撰出来的。"③ 由于这个原因，他与乌里玛和伊玛目发生争执，受到圣伊玛目们的一致诅咒

---

① ［苏］瓦西里·扬：《成吉思汗（上）》，陈弘法译，外文出版社 2005 年版，第 10 页。
② ［苏］瓦西里·扬：《成吉思汗（上）》，陈弘法译，外文出版社 2005 年版，第 59 页。
③ ［苏］瓦西里·扬：《成吉思汗（上）》，陈弘法译，外文出版社 2005 年版，第 29 页。

第二章 丝路文化叙事俄语小说的基本主题

并被抓了起来,要被弄到城市广场上当众割掉舌头,剁掉双手。所幸的是,他提前得知并机灵地逃走,辗转来到巴格达,在高级宗教学院拜一批最有名的学者为师,谦虚谨慎、性格内向、学习刻苦。

多年之后,哈吉·拉希姆系上云游者的腰带,拿起流浪者的手杖前往玉龙杰赤、布哈拉和撒马尔罕等地漫游。离开巴格达后,难以预料之风和苦难考验之雨把他抛向世界各地。他到过阳光炽热的印度、鞑里亚漠的沙原、中华帝国为防御鞑靼人入侵而修筑的万里长城,也到过波涛汹涌的海岸、风雪弥漫而陡峭高峻的天山。经过长时间流浪,他在离开家乡近十五年之后最终回到玉龙杰赤。经过风吹日晒,他皮肤黝黑,已经没有人能认得出了。他得知在自己逃离家乡后,花剌子模沙摩诃末亲自下令把他的父亲抓起来,投入大狱,带上镣铐,还在脖子上挂了这样的牌子:"终生关押,至死勿释"。如果父母瘐死狱中,沙摩诃末下令再抓进一个近亲,直到他自首为止。他的父亲在地牢里受尽潮湿、黑暗和可怕的跳蚤、壁虱的折磨而死,于是根据花剌子模沙摩诃末的命令,又把他的弟弟图干抓起来,戴上同样的镣铐,投入同一个地牢。所幸行刑时图干被赦免,保全了性命,兄弟二人得以团聚。

哈吉·拉希姆最初离开家乡是被迫的,然而他回乡却是主动的选择,曲折的漫游经历使他的内心世界发生了极大的变化。在世人眼中,从前的哈吉·拉希姆是个大逆不道的家伙、令人可怖的人,他年青时代不但毁了自己和父母的名声,还几乎把所有的亲戚都抛进苦难的深渊。在保守者看来,他写诗歌不是为了劝诫世人,而是为了蛊惑那些轻佻之人,坏人心术,散布毒言恶语,因而受到大伊玛目的诅咒,从家乡像罪犯一样仓皇出逃。而当他改姓更名回到家乡时,已经面目全非,成为公认的学识渊博的人、伟大的预言家,可是却不能以本名本姓示人。即便如此,哈吉·拉希姆看到了年少时熟悉的一切:当年的小巷、杏树、桑树、平顶的房子,蔚蓝色天空中盘旋的成群的白鸽和翱翔的苍鹰,院墙上洋槐树茂密的白色枝叶和小小的院门。一切都依旧,一切都没有变化,这里就是哈吉·拉希姆心灵的故乡和精神的家园，所以他不惜用唯一的一枚金币换得了与米尔咱·玉素甫老人待在一起并听到亲切而熟悉的声音的机会，对他而言这是值得的。即便不得不再次远行和漫游，他的内心自此也是充实的、满足的。

再次离乡后，哈吉·拉希姆继续漫游，见证了布哈拉的不战而降。在蒙古大军入侵布哈拉以后，马合木·牙老瓦赤在布哈拉将哈吉·拉希姆从蒙古巡逻队刀下救出，将他置于自己慷慨保护之下并委任他为录事，弟弟图干则像影子一样跟随着他。哈吉·拉希姆不久后受马合木·牙老瓦赤委托前往花剌子模的北部地区为术赤送信，中途遇到哈拉·孔恰尔，为救阙·札玛儿返回玉龙杰赤，见证了城市的抗争与沦陷，历经千辛万苦最终把信送到术赤手中，成为幼年拔都的老师。几年后术赤被杀，拔都被速不台带走，哈吉·拉希姆再次开始流浪，走遍了所有的城市。在这一时期，他被舍赫·乌里·伊斯兰以及伊玛目们诬告对圣书不恭敬、在谈话中口出狂言而从不提及至高无上的安拉，被视为不信奉真主的罪人，被抓捕并关进牢笼，诚如他自己所说："为了打听到成吉思汗的遗言，我走访了所有的智者。但是，不幸降临到我的头上。我在不花儿被圣伊玛目们抓住了。"① 所幸的是，弟弟图干设计救了他，于是他迅速离开，又开始了漫游的生活：先是在沙漠里待了几天，而后来到昔格纳黑，在这里帮助受伤的拔都逃避唐古忒汗和宿敌贵尤汗的追杀，被迫开始流浪："我准备走到天涯海角，我一生中从不行恶，可多年来还是被迫像个罪犯一样到处漂泊……现在我的漂泊之路又开始了。"② 几天以后，哈吉·拉希姆被蒙古贵尤汗手下人绑劫，所幸为纳扎尔·克亚里泽克所救，成为拔都的修史人，一直跟随拔都征战各地。

（二）结识英雄，预言未来

哈吉·拉希姆是小说中的特殊人物，小说里面很多重要人物都与

---

① ［苏］瓦西里·扬：《拔都汗》，陈弘法译，外文出版社 2006 年版，第 1 页。
② ［苏］瓦西里·扬：《拔都汗》，陈弘法译，外文出版社 2006 年版，第 11 页。

他有交集，尤其是马合木·牙老瓦赤、拔都汗、扎兰丁等人，他也因而成为历史的主要见证者。

在瓦西里·扬的小说《成吉思汗》开篇，哈吉·拉希姆在前往花剌子模都城玉龙杰赤的途中，在一个破旧的土房子里偶然遇到一个驼队主人受伤并救了他。原来这个人是玉龙杰赤的大富商马合木·牙老瓦赤，也是成吉思汗的暗探。他有二三百只骆驼，常去大不里士、不里阿耳、巴格达等地。这一次他带着驼队在沙原上遭遇强盗哈拉·孔恰尔抢劫，胸部受伤，生命垂危。哈吉·拉希姆用马合木·牙老瓦赤的白色缠头给他包扎伤口，还牵来一匹骆驼，把他放到驼峰之间，用毛绳捆好，带着他一起前往玉龙杰赤。哈吉·拉希姆还捡到了缠头布中掉下来的一枚金牌，上面刻着一只展翅飞翔的雄鹰和奇怪的字母，实际上这是成吉思汗发放的金牌。哈吉·拉希姆审视受伤的马合木·牙老瓦赤并预言："此人身上火光灼灼，预示着未来人世上将有一场大灾大难。他垂死挣扎的秘密原来就在于此啊。这是伟大的鞑靼合罕发放的一枚牌子。我要将这枚刻有雄鹰的金牌好好保存起来，只要这位垂死者一旦重新焕发智慧和力量之后，我便设法把它归还给他。"①马合木·牙老瓦赤后来成为马维兰赫尔的宰相，并多次帮助陷入困境的哈吉·拉希姆。在这一时期，哈吉·拉希姆还在牧民帐篷中邂逅了花剌子模沙摩诃末之子扎兰丁和强盗哈拉·孔恰尔，这两个人都是抗击蒙古入侵的英雄，在此后的故事中均充当了重要角色。

在第二部《拔都汗》中，哈吉·拉希姆也帮助了一个重要人物——拔都逃过追杀。有趣的是，这件事也是在小说开篇中描写的，与第一部《成吉思汗》形成了一定的呼应。在小说中，逃离监狱的哈吉·拉希姆正在昔格纳黑的一个破茅屋里记录自己的经历，忽然听到有人走动的声音，接着一只手伸进窗户挑起窗帘，来人以马合木·牙老瓦赤之名请求哈吉·拉希姆让他进入屋内。此人面色黑红，身材高大，穿着一身蒙古式的服装，一举一动都透着自信和威严，这便是拔都。在

---

① [苏] 瓦西里·扬：《成吉思汗（上）》，陈弘法译，外文出版社2005年版，第6—7页。

哈吉·拉希姆的帮助下，拔都逃过了贵由汗的追杀，并骑着门外的一匹白马离开。哈吉·拉希姆预言，拔都是个非凡的人，他会征服一个王国。拔都骑走的白马是扎兰丁的士兵阿拉普沙的，哈吉·拉希姆预言骑走马的人一定会回来，作为交换，阿拉普沙因而会得到一千匹马。事实确实像哈吉·拉希姆预言的那样，拔都送给阿拉普沙另外一匹好马和一些金币后返回本部，后来下令找到他，让他跟随在自己身边并成为手下的得力将领。

在《成吉思汗》中，对于米尔咱·玉素甫老人的问题："你为什么非要漂泊于路途之中呢？难道这种浪迹生涯以及脚下的尘土、泥泞、土石对你就有那么大的吸引力吗？"哈吉·拉希姆回答说："我读到过这样的诗句：你为何不用五彩的地毯装饰你的住所？但是，当勇士们的召唤呐喊声传来时，歌手们的歌声该当如何唱出？当战马向战场疾驰而去时，我怎能静卧于盛开的玫瑰之中？"哈吉·拉希姆预言战争即将爆发，战火就要燃起，而这"可怕的战火来自东方，这场战火会将一切焚烧殆尽"①。可以说，哈吉·拉希姆是无所不知、无所不晓的人，不仅预言小说中主要人物的命运及其相关事件，而且也能够预言整个世界局势的发展，是拥有大智慧的人。与此同时，哈吉·拉希姆的预言也为此后小说情节的铺展奠定了基础，埋下了伏笔。

（三）记录史实，启示后人

哈吉·拉希姆是"在受蒙古人奴役的花剌子模一位有学识的人，英明的人中最英明勇敢的人，真理的探求者"②。哈吉·拉希姆作为有学识的智者备受敬仰，他的话往往给人以启迪。无论他以修史人的身份记录成吉思汗和拔都汗的言行，还是以托钵僧的身份撰写《旅途札记》，其目的都只有一个，即启示后人，以史为鉴。

在《成吉思汗》中，瓦西里·扬采用蒙古人崛起以前东方作家著

---

① ［苏］瓦西里·扬：《成吉思汗（上）》，陈弘法译，外文出版社2005年版，第31页。
② ［苏］瓦西里·扬：《拔都汗》，陈弘法译，外文出版社2006年版，第10页。

第二章 丝路文化叙事俄语小说的基本主题

作中常采用的"致读者"形式开篇,以第一人称"我"的形式说明下文故事的缘起。这里的"我"即小说中的托钵僧哈吉·拉希姆,他认为,倘若一个人有机会目睹诸如导致繁华村镇毁灭的火山爆发、被压迫百姓反对强大统治者的起事、前所未见且凶恶无比的异族对祖国大地的入侵等罕见之事,就应当将这些所见所闻诉诸笔端。倘若这个人尚未学会用芦秆笔尖记述事实的本领,那么也应当将这些故事讲给富有经验的录事,请录事用牢靠的纸张记录下来,以备教育子孙后代。而那种虽然经历过震撼人心的事件却又故意缄默不语的人,无异于吝啬鬼。鉴于上述想法,哈吉·拉希姆下定决心记录所见之事,但是当他削尖芦秆笔、饱蘸墨水时,又不禁犹豫起来,担心将一切如实地讲述出来没有足够的词语和力量展现出蒙古人入侵带来的灾难和恐怖。但是,"许多人劝说我将我看到和听到的有关成吉思汗及蒙古人入侵的全部情况记载下来。我却久久踟蹰着……现在,我终于认为,再这样沉默下去是毫无道理的了。于是我斗胆决定将全世界闻所未闻、全人类特别是你们这方土地上的和平居民所遭受的史无前例的这场奇灾大祸,以及倍受苦难的花剌子模描述下来"①。拔都汗请求哈吉·拉希姆当自己的修史人,记录他的吩咐、他的格言、他的思考,目的是想让子孙后代知道,战无不胜的蒙古大军西征、征讨世界的过程是如何进行的。因此哈吉·拉希姆说:"我记下了只罕盖尔的这番举足轻重的话语,因为无论伟人们的功勋也罢,谬误也罢,抑或是他们改正谬误的行为也罢,——所有这些都应当永远载入史册,以便我们的后代从中得到教益。"② 与此同时,哈吉·拉希姆在行军途中并没有中断记录他的《旅途札记》。然而,记录和描述这些事实和领袖们的行为活动,并不是哈吉·拉希姆的最终目的,他希望更多的人耐心地读完,从中看到事情的真相并获得启示。拔都汗言行的记录,就是以其教诲之言开始的。因此哈吉·拉希姆认为,从自己的记述中"有

---

① [苏]瓦西里·扬:《成吉思汗(上)》,陈弘法译,外文出版社2005年版,第2页。
② [苏]瓦西里·扬:《走向"最后的海洋"》,陈弘法译,外文出版社2006年版,第138页。

毅力有耐心的人定会看到事情的圆满结局，有志于探求知识的人定会获得知识"①。他梦中的镇尼也对他说："你的道路是一直向西方去！……你要置身于这些勇敢的人们中间，把他们的事迹告诉别人"，不朽的思想就是他狂热的朋友，而他的使命就是"跟伟大的往昔幽灵——为光辉前程而战的斗士交谈"②。

花剌子模王子扎兰丁曾经问哈吉·拉希姆："你想结识以其剑锋在战场上建立丰功伟绩的英雄吗？你会用炽热的诗行描写英雄的丰功伟绩吗？你的诗歌会让青年男女们传唱不衰吗？你的诗篇会感染那些在战场上拼杀的英勇骑士以及行将入土的老人吗？"托钵僧则吟诗作答：

> 鲁杰吉作诗固然出众超群，
> 我与他相比，也毫不逊色。
> 他双目失明，尚可名震遐迩，
> 我火旁放歌，敢说没有听客……③

正如扎兰丁所说，哈吉·拉希姆既结识了在战场上建立丰功伟绩的英雄，也记录了他们的不朽功绩。哈吉·拉希姆曾经说："我的父亲是驱使我穿行于荒原大地的饥饿，我的母亲是不可能为新生儿提供乳汁而只能使他在委屈中哭红眼睛的贫困，我的老师是刽子手举起屠刀时产生的恐怖。不过，我时时可以听到这样的声音：不要悲伤吧，托钵僧，你永远在创造你值得自豪的奇迹。"④ 哈吉·拉希姆能把一切都记录下来，确实可以称为奇迹，他"不是平静的追求者，而是奇迹的追求者，他的心里燃烧着炽热的不安之火"⑤。然而，他在狱中奉命记录成吉思汗的功绩时，他虽然根据命令写完了应该写的东西，但是

---

① [苏] 瓦西里·扬：《成吉思汗（上）》，陈弘法译，外文出版社2005年版，第2页。
② [苏] 瓦西里·扬：《走向"最后的海洋"》，陈弘法译，外文出版社2006年版，第112—113页。
③ [苏] 瓦西里·扬：《成吉思汗（上）》，陈弘法译，外文出版社2005年版，第10—11页。
④ [苏] 瓦西里·扬：《成吉思汗（上）》，陈弘法译，外文出版社2005年版，第31页。
⑤ [苏] 瓦西里·扬：《成吉思汗（下）》，陈弘法译，外文出版社2005年版，第34页。

他既没有大力吹捧成吉思汗，也没有卖力歌颂花剌子模的鞑靼奴役者，只是将亲眼所见的真实情况记录下来。他说："目空一切的伊玛目们和狂妄自大的乌里玛们竟说我没有信仰！他们的肤浅见识是多么可恶而又多么愚蠢啊！像我这样的没有信仰实非轻而易举的无谓之事。我的信仰最坚定、最热烈；我相信被压制的思想家将战胜蠢笨的刽子手，我相信被压迫的劳动者将战胜疯狂的暴徒，我相信知识将战胜谎言！……我知道，真理、对人的关怀之情和自由引导我们的祖国走向共同幸福和共同光明的美好时刻将会到来，这美好时刻即将到来，一定到来！"① 有趣的是，他在做拔都老师期间，教的那些书写的就是漫游世界的事，讲的是何谓善恶、如何热爱故土、怎样尽做人的责任这类道理。

综上所述，哈吉·拉希姆走遍了所有城市，他的漫游有主动的选择，也有被动的接受，他离开故乡花剌子模的玉龙杰赤以后已经无法再返回故乡，但是故乡无疑一直在他心中。此外，对哈吉·拉希姆而言，真理也是他的故乡。哈吉·拉希姆的漫游都是追寻真理之路，而真理之于他而言就是思想之源泉、心灵之故乡，只有在不断追寻中他的心灵才能获得平静和安宁。

---

① ［苏］瓦西里·扬：《成吉思汗（下）》，陈弘法译，外文出版社2005年版，第139页。

第三章　丝路文化叙事俄语小说中的
　　　　历史人物形象

　　真实的历史人物是丝路文化叙事俄语小说关注的重要人物形象体系，例如张骞、成吉思汗、拔都、马可·波罗、帖木儿、忽必烈等。在不同作家笔下，每个历史人物的形象各不相同。张骞既是丝绸之路的开拓者、杰出的外交家、民族英雄，也是一个旅行家、探险家。马可·波罗除了世界公认的商人、旅行家的身份以外，还被冠以侦探、发现亚洲第一人、世界公民、友好使者、东西方交通的开拓者等称号。成吉思汗是杰出的军事家、政治家、大蒙古国创建者，也是蒙古民族英雄、世界征服者、异教统治者。拔都是军事家、宽厚的"赛因汗"、勇敢的统帅、金帐汗国的建立者。忽必烈是政治家、军事家、大蒙古国第五任可汗，同时也是元朝的开国皇帝。帖木儿是为世人所唾弃的暴君，也是理想的君主、睿智的君主、有远见的政治家、英雄人物。这些历史人物的文学形象有褒有贬，相互比照，诠释着人们对历史人物的态度和看法。

　　可以看出，文学作品中的人物形象与史学著述中的人物形象是有差别的，这是因为历史侧重于叙述历史事件和历史事实，记载的是人物的历史形象，而文学则侧重于描写历史人物的故事，表现人的性格和内心世界，描绘的是历史人物的文学形象。别林斯基曾经指出，历史长篇小说"不叙述历史事实，只有和构成其内容的个人事件连结在一起时才采用历史事实作为描写的对象……历史小说仿佛是一个点，

第三章　丝路文化叙事俄语小说中的历史人物形象

作为科学看的历史，在这个点上和艺术融为一体，它是历史的补充，是历史的另外一个方面"①。因此，"历史题材创作中的历史人物不能是太个人化的，而应当是历史性的，作家既要洞察历史人物个性的秘密，也要猜透历史意义的秘密"②。张骞、马可·波罗、成吉思汗、拔都、忽必烈和帖木儿等是丝路文化叙事俄语小说中的主要历史人物形象，这几个历史人物与丝绸之路的开拓、巩固和发展关系最为密切，在丝路的开拓、发展以及书写等方面做出了一定的贡献。

第一节　张骞：丝绸之路的伟大开拓者

张骞（约公元前 164—前 114 年）两次出使西域是一段人所共知的历史，他是中国历史上第一个以寻求友好邦交和政治联盟为目的而出使西域的外交家，刷新了西汉王朝对外关系的新篇章，标志着中原同西域广泛联系的开始。张骞被后人誉为丝绸之路的开拓者，伟大的外交家、冒险家、探险家、旅行家等，司马迁称他是"凿空西域"的人，梁启超赞他为"坚忍磊落奇男子，世界史开幕第一人"。可以说，张骞的西域之行是人类历史上的重大事件，对中国历史和世界历史的意义如何评说都不为过，尤其是对丝绸之路而言，意味着古代丝路商道的开辟和文化交流的开始，"开辟了中外交流的新纪元，成功将东西方之间的通道走了出来，并最终将东西方之间的联系障碍突破。从此，东西方各国使者、商人沿着张骞开通的道路，来往络绎不绝。上至王公贵族，下至平民百姓，都在这条路上留下了自己的足迹"③。毋庸置疑，张骞对加强中国对外友好往来、促进中西方经济文化交流、发展人类的文明事业，做出了不可磨灭的历史贡献。

据史料记载，公元前 139 年张骞受汉武帝派遣，由匈奴人堂邑父

---

① [俄]别林斯基：《别林斯基选集：第三卷》，满涛译，上海译文出版社 1980 年版，第 52 页。
② 程正民：《别林斯基论历史题材创作》，《北京师范大学学报》2009 年第 2 期。
③ 李文增：《略论中西方丝路文化视野的差异性》，《世界文化》2019 年第 1 期。

为向导从长安出发前往西域联络大月氏,共同抗击匈奴。张骞一行从陇西出发进入河西走廊,不久后遇见匈奴的骑兵,张骞等人全部被俘虏,押送到单于的王廷。匈奴单于把他们分散开去放羊牧马,并由匈奴人严加管制,给张骞娶了匈奴女子为妻,监视他并诱使他投降。张骞坚贞不屈,始终保留着汉朝使者的符节等待时机准备逃离,以完成自己的使命。被扣留10年之久后,张骞趁匈奴监视有所松弛脱逃后抵达大月氏,当时大月氏的生产方式逐步由传统的游牧生活改为农耕定居,已然没有与匈奴对抗之意。张骞留下考察一年之后回国,在归汉的途中不幸再次被匈奴俘获,后趁匈奴内乱脱身,于公元前126年回到长安。公元前119年汉武帝再任张骞为中郎将,率300多名随员,携带金币丝帛等财物第二次出使西域。这样一来,张骞不仅"找到了对抗匈奴的同盟者,打开了通向西方的道路,同时也增加了中国的声誉"[①]。

　　小说《张骞的一生》以张骞第一次出使西域为主要故事情节,从内容上看小说所述故事与历史事实有所出入,小说的两位作者在"自序"中表示,"很遗憾,单凭在莫斯科和圣彼得堡档案馆里找到为数不多的几行字和有限的几个事实,我们无法使您展开丰富的想象"。然而,"我们的目的就是仅仅展现开辟丝绸之路这个想法是如何产生的,那些伟大无私的英雄们是如何在开辟这条连接世世代代各国人民的丝绸之路上迈出勇敢的第一步的。请历史学家们不要责备我们创作中可能存在的不准确之处以及那些说得含糊不清或者是遗漏的地方"[②]。历史小说并不是历史的真实记录,否则就变成历史著作而非小说,作家们的遗漏无可厚非。应该说,作家们实现了自己的创作宗旨和目的,塑造了张骞无畏无惧的形象:他不顾个人生死,心怀大汉江山社稷,他是为祖国和人民的利益、人民的幸福安康、国家间的睦

---

① [塔]阿多·哈穆达姆、列奥尼特·齐格林:《张骞的一生——伟大的丝绸之路》,塔吉克斯坦共和国驻华大使馆2002年版,第92页。
② [塔]阿多·哈穆达姆、列奥尼特·齐格林:《张骞的一生——伟大的丝绸之路》,塔吉克斯坦共和国驻华大使馆2002年版,第1页。

邻友好不惜牺牲个人利益的英雄。与此同时，作家们也描写了张骞在丝绸之路开拓中所起的重要作用：张骞不仅是商路的开创者，也是东西方文化的传播者。张骞开通了中国与上述西方诸国的交通，他的历史功绩永载史册。

一　坚韧的梦想家：开创商路，勾画宏伟蓝图

涅恰耶夫在传记小说《马可·波罗》中谈到丝绸之路时写道："这条路（或者说是整个商路网）是在汉武帝的倡议下兴起的，武帝的军队需要精良的马匹，而他的使臣张骞在公元前138—前126年的中亚之行中见到过这样的马匹。"[①] 在小说《张骞的一生》中，开辟商路想法的产生正是与购买天马有关。张骞因大月氏人迁到北方而无法完成与其建立军事同盟的任务，于是张骞想要完成第二个任务，即找到大宛国购买强健而有耐力的好马。事实上，大宛国的好马都是从大夏国购买的，于是张骞表达了与大夏国建立军事同盟并从大夏国购买天马的想法。但是，巴克特部落首领巴哈拉姆却说："我们的天马只卖给我们的朋友……虽然同遥远的中国结盟对我们很有利，但是我们并不只是要一个军事同盟国。听说你们有很多不错的商品，你们会做很多种东西。我们需要相互通商并且交流知识。"如果张骞要以使节的身份谈同盟和通商，"来访的使节应该接受三种考验，即英勇、无畏与智慧。如果你经受住了这三个考验，我们就相信你们的人民是伟大而且智慧的。那我们就会同你们建立军事联盟，并且开辟商路"[②]。张骞通过了考验，得到巴哈拉姆的认可，阿列尔部落的首领萨赫拉普也答应张骞随时可以购买天马。不仅如此，除了军事上的合作以外，张骞对大夏国各部落首领说："我们的眼光需要看得更长远。我的国家富有强大，但很多东西还很匮乏。大夏同样也富有强大，但你们也需要你们自己没能力生产的货物。让我们通商吧，这是连结我们两国

---

① Нечаев С. Ю., *Марко Поло*, Москва：Молодая гвардия，2013，С. 20.
② ［塔］阿多·哈穆达姆、列奥尼特·齐格林：《张骞的一生——伟大的丝绸之路》，塔吉克斯坦共和国驻华大使馆2002年版，第35页。

人民最牢固的纽带。你们能卖给我们香料、松香和山上盛产的宝石。我们将给你们带来陶瓷制成的茶具和丝绸。"① 就这样，张骞与大夏国不仅建立了军事同盟，同时也达成了开辟商路、相互通商的初步意向。

在确定了开辟商路以后，张骞与巴哈拉姆谈起商路的发展，并给这条路起了美丽浪漫的名字：

"你是对的，大使，"他抑制住自己的情感说，"你需要回到中国。我们应该开辟从你们国家到大夏的通道，甚至还要更远。我们应该为人们开辟一个世界。这将是具有伟大意义的道路。"

"那就叫它丝绸之路吧。"张骞笑着说，"沿着这条路运输丝绸，它会把许多人的生活变得美丽富有。"

"对，就叫它丝绸之路。"首领表示同意。②

张骞与巴哈拉姆接着讨论起城市和国家怎样衔接的问题，并且勾画出丝绸之路的大致走向。张骞首先用枝条在沙土地上描绘出了中国版图的轮廓，用一个圈标出首都长安。他说，商队从长安出发，穿过沙漠，然后是平原和边界的山脉，就到达了大夏。张骞画出的道路，弯弯曲曲在沙漠上向前延伸。巴哈拉姆聚精会神地看着张骞画出来的路线提议说，商人们应该到大夏国富有的城市里去经商。商队经过康居然后向前走，穿过整个索格季安纳并继续向前，一直到达威尼斯，那里是商队的最终目的地，因为那里是通向世界的大门，汇集了东西方很多国家的货物，到了那里就会变得极其富有。就这样，张骞与巴哈拉姆用枝条在沙地上描绘出了一条新的线路，伟大的丝绸之路具有了清晰的轮廓。两个人都兴奋异常，张骞说："我把这幅图画到羊皮上，给我们的皇帝看。伟大的丝绸之路将成为一座桥梁，它不仅仅连

---

① ［塔］阿多·哈穆达姆、列奥尼特·齐格林：《张骞的一生——伟大的丝绸之路》，塔吉克斯坦共和国驻华大使馆 2002 年版，第 60 页。
② ［塔］阿多·哈穆达姆、列奥尼特·齐格林：《张骞的一生——伟大的丝绸之路》，塔吉克斯坦共和国驻华大使馆 2002 年版，第 65 页。

第三章　丝路文化叙事俄语小说中的历史人物形象

接着遥远的国家，而且连接着两国人民的心。"① 就这样，张骞勾画出了丝绸之路未来发展的宏伟蓝图。

在回国的途中，张骞与安息国马勒阜建立了友好的军事联盟，也达成了通商的意向。马勒阜城市领袖非常赞赏张骞丝绸之路的想法，他说："伟大的丝绸之路，这是个美妙的构想。就像银河一样，它将连接所有国家和民族，我们也不应该站在一边。今天我们有很多东西，但这仅仅是今天，目光应该看得更远。好马需要宽阔的地方才能施展出本领来。水如果停止流动，也会腐烂的。"② 张骞认为，城市首领非常有远见，他说："你的构想已经超出了我所能想到的。大夏、康居和中国是永远的朋友。商队将穿过沙漠和陌生的土地，如果他们没有保护，就会变成强盗的战利品。有像你们人民这样的士兵和了解沙漠的人，任何商队都能达到最终的目的地。除了这些，你们拥有很多商品，马勒阜正位于伟大丝绸之路的交叉口上。对我们共同的理想来说，这不是最好的吗？现在我坚信我们未来的丝绸之路一定会畅通无阻。"③ 丝绸之路的宏伟蓝图就这样勾画而出，此后通过这条通道，汉朝和西域经济文化进一步发展起来，并对后世产生了巨大而深远的影响。

二　文化的传播者：互通有无，传播东西文化

张骞不仅勾画出丝绸之路的基本走向、规划了其未来的发展，也在不断地向异族人介绍自己的祖国、传播中国的文化，并且向各国各部族人民学习，借鉴先进的技术和经验。

张骞告诉法拉阿特和施拉克，自己从中国来，祖国被这里的人称作天朝。他用树枝在平整的石头上描绘出中国版图的形状，而这在法

---

① ［塔］阿多·哈穆达姆、列奥尼特·齐格林：《张骞的一生——伟大的丝绸之路》，塔吉克斯坦共和国驻华大使馆2002年版，第67页。
② ［塔］阿多·哈穆达姆、列奥尼特·齐格林：《张骞的一生——伟大的丝绸之路》，塔吉克斯坦共和国驻华大使馆2002年版，第80—90页。
③ ［塔］阿多·哈穆达姆、列奥尼特·齐格林：《张骞的一生——伟大的丝绸之路》，塔吉克斯坦共和国驻华大使馆2002年版，第90页。

罗阿特看来既漂亮又不寻常。当法罗阿特希望张骞把自己画下来的时候，张骞送给她一面铜镜，这是姑娘从未见过的。张骞告诉她，这是中国制造的，它能真实地告诉每个人他们自己的相貌。张骞还告诉施拉克火药是怎么制造出来的，中国的汉字如何起源、产生以及如何书写，给他讲了仓颉造字的故事。

　　小说中非常细致地描写了张骞教会大夏国巴克特部落首领使用马镫的过程。首领从来都没见过且不会使用马镫，对这种新发明感到非常惊奇。张骞告诉首领，他骑马的方式和希腊人一样，这样很不舒服，而且脚很快就疲惫，战士骑着马奔跑一段时间以后就不能全力投入战斗了。有了马镫以后，士兵的脚就可以得到很好的保护。张骞亲自演示如何使用马镫：他来到一匹马前，将皮带搭在了马背上，那两个半圆形的铁环从马的两侧垂下来，然后又用一条皮带从马的腹部绕过去将两个铁环连在一起。首领亲自尝试使用马镫后对张骞大加赞许："有了这种装备在马上作战就很容易了。你很出色，张骞，你有一个非常聪明的头脑。"张骞却说："不是我有一个聪明的头脑，而是我们的人民。我只是记住了中国古人想出来的东西。你的人民也很有天赋，首领，我们可以在很多方面向他们学习。"[①] 张骞是非常谦虚的，他并不认为自己有头脑，而是自己的人民富有智慧。同样，在他看来，大夏国也有很多让中国惊叹的东西，比如他们会制造能砍断敌人武器的斧头，驯养出不知疲倦的良种战马，等等。张骞向阿列尔部落的人们详细介绍了丝绸：它是这样的一种纺织物，夏天穿上它会觉得凉爽，看上去很舒服，比目前人们能够想象出的都要好。丝绸能让不漂亮的女人变得漂亮，漂亮的变得美丽又庄重，丝绸就像云彩一样五彩缤纷、奇异绚丽，而它仅仅是靠人的双手织成的。云彩在大夏的语言里叫帛，所以可以把丝绸叫作帛，这样叫更合适，更贴切，正巧与汉语的意思一样。

　　应该说，许多民族对中国是心生向往的，只不过当时很多人对中

[①] [塔] 阿多·哈穆达姆、列奥尼特·齐格林：《张骞的一生——伟大的丝绸之路》，塔吉克斯坦共和国驻华大使馆2002年版，第45页。

国知之甚少。巴哈拉姆曾对张骞说："在我年轻时就从父辈那里听说了你们伟大的国家，以后又多次听人们说起。它被我们这里的人称为智慧之国。你们有许多令人惊奇的发明，而且知道很多事情。在我心里，对你们的国家向往已久。"[1] 应该说，张骞尽己所能地向各国部落介绍中国和中国文化，让世界认识和了解中国，提高了中国的声誉，扩大了中国文化的影响力。

张骞在传播了中国的文化的同时，也不忘记向当地的人民学习。他学习的第一项是打铁的技艺、制造锋利武器的秘密。张骞认为，中国的工匠能打出好的武器，但在重量上和坚固性上不如大夏国的武器，他们的马刀能够砍断张骞的剑，而连个豁口都没有，足见其锋利程度。在马勒阜，除了城市的壮观、市场的繁华、物产的丰富以外，张骞更惊叹于防沙的城墙、存放面包和肉的雪窖、蓄水池、图书馆和天文台。毫无疑问，每个民族都有自己优秀的文化，因此张骞认为，"我们的人民应该联系在一起"[2]。

谈到张骞对于丝路的贡献，涅恰耶夫在传记小说《马可·波罗》中写道，张骞"收集了很多中国人以前不了解的疆域的信息，这些疆域被称为'西域'。他还向皇帝报告了在这些土地上不生产丝绸的情况，并建议向那里输出丝绸以换取优质马匹"。汉武帝接受了张骞的建议，因此"第一个商队在公元前121年沿这条路线出发，发达的海运在16世纪出现之前，商队一直将中国与欧洲联系起来"[3]。可以说，张骞作为丝路开辟者，他的贡献难以估量。

第二节 马可·波罗：丝绸之路的书写者

马可·波罗是继张骞之后人所共知的与丝路密切相关的历史人物，

---

[1] [塔]阿多·哈穆达姆、列奥尼特·齐格林：《张骞的一生——伟大的丝绸之路》，塔吉克斯坦共和国驻华大使馆2002年版，第33页。
[2] [塔]阿多·哈穆达姆、列奥尼特·齐格林：《张骞的一生——伟大的丝绸之路》，塔吉克斯坦共和国驻华大使馆2002年版，第92页。
[3] Нечаев С. Ю., *Марко Поло*, Москва: Молодая гвардия, 2013, С. 20.

不同的史学著作和文学作品中，对马可·波罗的称谓不尽相同，普遍认可的是，马可·波罗是威尼斯商人、旅行家，此外，他还被冠以侦探、发现亚洲第一人、世界公民、友好使者、东西方交通的开拓者等称号。随着马可·波罗逐渐为欧亚许多国家的人民所了解，他的人生历程、他的经历和遭遇也随之引起世人关注，许多国家出版了描写马可·波罗的传记作品或小说，尤其是20世纪以来，这类作品越来越多，不同国家、不同作者笔下，马可·波罗的形象无疑也不尽相同。

在传记小说《马可·波罗》中，什克洛夫斯基首先介绍了马可·波罗的出身，他是一个威尼斯贵族的伟大后裔。马可·波罗1254年出生于威尼斯的利亚托岛，其家族虽然"算不上是最富有或最有声望的家族"，但是他的"祖先们在威尼斯拥有显赫的地位"[1]。什克洛夫斯基不吝笔墨，多方证明马可·波罗出身于威尼斯贵族。马可·波罗的父亲和叔父是威尼斯商人，波罗兄弟的徽章上有三只寒鸦的图案，因此马可·波罗"有徽章……他有权经商，甚至有权担任公爵"[2]。马可·波罗出生时即丧母，父亲远在异国他乡，他由亲戚抚养长大。即便如此，马可·波罗在童年和少年时期仍然接受了威尼斯贵族应该得到和接受的教育。不仅如此，马可·波罗还学习射箭，也会划船，这是威尼斯贵族必须要学习的技能：每个威尼斯人都必须善于射箭和划船，因为可能要参加战斗。在没有父母约束的情况下，他相对自由地成长，反而培养了他无拘无束、无所畏惧以及积极进取的性格。正是具有这种无所畏惧的性格和精神，马可·波罗才能随同父亲穿越漫长的丝绸之路、克服重重阻碍和危险来到中国，并最终想尽办法回到祖国威尼斯。本节主要从与丝绸之路关系的角度，分析俄罗斯作家什克洛夫斯基的传记小说《马可·波罗》、涅恰耶夫的传记小说《马可·波罗》中的马可·波罗形象：他是历史上第一个穿越丝绸之路并记录沿途见闻的大旅行家，是丝绸之路的伟大书写者。

---

[1] [美] 劳伦斯·贝尔格林：《马可·波罗传》，周侠译，海南出版社2010年版，第14页。
[2] [俄] 什克洛夫斯基：《马可·波罗》，杨玉波译，四川人民出版社2016年版，第62页。

第三章　丝路文化叙事俄语小说中的历史人物形象

一　伟大的旅行家：穿越漫长的丝路

在什克洛夫斯基的笔下，马可·波罗首先是一个"卓越的旅行家"，而"现如今的每一个新发现、每一次对这些土地的科学探索之旅，都是他荣誉花环上的新花瓣"[1]。作家在小说中从马可·波罗的父亲和叔叔——波罗兄弟二人的生意和旅行写起，为开启他的东方之旅做了充足的铺垫。1271 年，马可·波罗 16 岁时随波罗兄弟踏上旅程，25 年后 40 岁的时候才最终返回故乡威尼斯，对于这期间的经历、波折和遭遇，在小说中均有描述，以此说明马可·波罗是一个"大无畏的威尼斯人"[2]。根据什克洛夫斯基在《马可·波罗》中所写，马可·波罗 16 岁时第一次见到父亲和叔父，此后便跟随二人经商和旅行，开始了他的东方之旅。

众所周知，马可·波罗的东方之旅路途漫长，经过欧亚大陆的很多地区。根据两部同名小说《马可·波罗》可知，马可·波罗一行人从威尼斯出发，最先来到阿克拉求见新当选的教皇，此后前往拉亚斯，再经由莱亚苏斯港直达土耳其的埃尔祖鲁姆，此后经由波斯的大不里士城、萨韦城、伊耶兹特城、克尔曼王国、霍尔木兹市一直抵达波斯湾，他们从这里几乎笔直向北而行，走陆路途经帕米尔高原，最终来到忽必烈的王宫。马可·波罗所走的路线，大部分地区正是中国古代丝绸之路途经之地，从威尼斯出发到抵达忽必烈的宫廷历时四年，路途中充满了危险和波折。两部小说均基本按照时间先后顺序展开叙述，将马可·波罗穿越丝路之旅完整地呈现出来。

涅恰耶夫认为，马可·波罗的好奇心深得忽必烈喜爱，大汗意识到这个善于观察的西方人给他带来新的希望，他"将马可从威尼斯的限制中解放出来，在可汗的影响下，马可逐渐成为一个在历史上留下印记的旅行家"[3]。什克洛夫斯基在小说《马可·波罗》中对马可·波

---

[1] Нечаев С. Ю., *Марко Поло*, Москва: Молодая гвардия, 2013, C. 6 - 7.
[2] Нечаев С. Ю., *Марко Поло*, Москва: Молодая гвардия, 2013, C. 242.
[3] Нечаев С. Ю., *Марко Поло*, Москва: Молодая гвардия, 2013, C. 91.

罗在中国生活期间的经历描写较多，几乎占整部小说的三分之一左右。马可·波罗备受忽必烈的喜爱和信赖，不仅常常随其狩猎或者出行，还经常受其指派在各地巡查，借此几乎已经游遍了中国。马可·波罗特别习惯长途旅行，所以每一次接到忽必烈的指派，都满怀喜悦地踏上新的旅途，并且在旅途中特别习惯观察各种各样奇怪的现象。当忽必烈向波罗兄弟问起旅途中见闻以及道路的时候，他们经常混淆城市的名称，对道路的描述也模糊不清，常常忘了哪里长着什么样的草以及如何翻越山隘。马可·波罗却一切都记得清清楚楚，也许正因为如此，可汗和他在一起感到很有趣，允许他在身边随行，经常带着他一起出去狩猎。"马可·波罗是大汗貂皮帐篷里的常客，他给大汗讲巴勒斯坦、帕米尔，讲沙漠——在那里马匹会陷入沙子里，还讲山中的隐士。"① 涅恰耶夫也指出，在中国期间，马可·波罗到过许多地方，"他的一些'出差'往往持续几个月，他总是认真观察往返途中见到的一切"②。

当时忽必烈的宫廷内的行政职务由来自世界各地的人员担任，马可·波罗也出任了一个职位，他的任务是"走访全国各地，视察一切事务，最重要的是——考察哪里收取纸币，哪里不收取纸币，可以从哪里运来哪些商品。马可·波罗要探查这一切，查明之后要来禀告大汗"③。每一次马可·波罗从各地带着商品和故事回到可汗那里，都会受到热情款待。游历时了解和遇到的故事，他都会记得，都会讲给可汗听，对此"大汗既吃惊又觉得好笑。他称马可·波罗为智者，开始派遣他前往不同的国家"。马可·波罗于是在整个中国大地上游览，"他无所不见，全都告诉了可汗"④，凭借自己的智慧逐渐成为"可汗身边关系亲密的人"⑤。这样一来，马可·波罗既了解了丝绸之路沿途

---

① [俄] 什克洛夫斯基：《马可·波罗》，杨玉波译，四川人民出版社2016年版，第104页。
② Нечаев С. Ю., *Марко Поло*, Москва：Молодая гвардия，2013，C. 142.
③ [俄] 什克洛夫斯基：《马可·波罗》，杨玉波译，四川人民出版社2016年版，第104页。
④ [俄] 什克洛夫斯基：《马可·波罗》，杨玉波译，四川人民出版社2016年版，第109页。
⑤ [俄] 什克洛夫斯基：《马可·波罗》，杨玉波译，四川人民出版社2016年版，第104页。

第三章　丝路文化叙事俄语小说中的历史人物形象

各国的社会经济状况和风土人情，也熟知丝绸的原产地中国发生的政治经济事件、文化和社会生活以及风俗，他常伴忽必烈左右并谙熟宫廷规矩和礼仪。马可·波罗对上述情况的了解和掌握，很少有西方旅行家能够企及，这一点已经是公认的事实。这是马可·波罗及其《马可·波罗游记》对世界的巨大贡献，马可·波罗是当之无愧的伟大旅行家。

对马可·波罗旅行路线的记述，什克洛夫斯基与涅恰耶夫基本一致。就马可·波罗在中国境内的路线，涅恰耶夫指出，"遗憾的是，我们并不确切知道马可·波罗因哪些事务出行及其具体的路线"①。即便如此，相比较而言，涅恰耶夫对马可·波罗在中国境内所到之地的叙述更为详尽，对西藏、长江和黄河的介绍更为明确细致。随着对马可·波罗在游记中记述的国家的研究，《马可·波罗游记》中那些在同时代人看来不可思议、无法理解的一切都已经明了，这是对那些怀疑马可·波罗及其父亲和叔叔东方之旅者最好的驳斥。

二　才华卓越的游记作者：记述旅途的见闻

在传记小说《马可·波罗》中，涅恰耶夫塑造的马可·波罗是一位卓越的旅行家，具有"令人意想不到的才华"②。作家认为，马可·波罗虽然没有得到同时代人应有的肯定评价和褒扬，但是他的贡献迟早会得到真正的认可和赞扬，事实已经证明，"他在有学识的后辈那里享有多么好的名声"③。什克洛夫斯基在小说中也从多个角度描写了马可·波罗的才华和智慧。

什克洛夫斯基笔下的马可·波罗深受可汗忽必烈喜爱和信任，"这要归功于马可的头脑和机智，归功于他在了解可汗朝廷和整个国家的事态方面的快速和轻松"④。马可·波罗聪颖异常，具有超强的学

---

① Нечаев С. Ю., *Марко Поло*, Москва：Молодая гвардия, 2013, C. 142.
② Нечаев С. Ю., *Марко Поло*, Москва：Молодая гвардия, 2013, C. 110.
③ Нечаев С. Ю., *Марко Поло*, Москва：Молодая гвардия, 2013, C. 6.
④ Нечаев С. Ю., *Марко Поло*, Москва：Молодая гвардия, 2013, C. 107.

习能力和记忆力，会多种语言，具有很强的语言天赋。什克洛夫斯基在《马可·波罗》中对马可·波罗童年的描写较为简略，这与相关资料较少有一定关系，所以作家无法确知马可·波罗是否上过学，甚至不知道他是否认识意大利文字，因为他的游记是狱友比萨人鲁斯梯谦记录下来的。什氏由此推断，马可·波罗未必认识意大利文字。然而马可·波罗是非常聪明的，在随父亲和叔父来到蒙古以后，他在极短的时间内学会了他们的语言（蒙古语）和四种文字及其书写，而且每种语言都能读会写。据推测，马可·波罗不会说汉语，他会的四种语言是八思巴文、阿拉伯文、回鹘文和叙利亚文。此外，马可·波罗还会说法语，会用这些语言说出货物名称。应该说，多种语言的掌握为马可·波罗了解所到之处的风物人情提供了便利，这为他口述游记打下了基础。

在涅恰耶夫看来，马可·波罗是"在任何事情上都最尽职尽责、最踏实认真、最有才华的人"①，他的游记便是最好的证明之一。在马可·波罗的书中，并没有说明一些故事的来源，因而容易让读者产生困惑和质疑。但是应该考虑到，作为一位生活在13世纪的旅行家，马可·波罗只描述了对他来说很重要的东西，他有自己的观点和兴趣。无论如何，他给人类留下了关于亚洲和居住在那里的人民的宝贵资料。为了说明这一点，涅恰耶夫在自己的著作中专设"马可·波罗的书"一章，讲述这本书的命运及其在各国流传的情况，同时也予以高度评价，认为马可·波罗的游记无疑已经"进入了世界文学经典作品之列"②，这无疑是大旅行家卓越才华的体现。

涅恰耶夫承认，若不深入研究《马可·波罗游记》，那么这本书给人感觉像是《一千零一夜》和《水手辛巴德》的混合物；如果拿着地图认真研究这部游记，就会发现马可·波罗的行程中存在很多问题：中国的长城和著名的茶艺，日本、马达加斯加和桑给巴尔等交替出现

---

① Нечаев С. Ю., *Марко Поло*, Москва：Молодая гвардия, 2013, С. 6.
② Нечаев С. Ю., *Марко Поло*, Москва：Молодая гвардия, 2013, С. 9.

在游记中。然而,需要注意的是,马可·波罗生活的时代是 13 世纪,他不能知道现如今任何一个中学生都懂的地理知识,他会相信那些如今小孩子都不会相信的事情。很多事情他没有亲眼看到,又没有各种指南和参考书籍可以参阅。有鉴于此,他在游记中谈及的是很多自己并不了解的事物,也就或多或少与事实有所偏离。但是不管怎样,《马可·波罗游记》显然"不仅是 13 世纪,也是整个世界历史上各个时代中最杰出的文献之一"①。马可·波罗开辟了在他之前许多不为人知或鲜为人知的道路,在所有留下文字记述见闻的旅行家当中,马可·波罗无疑是第一人,而且他的游记彻底改变了欧洲人对蒙古、中国以及其他东方遥远国度的认识,可以说,这一点是任何同类文献都无可比拟的。鉴于上述种种原因,马可·波罗被看作"亚洲的发现者",揭开了此前欧洲人知之甚少的东方世界的神秘面纱。而"马可·波罗的游记的价值并不在于他本人曾到过某一个亚洲国家,而在于它向欧洲人详细介绍了这个国家"②。

马可·波罗的游记在当时引起了极大的轰动,对他同时代的欧洲人而言,游记中记述的都是"奇怪的东西"和"怪异之事",这也是当时人们为什么无法接受它的原因。但是事实胜于雄辩,事实终归是事实:马可·波罗之后,许多到过亚洲的旅行者重复的都是《马可·波罗游记》中的信息。15 世纪末哥伦布以及许多前往中亚、东亚和南亚的欧洲商人都是依据这本游记,甚至可以说,《马可·波罗游记》"在发现美洲和通往印度的海路中扮演了非常特殊的角色"③。从书中对各个国家和城市的记述来看,马可·波罗似乎专门在讲述各地的港口、货币流通、商品交易等贸易方面的情况,"从这个角度来看,他的书可以称为第一部东方国家市场的贸易指南"④。什克洛夫斯基认为,"马可·波罗告诉科学家的,并不是他们想知道的。马可·波罗想为商

---

① Нечаев С. Ю., *Марко Поло*, Москва: Молодая гвардия, 2013, С. 8.
② Нечаев С. Ю., *Марко Поло*, Москва: Молодая гвардия, 2013, С. 252.
③ Нечаев С. Ю., *Марко Поло*, Москва: Молодая гвардия, 2013, С. 225.
④ Нечаев С. Ю., *Марко Поло*, Москва: Молодая гвардия, 2013, С. 225.

人写一本书。马可·波罗做事认真，他的故事引人入胜。他是一个商人，而他的书却变成了长篇小说，变成了奇闻趣事。他不为人们所相信，因为他是来自未来的人"①。现如今，读到游记中关于13世纪亚洲的大量有用的信息，不能不令人惊奇和敬佩，马可·波罗是当之无愧的才华卓著的旅行家和游记作者。涅恰耶夫在小说中指出，"在马可·波罗之前和之后，有不少欧洲人都到过中国，有些人在那里生活的时间更长。但是一些人只关心商品的交易，而另外一些人则专注于传教活动。只有马可·波罗留下了一本书，这本书的意义越来越显而易见"②。可以说，"尽管存在种种矛盾和失序，马可·波罗的这本书仍然是一部未完成的杰作，吸引了一代又一代的旅行者和梦想家"③。

什克洛夫斯基在评价马可·波罗的游记时也肯定了它对哥伦布的重要作用，"热那亚人哥伦布在读了马可·波罗的游记之后确信，向西航行就可以抵达亚洲海岸，而无需绕过非洲，只要穿越大洋即可。他甚至想要去比亚洲海岸更远的地方，他想要去日本国的各个岛屿，去日本这个拥有金色屋顶的国家。……马可·波罗的书就像是指南针和地图一样，跟随哥伦布的轮船驶向新大陆"④。正如一位日本学者三浦友清所评价的那样："马可·波罗不仅是一个连接东西方的丝绸之路的开拓者，而且也可以说是一座历史上连接中世纪和近代的宏伟的桥梁。"⑤ 毫无疑问，这正是不同国度的作家关注马可·波罗并乐于书写他的故事、乐于为其作传的重要缘由。

第三节 蒙古帝王：丝绸之路的构建者

在丝路文化叙事俄语小说书写的历史人物当中，成吉思汗、拔都

---

① [俄] 什克洛夫斯基：《马可·波罗》，杨玉波译，四川人民出版社2016年版，第192页。
② Нечаев С. Ю., *Марко Поло*, Москва：Молодая гвардия，2013，С. 9.
③ Нечаев С. Ю., *Марко Поло*, Москва：Молодая гвардия，2013，С. 225.
④ [俄] 什克洛夫斯基：《马可·波罗》，杨玉波译，四川人民出版社2016年版，第210页。
⑤ 庄秋水：《马可·波罗 现实与虚构》，《看历史》2009年第7期。

第三章　丝路文化叙事俄语小说中的历史人物形象

和忽必烈是受到关注最多的蒙古君主和帝王。其中，成吉思汗作为世界史上杰出的政治家、军事家、蒙古帝国的创建者，与其相关的俄语小说也最多，大多数是俄罗斯作家的作品，例如瓦西里·扬的长篇小说《成吉思汗》、卡拉什尼科夫的长篇小说《严酷的年代》、沃尔科夫的三部曲《成吉思汗》，加塔波夫的长篇小说《铁木真》。描写拔都形象的小说主要是瓦西里·扬的长篇小说《拔都汗》和《走向"最后的海洋"》，而较多描写忽必烈形象的小说是什克洛夫斯基的小说《马可·波罗》和涅恰耶夫的小说《马可·波罗》。

有理由认为，成吉思汗是一个说不尽的历史人物，他在历史上的贡献体现在政治、经济、军事、文化等多个方面，而对丝绸之路发展的作用和意义也是不容忽视的，可以称之为"丝路的编织者"。成吉思汗的这一形象特征，主要体现在瓦西里·扬的长篇小说《成吉思汗》和卡拉什尼科夫的《严酷的年代》中。当代学者们认为，"从成吉思汗到蒙哥汗时期，蒙古人通过对疆域的拓展、通商、设驿、驻军遣官等措施复兴、拓展和维护了陆上丝绸之路"，这些措施的实施，"巩固了当时的蒙古帝国统治、促进了中西方的贸易往来"[①]。不言而喻，拔都汗和忽必烈在丝绸之路的形成和发展方面，也均有不同程度的贡献，三位蒙古帝王均可谓丝绸之路的构建者。

一　成吉思汗：丝路的编织者

成吉思汗（1162—1227）原名孛儿只斤·铁木真，蒙古族乞颜部人，蒙古开国君主，蒙古帝国可汗，尊号"成吉思汗"，即为"拥有海洋四方"之意，其主要成就为统一漠北，建立大蒙古国，颁布《大扎撒》，征服金朝大片领土，灭亡西夏，西征花剌子模等国。成吉思汗无疑是一位具有传奇色彩的历史人物，因而一直是世界文学创作的题材之一，绝大多数文学作品都是基于历史事实来描绘、刻画成吉思

[①] 孙秀君：《论蒙古帝国时期蒙古人对陆上丝绸之路的贡献》，《西部蒙古论坛》2016年第1期。

汗的形象，但由于不同作者所处的文化背景不同，因此在人物形象塑造方面产生了许多差异。有的作家把他看作一个征服者、残酷的统治者、阴险的东方暴君，也有的作家称颂其英勇无畏及其为统一分裂的蒙古部落所做的巨大贡献。在俄罗斯雅库特作家尼古拉·卢季诺夫用雅库特语创作的长篇小说《奉成吉思汗之命》中，成吉思汗则是伟大帝国的创造者、哲学家、有远见的人、人民的导师。哈萨克斯坦作家阿季巴耶夫用哈萨克语创作的历史小说《奥特拉尔的毁灭（成吉思汗最后的岁月）》中，成吉思汗是残酷的入侵者、城市文明的破坏者。同样，俄语文学中的成吉思汗形象也各不相同。瓦西里·扬在《成吉思汗》中遵循对成吉思汗的一贯认识，将成吉思汗塑造成没有人性的征服者形象，"他不允许在世界上除了他这位合罕的意志之外再有别人的意志存在"[①]。卡拉什尼科夫在《严酷的年代》中则打破了对成吉思汗的传统认识，更全面和客观地分析了成吉思汗的个性与历史的关系，通过小说可以全面了解主人公及其生活的历史时代，小说的伟大意义也正在于此。遗憾的是，卡拉什尼科夫主要从"被追逐者"与"追逐者"的角度诠释成吉思汗的形象，不能不说这具有一定的局限性。加塔波夫在小说《铁木真》中主要描写了主人公青少年时期的经历和遭遇，揭示了他的心理变化和性格形成的过程，使文学中的成吉思汗形象更加丰满。加塔波夫在谈到自己创作的《铁木真》中成吉思汗的形象时表示："我笔下的成吉思汗是个普通人。是的，具备政治家特有的素质——善谋、残忍……但是他生活的世界就是这样，大家都是这样做的——奴役、杀戮。"[②] 在加塔波夫的小说《铁木真》中，铁木真的成长、成熟受到父亲的直接影响。在回答儿子的问题："对男人来说最糟糕的是什么？"也速该回答说："……这是丢脸。可以当奴隶，但是要有脸面，而当诺颜也不要丢脸。晚上睡前和早上醒后男人都应该思考如何有尊严地昂着脸而不丢掉它。这是男人基本

[①] [苏] 瓦西里·扬：《成吉思汗（上）》，陈弘法译，外文出版社2005年版，第84页。
[②] Гатапов А., "Я думал, что смогу написать о Чингисхане лучше...", http://soyol.ru/culture/literature/3640/.

第三章 丝路文化叙事俄语小说中的历史人物形象

的智慧。"[1] "吾日三省吾身"以及"不丢脸",大概就是成吉思汗取得成功的原因,也是他的性格特征。沃尔科夫的三部曲《成吉思汗》通过现实与幻想、古代与现代的结合,将20世纪的大学生与蒙古开国帝王对照描写,塑造了成吉思汗坚韧、勇敢、永不服输、追求成功与永生的个性特征。

加塔波夫谈及其创作的长篇小说《铁木真》时表示:"我相信,世界文学作品中还没有塑造出这个人物真正的形象,如同伟大的民族——古代蒙古人的真正历史还没有描绘出来一样。我也相信,要想塑造成吉思汗真正的形象以及反映古代蒙古人真正的精神,只有蒙古人,只有职业历史学家,只有萨满教信徒的继承人,只有伟大的俄罗斯文学流派——普希金、托尔斯泰、陀思妥耶夫斯基、肖洛霍夫、阿斯塔菲耶夫、艾特玛托夫的流派以及许多其他民间史诗大师的追随者,才能够做到。这四个主要文化基础的结合带给我在这条艰难道路上取得成功的希望。"[2] 应该说,每个作家的创作尝试都为全面认识成吉思汗提供了新的角度和新的思路,无疑都有其价值和意义。文学在书写,历史在继续,可以预见,对成吉思汗的认识和评价也会一直存在,"世界征服者的个性过去一直并且将会一直引起世世代代人们的兴趣,因为他至今仍然是许多世代以来的一个谜"[3]。

(一)拓展疆土,编织丝路

从小说名称上看,瓦西里·扬的《蒙古人入侵》三部曲很好地体现了以成吉思汗为首的蒙古帝国领袖军事行动的主要目的:征服异族领土,拓展本国疆土。虽然三部曲的后两部主要描写的是成吉思汗后人的征战过程,但他们也是为了完成成吉思汗的遗愿,"威严的成吉思汗征服了一半世界,而他的孙子们要征服另外一半世界"[4]。这无疑可以视为成吉思汗梦想的延续。就蒙古帝国而言,无论是西征东扩,

---

[1] Гатапов А., "Тэмуджин, Роман", *Байкал*, 2006, No. 6, С. 7.
[2] "Об истории создания романа «Тэмуджин»", https://lektsii.org/12-84816.html.
[3] "Об истории создания романа «Тэмуджин»", https://lektsii.org/12-84816.html.
[4] [苏]瓦西里·扬:《拔都汗》,陈弘法译,外文出版社2006年版,第22页。

还是南讨北伐，究其实质，都是"对丝绸之路沿线国家和地区的控制与征服"①。对此艾特玛托夫在《成吉思汗的白云》中写道，成吉思汗的梦想是统治全世界，他要建立统一的、在他死后仍将由他统治的千秋万代的世界大国，为了达到这一目的，要借助预先镌刻在碑碣上的他的诏令。当刻有指出应该如何统治世界的诏令铭文的碑碣竖立之时，他的旨意便将千古不灭，永存于世。他将征集学者、智者和预言家们的建议，阐述关于建立千秋万代强国的思想，发布自己的诏令，这些诏令将被镌刻在山岩上。"这些金口玉言将使世界彻底变样，全世界将匍匐在他的足下。"②

瓦西里·扬的《成吉思汗》一开篇，作者就假借托钵僧哈吉·拉希姆之口言明小说的内容是"前所未见凶恶无比的异族对祖国大地的入侵"，"有关成吉思汗及蒙古人入侵的全部情况"③。但是，小说并未马上进入"正题"去描写成吉思汗入侵花剌子模的情况以及成吉思汗的形象，而是从哈吉·拉希姆的漫游和经历、花剌子模国内的形势和上层的政治矛盾斗争写起。小说到了四分之一篇幅的时候，扎兰丁的朋友帖木儿·灭里才偶然提起一支闻所未闻的民族也同时从东方来到钦察草原，他们侵占这里的土地，把钦察人的畜群从水草丰美的草场上赶走。也正是在小说的这一部分，作家第一次通过蔑儿乞人古儿罕·把阿秃儿之口描写了成吉思汗的形貌和性格特征：他是"战无不胜的成吉思汗"，"蓄着红胡子、号称战无不胜、率领蒙古民族"，"谁敢在他面前挺起腰杆、不再奴颜婢膝，谁就逃不脱他的惩罚！他对不屈服的人进行报复，对反对他的人进行迫害，甚至株连整个家族，以至最后一个孩童"④。小说中对成吉思汗有各种称呼，诸如"东方诸国主宰者""不可战胜的主宰者""全体蒙古人的君主、伟大的成吉思

---

① 孙秀君：《论蒙古帝国时期蒙古人对陆上丝绸之路的贡献》，《西部蒙古论坛》2016年第1期。
② [苏联] 钦·艾特马托夫：《成吉思汗的白云》，严永兴译，《世界文学》1991年第2期。
③ [苏] 瓦西里·扬：《成吉思汗（上）》，陈弘法译，外文出版社2005年版，第1、2页。
④ [苏] 瓦西里·扬：《成吉思汗（上）》，陈弘法译，外文出版社2005年版，第82、84页。

第三章 丝路文化叙事俄语小说中的历史人物形象

汗""东方游牧国家主宰者""全体鞑靼人的统治者""强大的中国统治者"①，等等。这些称呼和描写为了解成吉思汗及其部族奠定了基础，也为后文蒙古西征入侵并征服花剌子模做了铺垫，作者这样安排可谓独具匠心。

成吉思汗在出兵花剌子模之前的蒙古统一大业和对外扩张的军事行动主要是通过马合木·牙老瓦赤之口讲述的，他讲的内容很多人可能觉得像是神话，然而"实际上却全是事实"②。据马合木·牙老瓦赤所讲，成吉思汗用兵神速，所向披靡，对自己人慷慨，对敌严酷。一方面，他为了打败其他汗而打过多年的仗，50岁时被诸汗拥戴为大汗并使诸汗听命于他的意志，打败和赶跑了那些不肯投降的部落，统一了蒙古，从前在相互残杀中毫无价值地耗费掉的力量得到了恢复，从前相互仇视的全体鞑靼人便成为他手下的一支统一而驯服的部队。另一方面，成吉思汗认为天下所有的民族都应该充当蒙古人的奴隶，因而决定将恢复起来的力量引向他处，即远征其他国家，他首先率领骑兵向历史悠久、物产丰富的中国发动了战争，横扫中国大军，用了三年时间，荡涤整个中国，征服了半个中国。至于扎兰丁问成吉思汗目前在什么地方、有什么打算，古儿罕·把阿秃儿回答说："眼下成吉思汗的国家就像一个大水将溢的湖一样，堤坝勉强支撑着。成吉思汗如待发之箭，他的全体士兵正磨刀霍霍，只要一声令下，就杀向西方。他们立即会把你们这块地方劫掠一空。"③

花剌子模沙摩诃末的手下直接用匕首杀害使臣伊本·赫夫列吉·不花儿，并把两个蒙古人副使的胡子烧掉来侮辱他们，成吉思汗龙颜大怒，这才动了西征的念头。这件事直接促使蒙古人进行第一次西征，攻陷花剌子模国，其国王摩诃末在逃跑中病死。应该说，"此次西征，横跨欧亚的蒙古帝国雏形已经展现，也使得世界上多种政权和多种宗

---

① 对成吉思汗的这些称呼依次出现在：[苏] 瓦西里·扬：《成吉思汗（上）》，陈弘法译，外文出版社2005年版，第94、94、106、106、109、109页。
② [苏] 瓦西里·扬：《成吉思汗（上）》，陈弘法译，外文出版社2005年版，第117页。
③ [苏] 瓦西里·扬：《成吉思汗（上）》，陈弘法译，外文出版社2005年版，第85页。

教势力共同争夺的陆上丝绸之路部分地带结束了冲突暴乱,实现了和平通商的可能性,为陆上丝绸之路的发展提供了良好的政治环境"①。不言而喻,其疆域范围不断扩展对丝绸之路区域的开拓起了重要的作用,"这样的东西畅通无阻的时代,古代史上是不曾出现过的。成吉思汗把东西交通大道上的此疆彼界扫除了,把阻碍经济文化交流的堡垒削平了,于是东西方的交流开始频繁,距离开始缩短了"②。这保障了中亚与蒙古之间丝路的繁荣和不同民族、种族间跨地区的经济文化交流。由此可见,成吉思汗可谓丝绸之路的编织者,他认为"蒙古人应当统治全世界,被苍天选中的民族只有蒙古人"③,而"管理世界的责任"④由他承担。

(二)发展贸易,保护商队

在积极准备疆域扩展的同时,成吉思汗也注重保护商队,与周围国家、地区、民族、族群进行友好的通商往来,建立贸易关系,从而疏通和恢复了中断多年的丝绸之路,重新编织了"黄金纽带"⑤,成吉思汗因而成为伟大丝路的编织者。

在瓦西里·扬的《成吉思汗》中,蒙古军队与花剌子模第一次军事冲突的挑起者是花剌子模,而不是蒙古军队。钦察诸汗要求花剌子模沙摩诃末率大军去钦察草原消灭来自东方草原上的一支鞑靼人——篾儿乞部,因为这支人占领了钦察人的游牧地。摩诃末以国事繁忙和建造宫殿为借口婉言拒绝,后来他的母亲秃儿罕哈敦又提出这一要求,摩诃末遂率军6万人前去征讨。在两军面对面时,蒙古大军统帅术赤命他的通司向花剌子模沙摩诃末致意,并解释了其军队出现及歼灭篾儿乞人的原因:"术赤汗还命令我告诉说,他的父皇——不可战胜的

---

① 孙秀君:《论蒙古帝国时期蒙古人对陆上丝绸之路的贡献》,《西部蒙古论坛》2016年第1期。
② 鲍音、鲍兴诺:《丝绸之路综述》,《内蒙古民族大学学报》2015年第5期。
③ [苏]瓦西里·扬:《拔都汗》,陈弘法译,外文出版社2006年版,第47页。
④ [苏]瓦西里·扬:《成吉思汗(上)》,陈弘法译,外文出版社2005年版,第129页。
⑤ 巴拉吉尼玛、张继霞:《成吉思汗与草原丝绸之路》,《鄂尔多斯学研究会2016年论文集》,2016年,第139页。

第三章 丝路文化叙事俄语小说中的历史人物形象

主宰者成吉思汗让自己的将领速不台和脱忽察儿惩办企图摆脱汗的统治的蔑儿乞反叛者。消灭了篾儿乞人之后，蒙古大军就将返回草原故地。"为了表示大军并无敌意，"各族毡帐之民的统治者成吉思汗命令我们大家在见到穆斯林大军之后，要与穆斯林大军友好相处。为了表示友好，术赤汗建议将一部分战利品和篾儿乞俘虏分给沙陛下的士兵共同分享"①。从术赤通司的话中可以看出，当时蒙古并无与花剌子模开战之意，而是希望建立友好关系。然而花剌子模沙摩诃末却并不想接受蒙古人的示好，他回答说："告诉你的长官，成吉思汗虽然没有命令你和我作战，安拉却命令我去做一件完全相反的事——进攻你们的军队！我要把你们这批异教徒消灭光，以便得到全能的安拉的青睐！"② 这样一来，蒙古军队不得不应战，两军激战后蒙古人趁夜撤走。

即便两个国家交手激战，1219 年秋"蒙古人、鞑靼人、中国人和居住在东方的其他民族的大汗成吉思汗的庞大使团来到了不花儿"③，马合木·牙老瓦赤为这个使团的首领。使团携带厚礼，献给花剌子模沙摩诃末的礼物是用一百只骆驼和一辆套着两头长毛牦牛的华丽牛车运来的。礼品中有色彩奇异的贵重金属锭子、犀角、麝香、红的粉的珊瑚、雕花碧玉盏、专供汗穿用的白驼绒织成的名叫"塔日忽"的料子，还有金绣丝织品和薄而透明的蝉翼纱、大小如骆驼脖子一般的采自中国山中的黄金。花剌子模沙摩诃末接见了使者。三位使者禀明来访的缘由："全体蒙古人的君主、伟大的成吉思汗派遣我们这个特别使团前来贵国寻求友谊、和平和睦邻关系，大汗给花剌子模沙摩诃末送来了礼品、带来了问候，并授权我们转达如下意思"，在使者带来的信件中成吉思汗表示："我认为有责任同你花剌子模沙摩诃末缔结友好关系……伟大的沙，如果你认为我们双方允许对方商人自由进入自己一方的国土是可行的话，那么这对我们双方都是有利的，对此，

---

① [苏] 瓦西里·扬：《成吉思汗（上）》，陈弘法译，外文出版社 2005 年版，第 94 页。
② [苏] 瓦西里·扬：《成吉思汗（上）》，陈弘法译，外文出版社 2005 年版，第 95 页。
③ [苏] 瓦西里·扬：《成吉思汗（上）》，陈弘法译，外文出版社 2005 年版，第 105 页。

我们双方都会感到满意。"① 花剌子模沙摩诃末答应给做买卖的蒙古人以买卖货物和自由出入穆斯林地方的优惠条件和特权。

成吉思汗积极寻求与花剌子模通商是有原因的。据史料记载，"11世纪上半叶，以呼罗珊为中心形成了两条商路，一条是东西走向的，西端是阿拔斯王朝最大的消费中心巴格达，向东经中亚直达中国……另一条贸易路线是南北向的，它起于花剌子模，经呼罗珊诸城镇到克尔曼、法尔斯和波斯湾"②。13世纪初期阿拉丁·摩诃末在位期间花剌子模帝国逐渐开始兴盛，1217年达到了鼎盛，成为中亚的主要帝国，其领土广阔时期包括今日伊朗、阿富汗、乌兹别克斯坦、塔吉克斯坦、哈萨克斯坦、吉尔吉斯斯坦、伊拉克东部及以色列等地，成为丝绸之路中段的新兴帝国。例如其边境城市讹答剌城以其市场而驰名四方，每年春秋两季都有游牧民来自遥远的游牧地，赶来羊群和奴隶，运来皮革、绒毛、各色毛皮、地毯，用这些东西交换布料、皮靴、武器、斧头、剪刀、缝衣针、别针、铜器、陶器。他们所交换的东西都是马维阑纳赫尔和花剌子模各个城市手艺高明的匠人以及他们的奴隶制造的。而蒙古此时已在成吉思汗的带领下一统草原，正南下灭夏伐金。由于不断地发动战争，使金夏都对蒙古进行贸易封锁，蒙古失去了中原制造的必需品来源。在这种形势下，成吉思汗派使团去花剌子模这个丝路重国缔结贸易协定，希望从西域获得新的补给。这样一来，两个新兴的帝国境内的丝绸之路的东段、中段就与丝绸之路的西段贯通起来。

在花剌子模沙摩诃末同意通商后，成吉思汗命令使者们装备一支大型驼队去花剌子模沙摩诃末的领地去卖货，要用卖得的钱尽量买一些布料，以供他奖赏有功将士。可以说，驼队"带上几乎等于蒙古帝国初期所有的财产和国书去花剌子模经商……客观反映出他对邻国的信任及能长期友好通商往来的期盼"③。但是这些蒙古商人

---

① [苏] 瓦西里·扬：《成吉思汗（上）》，陈弘法译，外文出版社2005年版，第106页。
② 蓝琪：《花剌子模帝国的兴亡》，《贵州师范大学学报》2007年第2期。
③ 孙秀君：《论蒙古帝国时期蒙古人对陆上丝绸之路的贡献》，《西部蒙古论坛》2016年第1期。

第三章　丝路文化叙事俄语小说中的历史人物形象

被认为是奸细，450人及领队乌孙被杀，花剌子模沙摩诃末扣留了驼队，将卖货所得据为己有。成吉思汗虽然恼怒万分，但是仍然遣使者去传话表达自己的请求。

《蒙古秘史》记述了成吉思汗突然西征的原因。成吉思汗得知派往撒儿塔兀勒（花剌子模国）的兀忽纳等100名使臣被截杀后说道："撒儿塔兀勒部切断了我们的'黄金绳索'，还能饶他吗？给兀忽纳等100名使臣报仇雪恨，去征服撒儿塔兀勒部！"①《蒙古秘史》上记载的"黄金绳索"，实际上就是古代的丝绸之路。据瓦西里·扬小说《成吉思汗》所写，成吉思汗派遣的驼队由500只骆驼组成，随同驼队前往的共有450人，带着国书越过天山支脉，来到花剌子模边境城市讹答剌。这无疑体现了成吉思汗对商业、商人的重视，尤其是在商队全员被杀以后，成吉思汗实施报复，这说明他是商队的保护者、庇佑者。

对于在自己的领地内经商的人们，成吉思汗也予以一定的保护。在小说《严酷的年代》中，成吉思汗问花剌子模商人马赫穆德为什么在蒙古帝国境内经商时，商人说："大汗，你手里有商队去往东方的道路，你越强大，道路就越安全，商人获利就越多。你，伟大的可汗，是所有在你的领地上、在唐古特和中国人的城市和乡村经商的人或者想要经商的人的希望。"②成吉思汗对商人的保护会有一些附加条件，他对马赫穆德说："我看到了贸易的好处。我也不打算冒犯商人。但是，既然您在我的领地上做买卖，那就必须为我服务……我需要的不仅仅是战士。"③成吉思汗还要求下属保护商业和贸易，"为维护道路上的安全，还特别在交通大道上设置护路卫士，颁布保护来往商人安全的扎撒（法令）"④。据瓦西里·扬在《成吉思汗》中所写，蒙古占

---

① 巴拉吉尼玛、张继霞：《成吉思汗与草原丝绸之路》，《鄂尔多斯学研究会2016年论文集》，2016年，第138页。
② Калашников И. К., *Жестокий век*, Москва：Издательство АСТ，2019，С.709.
③ Калашников И. К., *Жестокий век*, Москва：Издательство АСТ，2019，С.633.
④ 鲍音、鲍兴诺：《丝绸之路综述》，《内蒙古民族大学学报》2015年第5期。

领花剌子模以后，开始逐步恢复和重建秩序。马合木·牙老瓦赤当上了马维阑纳赫尔地区新的统治者——成吉思汗之子察合台的总顾问，各个方面的事务均由他完成。一方面，马合木·牙老瓦赤号召农民们返回到自己的土地上种植粮食、棉花。另一方面，为了发展商业贸易，下令袭击驼队的饥民流匪停止打劫。

经过以上所述的各项活动，可以说成吉思汗打破了亚欧贸易壁垒，成为最早的全球化的缔造者，因而多位学者指出，成吉思汗"在许多民族的历史上都起过重要的作用"，具有"全球化、文明化意义"①。当代历史学家达什巴洛夫（Б. Дашибалов）指出，"13世纪的蒙古人是欧亚主义的体现者，他们打破了封闭、意识的保守、宗教的偏见，开创了开放的欧亚空间和影响全球的宇宙观"②。如今许多学者认为，成吉思汗的活动目的明确，具有全球化特征，从历史的角度看无疑是正确的。

二 拔都：丝路的拓展者

拔都是成吉思汗钦定的蒙古大军统帅和继承人，在长篇小说《拔都汗》《走向"最后的海洋"》中，瓦西里·扬集中笔墨塑造了拔都的形象，描写了与其相关的历史事件，尤其是率军西征、拓展疆土的过程。

在《拔都汗》的开篇，作家分别通过哈吉·拉希姆和阿拉普沙的观察和评价描写了拔都的自信、威严、知恩图报以及有仇必报。拔都汗被死对头贵尤汗追杀而逃亡到哈吉·拉希姆的小屋，此时作家并未交代被追杀者的身份，但是描写了他的外貌：他"面色黑红，身材高大，穿一身蒙古式的服装……一举一动都透着一种自信，一种威严"③，发誓要为遇害的父亲报仇。哈吉·拉希姆不由自主地服从了这

---

① Имихелова С. С., "Роман И. Калашникова «Чингисхан» в художественном сознании современных бурятских прозаиков（на материале прозы А. Гатапова）", *Вестник Бурятского государственного университета*, 2009, No. 10, С. 47-48.

② Имихелова С. С., "Роман И. Калашникова «Чингисхан» в художественном сознании современных бурятских прозаиков（на материале прозы А. Гатапова）", *Вестник Бурятского государственного университета*, 2009, No. 10, С. 48.

③ [苏]瓦西里·扬：《拔都汗》，陈弘法译，外文出版社2006年版，第3页。

第三章　丝路文化叙事俄语小说中的历史人物形象

位威严的来客的要求,认为他是个非凡的人,会征服一个王国。第一次出现在阿拉普沙面前时,拔都身穿旧袍子,个头结实,面色黝黑,上嘴唇上刚刚冒出胡子,一双斜视的、冷峻得宛若玻璃球的眼睛隐含着一种深藏不露、令人生畏的东西。他举止自信,阿拉普沙不由被他威严的面部表情慑服。拔都骑走阿拉普沙的白马摆脱了追杀,回赠给他的是用重金买下的好马。

拔都的梦想是完成祖父成吉思汗的未竟事业,即二十年内征服直到"最后的海洋"未知的全部西方诸国的计划,他在速不台的教导之下学会了当战士和做统帅,找到幼时的老师哈吉·拉希姆作为修史人带在身边,希望他能说真话并时刻提醒自己。拔都在出征之前便制定好战争计划,在地图上画出行军路线,立志率领大军一直走到世界尽头。速不台坚信只有拔都能够完成成吉思汗的计划,而其他汗只能让大军分崩离析。拔都立下誓言:"我将毫不留恋地前进,不再返回这个地方。在前方,我将征服各个民族,建立起一个崭新的、前所未有的、哈喇和林之爪够不到的王国!"[1] 他的梦想就是走遍各个国家,直到最后的边疆,要征服各个民族,在全世界确立不可摧毁的蒙古人政权,蒙古人之手覆盖整个世界。拔都对哈吉·拉希姆说,"蒙古人是最强大的。全世界都应该臣服于我的祖父——圣祖的后辈们"[2]。在阿拉伯商人们看来,"拔都汗无疑受到了'佩里'和'镇尼'的保佑。他要干的,总能成功……是由于我们在此地光看到了奇迹的一面,还是由于他的意志、勇敢和洞察一切的头脑成全了他的事业,——这谁能说得清呢?"[3] 拔都的同僚都是由他本人挑选的,军队无条件地服从他的命令、信任他,把他叫作"赛音汗"——勇敢的、慷慨的、宽厚的汗。因此,阿拉伯人认为,如果拔都汗坚定地、毫不动摇地进军西方,进军日落之国,那么他一定能打败并征服遇到的各个民族,他的权力一定会扩展到世界各地,直到"最后的海洋"。

---

[1] [苏] 瓦西里·扬:《拔都汗》,陈弘法译,外文出版社2006年版,第56页。
[2] [苏] 瓦西里·扬:《拔都汗》,陈弘法译,外文出版社2006年版,第200页。
[3] [苏] 瓦西里·扬:《走向"最后的海洋"》,陈弘法译,外文出版社2006年版,第42页。

在拔都看来，谁不臣服，谁就灭亡。谁破坏秩序，谁的脊梁骨就会被他的无敌之师打断。但是，拔都对商人的态度却有所不同。在贵尤汗手下士兵抓到一些穆斯林商人并想要杀掉时，拔都出面阻止了杀戮，询问他们来自哪个国家、哪个部落以及目的，商人们回答说："我们来自不同的国家，但是有着同一个信仰——都是穆罕默德的子孙。我们是商人，到你们军队里做买卖来了，我们的金银对大家都有益处：我们收购战士们想卖的东西，卖给你勇敢无畏的战士们所需要的各种物品——葡萄干、阿月浑子果、干姜、酒、粮食等等。"① 拔都得知他们的商人身份以后，就让他们到速不台那去，由他查问并甄别真正的商人，每个商人将会得到一枚牌子，允许他们随同大军一起行动，自由地进行买卖生意。

拔都汗接见过一个布哈拉商人，他是二十多个商人的头目，这些商人们随同拔都大军一起行动，向战士们收购战争中得到的衣物。这个商人向拔都抱怨说，蒙古士兵不仅欺负他、打他，还抢了他的所有财物。拔都听完以后说，"商人对我有用啊！商人能运来需要的货物！商人是我的战士们所必需的人——他们总不能拖着在长期作战中获得的财物走遍全世界吧。谁敢欺负忠实于我的商人们，谁就必死无疑"②。在速不台的建议下，让守护报晓鸡的老头儿充当这些外国商人的保护者和翻译，因为这个老头儿很会来事儿：既能保护商人，也能保护自己。拔都的统帅速不台身边有几个布哈拉商人。每到一处宿营地，他就把他们叫来仔细询问，他们是走哪条路线来到这里的，他们从海外运来了什么货物，向那些善于讨价还价的俄罗斯人收购了些什么东西，莫斯科是一个怎样的城市，在莫斯科外国商人住在何处，买卖是否好做，等等。拔都对来自德意志的商人说："我会可怜你们的。你们会得到我赐给你们的鞑靼人穿的皮袄的。我喜欢你们这些大胆的商人。你们这样的人对我有用。从现在起，再不会有什么不里阿耳国、

---

① ［苏］瓦西里·扬：《拔都汗》，陈弘法译，外文出版社 2006 年版，第 199 页。
② ［苏］瓦西里·扬：《拔都汗》，陈弘法译，外文出版社 2006 年版，第 223 页。

第三章 丝路文化叙事俄语小说中的历史人物形象

斡罗思国或者德意志国以及其他国家了,惟一剩下的只有大蒙古国了……在我的整个国度里你们这些商人可以自由地走来走去、自由地贩卖我所需要的货物,这样,你们很快便会重新积累起自己的财富,补上亏空,成为海外商人中最幸福的人。"①拔都甚至还询问他们是否还有其他要求,保护之意相当明显。

在《走向"最后的海洋"》中,作家通过阿拉伯商人之口说明拔都对贸易的重视和保护:"我们是留在当地继续做买卖呢,还是回家去?对蒙古人我们还不了解,对拔都汗也不大相信。他虽答应让我们自由贸易,但是眼下任何一个蒙古军首领都可以随意拿走我们的货物而不受惩罚。倘若这里有了秩序,安定下来以后,那我们就可以把买卖扩大十倍。但愿能有一个永久安定的秩序!"②阿拉伯商人们认为拔都汗的新都选择的位置非常重要:它位于几条重要商道——从花剌子模、印度和中国到拜占庭和"法兰克日落诸国",还有通过伊朗、阿拉伯和遥远的印度沿亦的勒河逆流而上的十字路口上,从这一点上看,拔都汗是想把他的新都变成世界的中心,变成世界上第一流的都城。当然,只有这个城市中的秩序和安全赢得了商人们的信任,商船和驼队才会从四面八方络绎而来。阿拉伯商人也希望把阿拉伯贸易沿着拔都汗开辟的道路发展起来。当哈吉·拉希姆跟随拔都征战多时回到此地,看到河滨的缓坡上出现了许多草棚和土抹墙、苇草为顶的小房子,那里居住着来自各国的商人和匠人。可见,拔都的保护政策推动了贸易的发展。有关拔都对贸易和伊斯兰商人的重视,同时期的阿拉伯人术思札尼在用波斯文撰写的《塔巴合惕·纳昔儿》中有所描写,"他(拔都)为人十分正直,是伊斯兰教徒(商人)的朋友,他们自由自在地过着生活……商人们将货物从四面八方运来给他,不管是什么他都收下,并对每种货物偿付比原价高出好几倍的代价"③。

---

① [苏]瓦西里·扬:《拔都汗》,陈弘法译,外文出版社2006年版,第232页。
② [苏]瓦西里·扬:《走向"最后的海洋"》,陈弘法译,外文出版社2006年版,第41页。
③ 卢明辉:《13世纪以后亚欧大陆"草原丝绸之路"与蒙古游牧文化的变迁》,《内蒙古社会科学》1997年第6期。

在《拔都汗》中，拔都在西征的路上表现出对各族宗教的宽容，从主观上来看，他是希望这些宗教能够为己所用，但是客观上却促进了丝路和丝路文化的发展。在乌拉克山附近驻扎时，拔都汗严格命令战士们要敬重当地的魔法师，不许惹他们生气，他说："如果天上的雷神霍霍多伊·莫日根发了脾气，那么地上的任何力量都不可能制止他发出闪电。必须尊重和迎合各民族的魔法师和萨满巫，让他们向善神和恶神祈祷，帮助蒙古大军获得胜利。"①

在速不台的建议下，拔都派人找到大魔法师，用骆驼将他驮来，希望他能为蒙古大军祈祷与祝福。在梁赞附近驻扎的时候，拔都住在一个东正教的教堂里，他吩咐神甫在每个圣像的前面都点燃蜡烛，他告诉神甫这样做的目的是想向每一个俄罗斯神表达敬意。他不愿意得罪哪个俄罗斯神，使其降罪于自己身上。在拔都看来，"无论是蒙古人的萨满巫、阿拉伯人的毛拉，还是斡罗思人的牧师……都是非常有用的人，都是忠于我的人！他们教导百姓服从政权，规劝百姓不要造反，劝说百姓按时纳税。所有的萨满巫，我都要发给他们牌子，让他们有权自由地在我的地面上往来敛钱。我还要下令对萨满巫、毛拉和牧师一律免征税赋"②。

拔都下令不许欺负和杀害俄罗斯的萨满巫，看到俄罗斯的教堂被焚烧以后，他非常不满意地说："我不是下过命令，要保护斡罗思萨满巫，以便让他们为蒙古合罕祈祷吗？"③ 正因为拔都大汗有令，所以"鞑靼人都很尊敬基督教神职人员和修道士们，给予宽恕而不加杀害"④。在拔都的影响之下，他手下的一些将士也表现出对异族宗教信仰的尊敬和认可。来自波伦尼亚的伊阿科夫神父在斯帕拉托近郊被鞑靼骑兵的先头部队逮住，一个鞑靼人想杀他，但是他把胸前挂着的十字架、长头发和头顶上剃掉头发的地方让他们看了以后，便

---

① ［苏］瓦西里·扬：《拔都汗》，陈弘法译，外文出版社2006年版，第94—95页。
② ［苏］瓦西里·扬：《拔都汗》，陈弘法译，外文出版社2006年版，第301页。
③ ［苏］瓦西里·扬：《拔都汗》，陈弘法译，外文出版社2006年版，第332页。
④ ［苏］瓦西里·扬：《走向"最后的海洋"》，陈弘法译，外文出版社2006年版，第287页。

免于一死。速不台住在教堂执钥匙管事的狭小居室中,他看到画在一张翘起来的木板上的古代圣像,这张圣像上画的是家畜和其他动物的保护神——圣伏拉西。速不台努力观察着圣伏拉西暗褐色的严肃面容和末梢弯成圆圈的灰白大胡子,他自言自语地说:"这个神,我们蒙古兀鲁思喜欢!这是我们蒙古人的神!他爱护牲畜,保护牛羊,看守马匹,我们的马匹确实需要一个这样的守护神啊,不然,它们就会死在这里,死在这个道路被沼泽阻隔、雪杉和松树如同山一样高大的斡罗思人的国家。"① 应该说,速不台的想法与拔都对宗教宽容的做法是有关系的。

需要指出的是,疏通商路曾经是成吉思汗最初建立蒙古帝国的重要原因之一。但是有观点认为,"成吉思汗的子孙们为扩大各自汗国,相互攻伐,切断了交通线,破坏了商业贸易,帝国控制商路贸易的作用消失的时候,帝国也不复存在;反过来,帝国的消失,也意味着帝国没有力量去保护那些割裂在各汗国之间的、支离破碎的交通线"②。但是,通过对丝路文化叙事俄语小说的分析可知,拔都的一些做法无疑对丝路、宗教文化和贸易的发展起到了一定的推动作用。也许正因为如此,有学者指出,"成吉思汗及其子孙的军事征服,将远东和西亚的文明地区结合成一个国家,数千年来丝绸之路第一次由一个强权完全控制,为商旅们提供了前所未有的安全,方便了当时的国际贸易,促进了东西文化的交流"③。

三 忽必烈:丝路的保护者

两部同名小说《马可·波罗》对忽必烈着墨颇多,这位蒙古帝王的形象主要是通过波罗兄弟的经历以及马可·波罗与其交往的描写和介绍来塑造的,使读者由远及近逐渐了解和认识了这位历史人物,也

---

① [苏]瓦西里·扬:《拔都汗》,陈弘法译,外文出版社2006年版,第303页。
② 赵汝清:《从亚洲腹地到欧洲——丝路西段历史研究》,甘肃人民出版社2006年版,第275页。
③ 余辉:《浅析蒙元时期陆上丝绸之路的法律交流》,《外国法制史研究》2018年第20卷。

了解了他对丝路贸易的重视，可以称其为丝绸之路的保护者，他使得"蒙元时期的丝绸之路比前代都漫长，沿线地区诸民族之间的文化交流和民族交融十分活跃"①。

什克洛夫斯基的《马可·波罗》中，与忽必烈相关的内容占小说三分之一的篇幅，涅恰耶夫的《马可·波罗》中则占四分之一的篇幅，这既与马可·波罗在中国驻留时间较长有关，也与两位作家对马可·波罗在中国的见闻以及对忽必烈的重视有关。两位作家所写内容大体相同，但是与什克洛夫斯基不同的是，涅恰耶夫设置专节讲述了忽必烈自出生到建立元朝的过程，包括忽必烈的出生、母亲的信仰、登上王位的契机以及为王后的领土扩展、内外政策、建立元朝等。从外表上看，忽必烈很讨人喜欢，什克洛夫斯基和涅恰耶夫在小说中都提到，忽必烈"身材很好，不高不矮——中等身材。肌肉发达适度，体态匀称。脸庞白皙，面颊像玫瑰一样绯红；眼睛是黑色的，很好看，鼻子也非常漂亮"②。

在涅恰耶夫看来，忽必烈是一个极为出色的人物，他身上的一切都让波罗兄弟感到惊讶："他谦恭有礼，与根深蒂固的蒙古人十分野蛮这一刻板印象完全不同，他对与意大利和基督教相关之事永远怀有好奇心。"③涅恰耶夫在小说《马可·波罗》中借用历史学家阿尔维斯·佐兹（Альвизе Дзорци）的评价指出："忽必烈不是野蛮人。他是一位君主，追求高水平执政，遵循科学性原则，并为此使用最为有效的手段。"作家认为，在这些有效的手段当中，忽必烈"不像同时代许多其他统治者那样，他最强大的武器根本不是剑戟或者毒药，而是外交和互利贸易"④。什克洛夫斯基在小说中也指出，忽必烈在位时期，"蒙古人当时打通了商路"，而波罗兄弟第一次回国的目的之

---

① 乌云毕力格：《丝路沿线的民族交融：占星家与乌珠穆沁部》，《历史研究》2020年第1期。

② Нечаев С. Ю.，*Марко Поло*，Москва：Молодая гвардия，2013，С. 88.

③ Нечаев С. Ю.，*Марко Поло*，Москва：Молодая гвардия，2013，С. 38.

④ Нечаев С. Ю.，*Марко Поло*，Москва：Молодая гвардия，2013，С. 33.

第三章　丝路文化叙事俄语小说中的历史人物形象

一就是在漫长的路途中"为忽必烈视察了旭烈兀汗国的状况以及伊朗的商路"①。虽然作家没有详细介绍忽必烈是如何打通商路的,但是却描写了他在保护商路和发展丝路贸易方面的一些举措。

在忽必烈执政时期,"交通路线得到了发展,非常重视道路的安全和改善"②。据涅恰耶夫的小说可知,忽必烈的帝国幅员辽阔,道路纵横交错,每一条道路都会标明通向的目的地。忽必烈对丝路的保护体现在驿站的设立上,无论哪条道路,大约40—60千米就会设立一个驿站。这是一个运行良好的系统,可以非常快速地传递信息,令马可·波罗赞叹不已。什克洛夫斯基所著《马可·波罗》的"前去觐见大汗"一章中,也描写了丝路之上的驿站。波罗兄弟在布哈拉遇见忽必烈大汗的使团,便跟随使团前往中国去觐见大汗,因为当时"忽必烈统治着所有被蒙古人占领的土地,而他本人则住在中国。威尼斯商人兄弟便跟随使团前往中国"③。走在这些道路上,"驿站的服务使旅途变得轻松。很多道路上都设有供来客专用的豪华住所。……这里到处都是马匹",这些马匹不仅是为使团准备的,商人也可以使用,忽必烈的朝廷给通商的商人发金、银牌符,作为乘驿马的凭证,而且"不仅只有这一条道路这样提供马匹,整个领土上都是如此。如果把大汗的公文下发给商人,他就可以像使者那样乘行。商人可以带来货物和消息"④。忽必烈汗曾赠授小金牌给波罗兄弟二人,作为其本人与随从享有驿站服务、长官保护、供应所需的凭证。

另外,忽必烈还在各地设有商人下榻的旅馆,例如在汗八里的"每个城郊居住区都有很多上等的旅馆,来自各地的商人在那里歇脚。每个国家和民族的人都有特定的旅馆:一些旅馆是意大利人住的,另一些是德国人住的,还有一些是法国人住的"⑤。这样一来,促进了当

---

① [俄]什克洛夫斯基:《马可·波罗》,杨玉波译,四川人民出版社2016年版,第74页。
② Нечаев С. Ю., *Марко Поло*, Москва: Молодая гвардия, 2013, С. 104.
③ [俄]什克洛夫斯基:《马可·波罗》,杨玉波译,四川人民出版社2016年版,第50页。
④ [俄]什克洛夫斯基:《马可·波罗》,杨玉波译,四川人民出版社2016年版,第52页。
⑤ [俄]什克洛夫斯基:《马可·波罗》,杨玉波译,四川人民出版社2016年版,第97—98页。

地贸易的繁荣兴盛，手工业在这里拥有广阔的市场，阿拉伯人、意大利人、乌兹别克人和印度人进出口各种货物。忽必烈自己也大量采购各种各样的商品，"商人们在一年当中多次带来珍珠、宝石、黄金、白银和其他东西以及金线织的布料和丝绸布料，所有这些东西都是商人们带来献给大汗的。大汗召来为此事选出的十二位懂行的智谋之士，命令他们甄别商人们带来的货物并确定购买价格"①。

此外，忽必烈还发行纸币，鼓励用纸币进行交易。涅恰耶夫指出，自1260年起忽必烈便开始改革国内的货币体系，他命令放弃金、银、铜制成的硬币，转而使用纸币。按照马可·波罗的说法，只有贸易能把任何商品都变成黄金，而最好的炼金术是忽必烈的炼金术。忽必烈在汗八里设立造币厂，下令将桑树皮剥下来，用其内皮制成长方形小纸片，忽必烈在上面盖上自己的印章。没有人敢于冒生命危险拒收这种纸币，各地的所有臣民都心甘情愿地收取这些纸币，因为无论他们走到哪里，都可以用纸币付款购买货物、珍珠、宝石、黄金和白银等所有的东西。用纸币可以买到一切，也可以偿付一切费用。忽必烈也用纸币支付购买所有货物的款项，而商人们愿意收取纸币，此后他们会用纸币在大汗的领土上支付购买所有物品的费用。马可·波罗认为，这种交易的实质是"为购买商品无需付出高昂的代价，因为货币是纸制的"②。忽必烈是第一位在全国范围内建立纸币流通系统的蒙古统治者，应该说，纸币的发行使贸易更加便利，无疑促进了贸易的发展，忽必烈的"国库从商业活动中获得了巨大的利益"③。

总之，在成吉思汗及其继承者的努力之下，蒙古帝国不仅疆域扩大，国家经济与文化也得到了长足的发展，而"蒙古帝国的发展和丝绸之路的兴盛是双向的相互促进的关系。蒙古帝国的发展促进了丝绸之路的兴盛，而丝绸之路的兴盛又带动了蒙古帝国的发展"④。

---

① [俄] 什克洛夫斯基：《马可·波罗》，杨玉波译，四川人民出版社2016年版，第103页。
② [俄] 什克洛夫斯基：《马可·波罗》，杨玉波译，四川人民出版社2016年版，第104页。
③ Нечаев С. Ю., *Марко Поло*, Москва: Молодая гвардия, 2013, С. 103.
④ 孙秀君：《论蒙古帝国时期蒙古人对陆上丝绸之路的贡献》，《西部蒙古论坛》2016年第1期。

第四节 帖木儿:丝绸之路的英雄

在以丝路文化为叙事核心的俄语小说中,帖木儿是作家们关注的一个重要历史人物。帖木儿(1336—1405)绰号"帖木儿兰",即"瘸子帖木儿",是公认的"世界征服者",他的主要成就是统一中亚河中地区,建立帖木儿帝国,降服东察合台,征服波斯,两败金帐汗脱脱迷失。击破德里苏丹国,大败马穆鲁克王朝,安卡拉战役大败奥斯曼帝国,俘获奥斯曼苏丹巴耶塞特。从地中海沿岸一直到中国边境,帖木儿的军队沿途抢劫和杀戮,在数个世纪中一直令欧洲和亚洲感到恐惧。博罗金的长篇小说《撒马尔罕上空的星辰》通过描写与帖木儿的成就和生平经历相关的事件塑造了帖木儿的形象。

《撒马尔罕上空的星辰》中的帖木儿形象较为丰满,当然这得益于小说的篇幅、内容以及作家的叙事艺术,使帖木儿的性格特征逐步得到揭示,形象渐趋立体。在第一卷《瘸子帖木儿》第 1 章 "花园"的开篇帖木儿便已出场,此时的他刚刚远征印度归来,正酣睡在都城撒马尔罕行宫的榻上。作家并没有马上介绍他的体貌特征,只是描写守卫和仆人们的表现:偌大花园里静寂无声,一直到早晨都要按照君王的命令保持安静,因为他在休息,"护卫们在静悄悄地站岗放哨,身边伴着体形庞大的草原犬巡逻,走路悄无声息,看不见身影"①。他们偶尔胆怯地看一眼漆黑的花园,任何人都不准走到君主休息的地方,"每个人都有机会从远处或者在近处看到他——在混乱的战斗中或在烈火的浓烟里,按照他的命令厮杀或摧毁、死亡或抢劫,目睹他对敌人的愤怒和被征服者哭声打扰时的恼火。但是没有一个士兵敢在这个花园里见他:在这里他暂时摆脱战争而得到休息"②。夜晚过去,白天

---

① Бородин С., *Звёзды над Самаркандом*: *Том 1. Хоромой Тимур*, Харьков: Прапор, 1994, С. 9.

② Бородин С., *Звёзды над Самаркандом*: *Том 1. Хоромой Тимур*, Харьков: Прапор, 1994, С. 1994: 9 – 10.

来临，帖木儿的孙子来找他，此时作家才描写了他的外貌："在梧桐木地板上，朝向花园敞开的门旁，在一块小地毯上坐着一个瘦高的老人，他身穿镶着绿边的黑色长袍。黝暗的脸庞，简直就是黑色的，泛着古铜色光芒，一双眼睛灵活、专注而又年轻，机警地看着孙子那张讨人喜欢的小巧、愉快的小脸儿。"① 通过描写护卫们在帖木儿面前以及帖木儿在孙子面前的表现，作家粗略地勾勒出一个威严果决的帝王形象。

自此开始，博罗金对帖木儿的描写贯穿作品始终。作家"看到了帖木儿作为一定的'人的典型'和作为伟大的历史人物，其个性中两个不可分割的方面。理智、善谋、坚定，最重要的是执着，是帖木儿性格的本质特征"②。应该说，正是这些性格特征决定了他的人生和命运。他执着于将异国人驱逐出境、扩大疆土，致力于提高突厥贵族阶层的声望，大力发展农业和贸易，建设和美化都城撒马尔罕，这一切都是他执着追求的结果。以此为基础，"作家在《撒马尔罕上空的星辰》中塑造的帖木儿形象的基本特征便是——统一者和暴君"，当然，"又不仅仅是这些特征"③。从中可以看出，小说中帖木儿的形象既有"正"的一面，也有"负"的一面，这是历史的必然。但是总体来说，帖木儿的活动与丝绸之路有密切的关系，在一段时期内对丝路发展产生了影响，日本学者前岛信次甚至说："帖木儿在丝绸之路的中央部分建设起一座美好都市的这种理想确实够得上丝绸之路英雄这种称号了"④，这足见帖木儿对丝路发展起了重要作用。我国学者指出："帖木儿是一位很有谋略的政治家，他的征伐是围绕经营丝绸之路这个总体目标展开的。为了经营丝绸之路，帖木儿不仅具有明确的战略

---

① Бородин С., *Звёзды над Самаркандом*: Том 1. *Хоромой Тимур*, Харьков：Прапор，1994，С. 18.

② Бородин С., *Звёзды над Самаркандом*: Том 3. *Молниеносный Баязет*, Харьков：Прапор，1994，С. 483.

③ Бородин С., *Звёзды над Самаркандом*: Том 3. *Молниеносный Баязет*, Харьков：Прапор，1994，С. 485.

④ [日] 前岛信次：《丝绸之路的99个谜》，胡德芬译，天津人民出版社1981年版，第213页。

目标，而且积极建设以撒马尔罕为中心的丝路西段各城市，并卓有成效地维护和管理丝路贸易，对丝绸之路的发展作出了积极贡献。"① 基于上述观点，下文主要从拓展通商之路、保护丝路贸易、包容多元文化等三个方面分析博罗金《撒马尔罕上空的星辰》三部曲中的帖木儿形象。

一 有梦想的军事家：拓展通商之路

如前所述，经营丝绸之路是帖木儿的总体目标，主要通过征战各国以及与其他国家建立贸易合作关系来实现。这不难理解，一方面，"自古以来，征服战争、商队往来成为连接中亚各民族关系的纽带"，另一方面，"各个朝代的统治者往往以征服为主要手段，控制商业贸易的主权，以便从中获取利益"②。可以认为，拓展通商之路、成为世界的主宰是帖木儿的梦想，作家博罗金在《撒马尔罕上空的星辰》中描写了帖木儿与此相关的活动。

在小说中，商人穆洛·卡玛尔在遇到帖木儿的信使阿亚尔时，向他打听了很多消息，此时作家通过穆洛·卡玛尔的思考写道："商人多次在不同的商队、不同的道路上过夜时遇到这位可信任的战士：信使和商人总是在路上。而帖木儿的国土上战争和贸易总是在同一条道路上并存：战士抢劫，商人则抢购——两者都有利，两者都赚钱。"③ 苏联历史学家、东方学家雅库鲍夫斯基（А. Якубовский，1886—1953）对帖木儿的评价与博罗金的观点不谋而合："帖木儿执政早期就已经说明，他把旨在将河中地区变为统一强大国家的国家活动，与强盗般的抢劫活动等同起来，而这二者之间无论如何都没有任何联系。"④ 然

---

① 张文德：《论帖木儿对丝路的经营及其影响》，《贵州师范大学学报》1997年第3期。
② 乌云高娃：《帖木儿统治时期中亚商业贸易》，《明清之际中国和西方国家的文化交流——中国中外关系史学会第六次学术讨论会论文集》，1997年。
③ Бородин С., *Звёзды над Самаркандом：Том 1. Хоромой Тимур*，Харьков：Прапор，1994，С. 62.
④ Якубовский А. Ю.，*Самарканд при Тимуре и тимуридах*，Ленинград：Гос. Эрамитаж，1933，С. 68.

而，作家在展现帖木儿的一些征服活动时，并没有采用直接描写的方式，而是通过描写其妻子的回忆以及修史人的记述实现的。《瘸子帖木儿》第一部以"1399年"为名，因此小说开篇描写的就是帖木儿远征印度胜利后返回了撒马尔罕，而此前的多次征战主要是通过描写其妻子萨莱·穆里克·汗内姆的感受大体上回顾和勾勒出来：

>　　她上了年纪，头发灰白，在无数次远征路上风吹日晒，人变黑了，按照他的意愿力不从心地随着他到过各个地方。当丈夫命令从大地上铲除乌尔根奇这座放肆无礼的城市、铲除敢于窝藏虚伪的侯赛因·苏菲的乌尔根奇时，她看到了花剌子模沙漠中的战役和霞光。当丈夫去帮助脱脱迷失战胜金帐汗国时，她忍受了严寒和暴风雪。她在设拉子花园的树荫下懒散地消闲，那里她前所未见的甘甜的水果已经成熟。当他们去搅动阿塞拜疆时，她忧心地望着宽阔的里海的一片绿色，在那里用银盘给她端来用蜂蜜搭配红辣椒煮的难以消化的鲜鱼。她惊异于格鲁吉亚狭小的土地上高耸的山峰和清澈的溪流，她喜欢那里在煤火上烤制的颜色发暗的羊肉。她喝过亚美尼亚的美酒，这酒像黑色焦油一样浓稠，像牛奶一样绵软，那时风散发着玫瑰的芳香，撩起了她的帐篷边儿，帐篷就驻扎在深红色贫瘠的石质土地上。[①]

在上述描写中，女性的感受与战争的残酷形成对照，更突出了战争的血腥。而帖木儿远征印度的过程、战事的进展以及战场上的情景，在小说中主要是通过修史者吉亚斯·阿丁的记录呈现的，尤其强调"帖木儿从来都不信任他征服的那些执政者，无论他们多么服从、多么知分寸"[②]。在征服印度以后，帖木儿让自己的亲信丘尔泰·别克留

---

① Бородин С., *Звёзды над Самаркандом: Том 1. Хромой Тимур*, Харьков: Прапор, 1994, С. 107.

② Рагимова Н., "Типологические принципы образов в исторических романах С. Бородина И И. Гусейнова", *Наука и бизнес: пути развития*, 2015, No. 1, С. 32.

第三章　丝路文化叙事俄语小说中的历史人物形象

在印度，表面上是做希尔万沙赫·易卜拉辛（Ширваншах Ибрагим，1382—1418 年在位）的得力助手，实则是为了监督他，并由此开通了印度同波斯东部之间的陆上新商道。事实上，帖木儿为了控制他征服的地方，"在印度、亚美尼亚、阿塞拜疆——到处都派驻了他的儿子和亲信，到处都要遵从他的意志，听他的命令"①。帖木儿巡视三儿子米兰沙管理的苏丹尼耶时，他"关注的不是庄稼人是否对农事进行了适当的管理以及他们的收成是否充足，而是土地税是否进行了适当的征收，集市是否兴旺发展，是否征收了商人税，驻扎在国家边境上的士兵是否得到训练，王国下属地区的居民是否驯服，城市周围的城墙是否坚固，为军事和国家需要而保存在这里的国库是否未被侵用"②。当发现此地国库空虚、建筑破坏严重以后，帖木儿毫不留情地严惩了米兰沙，剥夺了其总督职位。

每场战事归来，帖木儿就开始积蓄力量，筹划新的战役、新的军事行动以扩大疆土。帖木儿不断装饰和美化撒马尔罕，但是城市生活却让他感到压抑和不适。他的"诗和远方"的的确确在远方。他在一个地方住不长，吸引他的是从一个地方到另一个地方，从一个花园到另一个花园，从一个城市到另一个城市，从一个国家到另一个国家。他可以在马鞍上连续坐好几个小时而丝毫不知疲倦，与他同行的人却早已经失去力量并梦想着休息。他骑的马累了，他可以换一匹马继续骑行。③

帖木儿希望他建立的帝国永远都是统一的，因此他密切关注子孙们的动向，亲自费心解决他们之间的小吵小闹。他希望他们所有人成为同一个国家的不同城邦、不同地区的光荣强大的统治者，就好像可以把自己分为几个部分，分散在不同国家，并在需要时候可以重组成一副身躯，威风凛凛地站起来，就像强大永恒的世界主人帖木儿一样。

---

① Бородин С., *Звёзды над Самаркандом*: Том 2. Костры похода, Харьков: Прапор, 1994, С. 322.

② Бородин С., *Звёзды над Самаркандом*: Том 1. Хромой Тимур, Харьков: Прапор, 1994, С. 331–332.

③ Бородин С., *Звёзды над Самаркандом*: Том 1. Хромой Тимур, Харьков: Прапор, 1994, С. 258.

帖木儿梦想"牢牢地掌控整个世界"①，而这个世界的中心就是撒马尔罕："帖木儿一边说着，一边看着覆盖在地板上的地毯的图案，在他眼前铺展开来的仿佛是整个世界，布满了河流、道路、山脉、田野、运河、城市。世界中心是撒马尔罕，是汇集了帖木儿攫取的世界所有珍宝的宝库。"②他要让子孙们"习惯于看着工匠们按照他们的祖父的意愿装饰世界，按照他所说的那样，在地球上崛起稀奇的城市，城市里有宫殿，宫殿周围是花园，宫殿里面是风景画"③。

可以说，帖木儿恰恰是通过武力征伐形成了局部统一，"在一个共同体之下，经济文化的交流必然会比越过无数个国家地区更顺畅。正是由于帖木儿沿古丝路的出征，才再次打通了自蒙古帝国解体后已断绝了近百年的丝路西段，使中亚至西亚的商业贸易再度繁荣"④。

至于帖木儿与俄罗斯之间的政治经济关系，博罗金在《瘸子帖木儿》第9章"信使"中叙述得较为详细。撒马尔罕早就对俄罗斯皮毛心生向往，以往莫斯科人沿伏尔加河将其运到阿斯特拉罕，然后从那里到花剌子模，从花剌子模到布哈拉。这是人人熟知的古老的商路。后来金帐汗国切断了这条路，只能在莫斯科或诺夫哥罗德购买商品并转售给撒马尔罕。打败脱脱迷失后，帖木儿本想率军继续攻打莫斯科以获取毛皮，但是通往莫斯科的道路却是漫长的，被暗无天日的森林挡住，被伸手不见五指的暴风雪遮蔽。于是帖木儿在叶列茨停了下来，在此处得知莫斯科的军队已经出发，一路唱着军歌而来，走在军队最前面的是圣像，这是库利科沃战役击败金帐汗国时军队带着的神像，帖木儿见胜利无望便率军撤回，自此再无意攻打莫斯科，并下令将撒

---

① Бородин С., *Звёзды над Самаркандом*：*Том 1. Хоромой Тимур*，Харьков：Прапор，1994，С. 152.
② Бородин С., *Звёзды над Самаркандом*：*Том 1. Хоромой Тимур*，Харьков：Прапор，1994，С. 49.
③ Бородин С., *Звёзды над Самаркандом*：*Том 1. Хоромой Тимур*，Харьков：Прапор，1994，С. 66.
④ 赵汝清：《从亚洲腹地到欧洲——丝路西段历史研究》，甘肃人民出版社2006年版，第275页。

第三章 丝路文化叙事俄语小说中的历史人物形象

离叶列茨时的记录毁掉。既然不与莫斯科作战，那么可以与莫斯科进行贸易。金帐汗国已成为古老商路上的一堵墙，但帖木儿只要与莫斯科达成共识，金帐汗国就不足为惧，商队可以走海路，从印度洋到波罗的海沿岸再到瓦兰吉海，从印度河和恒河一直延伸到西德维纳河、沃尔霍夫河。帖木儿决定，"不必用剑清理那条路——这么遥远的距离剑会变钝——不是用剑，而是用钱包。不是用骑兵的马蹄践踏它，而是用商人靴子的软底去踩踏"①。帖木儿像保护他的士兵一样，也为撒马尔罕商人提供庇护，这并非没有原因。战士们为他夺取战利品，商人则将战利品变成黄金，并使其价值倍增，货物卖得越远，价格就越高。因此，帖木儿积极寻找贸易合作伙伴，甚至在宫廷里举办大型宴会，接见和招待当时在撒马尔罕的外国商人，希望能从中选择杰出商人与之合作。小说第一卷第10章描写了宴会的盛况。在外国商人当中，有中国人、热那亚人、亚美尼亚人等，帖木儿奖赏所有外国客人，然而特别奖赏了亚美尼亚人格沃尔克·普绍克，送给他的是特别贵重的锦缎长袍和貂皮帽。帖木儿选中他，希望他能够将商品通过大保加利亚销往莫斯科。

除了想办法与莫斯科建立贸易联系以外，帖木儿早就想要"迅速攻击那些躲在石墙裂缝中的不听话的亚美尼亚人。前往埃及，攻打巴比伦苏丹。制服强大的巴耶塞特，让所有人恐惧，粉碎周围的要塞，然后是……中国！"②事实也基本按照帖木儿的计划进行：他征服的范围越来越大，他带领突厥人从金帐汗国手中夺回了花剌子模，从蒙古人手中夺回了伊朗、阿塞拜疆和亚美尼亚，接着带领突厥人攻打金帐汗国。他要把蒙古人赶出印度，驱逐出中国，打败奥斯曼帝国。对他而言，"人在世界上要做的事情太多，时间却太少！"③ 可以说，帖木

---

① Бородин С., *Звёзды над Самаркандом: Том 1. Хоромой Тимур*, Харьков：Прапор，1994，С. 394.

② Бородин С., *Звёзды над Самаркандом: Том 1. Хоромой Тимур*, Харьков：Прапор，1994，С. 461.

③ Бородин С., *Звёзды над Самаркандом: Том 2. Костры похода*, Харьков：Прапор，1994，С. 245.

· 171 ·

儿是野心勃勃的，他征服了一个个地区、一个个国家，想要把整个世界掌控在自己手中。在小说中，博罗金详细描写和分析了帖木儿征服世界的梦想和野心的缘由：

  他一生孜孜不倦，既不吝惜自己，也不吝惜朋友、儿子、部队，一生都在扩大和巩固自己的王国。他摧毁邻国的城市，使他们无处逃避他的愤怒。他命令将数十人消灭，以便那些幸存的人感谢他的怜悯，称赞他的宽容并惧怕他。
  他拖着病弱之躯，一次又一次去远征，为的是世界上没有其他主人：只有他一个人管理这个世界，只要他一个人就能维持其中的秩序和服从。他派他的孙子们去接受敌人的攻击，让世界所有人民都能看到他们，他们是主人的孙子，是世界上所有王国未来的主人。他不遗余力，为了要取得胜利，为了需要扩张王国。要扩张！
  他培养孙子们无所畏惧，教导他们这些未来的统治者要热爱战斗和征战，不要惧怕残酷无情，不要沉迷于怜悯，要磨炼心灵的硬度。
  他为他们准备了一个世界，他本人从青年时代起就一个国家一个国家地一点点为他的继承人积累，就像一点一滴地攒钱一样。[1]

  可见，帖木儿的"世界征服者"的称号是名副其实的，征服中国也一直是帖木儿的梦想。从贸易上来看，帖木儿帝国的商人与中国一直有贸易往来，许多帖木儿帝国的商人在中国做生意，他们去中国又从中国回来。只不过此时已经很少有商队走古老的丝绸之路，因为这条路已经不存在了，可是贸易仍在继续。在成千上万的商人中，许多人有帖木儿的青铜令牌，持此令牌可以进入他的营地。也就是说，很

---

[1] Бородин С., *Звёзды над Самаркандом: Том 1. Хоромой Тимур*, Харьков: Прапор, 1994, С. 377.

多商人与帖木儿有合作关系,一方面为帖木儿销售战利品以获利;另一方面也为他提供一些情报和消息。即便如此,中国仍一直是帖木儿意欲征服的国度,那里的财富一直吸引着他,早在远征印度之前就有了相关计划,他想要尽快将整个中国掌握在自己手中,这样既能攫取中国的财富,又能恢复古代丝路,使贸易更为顺畅。帖木儿知道,"在整个中国的广阔土地上,任何人都未曾触碰的黄金在闪烁,在贸易城市里瓷塔耸立,满载货物的船只在航行……永恒的中国! 帖木儿马上就想得到它。征服者整个人马上就被这个新的梦想深深吸引了。他走出帐篷,贪婪地深深吞了一口凉爽的空气,站在那里朝山峰望去。那些山峰的后面是大海,大海后面是草原,而草原后面就是中国。中国!"① 帖木儿最终于1404年11月率20万军队准备攻打中国明朝,却于1405年2月病逝于讹答剌,其征服中国的愿望终成虚幻之梦。

二 有谋略的政治家: 保护丝路贸易

在丝路发展史上,帖木儿帝国依靠独特地理位置的优势,在经济文化的联系交融中更多的是作为陆上丝路的枢纽发挥着吸引与传播的作用。帖木儿为使丝路贸易顺畅发展,"全力建设和维护以撒马尔罕为中心的丝绸之路西段……力图把撒马尔罕建成丝绸之路的中心"②。与此同时,帖木儿还重视商路的建设,设立驿站,派驻专人维护商路的安全、保护商人。

在帖木儿看来,"集市是城市的内脏,没有内脏就没有生命,它是心脏,也是肝脏,也是其他内脏"③。在帖木儿不懈的努力之下,帝国都城撒马尔罕成为商业大都会,集市遍地,"全世界的道路都在这

---

① Бородин С., *Звёзды над Самаркандом: Том 1. Хоромой Тимур*, Харьков: Прапор, 1994, С. 451.
② 张文德:《论帖木儿对丝路的经营及其影响》,《贵州师范大学学报》1997年第3期。
③ Бородин С., *Звёзды над Самаркандом: Том 3. Молниеносный Баязет*, Харьков: Прапор, 1994, С. 247.

里交会。商人从四面八方带着他们的商队来到这里，……他们带到这里来的一切，都是最遥远的城市最美的东西，都是外国工匠高手引以为傲的东西"①，世界各地的陶匠、兵器匠、纺织匠等手艺人纷至沓来，促进了工商业的发展，博罗金在《撒马尔罕上空的星辰》第一卷《瘸子帖木儿》的"市场"和"商人"这两章中，集中描写和反映了撒马尔罕的这一盛况。

博罗金在"市场"一章中写道，几个世纪以来撒马尔罕的集市喧闹过、衰败过，如今重新建立，得以复兴。每日清晨太阳升起，各个货亭开始营业，成千上万人以不同的方式大声喊着商品名称招徕顾客。这里的商品极为丰富，可谓无所不包：有丝绸和铜托盘，一堆堆绘有各种花纹的木制马鞍，厚重的粗毛地毯，金手镯和金项链，当地生产的商品以及从世界各地进口的商品——俄罗斯皮草和亚麻布，镶嵌在彩绘镜架中的波斯镜子，中国青白色的餐具和茶碗，波斯蓝白色的水罐和花瓶，带金色刺绣的赫拉特的红色羊皮革，银色的花剌子模羊羔皮，士麦那的熏香树脂和其他数千种没有名称、在买主在货亭里试用之前任何人都想不到用处的商品。撒马尔罕所有街道两侧货亭林立，一直蜿蜒而至帖木儿的蓝色宫殿，一眼望不到边际，看不尽所有商行店铺。帖木儿宫廷官员的衣着打扮，在一定程度上体现了当时贸易的繁荣：

> 沿着长廊，在像箭矢一样笔直的灰色大理石柱子的阴影下，已经聚集了一些朝臣，他们身穿织满金色花纹的鲜红色、蓝色、绿色丝绸、天鹅绒的宽大长袍，等待君主想起他们。精致的缠头上绣有金色花纹或者装饰着珍珠，有白色、粉红色、蓝色、绿色；俄罗斯灰海狸皮或烟粉色貂皮制成的帽子；精致美丽的绣花尖顶高帽；织物和软靴沙沙轻响；空气中弥漫着香料的气味，

---

① Бородин С., *Звёзды над Самаркандом*：*Том 1. Хоромой Тимур*，Харьков：Прапор，1994，С. 46.

第三章　丝路文化叙事俄语小说中的历史人物形象

这些香料是在遥远的士麦那、炎热的埃及、巴格达的集市上或印度的废墟中获得的——所有一切在这里混合成一样的光彩、芬芳和战栗。①

帖木儿帝国联通了亚洲内部的商品贸易网络，促进了亚洲内部经济往来，同时也成为连接欧亚的桥梁。在撒马尔罕，各种职业、各个领域、各个民族的人民会聚：奴隶和商人，异教徒和僧侣，神学家和工匠，波斯人和亚美尼亚人，俄罗斯人和金帐汗国人，阿拉伯人和中国人，霍立斯米亚人和霍拉桑人，雅斯商人，大不里士和乌尔根奇的手工业者，这些人杂居在撒马尔罕，促成了贸易的繁荣。当然，这无疑也得益于帖木儿在保护商路方面采取的一些有效措施，博罗金在小说中的描写真实反映了当时帖木儿帝国商路的情况：

在漫长通道上商队的馆舍之间，在帖木儿国的商路沿线上，耸立着一些黏土建造的牢固的哨塔，黑夜里哨兵在平整的塔顶生起篝火。

干粪块燃着微火，冒着烟儿，闪烁着暗红色的微光。向导们看到它的指示灯，更自信更大胆地引领着商队，尽管没有它，所有人也都知道帖木儿国的疆土上商路是安全的。②

商人穿过沙漠和草原，越过森林和山脉，途中会遭遇贪财的外国统治者、勇猛的强盗部落、炎热干旱的沙漠、波涛汹涌的深海、紧邻深渊而又打滑的山间小路。但是商人依然带着他们的商队锲而不舍地走在商路上，仿佛嗅到了数千英里外撒马尔罕黄金的味道，仿佛万物汇聚的撒马尔罕集市在召唤着他们。商人们一路紧张焦虑、艰辛疲惫，

---

① Бородин С., *Звёзды над Самаркандом*: Том 1. *Хоромой Тимур*, Харьков: Прапор, 1994, С. 107.

② Бородин С., *Звёзды над Самаркандом*: Том 1. *Хоромой Тимур*, Харьков: Прапор, 1994, С. 107.

然而"当商队毛茸茸的双脚踏上阿米尔·帖木儿的国土时,商人们心里变得轻松起来——早就有传闻说,商人走的道路在他的国土上是安全的:在贸易路线上都有坚固的馆舍,供应水、食物和饲料。这里没有人蓄意侵占商人的钱财,没有人干涉商人———一切都对他们开放,在帖木儿全境为他们赢得了通向四面八方的安全道路"①。

在小说中,作家博罗金还通过纳扎尔之口评价了帖木儿对贸易的保护和重视。纳扎尔认为,帖木儿最初劫掠了商人,甚至使一些人破产,随后则自己开始进行贸易,出售抢劫来的东西。他自此不再劫掠商人,而是捍卫商人的利益,为商人着想。他安抚诸位王公,让他们不干扰贸易。商人们替他赚钱,他则为商人们创造条件。商人们得知帖木儿将派出庞大的商队,运送许多货物到遥远的地方去,要在商人中间选择护送货物的人。为发展贸易,帖木儿采取了一系列措施,例如减免赋税,对此商人们私下议论说,帖木儿作为国君,"打算发展我们的贸易,要超过之前的水平。现在我们进行贸易的方式,是我们祖辈完全想象不到的,将来我们经商会变得更加有利可图。现在,向我们征收的赋税,已经比以前减少了75%"②。

在交谈时,萨德烈丁·拜与穆洛·法伊兹将商路的现在与过去做了比较。萨德烈丁·拜告诉穆洛·法伊兹,以前工匠很少。可汗力量薄弱,人民也不强大,贸易都是小买小卖,偶尔才会有利润。过去不是每个人都敢出城,从远方来的商队很少,一路凶险异常,时刻面临生命的危险,因为在每块石头后面都可能藏着强盗,而且每个城市都有自己的管理者、自己的秩序,商人总是受剥削的对象,要把商品价格定得很高才能不破产。这样一来,商人即便能活着回到家,商品卖了两倍的价钱,然而还是没有赚到钱。这根本不是贸易,而是一种折磨。现在已然完全不同,可以与任何人进行交易,

---

① Бородин С., *Звёзды над Самаркандом*: Том 1. *Хоромой Тимур*, Харьков: Прапор, 1994, С. 47.

② Бородин С., *Звёзды над Самаркандом*: Том 1. *Хоромой Тимур*, Харьков: Прапор, 1994, С. 196.

第三章　丝路文化叙事俄语小说中的历史人物形象

可以将货物运到任何地方。通过这种对比，凸显出帖木儿在发展商路和贸易上的重要作用。萨德烈丁·拜认为，帖木儿更多是保护商人，而不是让商人破产。现如今，"到特拉布宗的道路是安全的，是自己国家的。穿过伊朗到印度的大海——是自己国家的。现在去印度也没有危险。去亚美尼亚集市，就像是回家一样。金帐汗国的时代已经过去了"[1]。

在小说中，博罗金描写了帖木儿在保护商路方面采取的很多严格措施，例如他命令属下仔细搜查撒马尔罕附近的村庄，查明这些村庄中是否有游手好闲之人，是否有新迁来者，是否有不驯服的人。要检查通往各处的所有商道，虽然还没有实施抢劫、但是可能成为强盗的人，都要抓捕。他命令各个地区的行政长官，要抓捕所有无事出现在商道上的行人，立即对这些人进行审问，丝毫不要怜悯。在帖木儿的保护之下，"全世界都在赞颂撒马尔罕。人人都说这里的道路很安全，人人都说商队馆舍非常坚固，人人都说伟大的埃米尔守护着商人"[2]。可以说帖木儿的目标是非常明确的，即使都城撒马尔罕成为世界贸易的中心，维护撒马尔罕在商道的中心地位，对此小说中接着写道："最高法院法官非常了解帖木儿多么密切关注撒马尔罕贸易的荣誉，他用剑扫清了多少道路，踏平了多少座城市，就是为了不让他们的集市比撒马尔罕更富有、商品更加多样。他建起了多少坚固安全的馆舍。"[3] 应该承认，帖木儿的措施是有效的。帖木儿大力发展经济和贸易的原因，大概源自他如下的想法："我们需要更多的商人：商人越多，税收就越多。国库越充实，军队就越强大！"[4]

---

[1] Бородин С., *Звёзды над Самаркандом：Том 1. Хоромой Тимур*，Харьков：Прапор，1994，С. 55.

[2] Бородин С., *Звёзды над Самаркандом：Том 1. Хоромой Тимур*，Харьков：Прапор，1994，С. 86.

[3] Бородин С., *Звёзды над Самаркандом：Том 1. Хоромой Тимур*，Харьков：Прапор，1994，С. 86.

[4] Бородин С., *Звёзды над Самаркандом：Том 1. Хоромой Тимур*，Харьков：Прапор，1994，С. 201－202.

三 有远见的活动家：包容多元文化

在博罗金的笔下，帖木儿是"有智慧、有远见的活动家"①，尤其是能够以包容的心态对待不同国家和民族的文化，在发展经济贸易的同时吸收了不同民族的优秀文化成果。

征服各个国家和地区以后，帖木儿往往在一定程度上接受了这些国家和地区的文化，他喜欢接触有知识之人，珍惜有识之士，哲学家、历史学家伊本·赫勒敦（1332—1406）便是其敬佩的学者之一。在大马士革陷落以后，伊本·赫勒敦为帖木儿所俘。帖木儿十分敬佩他的才学，并没有伤害他，而是以礼相待，将其视为座上宾，请他讲述北非的故事，与他探讨信仰、治理国家等很多问题，有将其留在身边之意，还接受了伊本·赫勒敦送给他的一套书写工整、装潢精美的《古兰经》以及其他珍贵礼品。不久之后，帖木儿因国内发生事变，与埃及国王议和撤兵，同时允许伊本·赫勒敦离开回到埃及，并赠送途中一切所需以及贵重礼物：伊本·哈勒敦看到"托盘上放着一件折叠得整整齐齐的长袍，一个用绿色的上等羊皮革装饰的马鞍，上面有一个紫金锻造的长弓。……马鞍下是一根带有沉重银柄的皮鞭。整个手柄上镶嵌着亮闪闪的大颗粒绿松石，使手柄看起来像一条神奇的龙爪。伊本·哈勒敦仍然没有猜到这些东西所包含的暗示，他惊叹于馈赠者的慷慨和财富"②。惊叹之余，伊本·哈勒敦明白了帖木儿的用意：袍子是在离别时送给客人的，马鞍意味着该给马套上马鞍上路，马鞭催促马匹路上走得更快。帖木儿以这种方式，告诉伊本·哈勒敦放他离开，且不再当面告别。

帖木儿极为重视吸纳各地手工业发展的成果，他经常"将所侵略之地的巧匠良工带回撒马尔罕，使他的都城增加了不少壮丽的建

---

① Рагимова Н. Т., "Художественное отражение исторической эпохи и личностей в романах С. Бородина и И. Гусейнова", *Гуманитарные науки и образование*, 2016, No. 4 (28), C. 158–161.

② Бородин С., *Звёзды над Самаркандом: Том 3. Молниеносный Баязет*, Харьков: Прапор, 1994, C. 439.

筑物"①。小说中描写帖木儿在征服印度以后，从印度各地挑选有才华的匠人技师等带回都城，"十万个俘虏被赶到一个地方，为的是赶他们继续往前走，赶回到撒马尔罕去。十万名手艺人、画家、建筑师、各行各业的能工巧匠，十万印度手艺最高超的人"②。在帖木儿宫廷的后院里，有很多从世界各地挑选的最优秀的工匠，他们锻造武器，缝制鞋子，铸造钱币，加工皮草，编织最稀有的撒马尔罕紫色天鹅绒，吹制玻璃制品，用最上乘的黄金和白银制作金银制品。这些制品供帖木儿及其家人、其军队和仆人使用，也有一些交给商人出售。

在都城撒马尔罕逐渐会聚了来自世界各地的手艺人，无论是他们自己的意愿还是坚不可摧的征服者的意愿，他们有的来自东方的中国大草原或喀什流域的城市，有的来自西方的亚美尼亚和格鲁吉亚山区，有的来自从北方的伏尔加河下游的城镇和金帐汗国，有的来自南方的伊朗和喀布尔斯坦。这些来自不同国家和地区的人们操着不同语言，无论是在市场上还是在市场外附近的街道上，手艺人的语言中往往混杂着中文、俄文、花剌子模人简洁的语言，动听的维吾尔族方言，像诗歌一样让人轻松的印度语和伊朗词汇、伊朗人的词汇，等等。除了撒马尔罕以外，兵器村也是一个典型的不同国家、不同民族的人们聚居之地，这里居住的主要是造各种铁制武器的能工巧匠，他们制造剑、弓箭、长矛、盔甲等，这些工匠均来自不同的国家。撒马尔罕大清真寺就是由不同国家的工匠共同建设的，这座清真寺位于首都中心，是帖木儿建立的庞大帝国的体现，不同语言和信仰的各个民族为了统一的、真正的信仰，为了共同的统治者，以其热情和劳动建成了这座清真寺。可以说，"世界上不同地方的几代人积累的经验，在这里融合为一项伟大的手艺"③。

---

① ［法］布哇：《帖木儿帝国》，冯承钧译，中国国际广播出版社2013年版，第46页。
② Бородин С., *Звёзды над Самаркандом：Том 1. Хоромой Тимур*，Харьков：Прапор，1994，С. 8.
③ Бородин С., *Звёзды над Самаркандом：Том 1. Хоромой Тимур*，Харьков：Прапор，1994，С. 431.

在本国和撒马尔罕都城的建设中，帖木儿不仅重视和借鉴不同国家手工业者、工匠的技能，也重视吸纳各国科学、文学和文化成果和精髓。他手下的人认为，"伟大的统治者把世界各地的科学家都聚集在了撒马尔罕"①。还是在统治伊始，帖木儿就在宫廷里设立了朗读者的职位。朗读者的职责不仅包括阅读各种书籍，还包括讲新闻、笃信宗教的传说、逗趣的小故事，这些小故事往往是摘自印度有关聪明的鹦鹉的童话故事、阿拉伯的《鸽子的项链》的故事、嘲笑穆拉·纳斯鲁丁的故事等。

帖木儿还比较重视文化的推广和人民心智的启蒙。在一次宫廷宴会上，帖木儿见到了历史学家尼扎姆·阿丹·沙米并给他一本毛拉谈论尘世和天堂的书，让他重新撰写，要求他要写得简洁，要让科学家们赞叹清晰风格的美好。书中的"语言明晰，要让每个人全都能读懂"②。帖木儿认为，如果写得简洁明了，很多人就都会读；如果写得模模糊糊，就没有人会读。尘世的事情对毛拉来说似乎是令人沮丧的，而一个人必须看到尘世之事的美，那样尘世的一切事情、一切伟大都会变得清晰，因为上帝创造了尘世。因此，书籍要写得晓畅易懂，才能被更多的人阅读，其中的思想才能为更多的人所接受，从而提高对世界的认识。

不可否认的是，帖木儿的领土扩张和对外战争具有烧杀破坏的一面，但是他大力发展与各国之间的通商友好关系，对帖木儿帝国的商业贸易以及丝绸之路的发展都起到了积极影响，况且"帖木儿对丝绸之路的建设远不止一个撒马尔罕，而是丝绸之路西段的中道。因此，从其历史影响来看，帖木儿不仅是一位英雄，而且是一位很有远见的政治家"③。从对丝绸之路的建设和发展的角度来看，这一评价是比较

---

① Бородин С., *Звёзды над Самаркандом: Том 2. Костры похода*, Харьков: Прапор, 1994, С. 245.

② Бородин С., *Звёзды над Самаркандом: Том 1. Хоромой Тимур*, Харьков: Прапор, 1994, С. 269.

③ 张文德：《论帖木儿对丝路的经营及其影响》，《贵州师范大学学报》1997年第3期。

第三章 丝路文化叙事俄语小说中的历史人物形象

贴切的,也与博罗金在《撒马尔罕上空的星辰》中塑造的一些帖木儿形象特征较为吻合。

应该说,很多帝王都有征服世界、掌控世界的野心,摩诃末便是其中之一。他始终认为自己是一位"双角王"伊斯堪德式的伟大征服者,理应率领忠于他的钦察大军打到天涯海角,把花剌子模的疆域开拓到与混沌世界接壤的"最后的海洋"。他要先拿下巴格达,而后拨转马头再去征服那遥远的以富庶而著称的中国。于是摩诃末集结了大批军队,经过伊朗,向阿拉伯之哈里发的都城巴格达进军。但因缺乏御寒服装以及遭到当地部族的袭击,实力遭受损失,摩诃末不得不中止了军事行动,暂时"放下了手中的旅行杖"[①],并最终被成吉思汗征服。因而,就拓展疆土和控制丝路的想法来看,摩诃末、成吉思汗以及帖木儿的梦想(或野心)是相同的。

---

① [苏]瓦西里·扬:《成吉思汗(上)》,陈弘法译,外文出版社2005年版,第105页。

第四章　丝路叙事俄语小说中的丝路文化意象

丝路文化叙事俄语小说以丝路历史文化为书写的对象与核心，其中自然会出现大量丝路上重要的地理名称，诸如中国的长安、敦煌、玉门关、塔里木、帕米尔，中亚各国的撒马尔罕、塔什干、布哈拉和乌尔根奇等历史名城或者古迹，漫漫黄沙、大漠孤烟、长河落日、古道驼铃、雄关古城等有关西域、丝路的文化意象也得到展示。这些代表和体现丝路文化的物象与事象有机结合，将丝路气象之恢宏开阔，情调之悲凉壮美，意境之深邃高远的画面充分勾勒和铺展开来，再现了连接东西方文明的丝路及其在东西方文化交流史上发挥的作用。

在所有的丝路文化意象中，最有代表性的无疑是"驼队"、"道路"和"荒漠"。在丝路文化叙事俄语小说中，甚至常常以"道路""驼队""荒原"为章节之名，例如《撒马尔罕上空的星辰》以"驼队"为名的有两章：第一卷的第五章和第三卷的第五章；而第一卷第十一章以"道路"为名，第二十章以"旅途"为名，第二卷第三章以"信使的道路"为名。涅恰耶夫的《马可·波罗》中，第九章的标题为"归乡之路"，此外还有六个小节以与道路相关的"旅行"为题。什克洛夫斯基的《马可·波罗》中则设置了"玉石之国与黄沙之国"一节，《拔都汗》中有"荒原上的孤独者""到荒原去""在荒原""荒原之战"等章节。这既在一定程度上再现了丝路的历史风貌，为其增添神秘的色彩，同时也内蕴着深刻的文化含义，是理解小说审美特征和文化意义的重要因素。

应该说,"驼队""道路""荒漠"是与丝路文化密切相关的意象,在不同的小说中其基本呈现方式不同,包蕴着丰富的思想和文化内涵。总体上看,驼队是丝路文化传播的重要媒介,既是财富与繁荣、和平与友好的象征,也是永恒与长久的象征;道路即指丝绸之路,为丝路文化发展提供了基础和平台,它既是神秘与未知、动荡与艰辛的象征,也是不朽与永恒的象征;荒漠则是丝路文化穿越的空间,它既是危险与灾难、神秘与未知的象征,也是快乐与自由的象征。

第一节 驼队:丝路文化传播的媒介

漫长的丝绸之路有万里之遥,大部分途经沙漠、戈壁等环境恶劣的地区。例如在中国境内的塔克拉玛干沙漠东西长一千余千米,南北宽四百多千米,总面积三十多万平方千米,是中国境内最大的沙漠。从中国出发走上丝绸之路,只有安全穿越塔克拉玛干沙漠,翻过葱岭,才能抵达西亚、中亚,直至欧洲。

骆驼世称"沙漠之舟",因长期受严酷环境的磨炼,脾性温驯而执拗坚韧,可负重长途跋涉,适于在沙漠行走。因此,骆驼是沙漠旅行者代步驮物的最佳选择,是商人运输货物的主要工具。奔走在大漠古道上的也有驴马,但人们更喜欢使用骆驼,所以古丝路上常见人驼同行。在和平年代,这些驼队前赴后继、浩浩荡荡,驼铃随着骆驼的脚步发出悦耳的声音。数千年来,骆驼在浩瀚无边的沙漠戈壁中行进,用坚毅的脚掌踩踏出一条贯通东西方文明的经济文化之路,也见证了古丝路的历史变迁。可以说,若无骆驼预警和寻找水源,旅行者是断然不能穿越沙漠的。美国学者爱德华·谢弗在《唐代的外来文明》一书中说:"伟大的丝绸之路是唐朝通往中亚的重要商道,它沿着戈壁荒漠的边缘,穿越唐朝西北边疆地区,最后一直抵达撒马尔罕、波斯和叙利亚……这些道路之所以能够通行,完全是靠了巴克特利亚骆驼的特殊长处,这种骆驼不仅可以嗅出地下的泉水,而且还能够预告致命的沙漠。"① 巴克特利亚是古希腊人对今兴都库什山以北的阿富汗东北部地区的称呼。

可以说，是骆驼连通了万里丝路，驼队为中西贸易和文化交流做出了重要的贡献，驼队运输不仅创造了闻名于世的古丝绸之路，而且为商贸流通、东西方文化交流创造了不朽的业绩。可以这样说，没有骆驼，就没有丝绸之路；没有骆驼，丝绸之路就不会延伸如此之远。因此有学者认为，"如果说浩瀚沙漠是隔绝东西方文明的汪洋大海，绿洲是联接东西两岸的桥梁，那么奔波于道的骆驼队就是行驶于万里长桥上标有区域地理特色徽记的历史文明之车"②。

驼队（караван）一词源自波斯语 Caravan，即"骆驼商队"之意。在现有的丝路文化叙事俄语小说中译本里面，也常译为"商队"。可以说，在遥遥万里、险阻重重的路上，骆驼、驼铃、驼队都是丝绸之路的重要文化符号，没有了驼队的古代丝路，就没有了生机活力，甚或没有了存在的根基。毫无疑问，"驼队，是万里沙海中唯一移动的风景；叮当的驼铃，奏响的是雄伟壮阔的文化交流进行曲"③。在丝路文化叙事俄语小说中，驼队这一意象不仅是财富与繁荣的象征，也是和平与友好的象征，更是永恒与长久的象征。

一 财富与繁荣的象征

驼队首先是财富与繁荣的象征。在幻想小说《成吉思汗》中，沃尔科夫描写了也速该时期一位名为云苏的北京富商及其驼队穿越蒙古草原的情景："庞大的驼队在灼晒的草原上缓慢地行进。车轮嘎吱作响，直角的公牛卖力地拉着车，骆驼缓慢地迈着步子。"④ 云苏是皇室的供应商，他在唐古特国首都售出丝绸和瓷器，以低廉的价格购买了黑貂皮草、绿松石、锋利的宝剑、受过弹小提琴和舞蹈训练的年轻

---

① 高建新：《骆驼：古丝绸之路的不朽象征》，《月读》2018年第7期。
② 马瑞俊：《沙海绿洲驼队》，《丝绸之路》1994年第5期。
③ 高建新：《骆驼：古丝绸之路的不朽象征》，《月读》2018年第7期。
④ Волков С., Чингисхан. Повелитель Страха, М.：АСТ：Этногенез, 2010, С. 59.

第四章 丝路叙事俄语小说中的丝路文化意象

女奴，而这些商品也为中国皇室所喜爱，将给他带来丰厚的利润。在《严酷的年代》中，来自花剌子模的商人马赫穆德曾经对成吉思汗说："我到过许多国家，大大小小的当权者都保护驼队……我们寻求利益——这确实如此，但是我们带来的东西，是没有我们你就弄不到的。"① 商人虽然重利，但是却能使商品极大丰富，使城市变得富有，也许正因为如此，当权者、统治者们才会尽力施以保护。

在《撒马尔罕上空的星辰》中，撒马尔罕可谓世界贸易的中心，来自各地的驼队不远万里来到这里，使其逐渐成为商贾云集的繁华都市，撒马尔罕城日趋富裕，贵族和商人的财富越来越多。在《撒马尔罕上空的星辰》第一卷开篇，帖木儿远征印度回到撒马尔罕，随之而来的就是运送无数战利品的驼队，这些印度来的驼队很快成为撒马尔罕商人们谈论的话题，"每个人都有自己的想法，每个人都在谈论、解释、窃窃私语、避而不谈，都梦想着印度的珍宝，梦想在那里劫掠的还没有运到撒马尔罕的无数战利品，此刻正沿着商路用数千头骆驼驮运而来"②。商人们都知道，这些战利品会有一部分充盈国库，还有一部分会变卖并成为帖木儿的个人财产，因此人们都在焦急地等待驼队到来，想尽办法要探明到底有什么货物。不仅如此，商人们还早早地准备好资金，打算购买适合的货物保存起来，等待好的时机再以有利的价格慢慢出售。原来的存货一动不动地放在仓库里，有钱的商人只卖一些小玩意儿，却没有人进行大宗交易，都在等待印度来的驼队，"每个人都在紧张地关注着从那里来的驼队的进展，担心错过幸运的时刻，一旦错过，小生意是多年都无法挽回的"③。可见，驼队能够让商人获得财富、获得成功，人人期盼驼队的到来，唯恐错过变得更加富有的最佳时机。出门在外的鞋匠们听说有印度来的驼队以后，便希

---

① Калашников И. К., *Жестокий век*, Москва: Издательство АСТ, 2019, С.631.
② Бородин С., *Звёзды над Самаркандом: Том 1. Хоромой Тимур*, Харьков: Прапор, 1994, С.27.
③ Бородин С., *Звёзды над Самаркандом: Том 1. Хоромой Тимур*, Харьков: Прапор, 1994, С.27.

望能够在途中遇到这样的驼队并且抢购物品,然后等待价格上涨,甚至可以等上一年。要是能够买下所有货物,就可以控制价格,这是非常有利可图的。遗憾的是,他们手里并没有那么多钱。在所有的商人中,制革商穆洛·法伊兹是比较有代表性的,他在得知将有驼队从印度而来的时候,便扔给托钵僧一枚铜钱,请他为自己祈祷。托钵僧嫌少,穆洛·法伊兹于是又扔给他一枚铜钱。托钵僧虽然嫌少,但是他透露说,从印度来的驼队四天前已经进入了布哈拉。于是穆洛·法伊兹又给托钵僧一个银坚戈,托钵僧便开始为穆洛·法伊兹祈祷。过了不久,穆洛·法伊兹听说确实有驼队从印度进入布哈拉,有200匹骆驼之多,驮运的是皮革,于是再次找到托钵僧,给他一个大银币,请他务必为自己祈祷。此后托钵僧几次找到穆洛·法伊兹告知驼队的信息并为他祈祷,每次均获得不同数额的铜币。可见,商人们不惜手段和方法,只是为了能够通过购买驼队的货物获取利润和财富。

  有趣的是,当时各国的国君同时也都是隐形商人,因此即便发起战事,他们依然保障商路畅通,以便驼队能够顺利通行。小说《撒马尔罕上空的星辰》中写道:"帖木儿和巴耶塞特之间的敌意在加剧,但尚未阻断他们之间的商道:每个统治者都表明自己是贸易的庇护者,是商路上以及客栈中的商人的监护人。这并不是无私的高尚行为,因为每个统治者都有许多自己的驼队行走在路上,只不过驼队主人把自己显贵的名字用别人的袍子盖住了而已:帖木儿的货物是由撒马尔罕或布哈拉商人运送的。巴耶塞特是通过热那亚人做生意的,而埃及苏丹法拉季按老的说法被称为巴比伦苏丹,他则通过亚美尼亚人或希腊人进行贸易。"[①] 为帖木儿做生意的商人主要有两个,一个是亚美尼亚人格沃尔克·普绍克,帖木儿命他将货物运往莫斯科;另一个是穆洛·卡玛尔,他带着驮载着帖木儿印度货物的驼队,从撒马尔罕出发,穿过伊朗,经过巴耶塞特的领地,到达喧嚣的大马士革集市,找到帖

---

① Бородин С., *Звёзды над Самаркандом*: Том 2. *Костры похода*, Харьков: Прапор, 1994, С. 354－355.

第四章　丝路叙事俄语小说中的丝路文化意象

木儿托付给他的所有宝藏的购买者，获得闻所未闻的利润。

驼队不仅是财富的象征，也是繁荣的象征。城市的发展与繁荣往往与驼队有关，与贸易有关，博罗金在《撒马尔罕上空的星辰》中写道："城市的命运与一个人的命运相似：在青年时代，它们被欢歌笑语所围绕；在荣耀和崇高的岁月中，它们越来越美、越来越富有。然而到了被遗忘的时刻，驼队全都转换方向走上了其他道路，于是这座城市日益衰败，其昔日骄傲的名字只会让那些在古老的废墟上绊倒、穿越荒凉的偏僻之地的人们感到好笑或者懊恼。"[①] 土耳其城市泰尔詹就是这样一座城市，这里曾经十分繁华，发生过许多重大事件，很多强大的统治者和贤哲都曾经受到它的庇护，如今它却沦落为埃尔津鲁与阿尔兹鲁姆之间的一处客栈。马拉加也同样受到驼队贸易的影响："马拉加从前贸易繁荣，许多商路在这里交汇：从伊朗到遥远的阿勒颇，从地中海到里海，从里海到伊拉克，再到美索不达米亚，从巴士拉到拜占庭。从前，在石头建的客栈、砖砌的驼队驿站和澡堂之间店铺林立。现在贸易已经沉寂下来：撒马尔罕的商人爱上了其他道路，来自阿塞拜疆的商品经过霍拉桑到达河中地区的集市。马拉加远离这些大路，而且商人也担心当前的秩序——帖木儿只保护并仅鼓励那些对撒马尔罕贸易有用的人。"[②]

在小说《张骞的一生》中，作家们浓墨重彩地描写了马勒阜一派繁荣热闹的景象：一眼看不到尽头的东方市场店铺林立，车水马龙，人流摩肩接踵，喧闹异常；排排手工业作坊延伸到远方，各色货物琳琅满目，摆满货架。有好看好玩的，也有日用必需品。用铜和银制成的餐具、剑、军刀、坚固的盔甲，用黏土制成的工艺品。五彩缤纷的布匹，异常美丽的妇女的装饰品，五颜六色的地毯，等等，丰富的产品无穷无尽，香料、服装、宝石、稀有的香槟，应有尽有。在解释为

---

① Бородин С., *Звёзды над Самаркандом: Том 2. Костры похода*, Харьков: Прапор, 1994, С. 352.
② Бородин С., *Звёзды над Самаркандом: Том 2. Костры похода*, Харьков: Прапор, 1994, С. 134 – 135.

· 187 ·

什么会如此繁荣的时候，城市护卫队队长盖力德说："我们的城市位于通向条支、龟兹和梨轩的交叉口。马勒阜同所有的东方国家相连。哪里有稀有的商品，我们就向哪里派出我们的商队。通货贸易使我们的产品极大地丰富起来。"① 可以说，马勒阜能成为全世界著名的富有城市，通货贸易、驼队功不可没。

二 和平与友好的象征

驼队不仅是财富的象征，更是和平的象征，这是不言而喻的。在和平年代里，各城市、各部落、各国家之间贸易往来频繁，便有较多的驼队行走在丝路上。战事频起时，一方面，商道阻断，驼队无法通行；另一方面，商人们宁可无利可图，也不愿冒风险行走各地。

《张骞的一生》中，张骞率驼队第二次出使西域时，作家写道："驼铃响了起来。坐在驼峰中间的商人唱起了悠长的歌曲。装满货物的商队沿着连接人民的和平的道路，沿着拥有着诗一样名字的'丝绸之路'向前走去。……商队走在洒满阳光的平原上。渐渐远去……但依然可听到那悠远的驼铃声，而且那声音越来越清晰，越来越响亮……就像是打开人类历史新篇章的钟声。"② 从中可以看出，丝路是连接世界各族人民的和平道路，只有在和平时期，才会有频繁往来各地的商队，足见商队是和平的象征，也是人类历史向新时期迈进的象征。

卡拉什尼科夫在《严酷的年代》里描写了和平时期商路贸易繁荣的景象："在宁静的草原上商路变得越来越平坦了。来往的商人来自撒马尔罕、布哈拉、花剌子模和奥特拉尔。有些人在这里出售商品，有些则走得更远，去阿勒坦汗的疆域内。商人是聪明而勇敢的人……商人为寻求利润可以去天涯海角。"③ 在《铁木真》中，加塔波夫描写

---

① ［塔］阿多·哈穆达姆、列奥尼特·齐格林：《张骞的一生——伟大的丝绸之路》，塔吉克斯坦共和国驻华大使馆 2002 年版，第 81 页。
② ［塔］阿多·哈穆达姆、列奥尼特·齐格林：《张骞的一生——伟大的丝绸之路》，塔吉克斯坦共和国驻华大使馆 2002 年版，第 103 页。
③ Калашников И. К., *Жестокий век*, Москва: Издательство АСТ, 2019, С. 630.

第四章　丝路叙事俄语小说中的丝路文化意象

了青年铁木真希望蒙古各个部落和平相处、减少战事，商队就会往来频繁，"女真人和唐古特人都不敢来挑衅……维吾尔人就会无所畏惧地带着他们的驼队前来，给我们带来很多好东西"[①]。瓦西里·扬在《成吉思汗》中也写道，数百年来，和平时期由波涛滚滚的阿姆河通向东方的商道上，庞大的商队一直络绎不绝。而在蒙古人大肆入侵以后，商道失去了生机，商道两旁的店铺和栈站变得空空荡荡。

博罗金在《撒马尔罕上空的星辰》中非常生动地描写了驼队行进的壮观景象以及贸易畅通时期城市和集市的繁荣：

> 这时，如同鹤鸣一般，传来驼队的铃声。一个驼队从卡尔希方向而来。……从房子后面的大路上，赫然出现了几个骑着毛驴的行路人。在他们身后，跟着昂首阔步、威风凛凛地走来的骆驼。商队的几只狗紧紧挨着商队的毛驴，回骂朝它们吠叫的当地的狗，龇着牙吼叫着。它们没有去打架：这里是异国他乡。在几只狗的乱吠中，在驼铃声中，骆驼一个接一个地走来，仍然威风凛凛，不紧不慢地相互挨着走来，骆驼全都用不长的套索连在一起——一端在前面骆驼的鞍子上，另一端在后面骆驼的一只鼻孔中——迈着均匀的、无忧无虑的步伐慢慢向遥远的地方走去。……驼队很长。骆驼一个接着一个。骑着小毛驴的驼队护卫者在远处一会儿出现，一会儿消失。……在这个驼队中有好几百头骆驼。很多时候，驼队会有几千只骆驼，摇晃着驼铃叮当作响，总是同样威风凛凛、同样不紧不慢地行进，蔑视地甩动着高傲的头。[②]

在小说中，博罗金描写了土耳其城市锡瓦斯居民对驼队的态度，那里人们往往会期待驼队的到来，尤其是春天的时候，因为"春天临近，浓密的初雨会把山隘上的积雪冲刷掉，于是道路就会打通，商队

---

① Гатапов А., *Тэмуджин*, Книга 3, ФТМ, 2014, С. 93.
② Бородин С., *Звёзды над Самаркандом*: Том 2. *Костры похода*, Харьков: Прапор, 1994, С. 43–44.

将会来到城市，从遥远的地方会来一些人们期待已久的人——商人、客人——还有新的信息"①。作家写道，人们都梦想着春天驼队会像自古以来那样从东方而来，从科尔希达、从伊朗、从以技艺高超的织布工和模压工而闻名的国家来，那里银匠的双手准确无误、目光敏锐，那里伊朗织毯女工手指麻利。此外还有中国的集市，曾经从那里运来丝绸和瓷器、青铜镜和碧玉手镯、纸张和玻璃器皿、金质饰物和孔雀石首饰盒，每当这样的商队出现时，商人们就争先恐后地抢购这些珍稀物品，对这些珍稀物品一直都有大量的需求，然而价格却从未下降过。印度的驼队也会来锡瓦斯，运来锦缎和印花布、香料和印花的摩洛哥皮革、宝石和珍珠。从这些描写可以看出，和平时期锡瓦斯的贸易一度繁荣，商品非常丰富，这无疑离不开驼队的功劳。

战争开始后，一切都发生了变化。瓦西里·扬在《成吉思汗》中写道，自从蒙古人大肆入侵花剌子模以后，"商道失去了生机，商道两旁的店铺和栈站空空旷旷，连门窗也被蒙古士兵拆下去烧了火，显得毫无生气。水渠无人疏通，流水无法通过，花园灌不上水，草木都凋零了"②。在商道上，此时行走的不是商人和驼队，而是豺狼出没，尸骨遍地，商道蒙上了很厚的尘土。布哈拉沦陷以后，哈吉·拉希姆的弟弟图干离开布哈拉，向撒马尔罕走去。一路上他没有遇到任何驼队③，田野里有的地方出现了几个农民。时而会有蒙古骑兵从大道上驰过，遇到这种情况，在田野干活的农民便迅速伏倒在地，爬进水渠中。当蒙古骑兵跑过山岗，灰尘也随之散开以后，惶恐不安的农民才重新出现在田野上，继续掘起地来。连手无寸铁、没有钱财的农民都不敢走上大道，更何况运载货物的驼队。

当战事起时，驼队和贸易赖以存在的和平条件发生变化，战火便阻隔了商人的脚步，在战争频发的地域里，很难见到驼队。在丝路文

---

① Бородин С., *Звёзды над Самаркандом: Том 3. Молниеносный Баязет*, Харьков: Прапор, 1994, С. 27.
② [苏] 瓦西里·扬：《成吉思汗（下）》，陈弘法译，外文出版社2005年版，第182页。
③ [苏] 瓦西里·扬：《成吉思汗（下）》，陈弘法译，外文出版社2005年版，第187页。

第四章 丝路叙事俄语小说中的丝路文化意象

化叙事俄语小说中,很多作家都不止一次描写了战争对商队的不良影响。在《严酷的年代》中,成吉思汗与宿敌蔑儿乞惕部落征战不断,对蔑儿乞惕部落联盟下属的兀洼思蔑儿乞惕部而言,"无止无休的失利和败退使人们越来越贫困。各种畜群都在减少,没有新的年轻强壮的奴隶,也没有人能播种稷米,萨尔特商人的驼队开始绕行不安宁的、贫困的游牧区,没有地方可以交换丝绸和麻布织物,没有好武器,没有家用的工具"①。从中可以看出,战争改变了兀洼思蔑儿乞惕部人的正常生活,人们在物质上遭受极大的损失,商人因这里贫困而且战乱不断,已经不再带驼队前来,这里的居民则买不到生活必需品。有鉴于此,当首领答亦儿兀孙率部在纳古山一役之后返回故里时,蔑儿乞惕人虽然并没有遭受重大损失,但是迎接战士们的,不是老人和女人们喜悦的欢呼,而是沉默无语。驼队在游牧民族生活中的重要性可见一斑,也可以看出驼队与安宁和平之间的关系。

瓦西里·扬在《拔都汗》中多次提到战争时期驼队极大减少,"许久以来,从蒙古大军入侵开始,和平宁静的昔格纳黑城的小巷中便不再有那么多的驼队了,取而代之出现的是奔向各方的骑士和步履匆匆的居民,大家都在打听,草原上传来的蒙古人打算发动一场大规模西征的消息是否确切"②。托钵僧哈吉·拉希姆跟随拔都征战四方,他坐在骆驼驮着的柳条筐子里,把书放在膝盖上,看着眼前发生的一切写道:"当天空、草原、整个世界到处一片肃穆宁静时,这种宁静意味着什么?任何东西都没有改变,平坦的土地依然无边无际,难道让驼队迈着均匀的步伐行走在无边无际的土地上,不是更为明智吗?有人偏偏要骑着马像旋风一般疾驰过这样的土地,但是他疾驰而过的土地归根到底还是不是不慌不忙的骆驼迈着均匀的步伐走过的那方土地呢?"③ 在哈吉·拉希姆看来,只有在和平的年代里,驼队才能够平稳安然地行走在商路上,而战争破坏了一切。每一座城市因战争、驼

---

① Калашников И. К., *Жестокий век*, Москва: Издательство АСТ, 2019, С. 578.
② [苏] 瓦西里·扬:《拔都汗》,陈弘法译,外文出版社2006年版,第9页。
③ [苏] 瓦西里·扬:《拔都汗》,陈弘法译,外文出版社2006年版,第90—91页。

队减少及其路线的改变也在随之发生变化，在发生过战事的地方，一切都改变了，已经很难恢复到过去的样子。《走向"最后的海洋"》中，波洛维茨科特扬汗在游牧地沙鲁坎听儿子们讲草原上最近以来发生的情况，所有人抱怨说，当初海边来的商队最近再也没有来过，马匹、畜群、毛皮连个买主也找不到，原因就是现在没有人敢到他们草原上来，"大家都怕鞑靼人。鞑靼人一帮一伙从草原上飞驰而过，看样子像是在躲避人，实际上他们在觅寻猎物，窥探我们的动静。已经不止一次有人在离沙鲁坎不远的地方发现过他们了"①。可见，即将到来的战争阻碍了商人的脚步。

在《撒马尔罕上空的星辰》中，主人公马尔基罗斯的旅途中经过"一条狭窄的山间小路，散布着满是尘土的鹅卵石，被以前在这些山间放牧过的很多牛群践踏了……过去，有许多驼队经过这条小路走向山隘，从遥远的地方运送货物前往阿塞拜疆——到舍马哈，到杰尔宾特；也前往伊朗——穿过马拉格和大不里士到法尔斯，到霍拉桑……如今践踏这条路的只有骑兵的马蹄：帖木儿从这里经过，他的使者从这里疾驰而去，他的军队从这里行进"②。从前的商路已经遍及战马的铁蹄，从前的驼队已经不见了踪影，这就是战争带来的影响。

三　长久与永恒的象征

战争对商队行走世界各地带来很大的影响，然而无论世事如何变化，永远不变的依旧是商队，商队永远走在路上。一方面，即便在战争年代，士兵们保护着商队走的大路，因此商人们可以前往交战的各国。例如，什克洛夫斯基在《马可·波罗》中指出，即使在鞑靼人到处征战时期，商人们也受到尊重，在俄罗斯人与波洛维茨人的战争期间，商人们的驮运队仍然畅通无阻。在阿拉伯人与十字军战争期间商队也没有间断。在被蒙古人占领的蛮子国，到处都对商人及其商队放

---

① ［苏］瓦西里·扬：《走向"最后的海洋"》，陈弘法译，外文出版社2006年版，第142页。
② Бородин С., Звёзды над Самаркандом: Том 2. Костры похода, Харьков: Прапор, 1994, С. 43–44.

第四章 丝路叙事俄语小说中的丝路文化意象

行。在《蒙古人入侵》三部曲中，拔都认为商人对其有用，因而对商人及其商队提供便利。另一方面，当一条商路通行不畅时，商人们就会寻找新的路径继续进行交易，不会让贸易中断。

在小说《撒马尔罕上空的星辰》的第一部中两次出现了同一个句子："驼队迈着缓慢而又永恒的步伐穿过黑暗的草原。夜已结束。星光渐渐黯淡。"[1] 作家博罗金以此强调驼队是商路上永恒的行者，并且常常用很大的篇幅描写驼队表达这一思想。小说中写道："绍克亲切深情地看着客人：他们一生都在某个地方彼此相遇，有时是在客栈里，有时是在集市上。他们相遇，谨慎、好奇、戒备地相互仔细观察，偶尔中断彼此有利可图的生意，分别踏上不同方向的长久遥远的旅途。多年后再次在短暂停留过夜的地方碰见，看着彼此的变化，详细打听去过的城市发生的事情，一直到很晚——接着就是再一次彼此忘记，因为驼队的铃声已经叮当响起，骆驼的驼峰上已经驼起他们钟爱的行囊准备上路。驼队又走了在路上。"[2] 在博罗金看来，世间的一切都会发生变化，民族可能兴起或者衰败，语言可能灭亡或者交互更迭，集市可能喧嚣或者沉寂，城市可能繁华或者成为废墟，人们可能相聚或者分别，驼队却一直行走在路上，它们走过城市、乡村、沙丘、田野，"路过贫穷村落的破败小屋，那里总是有些妇女在哭泣和尖叫，衣衫破烂的老人沉默不语，目光斜视呆滞。他们看着驼队经过，将在这片土地上获得的很多东西带到遥远的城市、带到国外，没有了这些东西，这片土地上不仅没有欢乐，而且也不会有生命"[3]。从以上描写可以看出，沧海桑田，世事变幻，永远不变的是走在路上的驼队。

博罗金在小说《撒马尔罕上空的星辰》中写道，在帖木儿和巴耶

---

[1] Бородин С., *Звёзды над Самаркандом*: Том 1. Хоромой Тимур, Харьков: Прапор, 1994, С. 107，С. 109.

[2] Бородин С., *Звёзды над Самаркандом*: Том 1. Хоромой Тимур, Харьков: Прапор, 1994, С. 47.

[3] Бородин С., *Звёзды над Самаркандом*: Том 1. Хоромой Тимур, Харьков: Прапор, 1994, С. 47.

塞特之间燃起烽火时，驼队依然走在商路上："驼队像以前一样，从法拉季的领地，从大马士革，穿过巴耶塞特的土地，穿过锡瓦斯和埃尔津詹，不断前往阿尔兹鲁姆，再从那里经过帖木儿的领地前往大不里士、德黑兰、波斯海沿岸，到达巴士拉或布什尔，从那里将驮运的货物装上船运往印度。驼队像往常一样走在商道上，像往常一样有节奏地摇动着驼铃，一路洒下沉思的铃声，向导骑着驴子用嘶哑的声音唱着忧郁的歌。"① 帖木儿的军队在商道上浩浩荡荡行进，锡瓦斯的商人自此开始寻求绕行的道路前往遥远诱人的集市。许多远方的集市被入侵的骑兵践踏，那里不再有优秀的工匠、优质的产品，然而在有生命存在的地方，生活依然在继续，中亚地区的商人（撒马尔罕人、布哈拉人）仍在进行贸易，拥有商品和驼队。

谈到通往大马士革的道路时博罗金指出，"自古以来，这条道路就是一条转运的通道，从一口水井到另一口水井，从一个拉巴特营垒到另一个拉巴特营垒——尽管这里用'汗'代替'拉巴特'这个词。从一个汗到另一个汗，从一个歇息地到另一个歇息地，从一个饮水点到另一个饮水点，驼队的铃铛不时地叮当作响，经过这里的驼队无以计数"②。历史学家伊本·赫勒敦在大马士革通往耶路撒冷的路上看到驼队非常之多，满载着丰富的货物从容地行进，在战争时期人们依然进行和平贸易。在宿营地，也可以看到许多驼队，载着各种各样的商品，很多都来自遥远的地方，例如阿拉伯人的城市大马士革、阿勒颇、巴格达等地。这一派和平的景象，"仿佛征服者的黑手还没有伸过来，没有覆盖所有的商道。仿佛如今的征服者对于当地城市并不渴望③。"

帖木儿与巴耶塞特的战争确实封锁了许多道路，没有人能从变为

---

① Бородин С., *Звёзды над Самаркандом: Том 2. Костры похода*, Харьков: Прапор, 1994, С. 355.

② Бородин С., *Звёзды над Самаркандом: Том 3. Молниеносный Баязет*, Харьков: Прапор, 1994, С. 462.

③ Бородин С., *Звёзды над Самаркандом: Том 3. Молниеносный Баязет*, Харьков: Прапор, 1994, С. 462.

废墟的城市去往世界各地,然而驼队却可以来自入侵者无法到达的其他国家和城市。① 无论是帖木儿、成吉思汗还是拔都,他们的梦想都是征服世界,做这个世界的主宰。然而,世界之大、之广,这些有野心的君主们不可能实现自己的目标。生活在继续,人类在发展,贸易是促进各国、各民族交流的重要方式和途径,无论世事如何变化,驼队永远走在没有被阻隔的商道上,传递着人类的文明,是文明的永恒使者。

第二节 道路:丝路文化发展的平台

"道路"(дорога,путь)是各类文学作品中常见的意象,也是丝路文化叙事俄语小说中最为典型的意象。在这类小说中,"道路"一词的前面往往有修饰语"длинный""дальний""долгий""торговый""карванный""древний",即"漫长的道路""遥远的道路""贸易的道路""驼队的道路""古老的道路",等等。这样的道路无疑往往指的是通商之路、驼队行走之路,也就是丝绸之路,确切地说,"漫长的道路"即为"漫长的丝路"。因此可以说,在丝路文化叙事俄语小说中的"道路",多为"丝绸之路"。

丝绸之路横跨欧亚大陆,其遥远与漫长是不言而喻的,即便是在交通发达的 21 世纪这也是非常遥远的路程,更何况是在靠马匹、骆驼、毛驴行走的时代。《张骞的一生》中,丝路的开拓者张骞亲身经历和见证了丝路的漫长,在旅途上行走时,"骆驼身上的铃铛响了起来,商人们开始唱起叙说漫长的路途和同爱人痛苦离别的歌曲"②。在汉武帝第二次派他出使西域的时候,他和甘父以及施克特都"期待着遥远的旅途"③。在《严酷的年代》中,撒马尔罕是"世界四面八方的

---

① Бородин С., *Звёзды над Самаркандом*: Том 3. Молниеносный Баязет, Харьков: Прапор, 1994, С.465.
② [塔]阿多·哈穆达姆、列奥尼特·齐格林:《张骞的一生——伟大的丝绸之路》,塔吉克斯坦共和国驻华大使馆2002年版,第71页。
③ [塔]阿多·哈穆达姆、列奥尼特·齐格林:《张骞的一生——伟大的丝绸之路》,塔吉克斯坦共和国驻华大使馆2002年版,第103页。

商队道路交汇的城市"①。在小说《撒马尔罕上空的星辰》中,博罗金通过帖木儿的信使阿亚尔描写了商路的漫长和遥远:"道路漫长,要走很多天,湿滑而又遥远。穿过草原、山脉、沙漠,穿过自己故乡的村落;穿过被征服的异国城市,穿过蛮夷部落的宿营地;穿过不久前存在的城市留下的无人居住的废墟,君主希望在这里创造荒漠,以便将熟练的工匠从这里带回自己的城市;穿过外邦人废弃的田地,君主希望把这里变成荒漠,以便将农民从这里迁到自己的土地上,让他们可以用双手在自己的田地里挖掘灌溉沟渠。"②对草原小城苏加纳克来说,"商人的道路都很漫长,商人在路上的时间都很久,但是苏加纳克商人以自己的方式理解了故乡的名字——他们的集市是一个箭袋,他们的商人则是箭,箭飞得越远,获得的利润和荣誉就越多"③。在《马可·波罗》中,什克洛夫斯基反复描写丝路的漫长、遥远(далёкий, дальний)。在《严酷的年代》中,卡拉什尼科夫笔下的道路也是漫长的:"通往唐古特人境内的道路漫长而艰难。……经过草原,越过群山,这才到了唐古特人的土地上。"④ 在阿利莫夫的《沙尔沙尔赴北京历险记》中,小主人公沙尔沙尔知道杜尚别距离北京四千多公里,而这无疑是"漫长的路程"⑤,他却对自己独自走完如此漫长的路程充满了信心。菲鲁兹叔叔临别时也告诉沙尔沙尔,一路上要保持体力,因为路途非常遥远。

不言而喻,丝路最典型的特点之一就是"漫长"。漫长的"道路"在小说中既是空间概念,也是时间概念,它不仅指穿越欧亚的丝路之悠远,也喻指世界各民族之间的交流与融合、人类的发展是艰辛漫长的过程。与此同时,漫长的丝路还有很多其他的寓意,诸如它象征着

---

① Калашников И. К. , *Жестокий век*, Москва: Издательство АСТ, 2019, С. 688.

② Бородин С. , *Звёзды над Самаркандом: Том 2. Костры похода*, Харьков: Прапор, 1994, С. 34 – 35.

③ Бородин С. , *Звёзды над Самаркандом: Том 1. Хоромой Тимур*, Харьков: Прапор, 1994, С. 61.

④ Калашников И. К. , *Жестокий век*, Москва: Издательство АСТ, 2019, С. 388.

⑤ [塔]拉希德·阿利莫夫:《沙尔沙尔赴北京历险记》,吴喜菊译,外语教学与研究出版社2007年版,第63页。

神秘与未知、动荡与艰辛、不朽与永恒等。

一 神秘与未知的象征

丝路是漫长而又遥远的，是"难以想象的遥远而危险的道路"[①]。应该说，这样的道路本身就充满了神秘色彩，更何况在漫长的旅程当中，会发生什么确实难以预知。在丝路文化叙事俄语小说中，有很多对丝路之神秘与未知的描写。《沙尔沙尔赴北京历险记》中，老爷爷巴赫托瓦尔告诉小主人公沙尔沙尔，到北京的一路上，能够品尝到许多稀奇古怪的菜肴，听到许多奇闻逸事；而在莫高窟有一股神秘莫测的力量把他引向遥远、尘封的年代。在《严酷的年代》中，成吉思汗派出由450人和一千多只骆驼组成的商队前往花剌子模境内，漫漫长路最初让扎哈尔感到厌倦而又无聊，但是商队总是不时地偏离商道，这让他心里隐隐感到不安。《张骞的一生》中，张骞从大夏国归来的途中，遭到阿玛勒途中行刺，在沙漠中看到海市蜃楼的景象，跟随商队来到安息的马勒阜并与之建立外交关系，这些事情都是事先没有预料到的。总的来说，《马可·波罗》和《撒马尔罕上空的星辰》对丝路神秘的描写最为细致。

在《马可·波罗》中，什克洛夫斯基不仅反复描写丝路的漫长和遥远，还描写其陌生（незнакомый，неведомый）与可望而不可即。在作家笔下，那是"许多宽阔的商路"，"那些商路通往欧洲完全不了解的遥远的国度"[②]；"漫长的道路穿过整个世界，商人们可以到达中国"[③]。对欧洲人而言，鞑靼人居住的亚洲仿佛在"海角天涯"，那是个"向来毫无音信的地方"，也是"很遥远的地方——在那里，在亚洲"[④]。可见，遥远而漫长的丝路成为一条神秘之路。对欧洲而言，东方就是

[①] Бородин С., *Звёзды над Самаркандом：Том 3. Молниеносный Баязет*, Харьков：Прапор, 1994, C. 12.

[②] ［俄］什克洛夫斯基：《马可·波罗》，杨玉波译，四川人民出版社2016年版，第5页。

[③] ［俄］什克洛夫斯基：《马可·波罗》，杨玉波译，四川人民出版社2016年版，第21页。

[④] ［俄］什克洛夫斯基：《马可·波罗》，杨玉波译，四川人民出版社2016年版，第13—14页。

遥远而神秘的想象世界。什氏一再强调，丝路通向遥远的国度，欧洲完全不了解它们，因为世界是广阔和未知的，商路将各个国家联系起来，但是远方却被大篷车和灰尘遮蔽了。在遥远的东方有辽阔的草原，"草原从多瑙河一直通向遥远的中国，牧民自古以来就在那里过着游牧生活；在欧洲，人们甚至不知道是哪个民族在那里游牧，各民族原本的名字传到欧洲都已经失真了"①。欧洲对东方人的印象最初都来自传言和想象，这更增加了东方的神秘，也激起了西方予以探究的兴趣，由此开始了东西方的相互了解、交流和认知。

事实上，西方对东方而言同样是神秘的，东方也需要去了解和认识西方，例如"对于忽必烈来说，欧洲是大地上的贫穷地区。但是，不仅要了解邻国的兵力，也要了解邻国的众多邻国。……欧洲好比星体更不为人所知；它很遥远，但是要把它探察清楚"②。基于此，在《马可·波罗》中反复出现"走在路上""缓慢行进"的画面，走在路上的不仅有蒙古人、马可·波罗及其父亲和叔父，还有其他各国的商队和使节，或到异国经商买卖，或与异族建立联系，去了解自己未知的世界。而对于威尼斯人来说，虽然"他们去过遥远的地方，但很少谈论所见所闻，因为道路就是秘密：它们通向财富"③。

在《撒马尔罕上空的星辰》中，博罗金也不断描写丝路的遥远、神秘与未知。对无数次出征异国、异域、异族的普通士兵而言，那里的一切都是未知的，"没有一个战士想过星星离得有多远。数次踏上漫长的旅程，去往遥远的国度，但是关于道路尽头等待他们的财富，只有一个人知道——他们的君主"④。士兵们也许会向往遥远国度的财富，然而最终是否能够得到，如同远方的一切那样也是未知的。在道路此端的人们，想要拨开迷雾和面纱，尽力去猜测、想象或者想方设

---

① [俄] 什克洛夫斯基：《马可·波罗》，杨玉波译，四川人民出版社2016年版，第4页。
② [俄] 什克洛夫斯基：《马可·波罗》，杨玉波译，四川人民出版社2016年版，第57—58页。
③ [俄] 什克洛夫斯基：《马可·波罗》，杨玉波译，四川人民出版社2016年版，第8页。
④ Бородин С., *Звёзды над Самаркандом*: Том 1. *Хоромой Тимур*, Харьков: Прапор, 1994, С. 15.

法去探知彼端的事物。穆拉·法伊兹与萨德烈丁·拜谈起与远方国度的贸易时，一致认为应该保持清醒的头脑，要尽力去预见可能会发生的一切。此时萨德烈丁·拜说："要怎么理解呢？怎么向前看？在那里你能看到什么？道路变得更漫长了，而踏上漫长的道路眼睛就应该看得更远。"穆拉·法伊兹非常赞同他的观点，回答说："太对了！在漫长道路的那头驼队已经出发了，而你在这一头要知道它驮运的是什么。"① 然而道路如此漫长，未知之事如此之多，难以预料，所以此时人们往往会求助于星占家占卜未来，穆拉·法伊兹与萨德烈丁·拜也求助了占星家。格沃尔克·普绍克奉帖木儿之命带着驼队前往莫斯科，作家非常形象地描写了商人旅途中的一切都是未知的、模糊的，在漫长旅程开始的时候，"即将面临的这条道路的转弯，它的上下坡、陡崖和深渊，对他本人来说都是模糊不清的"②。他的心头涌起对漫长旅程的各种各样的念头，想象远方喧闹的集市，想象会遇到狡猾的商人，想象会遇到的阻碍，所以一路上他总是"凝视着烟雾弥漫的远方"③。历经艰辛到了阿斯特拉罕并处理一些事务以后，格沃尔克·普绍克又踏上新的旅程：亚洲已经在身后，等待他的是莫斯科阴郁寒冷的冬天以及未知的人与事："即将要走的旅程令他非常不安而又愉悦，这个旅程既危险，但是也充满了意外的事件。"④ 对格沃尔克·普绍克及其同行者而言，他们都不知道要走的这条路是什么样子，金帐汗国如何对待远来的商人们，那里有什么样的国家，有什么样的统治者，他们是否会搜查客人的衣服和包裹。这一切都是未知的，也往往是不可预知的。

---

① Бородин С., *Звёзды над Самаркандом：Том 1. Хоромой Тимур*, Харьков：Прапор, 1994, С. 54.

② Бородин С., *Звёзды над Самаркандом：Том 1. Хоромой Тимур*, Харьков：Прапор, 1994, С. 108.

③ Бородин С., *Звёзды над Самаркандом：Том 1. Хоромой Тимур*, Харьков：Прапор, 1994, С. 293.

④ Бородин С., *Звёзды над Самаркандом：Том 1. Хоромой Тимур*, Харьков：Прапор, 1994, С. 485.

二　动荡与艰辛的象征

不言而喻,"丝绸之路是漫漫征途,绝无平坦之路可循,跋涉者须以人畜的尸骨为路标前行,一个脚窝紧连着另一个脚窝,一匹骆驼的头紧顶住另一匹骆驼的尾,沉稳而缓慢地前行"①。在丝路文化叙事俄语小说中,道路的修饰语有时会用"тяжёлый""пустынный""труднейший""опасный",即艰难的道路、荒僻的道路、危险的道路,等等。《张骞的一生》中,张骞前往西域以及从西域回乡道路的艰难漫长,不是常人所能承受的,对此前文已经分析过,此处不再赘述。而其他小说中,均有多处对旅程动荡与艰辛的描写。

在《撒马尔罕上空的星辰》中,博罗金通过与信使行程安排的比较,详细描写了驼队旅途的艰辛:"信使没有时间在路上长时间休息:像所有驼队的行程一样,使者的行走路线在《旅行指南》一书中计算得非常明确,没有哪个信使和哪个驼队护送者敢于打破这一点。从布哈拉到卡尔希驼队要走四天,而信使要走三天。从卡尔希到巴尔赫驼队要花八天的时间,信使要花五天时间,等等。通往每一座城市的每一天的道路都作了规定。"②《撒马尔罕上空的星辰》第二卷中,穆洛·卡玛尔在从大马士革返乡的途中,也是历尽艰难,一方面道路极为漫长:他骑着毛驴与驼队一起上路,穿过了巴耶塞特领地内的许多城市;另一方面,驼队途中还遭遇了强盗和流浪汉抢劫:"在一些地方,流浪汉试图袭击驼队,守卫和袭击者之间发生了搏斗。有一次,强盗从守卫手中夺下了商队"③,抢劫了东西,夺走穆洛·卡玛尔的毛驴,然后就不见了踪迹。在瓦西里·扬的《拔都汗》中,作家通过木苏克描写了丝路的漫长与动荡:他爬上一座长着稀疏的苍黄硬草的土

---

① 高建新:《骆驼:古丝绸之路的不朽象征》,《月读》2018 年第 7 期。
② Бородин С., *Звёзды над Самаркандом*: *Том 2. Костры похода*, Харьков: Прапор, 1994, С. 35 – 36.
③ Бородин С., *Звёзды над Самаркандом*: *Том 2. Костры похода*, Харьков: Прапор, 1994, С. 365.

第四章　丝路叙事俄语小说中的丝路文化意象

丘,"眼前蜿蜒着一条细长的商道,从钦察草原和吉尔吉斯草原通向西方的伏尔加河。这是一条上百年来驼队走出来的商道,泥土路面上印满车辙和骆驼足迹。有些地方残留着死人的白骨,散落着死羊的尸体和褪了色的破布块儿"①。应该说,这段描写非常真实地反映了当时丝路的状况。《拔都汗》中还写道:普龙斯克公爵率领的骑兵部队沿着草原上百年来踩出的大路向前赶去。"四周望去,全是冰雪覆盖的无边无际的草原,有的地方,在丘陵的缓坡上露出残留着红叶的山杨树丛,在弯弯曲曲的小溪边露出深深扎根于土壤之中的黑色橡树林。大路直通东南方向,而后分成网状的小道。这些小道是由来自遥远的苏罗日的驼队、草原游牧民的畜群和出没在草原上的强盗队伍踩出来的,这些人都到当时被称做北罗斯的扎列西耶去,有的去做买卖,有的却是去实施抢劫。"②

在丝路文化叙事俄语小说中,什克洛夫斯基在《马可·波罗》中对波罗一家旅途的描写,以及博罗金在《撒马尔罕上空的星辰》的第一部《瘸子帖木儿》中对亚美尼亚商人格沃尔克·普绍克旅途的描写,是最有代表性的。

在《马可·波罗》中,什克洛夫斯基笔下漫长遥远的丝路还是一条动荡艰辛(неспокойный, тяжёлый, трудный)之路,行走在丝路上的商队往往要遭遇许多坎坷和阻碍,其中有人为因素,也有大自然的因素。在小说中反复勾勒出丝路动荡不安的画面:商路上各个游牧部落之间常常发生战争,草原上总是动荡不安。游牧圈袭击游牧圈,蒙古的王子们、领袖们相互角逐,争夺着富饶的土地,于是旭烈兀和别儿哥侵犯了商队和商人的权利,并开始掠夺商人的财富,甚至杀死商人和工匠。伏尔加河沿岸也不太平,蒙古人和俄罗斯人时常抢劫,他们为得到食物和马匹而常常袭击商人,抓捕行人和牲畜。什氏把战争看作"恶魔把妖魔鬼怪从时光瓶里放了出来"③,而箭头令太阳黯然失色,甚至13世纪的前15年被战火映红了。事实上,即便没有战争,

---

① [苏]瓦西里·扬:《拔都汗》,陈弘法译,外文出版社2006年版,第64页。
② [苏]瓦西里·扬:《拔都汗》,陈弘法译,外文出版社2006年版,第125页。
③ [俄]什克洛夫斯基:《马可·波罗》,杨玉波译,四川人民出版社2016年版,第38页。

没有劫匪，漫长的丝绸之路也充满艰辛，一路上要爬过高山，渡过河流，穿越草原和沙漠，时而遇到河水泛滥，时而遇到恶劣的天气，时而天降大雪，时而天气酷热。在攀越高山时，四周都是悬崖，覆盖着厚重的白雪。在这里需要保持沉默，因为大家都担心发生雪崩。即便走在平原上，田野上也布满白色骨头，周围已经见不到人影；双唇干燥，整天默不作声地赶路，大地就像干涸的大海的海底。可见，穿越丝路往往要以生命为代价，丝路上到处是骆驼和马匹已经干枯的骨架，甚至形成了白色的稀疏的篱笆。在描写马可·波罗从中国返回威尼斯的艰难旅途时，什氏重复使用颇具有隐喻意味的情节和意象——北斗星。马可·波罗一行从中国踏上期待已久的归家之路时天空中升起了北斗星，然而当路遇艰难或者迷失方向时，北斗星便消失了，此时空中的北斗星既不是太高，也不是太低——而是根本看不到它。当船队将抵达此行的目的地之一——可汗合赞的领地时，只有一件事让人感到安慰，那就是北斗星出现在天空中。此后波罗一家从桑给巴尔转向归家之路，朝着北斗星的方向航行，将至家乡威尼斯时北斗星再次出现：夜空中的星星是熟悉的，北斗星还在老地方高悬着。可以看到，什氏的隐喻性描写不仅带给读者异样的审美感受，也增强了所描绘画面的凝重。

博罗金的《撒马尔罕上空的星辰》第一卷中，亚美尼亚商人格沃尔克·普绍克受帖木儿之命带着商队从撒马尔罕前往莫斯科，这一旅程无疑是漫长而又艰难的。首先，帖木儿之所以选派格沃尔克·普绍克前往莫斯科，原因是他意欲征服俄罗斯未果，且遭受沉重打击，这一政治背景无疑给格沃尔克·普绍克的旅程增加了不确定的因素。第二，前往莫斯科的道路确实过于漫长，这是实际存在的客观因素。小说中写道："许多天来，商队一直坚定不移地向北方走，沿着穿过乌斯季乌特沙漠的一条狭窄的小路前进。前面就是延展的海岸，但距离大海还有十天的路程。"[①] 离开乌尔根奇的十多天当中，商队一直夜宿

[①] Бородин С., *Звёзды над Самаркандом*: *Том 1. Хоромой Тимур*, Харьков: Прапор, 1994, С. 293.

第四章　丝路叙事俄语小说中的丝路文化意象

在乌斯季乌特沙漠,早晨起身装货并出发,沿着乌斯季乌特沙漠到哈萨克斯坦的曼格什拉克还有十天的路程,在卡拉甘要把货物装上帆船走水路前往伏尔加河口的阿斯特拉罕。格沃尔克·普绍克到了阿斯特拉罕的时候已是冬天,到处白雪皑皑,天气严寒,道路光滑难行。格沃尔克·普绍克走在结冰的小路上,就像是走在悬在深渊上空的钢索一样。从阿斯特拉罕前往金帐汗国要走的是冬日的漫漫长路,一路日行夜宿,有时夜间载重的车队也要在光滑的雪地上缓慢行进。有时在伏尔加河的冰面上行进,有时向右转,有时转到左侧低矮的河岸上,沿着人迹罕至的易碎的冰层前行,这条路像伏尔加河本身一样蜿蜒曲折,不时地有狼群出没,然而"车队怕的是人,而不是狼"①。这就意味着,除了客观存在的自然因素以外,更可怕的是一些人为因素带来的危险。在距大海还有九天路程的时候,同行的金帐汗国人夜里意外被杀害,却找不到凶手。到了大海也是一条不甚安全的道路。阿斯特拉罕以后的道路虽然不是很偏僻,但是却更加危险,这样的旅程让人忍不住想要放弃。从伏尔加河下游的老萨莱到金帐汗国首府新萨莱,可以走较短的路程穿过草原,这条路像箭一样笔直,五年前帖木儿率军掠夺金帐汗国的城市时就走过这条路。但是商人们担心取道草原不安全,因为迎面会遇到很多过路人、可疑的旅行者和暴乱的团伙,而且客栈也很少,整个商人货车必须沿着草原走好几天,完全暴露在所有草原居民的视野中,这无疑是非常不安全的。种种因素叠加,可以说,格沃尔克·普绍克时刻面临着危险,时刻需要小心谨慎。需要指出的是,在小说第一卷第 10 章"宴会"中,格沃尔克·普绍克就已经被帖木儿选中并率商队出发,作家在此后的各个章节中均提到格沃尔克·普绍克的旅程情况,或轻描淡写、一笔带过,或细致介绍、浓墨重彩,然而直到小说第一卷第 20 章"道路"结束,格沃尔克·普绍克仍然走在前往莫斯科的路上。作家的这种情节设计和安排可谓独

---

① Бородин С., *Звёзды над Самаркандом*：*Том 1. Хоромой Тимур*，Харьков：Прапор，1994，С. 486.

具匠心，无疑为突出和渲染前往莫斯科道路之漫长、旅途之艰难起了重要的作用。

三 不朽与永恒的象征

商道自古就有，而且绵延不息。在丝路文化叙事小说中，道路一词的修饰语常常是"古老的"（древний、старый、исконный），例如"第聂伯河沿岸古老的俄罗斯的商道"可以绕过热那亚的卡法河前往黑海，"俄罗斯自古以来就有的商道途经拜占庭、君士坦丁堡通向特拉布宗，再到伊朗、印度……经过拜占庭还可以通向杜布罗夫尼克、威尼斯、热那亚"①，等等。商人们称赞漫长的商路时说，"道路与人的生命相似，但令人懊丧的是，人的生命早早晚晚会结束，可是道路却永远无尽无休"②。

古老的商道是几千年来人们踩踏出来的，其中有商人，有旅行者，有朝圣者，也有军队。小说《撒马尔罕上空的星辰》不止一次描写了这样的商道，帖木儿在穿越阿塞拜疆卡拉巴赫山地区时，"在军队的后面，骆驼商队在山脚下行进，千百个驼峰绵延不断，一个接一个。它们绕过大路而行，从远古时代开始，那里就有狭窄的小径，窄得就像织物上的一行行针脚，那是早已消逝的旅行者、流浪者和商人的和平驼队踩踏出来的道路"③。通往马拉加的道路也是如此，"这条古老的道路时而穿过荒地，时而越过光秃秃的山丘——它就像是地面上的伤痕，深深印进了泛红的土地，千百年来千百万的行人和过往的旅行者、驼队、朝圣者的手杖、无数的入侵者踩踏而成"④。什克洛夫斯基

---

① Бородин С., *Звёзды над Самаркандом：Том 2. Костры похода*，Харьков：Прапор，1994，С. 284.

② Бородин С., *Звёзды над Самаркандом：Том 3. Молниеносный Баязет*，Харьков：Прапор，1994，С. 27.

③ Бородин С., *Звёзды над Самаркандом：Том 2. Костры похода*，Харьков：Прапор，1994，С. 37.

④ Бородин С., *Звёзды над Самаркандом：Том 2. Костры похода*，Харьков：Прапор，1994，С. 130 – 131.

第四章　丝路叙事俄语小说中的丝路文化意象

在《马可·波罗》中写道：千百年来的"商路是骆驼那长满老茧的蹄子踏出来的，是强壮的马蹄和驴子的小蹄子踩出来的"①。这些描写无不生动地再现了商路的样貌。正所谓，世上本没有商路，走的人多了、驼队多了，就形成了亘古不变的道路。

千百年踩踏出来的古路是很难被销毁、被完全破坏的，即便受战争影响有短暂的沉寂，但是星火可以燎原，人们还会继续沿着丝路交往、交流，贸易就随之恢复。《撒马尔罕上空的星辰》的第一部《瘸子帖木儿》中，描写了乌尔根奇在帖木儿征服花剌子模前后的变化，体现了商路的永恒不灭。乌尔根奇曾经十分繁华，贸易也相当繁荣，曾有无数商人前往各地进行贸易——印度河流域的各个城市、霍尔木兹群岛、第聂伯河的基辅，再到遥远而严寒的诺夫哥罗德和土耳其的特拉布宗。可是在帖木儿征服花剌子模以后，乌尔根奇变成了贫穷破败的城市，只有一条街道穿城而过，街道两侧只有一些卖劣质货物的商铺，这便是乌尔根奇的集市，"现如今商人们很少从事贸易活动，但是贸易还是有的，无论帖木儿把商队之路弄得多么乱，无论他如何耕坏了乌尔根奇的废墟，无论他如何嘲弄地在此播种上大麦和黍米——以前的贸易渐渐复苏、发展，因为条条古老密集的商路在这里交汇，不是那么容易耕种和播种的：人类的记忆力比堡垒上的砖还牢固"②。亚美尼亚商人格沃尔克·普绍克受帖木儿之命带着商队从撒马尔罕前往莫斯科走的就是这条古老的商路："商人们就这样沿着古老的商路一直走，时而在客栈陋室低矮的拱门内过夜，时而露宿在沙漠开阔天空之下。"③

《撒马尔罕上空的星辰》的第二卷《行军的篝火》中，博罗金描写了萨莱城以及经过这里的商道在帖木儿洗劫之后逐渐兴起，这主要

---

① ［俄］什克洛夫斯基：《马可·波罗》，杨玉波译，四川人民出版社2016年版，第5页。
② Бородин С., *Звёзды над Самаркандом：Том 1. Хоромой Тимур*, Харьков：Прапор, 1994, C. 295.
③ Бородин С., *Звёзды над Самаркандом：Том 1. Хоромой Тимур*, Харьков：Прапор, 1994, C. 297.

得益于它在商道上的重要位置：萨莱自古以来就位于俄罗斯通往伊斯兰国家的商道上。帖木儿远征破坏了金帐汗国最富庶的地区，使其衰落下去，破坏了欧洲各国经金帐汗国与中亚、中国的正常贸易。但是商道的阻断是暂时的，贸易渐渐得以恢复，商道上又出现了来往的商人和驼队，萨莱也随之慢慢得到重建。在从俄罗斯前往阿斯特拉罕、舍马哈、花剌子模、伊朗、印度等东方市场的商道上，逐渐形成第一个大型穆斯林市场，市场上交易的不是萨莱本地的商品，而是转运到这里来的。商道沿途建起了一些驼队舍馆，例如布哈拉、亚美尼亚、下诺夫哥罗德等地，而克里米亚半岛有来自热那亚卡法的基督教商人。

丝路是古老的，也是无法阻断的，一条路不通时，智慧的人们就会开辟新的道路。小说《撒马尔罕上空的星辰》描写了大马士革商业繁荣的景象，此时作家写道："这里不是草原，也不是沙漠——这里是享有盛名的城市，各种优质商品琳琅满目，但是来自印度的道路却长期被战争之路切断了。战争践踏了一个集市，却丰富了另一个集市。商人的操心事儿，只是需要尽快从没落的集市上带走货物，运到另一个集市，然后在竞争对手意识到之前将其销售出去。"[①] 这就意味着，丝路是截不断的、无法阻隔的，一条路不通，商人们就会选择绕行的道路或者将商品运往另外的城市或者地区。小说中对商人穆洛·卡玛尔的故乡草原城市苏加纳克兴衰的描写也体现了这一思想。苏加纳克一度贸易繁荣，这里有一条道路直通北方的金帐汗国各处集市，从那里再到不远处的俄罗斯和诺夫哥罗德的集市。从苏加纳克通往东方的道路一直到游牧民族长满艾蒿的蓝色草原，再到遥远寒冷的莫卧儿斯坦，从这里再到中国。苏加纳克有来自金帐汗国的商品，尽管不是金帐汗国本地所产，而是俄罗斯商品。金帐汗国在这里购买的是伊朗和亚美尼亚的商品，不久印度商品也将通过苏加纳克的商人到达金帐汗

---

① Бородин С., *Звёзды над Самаркандом: Том 2. Костры похода*, Харьков: Прапор, 1994, С. 357.

国，再经过金帐汗国到达俄罗斯和诺夫哥罗德，而经过诺夫哥罗德去往更远的国家，可以到达德国和意大利。正因为如此，金帐汗国觊觎贸易城市苏加纳克已久，心怀嫉妒的游牧者试图掠夺集市，自此以后此地的贸易便不像以前那么活跃，许多贸易路线改道撒马尔罕，在那里与其他道路汇合在一起。"没发动战争，没使用箭矢和利剑，撒马尔罕就夺走了草原城市苏加纳克的贸易，就像它摧毁了其他数十个古老贸易城市的集市一样——从花剌子模的乌尔根奇到许多甚至连名字都没有留下来的城市。"① 综上可见，商道线路的改变影响了城市的发展，但是商道却永远存在。

小说《撒马尔罕上空的星辰》中，帖木儿与中国的贸易关系一度主要通过最古老的丝绸之路进行，作家在小说中用了很多笔墨予以描写。帖木儿国家的许多商人一直与中国进行贸易，他们带领商队走的是同一条道路，在相同的地方漫游，从同一口井里喝水，这条路就是两千年前就有的丝绸之路，这条路从太平洋沿岸通往罗马帝国的各个城市。商队带着货物前往长江岸边，或者相反，从中国来的商队前往意大利台伯河河岸。后来蒙古金帐汗国践踏了这条道路，摧毁了旅馆的墙壁，用泥土填死了水井。丝绸之路变得寂静无声，长满了艾草，就像干涸了的河床。帖木儿签订了许多协议清除贸易路线上的草原强盗，为的是能和以前一样，丝路古道从中国东海经过撒马尔罕集市通到亚得里亚海，其沿线衰落的城市得以重新复苏繁荣——遵守协定的时间并不长，新的汗国出现，国王和沙皇更替，强大的贸易流改道而行，绕过帖木儿的国土，也有极少的商队就像孤独固执的泉水，有时会走上这条沙子和石头之间永恒的古老通道。帖木儿越来越多地思考"如何将整个中国掌握在自己手中"，那样一来，"整个丝绸之路就都在他的掌控之中"②，商队就会沿着这条路经过撒马尔罕集市从世界的

---

① Бородин С., *Звёзды над Самаркандом：Том 1. Хоромой Тимур*，Харьков：Прапор，1994，С. 61.

② Бородин С., *Звёзды над Самаркандом：Том 1. Хоромой Тимур*，Харьков：Прапор，1994，С. 447.

一端前往另一端。于是，帖木儿在考虑进行新的征战，以复兴伟大的丝绸之路，摆脱令他讨厌的蒙古人，使他们的意志服从自己的意志，让古老的丝路复兴。

如前所述，什克洛夫斯基在《马可·波罗》中指出，即便在战争年代、在各个部落征战不断的时期，商队走的大路仍然受到士兵们的保护，可见商路之重要。小说《撒马尔罕上空的星辰》中一个奥斯曼的商人说："游牧民族不会阻挡我们的道路。我们的驼队到处都需要道路。我跟您说：需要！布哈拉有买家——驼队就去布哈拉！"① 这就意味着，没有什么力量能够阻挡驼队的脚步，也没有什么力量能够阻断商路。商路是永恒的，丝路是不朽的。

第三节　荒漠：丝路文化穿越的空间

"荒漠"（пустыня）是丝路文化叙事俄语小说中的重要意象。伟大的古代丝路一部分穿过沙漠和草原，因而在漫长的丝路沿线上，荒原和沙漠往往是必经之路，因而本书研究的"荒漠"意象，包括沙漠和荒原。在丝路文化叙事俄语小说中，无边无际的沙漠和荒凉的原野，都是少有人烟的地带。沙漠是漫天黄沙的世界，少见绿洲；荒原上往往没有树木，草亦少得可怜。瓦西里·扬在《蒙古人入侵》三部曲中生动地描写过蒙古部队走在荒原上的情景，"天气干热得使人难受。天上没有一丝云可以将尽情地炙烤大地而毫无怜悯之意的太阳遮住。部队腾起一团黑色灰尘，灰尘包围着战马和士兵。有几支部队离开大道，踏上草原，在荒地里行走。但是荒地也被晒得滚烫滚烫的，脚一踏上去，便溅起热土，黑色的灰尘同样在士兵头上飞扬"②。艾特玛托夫在《成吉思汗的白云》中描写了成吉思汗率军出征的情景："出征第一天，所有万人队、辎重营和畜群浩浩荡荡向西进发，挤满了无边

---

① Бородин С., *Звёзды над Самаркандом：Том 3. Молниеносный Баязет*，Харьков：Прапор，1994，С. 45.

② [苏] 瓦西里·扬：《成吉思汗（下）》，陈弘法译，外文出版社2005年版，第130页。

第四章　丝路叙事俄语小说中的丝路文化意象

无垠的荒漠，有如春汛时咆哮的河川。"①

在无边无际的荒漠里，旅途中的人往往会遭遇很多危险和考验，常常会有意外和灾难发生，其中有大自然的灾难，也有人为因素带来的不幸。与此同时，荒漠也是神秘而未知的世界，难以预测在那里会发生什么，会有什么样的遭遇；荒漠也是辽阔和自由的空间，生活在其中的人摆脱了外在力量的控制，成为自己命运的主宰，成为自由自在的人。

一　危险与灾难的象征

荒漠茫茫没有边际，沙漠中的酷热和干燥常常让人望而生畏，哈穆达姆和齐格林的小说《张骞的一生》中，作家们以小说叙事者的第三人称叙事视角生动地描写了沙漠中的景象：

> 炽热的太阳高高地悬在头顶上。在茫茫的沙漠中看不见任何生物，一切都忍受不了无休止的炎热而躲藏了起来。只有仙人掌不需要阴凉的地方，它们是惟一的对无休止的炎热和遍地的沙子满意的植物。
>
> 沙子在流动，就像水一样。捧起一把，很快它就不留任何痕迹地流光了。然而，正是这些不留痕的细细的沙子却牢牢地缠住行人的脚，耗他们的力气，让他们不能继续前进走向绿洲。②

在小说中，作家们细致地描写了张骞和甘父在沙漠中行走的艰难，使人身临其境：二人逃离匈奴人的营地以后就进入了沙漠，他们步履蹒跚地在沙漠中艰难地前行，走了多久，他们也不知道，只是两个人都已经完全没有了力气，两只腿勉强能够迈动。黏黏的汗液挡住了眼睛，使人无法辨认方向。两个人大口地喘着粗气，人的肺已经无法再忍受这样炎热的空气了。张骞走在前面，他走得很慢，用尽全身力气

---

① ［苏联］钦·艾特马托夫：《成吉思汗的白云》，严永兴译，《世界文学》1991年第2期。
② ［塔］阿多·哈穆达姆、列奥尼特·齐格林：《张骞的一生——伟大的丝绸之路》，塔吉克斯坦共和国驻华大使馆2002年版，第23—24页。

迈动着陷进沙子里的双脚。甘父跟在他后面，努力地沿着张骞走过留下的脚印前行，因为这样容易一些。有时他们两个交换一下位置，强壮的甘父就走在前面，开辟道路，让自己的同伴省一些力气。

酷热和缠脚的沙地已经让张骞和甘父难以承受，可是大自然又增加了新的灾难——沙暴：蓝天的白色的大圆盘变得有些发黄，沙子像水流一样从沙丘的顶上流下来。生命力极强的仙人掌明显地动了一下，发出沙沙的声音。这意味要来沙暴了，而在沙漠中沙暴就意味着死亡。热风和狂沙将会杀死一切有生命的东西，它们会把人抽干。风变得越来越强，狂沙开始肆虐，天地一片昏黄，让人无法分辨哪是天哪是地，太阳也被遮住，只发出黑红的光线。张骞和甘父用袖子挡住脸，倒在了深深的沙丘脚下。风在呼啸，沙雾弥漫，过了不知多长时间，沙漠又重新回到了一片死寂的状态。而当一切消失的时候，张骞和甘父变成了沙丘脚下的两个小沙包。张骞先从沙丘里面爬出来，他浑身是沙，解开系在头上的纱巾，吐了口唾沫，揉了揉眼睛，接着把甘父迅速地从沙子里面挖出来，此时甘父已经失去知觉。张骞清去他脸上的沙子，想使他苏醒，可是甘父一动也不动。张骞站了起来，迅速地向自己刚才出来的地方跑去，从沙子里刨出了水囊，可是失手将水囊掉在了地上，原本就不多的水洒了出去，张骞赶紧从地上抓起了水囊，好在水囊里还剩有一点点的水。张骞走回来将垂死的甘父放在自己的腿上，把水囊里剩下的水给他喝了下去。甘父喉咙动了一下，慢慢睁开了眼睛，缓了过来。

可以说，张骞和甘父在沙漠里经历了生死的考验，沙暴结束了，然而对他们来说最重要的水现在已经没有了，他们面临着更加艰难的处境，也可以说将面临死亡。甘父一度要放弃前行，在张骞的激励下才拾起勇气，两个人于是重新在沙漠里艰难地继续行进。他们"走过的地方留下了深深的脚印，很快足迹就被沙子掩埋。谁也不曾想到，在这里曾经有两个人，为了生存下去与无情的沙漠进行过艰苦卓绝的斗争"[①]。

[①] ［塔］阿多·哈穆达姆、列奥尼特·齐格林：《张骞的一生——伟大的丝绸之路》，塔吉克斯坦共和国驻华大使馆2002年版，第27页。

第四章　丝路叙事俄语小说中的丝路文化意象

在回国的途中，张骞和甘父依然遭遇了沙漠的考验。"马腿深陷在沙里，每一步都很艰难。著名的'天马'已经筋疲力尽，垂着脑袋勉强从沙土里拔出腿。……张赛、甘父和施拉克牵着马，喘着粗气爬上沙丘。汗水流进了他们的眼睛里。太阳像一个火球悬挂在他们头顶上，灼热的气流让他们看不清前方。他们艰难地前进，寻找着前进的路。旅行者好像在幻想的世界中失去了时间和空间的感觉。"①

在荒原上、在沙漠里，除了恶劣的自然条件带来的生命威胁以外，还有一些潜在的人为因素造成的不幸与灾难，时常会发生战争或者强盗的劫掠，威胁着人们的生命安全和财产安全。

在瓦西里·扬的《成吉思汗》中，在荒漠上经常发生战争。据小说中所写，篾儿乞部就是在迁往钦察草原的过程中，在荒原上被成吉思汗之子术赤手下的速不台和脱忽察儿的部队消灭的。作家没有直接描写战场上两个部落之间激烈残酷的厮杀，而是通过一位幸存者的讲述以及花剌子模军队对战后场面的见证，介绍了当时的惨烈状况。花剌子模沙摩诃末应钦察诸汗以及母亲秃儿罕哈敦要求率军去钦察草原消灭来自东方草原上的一支鞑靼人——篾乞儿部，当大军渡过亦儿吉思河看到，"对岸的沙原上星星点点分布着山丘，一望无垠，寂静无声，神秘莫测。各路军队沿着隐约可见的羊肠小道，向东进发。他们的队形更为密集，做好即将战斗的准备"②。随后大军在一处谷地的石块之间，发现了一些黑色的帐篷，这些帐篷显然是主人仓皇逃跑时弃下的。沿路看去，到处是毡子、女人的衣服和旧毯子，接着出现的一片灰色的平地上布满了尸体，尸体从远处望去就像被刀剑、箭矛穿刺的破布一般。有的尸体孤零零地倒在一旁，有的尸体十个八个堆在一起。有一些死者的衣服和鞋子被人扒掉了，畜群、马匹、骆驼早已不见踪影。显然，这是战场，看得出这里发生过的战斗非常激烈：几千

---

① [塔] 阿多·哈穆达姆、列奥尼特·齐格林：《张骞的一生——伟大的丝绸之路》，塔吉克斯坦共和国驻华大使馆2002年版，第69页。
② [苏] 瓦西里·扬：《成吉思汗（上）》，陈弘法译，外文出版社2005年版，第90页。

名篾儿乞人倒下了，没有几个人被饶恕，连受伤者也被杀死了。有个幸存者这样描述当时的场面："我们尽快地向西逃跑……我们真想让我们的马蹄印在戈壁和红沙中消失掉。后来，马匹瘦了，马蹄裂了，马儿再也不像原先那样灵活了……蒙古人大为恼火，向我们扑来。蒙古骑兵共有两万人，我们走投无路了。再加上亦儿吉思河泛滥，河上全是浮冰，马匹全陷在淤泥里走不动……伟大的篾儿乞民族不复存在了！有的死在这片土地上，有的被俘抓走了……篾儿乞人自古已有的光荣传统从此丧失了！"① 篾儿乞族曾经是一个伟大的民族，现在却被成吉思汗的蒙古人消灭在荒原上，不复存在。

除了惨烈的战争，在荒原上时常有强盗出没，他们烧杀劫掠，来往的驼队和旅行者时刻面临着危险。瓦西里·扬在《成吉思汗》的开篇第一小节中就描写了发生在荒漠中的不幸事件：玉龙杰赤的大富商马合木·牙老瓦赤在卡拉库姆大沙原被强盗抢劫并受伤，作家主要把小说叙述者的有限视角与托钵僧哈吉·拉希姆作为见证者的视角结合起来，逐步展开马合木·牙老瓦赤被劫掠后的场面的描写。哈吉·拉希姆在前往花剌子模都城玉龙杰赤的途中经过卡拉库姆大沙原，小说叙述者首先描写了沙原上早春时节天气的寒冷：一场姗姗而来的暴风雪掠过沉寂而辽阔的卡拉库姆大沙原，狂风将稀稀疏疏露出沙面的七扭八歪的灌木丛吹得飒飒作响，白色的雪片在空中飞舞。这样恶劣的天气自然让漫长的旅程越发艰难。接着他看到十来只骆驼横七竖八挤在一间带拱形屋顶的土房子旁，于是心中充满了疑问：拉骆驼的人躲到哪里去了？为什么他们没有从骆驼背上卸下沉重的驮子，放到旁边的地上？而此时骆驼扬起落满雪花的头来，发出一声声嘶鸣，与风暴的怒吼呼应着，仿佛预示着已有不幸发生。远处传来一阵清脆的铃声，骆驼朝着铃声传来的方向扭过头去，看到了一头黑色毛驴以及跟在毛驴后面的托钵僧哈吉·拉希姆，接下来的描写都是从哈吉·拉希姆的视角叙述的：他看到了骆驼、土房子、低矮的围墙以及房子后面的几排坟墓，

---

① [苏]瓦西里·扬：《成吉思汗（上）》，陈弘法译，外文出版社2005年版，第91—92页。

第四章 丝路叙事俄语小说中的丝路文化意象

而他卸下木棒推开房门看到,"土房子中通常生火的地方,现在柴炭早已熄灭,只剩下一堆灰烟。拱形顶上端,有一个出烟口。墙根下,蹲坐着四个人。……只见蹲坐在墙根下的四个人一动不动,无声无息,面色苍白"①,他意识到这四个人都已经死亡。当他要离开的时候,却发现四个人只剩下了一个并向他求救,这个身受重伤但尚有气息的人便是马合木·牙老瓦赤,哈吉·拉希姆从他口中得知他们的驼队遭遇了强盗哈拉·孔恰尔。综上可见,瓦西里·扬使用了多个叙述者、多个视角把一个场景逐步展现在读者面前,体现了高超的叙事艺术。

瓦西里·扬的《拔都汗》中,哈吉·拉希姆在沙漠中遭遇过绑架。阿拉普沙带着哈吉·拉希姆穿过草原,沿着荒坡和隐约可见的小道上行走,有时候阿拉普沙停下来,查看地上的痕迹,或者爬到高处向草原望去,而道路的难行让哈吉·拉希姆早已疲惫不堪。小道通向碎石堆积而成的高地,他们时而拐向旁边,下到沟里,沿着干涸的河床向前走许久,而后再折回小路上来,沿着小路朝高地走,经过白草萋萋的砂塘和土丘,很快就要到高地的时候,忽然出现三个蒙古人,还没等哈吉·拉希姆弄清楚是怎么回事儿,三个蒙古人已经扑到他身上,用绳子把他捆了起来。

瓦西里·扬的《拔都汗》中,木苏克在荒原上遭到了抢劫,几乎饿死。他因父母卖了养女——自己心爱的姑娘尤勒杜兹而离开家,像草原流浪汉一样在钦察草原游牧地往来穿梭,恳请人家接纳他加入队伍,可是没有人接纳他,所有人都防备着他。"不幸总是伴随着不幸的人,木苏克在远处的沙丘之间发现了由七个骑士组成的小部队……骑兵们都带着武器,每个人手里都摇晃着长矛,在荒原上遇到这样的骑士实在是件危险事。"② 果不其然,这些人先是以食物为诱饵,诱惑木苏克加入他们的队伍,随后趁着他放松警惕而将他打伤并抢劫了他的枣红马。木苏克躺在地上,他感到自己是注定要死了,四周是荒僻的草原,流浪的盗马帮,还有饥饿的野兽。所幸后来被阿拉普沙发现,

---

① [苏]瓦西里·扬:《成吉思汗(上)》,陈弘法译,外文出版社2005年版,第4页。
② [苏]瓦西里·扬:《拔都汗》,陈弘法译,外文出版社2006年版,第61页。

将他带回了自己的队伍。

瓦西里·扬的《拔都汗》中，雷神村的村民拿起武器留下妇幼与梁赞其他地区的人们走向抗击蒙古人的战场，作家称之为"到荒原去"和"在荒原"。战士们连续三天向南挺进，越来越深入荒原之中。"四周望去，全是冰雪覆盖的无边无际的草原。有的地方，在丘陵的缓坡上露出残留着红叶的山杨树丛，在弯弯曲曲的小溪边露出深深扎根于土壤之中的黑色橡树林。"① 普龙斯克公爵率领骑兵部队走在最前面，派出去担任搜索任务的骑兵侦察队试图弄清敌方部队的行动，他们爬上丘陵的缓坡和山冈，发出暗号以后又向广阔的草原深处驰去。可以说，惊恐和不安笼罩了整个梁赞和梁赞的军队，托罗普卡正是在荒原行军中夜间站岗时被鞑靼人的奸细抓走的。梁赞大公的儿子费奥多率使团前往蒙古人营地谈判之前，也描写了他看到的荒原："他满脸忧郁，紧锁眉头，向云雾弥漫的远方望去。从广场和护城河可以望到十来俄里以外的平原。平原上白雪茫茫，有的地方露出黑色的小树丛。低低的灰色云雾在空旷的田野上空缓缓飘过。凛冽的寒风从宽阔的大道上刮过，发出悲凉的呼号。成群的寒鸦从天空中掠过，飞向荒原，发出嘶哑的叫声。"② 这一描写压抑而又沉重，预示了费奥多此行的凶多吉少：与蒙古人和谈未果，除了老仆人阿波尼查以外，使团成员全部被残酷杀害。此后，作家描写梁赞的使者叶甫帕吉率领一支骑兵部队行进在荒原的大路上，他们正从切尔尼果夫赶到梁赞去援助。在阳光下，这支部队前后一字排开默默地行进，既听不到惯常的玩笑声和欢闹声，也听不到争论声。叶甫帕吉审视着烟雾弥漫的远方，不安的情绪在他心中越来越重，部队行进在人烟稀少的草原大路上，经过长途跋涉之后，他们看到的却是一片荒无人烟、积雪覆盖的废墟：梁赞已经被蒙古人攻陷。

瓦西里·扬的《成吉思汗》中，库尔班离开花剌子模摩诃末的军

---

① ［苏］瓦西里·扬：《拔都汗》，陈弘法译，外文出版社2006年版，第125页。
② ［苏］瓦西里·扬：《拔都汗》，陈弘法译，外文出版社2006年版，第140页。

第四章　丝路叙事俄语小说中的丝路文化意象

队以后，毫不犹豫地踏上了回家的征程。一路上，他走的多是荒原，在"黄色而多石的平原上奔跑着仓皇逃命的人们"，一路上不时地遇到鞑靼人。"库尔班爬到一个干涸的山沟边，滚进去，爬起来继续往前跑。他一整天走过的几乎全是荒芜的平原，有时也路过几块废弃的耕地。路上常常碰到逃难的人们，有的孤身一人，有的成群结队"[①]。人们背井离乡，四散逃离，然而即便是在人烟稀少的荒原上也无平安而言。在《走向"最后的海洋"》中，瓦西里·扬借助两位诗人对普施塔大草原的描写说明战争带来的苦难和不幸。19世纪一位匈牙利诗人笔下当年鞑靼骑兵和马扎尔大军首次会战的普施塔大草原，曾经是牧人和游牧民喜爱的地方，战争之后变成了一望无际的荒野，渺无人烟，空旷无边。另外一位马扎尔诗人也描写了战争后草原的寂寥："远处立着一个高高的井架，那样子十分凄凉。当初，那里曾是眼水井，但是早已坍塌。现在只残留下了一个深坑，坑里长满野草。这孤零零的井架似乎在遥望着远处的海市蜃楼，可它又能望到点什么呢？在这沉寂如梦、荒无人烟的空旷之地，只有孤独的旅人背靠着孤独的高高的井架稍事休息时，才会萌生出种种遐想来！"[②]

艾特玛托夫在《成吉思汗的白云》中描写百夫长与织绣女工在荒原上的遭遇时写道，夜深人静之时，百夫长觉得"茫茫无际的草原上深夜那神秘莫测的声响蛊惑着他。某种不可思议的不祥之兆笼罩着他"[③]，第二天百夫长与织绣女工违反成吉思汗命令生子之事便被人告发，二人被处死，留下只有七天大的孩子。可见，除了战争，人在无边无际的荒漠里仍然会遭遇意外的灾难和不幸。

二　神秘与未知的象征

荒原总是危险的，是往往会有灾难发生的地方。"偶然出现的枯

[①] [苏] 瓦西里·扬：《成吉思汗（下）》，陈弘法译，外文出版社2005年版，第13页。
[②] [苏] 瓦西里·扬：《走向"最后的海洋"》，陈弘法译，外文出版社2006年版，第231页。
[③] [苏联] 钦·艾特马托夫：《成吉思汗的白云》，严永兴译，《世界文学》1991年第2期。

草，稀稀疏疏的柽柳丛，急忙逃窜的蜥蜴，都使这块地方变得更加阴森荒凉。"① 与此同时，荒漠因其荒凉、遥远而成为神秘之地，在这个未知的世界里，往往难以预测会遭遇什么，会有什么样的事情发生。

在《成吉思汗的白云》中，艾特玛托夫多次描写了荒原的神秘："在整个一望无际的草原上，既无一缕轻烟，也无一点火光。周围是一片荒无人烟的草原，目光没有可停留之处……无边无际的草原加上无边无际的天空，只有一朵小小的白云在头顶上静悄悄地盘旋。"② 这朵白云原本一直在成吉思汗的头顶上方飘浮，此刻却飘在女仆阿尔葚的头上，令人匪夷所思，充满了神秘的色彩。瓦西里·扬的《拔都汗》中，木苏克在草原上的遭遇充满了神秘和奇遇。离开家的木苏克在荒原上流浪并遭遇抢劫，他孤独无援，感到自己会注定一死，因为四周都是荒僻的草原，还有流浪的盗马帮和饥饿的野兽。夜幕降临时，他梦见自己回到家乡，回到母亲和尤勒杜兹身边，仿佛听到了尤勒杜兹在呼唤自己。醒来时他看见一个驼队远去，消失在土丘之间，像一场梦一样。然而，木苏克在地上发现许多栗子、几张粘着茴香面儿的烙饼和一只用细绳扎住口子的条格绸布袋，布袋里装着黄色的冰糖块、桃仁和九枚金币。可以说，这是一份奇怪的礼物，而当太阳落山的时候，他遇到了拔都的亲信阿拉普沙并成为拔都军队的一员，这为他以后与成为拔都妃子的尤勒杜兹再次相遇埋下伏笔。

花剌子模沙摩诃末之子扎兰丁在沙原中狩猎的经历也充满了神秘传奇的色彩。扎兰丁带着200名随从在卡拉库姆大沙原中狩猎，他们围成半圆形前进，将黄羊和野驴赶进一片沙丘中。扎兰丁追逐着一只受伤的母黄羊，不知不觉将陪伴他的骑手们甩在后面。虽然最终将黄羊射死，但是此时风雪越刮越猛，道路被雪遮盖，扎兰丁迷了路，与随行人员走散。他顶风冒雪熬了一夜，饥寒交迫，人困马乏，就在这

---

① ［苏］瓦西里·扬：《成吉思汗（下）》，陈弘法译，外文出版社2005年版，第40页。
② ［苏联］钦·艾特马托夫：《成吉思汗的白云》，严永兴译，《世界文学》1991年第2期。

第四章 丝路叙事俄语小说中的丝路文化意象

时看到了科尔库德·却班老人的帐篷。科尔库德热情地接待了他，让他休息，供他吃喝，还给他的马喂了草料。这一天哈拉·孔恰尔恰好来科尔库德老人的帐篷，他与扎兰丁谈了好长时间，在不知道对方身份的情况下，讲了自己进入沙漠成为他人眼中的强盗的原因。扎兰丁欣赏哈拉·孔恰尔的勇敢精神，邀请他到郊外行宫蒂拉里亚雷去做客。直到这时哈拉·孔恰尔才明白，他眼前的这个人原来是花剌子模沙摩诃末之子，遂答应一定要去这位年轻王子的宫中做客。后来，哈拉·孔恰尔确实前往拜访扎兰丁，并参加了花剌子模沙摩诃末讨伐撒马尔罕和钦察草原的战争。扎兰丁在哈拉·孔恰尔被花剌子模沙摩诃末关进"永忘塔"时，冒险将他搭救出来，并赠以乌骓骏马和镶嵌着宝石的腰刀，二人结下生死之交。哈拉·孔恰尔临别时对扎兰丁说："谢谢你了，我的宽宏大度的救命恩人！倘若你需要我以命效劳的时候，请你打个招呼；哪怕山高路远，我会应命前来。"[①] 从常理上看，扎兰丁与哈拉·孔恰尔一个是王子，一个是所谓的草原强盗、普通的游牧民，地位相差悬殊；不仅如此，摩诃末还是造成哈拉·孔恰尔家破人亡、抢走他心爱女子的始作俑者，二人应该很难建立起融洽的关系。事实却恰恰相反，两个人在交往的过程中，均被对方人格魅力打动并成为朋友和战友，而这一切都源于他们在沙漠中的偶遇。

瓦西里·扬的《成吉思汗》中，托钵僧哈吉·拉希姆在荒漠上的经历和遭遇是较有代表性的。哈吉·拉希姆在布哈拉沦陷之后，在马合木·牙老瓦赤手下做录事，但是不久因看不惯蒙古人对和平居民的压迫而向马合木·牙老瓦赤辞行，后者便对哈吉·拉希姆说要另给他一项重要使命："我需要将一封信送给术赤汗。但是半路上在克兹尔库姆沙漠中出现了几支军队，经常袭击并杀死蒙古人。据说，这几支部队的首领叫什么'黑骑士'哈拉—布尔固德。他骑一匹黑色野马，出没无常。他会突然在克兹尔库姆的任意一个地方露面，经过长途奔

---

① [苏]瓦西里·扬：《成吉思汗（下）》，陈弘法译，外文出版社2005年版，第51页。

袭，然后又会突然消失得无影无踪。居民中有一种说法，似乎晒衣陀乃在帮助他。"①

"重要使命"已经说明这件事情非同寻常，同时也具有神秘色彩。前往术赤汗领地的途中要经过克兹尔库姆沙漠，这无疑增加了完成使命的艰难程度。不仅如此，沙漠中还有军队出没，行踪无常，往往突然出现后消失无踪。部队的首领以"黑骑士"为名，且骑着黑色野马，传言说他有晒衣陀乃——《古兰经》中传说中的恶魔相助。这些描写都使人感到神秘莫测、难以捉摸，此行充满了未知。马合木·牙老瓦赤接着对哈吉·拉希姆说："我把这封转给术赤汗的信交给你。你把它收藏好，既不能落到'黑骑士'手里，也不能落到蒙古巡逻队手中。否则，你和我一块儿遭殃。"②马合木·牙老瓦赤的话不禁让人困惑不解，这是怎样一封信？为什么会使送信人遭殃？哈吉·拉希姆心中也有这样的疑问，这封信就像是一个谜团。术赤汗正在钦察草原作战，那是一个匪帮出没、杀人越货的地方，可以说这趟旅程迢迢路远，福祸难知，前程莫测。

为了长途行走方便，马合木·牙老瓦赤建议哈吉·拉希姆恢复托钵僧的样子："你要像这只小甲虫一样，爬过千军万马无法逾越的地带。你是个神圣的托钵僧，那就请你再一次穿上你的旧长袍，赶上你的黑驴子，驮上你的书籍上路吧。"③如前所述，托钵僧在波斯语中是"乞丐"之意，他们往往身穿故意打满补丁的长袍，腰系麻绳，以示自甘其贫之志，其中曾出现过一些著名的诗人和研究哲学问题的学者。所以，托钵僧本身也是具有神秘色彩的形象。就这样，神秘的人物接受了神秘的使命踏上未知的旅程。

在旅途中，哈吉·拉希姆和弟弟图干走到一个荒凉的地方，突然从山岗后面跃出四名骑士，将二人抓捕，他们是"黑骑士"的手下。骑士们带着哈吉·拉希姆和图干离开小道向北方走去，越来越深入热

---

① [苏]瓦西里·扬：《成吉思汗（下）》，陈弘法译，外文出版社2005年版，第36页。
② [苏]瓦西里·扬：《成吉思汗（下）》，陈弘法译，外文出版社2005年版，第36页。
③ [苏]瓦西里·扬：《成吉思汗（下）》，陈弘法译，外文出版社2005年版，第37页。

第四章　丝路叙事俄语小说中的丝路文化意象

得烫人的黄色沙漠中心地带。面对强盗，图干不禁两次问哥哥哈吉·拉希姆，是不是他们的末日真的来到了，而托钵僧两次分别回答说，"今天尚未结束，明天充满意外。""白天尚未结束，前面还有长夜。谁能事先说出黑夜将会给我们带来什么？""夜未央，未来也许充满奇迹……"① 那个夜晚漆黑如墨，夜空中星星闪闪发光，篝火红光闪耀、噼啪作响，坐在篝火旁的那些骑士面孔严肃，四周沙漠沉寂无声。这样的夜晚阴森而又神秘，确实难以预料将会发生什么。即便如此，哈吉·拉希姆还是抱有一线希望，希望有人能拯救他们，尤其是自己的弟弟从黑暗的地牢中刚刚得以脱身又会制造武器，他心想："即使落入深渊时，托钵僧也不应当气馁：不是长袍将他挂在悬崖上，便是飞鹰的翅膀将他托在半空中。"② 此时"黑骑士"提议不必急急忙忙处决哈吉·拉希姆和图干，可以让托钵僧给他们讲一段勇敢的壮士故事，于是哈吉·拉希姆就给他们讲了草原强人哈拉·布尔固德和突厥蛮女子阙·札玛儿的故事。

巧合的是，"黑骑士"就是哈拉·布尔固德本人，他与阙·札玛儿相爱，可是阙·札玛儿却被花剌子模沙摩诃末的私人卫队劫掠献给沙为妃子。哈拉·布尔固德辗转进入王宫见到了不服从沙的阙·札玛儿，此时她正被摩诃末养的一只斑斓猛虎威胁着生命，哈拉·布尔固德杀死猛虎，阙·札玛儿因谋害国王而被投入"永忘塔"，永世关在那里。两人相爱的故事被传为神话，沙漠之风也不止一次歌唱过这个故事，这也给小说增添了神秘的色彩。事实上，"黑骑士"就是哈拉·孔恰尔，哈吉·拉希姆最早在牧民的帐篷里就见过他。当他得知阙·札玛儿仍被关在塔内未死的时候，便提议哈吉·拉希姆与他一同前往玉龙杰赤救人。

辗转救人后，哈吉·拉希姆才又踏上送信的旅程，历经千辛万苦，从无数支到处出击的蒙古部队缝隙中钻过去，终于到达术赤汗的营帐，

---

① [苏]瓦西里·扬：《成吉思汗（下）》，陈弘法译，外文出版社2005年版，第40、42、43页。
② [苏]瓦西里·扬：《成吉思汗（下）》，陈弘法译，外文出版社2005年版，第42页。

此时信件的内容才真正揭晓。哈吉·拉希姆揭开了手杖上蜡封的洞口,从中掏出那封卷成一团的加盖了红色印章的信,上面只有六个字:"请相信这个人!"原来是术赤请忠于他的马合木·牙老瓦赤为拔都派一个有学问的老师,而哈吉·拉希姆就是最好的人选。综上可见,哈吉·拉希姆的经历百转千回,处处神秘而又无法预知,这也是荒漠意象的意义。

三 快乐与自由的象征

荒漠是荒凉的,也是辽阔的,更是一个自由的空间,一些人为了逃避压迫和苦难进入荒漠,摆脱了他人的控制,成为自己命运的主宰,是荒漠里的自由人,甚至是主人。正如瓦西里·扬的《成吉思汗》中普洛斯吉尼亚所说,"我们是流浪汉,因为我们经常在草原上流浪。我们从爷爷、父亲辈起就逃离开公爵们,来到这草原上寻找自由了……我们不是强盗,也不是流氓……我们是自由民,自由的猎人和渔民"[1]。

瓦西里·扬的《成吉思汗》中,哈吉·拉希姆和图干离开马合木·牙老瓦赤踏上旅程进入沙漠,他们两个人仿佛重新获得了自由,他们的脚步都变得轻松。哈吉·拉希姆一边迈着平稳的步伐,一边按照老习惯唱起阿拉伯歌曲。图干不时轻松地跑上一座山岗,先向远处那隐没在淡蓝色的烟雾中的群山眺望一番,又向四周环视了一遍,竭力想把一切都看个清楚,弄个明白。他现在的日子过得既充实又幸福。与玉龙杰赤阴暗潮湿的地牢里度过的那些艰苦日子相比较,目前他简直太快乐了。[2]

对黑骑士哈拉·孔恰尔而言,草原是快乐和自由的地方。当扎兰丁表达了要挽留他在身边的时候,他说:"请你还是允许我返回沙原故地去吧。那里虽说只有漫漫黄沙、凄凄枯草和几汪咸水滩,可是比住在你这里的高墙深宫中更自由更幸福。"[3] 关于哈拉·孔恰尔有很多传说,他被传为沙漠里的强盗、亡命徒、沙漠中的老虎、草原骑士、

---

[1] [苏] 瓦西里·扬:《成吉思汗(下)》,陈弘法译,外文出版社2005年版,第96页。
[2] [苏] 瓦西里·扬:《成吉思汗(下)》,陈弘法译,外文出版社2005年版,第38页。
[3] [苏] 瓦西里·扬:《成吉思汗(下)》,陈弘法译,外文出版社2005年版,第50页。

给驼队商人"刮胡子"的、威胁商队的强盗、驼队威胁者、商道之虎,哈拉·孔恰尔"住在饮水缺乏、人迹罕至的盐土地带。他像潜游在沙漠中的或者滑行在苇草中的蛇而让人无法捉摸。谁也捉不到他的行踪,他却可以随处出没"[①]。事实上,他是因遭难才不得已进入沙漠中生活的。

据哈拉·孔恰尔自己讲,他从前既有白发苍苍的老父,又有勇敢的兄弟,还有温柔的姐妹。后来花剌子模沙摩诃末需要马,就率钦察士兵来到游牧地,要走了300匹最好的牡马,抢走了女人们的银饰品,还和钦察士兵抢走了哈拉·孔恰尔所爱的漂亮姑娘阙·札玛儿强行充入后宫,称她为第三百零一个妃子。哈拉·孔恰尔的老父亲被摩诃末的刽子手抓去,拉到玉龙杰赤广场上凌迟处死、碎尸万段,兄弟们流亡外地、各自东西,姐妹们被钦察骑兵抢走了。现在哈拉·孔恰尔只身一人,既没有儿子,也没有兄弟。将来有一天他一旦身亡,他帐篷所在地也会变成一片空地。他不知道,蓝天之下该何去何从?究竟该如何行事?于是他进入沙原,成了复仇的匕首、愤怒的长矛、雪耻的利剑,是追踪恶棍的黑影。沙漠成为他的家,成为摆脱统治者暴力的地方,而他成为卡拉库姆沙漠之虎,是卡拉库姆沙原中一个无所畏惧、来去无踪的人物,他的名字是威胁呼罗珊和阿斯特拉巴德煞神的名字。可见,在沙漠里他是完全自由的。

关于哈拉·孔恰尔与阙·札玛儿的结局有很多传说,民间讲故事人经常讲起哈拉·孔恰尔袭击蒙古人的英雄事迹,讲起他与阙·札玛儿的忠贞爱情。在众多传说中有一种说法认为,在玉龙杰赤发大水的时候,哈拉·孔恰尔骑着乌骓马游出了滔滔河水,救出了阙·札玛儿,带着她回到了卡拉库姆大沙漠的深处,住进了他们搭在巴拉伊舍姆水井附近的帐篷。他们在那里幸福地生活了许多年。正如哈拉·孔恰尔自己所说,沙漠对他而言是自由和幸福之地。

---

① [苏]瓦西里·扬:《成吉思汗(上)》,陈弘法译,外文出版社2005年版,第14页。

第五章　丝路文化叙事俄语小说中的宗教文化

宗教信仰在丝路沿线各族人民的生活中起着非常重要的作用，是丝路文化的重要组成部分。可以说，丝路是伊斯兰教、基督教、天主教、佛教以及多神教等多种宗教相互交流融合的舞台，不同宗教之间的沟通与融合形成了丝路的多元宗教文化，并促进了丝路及丝路文化的进一步发展。总体来看，丝路文化叙事俄语小说涉及最多的是萨满教、伊斯兰教和东正教。蒙古人主要信仰萨满教，花剌子模人和帖木儿帝国的居民以信仰伊斯兰教为主，俄罗斯人主要信仰东正教，作家们描写和反映了与其相关的宗教仪式、宗教习俗和宗教传说，塑造了一些神职人员形象，反映了各国统治者对待宗教的态度及其宗教信仰，揭示了丝路沿线各地区、各民族的宗教信仰、宗教观念及其对社会生活和文化的影响。应该说，宗教文化因素在丝路文化叙事俄语小说中具有重要意义，不同作家对丝路宗教文化的认知不同，这也影响了小说中的丝路文化叙事。

第一节　宗教习俗与宗教仪式

不同宗教的习俗与仪式千差万别，丰富多样，各有特点，而"从小说中可以观民俗、知风情，了解社会的现实"①。在丝路文化叙事俄

---

① 乌云格日勒：《成吉思汗祭奠的萨满教根基》，《中国社会科学院研究生院学报》2005年第6期。

语小说中，就萨满教而言，主要描写了蒙古人对火的崇拜、火葬仪式、战争前后以及解梦过程中萨满的行头和祈祷仪式；就伊斯兰教而言，主要描写了伊斯兰教徒的祈祷仪式、缠头的重要性和意义；就东正教而言，主要描写了教堂、圣像和十字架在俄罗斯人民生活中的重要作用和意义。上述对萨满教、伊斯兰教和东正教几个方面的描写，既展示了这些宗教的习俗和仪式的细节及其在不同民族和国家人们生活中的作用，也在构建小说文本、推动故事情节发展、塑造人物形象、传达民族心理和性格等方面发挥着一定的功能。

一 蒙古人的信仰：萨满教的习俗与仪式

在丝路文化叙事俄语小说中，萨满教的信仰者主要是蒙古人。13世纪初，随着蒙古帝国的建立，蒙古民族接触到了许多异域的民族和宗教，例如景教、伊斯兰教、佛教和道教等，因而其宗教信仰逐渐呈多样化。即便如此，绝大部分蒙古民众信奉的仍是萨满教，萨满教在蒙古人的生活中起着非常重要的作用，渗入了其生活的各个方面，萨满教信仰可谓蒙古民族的"文化沃土"[1]。在瓦西里·扬的《蒙古人入侵》三部曲、卡拉什尼科夫的《严酷的年代》、沃尔科夫的《成吉思汗》、加塔波夫的长篇小说《铁木真》等蒙古帝国题材的小说中对萨满教的习俗和仪式有集中的描写和反映。

萨满教为多神信仰，在它的神灵系统中高于其他诸神的是"长生天"，也称之为"至上神"。"蒙古民族对'长生天'的信仰和崇拜是极为普遍的，上自皇帝、王公、贵族，下至牧民大众，在即位、战争、例行公事等一切场合都要向'长生天'祈祷。"[2] 在蒙古帝国题材的小说中，蒙古人在各种情况下都会向长生天祈祷，此类例子不胜枚举。例如在《严酷的年代》中，童年的铁木真与札木合等人玩游戏的时候，铁木真在心里默默祈祷："大地母亲，长生天，帮帮我吧。"[3] 当

---

[1] 江守义、张迪平：《小说叙事中的文化和道德》，《三峡论坛》2010 年第 1 期。
[2] 苏鲁格：《蒙古族宗教史》，辽宁民族出版社 2005 年版，第 34 页。
[3] Калашников И. К., *Жестокий век*, Москва：Издательство АСТ, 2019, С. 62.

人们一切顺遂时，会认为是得到了长生天的庇佑。诃额仑看到新婚丈夫赤列都忙前忙后，不禁想到是长生天给她派来了好丈夫。也速该问自己的族人涅昆泰吉是否一切顺利时，涅昆泰吉回答说："长生天庇护我，也速该，我生了个儿子。"① 铁木真在锁儿罕失剌家的羊毛车上躲过泰亦赤兀惕部的搜捕时，他认为是长生天帮他躲过了劫难。当人们遇到不幸时，也往往会质问长生天。也速该征讨其他部落久久不归时，诃额仑以为他遭遇了不幸，不禁哭着质问："长生天啊，伟大的大地母亲，我做了什么惹你发怒？为什么我如此命苦？"② 当发生自然灾害时，蒙古人往往会认为是上天对人的惩罚：古老的秩序被破坏，人们膜拜的不是善之神灵，而是用欺骗和残忍的手段凌驾于其他人之上，践踏父辈的遗训。萨满巫师帖卜腾格里则为人们向上天祈祷，他对铁木真说，和平是上天的意愿。总之，长生天作为天神之首，是蒙古人膜拜的重要对象，可以毫不夸张地说，对长生天的祈祷每天都伴随着他们的生活。

火神崇拜是萨满教信仰体系的重要部分，也是蒙古人崇拜大地的体现。火承载着诸多的象征意义，火神是圣洁光明之神，是美的化身，也是家庭的保护神，是神圣不可侵犯的。蒙古人往往用火驱邪避害，认为一切祸根都可以用它消灭，一切污垢都可以用它净化，它可以清除肉体和精神上的一切恶习。班札洛夫在《黑教或称蒙古人的萨满教》一文中指出："蒙古人虽然认为女神斡惕（意为火）是幸福和财富的赐予者，但它的特点是纯洁，它具有使一切东西纯洁的能力，它具有把自己的纯洁传给别的东西的能力"③，萨满教徒所举行的每个仪式都必须有火，在重要的祭礼中，"都要靠圣洁的神火涤荡尘垢，驱赶邪魂恶灵"④。

在沃尔科夫的《成吉思汗》中，也速该率军返回营地时，营地里

---

① Калашников И. К., *Жестокий век*, Москва: Издательство ACT, 2019, С. 10.
② Калашников И. К., *Жестокий век*, Москва: Издательство ACT, 2019, С. 26.
③ 班札洛夫：《黑教或称蒙古人的萨满教》，《蒙古史研究参考资料》2013年第17辑。
④ 富育光、王宏刚：《萨满教女神》，辽宁人民出版社1995年版，第133页。

第五章　丝路文化叙事俄语小说中的宗教文化

到处燃起巨大的篝火,老妇人们不断把干草扔入火中,"浓烟在草原上飘浮,驱散了恶魔。回到营地的每个生灵,无论人还是动物,都必须从这些篝火旁走过,以便清除所有污秽"①。在诃额仑临产的时候,整个营地和帐篷里都点燃起篝火,为产妇祈祷顺利产子。在《拔都汗》中,诸汗去见拔都时,在距离黄金大帐十几步远的地方勒马停下,他们想成群结伙地步行走向大帐,守卫不许他们再往前去,而此时三个大萨满巫师出现在他们面前,对他们说:"请从火堆中穿过去。我们要用圣烟熏熏你们。圣烟可以去掉你们心里的杂念,驱走黑暗中的恶鬼。"② 通往大帐过程中,诸汗和长官们不时地要在八个用石块儿和泥土垒成的祭坛旁停一停,而祭坛上的火堆冒着烟,一些萨满巫师使劲挥动蒲扇扇火,让烟扑向汗们走来的方向,另一些萨满巫师敲响铃鼓,高声诵读古老的咒语。蒙古人在拔都西征前选定统帅时也燃起篝火,而在仪式结束后,速不台走到快燃烧完的篝火旁祈祷,萨满巫师们则在他身边敲着铃鼓,击着木梆,念着咒语。速不台望着火堆低声祈祷,祈祷避开毒药、暗箭和凶眼。这时风卷起一股青烟,青烟罩住速不台,闪出火星。蒙古人认为这是幸运之兆:"青烟能赶走不幸,圣火能带来成功!"③ 因而蒙古人经常向火神祈祷。在小说《严酷的年代》中,卡拉什尼科夫描写了小说中的人物胡楚向火母神祈祷,期望火神能保护自己和妻儿平安:"火母神,你给人们温暖和光明、幸福和财富,毁灭邪恶,驱除诡诈,洁净人的身体和灵魂,你是纯洁的化身,请你保护我、我的布尔甘和我们的泰楚库里免遭不幸。"④

与火神崇拜相关,萨满教的葬礼仪式多为火葬,对此《走向"最后的海洋"》中有多处描写,例如在拔都攻下梁赞以后为战死者举行了火葬仪式。在蒙古人看来,"那些为了蒙古兀鲁思的强盛而献身,

---

① Волков С., *Чингисхан. Повелитель Страха*, М.: АСТ: Этногенез, 2010, С. 72.
② [苏]瓦西里·扬:《拔都汗》,陈弘法译,外文出版社2006年版,第75页。
③ [苏]瓦西里·扬:《拔都汗》,陈弘法译,外文出版社2006年版,第55页。
④ Калашников И. К., *Жестокий век*, Москва: Издательство АСТ, 2019, С. 77 – 78.

并且被神圣的篝火青烟带走的巴特尔们是幸福的！他们将要到九霄云外，进速勒达神的钻石宫殿！"① 在举行仪式的时候，人们敲起鼓、吹起号角，萨满巫师身穿白色服装，肩披熊皮，一边号叫和舞蹈，一边敲打铃鼓，在庞大的篝火边行走。失去亲人和战友的人们右手举着绣花丝帕，跟在萨满巫师身后走起来。死者的尸体置于篝火之上，中国匠人从八个方位点燃浸油的棉絮，干燥的原木和木板很快燃烧起来，火舌包围了尸体。人们守在火堆旁边与逝者作最后的告别，他们认为，"红色的火焰正化做传说中的骑士，乘着升腾的火花，骑着短腿蒙古马，飞向云外世界，飞向英勇善战的成吉思汗的神圣国度"②。阿布德·拉赫曼和杜达写给哈里发的信中介绍了蒙古人的火葬习俗："蒙古人有这样一种习俗：战争刚一结束，就将自己一方的战死者集中起来，排列在用原木、木板、树枝和草秸搭成的荐亡篝火上。然后蒙古人点燃篝火、围着篝火唱起圣歌，久久地走来走去，直到火烧尽为止。"③ 但是在占领乞瓦以后，拔都却对这种习俗稍作改动，没有点燃荐亡篝火悼念阵亡将士，因为此时整个城市一片火海，它本身就如同一个巨大的荐亡篝火，他认为，"永恒之苍天和战神速勒达在连根拔除这座冥顽不化的城市的同时，已经代替我们点燃了悼念阵亡巴特尔的隆重荐亡篝火了"。然而，拔都的反对者贵尤汗的亲信则认为"拔都汗在这场远征中不会获得成功。他没有按规矩举行荐亡仪式，没有按习惯进行祈祷，必将惹怒圣主，既降罪于他，也降罪于我们大家"④。这些人的说辞并非没有理由，因为蒙古人认为，让阵亡的战士抛尸荒野而不火葬是一种耻辱，一种罪过。贵尤与拔都之间原本就矛盾重重，拔都的这种做法加深了二者之间的矛盾。

　　与萨满教信仰相关，萨满巫师在蒙古人的生活中起着极为重要的

---

① [苏] 瓦西里·扬：《拔都汗》，陈弘法译，外文出版社2006年版，第206页。
② [苏] 瓦西里·扬：《拔都汗》，陈弘法译，外文出版社2006年版，第207页。
③ [苏] 瓦西里·扬：《走向"最后的海洋"》，陈弘法译，外文出版社2006年版，第205—206页。
④ [苏] 瓦西里·扬：《走向"最后的海洋"》，陈弘法译，外文出版社2006年版，第207—208页。

第五章 丝路文化叙事俄语小说中的宗教文化

作用。人生病的时候，人的心中有了困惑，人在逆境中占卜未来，等等，都要求助于萨满巫师举行一定的仪式。作家对这些仪式的描写，一方面反映了萨满教的习俗和仪式；另一方面也与刻画人物性格、推进情节发展有关。

在《严酷的年代》中，胡楚和布尔甘的儿子泰楚库里生病以后，胡楚请的是年轻的巫师帖卜腾格里。布尔甘最初对帖卜腾格里的能力表示怀疑，希望能找一位年长一些的巫师，但是胡楚说，"年长的巫师讨要一只羊"才能来给儿子治病，而帖卜腾格里也是大家公认的有能力的巫师，"据说他每天夜里都骑着自己的白马登上天庭"①。为泰楚库里治病时，帖卜腾格里先是拿出画着月亮和太阳图形的铃鼓以及挂着拨浪鼓的衣服，在火炭上撒下一些草，于是蒙古包里充满了苦涩的烟味。他让胡楚和布尔甘到外面去，然后关紧门，很快从蒙古包里传来铃鼓的响声和帖卜腾格里低沉的声音，铃鼓的敲击声越来越密集，直至连续不断，帖卜腾格里已经不是在说话，而是大声喊叫，嘶哑的声音让胡楚感到毛骨悚然。突然所有的声音戛然而止，很长时间之后帖卜腾格里才打开蒙古包走出来，他吩咐胡楚立即宰杀一只白尾黑羊。帖卜腾格里从羊身上挖出热乎乎的羊肝，敷在泰楚库里右肋上，过了一会儿取下肝脏在火上烧掉。帖卜腾格里告诉胡楚，他"驱逐了恶灵"②，胡楚的儿子会活下去。泰楚库里在整个治疗过程中，没有畏惧，没有抱怨，表现出坚韧的品格，为他成年后勇敢承受各种遭遇埋下了伏笔。

在《严酷的年代》中，赤乌部首领塔里忽台·乞邻勒秃黑梦醒之后不记得具体梦到了什么，只记得又冷又滑的东西缠着自己的脖子，用湿漉漉的尾巴打在光秃秃的背上窃窃私语，但是它说了什么话，他也不记得了，此时他想自己"哪怕记住两三句话也好，剩下的可以让萨满占卜"③。塔里忽台叫来帖卜腾格里为他解梦，帖卜腾格里没有得

---

① Калашников И. К., *Жестокий век*, Москва: Издательство АСТ, 2019, C. 77.
② Калашников И. К., *Жестокий век*, Москва: Издательство АСТ, 2019, C. 79.
③ Калашников И. К., *Жестокий век*, Москва: Издательство АСТ, 2019, C. 92.

到允许就进了蒙古包,没有鞠躬,没有走到他跟前,而是坐在毛毡上用锐利的眼睛盯着他。在得知他的梦境以后,帖卜腾格里告诉他,这是神灵在警告他,对他不满意,因为他吃得太多了,心里只有自己,不顾及其他族人。作家通过这一情节的设置,侧面描写了两个人物的性格:帖卜腾格里的耿直,塔里忽台的自私,为二人的命运及其结局做了铺垫。

萨满巫师为人们解梦时往往也要举行仪式,而且较为复杂。在《拔都汗》中,拔都提出让大萨满巫霍林霍伊·扎丹为自己解梦,于是女巫一边向上翻着眼球,左右摇晃着身子,一边高叫道:"哎吆耶耶!哎吆耶耶!"然后从挎包中掏出一个皮夹子,从皮夹子里倒出一些绿色粉末撒到篝火中的木炭上,篝火腾起一股蓝色烟雾。接着她让拔都讲讲自己的梦,拔都讲完以后,萨满女巫抓起铃鼓敲击起来,同时捂住脸高声狂叫、咕咕作响,像野狼、狗熊、猫头鹰那样发出各种声音。她在原地跳着、扭着,突然单腿一蹦,蹦出帐篷。她跑到一棵孤零零的橡树下,三下两下便蹿到树顶上。她坐在树端,继续敲击铃鼓喊叫着,同时从挎包中掏出骨头,朝俄罗斯人所在的北方抛出去。接着她又飞快地从橡树上爬下来,在雪地上蹦着跳着,返回帐篷后女巫跪在地上,用铃鼓遮住面孔,用男人般低沉的声音说道:"我爬到树顶,到了天上。我念了咒语,先祖神灵们就跟我一起来到了这里。他们马上就要开口说话,给你解梦。"① 接着萨满女巫分别用尖厉的声音、狼嚎一般尖厉的声音以及低沉的声音交替,好像与天神和神灵在交谈一般,而最后几个词她越说越低,仿佛是从帐篷顶上传来的,说完以后萨满女巫便趴到地上,侧身躺下,仪式结束。巫师解梦情节的设置,说明拔都对继续进军的犹疑,为拔都撤军埋下了伏笔。

在《严酷的年代》中,铁木真与孛儿帖的婚礼仪式是由萨满巫师帖卜腾格里主持的。蒙古包前面点燃起两大堆篝火,铁木真站在蒙古包前,孛儿帖站在正对面。帖卜腾格里身穿宽大的长袍,袍子上挂着

---

① [苏]瓦西里·扬:《拔都汗》,陈弘法译,外文出版社2006年版,第158页。

第五章　丝路文化叙事俄语小说中的宗教文化

各种动物的金属像，头上戴的帽子有两个交叉的铁箍，像黄羊角似的，鬓角上挂着三角形的吊坠，后面有一条链子，链子的末端有一些小玩意儿。他在蒙古包入口铺上一块毛毡，把几个翁衮①放在上面，在上面喷洒圣水，低声祈祷，接着又打了几次鼓后突然停止祈祷，示意孛儿帖走到毛毡跟前并三次鞠躬，再走到诃额仑跟前鞠躬三次，然后回到篝火前停在原来的地方。铁木真递给她鞭子的末端，需要按习俗用鞭子把她拉到身边。此后，铁木真木然地跟随萨满走进蒙古包，帖卜腾格里点燃了火，伸出双手祈祷："火母神啊！你的意志产生了火焰。愿它保护住处不受恶灵的侵害，也不受人诡诈之害，让善得到温暖，却不受灼伤，让邪恶毁灭，什么都不留下。愿火千年不灭！祝福炉灶吧，母火神！"②诃额仑把三块油脂递给孛儿帖，孛儿帖把它们一块一块地扔到炉灶里，接着递给她三杯黄油，她全都倒进火中。至此，萨满帖卜腾格里宣布仪式结束礼成。在整个仪式过程中，铁木真因在求娶孛儿帖时岳父一家的高傲以及对他蔑视的态度而表现得非常冷漠，他一直沉浸在自己的思想里。他认为，孛儿帖一家对他的态度不是尊敬和认可，而是怜悯和鄙夷。作家通过表情和动作描写，十分形象地传达出铁木真在整个仪式过程中的心理活动。

对于12—13世纪的蒙古人来说，战争是其生活中的不可分割的一部分，既有与异族之间的战争，也有本民族各个部落之间的征战。在战事上，萨满教起着重要的作用，无论是战前、战后还是战争过程中，都要由萨满巫师或者在巫师的辅助之下进行祈祷。据《蒙鞑备录》记载，蒙古人"凡占卜吉凶，进退杀伐，每用羊骨。……类龟卜也"③。在各种活动开始前，"各路骑兵披坚执锐，在萨满教的鼓声下列队"④。而在战争当中，尤其是在战事失利的时候，萨满巫们往往号叫、击鼓

---

① 蒙古族萨满教所信奉的偶像之一，是保护神的象征模型。在古代，翁衮是用毡子、丝绸和木头制作的家庭保护神像。
② Калашников И. К., *Жестокий век*, Москва：Издательство АСТ, 2019, C. 195.
③ 色音：《元代蒙古族萨满教探析》，《西北民族研究》2010年第4期。
④ ［苏联］钦·艾特马托夫：《成吉思汗的白云》，严永兴译，《世界文学》1991年第2期。

· 229 ·

和舞蹈，祈祷全能的蒙古战神速勒达战胜异族的战神，"用各种声音召唤九霄云外的诸路神仙给蒙古人以帮助，许诺给他们敬献九匹枣红马和九十九个被俘的年轻人"①。相对而言，在丝路文化叙事俄语小说中对战前和战后的祈祷仪式描写较多，较为细致和生动。

沃尔科夫在小说《成吉思汗》中描写了也速该出征之前的祈祷仪式。"一位年纪很大的萨满巫师坐在一匹灰色夹带黑圆斑点的马上，他长发飘飘，各种动物毛皮缝制的衣服上装饰着许多骨头、石头、黏土、铜制作的护身符和避邪物。"② 老巫师名为蒙力克，他没有武器，只有弯曲的手杖和铃鼓。他不时地用手杖敲打铃鼓，传出沉闷、雷鸣般令人震惊的声音。在也速该发表演说号召本部族的人们联合起来的过程中，巫师则不时地敲击几下铃鼓。

在瓦西里·扬的《成吉思汗》中，速不台在与俄罗斯人开战之前进行了祈祷，祈祷仪式是在篝火旁举行的，由两个上了年纪的萨满巫师主持。他们头戴高高的帽子，身穿毛朝外的皮袄，皮袄上挂满了小铃铛，一边敲铃鼓一边大声吼叫，绕着篝火跳舞。速不台的仆人萨克拉卜端着一碗米饭站在那里，速不台用左手抓了一把米饭，扔进篝火中，然后拖长声调祈祷道："啊，红色的火神嘎赖啊！你的父亲是小粒的玉髓，你的母亲是锻过的铁块。我向你敬献牺牲：一勺黄色的奶油，一杯黑色的奶酒，一掬皮下的油脂。求你赐我们以幸福，求你赐马匹以力气，求你赐手臂以准确！"③ 两个萨满巫师边重复速不台的祈祷词，边缓缓地敲着铃鼓。战后的祈祷仪式是在迦尔迦河畔高高的山岗上举行的，速不台召集手下所有千户长和百户长参加庄严的祭祀战神速勒达的仪式。仪式由萨满巫师别吉主持，这位上了年纪的萨满巫师头发蓬乱、神情忧郁，头戴尖顶帽，肩披熊皮，身上挂满小刀、木偶、铃铛，他一边用木槌敲响巨大的铃鼓，一边转着圆圈跳舞。圆圈中央躺着手脚被捆绑着的基辅大公姆斯吉斯拉夫·罗曼诺维奇和其他

---

① [苏] 瓦西里·扬：《拔都汗》，陈弘法译，外文出版社2006年版，第286页。
② Волков С., Чингисхан. Повелитель Страха, М.: АСТ: Этногенез, 2010, С. 31.
③ [苏] 瓦西里·扬：《成吉思汗（下）》，陈弘法译，外文出版社2005年版，第135页。

第五章 丝路文化叙事俄语小说中的宗教文化

十一位俄罗斯公爵。别吉脸贴在铃鼓上"大声祈祷着，然后时而像山鸟一样打起口哨，时而像雕一样咕咕作响，时而像狗熊一样发出咆哮，时而像野狼一样大声嚎叫，这表示他正在与赐蒙古人以胜利的强大战神速勒达'交谈'"①。他告诉人们，速勒达神不仅发怒，而且又饿了，要人们敬献活人。鞑靼将领全部坐在车板上，举起盛满马奶酒的大碗，齐声称颂蒙古人的庇护者——威严的战神速勒达，赞扬战无不胜的"震撼世界者"成吉思汗。蒙古人拒绝用金钱赎出这些显贵的俄罗斯公爵，而把这些胆敢与"天命所生"之成吉思汗的大军抗衡的俘虏作为牺牲敬献给速勒达神。这一细节描写，突出了蒙古人的残忍。

在小说《拔都汗》中，拔都西征之前的40天里，蒙古诸王是在白天宴饮、半夜祷告中度过的。萨满巫师们舞蹈占卜，寻求上苍准许推举整个大军主帅的黄道吉日，最终宣布聚会的第41天是苍天允许推举西征领袖的日子。那一天红日升空以后，嘶哑的长号立即吹响，所有蒙古人都依照古老的草原传统习惯摘下帽子，解下腰带挂到脖子上向上苍跪拜。萨满巫师一边敲着铃鼓，一边用不太整齐的声音朗诵祷词和咒语，乞求天神大发慈悲，赐即将进行的西征以胜利成功，赐西征诸汗以明智的头脑，让他们从成吉思汗王中推举出一个最勇敢、最幸运的统帅来，这位统帅将把成吉思汗之马控制在他强有力的手中，率领大军征服全世界。所有的人都跪在地上，两手撑地，昂起头倾听着。速不台的四个记录员高声宣读成吉思汗十年前的遗言："我指定我勇敢豪迈的孙子、术赤之子拔都汗为走向日落之国的蒙古大军的统帅，他将领导你们走向新的胜利，他将使我聚集起来的蒙古民族大放异彩，为此我把我的战马的褐色尾巴旗赐给他。"② 在这四十多天里，拔都和速不台经过巧妙安排，使得在推举主帅的仪式上顺利宣读了成吉思汗的遗言，同时说明拔都为帅也是天意，拔都因而名正言顺、顺理成章地成为西征统帅，驳斥和打击了一些反对者。

---

① [苏]瓦西里·扬：《成吉思汗（下）》，陈弘法译，外文出版社2005年版，第148页。
② [苏]瓦西里·扬：《拔都汗》，陈弘法译，外文出版社2006年版，第48—49页。

应该说，作家们对蒙古人的宗教信仰、萨满教习俗和仪式的描写是比较客观的，即便瓦西里·扬、卡拉什尼科夫等作家认为他们是入侵者、驱逐者，依然能够遵照文化史实冷静描写，这是值得肯定的，也是作为现实主义作家对待事物应有的态度。确实如小说中所写，蒙古人的萨满仪式和习俗多种多样，"在战争开始前或结束后也要举行一些萨满仪式，有时候甚至在萨满教仪式活动上讨论决定军事策略。出征前祭战旗即军纛的祭祀活动与萨满教观念有关"[1]。蒙古帝国题材小说中这些仪式的描写，对于小说情节发展均有推动和铺垫作用，是构建小说文本、塑造人物性格必不可少的要素。

二 中亚古国的宗教信仰：伊斯兰教的习俗与仪式

在丝路文化叙事俄语小说中，信仰伊斯兰教的主要是花剌子模人和帖木儿帝国居民。对伊斯兰教习俗和仪式的描写主要体现在三部小说中：瓦西里·扬在《蒙古人入侵》中、卡拉什尼科夫在《严酷的年代》中描写了花剌子模人的宗教信仰，而博罗金在三部曲《撒马尔罕上空的星辰》中描写了帖木儿帝国百姓的宗教信仰。

《古兰经》是伊斯兰教的经典，是伊斯兰教信仰和教义的最高准则。在小说《撒马尔罕上空的星辰》中，博罗金笔下的伊斯兰教徒们均奉《古兰经》为最高教义，并通过小说中人物之间的对话和讨论描写了其形成过程。历史学家伊本·赫勒敦是真实的历史人物，也是小说中的人物之一。在大马士革逗留期间，他与偶遇的一名书商谈起《古兰经》。书商认为，《古兰经》是先知穆罕默德记录在肩胛骨上的，回答了所有的疑问。但是伊本·赫勒敦则告诉他，《古兰经》"不是某个人写的，但一直都是真理。每个逊尼派都知道！"[2] 在《严酷的年代》中，一位伊斯兰教宗教法官告诉成吉思汗，在伊斯兰教徒看来，"所有的信徒都是真主的仆人和先知的崇拜者，他开辟了真理之路。

---

[1] 色音：《元代蒙古族萨满教探析》，《西北民族研究》2010 年第 4 期。
[2] Бородин С., *Звёзды над Самаркандом: Том 3. Молниеносный Баязет*, Харьков: Прапор, 1994, С. 310.

第五章 丝路文化叙事俄语小说中的宗教文化

先知用神圣启示的光芒穿透了无知的黑暗。走向光明的人在今生和彼世都能获得幸福，走在黑暗中的人则会消失在其中"。对于先知给信徒留下了什么诫命的问题，这位宗教法官说："敬重穆罕默德律法的人应该把劳动、贸易或者其他收入的四分之一交给贫困的兄弟。因为富人总是让很多人破产。因此，他应该与贫困者分享。……先知吩咐我们每天祷告五次。"① 对伊斯兰教信徒而言，麦加无疑是圣地，人人都希望能去麦加朝圣，"信徒应该至少去一次麦加，在先知的故乡向无所不知、无所不在的真主祷告"②。以上描写，均说明《古兰经》和麦加在伊斯兰教徒心目中居于重要地位。

花剌子模位于阿姆河下游，是地区名称，又是王朝名称。花剌子模的居民以突厥语族诸民族为主。公元7世纪末，伊斯兰教传入花剌子模所在的中亚地区，花剌子模在8世纪被阿拉伯人征服后逐渐伊斯兰化，此后一直信奉伊斯兰教。《蒙古人入侵》三部曲和《严酷的年代》对这一地区居民的宗教信仰有很多描写和反映。花剌子模各地大多建有清真寺，而都城玉龙杰赤和撒马尔罕的清真寺不止一处，"有几处地方，尖细如长矛般的高塔直冲云霄，高塔下用五颜六色的瓷砖砌成的清真寺在阳光下发出耀眼的光辉"③。考虑到宗教信仰的关系，成吉思汗曾经派往花剌子模的商队主要由伊斯兰教徒组成，因为他们懂得花剌子模国伊斯兰教徒的语言和生活习惯。蒙古在征服以及统治花剌子模地区的时期，并没有强行改变该地的宗教信仰，表现出对当地宗教的宽容态度，哲别曾经下令"让穆斯林们什么都不要怕，让他们向自己的神祈祷，还像以前那样祈祷"④。

伊斯兰教教徒主要分为两个不同的派别，《拔都汗》中作家对伊斯兰教徒的两大派别做了介绍："穆斯林士兵按照信仰划分，又分作逊尼派和什叶派。钦察人属于逊尼派，操波斯语的伊朗人属于什叶

---

① Калашников И. К., *Жестокий век*, Москва: Издательство АСТ, 2019, C. 810–811.
② Калашников И. К., *Жестокий век*, Москва: Издательство АСТ, 2019, C. 811.
③ [苏] 瓦西里·扬:《成吉思汗（上）》，陈弘法译，外文出版社2005年版，第18页。
④ Калашников И. К., *Жестокий век*, Москва: Издательство АСТ, 2019, C. 716.

· 233 ·

派。在宿营时,逊尼派的战士和什叶派的战士各坐各的地方,各吃各的饭。"① 在阔列坚汗的大军中,有巴彦德日汗的五千钦察人马,钦察人被认为是正统的穆斯林,他们单设营地,不与蒙古—鞑靼部队相混。他们之中有一些头戴绿缠头、腰系绿腰带的赛义德,经常劝导钦察人要遵守穆斯林教规,要在战斗中坚持到底,要愉快地为信仰献身。

宗教信仰是花剌子模人生活中不可或缺的一部分,人们对礼拜仪式都极为重视。作家在小说《严酷的年代》中写道:"在和田城墙外宽敞的平地上,正在举行庄严肃穆的星期五礼拜仪式。信徒们正在祈祷,他们虔诚的面孔朝向麦加的方向,越过高山、河流、沙漠,那里是先知的故乡。他们的上方是木制宣教台,上面站着扎兰丁。……伊玛目舔舔手指,翻一页《古兰经》。"② 瓦西里·扬在《拔都汗》中描写了花剌子模属地昔格纳黑居民作礼拜的情景。成吉思汗入侵昔格纳黑时曾对居民大肆屠杀,不知所措的居民成群结队地逃难。蒙古军队停止大屠杀、成吉思汗撤离昔格纳黑以后,躲在深山和沼泽地的居民返回遭到破坏的家里重建家园,他们挖通干枯的灌溉渠,盖起了房子,并且很快就恢复了礼拜仪式:"矜持的蓄着长胡须的伊玛目们把蒙古人糟蹋过的清真寺打扫干净。声音洪亮的艾赞奇又开始站在高高的宣礼楼上用歌唱般的音调每昼夜五次召唤穆斯林正教徒们前来虔诚礼拜。那些不来礼拜或者礼拜迟到者,一如老例,要遭受专门监督者的鞭笞。"③ 应该说,伊斯兰教的虔诚信徒无论身在何处都会坚持礼拜和祈祷。在拔都汗的先遣百户里有一个在昔格纳黑城就编入的毛拉阿卜都·拉素拉,他每天都喋喋不休地说教,要求骑兵们每昼夜祈祷五次,白天每当遇到合适时机就拉长声调诵经。为了能够让人们信服仪式和信仰的重要,他会讲一些易卜劣斯谋害教徒、死者在草原上游荡、会飞的勇士夜间偷吸睡觉人的血之类的故事,还用纸条写上能避邪的符

---

① [苏] 瓦西里·扬:《拔都汗》,陈弘法译,外文出版社2006年版,第236页。
② Калашников И. К., *Жестокий век*, Москва: Издательство АСТ, 2019, С. 712.
③ [苏] 瓦西里·扬:《拔都汗》,陈弘法译,外文出版社2006年版,第13页。

咒，教周围人念能驱恶的咒语。在他看来，如果信仰和祈祷不够虔诚，就可能会死于疾病或者毒眼。

在《撒马尔罕上空的星辰》第一部第二章"集市"中，作家博罗金细致地描写了集市开始交易之前教徒们举行祈祷仪式的情景以及人们祈祷时的思考和心理：

> 每日清晨，从清真寺的高塔上、寺前的台阶上和寺院的围墙边上，传来召集教徒祈祷的声音，市场上立时一片寂静。异教徒都退到一边或离开穆民（伊斯兰教徒自称）的视线，而穆斯林们要么跪下，要么俯首在地，他们赞美安拉，害怕如果不向他表示敬意，宽厚仁慈的安拉就不怜悯他们，也不会让他们在生意上顺利，因为许多上帝的仆人警惕地注视着每一个人，看他们行礼的次数够不够多，言语够不够虔诚。上帝的仆人没有深入研究商人的事务、集市的贸易、强者的意志和弱者的无能，因为古兰经和伊斯兰教义都没有要求他们这样做。
>
> 他们在清真寺的院子里祈祷，在自己的店铺旁边祈祷，在屋顶上祈祷，在屠宰场附近漆黑的地面上祈祷，在无声的奴隶身边祈祷。到处都在祈祷，人人都在祈祷：顾客和商人，工匠和官员，衣着破烂的人和衣着华丽的人，掌权的人和服从的人，帖木儿汗国的人民和外国穆斯林。当祈祷的最后一句话结束时，人们急忙回到自己售货的地方，匆忙中把祈祷时解开的缠头戴好。①

许多商人在祈祷的时候，机械地做着跪拜仪式和动作，口中机械地喃喃祈祷，却都暗自想着自己的事情："主啊，请赐予我智慧；不要让你的仆人失误；请给我以启示，以免错过我能得到的好处；请帮助我这个凡人，让我能实现自己自私的想法；我有罪，我有罪——主

---

① Бородин С., *Звёзды над Самаркандом*: Том *1. Хоромой Тимур*, Харьков: Прапор, 1994, С. 24 – 25.

啊，只有你是伟大而仁慈的!"直到祈祷结束，他们仍然像祈祷一样喃喃自语:"千万别失误，千万别错过……"① 上述描写充分说明，虽然人人都在祈祷，但是所谓的虔信带有一定的虚伪性、目的性和功利性，作家的讽刺之意也相当明显。

除了上述日常的祈祷以外，在重大行动之前也会进行祈祷。在瓦西里·扬的《成吉思汗》中，摩诃末在打算迎战蒙古人之前，在布哈拉的广场上举行了礼拜仪式:"祈祷着的人们就像圣书上的字行那样一动不动地整整齐齐地站成一排排，注视着表情严肃、白发苍苍的伊玛目的一举一动。当伊玛目跪倒在地或者双手举到耳边时，几千名正教徒也便跟着他动作起来。那无数人在广场青石板上跪倒、站起发出的声音，犹如林风呼啸一般。"② 仪式是庄严而神圣的，人们无疑是在祈祷与蒙古人的战争中能够取得胜利。

除了上述祈祷仪式以外，小说中对伊斯兰教徒的缠头有较多描写。信奉伊斯兰教的男子通常用一条白色或黄色丝制头巾裹头，叫戴"斯达尔"，意为清真寺的阿訇或教长头上缠的布，俗称"缠头"。在瓦西里·扬的《成吉思汗》中，摩诃末在梦中看见一个山丘四周围聚集着成千上万的人，他们一面欢呼"祝国王健康，愿国王万岁"，一面慢慢地弯下腰去，"红色的面孔为白色的头所代替。整个人群齐压压地匍匐在国王四周，白花花的一片"③。之所以出现白色，即是因人们都戴白色缠头所致。在博罗金的《撒马尔罕上空的星辰》中，伊斯兰教徒都戴缠头。从小说中可知，人们一般情况下是不会解开缠头的。但是，"在伊斯兰教徒去世时，在埋葬他之前，为了系好他的缠头"④，要把缠头打开重新系好。

在伊斯兰教中，缠头的大小和颜色是有一定意义的。成吉思汗来

---

① Бородин С., *Звёзды над Самаркандом: Том 1. Хоромой Тимур*, Харьков: Прапор, 1994, C. 99.

② [苏] 瓦西里·扬:《拔都汗》，陈弘法译，外文出版社 2006 年版，第 166 页。

③ [苏] 瓦西里·扬:《成吉思汗（上）》，陈弘法译，外文出版社 2005 年版，第 36 页。

④ Бородин С., *Звёзды над Самаркандом: Том 1. Хоромой Тимур*, Харьков: Прапор, 1994, C. 85.

第五章　丝路文化叙事俄语小说中的宗教文化

到布哈拉以后，看到一些头戴白色和绿色缠头的老人，对一个老伊玛目的大缠头十分不解，不明白为什么他的头上缠的布特别多。通过询问得知，这个伊玛目去阿拉伯的麦加朝圣过，向先知穆罕默德的陵墓叩过头，因此他就戴着大缠头。而本特·占吉札会认字和写字，在摩诃末的修史官手下当过抄写员，因此戴着有学识的录事戴的那种蓝色缠头。而赛义德头戴绿缠头，腰系绿腰带。《走向"最后的海洋"》中，在蒙古人领地上经商的阿拉伯商人首领的帽子上缠着一圈儿白带，那是到过麦加朝圣的标志。

缠头是伊斯兰教徒服饰的重要标志，小说中很多信仰伊斯兰教的重要人物都戴有缠头，没有戴缠头的人的信仰和身份往往会遭到质疑。在瓦西里·扬的《成吉思汗》中，哈吉·拉希姆初遇受伤的马合木·牙老瓦赤时，在旁边的地上看到从他头上滚落下来白色缠头，但是带着他离开时并没有把弄脏的缠头给他戴好。此后，马合木·牙老瓦赤便因没有戴缠头而遭到地方长官哈吉姆的质疑，哈吉姆不肯轻信哈吉·拉希姆的话，而是皱起眉头，两眼直盯着托钵僧问道："驼背上驮的这个受了伤的人又是什么人？他为什么不戴缠头？是个笃信教义的穆斯林，还是个异教徒？"[①] 需要指出的是，哈吉·拉希姆在马合木·牙老瓦赤的缠头里面发现了鞑靼合罕（成吉思汗）发放的金牌。把金牌放在缠头里面，一方面说明金牌的重要，另一方面也说明缠头是马合木·牙老瓦赤时刻戴在头上的饰物，而缠头质地细薄，说明缠头的主人乃富贵之人。确实如此，哈吉·拉希姆从知情者那里得知，马合木·牙老瓦赤是玉龙杰赤的大富商，为成吉思汗做事，是一位上可通天的人物。作家通过上述细节描写和情节设置，逐步揭开人物的身份，既引人好奇和猜想，也推动了故事情节的发展。

总体上看，作家们对伊斯兰教仪式的描写基本秉承了客观的态度，但是不可否认一些场景的描写带有一定的讽刺性。例如，博罗金笔下伊斯兰教徒的祈祷带有很强的功利性和目的性，是担心不按时祈祷就

---

① ［苏］瓦西里·扬：《拔都汗》，陈弘法译，外文出版社2006年版，第18页。

会遭到诅咒和不幸，而并非完全出自虔诚的信仰。应该说，作家并不赞同这一行为和虚伪的信仰，这样的信仰与俄罗斯人的信仰形成了鲜明的对照。

三 俄罗斯人的宗教信仰：东正教的习俗与仪式

在丝路文化叙事俄语小说中，对东正教仪式和习俗有较多描写的是瓦西里·扬的《蒙古人入侵》三部曲。信仰东正教的主要是俄罗斯人，988年基辅大公弗拉基米尔把基督教（其时基督教尚未彻底分裂为天主教和东正教）定为国教，到小说中描写的时代已经过去了三百余年，此时东正教已经深入俄罗斯人民的生活，成为其生活中不可缺少的部分。从小说中可知，13世纪的俄罗斯各地不仅有漂亮的教堂和修道院，而且教堂往往成为举行重要活动和全民集会的场所，教堂的神职人员也参与其中并举行祈祷仪式。在与蒙古人的对抗中，教堂是人们最后坚守和牺牲之地，也是重建家园的起点。此外，东正教徒视十字架和圣像为宗教圣物，甚至随身携带，是他们日常生活中不可缺少的。

13世纪俄罗斯很多城市和村镇都建起了或大或小的教堂，在《蒙古人入侵》三部曲中有对多个教堂的描写。梁赞千年古林深处的一个偏僻的湖边，有一个名为雷神林的小村子，这里只住着村长迪科罗斯一家以及几户农民兼猎人。即便这里人口不多，但是村子里却有一座原木搭建的小教堂。据老人们讲，从前这里住过几个魔法师，常常对着木雕的偶像顶礼膜拜，至今在雪杉树林的悬钩子中还立着一个已经腐朽了的木雕偶像。这无疑是多神教的遗迹。在距离雷神村20俄里的地方还有另外一个教堂，名为亚鲁斯托沃教堂，位于从穆罗姆到梁赞的大道上，这个教堂是用原木搭建而成的"一天"教堂，即人们在一天之内建成的。在俄罗斯，有的教堂非常华丽，比如弗拉基米尔的教堂使用白色石头砌成，有许多美妙的教堂壁画，是一座非常漂亮的教堂。弗拉基米尔的石匠们在苏兹达尔各个城市中建造了许多外观饰以艺术浮雕的教堂，简直精美绝伦。基辅是一座宏大而美丽的城市，其中许多教堂都铺着金顶。蒙古人将教堂称为"俄罗斯人的神庙"，瓦

第五章　丝路文化叙事俄语小说中的宗教文化

西里·扬通过蒙古人的视角描写了梁赞城关的一座东正教教堂：那是一座木头的建筑物，有着高高的尖屋顶，屋顶上方竖立着一个镀金的十字架。在教堂里，"阳光透过箍着鱼鳔的狭窄窗户照了进来，里面显得十分昏暗。前面是金光闪闪的祭坛和通往祭坛的雕花木门。在几个圣像前面，还点着神灯"①。在一个小供桌的角落里，放着五个又圆又白的圣饼。奉拔都之命，身穿僧袍的神父把银十字架举在胸前，一面画着十字，一面把点燃的蜡烛摆放到每个圣像的前面。此外，神父还在圣像前面摆了香炉，拔都要求神父把香炉拿到他面前晃一晃，神父只能胆怯地画着十字请求上帝饶恕自己的罪过。

除了教堂以外，《蒙古人入侵》三部曲中还描写了一些修道院，作家着墨较多的是《走向"最后的海洋"》中沃尔霍夫河下游右岸离诺甫哥罗德约 20 千米的"圣母神"修道院，介绍了修道院的历史及其规制。最初，皮货商诺兹德里林兄弟为纪念已故祖母用石头砌造了一座名为"燧石"的教堂，自此这座教堂礼拜不断，主要望教者是来自诺甫哥罗德地区的妇女们。她们认为，虔诚地祈祷圣神可以包治妇女疾病，消除妇女忧愁，因为受苦受难的圣母神在生前也受到过丈夫的折磨，生孩子时遭到过种种磨难，她死后便对那些哭诉自己不幸遭遇的妇女们也十分同情。于是，诺兹德里林兄弟就用云杉和松树建起了一座完整的女修道院。"这个女修道院中有种种教堂、寝室、马圈、库房、澡堂、地窖、熏鱼室以及修道院渔船码头。女修道院院长是由诺甫哥罗德大主教选的。她们应当特别严厉，不苟言笑，能够以惧怕天意、服从上帝这类信条，将修女和来自诺甫哥罗德地区远近各乡的望教者们牢牢地控制在手里。她们应当遵守修道院的纪律，保护修道院的财产，杜绝任何浪费现象，惩罚玩忽职守人员，监督修道院各个作坊如纺织、刺绣、圣像绘画金线丝绣的劳作情况，以及养蜂场和栽种着苹果、桃、醋栗的修道院果园的生产情况。"② 修道院规模之大、

---

① ［苏］瓦西里·扬：《拔都汗》，陈弘法译，外文出版社 2006 年版，第 189 页。
② ［苏］瓦西里·扬：《走向"最后的海洋"》，陈弘法译，外文出版社 2006 年版，第 106 页。

设施完备可见一斑。

从俄罗斯各地教堂和修道院情况可以看出，基督教传入以后，俄罗斯人的信仰已经发生了很大的变化：由原来信仰多神教转而信仰东正教，同时也形成了一些与东正教信仰相关的习俗和仪式，其中教堂和修道院成为俄罗斯人进行祈祷等宗教活动的主要场所。在《严酷的年代》中，得知蒙古人意欲入侵俄罗斯以后，基辅和全俄罗斯的都主教与诸位大公、贵族、军队统帅在雅罗斯拉夫的圣索菲亚大教堂举行了祈祷仪式，祈祷上帝"护佑基督教徒的军队能够取得胜利"[①]。而在教堂和修道院举行祈祷仪式时，往往由主教主持，小说中描写的仪式都十分隆重。例如《拔都汗》中在乌格里奇的修道院举行祈祷仪式时，"从鞑靼人手中逃脱而到这里的主教，被强迫亲自主持这次仪式。主教身子干瘪，弯腰驼背，身披缎子圣衣，头戴金光闪闪的主教冠，站在教堂台的中央。他的面前左右两侧各站着六个神甫，一律穿着节日缎子圣衣。他的两旁站着两个同样穿着缎子服装、双手捧着长蜡烛的男孩儿"[②]。

在俄罗斯大地上，遍及各地的教堂往往成为人们主要的集聚场所，在这里商议和解决重要事务，同时也要举行由神职人员主持的祈祷仪式。每到此时，教堂铜钟轰鸣，人们便从四面八方赶来。在蒙古人入侵之际，在亚鲁斯托沃教堂召开了市民大会，召集各地来的义勇军，号召人民共同抵御外来之敌，雷神林村的战士们也正是因此来到亚鲁斯托沃教堂。附近的人们全都聚集在教堂里，连教堂四周的墓地都是肩扛杈子、长矛和斧钺的男子汉们，铜钟的轰鸣声在人们的头顶上回响。梁赞为号召市民起来反抗蒙古人的市民大会则在圣母升天教堂前的广场上举行，召集市民前来的铜钟就在教堂旁边的钟楼上，由教堂僧侣敲响铜钟。当所有的人到来以后，唱诗班的姑娘们便唱着悠悠的歌从教堂里走了出来，唱诗班后面跟着四个身材高大、穿着僧衣、晃

[①] Калашников И. К., *Жестокий век*, Москва：Издательство АСТ，2019，С. 831.
[②] [苏] 瓦西里·扬：《拔都汗》，陈弘法译，外文出版社2006年版，第298页。

着香炉的诵经师。此后，走出来的是十个身穿金色僧衣、手持银制和铜制十字架的司祭。最后出来的是由两个见习修士搀扶着的主教，继教职人员之后才是梁赞大公尤里·英格瓦列维奇以及其他人。后来，当蒙古军队兵临城下时，也是敲响了教堂的大钟。盲眼的敲钟人双手抓住钟绳，拼尽全力有节奏地扯动起来，"频繁而罕见的大钟撞击声跟着便从上面的钟楼里响起，预示着无名灾难和痛苦的来临。沉睡的城市惊醒了。等待中的然而到最后一刻也不愿相信会来临的灾难，现在终于来临了：钟声在召唤所有的人都到城墙上去，保卫自己的家园"①。紧接着，全城各个角落的教堂都相继响起了大钟，近郊乡村的教堂听到梁赞的钟声后也纷纷响应，遍地响起的教堂钟声召唤着人们拿起剑斧，迎战不速之客。蒙古人入侵之前，基辅的最后一次市民会议是在圣索菲亚教堂广场上举行的，市民会议开始前教堂里要做弥撒，弥撒完毕以后公爵和城市显贵才会从里面走出来。先走出来的是一群身穿装饰着金边的曳地长袍的唱诗班歌手，而后是两个边大声祈祷边晃动银色手提香炉的助祭和几名身披锦缎僧衣的僧侣，最后出来的是总主教。总主教头戴金法冠，手拄长手杖，由两名少年搀扶着。全体僧侣人士站在教堂大门的右侧，贵族名流和军界人士则站在教堂大门的左侧。唱诗班再一次唱起了庄严的赞美诗，而这歌声充满了悲凉而又揪心的味道，仿佛预示了基辅保卫战的艰苦与牺牲。

在与蒙古人的对抗中，教堂是人们最后坚守和牺牲之地。梁赞人即将被蒙古人攻陷之时，梁赞大公夫人阿格里普皮娜知道大势已去，于是领着年轻的儿媳们以及亲近的贵族们来到大教堂，决定在这里迎接注定到来的死亡。许多梁赞妇女围在她们身边，主教和神父们唱起赞美诗，为所有殉教者进入天堂进行祝福。瞎了眼的敲钟人在一息尚存之时不停地撞响大钟，绵绵不绝的钟声召唤俄罗斯人保卫祖国，宣告守城战斗在继续，任何人都不会投降，俄罗斯人将为保卫祖辈的土地而壮烈捐躯。梁赞被占领后，在巨大的烟雾中，只剩下教堂的钟楼

---

① ［苏］瓦西里·扬：《拔都汗》，陈弘法译，外文出版社2006年版，第183页。

孑然而立。弗拉基米尔人在抗击蒙古人再无任何希望时，也都聚集在教堂里：公爵夫人阿加非亚和两个儿媳、亲近贵族和年迈僧人，都来到石砌的大教堂里，要在这里平静地接受末日来临。教职人员集体诵经完毕后，大主教为所有的人剃度：人们依次走到大主教的面前，大主教从每个人的头上剪下一绺头发，表示剃度之意，并且用圣油在每个人的额头上画了一个十字。被剃度的人们戴上缝着白十字的黑色尖顶帽，手拉着手站成一排。他们紧紧地依傍着，唱起了赞美诗，直至被燃烧的大火和浓烟吞噬生命。梁赞陷落后不久，俄罗斯大地上到处流传一种说法：在被焚毁的梁赞城中空寂无人的废墟上，几口倒在地上的教堂铜钟竟然自己发出了响声，市民大会的铜钟也突然之间从灰烬之中升上天空鸣响起来，召唤梁赞百姓同鞑靼人进行战斗。基辅陷落前最后的恶战也是在历史悠久的圣索菲亚教堂前，虽然广场上早已死者遍地，伤者无数，然而捷夏季纳教堂高大的入口处俄罗斯人仍在坚守着最后的阵地，教堂前以及门顶上仍然有许多人在向入侵者射出利剑、投掷石块。华丽的石砌金顶教堂成了基辅显贵们妻子儿女的最后藏身之地，他们下定决心，不给围攻者开门。拔都只得命令用攻城器砸向教堂的石墙，直到石墙坍塌，华丽的教堂垮掉，所有躲在里面的人以及他们的财物统统被葬入废墟。蒙古人撤离以后，少数幸存的修道士从城墙上回到彼乔尔修道院的地道中，为保卫古都而勇敢战死的俄罗斯士兵举行追荐仪式，受伤人员也被抬到修道院的地道里。"这些人虽然在令人恐怖的日子里饱经忧患，饥饿不堪，备受惊吓，但是他们仍然坚信，正义和仁慈终将胜利，鞑靼人必然退回他们辽远的故地，一个新基辅——美丽、自由、强大、繁荣的新基辅总会建成。"[1] 可见，教堂又成为新生命、新力量、新希望、重建家园的起点。

  对东正教徒而言，十字架和圣像是非常重要的圣物，《蒙古人入侵》三部曲中对圣像的描写相对较多：教堂和教徒家中、军队大帐中

---

[1] ［苏］瓦西里·扬：《走向"最后的海洋"》，陈弘法译，外文出版社2006年版，第208页。

都会摆放着圣像，军旗上会绣有圣像，教徒们会随身携带圣像。圣像是东正教教堂和修道院中必备之物，圣像前点着蜡烛和圣灯。例如《拔都汗》中，乌格里奇城中的修道院里，"圣像前面点着蜡烛和圣灯，蜡烛和圣灯照在缎子衣服和金色圣像壁上，发出阵阵反光。"[1] 梁赞城关的一座东正教教堂里，"在几个圣像前面，还点着圣灯。圣灯照亮了圣像上圣人那神色暗淡、表情忧郁的面部"[2]。东正教徒的家里也会悬挂或者摆放圣像。在诺甫哥罗德使者加甫里尔·奥列克西奇家的会客室里大幅圣像画悬挂在墙角，四周镶着银饰物。基辅达尼拉公爵的会客室的墙角有镶着银框的圣像画，圣像前有三只垂吊在天花板上的涂金圣灯，所有来访者首先都要向圣像画十字。苏兹达尔公爵格奥尔基的会客室里，昏暗而陈旧的圣像前点着圣灯，他的儿子格奥尔基·伏谢沃洛多维奇公爵在听完父亲吩咐他前往莫斯科守卫以后，面向摆放在神龛里的圣像一面庄严地画着十字，一面祈祷上帝能够帮助俄罗斯人集结起神圣大军对抗异教徒鞑靼人。军队的大帐当中，也有放置圣像的地方，义勇军队员拉吉波尔走进梁赞大公帐篷的时候，他摘下帽子、解开皮袄后，首先朝摆在帐篷角落小皮箱上的镶金圣像画了三次十字，接着才朝梁赞大公深深地鞠了一躬。弗拉基米尔大公格奥尔基·伏谢沃洛多维奇的战旗是黑色的，旗子上是金线绣成的耶稣圣像。

东正教徒往往把圣像带在身边，以表达敬意或者求得庇佑。在《拔都汗》中，梁赞大公的儿子费奥多在前往蒙古人营地谈判之前，他的夫人叶甫普拉克西亚从脖子上摘下一个挂在银项链上的圆形金质圣像，把圣像挂到费奥多的脖子上，让丈夫把自己的祝福带在身上。在《走向"最后的海洋"》中，年轻的诺甫哥罗德使者加甫里尔·奥列克西奇的胸前用银链在脖子上挂着银制圣像，他来觐见拔都时，走到拔都汗的宝座前就摘下头盔跪下，从脖子上取下由三幅圣像组成的

---

[1] [苏] 瓦西里·扬：《拔都汗》，陈弘法译，外文出版社2006年版，第298页。
[2] [苏] 瓦西里·扬：《拔都汗》，陈弘法译，外文出版社2006年版，第189页。

一个小小的银制折叠物放在面前,接着俯下身去吻了一吻,然后开始轻声祈祷上帝保佑故土,等等。在很大程度上,圣像和十字架不仅是俄罗斯人虔诚信仰的标志,也是深爱祖国的象征,他们对圣像的珍视在很大程度上就是对祖国的热爱:无论走到哪里面对什么样的敌人,都不会退缩,都会把祖国放在心上。

与俄罗斯人对圣像的重视相关,在一些俄罗斯城市里会有圣像作坊,而从事画圣像的人叫作圣像画家。例如在《走向"最后的海洋"》中,作家介绍了诺甫哥罗德的圣像作坊,这个作坊远近闻名,作坊里有经验丰富的圣像画家马卡里神父。在那里可以学会画圣像,绘圣教堂四壁。小说中的人物之一瓦季姆最初就是在这里学习画圣像,在要求严格的圣像画家马卡里神父手下做学徒。在基辅彼乔尔修道院里隐居着一些与世无争的圣像画家,他们个个手艺高超,瓦季姆后来在这里与专任圣像画师的修道士学习绘画技巧。

在信徒眼中,圣像是神圣之物,不容亵渎。瓦西里·扬描写了瓦季姆要描摹的一幅圣母玛利亚像:圣玛利亚皮肤黝黑,一双黑色的眼睛中含着一丝淡淡的悲哀,手中抱着一个头发鬈曲的婴儿。这幅圣像来自拜占庭帝国首都君士坦丁堡,因而极为珍贵。因怀着对年轻公主的爱慕,瓦季姆将圣母画成了微微含笑的蓝眼睛公主,马卡里神父因而称其为胆大妄为之徒,如果修道院长看到这幅画像,一定会给瓦季姆戴上镣铐关进地牢,瓦季姆因担心受惩罚而远走基辅。基辅修道院的老师告诉瓦季姆,"临摹圣像要做到准确无误,不能掺进个人的意愿"①,因此他在临摹殉教者弗拉西的圣像时,竭力临摹每条皱纹、每绺头发、每道衣褶。毫无疑问,在东正教徒看来,绘制圣像"这是一件光荣而崇高的事儿"②,描摹圣像时的严谨认真态度往往意味着对上帝信仰的虔诚。但是,瓦季姆把圣母画成公主并非意味着他不够虔诚,作家意在说明公主在他心中如同女神一般圣洁,他对公主的爱情也是

---

① [苏]瓦西里·扬:《走向"最后的海洋"》,陈弘法译,外文出版社2006年版,第182页。
② [苏]瓦西里·扬:《走向"最后的海洋"》,陈弘法译,外文出版社2006年版,第159页。

第五章 丝路文化叙事俄语小说中的宗教文化

神圣的,因此他才会把这份情感深埋在心底,不去打扰她的生活。同时,圣母像事件也成为瓦季姆离开公主、前往基辅的直接动因,为瓦季姆后来参加基辅保卫战并英勇牺牲埋下了伏笔。

除了上述宗教仪式和习俗以外,瓦西里·扬在《走向"最后的海洋"》中详细描写了女子剃度的过程和仪式。加甫里尔·奥列克西奇作为使者出使蒙古人营地以后迟迟不归,妻子柳芭娃以为丈夫另有所爱,于是来到距诺甫哥罗德约 20 千米的"圣母神"修道院打算剃度。在举行剃度仪式时,柳芭娃跪在教堂里,面前是读经台,读经台正面镶嵌着手抱婴儿的圣母神像,膝下衬着黑丝绒垫,剃度仪式完毕长发就将用剪刀剪去。柳芭娃旁边跪着一位老修女,手里捧着黑色长袍和黑色修女帽,等剃度完毕就要换上这套服装。道西菲伊神父站在柳芭娃身旁,弯下腰来以低沉而又坚定不移的口气对她耳语,让她祈祷,重复万古不变的祷告:我是上帝有罪的奴仆。唱诗班席上,修女们合唱起了悲哀异常的赞美诗,赞美诗诉说尘世生活的短暂、世俗追求的忙碌和人世欢乐的空幻。修女们无论年长、年轻,一律身着黑袍,虔诚地画着十字,一会儿站起来,一会儿又跪下。两名修女从一排排祈祷着的修女面前走过,将一根根细蜡烛发给每个人,蜡烛被一根接一根地点着,教堂中顿时被无数灯火照亮。合唱的歌声透出了更加悲哀的情调,这种歌曲只有为死者安魂祈祷时才能听到:上帝的奴仆自愿告别尘世,摒弃一切世俗欢乐,成为忠诚的"基督奴仆",这情景同安魂祈祷完全相合。道西菲伊神父又一次俯下身来,对跪在地上的柳芭娃接着劝导,让她重复他说的祷告:自愿接受天使的庇护。修女给柳芭娃两只握在一起的手里塞了一支点着了的粗蜡烛,道西菲伊神父却听不到她吐出任何一个字来,所以一直没有给她剃度,恰好此时加甫里尔·奥列克西奇赶来,将妻子带走而没有完成仪式。从小说中可知,柳芭娃爱丈夫、爱孩子,她想要剃度并非出自内心真正的意愿,因此她十分伤心痛苦,所以迟迟不肯重复主教的祷告。作家上述细致的描写,既真实反映和再现了东正教中女子剃度的仪式和情景,又拉长了剃度仪式的时间,无疑也延长了柳芭娃的痛苦和煎熬,更加突出了主人公对尘世的留恋以及对丈夫的爱情。

　　从小说文本中可以看出，瓦西里·扬对东正教仪式和习俗的介绍和描写相当细致。值得指出的是，作家在描写俄罗斯人的虔诚信仰时，字里行间往往透露着褒扬之词、赞誉之意，原因在于他很多时候把对宗教的态度与对祖国的热爱等同起来。应该说，东正教文化不仅构成了《蒙古人入侵》三部曲故事发展的背景，在很大程度上还参与小说文本的构建，推动事件的发展，甚至决定了故事情节的走向，在小说中起着不可替代的作用。

第二节　宗教神职人员形象

　　神职人员是在各种宗教中为信仰、膜拜对象服务的人，不同宗教的神职人员称谓各不相同。萨满教的神职人员为萨满（也称萨满巫师），伊斯兰教的神职人员主要为伊玛目，东正教的神职人员有主教、神父（也写作神甫）、修士、修女等。在丝路文化叙事俄语小说中，虽笔墨不均，但是对这些神职人员都有所描写。总体来看，萨满是蒙古人眼中的智者，伊斯兰教的伊玛目是统治者博学的仆人，东正教神父则是信徒的精神引领者。

一　萨满教的萨满：蒙古人心目中的智者

　　"萨满"（Шаман）一词，一说源自北美印第安语，原词意为智者、晓彻、探究等；一说源自通古斯语，意指兴奋的人、激动的人或者壮烈的人。无论来源如何，萨满现为萨满教巫师的专称。对萨满教而言，萨满是神的代理人和化身，也是神与人之间的中介，因而"谁胆敢对萨满动手，谁就是在侮辱上天"[①]。萨满可以主持各种宗教仪式，如祭祀祖先、驱魔、占卜、祈福、主持红白喜事等宗教活动。在以蒙古人及其生活为描写对象的俄语小说中，萨满巫师是必不可少的

[①] Калашников И. К., *Жестокий век*, Москва：Издательство АСТ, 2019, С.610.

第五章 丝路文化叙事俄语小说中的宗教文化

人物，一方面，蒙古人的各类活动需要萨满巫师主持，尤其是征战时离不开他们的祈祷或者占卜，军队中往往有多个萨满巫师；另一方面，他们对小说情节构建、故事发展或者主人公形象塑造等起着一定的作用。在多数丝路文化叙事俄语小说中，一些萨满巫师往往无名无姓，他们只是宗教仪式和活动的主持者和参与者，是作家描写萨满教仪式的伴生物，作家无意凸显他们的形象。总的看来，有名有姓、形象鲜明丰满的有三个人，一个是沃尔科夫所著幻想小说《成吉思汗》中年老的萨满巫师蒙力克[1]，一个是卡拉什尼科夫的小说《严酷的年代》中蒙力克的儿子阔阔出，另一个是瓦西里·扬《蒙古人入侵》三部曲中的女巫霍林霍伊·扎丹。在也速该、成吉思汗和拔都出征时他们分别陪伴左右，随时为其部族战争的胜利而祈祷或提出建议，有时他们的想法会对决策或者部族的发展产生极大的影响，例如蒙力克在铁木真出生之前对他未来的预言，霍林霍伊·扎丹对拔都梦境的解释等。

在沃尔科夫的小说《成吉思汗》中，蒙力克首先是一个非常冷静而又沉着的萨满巫师。也速该之妻诃额仑临产时，蒙力克在毡帐之间来回走动并摇晃着手杖，命令人们举行祈祷仪式，除了燃起篝火以外，还在大车的辕杆上系上鬃绳，绳子上挂一些铜铃铛。在他看来，"那些不怕烟和火的魂灵，应该会害怕擦亮的铜铃的叮当声"[2]。当各种准备和祈祷都没能帮助诃额仑顺利产子、诃额仑疼痛万分时，蒙力克观察了产妇的情况，吩咐所有人离开帐篷，只留下产妇一人。他认为，新生儿要想成为善良的小狼，就必须在痛苦中出生，并且预言，"新生儿不希望有人看到他来到人世，诃额仑是狼之妻。她应该像母狼一样，在窝里一个人生下孩子。孩子会在半夜的时候生下来，那时就会有狼衔食而来。这是腾格里的意志"[3]。诃额仑果然在夜半时分产下一

---

[1] 据历史记载，蒙力克是成吉思汗之父也速该的托孤人，深受成吉思汗敬重，成吉思汗尊称其为"蒙力克父亲"。其子阔阔出为通天巫，通常称之为帖卜腾格里，他凭借大萨满的身份挑起成吉思汗与拙赤、合撒儿兄弟间的争执，并私自聚拢势力。成吉思汗命其弟帖木格折断阔阔出脊椎。史籍中并无蒙力克为萨满巫师的记载。

[2] Волков С., Чингисхан. Повелитель Страха, М.: АСТ: Этногенез, 2010, C.72.

[3] Волков С., Чингисхан. Повелитель Страха, М.: АСТ: Этногенез, 2010, C.73.

子,男孩右手握着一个羊肝大小黑色血块,这个孩子就是铁木真。蒙力克对也速该预言铁木真的未来时说:"他不仅会取代您的位置,而且还会复兴昔日孛儿只斤家的荣耀。在未来的时代——铁木真将成为伟大的可汗!屈服于他脚下的不仅仅是蒙古人——还有整个世界!"① 蒙力克的预言为铁木真成长为成吉思汗埋下了伏笔,小说情节也正是以铁木真的成长为线索铺展开来,同时也为作家揭示成吉思汗的性格奠定了基础。

蒙力克对铁木真极其忠诚,在他的一生中起过非常重要的作用。也速该死后,正是蒙力克前往翁吉剌惕部告知铁木真这件不幸之事并将他带回部落,此后对他多有护佑,数次相助。在塔里忽台·乞邻勒秃黑在搏斗中欲加害年少的铁木真时,蒙力克及时赶到,以长生天之名加以制止,对塔里忽台·乞邻勒秃黑说,可怕的危险正威胁着他,"长生天!我们的祖先!地神和水神!在神圣的布尔汉山上!告知于我!"② 后来,铁木真追赶盗马贼时,遇到博尔术并得其协助,夺回被盗的牧马。铁木真追问博尔术帮助自己的缘由时,博尔术说:"萨满蒙力克十天前到过我们这里。他驱除了我母亲生病的身体里的恶魔。萨满还预言,'铁木真·孛儿只斤的第一个士兵将成为伟大的指挥官,将会有三到十个部落服从于他。'我不想一辈子都挤牛奶。我要当你的第一个士兵。"③ 众所周知,博尔术是成吉思汗手下的名将,为蒙古帝国创立和发展做出巨大贡献,二人亦为生死之交,而将他们联系起来的是蒙力克。头发灰白、蓬乱的蒙力克跟随在铁木真身边,会时常提醒他并提出各种建议。他告诉铁木真:"你的父亲在远征之前总是与士兵交谈,鼓舞他们,让他们充满勇气。你要效仿他的做法"。④ 成吉思汗对蒙力克的训诫虽然时有不满,但是却并未责备和表达自己的感受,因为他知道,老巫师蒙力克经常提醒他防备危险。在年老之际,

---

① Волков С., Чингисхан. Повелитель Страха, М.: АСТ: Этногенез, 2010, С. 75.
② Волков С., Чингисхан. Повелитель Страха, М.: АСТ: Этногенез, 2010, С. 128.
③ Волков С., Чингисхан. Повелитель Страха, М.: АСТ: Этногенез, 2010, С. 163–164.
④ Волков С., Чингисхан. Повелитель Страха, М.: АСТ: Этногенез, 2010, С. 216.

第五章 丝路文化叙事俄语小说中的宗教文化

蒙力克及时隐退，将职责转给儿子，希望他能够一如既往提醒和护佑成吉思汗。

蒙力克虽为萨满巫师，但也是一个睿智的哲学家。蒙力克常说："与长生天比较而言，人是微不足道的，而且如果有人敢于侵犯事物正常的秩序，惩罚将很快到来。"[1] 铁木真在救回被俘的妻子孛儿帖以后，对她腹中之子心有疑惑，曾经问过蒙力克。蒙力克击打铃鼓，与神灵交谈后说："对蜂王而言，所有的蜜蜂都是它的孩子。对人们的王而言，所有的臣民都是他的孩子。"[2] 这个从上天那里得到的答案使铁木真感到困惑。当然，这是一个难以回答的问题，但是从蒙力克的回答中却可以看出他是一个富有智慧的人，所以"自铁木真开始恢复兀鲁思以来，蒙力克已成为草原上最受尊敬和最富有的人之一"[3]。

可以看出，蒙力克这一形象在小说中并非可有可无，他参与了铁木真前半生具有转折性意义的重大事件，无论是他在也速该死后将铁木真接回部落，还是帮助他寻找盟友以及时刻谏言，都保证了小说情节的顺利发展，逐步塑造主人公成吉思汗完整的形象。

在卡拉什尼科夫的小说《严酷的年代》中，蒙力克的儿子阔阔出的身份是大萨满巫，人们称之为帖卜腾格里，即天使、长生天腾格里的使者、代言人。帖卜腾格里自幼就表现出做萨满巫师的天分，很小便能与神灵交流，诃额仑说他"一定能成为出色的萨满巫师"[4]。胡楚曾经问过帖卜腾格里，什么样的神灵更多，是邪恶的还是善良的神灵。帖卜腾格里回答说，邪恶的神灵并不多，就像人一样，"邪恶的人并不多，但一个邪恶的人就会毁了一百个、一千个好人的生活"。至于如何保护自己不受坏人的伤害，帖卜腾格里说："邪恶的灵魂和邪恶的人都承认一种东西——力量。小鸭子会成为老鹰的猎物，而蓝鳍鲱鱼则不会。"[5] 帖

---

[1] Волков С., *Чингисхан. Чужие земли*, М.: АСТ: Этногенез, 2010, С. 17.
[2] Волков С., *Чингисхан. Чужие земли*, М.: АСТ: Этногенез, 2010, С. 133.
[3] Волков С., *Чингисхан. Солдат неудачи*, М.: АСТ: Этногенез, 2010, С. 13.
[4] Гатапов А., *Тэмуджин. Книга 1*, ФТМ, 2014, С. 18.
[5] Калашников И. К., *Жестокий век*, Москва: Издательство АСТ, 2019, С. 79.

卜腾格里的观点令胡楚十分信服。帖卜腾格里是不甘人后的，他说："马想成为马中的佼佼者，男人想成为战士中的佼佼者，萨满想成为知晓上天奥秘者中的佼佼者。马的敏捷由跳跃检验，战士的勇气靠战斗检验，检验萨满力量的是摧毁强者思想的能力。"① 这大概也是他能成为大萨满的动力，他的很多预言也都一一应验。例如，在铁木真被塔里忽台囚禁为奴时，帖卜腾格里指出，不要去别的部落寻求帮助，在塔里忽台的泰赤乌部会有人记得也速该并帮助铁木真逃脱，这是上天的旨意。事实果真如此，铁木真在锁儿罕失剌一家以及泰楚库里的帮助下逃过泰赤乌部的搜捕，最终回到母亲身边，此后帖卜腾格里在很多事情上帮助铁木真。帖卜腾格里善于取得他人的信任，铁木真认为他求娶孛儿帖时，正是有了帖卜腾格里的能言善辩，翁吉剌惕部首领德薛禅才能把女儿嫁给他这样一个落魄的人。帖卜腾格里曾经对铁木真说，"天意让我看到了人内心的秘密"，成吉思汗也觉得与他交谈是很不愉快的一件事儿，"好像他真的进入人的内心深处，看到了那些不为外人所知，也不为自己所知的东西"②。

在某种程度上看，帖卜腾格里是一个善良的人。铁木真战胜塔塔尔人以后，一度想要把他们全部杀掉，此时帖卜腾格里站出来说："一切都有起点，也有终点，有自己的尺度。我们不知道是谁挑起了我们部落之间的不和，但是人们希望你会结束这种不和，因此如今才会有许多部落勇敢的子孙追随你。然而你却偏离了上天预定的道路，在你身后，草原将变得荒凉，成为野兽的领地。你说是为祖先的牺牲复仇，但是这样的复仇超越了一切尺度，它违背了人心。"③ 铁木真听了这些话猛然醒悟，因而决定留下儿童、青少年和年轻女性不杀。但是，帖卜腾格里也是一个刚愎自用的人，他自恃萨满的身份，在很多事情上坚持自己的观点。他对铁木真说："我是草原上的风。对一些人我会抚摸他们的脸，对另外一些人则摘掉他们的帽子。谁能阻止我？

---

① Калашников И. К., *Жестокий век*, Москва：Издательство АСТ, 2019, С. 109.
② Калашников И. К., *Жестокий век*, Москва：Издательство АСТ, 2019, С. 430.
③ Калашников И. К., *Жестокий век*, Москва：Издательство АСТ, 2019, С. 471.

第五章 丝路文化叙事俄语小说中的宗教文化

只有长生天。"[1] 在铁木真的议事大帐中，帖卜腾格里总是与铁木真并排而坐。事实上，从来没有人让他坐这个位置，是他自己占了这个位置。这样一来，他的地位似乎在所有人之上，不受任何人控制，甚至不受铁木真的左右。他想来的时候就来，想走的时候就走。铁木真希望帖卜腾格里能够成为自己的耳目去了解每个人内心的想法，但是帖卜腾格里却拒绝了，他表示自己不会为铁木真服务，而只为长生天服务，决定他人生之路的是长生天，不是尘世的君主，铁木真对长生天有用的时候他就会支持铁木真。铁木真正式建立蒙古帝国并称成吉思汗以后，帖卜腾格里自恃有功而为所欲为，把持权力并笼络了很多人，"帖卜腾格里的父亲蒙力克的拴马桩前日益拥挤，而大汗那里却空空荡荡"[2]。帖卜腾格里无视铁木真的权威，他对铁木真说："组建了这个兀鲁思的人们给了你统治权。遵照的是上天的旨意——是的，然而是人们给你的。在凡人与长生天之间的却是我们萨满，就好像拴着马和骑手的缰绳一样。当马扯断缰绳时，骑手就要用鞭子打它。"[3] 孛儿帖因而对铁木真说，现在"兀鲁思有两个统治者！一个统治者确立起来的东西，另一个却在破坏"[4]。帖卜腾格里后来挑拨铁木真与弟弟合撒儿的关系，殴打帖木格，最终使铁木真忍无可忍而任由其被帖木格等打死。

在《严酷的年代》中，帖卜腾格里无疑也是一个重要人物，一方面，他的言行与成吉思汗的性格形成对照，在两个人的关系中从某些方面勾勒出成吉思汗的心理变化过程；另一方面，他的预言、对成吉思汗的建议和帮助，都是小说情节向前推进不可缺少的。

霍林霍伊·扎丹是拔都的"御用"萨满女巫，是"能与先祖神灵谈话的大萨满巫——全能的霍林霍伊·扎丹"[5]，瓦西里·扬在《拔都

---

[1] Калашников И. К., Жестокий век, Москва: Издательство АСТ, 2019, С.455.
[2] Калашников И. К., Жестокий век, Москва: Издательство АСТ, 2019, С.613.
[3] Калашников И. К., Жестокий век, Москва: Издательство АСТ, 2019, С.616.
[4] Калашников И. К., Жестокий век, Москва: Издательство АСТ, 2019, С.614.
[5] [苏]瓦西里·扬：《拔都汗》，陈弘法译，外文出版社2006年版，第155页。

汗》的"鞑靼使者"一节中首次详细描写了她的相貌和特征。俄罗斯城市梁赞来了三个蒙古人派来的使者，其中一个年老女人的模样更令梁赞人惊异，"这是一个面孔虚胖、两眼乱转而似无智慧的老女人。肩上披着一张熊皮，头上戴着一顶高高的尖顶帽，皮腰带上挂着几只熊爪和熊齿、一些小贝壳、几把长刀和一面绘着星星的圆形大铃鼓。她不停地动来动去，一直向四处张望着，似乎在寻找着什么，嘴里还低声地咕哝着一些莫名其妙的话语"①。梁赞人觉得她简直就是个巫婆。作家从梁赞人的视角进行描写，无疑设下了一个谜团，能够引起读者的好奇心。从后文中得知，这个女人就是霍林霍伊·扎丹，在梁赞期间她不停地念咒，意图在俄罗斯人当中制造不安的气氛，甚至作法散布点心疼之类的灾病。由此可见，萨满巫师在军队中的作用是多方面的。

霍林霍伊·扎丹在萨满巫师以及军队中的地位无疑是比较特殊的，她住在单独的黑色帐篷里，对待拔都和普通士兵的态度有所不同。霍林霍伊·扎丹因身份特殊而非常高傲，对士兵的态度不甚友好，甚至没有人敢独自去向她传达拔都的命令，而对拔都则表现得异常恭敬。小说中描写了拔都召见霍林霍伊·扎丹的情形。她首先打扮一番，带上她的全部装备。她脸上涂满红蓝两种颜色画着的花纹图案，花白的头发编成许多小辫，戴上绣着长喙鸟头、拖着狐狸尾巴的帽子，背上披上熊皮，胸前挂上铜盘，腰里系上吊着皮圣像的皮带，拿上大铃鼓和木鱼儿，挎上装着笛子、羊胛骨、羊前腿的挎包。她一边装扮，一边念咒、舞蹈和唱歌。走进拔都的帐篷时，霍林伊·扎丹立刻摆出了一副大名鼎鼎的预言家、能与神圣先祖神灵通话、善知天意并预知未来的人所应有的派头。霍林霍伊·扎丹首先跑到拔都之妃尤勒杜兹面前，抓住她的耳朵，闻她的两颊，舔她的眼角，抚摸她的脸蛋亲热一番，以此表达无限赞叹之意，此后才和她并肩坐下并无所顾忌地看着拔都。但是，她的言语里面对拔都仍充满敬畏和赞赏：

---

① ［苏］瓦西里·扬：《拔都汗》，陈弘法译，外文出版社2006年版，第122页。

第五章　丝路文化叙事俄语小说中的宗教文化

"你是全民族的欢乐,最高尚、最勇敢的赛音汗!你是飞速袭来的大雕!你是雪峰上怒吼的豹子!你是山崖上空鸣叫盘旋的雄鹰!你是全民族的心脏!你说,你为什么叫我来?我任何事都知道,任何事都能为你完成。"①

拔都认为,身为大萨满巫,霍林霍伊·扎丹戴上帽子就能给所有民族带来恐惧和忧愁,会跟黄色厉鬼,即世界七十方的先祖神灵交谈,希望她能把这些神灵召来为自己解梦,明确自己未来的征讨计划。在为拔都解梦时,霍林霍伊·扎丹通过神灵之口说明,拔都因杀害费多尔公爵一行而筹谋中的征讨很难实现,与俄罗斯人作战极其危险。小说中设置这一细节,一方面说明萨满女巫也并非凡事都遵从拔都的意志,她利用巫师的身份和占卜的机会对拔都进行劝谏,体现了她的智慧;另一方面也试图说明俄罗斯人是难以征服、不轻易屈服和难以战胜的民族,拔都的入侵违背了上天的意志,是非正义的,因而可能会全军覆没或者沦为其他民族的奴仆。

小说中霍林霍伊·扎丹之死极具悲剧色彩,作家对其结局的描写耐人寻味。拔都的军队在前往诺甫哥罗德的过程中遇到雪地难以前行,霍林霍伊·扎丹奉拔都之命前来行祈祷仪式,叩问天神大军能否继续前进,拔都能取得胜利还是会死在那里。她身披熊皮、头戴鸟头图案尖顶帽,一边舞蹈一边敲击着铃鼓,就地转着圈儿。为了往远处眺望,跟云彩说话并与天神沟通,她突然灵巧爬上林中空地一棵高大松树的枝头晃动起来,可是松树受力后渐渐向一旁偏去,越压越偏,最后断裂。霍林霍伊·扎丹跌落到雪地上,砸破雪下面的冰层坠落河水之中,挣扎中她陷入了泥潭丧命于沼泽。速不台为救她痛失爱马,本人也差点坠入泥沼。笃信萨满教的蒙古人此时已经无心再继续前行,而"萨满巫们也不喜欢这块斡罗思人的凶地,不喜欢这里的漫天风雪和可怕的严寒。他们很想赶快回家,回到无边无际的蒙古大草原,回到慈祥之神所在的故乡",因为"速勒达

---

① [苏]瓦西里·扬:《拔都汗》,陈弘法译,外文出版社2006年版,第155页。

神这次显然生气了。他不想帮忙,他躲进深雪之中,躲进无底的沼泽之中了"①。面对这种情况,拔都放弃了继续攻打诺甫哥罗德的计划,下令撤兵返回钦察草原休整。拔都说:"迄今为止,还没有什么力量能阻挡我的前进步伐。我的大军穿过了草原,渡过了波涛汹涌的亦的勒河以及其他河流。现在凶恶的斡罗思蟒古思却趁春汛泛滥、道路变成沼泽的时机,加害于我的全体将士。"② 可以说,霍林霍伊·扎丹之死促使拔都做出撤军的决定,是蒙古人返回草原的理由和契机,由此推动了小说情节向前发展。下令撤军以后,热烈的欢呼声传遍全军。可以看出,拔都身为统帅善于揣测人心,当全军已无作战之意,及时撤军无疑是最为正确的决定。

综上可知,萨满巫师都忠诚于自己的主人或君主,可以为他们的事业牺牲自己,原因正如帖卜腾格里所说,"诺颜是萨满的支柱。没有这样的支柱,他就是个靠骨头算命的流浪汉"③。当然,在萨满巫师中不乏富有智慧的人,蒙力克、帖卜腾格里和霍林霍伊·扎丹等人物形象集中代表了萨满巫师的总体特征。

二 伊斯兰教的伊玛目:花剌子模沙摩诃末博学的仆人

伊玛目是伊斯兰教的教职称谓,由阿拉伯语音译而来,意为"领拜人""表率""率领者",即指清真寺内率领穆斯林群众举行拜功的领拜师。博罗金在《撒马尔罕上空的星辰》中则使用"毛拉"(мулла́)一词称之。在不同的伊斯兰教派中,伊玛目的地位和作用也不同:什叶派强调伊玛目的宗教性,指伊斯兰宗教团体组织内部地位最高的领导人,即宗教领袖;在逊尼派中,伊玛目一词没有宗教领袖的含义,多用于称呼教义学、教法学、圣训学、经注学、哲学等领域的高级学者,以及各伊斯兰教学派的思想、理论奠基人。在丝路文化叙事俄语小说中,没有集中笔墨塑造某一伊玛目的形象,而是从总体上勾勒了

---

① [苏] 瓦西里·扬:《拔都汗》,陈弘法译,外文出版社2006年版,第286页。
② [苏] 瓦西里·扬:《拔都汗》,陈弘法译,外文出版社2006年版,第342页。
③ Калашников И. К., *Жестокий век*, Москва: Издательство АСТ, 2019, C. 175.

第五章 丝路文化叙事俄语小说中的宗教文化

伊玛目的特征及其作用和影响。

总体来看，伊玛目相对而言是比较有学问的人，只有经过宗教学校的学习才能成为伊玛目，例如瓦西里·扬在《成吉思汗》里描写了布哈拉的宗教学校里"有数千名年轻和年老的学生——'沙吉尔德'在学习。他们形容枯槁，含辛茹苦，希望掌握阿拉伯宗教经文的奥秘，以便将来在某个破败荒凉的清真寺中当个伊玛目"[1]。伊玛目也认为自己是博学之士，与其他人有别。例如，成吉思汗进入布哈拉后来到清真寺前的广场上，在正面高高的清真寺台阶上，站着一批宗教界和司法界的上层人士以及城市居民中的显赫名流，他们见到成吉思汗就像见到自己从前的国王那样，纷纷匍匐在大汗的马前。然而，几名年长的伊玛目却例外，他们自恃博学多识，无须在国王面前跪拜，故而双手交握在胸前，一直笔直地站在那里。博罗金在《撒马尔罕上空的星辰》中多次提到毛拉们著书立说，"学识渊博"[2]。

在《蒙古人入侵》三部曲中，大伊玛目为清真寺的教长，而其他伊玛目则为宗教领袖，"充当着人世间普通的罪孽之人与云霄外全知全能的真主之间的中介者"，是令人"尊敬的上帝仆人"[3]。伊玛目的衣着往往比较华丽，行为举止通常极为庄重，例如昔格纳黑城的伊玛目："两位身穿条格丝绸、举止稳重的长袍老者，走到地区长官唐古忒汗宫高高的大门前，老者身后庄重地缓缓地走着二十个面色枯黄、骨瘦如柴、饱受饥饿的徒弟。两位老者头戴雪白的缠头，蓄着精心梳理的长胡须，满脸忧虑之色和庄重之气——这一切都表明，他们属于圣伊玛目或伊尚之列。"[4]

伊玛目往往拥有非常大的权力，可以处罚不信仰安拉、违背教义之人。托钵僧哈吉·拉希姆年青时因信仰问题与乌里玛和伊玛目发生

---

[1] [苏] 瓦西里·扬：《成吉思汗（上）》，陈弘法译，外文出版社2005年版，第166页。
[2] Бородин С., Звёзды над Самаркандом: Том 1. Хоромой Тимур, Харьков: Прапор, 1994, С. 320.
[3] [苏] 瓦西里·扬：《拔都汗》，陈弘法译，外文出版社2006年版，第15页。
[4] [苏] 瓦西里·扬：《拔都汗》，陈弘法译，外文出版社2006年版，第15页。

了争执，伊玛目对他说："你走的不是一条升入天堂之路，而是一条堕入地狱之途。"他直言不讳地声称："请随自便吧，别再送我进天堂就感激不尽了！你在那里大谈什么捻珠呀，祈祷之地呀、净心节欲呀的时候，我这里想的却是去穆罕默德清真寺呢，还是去钟声轰鸣的伊萨寺呢，抑或是去摩西的犹太教堂呢，在我看来，去哪儿都一样。我到处寻找上帝，可是哪里也找不到。原本就没有上帝，上帝不过是那些贩卖他的名声者杜撰出来的。我的指路明灯，我的带路向导，是阿布阿里·伊本西拿。"① 从哈吉·拉希姆的话中可以看出，他不仅不信仰伊斯兰教，甚至否定了上帝的存在，这是伊玛目所不能容忍的，他因此受到了圣伊玛目们的一致诅咒，他们下令把他抓起来，打算把他弄到城市广场上当众割掉他那散布毒言恶语的舌头，剁掉他的双手，不让他再写坏人心术的歪诗。虽然他后来机灵地逃走了，但是他的父亲却被抓了起来，投入监狱终生关押，至死勿释，父亲惨死狱中后，弟弟又替他入狱。伊玛目行使教权进行处罚这一情节，是哈吉·拉希姆离家远走他乡的契机，自此他开始踏上追求真理之路途，也为后来归乡、与弟弟重逢、为拔都做老师以及录事和修史人埋下了伏笔。

在普通的信徒面前，伊玛目可以说有绝对的生杀大权，但是在至高无上的花剌子模沙摩诃末面前，则只能俯首帖耳，一味顺从。瓦西里·扬在《成吉思汗》中生动描写了玉龙杰赤大清真寺三位年长的伊玛目对摩诃末的态度以及在摩诃末面前的表现。他们一大清早便来到王宫，为的是在国王的宫廷里做晨祷。在"信仰的保护者"还没有出来之前，三位伊玛目脱掉鞋子，踏上地毯，跪坐下来，各自打开一本以皮革为封面、用铜纽为扣的大书，摊在面前。此时他们之间的对话颇为耐人寻味：

"昨天有四个企图叛乱的汗把年幼的儿子送来做了人质。沙大摆宴席，一下子端上十二只烤羊，"头一位伊玛目说道。

---

① ［苏］瓦西里·扬：《成吉思汗（上）》，陈弘法译，外文出版社2005年版，第29页。

第五章　丝路文化叙事俄语小说中的宗教文化

"他今天也许还会搞什么名堂吧?"第二位伊玛目低声说道。

"最主要的是,一切都要顺着他说,不能发生争论,"第三位伊玛目叹了一口气说道。①

从上述对话中可以看出,伊玛目对摩诃末大摆筵席、挥霍浪费甚是不满,但是却又无可奈何,无法改变,只能顺从他的意志,由此可见宗教对政权的依附关系。在摩诃末远征钦察草原的时候,"各清真寺全体伊玛目每日五次向主宰一切的最高之主祈祷","愿最高之主"使其"国祚绵延,保其'战胜敌人'"②。在《严酷的年代》中,摩诃末在决定出兵攻打哈里发以后,召集伊玛目们前来询问他们的意见,其中一个伊玛目表达自己的看法说,哈里发是信仰的埃米尔,不应该怀疑到他的身上,摩诃末听后让刽子手带走这个伊玛目。其他伊玛目十分恐惧,"开始翻《古兰经》,不敢看向对方:他们惧怕他,也为自己的惧怕而惭愧"。当摩诃末让伊玛目逐一发表见解时,他们不吝先知之言,"每个人都可以这样理解——他们害怕他,但是对信仰之主的恐惧更甚",于是摩诃末让他们起草一份决定并在上面签字,此后吩咐说:"现在去告诉信徒们:真主已经厌弃哈里发纳昔尔。"③

在《蒙古人入侵》三部曲中,得知蒙古人入侵以后,摩诃末召开非常会议讨论对策,会议参加者除了主要将领、显贵伯克、高级官吏以外,还有白发苍苍的伊玛目们。在会议上,先由总伊玛目念一篇简短的祷词,祷词最后说:"愿安拉为了国王的利益和荣耀而保佑幸福繁荣的花剌子模大地!"所有在座的人都举起手掌,用指端捋了捋胡须。摩诃末让所有人提出自己认为的最好的措施。第一个发言的是知识渊博的大伊玛目失哈不丁·基发克,他年迈苍苍,绰号被称作"宗教的中坚、国家的柱石",他认为应该挥起勇敢和虔诚之剑,打垮带来麻烦的人物,建议将军队开到锡尔河畔,在那里与异教徒蒙古人展

---

① [苏]瓦西里·扬:《成吉思汗(上)》,陈弘法译,外文出版社2005年版,第36页。
② [苏]瓦西里·扬:《成吉思汗(上)》,陈弘法译,外文出版社2005年版,第89页。
③ Калашников И. К., *Жестокий век*, Москва: Издательство АСТ, 2019, С. 722.

开殊死之战,率领生力军进攻敌人。然而,总伊玛目的这一建议未被摩诃末采纳,这一方面说明伊玛目并没有决定权,另一方面也对摩诃末的形象起一定的衬托作用,说明摩诃末一意孤行和胆小怕事。事实上,除了总伊玛目以外,其他的伊玛目立场并不坚定,布哈拉和撒马尔罕不战而降,其中都有伊玛目的参与。在蒙古人攻打撒马尔罕时,"城中最显贵的人士——大法官(哈迪)、宗教首领舍赫·乌里·伊斯兰和清真寺的长老伊玛目们连夜开会,决定向蒙古人投降。第四天早上,他们走出城门,向合罕大营走去"①。虽然伊玛目并不是唯一主张投降的群体,但不得不说,他们的参与无疑加速了城市的沦陷。

在蒙古人征服花刺子模以后,该地区的宗教信仰得以保留,但是此时的宗教已经服务于蒙古政权,伊玛目们也转而为蒙古领袖和帝王祈祷。正如昔格纳黑城年长的伊玛目所说:"从尊敬的蒙古诸王来到昔格纳黑之日起,我们就应当为他们做祈祷,我们听说,他们准备对异教徒——愿真主惩罚他们!——发动一场伟大的征讨。我们应当向真主——愿他英名远扬!——做祈祷,祈祷征讨成功,诸王强盛,功勋卓著!"②《拔都汗》的开篇即描写了昔格纳黑城的伊玛目们面对拔都汗和贵尤汗之间的王权之争,在没有确定谁能成为成吉思汗的继承人之前,不知应该为谁祈祷,感到有些左右为难。可以看出,对伊玛目们而言,谁坐上最高之位并不重要,无论谁是君王对他们而言都一样,他们看重的是拥有无上权力的人,而不是某一个人,因而才能在摩诃末惨败之后迅速接受蒙古人的统治。

在博罗金的小说《撒马尔罕上空的星辰》中,对帖木儿而言,毛拉并非可有可无之人,他在与孙子交谈时表达了需要毛拉为自己的统治服务的想法:"我们需要这样的毛拉吗?一些人每天在全体百姓面前滋事生非;另一些人每天在全体百姓面前祈祷五次。然而有必要减少他们的出现。见到他们的次数越少,人们就会越害怕他们。怕谁就

---

① [苏] 瓦西里·扬:《成吉思汗(上)》,陈弘法译,外文出版社2005年版,第202页。
② [苏] 瓦西里·扬:《拔都汗》,陈弘法译,外文出版社2006年版,第16页。

第五章 丝路文化叙事俄语小说中的宗教文化

会服从谁。我必须亲自去找他们。"[①] 关于毛拉之于帖木儿的作用,图拉工匠纳扎尔熟识的一位俄罗斯人了解得非常清楚。毛拉们能说会道,他们支持帖木儿,用《古兰经》发誓为帖木儿的言论担保。他们宣称,帖木儿是合法的君主,"如果有人起来反对上帝所确立的统治者,或者是奴隶反对他的主人,那是极大的罪过"[②]。可见,在丝路文化叙事俄语小说中,伊玛目(毛拉)虽然博学,但是往往充当着统治者仆人的角色,谁是强者便屈服于谁,谁是君王便为谁服务、为谁祈祷,可谓王权的附庸。

三 东正教主教和神父:俄罗斯信徒的精神引领者

在东正教当中,主教和神父是主要的神职人员,一般认为他们通过圣礼得到上帝所赐的圣灵,要为教会服务:主持教堂圣礼与礼拜仪式,教导人们信仰基督以及遵守教规,祝福教民,主持教会事务。在丝路文化叙事俄语小说中,在迎战外敌之前,主教或者神父往往会举行集体的祈祷和祝福仪式,增强人民战胜敌人的信心和勇气,激励俄罗斯人的斗志和保家卫国、视死如归的气概,从而通过信仰的力量起到精神鼓舞的作用。可以说,在战争年代,许多主教和神父成为信徒的精神引领者。有趣的是,与前述伊玛目不同,东正教神父往往是有名有姓的,作者似乎有为他们立传之意。

在《拔都汗》中,蒙古大军在拔都汗的统率下驻扎在沃龙涅什河畔,梁赞大公尤里·英格瓦列维奇联合穆罗姆、科洛姆纳、克拉斯内伊、扎莱斯克、普龙斯克等地的公爵,打算一同带领百姓并肩战斗保卫俄罗斯的土地。亚鲁斯托沃教堂此时举行了市民大会,在大会上首先讲话的是一个上了年纪的神父,他身穿绣着黄色十字架的雪青色粗麻布僧袍站在教堂的台阶上,双手高举着一个不大的铜十字架。神

[①] Бородин С., *Звёзды над Самаркандом: Том 1. Хоромой Тимур*, Харьков: Прапор, 1994, С. 47.

[②] Бородин С., *Звёзды над Самаркандом: Том 1. Хоромой Тимур*, Харьков: Прапор, 1994, С. 320.

父面向人群祝福，高声号召人们："时候到了，东正教徒们！不能让该死的拔都皇帝占领我们的俄罗斯土地！大家都加入尤里·英格瓦列维奇大公的部队吧！"①在神父说这些话的时候，所有人都全神贯注地听着，在他讲完之后，人们纷纷表示要加入梁赞大公的义勇军。可见，神父的话具有很大的鼓舞和号召的作用，将人们的力量凝聚起来。

　　弗拉基米尔城大教堂的大主教名叫米特罗凡，他蓄着黑色大胡子，长着一双深邃的黑眼睛。在公爵夫人一行人怀着必死之心来到教堂时，大主教率领身穿黑色僧衣的全体教职人员站在大教堂里圣像壁下的祭坛上迎候她们。在教职人员们集体诵经完毕后，他用低沉而有力的声音召唤大家平静地、勇敢地、虔诚地去迎接无可回避的苦难末日的来临，然后为所有人剃度，让他们接受戒律，把他们变成天使，使他们在被杀害以后可以直接进入天堂。在教堂大门被蒙古士兵撞开以后，大主教米特罗凡依然临危不惧，双手高举金十字架站在教堂中央的祭台上，一边向四面八方祝福，一边用洪亮的声音鼓励大家面对敌人和死亡不要害怕，其他身穿黑色衣袍的僧人们则疯狂地挥起斧头朝蜂拥而进的蒙古人砍杀过去，阻止了他们一次又一次的进攻。强攻不能得逞的蒙古人只好拆掉附近的栅栏，在教堂台阶上燃起了篝火。透过烟火，依旧可以清晰地听见悠长而悲哀的合唱声。应该说，弗拉基米尔城女人们的顽强不屈，离不开大主教米特罗凡的精神鼓励。

　　波任吉村的瓦赫拉缅伊神父是一个非常可爱的老人，他爱讲古老的往事，与他所住的歪歪斜斜的教堂同样老迈，然而面对外敌时却毫不屈服。波任吉村地形较为复杂，四周环绕着茂密的森林，冬季从西边只有一条路可以出入，从东边则只能走冰面出入，夏天四面全是无法通行的沼泽。弗拉基米尔大公格奥尔基·伏谢沃洛多维奇认为蒙古人无法进入此地，因此决定在此地集结军队建立军营抗击蒙古人。表

---

　　① ［苏］瓦西里·扬：《拔都汗》，陈弘法译，外文出版社2006年版，第117页。

第五章　丝路文化叙事俄语小说中的宗教文化

面上看,瓦赫拉缅伊神父十分支持大公,他说:"我会尽力祈祷,每天祈求全能的上帝赐你的军队以胜利,让你的军队打败敌人。"① 他认为自己只不过是一个卑微的教职人员,即便对大公的决定心存疑虑,也只能听命,但是他为军队做了自己能够做的一切。当蒙古主力部队攻打过来时,瓦赫拉缅伊神父深知一场殊死之战就在眼前,他穿上肥大的皮大衣,从地上捡起一根捆木柴的绳子紧紧地系在腰里,拿上铜十字架参加战斗。他对惊慌失措的妻子说:"愿上帝保佑你,奥林比亚杜什卡,我的位子应当是与战士们在一起。"② 瓦赫拉缅伊神父完全不顾自己的老迈,即便走路颤颤巍巍,但是面对外来之敌毫不退缩,勇敢地与普通战士共进退。

来自基辅的修士司祭维尼阿明是一个正直而又虔诚的人,他在"黑僧帽人"和托尔克人中传教多年,临死前念念不忘故乡,但却因病重而无法归去,因而嘱托为他做祈祷的神父——修士司祭麦福季回到基辅后去找千人团总德米特罗,告知其蒙古人即将入侵的消息,转达为德米特罗将军战斗功绩的祝福。维尼阿明认为,鞑靼人虽然兵力不计其数,但是"我们俄罗斯的子孙们,一定会以神圣的真理和坚固的壁垒战胜鞑靼人"③。麦福季神父在维尼阿明死前一直守在他身边,此后即便距离基辅路途遥遥,一路坎坷,但是他无畏艰难,兑现了对维尼阿明的承诺来到基辅。

面对蒙古人入侵俄罗斯,来自其他国家的天主教神父与俄罗斯东正教神父形成了鲜明的对比,前者往往倾向于屈服外敌的立场,瓦西里·扬在《成吉思汗》中描写了一位身为总主教的希腊人的表现。成吉思汗率军即将入侵基辅,得知这一消息,基辅大公姆斯吉斯拉夫·罗曼诺维奇便在府邸召开诸位公爵参加的会议,共议保卫俄罗斯土地的大事。在公爵们议事之时,来了一队身穿锦缎法衣的教职人员,前面是四名肩宽体胖的助祭挥动着手提香炉,接着是几个男童手持燃烧

---

① [苏]瓦西里·扬:《拔都汗》,陈弘法译,外文出版社2006年版,第295页。
② [苏]瓦西里·扬:《拔都汗》,陈弘法译,外文出版社2006年版,第326页。
③ [苏]瓦西里·扬:《走向"最后的海洋"》,陈弘法译,外文出版社2006年版,第173页。

着的粗大蜡烛，后面是几名上了年纪的大司祭拿着金属十字架，最后是头戴金色大法冠、留着黑胡子、面色黝黑的总主教。他是一个希腊人，在两名童子的搀扶下走了过来。这些教职人员拖长嗓音唱着祭歌走到台阶前停下来，祭歌随之停止。基辅大公走到总主教面前，虔敬而又谦恭地低声请求神父向公爵们布道，希望他能规劝大家捐弃前嫌，一致团结对敌。总主教登上凉台，首先向前方和左右两方祝福，然后开始用俄语背诵教义，而这些教义并不是让人民团结起来抗击入侵者，而是要求人们忍耐，他说："如若失去东西，要忍受，勿报复！如若被仇视、遭驱赶，要忍耐！如若遭诽谤，要沉默！主告诉我们，战胜敌人有三件法宝，这就是忏悔、眼泪和施舍。"① 基辅大公姆斯吉斯拉夫觉得总主教十分糊涂，把一切都弄颠倒了，他实在听不下去，便悄悄地走到四名助祭跟前，让他们赶快唱赞美诗或者唱祈祷歌打断主教，而大公手下的官员们则走到惊慌不知所措的总主教身边，搀着他走进大公的会客厅里。

《走向"最后的海洋"》中，基辅市民在决定如何面对蒙古人入侵时，邀请外国僧侣拉丁人约阿基姆发表意见。约阿基姆出现时，先是十二名天主教神父在一片悦耳的铃声中缓缓地依次登上台阶站成一排，而首席神父庄重地站在十二个人之前，双手高擎大银十字架，做昂首望天之状。首席神父声音很轻很甜，说话拖长语调，他表示自己和圣母玛利亚修道院其他十二名多明我会神父在基辅城已经生活了二十年，对俄国人、对基辅居民充满了最热烈的情谊，俄国人的灾难自然也是全体基督教徒的灾难，然而他们商讨的结论却是向敌人妥协，他说："至圣罗马教皇授权我多明我会教徒，要我们以上帝之言、奇异之光去感化异教徒，这奇异之光是我主耶稣及其门徒——圣教徒们给人们带来的。为了感化之需要，我们人数不多的僧团成员人人都学会了库蛮语。现在，当整个基督世界危亡之日来临的时刻，我们想用自己的知识和自己的热忱，为保护我们的伟大城市基辅竭尽绵薄之力。我们

---

① [苏]瓦西里·扬：《成吉思汗（下）》，陈弘法译，外文出版社2005年版，第113页。

第五章　丝路文化叙事俄语小说中的宗教文化

这样认为：上帝之言会教会大家互爱的。因此，我们这样设想：何必流洒无辜的鲜血去同鞑靼人交战呢？同鞑靼人媾和，建议他们以和平忍让、相互友好的方式结束争端，岂不更好？由此，我们多明我会弟兄不揣冒昧，锐身以任，充当使者，觐见鞑靼大王拔都汗。我们可以去同他交谈，可以去向他探问：他到底想从基辅得到什么，如何才能使他接受和平？"[1] 他的话仿佛一股风暴掠过人群，以千人团总德米特罗为首的基辅人民极为愤怒，认为这些神父是鞑靼奴才，是基辅的叛徒，呵斥拉丁人滚出基辅，天主教僧侣只能仓皇离开。

上述天主教神父的态度令俄罗斯人愤怒，面对蒙古人入侵俄罗斯和自己的国家，只有个别国家的天主教神父表现出对抗的勇敢精神，呼吁各界起来保卫国家。马扎尔国的一位天主教史学家、达尔马提亚斯帕拉托城中的修道士福马便是其中之一，他看到马扎尔人无忧无虑，对于前途毫不关心，对于巩固和保卫祖国亦无任何措施可言，他非常为马扎尔王国的前途担忧，严厉抨击马扎尔贵族阶层的荒淫无耻，将时间耗费到无聊的嬉戏和追逐女人之中，他们对灾难临头的严肃警告置之不理，对敌人可能发动的进攻不以为然，认为所有这些都是修道士和神父们的无稽之谈。另外一位马扎尔神父于1240年末致函巴黎主教，对被称为威严的"神鞭"的拔都及其军队做了详细描述，呼吁提高警惕应对即将到来的危险和战争。

天主教神父的屈服与退让，与罗马教皇的表现不无关系。得知蒙古人即将攻入，罗马教皇从罗马逃到法国并匿身于里昂，从里昂发布诏书号召教徒进行"圣战"，忽而要他们攻打保加利亚人，忽而要他们攻打俄国的分裂派教徒，并向那些拿起武器充当十字军的人们许诺说，要宽恕他们过去、现在和将来的罪孽和最严重的罪行。与此同时，教皇诅咒腓特烈二世皇帝，指责他犯有叛变之罪，说鞑靼人袭击欧洲，就是他这个魔鬼的仆人招引来的。老百姓认为，神圣的教皇应该亲自到马扎尔王国的边境去鼓舞集结在那里的基督教大军的士气，然而事

---

[1] [苏] 瓦西里·扬：《走向"最后的海洋"》，陈弘法译，外文出版社2006年版，第188页。

实却恰恰相反，因此人们对教皇提出质疑。

综上可见，作家在勾勒东正教神父形象的特征时，通过对比的艺术手法，突出神父们的爱国情怀和坚韧的勇敢精神。面对敌人和危险，神父们浴血奋战，与人民相伴相随、生死与共，他们的榜样起到了引领人民大众的作用。东正教神父将基督信仰与爱国情怀结合在一起，是人民精神的引领者、鼓舞者。

第三节　统治者的宗教信仰

在 13—14 世纪的一些国家，宗教是统治者管理和统治国家的有效工具，因而政权与神权的关系较为密切，政权往往依靠神权，甚至权教合一。在丝路文化叙事俄语小说中，除了上述宗教习俗与仪式以及神职人员的形象以外，作家们还描写了各国统治者的宗教观念和宗教信仰。总体上看，对蒙古统治者成吉思汗和拔都而言，萨满教是其远征获得胜利和成功的保障；对花剌子模沙摩诃末而言，伊斯兰教是其维护和稳固自己统治的工具；对帖木儿来说，伊斯兰教是他控制民众的手段，更是对外扩张的旗帜。

一　成吉思汗与拔都的宗教信仰：获得成功的保障

作为蒙古人，成吉思汗和拔都总体上看信仰萨满教，他们视萨满教及其祈祷仪式为获得成功的保障。与此同时，从二人对待萨满巫师的态度可知，他们对萨满教的信仰是矛盾的：他们既需要萨满教的加持，同时并不会完全听从萨满巫师的建议，不会受其左右。

成吉思汗对宗教信仰有自己的理解，卡拉什尼科夫在《严酷的年代》中介绍了成吉思汗对祈祷、庙宇和统一信仰的看法。一般来说，信徒要向所信仰的神祈祷，例如穆斯林每天都要祈祷五次，在与伊斯兰教的宗教法官谈及此事时，成吉思汗指出，"我不认为这是有意义的。人应该遵照自己内心的意愿祈祷，而不按照某个人的指示。有需要就每天祈祷五次、十次，没有必要就完全不用祈祷。……如果神是万能的，每个地方都应该适合祈祷"①。基于这样的想法，成吉思汗拒绝了耶律楚材提出的像其他国家那样建造有宫殿和庙宇的城池的建议，他说："至于宫殿……长生天永远在我们的上方，神灵住在草原和森林里、在山谷和群山中。有人祈祷——即便没有庙宇神灵也能听见。"② 耶律楚材提醒成吉思汗，每个民族都有自己的上帝，每个人都按照自己的理解祈祷，而能让各个民族团结起来的是统一的信仰或者合理的国家制度。然而，成吉思汗并不赞同这个观点，他说："所有人信仰相同是不可能的。让天上有每个人所信仰的主，而人间所有人的主则是我。"③ 成吉思汗还不理解另外一件事：为什么与自己交谈的伊斯兰教宗教法官把自己的信仰置于其他信仰之上，他说："我不明白它哪里比别的信仰更好。你把自己的国王称为信仰的支柱，可这是什么支柱啊？我更像所有信仰的支柱。我不区分各个信仰，我不把自己的信仰凌驾于所有其他信仰之上。"④ 从中可以看出，成吉思汗对不同宗教信仰表现出一定的宽容，但是同时也认为他自己才是人间的主宰，这与他要统一世界的想法是一致的。

　　加塔波夫的小说《铁木真》中认为成吉思汗具有"萨满气质"，少年铁木真曾经被朋友阔阔出带去见过两个萨满巫师，其中一个老巫师对他说："你本应该成为萨满巫师的。但是星辰给你指明了另外一条道路。你将成为伟大的统帅和许多民族的可汗。七年后你的第三只眼睛将会张开。但是在那之前，你不能施魔法，要保存自己的力量。"⑤ 对于铁木真在射箭等方面超出常人的能力，部族的托多因爷爷认为，这些能力"只有那些血管里流动着萨满或答剌罕血液的人"⑥ 才能拥有。与此同时，铁木真从童年起就相信祖先的神灵会帮助他，母亲认为他的朋友阔阔出一定会成为大萨满，因而建议铁木真要与阔阔出和

---

① Калашников И. К.，*Жестокий век*，Москва：Издательство АСТ，2019，С. 811.
② Калашников И. К.，*Жестокий век*，Москва：Издательство АСТ，2019，С. 705.
③ Калашников И. К.，*Жестокий век*，Москва：Издательство АСТ，2019，С. 705.
④ Калашников И. К.，*Жестокий век*，Москва：Издательство АСТ，2019，С. 811.
⑤ Гатапов А.，*Тэмуджин. Книга 1*，ФТМ，2014，С. 18.
⑥ Гатапов А.，*Тэмуджин. Книга 1*，ФТМ，2014，С. 115.

睦相处、永远不要吵架，铁木真则告诉母亲："我不怕他，现在还不知道谁的精神更强大，是萨满的，还是我答剌罕的。"①

在小说《严酷的年代》中，年轻的铁木真对弟弟说："你以为我会一直用萨满头脑思考吗？"② 以此表明自己不会一直按照萨满巫师的预言和建议行事，事实也正是如此。最初帖卜腾格里建议他站在札木合与王汗对立面的时候，他是拒绝接受的，并且认为帖卜腾格里的心里住着恶魔。在一次与帖卜腾格里谈话以后，铁木真意识到："萨满认为自己不仅无所不知，而且无所不能，显然，他认为，上天让他控制人们，那么他就应该控制。"③ 铁木真觉得，萨满想要控制的人当中也包括他，从而也明白了自己不喜欢、甚至讨厌帖卜腾格里的原因。可见，铁木真是不喜欢受萨满摆布的，只不过在自己的力量还比较薄弱的时候，只能在一些事情上暂时听从萨满的建议，依靠萨满的力量达到目的。铁木真请帖卜腾格里帮助阻止王汗与札木合会面，帖卜腾格里通过萨满的神力使王汗病倒，这让铁木真"对萨满的神秘力量感到震惊。在惊讶之余，他感到害怕：这样的人比任何敌人都危险"④。帖卜腾格里在大帐中总是与铁木真平起平坐，铁木真对此感到极其不适，他总会不自觉地考虑自己的观点是否会得到萨满的认可，并且为自己的这种心理而懊恼。铁木真在听到帖卜腾格里说只为长生天服务以后，他久久无法平静，每次想到这些话，他内心就无比愤怒，因为他明白帖卜腾格里并不惧怕他。在铁木真看来，让人心中充满恐惧，那么他就是你的奴隶。恐惧使人恭顺和服从，谁不怕你，谁就成了你的敌人。铁木真觉得帖卜腾格里是一个很难控制的人，这不仅令人反感，甚至不止一次产生打死他的冲动，想要"什么时候亲手掐死他"⑤。铁木真在帖卜腾格里挑拨自己与弟弟合撒儿的关系时，迫于萨

---

① Гатапов А., *Тэмуджин. Книга 1*，ФТМ，2014，С. 18.
② Калашников И. К., *Жестокий век*，Москва：Издательство АСТ，2019，С. 217.
③ Калашников И. К., *Жестокий век*，Москва：Издательство АСТ，2019，С. 308.
④ Калашников И. К., *Жестокий век*，Москва：Издательство АСТ，2019，С. 456.
⑤ Калашников И. К., *Жестокий век*，Москва：Издательство АСТ，2019，С. 523.

满巫师的神秘力量而犹豫，而在他殴打帖木格事件以后，最终下定决心授意其弟弟打死了他。可以说，铁木真与帖卜腾格里之间的矛盾和冲突，是一场王权与神权之争，最后而以铁木真胜利、萨满巫师失败告终。

在沃尔科夫的幻想小说《成吉思汗》中，成吉思汗对萨满的态度是矛盾的。蒙力克在也速该在世时起便是其部落的萨满巫师，并且多次搭救遇险的铁木真，因而铁木真对他较为尊敬，即便有时心中不满，但是能够倾听他的建议。蒙力克之子阔阔出接下萨满之职以后，成吉思汗最初表示不会违抗腾格里的意志，即便阔阔出为自己建造只有可汗才能住的白色毡帐，他依然容忍了这种行为和做法，认为腾格里在天上，而可汗是他在人间的影子。后来，阔阔出挑拨成吉思汗与其兄弟合撒儿的关系，让成吉思汗杀死合撒儿以避免与其争权，成吉思汗在母亲的提醒下认为阔阔出欺骗了自己，便默许其弟弟帖木格将其处死。阔阔出死后尸体神秘消失，人们认为这是不祥之兆，但是成吉思汗在阔阔出的毡帐中独自思考了一天以后告诉众人，阔阔出的灵魂和身体被腾格里的仆人带走，他还说，"现在我自己将参悟腾格里的意志，与长生天交谈"①。可以看出，成吉思汗与萨满巫师之间的矛盾是一直存在的，二者之间的争斗从未停止过，成吉思汗无疑是胜利者。

即便如此，成吉思汗的身边一直有萨满巫师相伴相随。据瓦西里·扬在《成吉思汗》中的描写可知，成吉思汗行军征战各地均有萨满巫师跟在身边，时时会举行祈祷仪式。通常情况下，在成吉思汗帐篷前面的场子上会设有几座祭坛，祭坛上燃着熊熊炭火，凡是前来谒见的人，都必须从祭坛的炭火间走过。据萨满巫师解释："火可以消除心怀歹意者的罪恶意图，驱除凶神恶煞带来的灾难疾病。"② 与此同时，头戴尖顶毡帽、身披白色长袍的年迈苍苍的大萨满别吉和四个小萨满念着祷词绕着祭坛走来走去，一边用手掌击打大铃鼓，摇着

---

① Волков С., *Чингисхан. Солдат неудачи*, М.: АСТ: Этногенез, 2010, C. 22.
② [苏] 瓦西里·扬：《成吉思汗（上）》，陈弘法译，外文出版社2005年版，第102页。

小铃铛,一边不停地往炭火中扔着松柏枝叶和晒干的香花。据萨满巫师说,速勒达神暗中陪伴着成吉思汗远征,为他带来震撼世界的胜利,而他出征时身边总有一匹不备鞍子的小马驹伴随,这是一匹名叫"薛帖儿"的黑眼睛奶白色小马,总是拴在帐篷一侧的金色桩子上。这匹马眼中闪着火光,周身着银白色的毛,但是它从来没有备过鞍子,也从来没有人骑过。据萨满巫师解释说,在成吉思汗出征时,凡人肉眼看不见的强大战神速勒达——蒙古军队的保护者骑着这匹雪白的骏马,带领蒙古军队走向胜利。[1] 成吉思汗在带领大军出发以前,要喝马奶酒、祭奠白纛所代表的战神速勒达,这也是萨满教的一种仪式。

成吉思汗的做法在很大程度上影响了他的继承人,贵尤受其影响最大。贵尤是成吉思汗之孙、窝阔台之子与继承人,他极力在各个方面模仿成吉思汗。他在大帐旁栽了一根木杆,木杆上挂着黑五角旗,旗上用金线锈着蒙古人远征时的保护神——战神速勒达。贵尤汗也在大帐旁拴着一匹不备鞍子的白马驹,由两个萨满巫师寸步不离地照料。深红色的大帐前,昼夜不熄地燃烧着两堆篝火。萨满巫师们身上挂满铃铛、腰间挂着毡制玩具,他们跳着舞步、敲着大鼓,围着篝火绕来绕去。当有人要进入贵尤的大帐时,首先要规规矩矩向萨满巫师通报姓名,萨满巫师高声念起咒语,并用圣烟熏他们一番——为了让恶念随烟飘去,大帐门口的守卫提醒走进去的人用剑挑起门帘,不让他们的脚碰到门槛,否则会导致天神愤怒:雷神会用闪电和雷击惩罚大帐的主人。[2]

拔都对萨满教的信仰是有一定矛盾性的,他肯定萨满教的战神速勒达,同时对萨满巫师的预言又持怀疑态度。拔都认为,"神有许多,有善神也有恶神。但是最灵的神是我们的战神速勒达。他给我们带来胜利,使所有的人都屈服于我们的宝剑之下,于是蒙古人便能统治全世界了!"[3] 如前所述,拔都的大军出发前要举行萨满祈祷仪式,在他

---

[1] [苏]瓦西里·扬:《成吉思汗(上)》,陈弘法译,外文出版社2005年版,第102—103页。
[2] [苏]瓦西里·扬:《拔都汗》,陈弘法译,外文出版社2006年版,第18页。
[3] [苏]瓦西里·扬:《拔都汗》,陈弘法译,外文出版社2006年版,第200页。

第五章　丝路文化叙事俄语小说中的宗教文化

做了让他心神不宁的梦以后，需要大萨满霍林霍伊·扎丹为他解梦。霍林霍伊·扎丹通过解梦告诉他不要入侵俄罗斯时，他却并不完全相信她的预言，认为是那些胆小鬼用怯懦的说教影响了她。他以双角王伊斯坎德在出征前的行动为依据，说明要无所畏惧地去远征，而速不台也建议拔都即便会遇到阻碍和抵抗，仍然应该继续前进，而不是退缩，任何力量都拦不住他进入梁赞。即便如此，在行军过程中遇到困难时，拔都仍寄希望于萨满巫师的祈祷和预言，希望通过萨满巫师霍林霍伊·扎丹念咒，能够祈求先祖神灵们让暴风雪停下来。在遭遇梁赞以及周围村落幸存者组成的自由军队顽强抵抗而长时间不能获胜且损失惨重时，拔都汗的脸因愤怒而变了颜色，他咬牙切齿地表达对萨满巫师不进行祈祷的不满。萨满巫师们于是急忙赶来，他们号叫、击鼓和舞蹈，祈祷全能的蒙古战神速勒达战胜俄罗斯的战神。拔都的军队在前往诺甫哥罗德的过程中遇到雪地行动受阻，尤其是在一个十字路口栽着一个三人高的木头十字架，大军只得暂停。速不台建议请教庇护神，于是召来了萨满女巫霍林霍伊·扎丹，可是她却从树上掉到雪地上砸破冰层坠入沼泽而死。蒙古人因此认为，这里是一个令人诅咒的地方，俄罗斯的黑色蟒古思正在这里寻找牺牲品，木头大十字架是俄罗斯人为他们的萨满巫师插在坟头上的。不少过路人已经在这里死于强盗伊格纳奇的手下，尸首被他抛进沼泽，因此不能再到富庶的诺甫哥罗德了，拔都遂下令撤兵。拔都手下的蒙古人也认为，"拔都汗向来天马行空，他今天把白马孝敬给战神速勒达，明天只要他愿意，就会自己骑到白马背上"[①]。

从上述描写和拔都的行为可以看出，拔都的信仰是矛盾的：当萨满巫师的建议对他有利或者与他想法一致，他才会相信，否则就会持怀疑甚至否定的态度。应该说，在这一点上拔都与成吉思汗非常相似。对他们而言，宗教在很大程度上是确保其胜利和成功的辅助手段和工具，很难说他们的信仰有多虔诚。

---

① ［苏］瓦西里·扬：《拔都汗》，陈弘法译，外文出版社2006年版，第205页。

二 摩诃末的宗教信仰：维护统治的工具

花剌子模是一个信仰伊斯兰教的国家，对花剌子模沙宗教信仰的描写主要体现在瓦西里·扬的《蒙古人入侵》三部曲和卡拉什尼科夫的《严酷的年代》中。花剌子模最后一位帝王是摩诃末[①]，他于1200年登上王位。据瓦西里·扬在《成吉思汗》中的描写，在摩诃末统治时期，花剌子模成为"全体穆斯林世界最富饶、最强大的算端国"[②]，而摩诃末袭用塞尔柱王朝"苏丹辛札儿"的称号，自比为伊斯兰教世界的最高统治者、全体穆斯林的主宰，他将疆域扩展到素有"战无不胜的世界征服者"之称的父亲伊斯堪德·鲁米在世时尚未达到的荒漠之野。臣服于摩诃末的人也称其为"伊斯兰教最伟大的国家之国王""世界至尊者""信仰捍卫者""伊斯兰教的保护者""世界上最伟大的统治者""伊斯兰教的护盾""正教徒们的中坚、异教徒们的威慑者""伟大、光荣的信仰与正义保护者"。可以看出，摩诃末的很多称谓与宗教信仰有关，他也被认为"是穆斯林世界最强大同时也是最凶狠的统治者"[③]。

在伊斯兰教的两个派别中，摩诃末选择了什叶派，当时这一派的信仰者主要是波斯（伊朗）人，而另一派逊尼派的信仰者是突厥奥斯蛮人。他时刻担心会遭遇反对派的暗杀，他甚至说，"谨慎行事者永远要做好对付突然袭击的准备，王宫中黑暗的弯弯曲曲的小巷随时会有我可诅咒的敌人——巴格达哈里发偷偷派遣而来的伊斯玛仪派的刺客会跳将出来"[④]。伊斯玛仪派是什叶派中由暗杀者组成的一个派别，在13世纪颇为强盛后被蒙古打垮。在小说中，托钵僧舍赫箴扎丁呼吁教徒们反对摩诃末也正是基于摩诃末的信仰选择："正教徒们，你们

[①] 摩诃末即穆罕默德，是旧译，其全称为阿拉乌丁·穆罕默德，俄文为 Ала ад-Дин Мухаммед。本书为了统一和便于理解，均采用陈弘法译"摩诃末"。
[②] [苏] 瓦西里·扬：《成吉思汗（上）》，陈弘法译，外文出版社2005年版，第31页。
[③] [苏] 瓦西里·扬：《成吉思汗（上）》，陈弘法译，外文出版社2005年版，第18页。
[④] [苏] 瓦西里·扬：《成吉思汗（上）》，陈弘法译，外文出版社2005年版，第39页。

第五章　丝路文化叙事俄语小说中的宗教文化

听着！摩诃末沙违背伊斯兰教教义，采纳了哈里发阿里的后人什叶派的邪说。他对满口邪说的波斯人宠爱备至，把异教徒钦察人视为知己。他的父亲帖乞失是个货真价实的突厥蛮人，摩诃末本人却看不起突厥蛮人。你们不要相信他！"① 应该说，反对摩诃末的声音是不断出现的，从他的母亲秃儿哈罕敦写给他的信中可以确认这一点："有人在市场上捕获一个托钵僧。这个托钵僧向一贯轻信的平民百姓散布说，由于我们敬爱的沙仿效波斯人，改信他们的宗教，他将受到安拉的惩罚，为此派亚朱基—玛朱基人直驱花剌子模，毁灭我们的国家。行刑队长官吉军·彼赫列万抓住了这个妖言惑众的家伙，动过烙刑之后，割掉他的舌头，把他吊在市场广场上示众。"②

从某些表面行为上看，花剌子模沙摩诃末似乎是一个虔诚的教徒。早上他先用芳香的玫瑰水洗澡，然后跪在布哈拉的祈祷垫上，抚摸着湿漉漉的胡子，微微闭眼开始祈祷："赞美上帝，世界之主，审判日仁慈的主！我们为你服务，请求你的帮助。请指引我们走上直路，走上你所祝福的道路。"③ 他念完祷告词，要在地上跪很长时间。此外，每天清晨他都"小心翼翼地从壁橱中取出一顶细心缠绕而成的白色缠头，用习惯动作将缠头戴到头上，遮住他那几缕长长的白发"④。他出行时则服饰华丽，缠头贵重："身材魁梧、外表威严的花剌子模沙摩诃末骑着一匹鞍具富丽堂皇的枣红骏马，头戴一顶挂满宝石珠串的白丝缠头，身穿一件缀满珠宝玉石的深红色缎袍，腰挂闪闪发光的宝剑。"⑤

事实上，对摩诃末而言，宗教主要是他维护自己统治的工具。有鉴于此，摩诃末为了庆祝战胜撒马尔罕人，在该城中修了一座高大的清真寺。摩诃末认为，他最主要、最危险的敌人乃是巴格达之哈里发

---

① ［苏］瓦西里·扬：《成吉思汗（上）》，陈弘法译，外文出版社2005年版，第44页。
② ［苏］瓦西里·扬：《成吉思汗（上）》，陈弘法译，外文出版社2005年版，第89页。
③ Калашников И. К., *Жестокий век*, Москва: Издательство АСТ, 2019, С. 682.
④ ［苏］瓦西里·扬：《成吉思汗（上）》，陈弘法译，外文出版社2005年版，第39页。
⑤ ［苏］瓦西里·扬：《成吉思汗（上）》，陈弘法译，外文出版社2005年版，第60页。

纳昔尔，原因就在于此人不肯将全体穆斯林之首领的称号让给他，所以他认为首先应当攻打纳昔尔，将矛头插到巴格达大清真寺前的圣地中。所以他问前来拜见他的三位伊玛目："请你们说一说，我作为伊斯兰诸国最强大的统治者下令巴格达的哈里发听命于我，这种做法对不对？请你们再说一说，如果巴格达的哈里发不服从我的意志，我该如何办？"①三位伊玛目将他们随身带来的大部头古书摊开，轮流着拖长语调读起书上的《古兰经》，竭力证明花剌子模沙摩诃末是继真主之后在人间最高的统治人物，他永远正确，他的每道命令和每个词语都是神圣的。三位伊玛目眼不离书，拖长声音背诵着阿拉伯词句。摩诃末则一边听着伊玛目们诵经，一边吃着烙饼，喝着一碗又一碗热茶，被火盆和热茶弄得全身暖洋洋的，不觉用膊肘靠在枕头上酣然入睡了。这是国王对有学识的伊玛目们的解释感到满意的标志。后来，摩诃末同意废黜扎兰丁改立钦察妃子所生的最小的儿子忽都不丁·斡思拉黑沙为王储的条件，就是攻打纳昔尔，他对钦察诸汗说："你们已经看到，我满足了你们的愿望。现在，请你们也满足我的要求。我的宿敌——巴格达哈里发纳昔尔已经又一次开始制造反对我的阴谋，挑动我的百姓起来造反。只要恶棍纳昔尔一日不除，花剌子模就一日不得安宁。推翻纳昔尔，我们任命的、忠于我们的神职人员就可以成为哈里发。因此，我们什么时候打不垮哈里发的军队，我的长矛什么时候插不到巴格达神圣的土地上，我什么时候不收兵。"② 在小说《严酷的年代》中，摩诃末则一再强调他挑起战争是为了"惩罚异教徒，而巴格达哈里发则与我的敌人勾结，鼓动他们袭击我的领地"③。当摩诃末确认现在没有伊玛目胆敢阻挠他的计划以后，他觉得如果一切按计划继续下去，他将成为巴格达的主人，然后是大马士革、耶路撒冷、圣地麦加、整个穆斯林世界，接着要征服中国、印度，宇宙的所有宝藏都将在他的王位之下。摩诃末与蒙古军队作战的理由也与宗教有关，他对术赤的通司说：

---

① ［苏］瓦西里·扬：《成吉思汗（上）》，陈弘法译，外文出版社2006年版，第45页。
② ［苏］瓦西里·扬：《成吉思汗（上）》，陈弘法译，外文出版社2006年版，第64页。
③ Калашников И. К., *Жестокий век*, Москва: Издательство АСТ, 2019, С. 719.

"我要把你们这批异教徒消灭光,以便得到全能的安拉的青睐。"①

在摩诃末率军与蒙古军队的第一次激战中,他身穿貂皮长袍,舒舒服服地于山头坐在地毯上观战,甚至还啃着野鸭子腿。宗教首脑舍赫·乌里·伊斯兰则坐在摩诃末对面,啃着另一条野鸭子腿,他是沙的随从中唯一有权与沙面对面坐在地毯上的人,他希望允许他在这场征战中始终陪伴在沙的身旁,时时刻刻祈祷安拉赐给沙以胜利。然而事与愿违,舍赫·乌里·伊斯兰的祈祷并没有起作用,蒙古人已经扫清道路向摩诃末所在的山丘冲来,沙遂跳上马背朝草原逃去,他的亲信们也赶紧追随而去,只有舍赫·乌里·伊斯兰要逃走的时候却从马背上摔了下来,于是他又爬上山丘,弄平地毯,跪坐在上面。他在白色缠头的缝隙中摸了半天,终于摸出一个椭圆形的金牌,然后依旧跪在原地,弯下腰,全神贯注地做着祈祷。蒙古人来到他面前时,他一面把金牌递给蒙古人,一面恭顺地说道:"我荣任世界统治者成吉思汗的忠实奴仆已有三年之久了。每个月我都通过商队给安扎在通往中国商道上的第一个蒙古人驿站捎去几封信。现在我请你们把我收留到你们蒙古大军中效劳去吧。我不想再回花剌子模了"。术赤则漫不经心地接过金牌,看了看以后将金牌还给舍赫·乌里·伊斯兰,并且说:"不!你现在还能讨得你们国王的欢心,因此我们还很需要你。你还是回到相信你的国王身边去,不断给我们送来忠实可靠的信件吧。"②不难看出,作家以上描写极具讽刺意味。

在蒙古人入侵之前,摩诃末到清真寺参观,他当着大批正教徒的面虔诚地做了祈祷,与正教徒们一起跪在地上大声重复着伊玛目的祷词。显而易见,此时伊玛目舍赫·乌里·伊斯兰的祈祷和说教不过是花言巧语哄骗摩诃末而已。摩诃末以伊斯兰教之名向众人发表演讲,号召民众起来一致抗击入侵之敌:"伊斯兰各民族都是同一民族。利剑是我们最好的自卫武器。……正教徒理应成为宇宙的统治者,因此

---

① [苏] 瓦西里·扬:《拔都汗》,陈弘法译,外文出版社2006年版,第95页。
② [苏] 瓦西里·扬:《拔都汗》,陈弘法译,外文出版社2006年版,第100页。

也应当无所畏惧！……用无畏之剑打败敌人。……伟大的正在发怒的安拉，请保佑我们战胜异教徒吧！"① 摩诃末表示他将到撒马尔罕迎战异教徒，众人则认为他是"异教徒的战胜者"，是伊斯兰教徒最好的保护者，能够杀死异教徒，赶走异教徒。然而，摩诃末演讲以后并未前往撒马尔罕迎战蒙古人，而是突然拨转马头，折向南方的迦里夫，一行人"仿佛受到可怕的易卜劣斯驱赶的骑士"② 向没有蒙古人出现的印度方向奔逃。

通过以上情节和事件的描写，可以看出摩诃末信仰的虚伪，他只不过将宗教作为巩固地位、愚弄民众的手段以及维护统治的工具。花剌子模帝国内，"王权与教权之间的关系也不融洽"，甚至矛盾重重，摩诃末的很多做法让"宗教界对他的行为极端不满"③。这也是导致摩诃末结局悲惨、花剌子模最终亡国的一个重要因素。

三 帖木儿的宗教信仰：对外扩张的旗帜

帖木儿王朝统治的中心为河中地区，而该地的伊斯兰教信仰已有数百年时间，受伊斯兰教影响极大。"帖木儿崛起后，对伊斯兰教更加崇敬，实行了有利于伊斯兰教发展的各种政策，因而伊斯兰教在帖木儿帝国境内出现了前所未有的发展。"④ 帖木儿为了巩固统治，不能不向他的臣民表明他多么重视伊斯兰教，他的信仰有多么虔诚。他充分利用伊斯兰教信仰的影响力为自己的统治服务，以伊斯兰教为旗帜对外征战。可以说，在帖木儿建国的过程中，"伊斯兰教不仅是帖木儿对外扩张的一面旗帜，而且也是王朝的精神支柱"⑤。

帖木儿对伊斯兰教的重视首先体现在教堂的建设上，他认为，"战士和君主的事业是关心名声、荣誉和信仰"⑥，因而对教堂建设相

---

① ［苏］瓦西里·扬：《拔都汗》，陈弘法译，外文出版社2006年版，第166—167页。
② ［苏］瓦西里·扬：《拔都汗》，陈弘法译，外文出版社2006年版，第168页。
③ 蓝琪：《花剌子模帝国的兴亡》，《贵州师范大学学报》2007年第2期。
④ 高永久：《伊斯兰教与帖木儿》，《西北民族研究》1993年第1期。
⑤ 张文德：《论伊斯兰教对中亚帖木儿王朝的影响》，《贵州师范大学学报》1995年第2期。
⑥ Бородин С., *Звёзды над Самаркандом*: Том 1. Хоромой Тимур, Харьков: Прапор, 1994, С. 116.

第五章　丝路文化叙事俄语小说中的宗教文化

当重视，在帖木儿帝国境内各地均建有代表伊斯兰教信仰的清真寺。其中，撒马尔罕作为强大的帖木儿王朝的首都，这里的清真寺不止一所。博罗金在《撒马尔罕上空的星辰》中写道，"每日清晨，从各个清真寺的高塔上、寺前的台阶上和寺院的围墙边上，传来召集教徒祈祷的声音"①。即便已经有多所清真寺，帖木儿为表明对伊斯兰教的重视，仍强烈期望在撒马尔罕兴建规模宏大的清真寺，"这样的清真寺要前无古人后无来者"，"还没有人见过这样的建筑"，它比所有的清真寺"更雄伟、更高大、更富丽堂皇，不仅能使敌人感到惊讶和恐惧，不仅颂扬自己的部族，而且也颂扬上帝"②。帖木儿认为，对大清真寺的建设和设计的工匠而言，建完以后他们将声名显赫。他亲自视察这座清真寺所在地和建设情况，督促加快建设进度尽快完工，要求不要吝惜人力物力，不要让建设者偷懒，他说："我需要他们好好干，但是要快。不要吝惜人力。人力是足够的。主创造人正是为耀主之名。大清真寺就是对我们慈悲宽容的主表示极大的赞美。"③ 这个清真寺就是比比—哈内姆大清真寺，从1399年帖木儿出征印度并征服德里后开始修建，建成于1404年，历时五年之久，直到帖木儿辞世前不久才建完，被公认为当时东方最雄伟的建筑物。在《撒马尔罕上空的星辰》三部曲中，清真大教堂的建设从第一部第二章开始贯穿三部曲始终，与帖木儿的征战相互映照和呼应。

　　帖木儿深知自己在宗教信仰上对民众的影响，因而十分重视在人前的祈祷仪式，"只有当人们看到他祈祷时，他本人才会热心祈祷"④。他的祈祷是有目的性的，"在全苏丹尼耶人民面前，帖木儿在先知海

---

① Бородин С., *Звёзды над Самаркандом: Том 1. Хоромой Тимур*, Харьков: Прапор, 1994, С. 24-25.
② Бородин С., *Звёзды над Самаркандом: Том 1. Хоромой Тимур*, Харьков: Прапор, 1994, С. 49-50.
③ Бородин С., *Звёзды над Самаркандом: Том 1. Хоромой Тимур*, Харьков: Прапор, 1994, С. 257.
④ Бородин С., *Звёзды над Самаркандом: Том 1. Хоромой Тимур*, Харьков: Прапор, 1994, С. 263.

· 275 ·

达尔的墓前祈祷和敬拜，以便虔诚的穆斯林从这里传播宇宙征服者虔诚和谦卑的名声，证实此前托钵僧散布的传言：正如先知穆罕默德是真主的使者，而帖木儿是哈里发国家的避难所"[1]。帖木儿在花园里宴请各界人士的时候，花园正在为节日做准备，他贪婪地呼吸着花园潮湿的气味、沸腾的油和烤肉的气味。帖木儿此时想要庆祝，而不是做晨祷，他最终很不情愿地走到宫殿前的一小块空地上，在自己面前铺上一块狭小的祈祷地毯。当祈祷词响起的时候，帖木儿却欣赏着大马士革制造的地毯上大清真寺的图案，赞叹着伊朗女孩的编织手艺，想到自己曾经喜欢过伊朗姑娘，担心着厨师能否准备好宴会所用的一切，机械地重复着站在他前面的伊玛目的动作。可见，帖木儿的虔诚只是表面上的，应该说，他的信仰带有一定的虚伪性，每次祈祷的时候总是会"一如既往地忽略了祈祷的提醒"[2]，"不在意祈祷词，只是习惯性地匍匐在地上"[3]。在与众人一起祈祷的时候，"帖木儿不听赞美诗，也不听祈祷词，站在信徒们的面前。……帖木儿将额头压在凉爽的祈祷毯上更长的时间，在他周围人看来，他的祈祷比以往任何时候都更加用心"[4]。除了在人前祈祷以外，帖木儿在各地巡视或者在行军作战时常常下榻在托钵僧们住的地方——哈纳卡：在印度获得胜利后返回撒马尔罕的途中，在途经布哈拉时，在阳光明媚、神话般的德里，帖木儿都在哈纳卡住过。他声称，他要与那些为了信仰和真理而放弃世俗幸福和财产的信徒们在一起。应该说，帖木儿的做法深得民心，尤其是行走在各地的托钵僧们，他们四处宣扬帖木儿的谦逊、虔诚、智慧、伟大和不可战胜的力量。这样一来，既凝聚了伊斯兰教徒的力量，

---

[1] Бородин С., *Звёзды над Самаркандом*: Том 1. Хоромой Тимур, Харьков: Прапор, 1994, С. 336.

[2] Бородин С., *Звёзды над Самаркандом*: Том 1. Хоромой Тимур, Харьков: Прапор, 1994, С. 111.

[3] Бородин С., *Звёзды над Самаркандом*: Том 3. Молниеносный Баязет, Харьков: Прапор, 1994, С. 92.

[4] Бородин С., *Звёзды над Самаркандом*: Том 3. Молниеносный Баязет, Харьков: Прапор, 1994, С. 168.

第五章　丝路文化叙事俄语小说中的宗教文化

也令人民恐惧和驯服,让许多被迫臣服的各个民族失去摆脱帖木儿统治的希望和梦想。

帖木儿也以真主之名稳固自己的统治,他说:"真主需要这样的国王,即在他统治之下人民可以得到足够的食物,劳动得到公平的酬劳,普通人可以靠赚来的钱买到他所需要的一切。必须怜悯寡妇,也要保护孤儿。我命令在我们的国家就应该这样。"① 帖木儿让毛拉们以他的名义审判众人,传播他的正义、善良、对人们的爱,要让每个人都知道,没有比他们的国家更公平的地方,他会帮助所有寻求帮助和庇护的人。帖木儿的军队中也有毛拉,出征时毛拉们随军辗转各地,教导士兵要虔诚信仰真主、心怀仁爱。

正因为上述表现,帖木儿被本国诗人和学者们赞为信仰的避难所、伊斯兰教的盾牌、上帝之怒的战栗和正义之剑,帖木儿称他的战役为圣战,他的部队经常扛着信仰捍卫者的绿色旗帜。帖木儿正是借助宗教信仰鼓舞士兵远征各国:"从君主那里得知印度是异教徒之国,战士们非常愉快地奔赴那里做任何事情。帖木儿的军队从笃信宗教的维护者人那里得知伊朗是叛教之国,认为在伊朗的任何残酷行为都是虔诚的壮举。"② 博罗金描写了在征服印度德里以后帖木儿的士兵破坏佛教寺庙的场景:从墙壁上撕下画在丝绸上的佛像,拿走装饰的宝石,推倒佛像雕塑和寺庙的墙壁,这一切"都为了安拉的荣誉毁掉了,因为帖木儿奉命不要饶恕反对伊斯兰教及其仆人的神像巢穴和寺庙"③。帖木儿说,"如果在印度没有反对真正信仰的异教徒,我就不会到那里去"④。帖木儿很早就计划要远征中国,其原因之一便是要惩罚中国

---

① Бородин С., *Звёзды над Самаркандом: Том 3. Молниеносный Баязет*, Харьков: Прапор, 1994, С. 75.

② Бородин С., *Звёзды над Самаркандом: Том 1. Хромой Тимур*, Харьков: Прапор, 1994, С. 253–254.

③ Бородин С., *Звёзды над Самаркандом: Том 1. Хромой Тимур*, Харьков: Прапор, 1994, С. 12.

④ Бородин С., *Звёзды над Самаркандом: Том 3. Молниеносный Баязет*, Харьков: Прапор, 1994, С. 83.

· 277 ·

皇帝带给穆斯林的侮辱：称穆斯林为猪。他认为，中国是没有信仰者的居住之地，中国人将穆斯林驱赶到荒凉贫瘠的沙漠地带，住进了穆斯林的城市和花园，抢走穆斯林妇女为自己延续后代。中国皇帝甚至要求撒马尔罕向其进贡马匹和大量白银，这些白银足以锻造一条从撒马尔罕到长江的链条。在帖木儿看来，"保护穆斯林免受异教徒的侵害是一项虔敬的工作。所有穆斯林国家都将赞颂伊斯兰的捍卫者！……这也是有益的：那里的异教徒比穆斯林多得多。那里的所有财富都掌握在异教徒手中。这样的不公使真主不悦！"①

尽管帖木儿以伊斯兰教为旗帜对外征战，但是在装束和打扮上对军事将领和士兵并没有严格遵照伊斯兰教教规的要求。真正的穆斯林必须剃光头，要在鼻唇之间留短胡须，而帖木儿的士兵则以蒙古族的方式编辫子，也没有留短胡须，帖木儿本人也没有在征战中修剪胡须。他手下的"一些军事首领身穿束紧腰带的短袍，脚上穿着高跟鞋——他们全都不像信仰虔诚的战士"②。这与其军中主力由蒙古游牧民充任的骑兵有关，他需要游牧民为他征战四方，所以在伊斯兰教与蒙古人传统之间更多地倾向于后者，"为了同蒙古人的传统相衔接，他和他的士兵与其他地区穆斯林显著的外表区别是按照蒙古人的习惯留辫子"③。因而，对信仰虔诚的人来说，帖木儿的战士就像是魔鬼和异教徒，然而帖木儿作为"世界的征服者、虔诚信仰的维护者称他们为伊斯兰教的战士"④，战士们也认为自己是真正的穆斯林，并称敌人为异教徒。

博罗金在小说中写道："在帖木儿的撒马尔罕，穆斯林的习俗常常被忽视：帖木儿本人更喜欢蒙古的习俗，百姓们也追随自己的君主，只要没有世俗的惩罚和麻烦的威胁，也愿意放弃伊斯兰教义一些束缚

---

① Бородин С., *Звёзды над Самаркандом*: Том 3. *Молниеносный Баязет*, Харьков: Прапор, 1994, С. 63.
② Бородин С., *Звёзды над Самаркандом*: Том 1. *Хоромой Тимур*, Харьков: Прапор, 1994, С. 263.
③ 张文德:《论伊斯兰教对中亚帖木儿王朝的影响》,《贵州师范大学学报》1995年第2期。
④ Бородин С., *Звёзды над Самаркандом*: Том 1. *Хоромой Тимур*, Харьков: Прапор, 1994, С. 263.

第五章　丝路文化叙事俄语小说中的宗教文化

人的规矩。"① 应该说，帖木儿的信仰并非虔诚，他的目的在于让伊斯兰教上层人士和蒙古贵族都为自己的统治服务，因此力求能够在伊斯兰教与蒙古人之间保持一种平衡，并进行调和，为己所用。可见，"伊斯兰教只能充当帖木儿对外征服的工具，伊斯兰教人士对帖木儿影响的程度只能随帖木儿的意志转移"②。

---

① Бородин С., *Звёзды над Самаркандом: Том 1. Хоромой Тимур*, Харьков: Прапор, 1994, С. 136 – 137.
② 张文德：《论伊斯兰教对中亚帖木儿王朝的影响》，《贵州师范大学学报》1995 年第 2 期。

第六章　丝路文化叙事俄语小说中的中国元素

丝绸之路发端于中国，穿越中国境内大部分领土，中国通过丝路发展与各国之间的贸易，向外输出丝绸、茶叶和瓷器等各类商品，开展多种形式的文化交往，"与丝路各国的政治、经贸、宗教、文化往来络绎不绝"[①]。有鉴于此，以丝路文化为叙事核心的俄语小说不可避免地会涉及和描写中国人、中国事、中国物，从而蕴含着大量的中国元素。应该说，中国元素是丝路文化叙事俄语小说的重要组成部分，诸如汉字、丝绸、瓷器、古迹、城市、民风、民俗以及传说等，真实再现了中国文化，代表和体现着中国文化特色和民族精神特质。作家们也塑造了一些具有代表性的中国人形象，传达了俄罗斯以及中亚各国人民对古老中国和中国文化的认识和想象。

第一节　中国文化的真实再现

丝路文化叙事俄语小说中往往弥漫着浓厚的中国文化气息，中国文化元素俯拾皆是。中国文化元素不仅凝结着中华民族传统文化精神，是构建中国文化图景和中国形象的要素，作家们还往往将其融入小说故事情节发展以及人物形象塑造之中。在诸多中国文化元素中，丝路

[①] 张远：《新时代丝路文化研究与文化自信》，《红旗文稿》2017年第24期。

第六章 丝路文化叙事俄语小说中的中国元素

文化叙事俄语小说描写较多且细致的是汉字、丝绸与瓷器、民风民俗与神话传说、中国宫廷和城市、名胜古迹等。总体上看，汉字、丝绸与瓷器作为中国文化标志性的符号出现在所有丝路文化叙事俄语小说中，而对中国民风民俗与传说、中国古迹与城市和宫廷的描写则主要体现在两部同名传记小说《马可·波罗》以及《张骞的一生》和《沙尔沙尔赴北京历险记》中。

一　汉字、丝绸与瓷器：中国文化符号

不言而喻，中国文化符号是指能代表中国文化特征的标志物，目前一般认为最具代表性的中国文化符号是汉字、书法、长城、故宫、丝绸和瓷器等，这些文化符号在丝路文化叙事小说中均有不同程度的描写，且在一些小说的故事情节中起着非常重要的作用，其中提及最多、描写最为细致的是汉字、丝绸与瓷器。

文字是国家和民族文明进步的重要标志，在世界各国文字中，汉字起源较早，历史悠久，也是比较有特点的象形文字，因而往往能够引起他者的好奇心。什克洛夫斯基在《马可·波罗》中指出，汉字是"比较难的"[①]。在卡拉什尼科夫的《严酷的年代》中，汉族人李江的外孙子从小就开始学习汉字，他的名字为"远鹰"，作家解释这个名字的意思是"飞得高远的雄鹰"[②]。在《张骞的一生》中，作家们描写了张骞向巴克特男孩施拉克详细介绍汉字起源以及教他写字的情景。施拉克对中国的文字充满了好奇，于是张骞便在一块木板上写下汉字介绍说："我们的文字很复杂，它是我们祖先想出来的。是在象形文字的基础上形成的。看，我们的'太阳'是这样写的，这是'树'字。你看它们像不像真正的树和太阳。"[③] 施拉克觉得这些文字非常离奇，想要知道这些符号叫什么，是怎么被想出来的。于是张骞便告诉

[①] [俄] 什克洛夫斯基：《马可·波罗》，杨玉波译，四川人民出版社2016年版，第92页。
[②] Калашников И. К., *Жестокий век*, Москва: Издательство АСТ, 2019, С.559.
[③] [塔] 阿多·哈穆达姆、列奥尼特·齐格林：《张骞的一生——伟大的丝绸之路》，塔吉克斯坦共和国驻华大使馆2002年版，第43页。

他说:"它们是很久以前被造出来的。传说很久以前,有一个贤人叫仓颉,他有一个大脑袋,四只眼睛,是他造出了汉字。"[①] 对于施拉克提出是否存在这样的人的问题,张骞回答说,世界上可能没有这样的人,尽管他走了半个世界却未曾见过,"但是有这样的人:当他不知道什么事情的时候他定会编出一个神话或者离奇的故事。不管怎么说,我认为文字是劳动人民自己创造的。一个人先想出了文字,第二个人完善它,第三个人补充它……世代相传。你们的民族也有文字,这说明了巴克特人的智慧,在他们当中也有很多智者。没有文字的民族等于是个瞎子"[②]。在这段描写中,张骞既没有否定汉字产生的神话传说,也肯定了不同国家劳动人民的创造力和智慧。可以说,这样的回答充分体现了张骞的胸怀和睿智。

在小说《沙尔沙尔赴北京历险记》中,作家阿利莫夫对汉字有非常形象的描写。小主人公沙尔沙尔收到寄自中国的一封神秘来信,"那封信的确很神秘。上面的文字他不认识,好像是由同一大小的不同图画组成的,这些图画更像是跳舞的小人儿、树木和房屋,而不像是字母"。沙尔沙尔的邻居吉里巴尔见多识广,她说"信是从中国寄来的,那里使用另一种文字,叫做'方块字'"[③]。后来,沙尔沙尔在梦中与一位智者交谈过,而智者房间的墙上挂的是古代书法家的书法作品。作家非常形象地描写出沙尔沙尔眼中汉字的形象:像是跳舞的小人儿、树木和房屋,符合这一年龄的少年对事物的认识,同时也传达出汉字作为象形文字的特征。此外,正是这封神秘来信邀请沙尔沙尔前往北京与奥运会吉祥物会合并参加第29届奥林匹克运动会,因此才有了沙尔沙尔沿丝绸之路的旅行,可以说信件是整篇小说情节发展的契机。

---

① [塔]阿多·哈穆达姆、列奥尼特·齐格林:《张骞的一生——伟大的丝绸之路》,塔吉克斯坦共和国驻华大使馆2002年版,第44页。
② [塔]阿多·哈穆达姆、列奥尼特·齐格林:《张骞的一生——伟大的丝绸之路》,塔吉克斯坦共和国驻华大使馆2002年版,第44页。
③ [塔]拉希德·阿利莫夫:《沙尔沙尔赴北京历险记》,吴喜菊译,外语教学与研究出版社2007年版,第61页。

第六章　丝路文化叙事俄语小说中的中国元素

丝绸之路的名称与中国的丝绸密不可分,在《张骞的一生》中张骞提议以丝绸之路命名中国通往西域的商路,正是因为中国要向各国输出丝绸。张骞向从未见过丝绸、不了解丝绸的大夏人详细介绍和描写丝绸的优点:丝绸"是这样的一种纺织物,夏天穿上它会觉得凉爽,看上去很舒服,比目前人们能够想象出的都要好。……丝绸能让不漂亮的女人变得漂亮,漂亮的变得美丽又庄重……丝绸就像云彩一样。它是那样的五彩缤纷,那么的奇异绚丽,它仅仅是靠人的双手织成的"①。大夏的首领们看着绚丽的云彩,对丝绸充满好奇和向往,张骞对他们说:"云彩在你们的语言里叫'帛',那就把丝绸叫做帛吧。这样叫更合适,更贴切,正巧与汉语的意思一样。"② 汉武帝派张骞第二次出使西域的时候说:"我指派你带领第一支商队带着我们的丝绸到大夏国去。你要安排好同他们的交易,带回宝石和香料。伟大的丝绸之路,就象你说的那样,把我们同西方连接起来。"③ 张骞挑选的丝绸就像五彩缤纷的云彩,堆成了一座小山。作家将丝绸比喻为云彩是别有用意的,这不仅展现了中国丝绸之美,也预示了各民族合作将有美好的未来。在小说中,作家讲述张骞即将离开大夏回国时再次描写了丝绸:张骞"从口袋里掏出了一块丝绸,把它递给了姑娘。法罗阿特忍不住发出赞叹。丝绸,确实能让最矜持的姑娘都动心。它闪出各种颜色,令人眼花缭乱,摸上去还有凉爽的感觉"④。此处的描写再次展现了丝绸的独特,也映射了张骞与法罗阿特之间的美好情感。

什克洛夫斯基在《马可·波罗》中也一再强调,丝绸来自中国,并且十分贵重,"曾几何时,丝绸从一个被称之为赛里斯的神秘民族

---

① [塔] 阿多·哈穆达姆、列奥尼特·齐格林:《张骞的一生——伟大的丝绸之路》,塔吉克斯坦共和国驻华大使馆2002年版,第60—61页。
② [塔] 阿多·哈穆达姆、列奥尼特·齐格林:《张骞的一生——伟大的丝绸之路》,塔吉克斯坦共和国驻华大使馆2002年版,第61页。
③ [塔] 阿多·哈穆达姆、列奥尼特·齐格林:《张骞的一生——伟大的丝绸之路》,塔吉克斯坦共和国驻华大使馆2002年版,第100页。
④ [塔] 阿多·哈穆达姆、列奥尼特·齐格林:《张骞的一生——伟大的丝绸之路》,塔吉克斯坦共和国驻华大使馆2002年版,第63页。

以及印度进入了罗马。一磅丝绸价值一磅黄金"①。据作家所写,在马可·波罗生活的时代,中国的襄阳、晋陵郡(现在的常州市)都是大城市,那里有许多工人织造丝绸和锦缎。世界各地几乎都有丝绸出售,例如索尔达亚、杰尔宾特等都从亚洲进口丝绸。各国帝王和显贵们也非常喜欢丝绸制品,热那亚身份显赫的公民平常就穿着真丝衣服,别儿哥汗初见波罗兄弟时便身着丝绸长袍,忽必烈的花园里散布着一些用彩色花毯和刺绣丝绸搭建的帐篷和遮阳棚,宫殿的墙壁上都装饰着粉红色的帷幔和丝绸,帷幔用银质和镀金的金属钩束起来,金属钩上面带有绿宝石、珍珠和彩色丝绸流苏。从某种意义上说,丝绸成了身份地位的象征,而其传播范围之广,则说明当时丝路贸易是相当繁荣的。

涅恰耶夫在小说《马可·波罗》中自始至终将波罗一家所走的路线直接称为丝绸之路,甚至在第八章中单设一个小节介绍丝绸的历史。作家指出,马可·波罗无论走到哪里能找到丝绸,丝绸"在当时对欧洲人来说是一个伟大的创新,更不用说桑树和蚕了。在马可·波罗之前,欧洲对丝纺艺术几乎一无所知,丝纺艺术被认为是中国最严守的机密之一"②。威尼斯的丝绸业开始于13世纪,热那亚和佛罗伦萨甚至更晚,直到18世纪丝绸生产才遍及整个西欧。根据古老的中国传说,中国的丝纺技术始于黄帝的妻子嫘祖,一般认为是她教会人们养蚕缫丝。实际上最古老的蚕茧活动是在山西省北部的考古过程中发现的,其历史可追溯到公元前2200—前1700年。三千多年以来,由于泄露丝纺的秘密会被判处死刑,因此中国以外没有人能掌握丝绸生产技术。据说,公元559年曾经有两名波斯僧侣冒着生命危险将蚕卵藏在空心竹竿中,带给了拜占庭皇帝查斯丁尼一世。当然,对马可·波罗来说,中国丝绸仍然是一种奇特的新事物,是中国特有的珍贵商品。涅恰耶夫的上述详细介绍,使读者了解了丝绸的历史及其在马可·

---

① [俄]什克洛夫斯基:《马可·波罗》,杨玉波译,四川人民出版社2016年版,第10页。
② Нечаев С. Ю., *Марко Поло*, Москва: Молодая гвардия, 2013, С. 138.

第六章 丝路文化叙事俄语小说中的中国元素

波罗东方之行中的重要作用,为作家描写波罗一家接下来的行程做了铺垫。

丝绸及其制品自中国输出以后,深受各个时代、各个国家的人们喜爱。博罗金的小说《撒马尔罕上空的星辰》中,很多富商家里都有丝绸制品,帖木儿妻子的四轮马车饰以中国丝绸,萨德列丁·拜家里的桌布是丝绸的,作家甚至形容松鸡的羽毛"像中国的丝绸一样"[1]。瓦西里·扬的《蒙古人入侵》三部曲中,丝绸也是显贵们生活中常见的物品。成吉思汗的幼子阔列坚及其年轻的母亲忽阑哈敦染上疾病时盖着皮袄,躺在丝绸垫子上。拔都率领成吉思汗家族远征时,十一位诸王大帐前飘扬的是十大幅丝绸彩旗。妃子尤勒杜兹坐在驼背上,遮在她面前的是丝帘,她在大帐里迎接拔都时身穿中国丝绸服装。在去解救被拔都惩罚的尤勒杜兹时,哈吉·拉希姆手里提着的是用刷了油的丝绸做成的镂空灯笼。在《严酷的年代》中,脱斡邻勒与铁木真见面时身穿深红色丝绸长袍,他的哥哥也穿着丝绸长袍。孛儿帖在与铁木真的婚礼上身着盛装,而其中包括用华美的丝绸做的长裙。铁木真配合金国打败塔塔尔人获得大量的战利品,他送给母亲的礼物是几块五颜六色、光滑的丝绸布料,希望能讨得母亲的欢心。从以上描写可以看出,丝绸在其他国家和民族是非常贵重的物品。

除了汉字和丝绸以外,瓷器也是中国文化的特色符号。什克洛夫斯基在《马可·波罗》中说明,"布哈拉最好的瓷器来自中国"[2]。涅恰耶夫在《马可·波罗》中指出,马可·波罗是最早将中国瓷器带入欧洲的人,他本人认为瓷器是由碎贝壳制成的。在《沙尔沙尔赴北京历险记》中,沙尔沙尔从妈妈那里得知"中国的瓷器、丝绸和绿茶,早就名扬全世界"[3],他不仅在智者的房间里看到过用丝线"画出"的

---

[1] Бородин С., *Звёзды над Самаркандом: Том 1. Хоромой Тимур*, Харьков: Прапор, 1994, С. 261.

[2] [俄]什克洛夫斯基:《马可·波罗》,杨玉波译,四川人民出版社2016年版,第50页。

[3] [塔]拉希德·阿利莫夫:《沙尔沙尔赴北京历险记》,吴喜菊译,外语教学与研究出版社2007年版,第63页。

栩栩如生的作品，而智者邀请他喝香喷喷的绿茶，用的则是小巧玲珑的瓷质茶杯。瓦西里·扬的《蒙古人入侵》三部曲中，在花剌子模首都玉龙杰赤的市场上，出售有"中国精制白色、青色瓷器"①。在博罗金的《撒马尔罕上空的星辰》中，随处可见中国商品，泥瓦匠在高处看到帖木儿的孙子穆罕默德·苏丹骑马离开时，觉得他仿佛骑着玩具马，就像走村串巷的中国货担里的玩具一样。可以说，中国商品已经渗透到了帖木儿时代人们的生活当中，尤其是瓷器已经成为司空见惯的生活物品。帖木儿孙子来找祖父，帖木儿让他喝酸马奶，而装酸马奶的是中国的瓷碗。帖木儿早上起床，喝酸马奶用的也是中国的瓷碗。穆罕默德·苏丹出行时，儿子送给他的礼物是九个白色的中国花瓶，花瓶的高度几乎与男孩身高相同，上面画着在植物和群山之间飞翔或潜伏的鸟儿，应该说这是相当贵重的礼物。在小说《严酷的年代》中，卡拉什尼科夫从多个方面描写了瓷器。在金中都的市场上，有一个瓷器经销商店，在柜台上摆放着瓷瓶和瓷碗，有透明的乳白色、鲜血一样的深红色、深蓝色，瓷器上光斑闪闪，让人想起炉子的火焰。瓷器耀眼的光泽使旁边的其他物品黯然失色，但是"很少有人买瓷器，人们只是盯着看。……来了一些蒙古人。他们用指甲敲打瓷碗的边缘，倾听悦耳的声音"②。作家此处寥寥几笔，勾勒出瓷器之美好，而购买者不多，说明瓷器价格不菲，普通人也许并不能随心所欲地选购。

毫无疑问，在具有代表性的中国文化符号中，汉字、丝绸与瓷器都是丝路文化叙事俄语小说中最为常见的，而丝绸与瓷器因来自远方、价格昂贵成为人们身份和地位的象征。就中国文化西行而言，"一开始就越过帕米尔高原（古葱岭），沟通了中亚、南亚，联结了古罗马，所以才有丝绸、瓷器、'四大发明'等对西方文化的巨大影响"③。

---

① ［苏］瓦西里·扬：《成吉思汗（上）》，陈弘法译，外文出版社2005年版，第55页。
② Калашников И. К., Жестокий век, Москва: Издательство ACT, 2019, C.89.
③ 陈一军：《丝路文化的人类学意义》，《丝绸之路》2015年第24期。

二 民风、民俗与传说：中国文化底色

民风、民俗起源于人类社会群体生活的需要，是人民的物质领域和精神意识领域的追求与体现。中国的许多民风、民俗都颇具特色，其中蕴含着十分丰富的文化内涵，可谓中国文化的底色。在童话体小说《沙尔沙尔赴北京历险记》、长篇历史小说《严酷的年代》和两部同名传记小说《马可·波罗》中，民风、民俗往往构成故事和事件发生的背景、情节链条上的重要环节，或者推动着小说情节的发展。

《沙尔沙尔赴北京历险记》中的故事发生在公历 2006 年年初、1 月份就要过去的时候，此时正是中国最重要的传统节日春节："成千上万的中国人殷切地等待他们极其喜爱的节日——农历新年的来临。中国把它叫作春节，即迎接春天。"① 作者阿利莫夫在小说第一章中描写了迎接春节时北京城里的热闹景象和欢快的节日气氛：北京的高楼大厦、大街小巷、花园广场都挂满大红灯笼和五颜六色、如彩虹般闪烁的彩灯。许多商店、宾馆里摆放着人造树，长长的枝条上挂满色彩艳丽的鲜花。父母们愉快地逛商店，为自己的孩子和亲朋好友采购各种各样的礼品。老人们期盼着与子孙们团聚，他们打扫房间、包饺子，蒸馒头，给节日的餐桌摆满丰盛的美味佳肴。孩子们备足了烟花，以便在旧的一年即将过去的时候燃放。公园里、广场上有群众性游园会和传统的舞龙、舞狮表演。有一些人急着往家赶，另一些人与游客一道聚集在北京市中心的天安门广场狂欢，都期待着神奇的新年焰火和即将来临的全民庆典。在除夕之夜，"街上爆竹声声，漆黑的夜空忽然被千万道五颜六色的'光束'照得如同白昼：节日烟花开始燃放了。无与伦比的壮观。……北京迎来了新的一年"②。可以说，作者的描写充分展现了中国人迎接春节的传统，表现出对中国文化的了解。

---

① ［塔］拉希德·阿利莫夫：《沙尔沙尔赴北京历险记》，吴喜菊译，外语教学与研究出版社 2007 年版，第 54 页。

② ［塔］拉希德·阿利莫夫：《沙尔沙尔赴北京历险记》，吴喜菊译，外语教学与研究出版社 2007 年版，第 54 页。

小说中的主人公之一——蓝色小鲤鱼贝贝正是在中国人民欢度春节的背景之下得知自己当选为 2008 年奥运会的吉祥物，喜庆的节日气氛衬托了这件令贝贝高兴的喜事，作家的情节设计和安排可谓十分巧妙。

在小说《严酷的年代》中，卡拉什尼科夫描写了中国人过春节的风俗[①]。中国人李江与家人在新年来临前为节日做准备，他们做节日灯笼时，他的女婿从纸上剪下神奇的动物、不同的图案和涡形装饰，他们还在灯笼上写上陶渊明和杜甫的诗句[②]。作家通过小说人物的所见所闻描写了沉浸在节日气氛中城市的热闹景象。第二天，霍和鲍西、李翠一起去逛节日里的城市，街道、广场上到处都是人，商家生意兴隆。在大车上，在柜台上，在墙边的地上，摆放着各种各样的东西，有装在袋子里的大理石般洁白光滑的大米、装在篮子里的鸡蛋、猪肉、鸡、鸭、干鱼、一排排锅和一碗碗豆浆、盛着油和酒的坛子、各种各样调味品等，可谓应有尽有。小贩们背着货物走在拥挤的人群中，叫卖着饼干、干果、甜食等各种各样的美味小吃。还有很多食物是当场现做的，锅里冒着油烟，香料的气味和烧焦的气味混合在一起。在狂欢的广场上，有踩高跷的，有演皮影戏的，有耍魔术的，热闹非凡。此外，小说中还详细描写了李江一家祭灶神、送灶神的仪式。李江站在灶神像前，在墙边放上一个小小的纸鞍、一个红丝线做的缰绳，还有一小把干草，这些都是为灶王神的马准备的，他要骑着马去天庭。李翠点燃了蜡烛和灯笼。送灶王的时间到了，他要骑马去玉皇大帝那里讲这一家人的善恶之事。李江换上他最好的长袍，在灶王像前摆了一碗米饭、饼干和糖果，然后他端起一小杯蜂蜜，用一根手指蘸了蘸，在灶王的嘴唇上抹了一下：希望灶王对玉皇大帝只说甜言蜜语。李江站着沉思了一会儿，把酒倒在一个杯里，用一根手指在酒杯里蘸了蘸，

---

① Калашников И. К.，*Жестокий век*，Москва：Издательство АСТ，2019，С. 293－307.
② 陶渊明的诗句是出自《癸卯岁始春怀古田舍二首》的"秉耒欢时务，解颜劝农人。平畴交远风，良苗亦怀新。虽未量功，即事多所欣"。杜甫的诗句是出自《自京赴奉先县咏怀五百字》的"朱门酒肉臭，路有冻死骨"。

再用手指把灶王"灌醉"。这样做是为了以防万一：灶王虽然口唇上有蜜，如果要对玉皇大帝说些什么不好的话，那他也无法这样做，因为他喝醉了。最后，李江摘下灶王像，庄重地踱着步来到院子里。霍点起火，李江把灶王像放进火里，纸像燃烧变为灰烬，李江便说道："我们的灶王飞走了，他将在除夕夜回到我们身边。"① 小说中对春节习俗的描写让异国读者了解到中国人的节日传统，更为重要的是，在节日的活动和氛围当中，鲍西看到了霍和李翠之间的亲密和感情，因此才决定设计说服岳父让两人结为夫妇。

中国民间自古就有利用生辰八字算命卜卦的习俗，鲍西正是利用这一点说服了李江。鲍西告诉李江，他把代表李翠出生年、月、日和时间的生辰八字给了算命先生，而算命先生把与李翠合婚的人的八字告诉了鲍西，有这样生辰八字的人便是李翠应嫁之人。当然，鲍西给李江看的是霍的生辰八字，从而促成了一段良缘。在后文中，霍对自己的生活状况非常满意：他有世界上最好的妻子，有可爱的儿子，有工作可以养家糊口，他觉得自己是一个幸福的人，此时作家写道："看来，在送灶神那个令人难忘的夜晚，李江没有白白用蜂蜜取悦灶王的嘴巴。家神从玉皇大帝那里带回来了恩赐。"② 这样一来，便与上文构成了前后呼应。与此同时，和平时期幸福甜蜜的生活也与霍一家在战争中的悲惨遭遇形成强烈的对比，以此谴责战争，谴责入侵者的冷酷和残暴。

在什克洛夫斯基的小说《马可·波罗》中，有对中国个别民族的奇风异俗的描写。据小说《马可·波罗》记述，马可·波罗与父亲和叔父从新疆进入中国境内，途经和田、哈密抵达长城，在甘州府住了一年，而后才前去觐见可汗忽必烈。什克洛夫斯基在小说中多处以细致的笔墨描述了中国个别民族的奇风异俗。什克洛夫斯基首先描写的是中国一些地区的婚俗。马可·波罗进入中国境内以后，在被其称为

---

① Калашников И. К., *Жестокий век*, Москва：Издательство АСТ, 2019, C. 307.
② Калашников И. К., *Жестокий век*, Москва：Издательство АСТ, 2019, C. 354.

喀穆尔的哈密地区发现，那里招待客人的方式奇异，令人不解：丈夫总是"吩咐妻子要满足外来客人的所有愿望，他们则去忙自己的事务，常常两三天不回家，而客人在那里想要做什么，就和他们的妻子一起做；和她睡在一起，就如同和自己的妻子一样……妻子们就这样与客人相好，而丈夫也都不以为耻"[①]。可汗曾试图改变这种习俗，却遭到当地人的反对。无独有偶，在中国南方某地也有类似风俗，《马可·波罗》中写道："少女如果没有与很多男人姘居过就一文不值。外国人来到这里搭起帐篷以后，立刻有一些村子的老年妇女把女儿们带来，往往会带来20个或者40个女性。客人可以与这些女人姘居，然而不能把她们带走；需要给她们一些物品以证明和她们姘居过，好女人应该戴着不少于20件这样的礼物。在客人离开之前回到丈夫那里被认为是不礼貌的。"[②] 在云南南部的匝儿丹丹国，"人们都有金色的牙齿，在妻子分娩时丈夫躺到床上，他喊叫的声音比女人更大，分娩后他自己接受祝贺，躺在那里，似乎十分疲累，以此证明孩子是他自己的"[③]。上述《马可·波罗》中描写的奇异风俗虽然不是中国境内最为典型和普遍存在的现象，但是也反映了13世纪中国某些民族和地区的一些民俗，对了解当时的中国社会是有益的。

中国的饮食文化是非常有特色的，小说《沙尔沙尔赴北京历险记》对中国饮食做了较为细致的描写。沙尔沙尔在奥运风筝上品尝了空中午餐——清淡美食，传统的中国圆桌使人想起艺术家美丽如画的作品。空中厨师提供了各种美味佳肴：牛肉、羊肉、鸡肉、鱼、海产品、绿菜等。每道菜都像一件艺术品。沙尔沙尔先是拿起羊排，但他觉得这是用他不知道的食物做的。接下来的几道菜他都有这种感觉：眼睛看到的是一种菜，吃到嘴里虽有熟悉的味道，但事实上沙尔沙尔无法弄明白是用什么原料做成的。原来好多道菜都是用豆腐做的，豆腐是素食的主要原料。作家还介绍了豆腐的做法：选用优质大豆，加

---

① [俄] 什克洛夫斯基：《马可·波罗》，杨玉波译，四川人民出版社2016年版，第83页。
② [俄] 什克洛夫斯基：《马可·波罗》，杨玉波译，四川人民出版社2016年版，第108页。
③ [俄] 什克洛夫斯基：《马可·波罗》，杨玉波译，四川人民出版社2016年版，第109页。

第六章 丝路文化叙事俄语小说中的中国元素

山泉水，用石磨磨成豆浆，最后做成雪白嫩滑、味道鲜美、有益健康的豆腐。其他的菜有的是用芦荟、嫩竹笋做的，有的是用白菜、藻类、鸡蛋清和黄花菜做的。按照中国的饮食习惯，食物煮熟吃比生吃好，少吃比多吃好。三千多年来，大多数中国人的饮食习惯都是这样的。沙尔沙尔品尝过以后表示，他非常喜欢这些菜肴，他说："我爱吃我们的手抓饭、烤包子、羊肉汤和烤羊肉串。但这不妨碍我喜欢别的。我保证，等我回到家，回到杜尚别以后，一定把中国神奇的美味佳肴和饮食文化讲给妈妈和朋友们听。"[①] 上述提到的豆腐、各类豆制品等一些菜肴无疑是中餐中比较有代表性的，作者抓住了中餐的典型特点进行介绍，能够让异国读者对中餐有基本的了解。

除了上述民风、民俗以外，传说故事在小说中也往往起着十分重要的作用，除了嫘祖养蚕缫丝、张骞为施拉克讲述的仓颉造字的传说以外，《沙尔沙尔赴北京历险记》的第 23 章描写了鱼跃龙门的故事。沙尔沙尔在嘉峪关坐上了巨大的神龙形状的奥运风筝，他原本以为所有的龙都是凶神恶煞和破坏者，从同乘风筝的游客那里他才知道，"对中国人来说，龙虽然是神话故事中拥有神奇魔力的动物，但它是最善良的，时刻准备帮助人类"[②]。龙风筝在空中舞动就是在祝福北京奥运会、祝福奥林匹克运动。飞船的领航员则告诉沙尔沙尔别害怕龙，虽然"它长着马头、鹿角、兔眼、蛇颈、穿山甲的肚皮、鹰爪、鼠耳和鱼身，但没有这些属性，龙就不能上天入地下海，也不能呼风唤雨"[③]。作家此时写道，小鲤鱼贝贝出身于中国非常有名、德高望重而且勇敢的鱼家族，去年鲤鱼成功地跳过黄河的龙门，然而并不是每条鱼都能战胜这段河滩上的激流。在作家看来，沙尔沙尔也具备了一名真正运动健儿所拥有的勇气和坚韧不拔的精神，他勇敢克服沿途遇到

---

① ［塔］拉希德·阿利莫夫：《沙尔沙尔赴北京历险记》，吴喜菊译，外语教学与研究出版社 2007 年版，第 83 页。

② ［塔］拉希德·阿利莫夫：《沙尔沙尔赴北京历险记》，吴喜菊译，外语教学与研究出版社 2007 年版，第 84 页。

③ ［塔］拉希德·阿利莫夫：《沙尔沙尔赴北京历险记》，吴喜菊译，外语教学与研究出版社 2007 年版，第 84 页。

的困难，这与鱼跃龙门的精神是相同的。有趣的是，玉田县长热伊汗送给沙尔沙尔的红色"如意结"就是用红绳精心编成的小鱼形状，他把如意结挂在沙尔沙尔的自行车把上，希望如意结能帮助沙尔沙尔实现所有的愿望，成为其旅途中最可靠的吉祥物。事实确实如此，在旅途中，每当沙尔沙尔遇到困难或危险的时候，他手里便紧紧地攥着这个红色的吉祥物小鱼，从而获得勇气和前行的动力。

《沙尔沙尔赴北京历险记》中的另外一个传说是鹰舞的传说。在新疆喀什的塔什库尔干，人们在欢快的铃鼓和悠扬的长笛伴奏下跳起名为鹰舞的舞蹈欢迎沙尔沙尔。巴赫托瓦尔爷爷给沙尔沙尔讲了关于鹰舞的传说。从前帕米尔高原上年轻的牧人瓦福与美丽的姑娘古丽米舍尔相爱，地主知道后把他们拆散。悲伤的瓦福吹起自制的木笛希望心爱的姑娘能听见，但她离得太远。一次瓦福亲眼目睹了一场鹰与狼的搏斗，他用箭射死狼将鹰救下，在争斗中受伤而奄奄一息的鹰感恩他的帮助，临死前让他用自己翅膀的羽毛做成长笛，这样他心灵的音乐就能够让地球上所有善良的人们听到。第二天，高山上响起了激昂的旋律，清脆悦耳，古丽米舍尔听到笛声翩翩起舞，自此诞生了鹰舞。鹰本来就被称为鸟中之王，它忠诚、勇敢和坚定，而鹰舞象征着牢固的友谊、坚贞的爱情和美好的希望。人们用鹰舞欢迎沙尔沙尔，这也是中国和塔吉克人民友谊的象征。

应该说，无论鲤鱼跳龙门的传说，还是鹰舞的传说，都与小说主题以及主人公对梦想的追求、不畏路遥艰险和坚韧不拔的性格形成了呼应。正如小说中的智者对沙尔沙尔所说："你是个勇敢、意志坚定的孩子。从前，你就像只从井底看世界的小青蛙，而现在，你成了翱翔在天空中的雄鹰。不要降低已有的高度。"[①]《沙尔沙尔赴北京历险记》的作者阿利莫夫在"自序"中明确指出："这本书献给所有拥有梦想并为实现梦想而努力奋斗的少男少女们，所有寻找真正的朋友并

[①] ［塔］拉希德·阿利莫夫：《沙尔沙尔赴北京历险记》，吴喜菊译，外语教学与研究出版社2007年版，第88页。

找到朋友的人们。"① 作者利用传说故事启迪主人公和读者，易于理解和接受，也利于表现小说的主题。

三 古迹、宫廷与城市：中国建筑文化

建筑是各国、各民族文化的重要元素，往往被誉为"石头的史书""凝固的历史"，透过斑斑驳驳的砖石，能够从中解读出极其丰富的历史文化内涵。中国传统建筑是华夏文明的历史积淀，是中国传统文化的载体，风格与欧洲建筑迥异，具有自己的特色。在形形色色的中国建筑中，最具代表性的无疑是历史古迹、著名城市的建筑与帝王的宫廷，在丝路文化叙事俄语小说中对此均有所描写。

中国是世界上最古老的文明国家之一，古代遗迹众多，体现了中国博大精深的历史文化。《沙尔沙尔赴北京历险记》中，作者简要介绍了敦煌石窟的历史，描写了石窟内部的精美的壁画。第一个佛窟是1500多年前年轻的僧人乐尊所建，乐尊勇敢、坚强、善良，作为莫高窟的开凿者，他的名字世人皆知。如今这里的洞窟一个挨着一个，看不到尽头，里面有上千个佛像。在佛窟内部，光滑的石墙上画着色彩鲜艳的古代壁画，展示了过去生活的画面：隆重的帝王出行仪式、地里耕种的农民、满载而归的渔民、婚丧嫁娶、乐师及武术表演等。壁画之美之奇，主要通过沙尔沙尔的感受传达出来：这一切对沙尔沙尔而言是奇特的，他被眼前的一切惊呆了，仿佛有一股神秘莫测的力量把他引向那遥远、尘封的年代。在沙尔沙尔看来，佛像充满热情的大眼睛里流露出平和的光芒，充满神秘色彩的图画也给人安详、华贵的感觉，仿佛壁画是在通过过去寄语未来：希望世界和平，人类和谐友爱，各民族共同进步。应该说，这是中国人民一直以来的美好愿望。

长城是中国最具代表性的文化符号，小说中多有描写。在《严酷

---

① ［塔］拉希德·阿利莫夫：《沙尔沙尔赴北京历险记》，吴喜菊译，外语教学与研究出版社2007年版，第XI页。

的年代》中，成吉思汗越过长城进入金国境内看到了长城的雄伟："在山脊上长城如同一条蛇蜿蜒连绵，城墙是用石头砌成的，长满了斑斑点点的暗绿色苔藓。城墙之上耸立着砖砌的四角塔楼。长城以它的规模、坚固让人望而生畏。"①嘉峪关是古代"丝绸之路"的交通要塞，中国长城三大奇观之一，号称"天下第一雄关"，城关两侧的城墙横穿沙漠戈壁，是明长城最西端的关口，地势险要，建筑雄伟。"很久以前嘉峪关在丝绸之路上起了重要的作用"②，这里也是沙尔沙尔前往北京的必经之路。《沙尔沙尔赴北京历险记》描写了嘉峪关上的三个高高的蝶楼，作为前哨阵地，它们像七百多年前一样威严宏伟，嘉峪关仿佛是古时身披铠甲、身背弓箭的武士。而祁连山上的皑皑白雪银光闪闪，长城依山势蜿蜒起伏，伸向广袤无垠的戈壁沙漠。丝绸之路的起点是中国古都西安，古都宏伟而又富丽堂皇，就像盛开的牡丹花。《张骞的一生》中，作者没有对古都西安作非常细致的描写，只用略略数语勾勒出城市的总体面貌：这里有高高的城墙、厚重的城门、古老的建筑、富丽堂皇的宫殿，也有尘土飞扬的街道、满是人群的广场，而雄伟的长城则令甘父和施拉克"惊奇"③不已。不言而喻，壮丽雄伟的景象既令观者心旷神怡、惊叹称奇，也能够让人领悟到中国古代人民的勤劳和智慧。

什克洛夫斯基在《马可·波罗》中也描写了长城：波罗兄弟从布哈拉前往忽必烈设在中国的宫廷，他们"走了很长时间，终于看到了城墙，长长的城墙，就像无尽的漫漫长夜一样。城墙自远方蜿蜒而来，延伸向弥漫着黄色烟雾的沙漠。它是用黏土修建的，墙脊上砌着石头。没有人守卫城墙，因为以前修建它是为了防御草原游牧民族，而蒙古人早就越过了这道城墙"④。沃尔科夫在幻想小说《成吉思汗》中说明

---

① Калашников И. К., *Жестокий век*, Москва：Издательство АСТ，2019，С. 646.

② [塔] 拉希德·阿利莫夫：《沙尔沙尔赴北京历险记》，吴喜菊译，外语教学与研究出版社2007年版，第79页。

③ [塔] 阿多·哈穆达姆、列奥尼特·齐格林：《张骞的一生——伟大的丝绸之路》，塔吉克斯坦共和国驻华大使馆2002年版，第91页。

④ [俄] 什克洛夫斯基：《马可·波罗》，杨玉波译，四川人民出版社2016年版，第54页。

第六章 丝路文化叙事俄语小说中的中国元素

了蒙古军队毫不费力地攻破长城防线的原因:"三百年前契丹人攫取了中国的政权。在与北方游牧民族的战斗中,他们指望以骑兵先发制人,几乎不关心长城的维护。取而代之的女真人建立了金王朝,遵循了同样的策略,帝国边境的防御工事变得破旧不堪。"① 可以说,长城历经千年,在风霜雪雨中见证了中国的发展和变化,它的兴衰可谓中国历史的缩影。

什克洛夫斯基和涅恰耶夫在各自的小说《马可·波罗》中均描写了可汗忽必烈在中国北京的宫廷,其中什氏的小说描写较为细致。波罗兄弟第一次东方之旅就到过忽必烈的宫廷,在那里他们参观了宫廷中色彩缤纷的庭院,看到了许多奇怪的东西,诸如宫殿旁立着一根银色的铜柱,柱子顶端有四个狮子头和一个手持号角的天使雕像,铜柱顶端的银色天使吹起号角,从银色的狮子口中便流出泡沫飞溅的马奶酒、蜂蜜酒和黄酒。与马可·波罗同行的第二次东方之行则再次领略了忽必烈的行宫和皇宫的奢华,对此什氏在小说中予以详细描写。忽必烈的夏日行宫四周是高大的宫墙,宫墙外是放养着各种动物的花园,以供忽必烈狩猎之用。此外,宫墙外还有一处竹亭,柱子都镀着金漆。每根柱子上都盘着一条龙。忽必烈的花园景色优美,有世界各地的猎鹰、冰冷海域的大雕、吉兰海的金雕、赤腹鹰、五色缤纷的印度小鸟。在当时名为汗八里的都城(即元大都,今天的北京),忽必烈的皇宫更是规模宏大,作家对宫墙的长度厚度和颜色、宫门和皇城内宫殿的布局及其功能都有详细描写。可以说,一座座宫殿富丽堂皇,而可汗的寝宫"建得十分宏伟:如此之大的宫殿在任何其他地方都见不到……大大小小的房间的墙壁上挂满了金银饰品,画满了龙、野兽、鸟类、马以及各种神奇之物……那里的房间如此之多,宽敞而又布置得十分华丽,这世上没有人能把房间修建和布置得比这更好……装饰得精致而又美妙",这一切都"令人惊叹"②。

---

① Волков С., *Чингисхан. Солдат неудачи*, М.: АСТ: Этногенез, 2010, С. 153–154.
② [俄]什克洛夫斯基:《马可·波罗》,杨玉波译,四川人民出版社2016年版,第91页。

从什氏和涅恰耶夫的小说中可知，马可·波罗来到中国以后，以其智慧和勇敢深得可汗忽必烈的信任，他不仅常常出入宫廷陪伴在可汗左右，而且还出官入仕，成为朝廷大臣，参与一些政务。有鉴于此，马可·波罗对可汗忽必烈的宫廷生活和秩序非常了解，作家以其视角描写忽必烈在北京的皇宫是比较能够令人信服的。

此外，据什氏在《马可·波罗》中所写，马可·波罗的足迹遍及中国各地，他看到很多城市的"各条河上都架着桥梁，桥上都有石狮。狮子与狮子之间不是柱子，而是护栏。每座桥上的狮子都特别多，要是数起来就会让你发疯"[①]。作家在小说中主要描写的城市只有襄阳城（今湖北襄阳）、晋陵郡（今常州）、扬州府以及杭州城，这几个城市的共同特点就是富饶而又美丽。襄阳是一个富有的大城市，归其管辖的还有12个大市镇。襄阳防守坚固，城内人民顽强抵抗，是最后一个臣服于可汗忽必烈的城市，此后便成为大汗最好的城市和地区，给他带来巨额收入。晋陵郡也是一个很大的城市，周围土地肥沃。扬州府非常著名，城市极大，实力雄厚，27个又大又美丽的商业市镇归其管辖，马可·波罗曾经治理这个城市三年时间。

什氏描写最为详细的城市是天堂之城杭州。在作家笔下，杭州是一座"雄伟的城市"，"为阿拉伯人、波斯人、中国人赞颂……'集贤院'的二十二位记述者用四种文字描述了城市的荣耀……马可·波罗亲自参观了这座美丽的城市，亲眼见证了这个神奇之地"[②]。杭州面积广阔，城内水道和桥梁纵横交错，船舶往来运输货物，手工业兴旺发达，富商众多，生意红火，美女如云，衣着华丽，人们过着富裕的生活。杭州城内到处都是漂亮的建筑，尤其是"城南有一处湖泊，方圆足有三十英里，湖岸上建有许多富丽堂皇的宫殿和漂亮的房子；它们建造得好极了；没有比它们更豪华、更漂亮的了，那也是达官显贵们的房子。这里建有很多天主教修道院和多神教的寺院，神像为数众多。

---

① [俄]什克洛夫斯基：《马可·波罗》，杨玉波译，四川人民出版社2016年版，第133页。
② [俄]什克洛夫斯基：《马可·波罗》，杨玉波译，四川人民出版社2016年版，第115页。

第六章 丝路文化叙事俄语小说中的中国元素

而在湖泊的正中央,我还要告诉你们,有两个岛,而且每个岛上都有一座极其奢华的宫殿,它们建造得非常好,装饰得如同皇宫一样"①。这座城市"给大汗带来巨额税收:白糖要缴税,这里糖的产量比世界任何地方都多;香料上缴百分之三的税;丝绸和粮食、煤炭以及在该城蓬勃发展的其他十二种手工业上缴百分之十的税。大汗从这个城市征缴的税收数量之多是前所未有的"②。毫无疑问,上述这些城市的美丽和富饶给读者留下了深刻的印象。

涅恰耶夫对杭州和常州的描写篇幅较大,有十余页之多,内容与什氏的小说接近。两位作家的小说主要材料来源于《马可·波罗游记》,"马可·波罗是世界上第一位以游记形式、有系统地将耳闻目睹的中国情况介绍给西方。他的《游记》对推动中西文化和科学技术的交流和发展起了重大作用"③。同时,作家们也参照和对比了其他一些历史材料,因此小说中所叙述的事件和风物人情对了解中国和丝绸之路具有一定的借鉴意义和参考价值。

第二节 中国人的形象塑造

中华民族是古老的民族,也是世界上最优秀的民族之一,中国人民身上有很多优秀的品质,诸如勤劳勇敢、热情好客、宽厚重礼等。在丝路文化叙事俄语小说中,作家们塑造了许多中国历史人物形象,其中有真实的人物,也有虚构的人物;有伟大的人物,也有普通平凡的劳动者,甚或奴仆。总体上看,作家们笔下往往是"能干的中国人"④,他们或者"热爱劳动、技术精湛"⑤,或者"遵守纪律"⑥,或

---

① [俄] 什克洛夫斯基:《马可·波罗》,杨玉波译,四川人民出版社2016年版,第116页。
② [俄] 什克洛夫斯基:《马可·波罗》,杨玉波译,四川人民出版社2016年版,第118页。
③ 余士雄:《〈马可·波罗游记〉与中西文化交流》,《欧洲》1993年第4期。
④ [苏联] 钦·艾特马托夫:《成吉思汗的白云》,严永兴译,《世界文学》1991年第2期。
⑤ [苏] 瓦西里·扬:《走向"最后的海洋"》,陈弘法译,外文出版社2006年版,第152页。
⑥ Волков С., Чингисхан. Чужие земли, М.: АСТ: Этногенез, 2010, С.129.

者"心思机巧"①,虽然来自不同阶层和行业,但是可以看出他们身上具有很多美好的品质。什克洛夫斯基在小说中谈到中国女性之美和中国人之智慧:"那里人们谈到女人的时候往往说,她像中国女人一样美。谈到中国的工匠则说,他们有两只眼睛,而法兰克人只有一只眼睛。"②除了总体上的概括描写以外,作家们也描写和塑造了一些具有代表性的中国人形象,如丝绸之路的开拓者张骞(上文已经分析过,此处不再赘述)、睿智的哲学家长春真人、富有才华的建筑师李通波、拔都的妃子尤勒杜兹哈敦忠诚的中国女仆伊莲荷,他们的勇敢、坚韧、睿智、忠诚、才华、善良也是中国人民的典型特征。

一 长春真人: 睿智的哲学家

中国人民是富有智慧的民族,即便是普通人也往往富有哲人的思想和意识。什克洛夫斯基在《马可·波罗》中写道,商业城市杭州的"商人们已经成为了哲学家,他们读的不再仅仅是为他们而写的那些小说了。与马可·波罗交谈的商人是一个哲学家"③。这位商人认为,最大的幸福是无所求,他用一位道士的话论证了自己观点:"昨日之思了无痕迹,今日之事也莫过如此。最好将之全部放弃,在永恒的虚空中度日。"④

在卡拉什尼科夫的小说《严酷的年代》中,作家描写了一位在金朝廷为官的中国人李江,他虽官职低微,但是不乏哲人的思考。李江把世界上所有的活物分为五类:第一类是禽类,第二类是兽类,第三类是龟壳类,第四类是鳞片类,第五类是人类;每一类当中都有最高级的动物,第一类是凤凰,第二类是独角兽,第三类是乌龟类,第四类是龙类,第五类是人自己。李江把人与人之间的关系分为五类,即

---

① Волков С., Чингисхан. Чужие земли, М.: АСТ: Этногенез, 2010, С.211.
② [俄] 什克洛夫斯基:《马可·波罗》,杨玉波译,四川人民出版社2016年版,第50页。
③ [俄] 什克洛夫斯基:《马可·波罗》,杨玉波译,四川人民出版社2016年版,第121页。
④ [俄] 什克洛夫斯基:《马可·波罗》,杨玉波译,四川人民出版社2016年版,第122页。

第六章 丝路文化叙事俄语小说中的中国元素

君臣、父子、兄弟、夫妻、朋友之间的关系。在作家看来,李江是"领悟了生活的智慧的人"①,认为"六种情感使人失去平静:爱的激情,仇恨,骄傲,无知,错误的观点和怀疑"②,他回顾自己的一生,能够冷静地剖析这六种情感给他带来的痛苦。面对被辞去官职的窘境,他对霍说:"如果墙上的砖掉下来砸到你的脑袋上,你不要责怪残破的墙壁,而是要怪自己脑袋愚蠢。"③ 可见,李江既能客观看待外部世界,也能够从自身寻找身处逆境的原因。

当然,在丝路文化叙事俄语小说中,作家们描写最多的是长春真人丘处机,他是一位睿智的哲学家,也是一位心地善良的人,富有诗人的才华。

作家沃尔科夫在幻想小说《成吉思汗》中称长春真人为"中国的智者""世界上最博学的人"④,他与成吉思汗谈论世界的结构、古代的神灵和英雄、人及其在世界上的位置等各种哲学问题,而他的观点和说法往往让成吉思汗甚感兴趣。瓦西里·扬认为长春真人"遍读中国著名学者所著圣籍,穷极一切奥妙"⑤。成吉思汗的大宰相兼星占家耶律楚材的说法极具代表性:"长春子是位道行很高的人物。他早会腾云驾雾、变化万物。此人不慕尘世荣华,而与其他人入山修行,寻求使人延年益寿、长生不老的丹石。他坐思如僵尸,站立如枯木,声如雷鸣,行如轻风。他见多识广,无书不读。"⑥ 什克洛夫斯基在小说《马可·波罗》中,则通过一位商人之口盛赞长春真人的智慧:"只有禁欲才能让人没有忧愁。世界上最有自制力的人,就连我这么愚笨的人都知道,那就是道士。他们是极其完美的人,他们坐如钟,站如松,疾如雷,行如风。他们确实令人惊叹。其中最伟大的人物是长春真人,他是一个特别完美的人。他出生在山区,就连成吉思汗本人也召见过

---

① Калашников И. К., *Жестокий век*, Москва: Издательство АСТ, 2019, С. 272.
② Калашников И. К., *Жестокий век*, Москва: Издательство АСТ, 2019, С. 272.
③ Калашников И. К., *Жестокий век*, Москва: Издательство АСТ, 2019, С. 274.
④ Волков С., *Чингисхан. Повелитель Страха*, М.: АСТ: Этногенез, 2010, С. 234.
⑤ [苏] 瓦西里·扬:《成吉思汗(下)》,陈弘法译,外文出版社2005年版,第166页。
⑥ [苏] 瓦西里·扬:《成吉思汗(下)》,陈弘法译,外文出版社2005年版,第158页。

他，听他睿智的谈话，但是他对这个令世人恐惧的人物谈论的是至高无上的美德——尊重长辈。"[1] 在《严酷的年代》中，卡拉什尼科夫在下卷第四章第十一节描写了成吉思汗与长春真人的会面。据小说所写，二人是在撒马尔罕见面的。长春真人此时已经不甚年轻，他个子不高，穿着宽大的长袍，留着灰色的小胡子，脸只如手掌般大小，说话声音嘶哑。他不喝马奶酒，只吃植物性食物。他眉毛花白，眼睛奕奕有神。在成吉思汗面前，他目光直视，没有一丝畏惧。

据瓦西里·扬在《成吉思汗》中所写，长春真人是当时中国大名鼎鼎的人物，他生活在中国的一座深山里，在一处幽静的山谷里栖身，看上去是一位身体单薄，衣不蔽体的老者。成吉思汗出于对自己身体健康和延年益寿的考虑不断访求医道高明的医生，期望寻求到长生不老之灵丹妙药，很多人都向他推荐过中国道家的杰出代表长春真人丘处机，传说他参透了天地的奥秘，知道长寿的法术。成吉思汗立刻派出干练的汉族官员刘仲禄携带诏书寻访长春真人，长春真人读过成吉思汗的诏书，起初并不打算到他那儿去，便写了一封复信说明自己憔悴赢弱不能前往，但盛赞成吉思汗的勇智和功绩，由刘仲禄派专人送给成吉思汗。成吉思汗不肯放弃向长春真人求教长生的机会，便下了第二道诏令，后者遂带了20名弟子动身西行，由一名弟子写了详细的日记，记录其教诲和诗歌。

长春真人历时两年之久到达成吉思汗所在的阿姆河，他对前来迎接的成吉思汗的御医表达了此行的目的："我乃山野之人，只为要对合罕说几句要紧的话，才来到合罕军营。倘若我的话能被采纳，则天下幸甚！"[2] 因此，他在成吉思汗面前不卑不亢，毫不阿谀奉承。在谒见威严的大汗时，长春真人保留了道士在觐见中国皇帝时从不行跪拜叩头之礼的习惯，只是作揖为礼。他沉静安详，在"世界之王"面前无所畏惧，行礼之后便坐到地毯上。作家认为，二人的衣裳都是用普

---

[1] ［俄］什克洛夫斯基：《马可·波罗》，杨玉波译，四川人民出版社2016年版，第120页。
[2] ［苏］瓦西里·扬：《成吉思汗（下）》，陈弘法译，外文出版社2005年版，第162页。

通的黑麻布做的，鬓发均染上了白霜，这是他们的共同之处，而做人之道却完全不同。长春真人在远离尘世的荒野之地，终生研究学问，探求解脱人们生老病死的奥秘，给那些恳求他的人们以帮助。而成吉思汗则是大军的领袖，指挥士兵去消灭其他民族，他的一切胜利都是用成千上万人的死换来的。长春真人推崇的道家清心无为、少私寡欲的理念与成吉思汗的欲望是相悖的，"但是成吉思汗被道长身上其他东西所吸引——他内心的独立、真实、轻松地谈论最沉重之事。在与他的争论中，可汗得到了灵魂的休憩"①。

长春真人性格诚恳直爽，敢于说真话，而且不畏惧可能面临的危险。他直言不讳地告诉成吉思汗，长生不老之药是不存在的，人只能利用药物增强体力、治疗疾病、保护健康，这是确切不移的道理。在他看来，"生与死如同早晨和晚上。中间是白天。白天有长有短。人无法延长白天，即使是瞬间也不行，但他可以让生命延长数年。……有延寿之法，却无法使人长生不老"②。不仅如此，"只有灵魂才能永生。灵魂越纯净，越有成就，下辈子就会越灿烂，越崇高"③。长春真人的真诚和直率赢得了成吉思汗的赞赏，答应满足他的一切要求。在瓦西里·扬的《成吉思汗》中，长春真人对成吉思汗抱拳作揖表达了自己的愿望："我不畏雨雪、翻山越岭前来见你，只有一个请求，就是想对你说：请你停止残忍的战争，好让各国人民遍享太平！"④ 可见，长春真人的目的便是能够劝谏成吉思汗放弃征战，不要给人民带去苦难；他在解释打雷的现象时指出，上天发怒与祭祀时牺牲的颜色没有关系，而在于人民对父母的忤逆和不孝；他希望通过自己的微薄之力，能够使蒙古人从野蛮走向文明。在《严酷的年代》中，长春真人同样表达了反对战争的想法。他告诉成吉思汗，虽然来觐见他的路途遥远，但是身体并没有感到疲惫，感到疲惫和难过的是内心，

---

① Калашников И. К., *Жестокий век*, Москва: Издательство АСТ, 2019, С. 810.
② Калашников И. К., *Жестокий век*, Москва: Издательство АСТ, 2019, С. 809.
③ Волков С., *Чингисхан. Повелитель Страха*, М.: АСТ: Этногенез, 2010, С. 235.
④ [苏] 瓦西里·扬:《成吉思汗（上）》, 陈弘法译, 外文出版社 2005 年版, 第 167 页。

因为一路走来，到处是布满人骨的土地、被烧毁的树林、燃为灰烬的村庄①。

　　长春真人极具诗人的才华，也极为善良。西行的一路上他经常吟诗，描写蒙古大草原的无边无际、自然的神奇，抒发自己的感情，瓦西里·扬在《成吉思汗》中引用了他在途中所写的三首诗作。见到成吉思汗以后，长春真人住在花剌子模沙摩诃末从前的郊外行宫——园林环绕下的"阔克撒莱"宫，他在这里也常常写一些诗歌。与此同时，长春真人也是一个具有人道主义情怀的善人，有些被蒙古士兵抢去财产、夺去畜群、掠去妻儿的饥民，不时成群结队地来到他住的行宫门前行乞，他便把成吉思汗赏给他的饭食分给他们，有时还亲自动手熬粥施舍给他们。在沃尔科夫的小说《成吉思汗》中，成吉思汗曾经想要慷慨地回报长春真人，但他拒绝了黄金和珠宝，而是恳求成吉思汗留下被俘的数千名中国人的性命，成吉思汗则听从耶律楚材的建议答应了长春真人的要求，此外还免除了所有道士的赋税。

　　长春真人衣食住行皆极为简朴，在西行的路上，每到一个城市，城市里的蒙古长官（达鲁花赤）总要隆重接待他，为他大摆宴席，真人则一概予以拒绝，只吃一点米饭和水果。觐见成吉思汗时，他依然是平时的穿着打扮，没有任何变化，"论长相完全是一副干瘪老头儿的样子：面孔因风吹日晒而呈古铜色，前额微微突出，脑后白发丛生。论穿戴完全像个乞丐：赤脚穿一双绳编草鞋，身上披一件破烂不堪的道袍"②。这与黄金宝座上服饰华丽的成吉思汗形成鲜明的对比：成吉思汗戴一顶嵌着祖母绿宝石的黑色圆帽，圆帽后面悬挂着的三条狐尾垂到肩上。相比之下，长春真人显得干瘪、老朽而又寒酸。当成吉思汗邀请长春真人每天到他那里用餐时，长春真人则表示自己是山野之人，修道经年，注重修行并喜欢清净悠闲之地，连仆人端来的马奶酒也谢绝了。当成吉思汗询问长生之道以便能够支撑亲手创建的蒙古帝

---

　　① Калашников И. К., *Жестокий век*, Москва：Издательство АСТ，2019，C. 808.
　　② ［苏］瓦西里·扬：《成吉思汗（下）》，陈弘法译，外文出版社2005年版，第163页。

国的事业并以精美的宫殿诱惑时，长春真人丝毫不受黄金和美色的诱惑，表示自己只爱山林、清静和思考，黄金对他而言毫无用处，能站在山崖上思考就足够了。在与成吉思汗告别时，他没有接受大汗赠送的一群奶牛和一群良马，并表示可以坐普通的驿车回到中国的山中。在举行告别仪式后，他便在二十名弟子和一队士兵的陪伴下踏上了归途。成吉思汗的许多近臣捧着酒坛子、提着果篮子前来送行，许多人洒下了眼泪，可见长春真人备受人们尊敬和爱戴，无愧于"贤哲"[1]之称。

在丝路文化叙事俄语小说中，作家们描写或者提及长春真人的原因是多方面的。总体看来，一方面，长春真人与成吉思汗的书信往来与会见乃确有其事，成吉思汗确实希望他能赐教长生不老之法，为完整展现成吉思汗的人生和性格，必然会提到长春真人，二者言行和观念的不同和分歧形成对照，有利于塑造和揭示他们的性格和命运。另一方面，长春真人能够为小说故事和情节的发展起推动作用，有时则是至关重要的作用。例如，在沃尔科夫的幻想小说《成吉思汗》中，主人公阿尔乔姆·诺维科夫意外得到的遗产是一匹银马雕像并因此有了后面的穿越时空和奇遇，而这个雕像正是长春真人送给成吉思汗的。这个雕像放在一个盒子里，盒子里面铺着貂皮。按照远古时期的观念，不同的雕像作用不同：狼会使对手恐惧，而"马匹只不过是一个容器，能保存语言和思想，将其转达给另外一个人……马可以将信息传递出去并将其主人带到指定地点"[2]。不言而喻，银马雕像是小说情节构建的关键，缺少它小说中的故事就没有发展的基础，可见长春真人的形象之于小说情节的重要性。

二 李通波：有才华的建筑师

中国人民除了睿智以外，还是一个富有才华的民族，热爱艺术，

---

[1] Волков С., Чингисхан. Повелитель Страха, М.：АСТ：Этногенез, 2010, С. 235.
[2] Волков С., Чингисхан. Солдат неудачи, М.：АСТ：Этногенез, 2010, С. 30.

长于歌舞。在《成吉思汗》中，瓦西里·扬不止一次提到成吉思汗喜欢中国人的歌舞。在成吉思汗攻打花刺子模前召开军事会议后举行的宴会上，"大帐的丝绸帷幕后面传来了一阵中国歌伎银铃般的歌声和横箫、芦笛的伴奏声"①。成吉思汗西征行军至阿富汗山谷时在一个群山环绕、白云四合的村庄里避暑，此时"他似乎将一切军务之事均置诸脑后。每到晚宴时分，成吉思汗便听说书人讲故事，听歌手唱波斯歌曲和中国歌曲。历经二年行程刚从中国京城新来的舞女，穿着锦绣衣衫在深红色的阿富汗地毯上跳来跳去。她们忽而挥动长袖，模仿长翼鸟儿飞，忽而如蛇一样盘卧在地，先舒展开来，再疾速旋转，表现出她们的高超舞技"②。

作家们笔下的中国人往往长于各种手艺和技能。在幻想三部曲《成吉思汗》中，沃尔科夫通过成吉思汗的妻子孛儿帖之口表达了这一看法："除了种植稻米，这些人还制作丝绸、器皿以及各种生活中有用的东西。"③孛儿帖还建议铁木真最好仔细考查俘虏中的中国贵族，认为其中定会有能够为其所用之人。什克洛夫斯基在《马可·波罗》中引用了柏郎嘉宾对汉族人的评价："他们不留胡须，面部轮廓与蒙古人非常相近，但是脸膛没有那么宽；他们的语言很特别，在人们通常从事的各行各业中，全世界都找不到比他们更好的工匠了。"④

中国工匠和各类技师是一些丝路文化叙事俄语小说中经常提到的。据瓦西里·扬在《成吉思汗》中所写，成吉思汗的大军中总是有随军的中国营造师，他们制造攻城器，帮助军队尽快攻克城市。他们往往会在关键时刻提出颇有新意的想法，例如投石器没有石头可以投掷的时候，中国营造师提议将桑树锯成木头块，再泡进水里使它变硬。在

---

① ［苏］瓦西里·扬：《成吉思汗（上）》，陈弘法译，外文出版社2005年版，第147页。
② ［苏］瓦西里·扬：《成吉思汗（下）》，陈弘法译，外文出版社2005年版，第153页。
③ Волков С., Чингисхан. Солдат неудачи, М.：АСТ：Этногенез, 2010, С. 179.
④ ［俄］什克洛夫斯基：《马可·波罗》，杨玉波译，四川人民出版社2016年版，第17—18页。

攻打帖木儿·灭里守卫的小岛时，久攻不下，蒙古军队中的中国匠人造出了新的强有力的远程投掷器，给花剌子模的士兵造成重大损失。在沃尔科夫的幻想小说《成吉思汗》中，成吉思汗手下的将领哲别随身带着一把锋利异常的宝剑，这把剑"是中国工匠锻造的，……可谓削铁如泥，剑刃上刻着奇特的波浪状花纹"①。在加塔波夫的小说《铁木真》中，也速该告诉合撒儿要把鹿角和熊胆留下来，可以卖给中国人，因为"中国人对熊胆和鹿角非常看重，他们用来制造药物，并且会给我们许多好东西"②。在《撒马尔罕上空的星辰》中，帖木儿宫廷里吃的柿子来自中国，"只有中国的园丁一个人知道如何在寒冷天气里在芦苇间储藏柿子的秘诀，以便在寒冷天气过去之后，果实变得细嫩甜美"③。帖木儿最小的妻子喜欢吃精致的中式菜肴，在家乡的时候都是由北京厨师做给她的。

李通波是所有丝路文化叙事俄语小说中着墨最多的中国工匠，他是成吉思汗从中原带来的杰出的中国匠人、大营造师兼发明家、技艺高超的建筑师，他会制造攻城器、盖房、修桥、造宫殿、建轻巧得像花边似的小亭子，可以说没有他不会的。瓦西里·扬在《拔都汗》和《走向"最后的海洋"》中塑造了这位有才华的建筑师的形象，既描写了李通波作为建筑师取得的成就，也介绍了他的思想，刻画了他的性格。

作为建筑师，李通波最杰出而又宏大的作品是拔都汗在萨莱的行宫。拔都第一次远征俄罗斯结束后，命令李通波到亦的勒河畔乌拉克山附近选定一处最适合于建造行宫的地址，并且提出了很多要求。拔都希望这座行宫要比世界上任何行宫都漂亮，它成为世界的心脏和头脑，海外来的商船能在行宫的台阶下停泊，从行宫的屋顶上遥望故乡的草原，行宫附近有绿色的草场和心爱的马匹，这座行宫不能建在容

---

① Волков С., *Чингисхан. Солдат неудачи*, М.: АСТ: Этногенез, 2010, С. 41.
② Гатапов А., *Тэмуджин. Книга 1*, ФТМ, 2014, С. 9.
③ Бородин С., *Звёзды над Самаркандом: Том 1. Хоромой Тимур*, Харьков: Прапор, 1994, С. 401.

易遭受草原强盗袭击的开阔地带,必须在支流汇入大河的河口处找到一座河心岛。李通波领命以后,带领一批汉族奴隶匠人修建瓷器作坊以及烧制彩釉瓷砖、瓷器、陶瓷水管和宫殿各个房间中盘炕用的陶瓷烟囱,寻找适于建筑的手艺人,历时九个月,以一座古代城市遗址为基础,最终建成了"一座奇妙而罕见的小型宫殿。宫殿顶上耸立着小巧玲珑的塔楼。整个宫殿是用彩色瓷砖砌成的。每块瓷砖都烧制着新颖别致的涡形花朵图案和花纹边饰,而每个花朵图案中又都嵌入纤细精美的赤金花瓣。在清晨灿烂的阳光照耀下,整个宫殿金光闪闪,发出奇光异彩,宛若一堆通亮通亮的火,令人赏心悦目"[1]。此外,李通波还在行宫中建了一座轻巧的安着窗棂的中原式水阁凉亭,安装的是中国式吉祥龙图案的房门,整个宫殿如同童话一般奇妙,观者无不大为赞叹。

李通波不仅是一个能工巧匠,而且还具有哲人的气质和智慧。他身材高大,体形肥胖,总是穿着宽大的长袍,头戴一顶蓝色瓜皮小帽,一根长长的羽翎从小帽下边拖到他那宽阔丰满的背上。在作家看来,"李通波圆润无须的面孔,永远安详自在的脸色,挂在嘴角的两撇八字胡,以及圆鼓鼓的小眼睛,这些似乎表明,这位中国营造师具有沉静的哲人气质;而这种气质与他以大幻想家那变化莫测的手段创造出来的五光十色的奇景、生活和神奇般的童话,却有着某种令人瞠目的差距"[2]。李通波是个有学识和智慧的人,拔都生病以后,他献出了自己的中药,其中有捣碎的珍珠、蝙蝠心、干海蛆等,然而这些药物并没有起作用。他担心没有治好拔都的病而受惩罚,又实在想不出医治大汗的办法,为此他表现得十分难过,想撞石头寻死,甚至逃到了草原上躲避起来。李通波的智慧在拔都汗的妻子们看来则是狡猾而固执,因为他只听从拔都一人之令,无论她们怎样哀求或者恐吓他,他都不同意她们没有拔都的命令先行进入新建的宫殿。

---

[1] [苏]瓦西里·扬:《走向"最后的海洋"》,陈弘法译,外文出版社2006年版,第44页。
[2] [苏]瓦西里·扬:《走向"最后的海洋"》,陈弘法译,外文出版社2006年版,第44页。

第六章 丝路文化叙事俄语小说中的中国元素

李通波长年跟随拔都征战四方，早就厌倦了战争、反对战争，因为战争会给人们带来不幸。在回答拔都提出的问题"什么叫做荣誉"时，李通波进一步阐述了自己的反战观点："荣誉不光是战场上取得的胜利。如果君主能关心百姓的疾苦，修建新的城市，待臣民以公道，免臣民于重赋，让本国百姓家家户户安居乐业，则他可以称得上是一个英义赛音汗，从而就赢得了臣民的拥戴，获得了不朽的荣誉。百姓的真诚爱戴，乃荣誉之谓也。"① 哈吉·拉希姆的观点与李通波接近，他引用古书中的记载，说明伊斯坎德对待被征服者、对刚刚并入他的国家中的各个民族能以慈悲为怀，并不欺压他们，而是平等对待，这样的荣誉是一种真正而永恒的荣誉。然而，速不台却认为，取得胜利越多荣誉越大。拔都也认为，有志追求荣誉的国君应该能建造起一座又一座大厦，这些大厦即使在他死后也可以把他的荣誉宣扬几百年，因而他要缔造前所未有的伟大事业，在以前的荒漠上建立一个新的奇妙的国家：青色斡耳朵，这个国家千秋万代永远统治各国百姓，这才是他作为世界统治者永不熄灭的荣誉所在。李通波深知无法劝谏拔都改变征伐各国的想法，因此在建完行宫以后，虽然圆满地完成了拔都的命令，他却变得闷闷不乐，因为"实现理想——建造奇妙宫殿的如意日子已经过去了……往后就该是疲惫不堪、流血流汗的征战行动了。我又得奉命建造掷石器……给人们带来恐怖和死亡"②。有鉴于此，在他看来，建完行宫并不是值得高兴的事情。

李通波反战也是他善良的体现，他是一个具有人道主义情怀的人。他为蒙古大军横渡伏尔加河搭建渡河的浮桥时，指挥奴隶们干木匠活儿，而在从岸上走到平底渡船上时，李通波则在前面带路，叮嘱大家不要踩错地方。他对被迫接受做拔都妃子的尤勒杜兹心生怜惜，借助各种机会帮助她博得拔都的喜爱。在渡河的时候他对拔都说，与拔都一同渡河的有勇敢可爱的战马以及旅途伙伴——强大

---

① ［苏］瓦西里·扬：《走向"最后的海洋"》，陈弘法译，外文出版社2006年版，第62页。
② ［苏］瓦西里·扬：《走向"最后的海洋"》，陈弘法译，外文出版社2006年版，第44页。

的骆驼，而面前还有一颗星星——尤勒杜兹在闪耀，她将给拔都带来成功。李通波通过这种方式，让拔都对尤勒杜兹刮目相看，更加温柔以待。尤勒杜兹死后，李通波为她亲手做了棺材。在中国女仆伊莲荷提出安葬尤勒杜兹的建议以后，李通波大加赞赏，表示无须别人代劳，他可以赶在拔都汗归来前亲自刻好尤勒杜兹墓前的石碑。可以说，李通波为尤勒杜兹做了自己能做的一切，而这无疑出自对她的同情和怜悯。

李通波是一个被俘来的中国人，他一直没有忘记故乡，因无法返乡而常常叹息，有时会用中国人的语言表达对故乡的眷恋和对蒙古人征伐生活的厌恶："不行！在这儿我活不下去了！这个令人诅咒的野蛮国家不适合我生存！"① 在萨莱建完宫殿以后，李通波最大的愿望便是希望能够获得"大汗亲自颁发的最高奖赏允许返回故里"②，显然这是无法实现的。

总体上看，李通波并不是小说中的核心人物，但是却在小说的情节发展上起着重要作用。拔都大军遇到攻城渡河之难时，李通波以一技之长协助军队向前推进。此外，拔都最看重的妃子尤勒杜兹之死与李通波有一定的关系：他奉拔都之命回萨莱建行宫时，将木苏克战死之事无意间透露给了尤勒杜兹，而二人感情深厚、一直相爱，可以说木苏克是她活下去的希望和勇气。所爱之人已去，尤勒杜兹没有了生的愿望，因而故意见了两位嫉妒她的妃子，吃下她们送来的有毒的食物而身亡。拔都得知后痛苦异常，他本希望尤勒杜兹能为他生下一子作为自己的继承人，而这一希望无疑落空。由此可见，李通波这一形象在小说中并非可有可无，而是必不可少的"小人物"，作家如此设置可谓别出心裁。

三 伊莲荷：忠诚的女仆

在丝路文化叙事俄语小说中，很多显贵的仆人都是汉族人，这大

---

① ［苏］瓦西里·扬：《拔都汗》，陈弘法译，外文出版社2006年版，第92页。
② ［苏］瓦西里·扬：《走向"最后的海洋"》，陈弘法译，外文出版社2006年版，第46页。

第六章　丝路文化叙事俄语小说中的中国元素

概与中国人的勤劳忠诚、善解人意有关。《撒马尔罕上空的星辰》中，帖木儿孙子的女仆是中国人："男孩蹲到小溪边；服侍他的中国女仆从一个镶着绿松石的银水罐里把温水倒在他的手掌上。"① 瓦西里·扬的《成吉思汗》中，成吉思汗身边有一位贴身伺候的中国老仆②，在成吉思汗召开最高军事将领会议时，"中国仆人无声无息地在坐着的人们背后走动着，给他们端来用金碟盛着的吃食和用金盏盛着的白色奶酒、红色啤酒"③。成吉思汗最小的妃子呼阑有七名女仆，她们全是汉族女奴，呼阑非常信任这些中国女子，交给她们一些重要的事情，还经常像中国姑娘一样穿上绣着奇异花朵的绸子衣服。在卡拉什尼科夫的小说《严酷的年代》的开篇，也速该抢了赤列都的新婚妻子诃额仑带回部落，诃额仑非常难过，最先前来劝慰她的人就是一个来自中国的女仆华筝，华筝给诃额仑带来食物和牛奶，告诉她要多吃东西而少哭泣，她年轻漂亮，应该好好活着。

很多小说中的中国仆人都是无名无姓的，而艾特玛托夫在《成吉思汗的白云》中描写了一个名为阿尔跧的汉族女奴，她是织绣女工的仆人，多年前在中国边陲被俘，此后一直留在成吉思汗的大车队里为奴直至老年。阿尔跧是"中华道德体现者"④，虽然她是百夫长和织绣女工"在成吉思汗西征旋涡中邂逅的同路人，但实际上却是他们这对恋人大难临头时唯一可信的依靠。百夫长懂得：他可以信赖的只有她"⑤。正是在她帮助下，百夫长和织绣女工才能私下幽会，他们的孩子才能顺利出生，而他们被处死之后，她又成了孩子的母亲和依靠。她虽然瘦小羸弱，对主人却忠诚，面对困难勇敢坚强，善良而又诚实，她对嗷嗷待哺的婴孩说："我一辈子为奴，可从未骗

---

① Бородин С., *Звёзды над Самаркандом*: Том 1. *Хоромой Тимур*, Харьков: Прапор, 1994, С. 8.
② [苏] 瓦西里·扬：《成吉思汗（上）》，陈弘法译，外文出版社2005年版，第123页。
③ [苏] 瓦西里·扬：《成吉思汗（上）》，陈弘法译，外文出版社2005年版，第146页。
④ 余一中：《赞颂善与爱的悲歌——试析〈成吉思汗的白云〉》，《当代外国文学》1991年第3期。
⑤ [苏联] 钦·艾特马托夫：《成吉思汗的白云》，严永兴译，《世界文学》1991年第2期。

过谁,妈妈从小就告诉我,在我们那里,在我们部落里,在中国,谁也不欺骗谁。"①

  与阿尔孞具有相同品质的,是瓦西里·扬在《拔都汗》中着墨较多的一个名为伊莲荷的中国女仆。拔都最喜爱的妃子尤勒杜兹跟随大军出征,陪同她的是一个奉拔都母亲之命专门服侍她的中国女奴,名叫伊莲荷,她原本是中原的一位名门闺秀,身材高大。这是一个苦命、忠诚、智慧而又多才多艺的女子。

  伊莲荷是一个苦命的女子,经历了各种大大小小的苦难。伊莲荷出生在星占师之家,少女时期在父母家里生活幸福,长大后嫁给一个掌管250个骑兵的军吏。丈夫出身显贵,生性活泼,二人生活得很幸福,有两个漂亮的孩子,住在一所带花园和池塘的小院子里,池塘里长着荷花,游着金鱼。不幸的是,成吉思汗的蒙古大军突然入侵,她的丈夫带领骑兵投入战斗,结果一去不复返。蒙古人杀了她的母亲,抢走她的孩子。她被一个蒙古百户长掳为奴隶。为了寻找和搭救自己的孩子,她竭力逢迎新主子,为他做他喜欢吃的蜂蜜烙饼和树菇包子,因此他控制着她,而后把她献给拔都汗的母亲斡里福晋,而斡里福晋又委派她陪伴尤勒杜兹,目的是让她教尤勒杜兹学会像宫廷贵族夫人那样走路、唱歌、请安、细声细气地说话,用优雅的姿势往茶杯里倒茶。伊莲荷从一个贵族女子沦为仆人,失去了全部的家人,这是何等不幸,所以她每每想起自己经受的苦难就忍不住阵阵心酸,但是她坚强地活着,甚至忍受着屈辱,只是希望能有一天找到自己的孩子。

  伊莲荷出身显贵之家,是一个多才多艺的女子。首先,伊莲荷长于涂脂抹粉和装扮,尤勒杜兹为了不让自己的养父和哈吉·拉希姆认出来,便请求伊莲荷帮助自己,而伊莲荷极力打扮尤勒杜兹,给她脸上扑上白粉,搽上胭脂,把眉毛末梢画到额头上,以至于尤勒杜兹本人照过镜子以后,也认不出自己的模样了。其次,伊莲荷会讲很多吸

---

① [苏联]钦·艾特马托夫:《成吉思汗的白云》,严永兴译,《世界文学》1991年第2期。

引人的、有趣的、恐怖的或者愉快的故事，比如一个人坐着燕子车在天街行走的故事，一个贫苦牧童让龙建起一座城市、人们在城市中生活得无忧无虑的故事，等等。

尤勒杜兹从相识之初便把伊莲荷当作自己的保护人，在因出身寒微而受到其他妃子侮辱和嘲笑时，她最初不敢反抗，只能边听边往后退，缩着身子躲到伊莲荷的怀里，从中可以看出她对伊莲荷的依赖。伊莲荷虽然没有公然替尤勒杜兹鸣不平，但是她面无表情地看着欺辱尤勒杜兹的钦察女人，没有给这些女人好脸色。当尤勒杜兹独自一人因委屈和苦命而哭泣时，伊莲荷细声细语地劝慰她，告诉她自己会帮助她。有了伊莲荷的陪伴和帮助，尤勒杜兹仿佛有了靠山，她再也不觉得孤独了。她把伊莲荷视作自己的保护人，听她的指教和忠告，听她讲故事，学习一切必需的知识，可以姿态优雅地接待和伺候拔都，吸引他，以便能够让拔都对自己有求必应。在拔都第一次来尤勒杜兹帐里之前，伊莲荷就如何打扮、如何迎接、如何应答给了尤勒杜兹忠告，同时也安慰她说会时刻提醒她该如何行事。后来，在拔都希望尤勒杜兹用歌声把诺垓引进来的时候，尤勒杜兹最初反抗拔都的命令，而伊莲荷凑近尤勒杜兹耳边，用低低的声音向她反复劝说了一番，尤勒杜兹才同意唱歌。当发现诺垓突然从阳台上爬进来时，尤勒杜兹大叫着返身跑进套间，扑到伊莲荷胸前。

伊莲荷也确实时时刻刻为尤勒杜兹着想，保护她不受伤害。尤勒杜兹和以前的恋人木苏克在行军途中重逢相认并互诉衷肠时被拔都发现，拔都下令把尤勒杜兹的手脚捆住，跟木苏克捆在一起，抛在冰天雪地、野狗出没的花园里，命令大萨满巫别吉和助手们把他们捂死。伊莲荷不顾自己的安危，跑去苦苦哀求速不台救救二人。速不台最初没有答应帮忙，可是他经不住伊莲荷的跪求，便找来哈吉·拉希姆出面解救了尤勒杜兹和木苏克。拔都第一次西征俄罗斯返回草原时，在尤勒杜兹面前派木苏克与李通波远行选址建造新的宫殿，尤勒杜兹因而心情不好，面色苍白而忧郁，伊莲荷对拔都谎称尤勒杜兹是因久久得不到拔都的消息心中焦虑而身体虚弱、行动不便，需要请高明的大夫帮助她恢复体力。伊莲荷的这种做法，一方面掩饰尤勒杜兹的真实情绪；另一方面也博得了拔都对尤勒杜兹的喜爱和重视。可以说，因为伊莲荷的陪伴和关心，尤勒杜兹的生活中才有了一些欢乐，伊莲荷对她犹如亲人一般。尤勒杜兹死后，伊莲荷悲伤万分，她曾失去了丈夫和几个孩子，现在她又失去了最后一点依恋。她头缠白色"孝布"久久地颓然守坐在棺材旁边，人变得痴痴呆呆的，像是一座中国泥塑菩萨像，失神的双眼盯着手中正在拨动的那串深红色的石榴石念珠，而念珠是尤勒杜兹送给她的。

伊莲荷离开中国多年却从未忘记故乡。她在早春时骑马跑到草原上，采集了她在遥远的故乡所喜爱的花草，带回了鸢尾花、郁金香和其他美丽的花以及一些药材，把这些花草培植在花园小径边的土壤上。尤勒杜兹死后因出身低微而不能厚葬，伊莲荷提出按照中国风俗安葬，她说："在我遥远的故乡中国有这样一种风俗：中国皇帝为了纪念自己所宠幸的妃子，就把她葬在她生前住的那个宫中的花园里；墓前立块大理石碑或者荒野石头凿成的石碑。请你们邀来最亲近的友人，把我们纤弱的汗妃就埋葬在这座小小的美妙的御花园中吧。也许，还可以找到一位心灵手巧的石匠在白色墓碑上凿上一朵凋零的花朵图案，花朵上方再刻上一颗星——'尤勒杜兹'。"[①] 从这个建议中可以看出，伊莲荷不但聪明睿智，而且不忘故乡，故乡一直在她心中。

毫无疑问，伊莲荷与尤勒杜兹都是作家虚构的人物，与尤勒杜兹的关系、对待尤勒杜兹的态度，使小说中拔都形象更为立体，而在二人关系上，伊莲荷对尤勒杜兹的影响很大。可以毫不夸张地说，尤勒杜兹与拔都之间关系的每一步发展都离不开伊莲荷的作用，从最初对拔都的抗拒到表面上的接纳和喜爱都是伊莲荷劝慰的结果。尤勒杜兹一直视伊莲荷为依靠和知心之人，在她面前毫不隐瞒自己与木苏克的关系，这为小说描写三人之间的情感纠葛提供了便利，也为尤勒杜兹最终的结局和拔都后继无人的失望埋下了伏笔。由此

---

① ［苏］瓦西里·扬：《走向"最后的海洋"》，陈弘法译，外文出版社2006年版，第299页。

可见，就小说情节发展和拔都形象塑造而言，伊莲荷是小说中必不可少的重要人物。

第三节 古老中国的文学想象

从时间上看，在丝路文化叙事俄语小说中，《沙尔沙尔赴北京历险记》的故事背景是 2008 年，《张骞的一生》的故事背景是中国西汉时期，其他小说的故事背景则是 12 世纪至 15 世纪初期。因此，除了《沙尔沙尔赴北京历险记》以外，其他小说对中国形象的描写主要反映的是中世纪以及此前西欧、中亚、俄罗斯对中国的认知和想象。在这一时期，欧亚各国（包括俄罗斯）基本上沿用了阿拉伯国家对中国的认识，"阿拉伯的中国形象在漫长的中世纪曾经是世界的中国形象的传播源"，"古代阿拉伯世界的中国形象总体上是美好的，他们不仅赞美中国的财富还仰慕中国的制度，其中或许有夸大之辞，但不无诚意。而真正有意义的是，古代阿拉伯世界在中国不是发现关于另一个国家的真实，而是寄寓关于自身现世生活的理想"①。因而，在启蒙运动以前，从古典时期的丝人国传说一直到文艺复兴时代的大中华帝国，欧亚各国"在不同层面上，从物质到制度到观念，不断美化中国，使中国成为西方现代性社会期望中的理想楷模"②。13 世纪末，即 1298—1299 年，马可·波罗的游记问世，"用一种神话的方式，辉煌灿烂的东方幻想充实了英国乃至整个欧洲民众的想象"③。游记"在全欧洲风行后，中国和东方的神话立刻激起了欧洲人的美丽狂想"④，欧洲出现了一些书写文明中国的文学作品和著作，比较有代表性的是 14 世纪英国人约翰·曼德维尔（Sir John Mandevile）的《曼德维尔游记》

---

① 孙芳、陈金鹏：《俄罗斯的中国形象》，人民出版社 2010 年版，"总序"第 28 页。
② 孙芳、陈金鹏：《俄罗斯的中国形象》，人民出版社 2010 年版，"总序"第 28 页。
③ 姜智芹：《文化想象与文化利用：英国文学中的中国形象》，中国社会科学出版社 2005 年版，第 48 页。
④ 李明伟：《丝绸之路研究百年历史回顾》，《西北民族研究》2005 年第 2 期。

(*The Travels of Sir John Mandeville*)。这部游记"综合了那个时代所拥有的所有关于东方的传说和事实，在欧洲文化传统的期待视域下构筑了一个类型化的中国形象。……欧洲文学中的'中国赞歌'也由此发轫"①。

自启蒙运动开始至20世纪初期，欧洲和俄罗斯文化中的中国形象带有明显的否定意义，停滞落后、衰朽之邦成为中国形象的主要特征。进入20世纪以后，欧洲和俄罗斯意识中的中国形象变得复杂，在欧洲"意识形态化和乌托邦化交替出现，构建出了完全相反的中国形象"，尤其是第一次世界大战之后，"欧洲的知识分子开始反思现代文明的意义，同时也开始重新考虑东方文明的价值，乌托邦化的中国形象开始慢慢复苏"②。就俄罗斯而言，苏联时期视中国为兄弟之邦，应该说总体上对中国是肯定的，而20世纪90年代以来对中国智者形象的构建则与"被美化的乌托邦"③形象有关。俄罗斯和中亚各国的丝路文化叙事俄语小说创作于20世纪30年代至21世纪初期，这个时期世界各国对中国文明落后的印象已经大大改观，逐渐出现了赞美中国文明的声音，尤其是近年来随着中国社会、经济和文化的发展以及综合国力和国际地位的提升，各国媒体对中国的客观评价渐趋增多，文学作品中的中国形象也随之变化。

综而观之，丝路文化叙事俄语小说总体上延续了对中国"理想之邦"形象进行描写的传统。需要指出的是，一方面这无疑是小说人物对中国的想象，然而不可否认，在很大程度上也是作家们的认识和观念的反映。

在丝路文化叙事俄语小说中，充满了对古代和现代中国的想象。塔吉克作家阿利莫夫在小说中写道，中国是古老的国度，有"天下古国"之称，"从远古时期人们就一直认为许多故事起源于这里，这些故事后

---

① 伊莎贝拉：《〈曼德维尔游记〉：虚构文学中的神秘中国》，《今日中学生》2020年第4期。
② 张莹：《"西方中心主义"话语中的中国形象》，《文艺理论与批评》2016年第4期。
③ 刘亚丁：《20世纪90年代俄罗斯对中国智者形象的构建》，《俄罗斯研究》2009年第3期。

来被世界各地称为奇迹"①,《沙尔沙尔赴北京历险记》中发生在北京的故事就是"非同寻常的故事"。什克洛夫斯基在小说《马可·波罗》中指出,马可·波罗把现在的中国北方称为契丹省,把中国南部称为蛮子国,然而在作家看来,中国是一个"美丽的国度"②。这个国度地域辽阔,"有很多藩属之地,很多时候难以确定某个国家的隶属关系,马可·波罗本人在归途中并非总能确定所遇岛屿与中国本土的隶属关系"③。沃尔科夫在幻想小说《成吉思汗》中,表达了与什克洛夫斯基相同的观点,蒙古人进入长城后看到的是"广阔的中国平原"④。中国也是一个礼仪之邦,在《马可·波罗》中,尼科洛老人对马可·波罗表达了这种看法,指出"中国人是黄色人种,但是他们的传统很好:尊敬长者。鞑靼人对你青睐有加,才称你为先生"⑤。

小说中的上述描写,从不同侧面描绘了中国的形象。此外,作家们对于中国也有一些共同的认识。总体来看,对于作家以及小说中的人物而言,中国是遥远的国度,那里的一切都充满了神秘色彩;中国也是富有的,与同时代其他国度相比较为繁荣;中国也是文明的,是经济和文化都十分发达的国度。

一 遥远:神秘的中国

对欧洲而言,中国向来都是遥远而神秘的国度。"从罗马时代伊始,欧洲人就对中国这片土地产生了好奇。……东方这个神秘的国度一直是西方人心驰神往的地方"⑥,神秘来源于未知,距离产生神秘感。中世纪时的欧洲,很多人都知道在遥远的东方有一个国度名为中国,但是中国和欧洲之间的交通非常困难,很少有人到过中国,也很

---

① [塔]拉希德·阿利莫夫:《沙尔沙尔赴北京历险记》,吴喜菊译,外语教学与研究出版社2007年版,第54页。
② [俄]什克洛夫斯基:《马可·波罗》,杨玉波译,四川人民出版社2016年版,第133页。
③ [俄]什克洛夫斯基:《马可·波罗》,杨玉波译,四川人民出版社2016年版,第149页。
④ Волков С., Чингисхан. Солдат неудачи, М.: АСТ: Этногенез, 2010, С.158.
⑤ [俄]什克洛夫斯基:《马可·波罗》,杨玉波译,四川人民出版社2016年版,第180页。
⑥ https://www.sohu.com/a/420156770_162926.

少有中国人去过欧洲，对他们而言中国充满了神秘色彩。应该说，在现当代丝路文化叙事俄语小说中，作家们在谈及历史人物对中国的认识时，反映并延续了欧洲对神秘中国的想象和书写。

遥远是中国最为典型的特征之一。在博罗金的《撒马尔罕上空的星辰》中，帖木儿一直期望出征"遥远的中国，去那个地球的尽头，去那个太阳升起的地方"①。《张骞的一生》中，张骞在向其他国家和部落介绍中国时，往往会说："我的祖国是中国。她在东方，离这里很遥远。"② 安息国马勒阜城的护卫队队长盖力德初见张骞时，认为张骞"可能是从遥远的中国来的"③。可见，在人们心里中国是遥远的国度，这是根深蒂固的印象。

什克洛夫斯基在《马可·波罗》中多次描写中国距离欧洲的遥远："草原从多瑙河一直通向遥远的中国，牧民自古以来就在那里过着游牧生活；在欧洲，人们甚至不知道是哪个民族在那里游牧，各民族原本的名字传到欧洲都已经失真了。"④ 与此同时，什克洛夫斯基在小说中指出，"漫长的道路穿过整个世界，商人们可以到达中国"⑤。作家采用路上所需花费和时间的方式描写从欧洲前往中国路途的遥远：从城市索尔哈特商队走向世界各地，而"这里建有旅馆，里面住着的那些人把一些贵重的商品运往黑海，却往往不知道这些东西是哪里制造的，通常都是间接购买来的。人所共知的是，从索尔哈特到中国的旅途每人需要花费约两千金卢布。这笔钱还要再加上每头驮畜一百五十卢布的费用"⑥。接着作家具体描写了从顿河到中国需要的天数："从顿河到萨莱市坐牛车在路上要走二十五天，接着再步行十二天，

---

① Бородин С.，*Звёзды над Самаркандом*: *Том 3. Молниеносный Баязет*，Харьков：Прапор，1994，C.64.

② [塔] 阿多·哈穆达姆、列奥尼特·齐格林：《张骞的一生——伟大的丝绸之路》，塔吉克斯坦共和国驻华大使馆2002年版，第55页。

③ [塔] 阿多·哈穆达姆、列奥尼特·齐格林：《张骞的一生——伟大的丝绸之路》，塔吉克斯坦共和国驻华大使馆2002年版，第73页。

④ [俄] 什克洛夫斯基：《马可·波罗》，杨玉波译，四川人民出版社2016年版，第4页。

⑤ [俄] 什克洛夫斯基：《马可·波罗》，杨玉波译，四川人民出版社2016年版，第21页。

⑥ [俄] 什克洛夫斯基：《马可·波罗》，杨玉波译，四川人民出版社2016年版，第27页。

第六章 丝路文化叙事俄语小说中的中国元素

来到一条大河边,需要向上游走一天的水路才能抵达可汗的首都。从那里到亚伊克河需要走八天。然后再走二十天抵达位于阿姆河畔的花剌子模的首都。接着再走三十五至四十天到达土耳其斯坦的法拉巴特。从法拉巴特到旧伊宁沿商路要走四十五天。然后再走十七天抵达哈密。而从那里到中国的黄河骑马要走四十五天。当时商人们的驮运队就这样来往于商路之上。他们行进缓慢,在路途中交换着商品;在俄罗斯购置了亚麻和亚麻布,运往中国。"① 马可·波罗回到威尼斯以后,除了在狱中口述在中国的经历并形成游记以外,还经常给身边的人讲述这些经历,"只有马可·波罗船长一人讲的故事与众不同。他讲的是遥远的中国、京师里那些娴静的妻子、西藏的奇风异俗、蒙古人的战争,讲的最多的是商路的故事"②。这些故事无疑深深吸引着听众。

即便在 21 世纪,中国对很多国家而言依然是遥远的国度。在小说《沙尔沙尔赴北京历险记》中,沙尔沙尔收到来自北京的邀请信,父亲在得知他决定沿丝绸之路走到北京以后,担心地问他:"你相信自己能走完如此漫长的路程吗?"沙尔沙尔的回答当然是肯定的。不仅沙尔沙尔的父亲认为这是遥远的路途,菲鲁兹叔叔也持同样的看法。菲鲁兹叔叔把沙尔沙尔送到帕米尔山脉的派旺德山脚下时,建议他稍微休息一下:"帕米尔高山很多,但氧气稀少,因此,在奔向目标的过程中,别忘了保持体力:路途非常遥远。"③ 勇敢的沙尔沙尔最终战胜各种困难和诱惑,走完漫长的旅程抵达北京。

与遥远伴生的便是神秘,遥远产生了难以逾越的距离,所以很多事物传到欧洲便会失真。在帖木儿统治下的王国,商业繁荣,与很多国家有贸易往来,境内商路纵横交错,然而"到中国去,确实,现在还没有自己的道路"④。什克洛夫斯基在小说《马可·波罗》中提到,

---

① [俄] 什克洛夫斯基:《马可·波罗》,杨玉波译,四川人民出版社 2016 年版,第 30 页。
② [俄] 什克洛夫斯基:《马可·波罗》,杨玉波译,四川人民出版社 2016 年版,第 189 页。
③ [塔] 拉希德·阿利莫夫:《沙尔沙尔赴北京历险记》,吴喜菊译,外语教学与研究出版社 2007 年版,第 64 页。
④ Бородин С., *Звёзды над Самаркандом: Том 1. Хоромой Тимур*, Харьков: Прапор, 1994, C. 55.

"曾几何时,丝绸从一个被称之为赛里斯的神秘民族以及印度进入了罗马"①。这里的"赛里斯"拉丁文的原意是"有关丝的",一般被认为源于中国字"丝",因此其意为"丝国"、"丝国人"或"中国人",是战国至东汉时期古希腊和古罗马地理学家、历史学家对与丝绸相关的国家和民族的称呼,一般认为指当时中国或中国附近地区。波罗兄弟去了东方以后,长时间没有消息,这很令人担忧,留在家里的"女人们在厨房里一边挂着用于熏制的香肠,一边担着心,谈论着神秘的土地,从那里运来色彩缤纷的面料和厨房必备的香料"②。可以说,"中国是一个伟大的国家。众多河流从山上奔流而下。山上还有一条天河,时至今日在地图上它的源头仍用虚线标示。那些山脉也是神秘莫测的,中国地理学家用画笔把它们画出来,让它们更好看些"③。

遥远的中国仿佛是一个谜,令人产生无限遐想,编织出很多传说故事尝试揭开谜底。在《张骞的一生》中,大夏国阿列尔部落的首领萨赫拉普对张骞说,"我听说过中国,关于你们的国家流传着很多令人惊奇的传说"④。不言而喻,传说故事之"惊奇"为中国的神秘又增添了浓重的一笔。中国是"被马可·波罗神化了的伟大国度",与印度比较"中国是更加神秘的地方"⑤。不得不说,作为各国文明的一面镜子,他者视域中的中国形象一直保持着一种神秘的异域情调色彩。

二 富有:繁荣的中国

富有是古代中国的又一重要特征,是古老的中国繁荣的体现,而

---

① [俄]什克洛夫斯基:《马可·波罗》,杨玉波译,四川人民出版社2016年版,第10页。
② [俄]什克洛夫斯基:《马可·波罗》,杨玉波译,四川人民出版社2016年版,第43页。
③ [俄]什克洛夫斯基:《马可·波罗》,杨玉波译,四川人民出版社2016年版,第139页。
④ [塔]阿多·哈穆达姆、列奥尼特·齐格林:《张骞的一生——伟大的丝绸之路》,塔吉克斯坦共和国驻华大使馆2002年版,第55页。
⑤ 管新福:《西方传统中国形象的"他者"建构与文学反转——以笛福的中国书写为中心》,《文学评论》2016年第4期。

21世纪的中国则是现代化程度极高而又繁华的国度。

最早对中国物质文明予以详细描写的无疑是马可·波罗的游记,"这本游记中所描绘的13世纪的中国是让西方顶礼膜拜的对象,不仅有着可以与西方交流沟通的丝绸之路,而且拥有远优于西方的物质文明"①,游记描写了中国的幅员广阔、物产丰富,甚至黄金遍地,人人都身穿绫罗绸缎,过着富足的生活。在小说《马可·波罗》中,什克洛夫斯基一方面承继了马可·波罗对中国的上述描写;另一方面也借鉴其他文献资料,例如引用了柏郎嘉宾对中国的描述:"他们的土地富产粮食、葡萄酒、黄金、白银和丝绸,以及能满足人的基本需求的一切。"② 小说中还写道,古代中国的瓷器、丝绸和黄金极为丰富,"布哈拉最好的瓷器来自中国。丝绸来自中国。还有一些黄金制品也来自中国"③。除此之外,"中国有很多非常美妙的东西。有绝佳的美酒。它是用大米制作而成的,人们把它与一些调味料一起煮,清爽可口。这种酒要煮热喝"④。中国的物产十分丰富,例如"在中国疆域内到处都有一种黑色的石头,在山上把它们挖掘出来,如同挖矿石一样,它们就会像木柴一样燃烧。它们的火焰比木材更旺。如果在晚上,我告诉你们,把火生好,它就会持续燃烧一整夜,直到清晨。你们知道,中国各地都在烧这种石头。他们有很多木柴,但是他们却烧石头,因为比较便宜,而且树木还可以保存下来"⑤。不言而喻,如此富饶的中国美丽而又充满了诱惑。

在长篇三部曲《撒马尔罕上空的星辰》中,作家博罗金从两个方面反映了当时中国的繁荣富有。一是帖木儿帝国与中国之间的贸易关系,二是帖木儿对征服中国和中国财富的向往。据史学家考证,帖木儿统治时期"从撒马尔罕到中国经商者不计其数"⑥。作家在小说中也

---

① 张莹:《"西方中心主义"话语中的中国形象》,《文艺理论与批评》2016年第4期。
② [俄]什克洛夫斯基:《马可·波罗》,杨玉波译,四川人民出版社2016年版,第18页。
③ [俄]什克洛夫斯基:《马可·波罗》,杨玉波译,四川人民出版社2016年版,第50页。
④ [俄]什克洛夫斯基:《马可·波罗》,杨玉波译,四川人民出版社2016年版,第132页。
⑤ [俄]什克洛夫斯基:《马可·波罗》,杨玉波译,四川人民出版社2016年版,第133页。
⑥ 高永久:《帖木儿与中国》,《中央民族大学学报》1999年第2期。

两次写道:"无数帖木儿国家的商人与中国进行贸易","无数帖木儿国家的商人在中国做生意,他们到那里去,又从那里回来"①。此外,博罗金通过帖木儿对中国的向往勾勒出当时中国物质的极大丰富和贸易的发达。对帖木儿来说,中国是其所有军事计划的主要目标,因为他知道,"在整个中国的广阔土地上,任何人都未曾触碰的黄金在闪烁,在贸易城市里瓷塔耸立,满载货物的船只来来往往"②。因此,他要征服中国,把这些财富据为己有。在他看来,在中国没有人会反抗,"中国会像成熟的水果一样悬挂在他头上:只要摇一摇树枝,他就会得到这种水果,就像一个巨大的石榴,里面塞满了如同谷粒一般无以计数的珍宝。在征服中国之后,掌控世界其余部分要比在狩猎中套索瞪羚容易得多"③。当然,帖木儿最终未能如愿:1405 年 2 月他在东征中国明朝的途中病逝于讹答剌,其征服计划随之烟消云散。

作家哈穆达姆和齐格林在《张骞的一生》中指出,张骞出使西域的时代,"那是一个充满了动荡与无数令世人震惊的并改变了整个世界的惊人的发现的时代",与此同时,"那是一个中国闻名于世的时代。那时的中国是由诸侯国统一成中央集权王朝并成功地抵御过多次外来侵略的强大国家。它的经济和文化快速发展,它的威望在世界越传越远"④。在中国一望无际的田野上闪烁着金黄的麦穗,果园的树干上缀着沉甸甸的果实,黄河在阳光的照耀下闪闪发光。这一切都预示着富足与安康,所以张骞才有信心和底气对大夏国各部落首领们说"我的国家富有强大"⑤。

---

① Бородин С., *Звёзды над Самаркандом*: *Том 1. Хоромой Тимур*, Харьков: Прапор, 1994, С. 447 – 448.

② Бородин С., *Звёзды над Самаркандом*: *Том 1. Хоромой Тимур*, Харьков: Прапор, 1994, С. 461.

③ Бородин С., *Звёзды над Самаркандом*: *Том 3. Молниеносный Баязет*, Харьков: Прапор, 1994, С. 199.

④ [塔] 阿多·哈穆达姆、列奥尼特·齐格林:《张骞的一生——伟大的丝绸之路》,塔吉克斯坦共和国驻华大使馆 2002 年版,第 1 页。

⑤ [塔] 阿多·哈穆达姆、列奥尼特·齐格林:《张骞的一生——伟大的丝绸之路》,塔吉克斯坦共和国驻华大使馆 2002 年版,第 60 页。

第六章 丝路文化叙事俄语小说中的中国元素

在瓦西里·扬的小说《成吉思汗》中，成吉思汗派往花剌子模的驼队运送的就是他在中国抢到的一大批私人财宝，而这对讹答剌人而言，是他们从未见过的稀世珍宝，于是他们成群结伙地赶来看热闹。他们简直惊呆了："这里有像纯金制成一般的镀金金属小神像，有玉如意、碧玉小花瓶、翡翠鼻烟壶、玉雕古人儿，有中国细瓷茶壶和茶碗，有刀鞘上镶满宝石的金柄长剑。这里还有海皮统子和玄狐皮统子，有衬着貂皮里子的男女厚缎子衣服。此外，这里还有一些其他贵重物品。"① 面对这些富丽堂皇的货物，花剌子模人便也幻想着自己的军队也能打到中国去，这样一来他们就能弄到这样的财宝了。成吉思汗每次出征都带在身边的纯金宝座也是从中国皇宫里抢来的，宝座靠背上有经中国匠人精雕细刻而成的"蟠龙戏珠"图案，宝座扶手上各雕成一个猛虎头型。正如《曼德维尔游记》中描写中国时所写："人们拥有最美味可口的食物，物产也最为丰富……在这里有两千多个富裕的大城市，这还不包括其他大城镇，因为这个国家的富足，这里的人口比起印度其他地方要多得多。在这个王国里没有穷人也没有乞丐。"②

在丝路文化叙事俄语小说中，21世纪的中国主要是通过《沙尔沙尔赴北京历险记》中的小主人公沙尔沙尔的视角展现的。沙尔沙尔进入中国境内，所到之处受到人们的热烈欢迎和热情招待，中国逐渐展现在他面前：帕米尔高原景象美丽怡人，无与伦比；一望无际的塔克拉玛干沙漠中已经修建起铁路和高速公路，人们修渠植树，沙漠正在变成绿洲，过去荒无人烟的戈壁现在盖满了房子；通往敦煌的是广袤的平原，奔腾的黄河横亘其上，而古老的莫高窟之美令人惊叹；在去往西安的途中，有广袤的田野，有山丘之间绿草如茵的羊肠小道，也有现代化的高速公路、高层大厦和美丽的乡村农舍，佛家浮屠与宏伟的宫殿和园林花园相映成趣；雄伟的嘉峪关和蜿蜒起伏的长城，美丽的景色令人心旷神怡；中国古都西安宏伟而又富丽堂皇，像盛开的牡

---

① [苏] 瓦西里·扬：《成吉思汗（上）》，陈弘法译，外文出版社2005年版，第136页。
② 伊莎贝拉：《〈曼德维尔游记〉：虚构文学中的神秘中国》，《今日中学生》2020年第4期。

丹花。应该说，中国正像一朵盛开的牡丹，伟大、美丽而又富饶。

三 文明： 发达的中国

20世纪以前欧洲尽管存在不同观点，但总体上对中世纪及以前的中国是肯定的，很多人都认为"中国当时比欧洲发展的快"[1]。在各民族交往交流的过程中，文明发达的中国文化对其他民族产生了一定的影响，这一点在很多小说中都有所描写。

中国的文明和发达首先体现在科技发展上。在《张骞的一生》中，大夏国巴克特部落首领巴哈拉姆对张骞说："在我年轻时就从父辈那里听说了你们伟大的国家，以后又多次听人们说起。它被我们这里的人称为智慧之国。你们有许多令人惊奇的发明，而且知道很多事情。在我心里，对你们的国家向往已久。今天能在这里接待你们，我感到十分荣幸。你们将是我们部族尊贵的客人，在这里你们想住多久就住多久。"[2] 这里"令人惊奇的发明"主要指的是四大发明，什克洛夫斯基在小说《马可·波罗》中描写了中国的印刷术，指出此时"中国的报纸早就已经问世；报上的文字不是排版印刷的，而是刻在木片上，同时刻制几份，印版由信使加急送往国内各地"[3]。在小说《沙尔沙尔赴北京历险记》中，沙尔沙尔的父亲也为儿子讲述了一些中国古老的历史：中国是个大国，是塔吉克斯坦的友好邻邦，是造纸印刷术、指南针和火药等人类四大发明的故乡。

最早全面向西方介绍中国文明的是马可·波罗，"作为中西文化交流的先驱者，马可·波罗及其《游记》第一次较全面地向西方介绍了文教昌明的中国形象"[4]。在马可·波罗生活的时代，中国的天文学和历法方面也得到发展，具有自己的特征，什克洛夫斯基在小说中细

---

[1] ［俄］什克洛夫斯基：《马可·波罗》，杨玉波译，四川人民出版社2016年版，第192页。
[2] ［塔］阿多·哈穆达姆、列奥尼特·齐格林：《张骞的一生——伟大的丝绸之路》，塔吉克斯坦共和国驻华大使馆2002年版，第33页。
[3] ［俄］什克洛夫斯基：《马可·波罗》，杨玉波译，四川人民出版社2016年版，第95页。
[4] 邹国义：《马可波罗及〈游记〉在中国早期的传播》，《学术月刊》2012年第8期。

第六章　丝路文化叙事俄语小说中的中国元素

致描述和介绍了当时中国出版黄历的情况。马可·波罗称黄历为"塔克维姆",当政者往往亲自颁行黄历。黄历是用木版印刷的,尺寸不同,价格也有差别,并且为穆斯林单独出版黄历。"在中国的黄历中,通常标明结婚的最佳日期、吉日和凶日、缝制衣服的最好日子、向皇帝递交的呈文的格式以及其他一些有用的信息。其中会标出国内各个地区的日出、日食、满月和新月的时刻。皇帝把黄历赐给附属国,这就意味着承认其附庸关系。伪造黄历是法律所禁止的。黄历有普通版和豪华版,黄历也被称为'顺天意之书'。司天台为编撰黄历而观天象。司天台里摆放着一座直径为三英尺的青铜浑天仪,黄道面直径为六英尺,安放在四条龙之上,黄道圆圈的内部被划分为三百六十度。负责天文台的是忽必烈手下的天文学家郭守敬。"[①] 这里的司天台即为当时世界上最大的天文观测基地大都司天台,郭守敬制造的天文仪器和制定的授时历远远超越了世界上的其他国家。

涅恰耶夫在《马可·波罗》中指出,"中国人是最早使用纸币的民族"[②]。什克洛夫斯基在《马可·波罗》中则说明,马可·波罗在游记中描写中国的所有小章节里面,首先提到的都是所记述城市通行的货币。纸币在当时的中国是一个极其重要的问题,纸币和铁币在逐渐取代铜钱。铁币的应用十分广泛,因此12世纪时便禁止私人经销铁,国家开始用石煤炼铁。这是一个复杂的工序,欧洲只有在18世纪末期才达到这一水平。"13世纪蒙古人征服了中国,将纸币传播到整个中亚和中东。"[③] 应当指出的是,马可·波罗从中国回国的途中路过波斯,而波斯当时正在尝试使用纸币,学者们认为,"这也许不无马可·波罗的参与"[④]。

中国的文明与发达还体现在中国人的博学与睿智上。在瓦西里·

---

① [俄]什克洛夫斯基:《马可·波罗》,杨玉波译,四川人民出版社2016年版,第95—96页。
② Нечаев С. Ю., *Марко Поло*, Москва: Молодая гвардия, 2013, С. 133.
③ Нечаев С. Ю., *Марко Поло*, Москва: Молодая гвардия, 2013, С. 130.
④ [俄]什克洛夫斯基:《马可·波罗》,杨玉波译,四川人民出版社2016年版,第134页。

扬的《蒙古人入侵》三部曲中，速不台在术赤死后，带着拔都前往中国学习军事，想要把他培养成为统帅。拔都为太子撒里答指派的老师是一位来自中国的兵法家，是西征前蒙古大军左翼统帅木华黎从中国派来的。拔都要求太子撒里答即使在征途中也应利用打尖时刻专门去找这位中国学者谈论和研习兵书，攻读《领将要法即取胜之方》这部有益的书。中国学者教导太子撒里答使用的手稿上面，绘有穿外国服装、执外国兵器的士兵插图，还有一些城堡、地堡图形。拔都说，他给太子"派来了精通一切谋略、懂得前辈武将战术的最有学问的中国人"①。涅恰耶夫在《马可·波罗》中也谈及了忽必烈对待中国学者的谦恭态度："他对文学和军事知识了如指掌，但同时他尊重并立即真诚地相信与他亲近的中国学者，对他们教给他的一切都非常认真地倾听。他了解孔子学说。"②

中国的手工业自古以来就相当发达，各个行业和领域都有大量出色的匠人和技师。在《马可·波罗》中，什克洛夫斯基引用柏郎嘉宾的说法表达了对汉族手艺人的评价："他们不留胡须，面部轮廓与蒙古人非常相近，但是脸膛没有那么宽；他们的语言很特别，在人们通常从事的各行各业中，全世界都找不到比他们更好的工匠了。"③忽必烈在征服中国以后，统治着所有被蒙古人占领的土地，而他本人则住在中国。"蒙古人总是在城里买肉，但是他们对汉族人不信任，然而很多东西自己又不会制作，也不擅长管理征服的国家。因此在中国的蒙古人那里，萨拉逊人与信奉聂斯托利派的叙利亚人过得很好。大概威尼斯人也会过得不错——可以在国家的征服者与擅长劳作的汉族人之间起到桥梁的作用。"④在《撒马尔罕上空的星辰》中，帖木儿曾招聚不少中国陶工，受到中国艺术的影响，其国内一些建筑物也

---

① [苏]瓦西里·扬：《走向"最后的海洋"》，陈弘法译，外文出版社2006年版，第305页。
② Нечаев С. Ю., *Марко Поло*, Москва: Молодая гвардия, 2013, С. 104.
③ [俄]什克洛夫斯基：《马可·波罗》，杨玉波译，四川人民出版社2016年版，第17—18页。
④ [俄]什克洛夫斯基：《马可·波罗》，杨玉波译，四川人民出版社2016年版，第50—51页。

第六章 丝路文化叙事俄语小说中的中国元素

仿效中国。

中国人的生活方式、子女教育和成长环境也优于蒙古人。加塔波夫在小说《铁木真》中写道，蒙古人与毗邻而居的中国商人在边境上进行贸易，而且每年夏天（从春到秋）都有中国商人居住在蒙古人聚居区，他们买卖布匹、生活生产中需要的各种东西以及南方甜美的水果。不仅如此，很多蒙古人向中国人学习，他们的生活方式也与中国人渐趋接近。也速该的别妻索奇格尔（蒙古秘史里没有记录她的名字）就是在这样的环境中成长的，她是奥古特部落一个千夫长最小的女儿，在富足的家庭和父母的宠爱下长大。他们所在部落连续七代人生活在长城附近，靠近中国领土。在这里，富有之家的女儿往往按中国人的方式教育和生活，"一切都与粗鲁和不文明的蒙古人不尽相同。奥古特部落诺颜们的女儿们过着幸福和奢侈的生活，就像高贵的中国少女一样，从不碰粗活而弄脏自己的双手。索奇格尔学会了在丝绸上绣神龙和硕大的荷花，她汉语很好"[1]。在《严酷的年代》中，作家卡拉什尼科夫通过小说人物李江之口称蒙古人为野蛮人，而霍曾经在蒙古人那里生活而头脑迟钝，是因为没有接触到贤哲的思想，甚至连最基本的道理都不懂，"在野蛮人那里的生活毁了自己的德行"[2]。霍非常不理解为什么李江称蒙古人是野蛮人，如果因为蒙古人是游牧民族，那么女真族也是游牧民族。对于霍的疑问，李江解释说，"女真族现在是按照我们的习俗和律法生活的。凡不承认这些律法和习俗的人，都是无知的、肮脏的野蛮人"[3]。李江从外孙（霍和李江女儿李翠之子）很小的时候就开始教他读书写字，让他"理解贤哲的思想和古老的真理"[4]，让他为参加科举考试做准备，希望他能先考取秀才，然后是举人，接下来是进士。

丝路文化"是不同文化交流融通的特殊文化形态。大体可以从

---

[1] Гатапов А.，*Тэмуджин. Книга 1*，ФТМ，2014，С. 50.
[2] Калашников И. К.，*Жестокий век*，Москва：Издательство АСТ，2019，С. 152.
[3] Калашников И. К.，*Жестокий век*，Москва：Издательство АСТ，2019，С. 155.
[4] Калашников И. К.，*Жестокий век*，Москва：Издательство АСТ，2019，С. 559.

两个方面来看，一方面是汉文化（或中原文化）向西的流行和传播，另一方面是异文化（相对于汉文化而言）自西向东对汉文化的渗透和丰富"①。应该说，在丝路文化叙事俄语小说中，一切与汉文化、与中国有关的事物往往是进步与文明的标志，是位高权重者的身份和地位的象征。例如在瓦西里·扬的《蒙古人入侵》三部曲中，在成吉思汗家族大会上，速不台穿的也是金光闪闪的中国式服装，贵尤腰带上别着一把玉柄中国剑；拔都则坐在绣金紫红色丝帘后面，他身披闪闪发亮的铁铠甲，头戴顶上饰有大粒钻石、后面带有护颈、两侧各悬两条棕灰色狐尾的中国式金头盔，膝上放着一把镶钻长柄中国剑；拔都汗的行军大帐前竖着一根高高的竹竿，竹竿上雕刻着中国风格的花纹；冬季来临，拔都身穿蓝狐皮大衣上镶着中国黄缎；尤勒杜兹因心情不好而面色苍白时，拔都建议让伊莲荷给她脸上搽中国化妆品；速不台行军打仗时，带着八只中国式的皮箱，里面放着非常重要的东西：画在羊皮纸上的地图，而地图上画着蒙古大军的行军路线，皮箱里还保存着行军札记；在《撒马尔罕上空的星辰》中，帖木儿的大老婆在花园中最美的地方搭建起来的帐篷，使用的布匹"是在中国织造的"②，她的茶杯是透明的淡绿色中国瓷杯。帖木儿的小老婆戴的项链是中国制造的，上面缀满精致的珍珠，镶有金边。当然，在普通百姓的生活中，这些中国物品是极为少见的。

　　综上可见，无论对于欧洲人、俄罗斯人还是中亚各国人民，古代的中国都是"存在于人们心灵和时代心灵中那充满神秘和令人遐想的天地"③，而如今的中国美丽富饶，是现代化的伟大国家，也是充满神秘和令人向往的国度。

---

① 陈一军：《丝路文化的人类学意义》，《丝绸之路》2015 年第 24 期。
② Бородин С., *Звёзды над Самаркандом: Том 1. Хоромой Тимур*, Харьков：Прапор，1994，С. 155.
③ 张德明：《朝圣：英国旅行文学的精神内核》，《浙江大学学报》2010 年第 4 期。

第七章　丝路文化叙事俄语小说中的丝路精神

古丝绸之路绵亘万里，延续千年，作为人文社会的交往平台，多民族、多种族、多宗教、多文化在此交汇融合。在长期交往的过程中，不同种族、不同信仰、不同文化背景的国家和民族之间逐渐积淀和形成了独特的丝路精神。在书写丝路文化的俄语小说中，作家们虽身份、经历、职业、生活年代相异，描写丝路的角度和艺术表现手法有所不同，但是总体上看，多数都是从丝路历史、发展历程、重大事件、历史人物等方面入手，对丝路予以多元化的描写与阐释，凸显丝路形象的不同特征。

古丝路促进了多民族、多文化之间的交融，习近平总书记在"一带一路"国际合作高峰论坛开幕式上的演讲中指出，丝绸之路"积淀了以和平合作、开放包容、互学互鉴、互利共赢为核心的丝路精神。这是人类文明的宝贵遗产"[①]。在交通不便、信息不畅的时代，成行的驼队在漫天黄沙中徐步前行，负重隐忍、坚持不懈。应该说，无论是将士对边关的日夜守卫，还是丝路商客的努力开拓，都离不开丝路精神的支撑。这种精神在长达千年的历史进程中薪火相传，成为促进沿线各国繁荣发展的重要纽带，是世界各国共有的历史文化遗产。总体上看，互助合作、互鉴融通可谓丝路文化叙事俄语小说中体现的主要

---

① 张远：《新时代丝路文化研究与文化自信》，《红旗文稿》2017年第24期。

丝路精神。与此同时，世界各个民族经由丝路不断交流，在发展自身文化的同时也共同创造了人类文化，因此才有了人类文化和历史的持续发展，可见丝路也是人类历史和发展的道路。

一　丝路：互助合作之路

丝绸之路是互助合作之路，这是毋庸置疑的。众所周知，张骞凿空西域的初衷便是寻找强大的结盟伙伴，以便联合起来共同打败匈奴，互助合作可谓丝路精神的基调。在丝绸之路上，"不同民族、不同种族、不同文化产生了在经济、政治与文化等诸方面空前的交流与合作。丝绸之路从经贸合作开始，最终走向了文化合作，在交换中合作，在合作中共存、共谐、共荣"[①]。

在小说《张骞的一生》的"序言"中，塔吉克斯坦历史学博士纳比耶夫明确指出，伟大的丝绸之路是宝贵的遗产，这是"一条真正的生命之路。它把不同时代的人民、国家和民族紧紧地联系在一起。它是人类追求美好目标的永恒之路，它凝结了无数人的智慧与辛勤汗水"。"在丝绸之路上每天都有无数的商队经过，这些商队不仅架起了各国贸易往来的桥梁，而且还促进了全世界人民的友谊与合作，加强了全世界各民族间的团结。……作者在自己的作品中抱着完全公正的态度在事实的基础上，使世人明白在世界文明史上丝绸之路是在古代中国人民、斯拉夫人、塔吉克人、康居国人和巴克特人共同的努力下开辟的。"[②] 应该说，这一评价是中肯的。在《张骞的一生》中，中心人物就是作为中国古代战士和皇帝使节的张骞，他在漫长的西域之旅中经历了无数考验，之所以能够成功地将它们克服，一方面他心怀神圣的使命感，表现出巨大的勇气和审时度势的智慧；另一方面也离不开他忠实的朋友——来自斯拉夫民族的甘父和巴克特人的首领巴哈拉

[①] 张健、向仲怀：《丝路文化价值探究》，《"一带一路"战略与蚕丝行业发展研讨会论文集》，2015年。

[②] ［塔］阿多·哈穆达姆、列奥尼特·齐格林：《张骞的一生——伟大的丝绸之路》，塔吉克斯坦共和国驻华大使馆2002年版，第1—2页。

第七章 丝路文化叙事俄语小说中的丝路精神

姆的帮助和支持。张骞最终使中国与大夏和安息国建立了军事同盟并提出了发展两国贸易的想法,为丝绸之路的开辟奠定了基础,而发展丝绸之路的后人们又赋予了它更多、更加现实的意义和精神。难能可贵的是,《张骞的一生》的作者们在研究历史文献资料的基础上,思考遥远的过去,试图找到过去与现在的接合点,捕捉在当代现实中仍然存在的问题。小说作者认为,"战争只是让人们分离,给他们带去不幸……只有和平关系和贸易能够保证国家的繁荣和统一"[①]。可见作家呼吁珍视和保护人类的财富——统一和友好关系、民族完整以及各民族间和平关系,这在当代具有极大的现实意义。还需要指出的是,在21世纪"一带一路"蓬勃发展的大背景下,哈穆达姆和齐格林共同撰写了《张骞的一生——伟大的丝绸之路》这部中篇历史小说,"为中塔两国人民的友好贡献了自己的力量,强有力地向世人表明坚持睦邻友好和相互理解的原则将会为中塔两国人民的友谊开拓更加广阔的发展前景"[②]。

在丝路上,行走着各个国家和民族的商队,一个商队里面往往有来自不同国家和地区的人们。《撒马尔罕上空的星辰》中,亚美尼亚商人格沃尔克·普绍克受帖木儿之命带着商队从撒马尔罕前往莫斯科,在途中遇到了一些商人并且与之同行。他们的商队虽然规模不大,商人也不多,但是却来自不同的国家和民族。两个商人是来自花剌子模的乌尔根奇人。有两个留着大胡子的塔吉克人,长得很像,他们要去滨海的卡拉甘,两个人虽然刚刚认识,却一路都在焦虑地低声窃窃私语。令人惊讶的是,这两个从未见过面的人的名字像双胞胎一样非常接近:一个是哈桑(Хасан),另一个是侯赛因(Хусейн)。有三个波斯人在一起合伙做生意,此次他们用十只骆驼将花剌子模的地毯运往下诺夫哥罗德。还有一个沉默寡言的金帐汗国人。商人们穿越城市、

[①] "Исторический роман в русскоязычной прозе Таджикистана", *Сборник материалов Дней русского языка в Республике Таджикистан (25 – 27 октября 2007)*, МГУ, 2007. Ч. II. С. 29 – 34.

[②] [塔] 阿多·哈穆达姆、列奥尼特·齐格林:《张骞的一生——伟大的丝绸之路》,塔吉克斯坦共和国驻华大使馆2002年版,第3页。

乡村和荒漠，长时间在一起聊天，夜里"两个波斯人睡在一处，在驮包的另一侧，而格沃尔克·普绍克、金帐汗国人和两个塔吉克人一起躺在金帐汗国人的厚地毯上"①。商人们的目的地不同，然而在相伴的旅途中却能够彼此信任，一路上互帮互助、互通有无，共同克服困难，旅途才能较为顺利。

《沙尔沙尔赴北京历险记》中来自塔吉克斯坦共和国的小主人公沙尔沙尔用了50天的时间，从塔中边界走到不朽的城市西安，再到奥运会的举办地北京。他一路走来，在中国的所到之处，无论是高山峻岭还是沙漠荒野，城市还是农村，天空还是大地，到处都把他当成亲人和朋友一样接待。正是在大家的帮助之下，沙尔沙尔才能一路战胜困难顺利抵达目的地，他深有感触地表示，"我给大家带来了我的阳光之国热烈的问候。塔吉克斯坦与中国是友好的邻居和忠诚的朋友。我们有富饶的历史文明和光明的未来。我们两国山水相连。奥林匹克精神把我们联系在一起。愿两国人民的友谊牢不可破，万古长青！"②应该说，沙尔沙尔的经历充分体现了丝路沿线各国人民互帮互助的传统和精神。

在丝路沿线上，随着贸易发展的需要逐渐形成了一些多民族聚居点。在《撒马尔罕上空的星辰》中，撒马尔罕城外不远处的兵器村就是一个典型的不同国家、不同民族的人们聚居之地，居住的主要是用铁制造各种武器的能工巧匠，他们制造刀剑、弓箭、长矛、盔甲等。这些工匠来自不同的国家，尽管是在信仰和习俗都不同的环境中成长起来的，但他们之间很少发生信仰或语言上的争执。虽然有些工长很想挑起不同信仰的工匠之间的分歧，但并没有成功，因为一旦共同的不幸来临，造剑的阿拉伯人和格鲁吉亚人就会立即相互解救对方，而不幸是经常发生的：商人竭力降低工匠产品的价格，抱怨需

---

① Бородин С., *Звёзды над Самаркандом*：Том 1. *Хоромой Тимур*，Харьков：Прапор，1994，С. 297.

② ［塔］拉希德·阿利莫夫：《沙尔沙尔赴北京历险记》，吴喜菊译，外语教学与研究出版社2007年版，第86—87页。

第七章　丝路文化叙事俄语小说中的丝路精神

求下降；控制着原材料的卖方则提价，抱怨材料价格上涨。尽管工匠们彼此之间有不同的信仰，但始终互相帮助，共同对待和克服面临的困难。正如作家所说，在这里无论是什么样的人，"自由的和被俘的，因贫穷被迫离开家园的或者被统治者赶出家园的，被士兵带离祖先土地的或者或因更沉重的压迫逃到这里的"，所有"人们的命运纠葛在一起"①。

丝绸之路促进了各国之间关系的发展，各国的官方使团行走在丝绸之路上，波罗兄弟就曾经遇见过埃及可汗的使团，他们给金帐汗国的别儿哥送来了贵重的礼物。忽必烈曾经赐予波罗兄弟一个金牌，作为外交护照之用。正如《张骞的一生》中张骞在回答施拉克的问题"为什么我们两国人民要联系起来"时所说，一根手指、两根手指都很容易被弄直、被征服，但是如果五个手指攥在一起，那将是一个强有力的拳头，而这是不容易被外来的力量制服的。张骞对大夏国阿列尔部落的首领萨赫拉普表达了同样的观点："你们大夏国人是优秀的战士，但孤立困扰着你们。停止互相战争，联合起来，你们就能和强大的敌人对抗……如果中国和您，大夏，缔结联盟，共同对抗匈奴，你的儿子，勇敢的萨赫拉普，等待很久的自由就要来了。"对于张骞提出的结盟合作抗击匈奴的想法，萨赫拉普认为他"指出了一条艰难的路……但是这是惟一的路"②。张骞还对大夏国各个部落的人们说，"我们生活在同一片蓝天下，所有的人都是上天的子民，我们的义务是生活在和平和友谊中，只有在这种环境下能给下一代留下我们用智慧和双手创造的伟大作品"③。安息马勒阜的城市统治者接待张骞时说："我们很高兴同你们的国家建立友谊和贸易关系。我们有要卖出的东西，我们也想丰富我们的货物。……我们一起讨论怎样

---

① Бородин С., *Звёзды над Самаркандом*: Том 1. *Хоромой Тимур*, Харьков: Прапор, 1994, C. 23.

② ［塔］阿多·哈穆达姆、列奥尼特·齐格林：《张骞的一生——伟大的丝绸之路》，塔吉克斯坦共和国驻华大使馆 2002 年版，第 57 页。

③ ［塔］阿多·哈穆达姆、列奥尼特·齐格林：《张骞的一生——伟大的丝绸之路》，塔吉克斯坦共和国驻华大使馆 2002 年版，第 59 页。

才能使我们双方都能获得利益。"① 张骞出访的这两个国家,都同意与汉王朝建立军事和贸易联盟,他们意识到,这是联结两国人民最牢固的纽带。

在《撒马尔罕上空的星辰》中,博罗金通过图拉工匠纳扎尔之口表达了各民族和平共处的想法和愿望。纳扎尔对徒弟鲍里斯说:"不要伸手动剑:不用剑我们在这里也更强大。我们与这里的普通百姓在一起并不感到憋屈。村子里有谁冒犯我们吗?没有人!因为在这里我们与各民族的人们有福同享,常常为同一件不幸的事情流眼泪,无须任何语言表达自己。"② 可见,赢得尊重的方式不是使用武力,而是与他人同甘共苦、互助合作。

二 丝路:互鉴融通之路

丝绸之路"横贯欧亚大陆,把太平洋与大西洋两岸紧密地连接在一起"③,它"不仅是古代亚欧互通有无的商贸大道,更是促进亚欧各国和中国的友好往来、沟通东西方文化的友谊之路"④,是连接东西方各民族文化的交流之路、促进人类发展的文明之路,是各民族文化融合的舞台。正是借助丝绸之路,各国、各族人民才能不断地交流、融通和借鉴,形成了独特的丝路文化和丝路精神。

在什克洛夫斯基的《马可·波罗》中,反复出现人们"走在路上""缓慢行进"的画面,走在路上的不仅有蒙古人、马可·波罗及其父亲和叔父,还有其他各国的商队和使节。作家指出,商人们所到之处都受到尊重,没有人冒犯他们。"商人们带来的不仅是商品,还

---

① [塔]阿多·哈穆达姆、列奥尼特·齐格林:《张骞的一生——伟大的丝绸之路》,塔吉克斯坦共和国驻华大使馆2002年版,第74页。

② Бородин С.,*Звёзды над Самаркандом*:*Том 1. Хоромой Тимур*,Харьков:Прапор,1994,С. 125.

③ [塔]阿多·哈穆达姆、列奥尼特·齐格林:《张骞的一生——伟大的丝绸之路》,塔吉克斯坦共和国驻华大使馆2002年版,第1页。

④ 张健、向仲怀:《丝路文化价值探究》,《"一带一路"战略与蚕丝行业发展研讨会论文集》,2015年。

第七章　丝路文化叙事俄语小说中的丝路精神

有一些信息。两者都是人们需要的。商人们让鞑靼的贵族逐渐习惯使用新的商品，习惯另外一种生活方式：让他们能充分利用从敌人那里缴获的战利品，把它们换成宝石，或者金器，或者布匹。"正因为如此，"在俄罗斯人与波洛韦次人的战争期间，商人们的驮运队仍然畅通无阻。在阿拉伯人与十字军战争期间商队也没有间断"[1]，从而形成丝路沿线各国贸易繁荣的景象，同时也在很大程度上促进了各国的文化交往，各个贸易中心无疑也是重要的文化交流与融合之地。"丝绸之路的文化身份，是以文化的交流作为自己最具代表性的特征。"[2] 正是在丝路沿线各国不断交流和融通的过程中，形成了独特的丝路文化和丝路精神。

在《马可·波罗》中，丝绸之路首先促进了各个民族的融合与和平共处，什克洛夫斯基就此写道，草原的游牧部落常常"沿着商路或者流动到中国，或者到一些富庶的波斯城市，抑或到遥远的欧洲"[3]，与当地民族融合起来。索尔达亚就像是一个民族聚居地，"最初居住的是库曼人——按俄罗斯的说法是波洛韦次人，他们称自己为乞卜察克。居住在这里的还有热那亚人、威尼斯人、犹太人、哈扎尔人、俄罗斯人"[4]。在布哈拉，"山丘上有一座城堡。城堡里住的是蒙古人——城市的主人。只有一个大门可以进入城堡。波斯人、印度人、鞑靼人、穿黑色长袍的犹太人、中国人聚集在城里"[5]。博罗金在《撒马尔罕上空的星辰》中描写了各族各国手工业者聚居在撒马尔罕的盛况，他们有的是自愿而来，有的是被征服者胁迫而来；有的来自东方，来自中国大草原或者喀什等城市；有的来自西方，从亚美尼亚和格鲁吉亚山脉而来；有的来自北方，从伏尔加河地区的城镇和金帐汗国而

---

[1] [俄]什克洛夫斯基：《马可·波罗》，杨玉波译，四川人民出版社2016年版，第33—34页。
[2] 董国炎：《丝绸之路研究要强调民族、文学融合》，《中国社会科学报》2013年6月14日第A04版。
[3] [俄]什克洛夫斯基：《马可·波罗》，杨玉波译，四川人民出版社2016年版，第5页。
[4] [俄]什克洛夫斯基：《马可·波罗》，杨玉波译，四川人民出版社2016年版，第26页。
[5] [俄]什克洛夫斯基：《马可·波罗》，杨玉波译，四川人民出版社2016年版，第50页。

来；有的来自南方，来自伊朗和喀布尔斯坦等地，可谓会聚了世界各地的人们。因此，这里也混杂着各种语言，其中包括"汉语和俄语，包含悦耳的维吾尔方言的花剌子模人的简洁的语言，响亮的印度语言，像诗歌般轻快的伊朗语"①。据作家在小说中所写，大马士革会聚着来自世界各地并保留着本民族习惯的人们：身穿条纹长袍的希腊人，身穿蓝色长衫的亚美尼亚人，身穿白色长袍的阿拉伯人，身穿黑袍的犹太人，戴黄色头巾的印第安人，戴红帽子的叙利亚人，穿带有红色刺绣的白色长衫的斯拉夫人，披着白色羊毛披肩的保加利亚人，戴黑色高帽的希腊人，穿蓝色衬衫的拜占庭人。如此等等，不胜枚举。"大马士革的习俗是坚不可摧的，每个人在这里都以自己的方式生活，在大马士革，在最古老的人类道路的交汇处，所有居民的习俗都是平等的。"② 由此可见，丝绸之路社会生活的基础是民族交流并逐渐走向融合，丝绸之路是各民族融合最好的舞台，"作为历史上欧亚大陆重要的商贸通道，从它形成之时起，就以多民族的共存和交融作为存在的前提和基础"③。

丝路沿线各国不仅重视外来的商品，也同样重视随之而来的文化，常常吸纳这些外来文化，以此促进本民族文化的进步和发展。威尼斯能成为一座国际化的城市，这不仅仅是因为这座城市与多个国家和地区进行贸易往来，更主要的原因在于它的文化中融入了很多其他的文化因素，例如"他们的文化融入了罗马帝国的文化，他们的语言被拉丁语所吸收"④。在布哈拉，"阿拉伯人学到了很多前所未有的工艺和艺术。他们从这里最先把来自中国的纸张运到了中东和欧洲"⑤。据瓦西里·扬在《蒙古人入侵》三部曲中所写，蒙古人在占领撒马尔罕以

---

① Бородин С., *Звёзды над Самаркандом*: Том 1. *Хоромой Тимур*, Харьков：Прапор，1994，С. 23.
② Бородин С., *Звёзды над Самаркандом*: Том 3. *Молниеносный Баязет*, Харьков：Прапор，1994，С. 316.
③ 陈一军：《丝路文化的人类学意义》，《丝绸之路》2015 年第 24 期。
④ ［俄］什克洛夫斯基：《马可·波罗》，杨玉波译，四川人民出版社 2016 年版，第 3 页。
⑤ ［俄］什克洛夫斯基：《马可·波罗》，杨玉波译，四川人民出版社 2016 年版，第 49 页。

第七章　丝路文化叙事俄语小说中的丝路精神

后，从当地的居民中挑出一批技术高超的匠人，把他们送到遥远的蒙古故地去。这些匠人会制造白麻纸、锦缎、丝织品、鞣皮、马具、大铜锅、银的或金属的杯子、剪刀、针、武器、箭、箭袋以及其他种种珍贵物品。所有优秀的匠人都被分配到成吉思汗儿子和亲戚名下充当奴隶，送到蒙古住进专门的工匠营中。事实上，蒙古人不止一次地从撒马尔罕挑走各种各样的匠人。拔都曾经表示："我想扩大和加固我创立的天国都城刻赤—萨莱。我下令从被我在乞瓦和其他斡罗思城市中擒获的俘虏中挑选能工巧匠。这些人精通各种手工业行当，这对我们来说倒是很有用处的。"① 应该说，取他人之长，补自己之短，是丝路沿线各地比较普遍的现象。

在宗教信仰方面，各民族也体现出互学互鉴的特点。丝路沿线民族众多，信仰不尽相同，一方面，拥有相同信仰的人之间会互相交流与学习，例如敦煌莫高窟是佛教圣地，在《沙尔沙尔赴北京历险记》中作家指出，许多国家的朝圣者、旅行者和游客都到过敦煌莫高窟。另一方面，一些人改变了原有信仰，据《马可·波罗》中所写，别儿哥汗在蒙古可汗中第一个接受了伊斯兰教，而蒙古人大多数都笃信萨满教，他们崇拜火，相信鬼神，认为通过跳神作法可以把鬼神招来。但是，蒙古人表现出对不同信仰的宽容和尊敬，在他们那里居住着聂斯托利派、雅克比特教徒、天主教徒、东正教教徒。据俄罗斯圣徒传中记述，可汗别儿哥之妻有时会对俄罗斯大主教表达敬意。旭烈兀对基督教也十分感兴趣，他不仅对欧洲人非常友好，甚至还打算皈依基督教，于是教皇亚历山大二世便写信给他，劝说他帮助巴勒斯坦基督徒。忽必烈曾经赐予波罗兄弟一个金牌，作为外交护照之用，希望他们去请求罗马教皇给他派来一百来个精通所有艺术的基督徒，让他们能够向多神教教徒证明，崇拜多神是不正确的，甚至还嘱托两兄弟从耶路撒冷圣墓旁的灯里带些灯油回来。忽必烈的兴趣和要求，涉及的是宗教信仰问题，无疑也明确表明了对基督教的认可。不仅如此，忽

---

① ［苏］瓦西里·扬:《走向"最后的海洋"》，陈弘法译，外文出版社2006年版，第305页。

必烈及其家人还接受了中国人的宗教信仰,"他本人以及家人一起皈依了佛教,成为西藏僧人的保护者"①。

在借鉴和吸收外来文化方面,成吉思汗对汉族文化、忽必烈对多国文化的接纳是比较有代表性的。众所周知,成吉思汗请来长春真人,并"不断向真人征询治国安邦之道。邱真人反复强调'敬天爱民'这一主旨"②。瓦西里·扬在《成吉思汗》中描写成吉思汗接受长春真人提出的建议,接纳汉族的一些文化。针对蒙古人的祭祀仪式,长春真人对成吉思汗说,上天发怒并不在于供品是否丰盛、敬献的羊马颜色是否正确,也不在于夏季是否在河里洗澡或在水里洗衣服、是否擀毡或者采蘑菇。上天发怒派雷电到下界来,在于人们犯下许多罪恶,而天下三千罪恶中,最大之罪是不敬父母,这才是人对上天的大不敬。长春真人亲眼看到,成吉思汗的臣民对父母不够孝敬,他们自己大吃大喝,年迈的父母祖辈却忍饥挨饿,他因而告诫说:"正是因为这些全无心肝的儿女们忤逆了父母,公正的上天才加怒于人们,用雷电惩罚他们。大汗啊,你应该让你的百姓明白过来,重新做人。"③ 成吉思汗认为长春真人说得非常有道理,于是命令录事用蒙古文、汉文和突厥文把长春真人的话记下来,制定出孝敬父母的专门法令条文,这一条文后来被写入《大扎撒》中。翌年即鸡年(1225 年),成吉思汗颁布了以他的训诫为内容的《大扎撒》,以便使蒙古人民走上"文明富裕之路"。

在两部同名小说《马可·波罗》中,忽必烈是一个特别善于接受和学习多种文化的蒙古帝王,他"接受了中国的政治体制",成为"蒙古统治者中蒙古人特征最不明显的"帝王,"以至于蒙古人自己也开始指责他背离了蒙古人的习俗"④。在忽必烈的宫廷里奉养着很多不同信仰、不同派别的教徒,"来自叙利亚的聂斯托利派、蒙古人、汉

---

① Нечаев С. Ю., *Марко Поло*, Москва: Молодая гвардия, 2013, С. 242.
② 纪流:《长春真人万里传道成吉思汗》,《炎黄春秋》1994 年第 9 期。
③ [苏]瓦西里·扬:《成吉思汗(下)》,陈弘法译,外文出版社 2005 年版,第 171 页。
④ Нечаев С. Ю., *Марко Поло*, Москва: Молодая гвардия, 2013, С. 105.

第七章　丝路文化叙事俄语小说中的丝路精神

族人、亚美尼亚人在宫殿四周喧闹着，凡是在大汗的营地周围走动的人，需要懂得四种语言才能对守卫的问询做出回应"[1]。忽必烈常常把犹太人、穆斯林、基督徒、巫师召集到宝座前，让他们就"上帝"这个话题进行争论，并且奖赏胜者，罚败者饮酒。在忽必烈统治的疆域内，一些城市中不同宗教的活动场所往往并存，例如在甘州府有三个基督教教堂、一个清真寺、几个中国寺庙。忽必烈的元朝一方面要与中原的儒家文化抗衡；另一方面也深受其影响。忽必烈重建了科学院，即所谓的"翰林院"和司天台，研究文学、解剖学、占星术以及天文学，印行黄历，发行纸币，从而大大推动了社会经济和文化的发展。忽必烈还善用各个民族的手工艺人，波罗兄弟在可汗宫廷里看到的盛酒器，就是一位巴黎的手艺人制作的。忽必烈仔细询问了兄弟二人很多事情：关于皇帝及其如何治理自己的领土，他们的国家如何进行审判，如何行军打仗，等等，以便于从中了解、学习和借鉴经验。忽必烈在管理中还经常任用一些外国人，宫廷内的行政职务由来自世界各地的外族人担任，其中就有马可·波罗。当时忽必烈的财政大臣是布哈拉人，御医是意大利人，守卫城市的是阿拉伯人、波斯人和意大利人，甚至还为穆斯林设置了单独的高等教育机构。在他的宫廷里，"有歌手、杂技演员、术士——有波斯术士、中国术士、西藏杂耍艺人、印度术士、会做侧手翻的阿拉伯术士、吞食燃烧的麻絮以及喝着火的白酒的德国术士。这些术士都年轻力壮。有一些术士是阿兰人，他们擅长舞刀，还有些术士来自不知名的岛屿，他们善于舞棍弄棒，这些棍棒往往扔出去又弹回来。宫廷中的术士如此之多，已经可以组成军队了。他们所有人都依附于宫廷生活，因为国内禁止施行法术"[2]。在忽必烈王朝，仿佛是来自不同国家的人们在"狂欢"，这是一个多种文化和谐共存的具有包容性的社会。

---

[1]　[俄] 什克洛夫斯基：《马可·波罗》，杨玉波译，四川人民出版社2016年版，第55页。
[2]　[俄] 什克洛夫斯基：《马可·波罗》，杨玉波译，四川人民出版社2016年版，第139页。

在《走向"最后的海洋"》中,作家描写了德意志国王腓特烈二世对其他国家文化的喜爱:"德意志国王腓特烈二世智慧超人,兴趣广泛。他既喜爱军事艺术,又喜爱古希腊和古罗马的古代文学,还喜爱医学;但是他最喜爱的还是东方历史,东方千百年来形成的智慧结晶,东方学者和诗人的作品。"①腓特烈二世从幼年时代起就学会了阿拉伯语,既可以同他的阿拉伯仆人自由对话,也可以同应邀来自巴格达、开罗以及他创立的巴勒莫大学的阿拉伯学者们随意交谈。他是九位希腊缪斯和第十位东方缪斯的忠实崇拜者。

在《沙尔沙尔赴北京历险记》中,智者请沙尔沙尔喝的是香喷喷的绿茶,并且告诉他说:"茶不仅能解渴,还会给你补充新的能量。"②而沙尔沙尔对茶并不陌生,因为塔吉克人也喜欢喝茶,在他的家乡,每个居民小区都有茶楼,他的父亲经常去那里。饮茶已经成为许多国家人民生活的一部分,茶文化没有局限在中国境内,而是走向了世界,成为世界文化的一部分。

综上可见,各民族文化沿着丝绸之路传播并相互影响、相互补充和相互促进。应该说,战争也是一种民族交流和交往的方式,在民族融合和发展、文化传播和进步等方面也起了一定的作用。沃尔科夫在小说《成吉思汗》中写道:"中原帝国人数最多、最古老的民族是汉族。自古以来,汉族人就生活在黄河两岸,从事农业和各种手工业。几千年来,汉族人看到了许多征服者。游牧民族的汗国从北部和东部入侵中国。有时他们被打败并退回旷野,有时他们推翻了一个王朝并推举自己的国君登上王位。但是一个又一个世纪过去了,在一千多年的文化传统的影响下,粗俗的野蛮人逐渐变成了中国人。"③

---

① [苏]瓦西里·扬:《走向"最后的海洋"》,陈弘法译,外文出版社2006年版,第284—285页。

② [塔]拉希德·阿利莫夫:《沙尔沙尔赴北京历险记》,吴喜菊译,外语教学与研究出版社2007年版,第88页。

③ Волков С., *Чингисхан. Солдат неудачи*, М.:АСТ:Этногенез, 2010, С.176.

在丝绸之路上的各个民族，都能"以一种宽大的胸怀面对外来文化，兼容并蓄"①，而丝路文化不仅是文字语言的交流与传承，更是文化交流的传递和历史人文思感的流露。千年形成的丝路精神穿越了时代和空间，一直焕发着深厚的韵味和坚韧的生命力。关注和挖掘丝路文化本身及其衍生的文化要素的发展，对世代流传、生生不息的丝路精神的传承有重要意义。不言而喻，这大概正是作家们关注丝路文化并以其为叙事核心进行创作的原因。

三　丝路：人类发展之路

丝绸之路是东西沟通的枢纽，最初是丝绸、瓷器和玉石等货物的贸易之路，逐渐发展为一条连接各个国家的通道，加强了各国的经济、文化、政治、思想等各个方面的交流，在一定程度上消除了因遥远的距离而产生的隔阂。"丝绸之路从一诞生起，就是由说着不同语言、具有不同文化传统的人们共同创造的，相互沟通交流，推动着历史前进。"② 英国历史学家彼得·弗兰科潘（Peter Frankopan）将历史上的丝路概括为七个方面：信仰之路，变革之路，天堂、和睦、妥协及重生，贸易之路，战争与危机之路，小麦香料之路，驿站之路③。从中不难看出丝路对沿线各国的影响和作用，"其规模之宏大，要说整个人类的历史与之有关也毫不过分"④。甚或可以说，"在近两千多年的发展历程中，丝绸之路真正让东西方文化实现了深度融合，深刻改变着世界历史的进程，并且在相当程度上决定了今天人类生存的面貌"⑤，丝绸之路因而成为"人类的道路"⑥。

---

①　张健、向仲怀：《丝路文化价值探究》，《"一带一路"战略与蚕丝行业发展研讨会论文集》，2015年。
②　李文增：《略论中西方丝路文化视野的差异性》，《世界文化》2019年第1期。
③　[英] 彼得·弗兰科潘：《丝绸之路：一部全新的世界史》，邵旭东、孙芳译，浙江大学出版社2016年版，第24—27页。
④　[日] 长泽和俊：《丝绸之路史研究》，钟美珠译，天津古籍出版社1990年版，第3页。
⑤　陈一军：《丝路文化的人类学意义》，《丝绸之路》2015年第24期。
⑥　李明伟：《丝绸之路研究百年历史回顾》，《西北民族研究》2005年第2期。

在丝路文化叙事俄语小说中，丝路是漫长而神秘、动荡而又艰辛的道路，人们在这条道路上进行贸易往来的同时，也进行文化传播与交流，各种文化成果、文化产品和宗教圣物在此互通有无，这既给沿线国家与城市带来了商业的繁荣，对人们生活也产生了深远的影响，人们"在友谊和劳作中寻求共同语言"①、共同发展。各国在发展自身的同时，也共同发展了人类历史和文化。在作家们的笔下，丝绸之路是漫长而又艰苦的，人类的发展之路何尝不是如此！二者有共通之处，这是毫无疑问的。

什克洛夫斯基在《马可·波罗》中通过对丝路漫长艰苦的描写和解读，喻指世界各民族之间的交流与融合、人类的发展是艰辛漫长的过程，往往会遇到许多困难和阻碍，"在某些时间节点有冲突、有战争和苦难，而在历史长河中却平静持久又规模庞大"②。从古至今，人类就是这样在不断探索中发展，各民族则在不断接触和碰撞中逐渐融合，即便如同古老的丝路一样已经被踏遍，到处都是"骆驼那长满老茧的蹄子"的印迹，还有"强壮的马蹄和驴子的小蹄子"③踩踏的痕迹，即便如同丝路这般伤痕累累、印迹斑斑，各个民族、各国人民却"都是思于寻觅，勇于前行，完成交流，勤于传承，于是有了'丝绸之路'文化"④和丝路精神，甚或才有了人类文化和历史的持续发展。什氏由此认为，各个民族经由丝绸之路通过不断交往和交流，在发展自身文化的同时，也共同创造了人类文化，因此他在小说《马可·波罗》的结尾明确指出，"人类的文化不是在欧洲，不是在地中海创造的，不是意大利人，不是斯基泰人，不是德国人，不是阿拉伯人，不是中亚居民，不是俄罗斯人，

---

① Бородин С., *Звёзды над Самаркандом: Том 1. Хоромой Тимур*, Харьков: Прапор, 1994, С.127.

② 董国炎：《丝绸之路研究要强调民族、文学融合》，《中国社会科学报》2013年6月14日第A04版。

③ [俄] 什克洛夫斯基：《马可·波罗》，杨玉波译，四川人民出版社2016年版，第5页。

④ 曹保明：《丝绸之路文化身份的多元价值——关于东北亚丝绸之路的思考》，《中国艺术报》2014年4月21日第6版。

第七章 丝路文化叙事俄语小说中的丝路精神

不是中国人创造的——它是由整个人类和全世界的共同努力创造出来的"①。这就意味着，人类文明发展至今，不是哪一个民族的功劳，而是全人类各民族努力的结果。人类历史是由整个人类共同创造的，其过程漫长曲折、满是血泪，正如看似繁盛的丝路也充满艰辛和苦难一样。基于上述观念，什氏在"书中围绕着波罗描写了几个世纪令人相当伤心的生活。这是事实。认识世界并不能带来快乐"②。应该说，路也是一种语言，丝绸之路正是"人类文化的一种自然述说、历史述说、文化述说，千百年来，它具体存在于中西方这条漫长而久远的地域上，向世界向人类述说着它的独特感悟"③，什氏以丝绸之路及马可·波罗传记为切入点思索人类历史、人类发展道路的原因也正在于此。

《撒马尔罕上空的星辰》第一卷第20章中，作家博罗金通过商人格沃尔克·普绍克与银钱兑换商的仆人——一个花剌子模人之间的对话表达了各民族逐渐融合从而实现人类永恒的思想。正如小说中的工匠纳扎尔所说："不要根据语言看人，在家里怎样看人，在这里也要怎样看人。地球只有一个，是由同一个神创造的。我们所有人相互之间都是兄弟。不要欺辱语言不同的人，也不要让自己的同胞受欺辱。"④ 在作家博罗金看来，人是会死的，而人民是永恒的；民族是会消亡的，只有人类才是永恒的。人民改变他们的信仰、性格、风俗，语言也在变化，与有亲缘关系的民族或者地域相邻的民族混杂交融，从而实现了永恒。例如古书中有一些古代民族的名字，可是如今都已经不存在了，例如托哈尔人、库山人等。仆人以亚美尼亚人（格沃尔克·普绍克是亚美尼亚人）为例进一步阐释了这个观点："有一些城市人们说亚美尼亚语，但是每个城市的居民都有自己的词汇、习俗、自己的模样。

---

① [俄] 什克洛夫斯基:《马可·波罗》，杨玉波译，四川人民出版社2016年版，第210页。
② Шкловский В., Марьямов А., "Буду писать письмо. Фильма подождет", *Новый Мир*, 2012, No. 11, C. 157.
③ 曹保明:《丝绸之路文化身份的多元价值——关于东北亚丝绸之路的思考》，《中国艺术报》2014年4月21日第6版。
④ Бородин С., *Звёзды над Самаркандом*: Том 1. Хромой Тимур, Харьков: Прапор, 1994, C. 125.

一些人喜欢这个，而另一些人喜欢那个。你会发现，在这样的亚美尼亚城市中，在本地土生土长的亚美尼亚人的每句话语中，都有一个与亚美尼亚语不同的单词，它是本地的话语，有时候几乎被人遗忘了，有时候甚至比亚美尼亚语更受欢迎。这意味着，有古老的民族居住在那个城市的亚美尼亚人中间，就在那些亚美尼亚人中间，通过他们之口说自己的话，通过他们的双手画自己的图案，用他们的眼睛注视着自己的土地、河流、星空！这就是人民的财富。这就是人类的美好！"① 不仅如此，仆人还赞美每一个民族，认为每一个民族都是独特的创造者，他对格沃尔克·普绍克说："您是亚美尼亚人，您的民族是古老而又有智慧的民族。在他们的土地上写书、创作歌曲、建造城市，还有寺庙。亚美尼亚人自古就是美的创造者，是智慧的探索者。我们也是。这就是创造者。"② 可见，依作家博罗金的观点来看，人类是一个整体，各民族在共同创造人类的历史，而作为人类社会交流的平台，丝绸之路的历史很大程度上就是人类的发展史、交融史。"中西方之间，国与国之间，因丝路使彼此的血液与基因交融起来，逐渐形成了真正的'命运共同体'。"③

小说《沙尔沙尔赴北京历险记》第 28 章以"同一个世界，同一个梦想"为标题，这既是 2008 年北京奥运会的主题口号，集中体现了奥林匹克精神的实质和普遍价值观——团结、友谊、进步、和谐、参与和梦想，同时也表达了全世界在奥林匹克精神的感召下，追求人类美好未来的共同愿望。各国各族人民尽管肤色不同、语言不同、种族不同，但是却共同分享奥林匹克的魅力与欢乐，共同追求人类和平的理想，同属一个世界，拥有同样的希望和梦想。与此同时，这也是作家、外交官阿利莫夫通过《沙尔沙尔赴北京历险记》这部小说要表达

---

① Бородин С., *Звёзды над Самаркандом*: Том 1. Хоромой Тимур, Харьков: Прапор, 1994, C. 480.

② Бородин С., *Звёзды над Самаркандом*: Том 1. Хоромой Тимур, Харьков: Прапор, 1994, C. 481.

③ 李冰：《丝路文化的历史传承》，《光明日报》2017 年 8 月 9 日第 12 版。

的思想和理想。在作者笔下，第29届夏季奥运会的主会场宛如一个巨大的鸟巢，它把全世界揽入了自己的怀中。全世界年轻的运动健将会集在此，好像一个鸟儿的大家庭回到父母的巢中。"地球是我们共同的家园……所有参赛的运动员和观看比赛的人将以自己的参与再一次证明：我们有一个不可分割的世界和同一个梦想——友好、和睦、和谐地生活在地球上。"① 然而，人类的发展史向来不是一帆风顺的，在实现全人类团结的过程中，会遇到无数阻碍。《沙尔沙尔赴北京历险记》中不时出现几个反面的角色，如"懒惰""疲倦""教唆"之类，这无疑说明，实现人类团结的理想并不是一件轻松的事情，一定要战胜那些阴暗力量的阻挠才有可能取得成功。

有趣的是，著名的俄罗斯历史学家莫热伊科（И. В. Можейко）与上述作家观点接近，他在描写丝路历史的著作《1185年：东方—西方》（1185 год. Восток-Запад）中指出，"人类虽然分成了很多民族，却仍是沿着自己的河流在同步前进"②，这就是说，"各民族的历史划分为独立的支流是相对的"③。莫热伊科认为，"各个国家和各族人民的历史就像一条一条的河流。这些河流跟随时间的脚步缓缓流淌，纳入无数的支流，变得越来越宽阔，有时水流湍急，有时漫出河岸。在各条河流之间有许多条分水岭。随着时间的流逝，也许还会出现河流越来越宽的现象，它们之间的距离就越来越小。也许，在不久的将来，这些河流将汇合成为一个共同的海洋。到那时存在的将只是人类"④。莫热伊科在著作中特意将"人类"二字用黑体凸显出来，一再强调人类是无法分割的整体，各民族虽看似各自发展，然而终是命运共同体。由此可见，作家与史学家殊途同归，他们虽是从不同角度阐释丝绸之路和人类历史，然而结论却是相同的。

---

① ［塔］拉希德·阿利莫夫：《沙尔沙尔赴北京历险记》，吴喜菊译，外语教学与研究出版社2007年版，第93页。
② Можейко И. В., *1185 год. Восток -Запад*, М.：Наука，1989，С. 5.
③ Можейко И. В., *1185 год. Восток -Запад*, М.：Наука，1989，С. 8.
④ Можейко И. В., *1185 год. Восток -Запад*, М.：Наука，1989，С. 5.

结　　语

在俄罗斯与中亚各国的当代文学中，除了土库曼斯坦和哈萨克斯坦两国尚未见到描写丝路历史和文化的俄语小说以外，其他四国的文学中不乏以丝路文化为叙事核心的俄语小说。这些作品以丝绸之路的时空背景为依托，展现丝路沿线的史地文化、宗教艺术、风土人情，反映丝路上奔波往返的商人、使者、僧人的开拓精神、开放意识和坚韧品格，描写各个民族和国家之间物质、技术、制度、习俗和精神等方面的文化交流，多角度地描绘历史记录的事实，再现了古代丝路的时代风貌和丝路精神。

综而观之，以丝路为叙事核心的俄语小说主要关注丝路发展史（以张骞出使西域为书写对象）、蒙古帝国的历史（即成吉思汗及其后代在中亚的政治活动和军事活动）、帖木儿及其帝国在中亚的统治和军事行动、意大利旅行家马可·波罗的东方之旅以及在丝路上发生的故事等，其中有历史小说、传记小说、幻想小说、惊险小说、童话体小说等多种类型。这些小说体裁多样，风格不一，内容丰富广泛，人物形象纷繁多样。很多小说规模宏大，具有史诗性，如瓦西里·扬的《蒙古人入侵》三部曲、博罗金的《撒马尔罕上空的星辰》、卡拉什尼科夫的《严酷的年代》、加塔波夫的《铁木真》等，都非常值得且需要作为单独的课题进行深入探讨和研究，这无疑是一项艰巨的任务。有鉴于此，本书仅仅概述了相关的历史小说、传记小说、幻想小说、童话体小说的作者、创作简况和基本的体裁特征，解析了战争与和平、

结　语

记忆与遗忘、漫游与归乡等与丝路文化密切相关的几个基本主题，分析了张骞、马可·波罗、成吉思汗、拔都、忽必烈和帖木儿等几位对丝绸之路的开拓和发展做出重要贡献的历史人物的形象，阐释了驼队、道路、荒漠等几个重要的丝路文化意象，从宗教习俗和宗教仪式、宗教人物、统治者的宗教信仰等几个方面分析了作品中的宗教文化因素，探析了小说中的中国文化因素并解读了俄语小说作家们对中国的文学想象，最后从文本出发阐释了小说中蕴含的丝路精神。

就基本创作情况来看，俄罗斯与中亚各国丝路文化叙事俄语小说的发展呈现不平衡性。

俄罗斯的丝路文化叙事俄语小说相对较多，从题材上看主要有两大类，一类是以蒙古帝国历史为题材，另一类是以马可·波罗及其东方之行为题材。从内容上看，在蒙古帝国历史题材的小说中，加塔波夫的小说《铁木真》关注的是成吉思汗的成长史，瓦西里·扬的小说《蒙古人入侵》主要描写成吉思汗及其子孙的西征史，卡拉什尼科夫的小说《严酷的年代》的上下两部分别描写了成吉思汗的成长过程及其西征史，沃尔科夫的小说《成吉思汗》简略描写了成吉思汗从出生到死亡的一生经历。在关于马可·波罗的两部同名小说《马可·波罗》中，什克洛夫斯基与涅恰耶夫主要描写的是马可·波罗从出生、东方之行、返回故乡到人生弥留之际的种种经历和遭遇。从体裁上看，上述六部小说均为长篇小说，其中两部《马可·波罗》为传记体小说，《严酷的年代》是由上下两部构成的哲理小说，而《蒙古人入侵》《铁木真》《成吉思汗》均为长篇三部曲。在三部曲当中，《蒙古人入侵》的写法接近惊险小说，《铁木真》是侧重人物内心世界和性格形成的心理小说，而《成吉思汗》是一部在现在与过去之间穿越的幻想小说。

从时间上看，什克洛夫斯基创作于1931年的《马可·波罗》是最早的一部丝路文化叙事俄语小说，什氏对这一题材的关注，一方面与其对东方和中国文化的兴趣有关；另一方面也与其意欲通过创作实践检验自己的形式主义文艺理论有关：20世纪20年代末30年代初，在形式主义及其代表人物受到严厉批判的氛围下，什氏转而通过文学创作表达自己的文艺理念。随后，1939 年、1942 年和 1955 年瓦西里·扬的小说《蒙古人入侵》三部曲分别问世，前两部问世恰逢苏联反抗德国法西斯入侵的伟大的卫国战争开始前夕和激烈进行之时，小说反抗侵略的主题符合时代的背景和要求，在一定程度上可谓时代的产物。卡拉什尼科夫的小说《严酷的年代》于 1978 年出版，作家对蒙古帝国题材的关注与当时苏联文坛对历史小说的重视以及历史主义观念密不可分，作家意欲在小说中表达自己的观点和态度。进入 21 世纪以来，随着国际合作的加强，丝绸之路在国际社会上的作用越来越大，俄罗斯作家对丝路文化叙事也越来越重视，在不到十年的时间当中问世了三部小说：加塔波夫在 2004 年发表长篇小说《铁木真》，沃尔科夫在 2010 年发表小说《成吉思汗》，涅恰耶夫在 2013 年发表传记小说《马可·波罗》。

  在中亚各国中，乌兹别克斯坦作家博罗金的史诗性长篇三部曲小说《撒马尔罕上空的星辰》出现的时间较早，三卷小说分别完成于 1953—1954 年、1957 年和 1970 年，即创作于苏联时期，是社会主义现实主义以及历史主义观念的产物，但是以帖木儿帝国题材而独树一帜。吉尔吉斯斯坦作家艾特玛托夫的中篇小说《成吉思汗的白云》发表于 1990 年，作家在小说中将现实与神话传说相结合，将人生和宇宙的哲理寄寓其中，是在现实主义传统创作中的特别现象。艾特玛托夫将小说视为 1980 年出版的《一日长于百年》的一部分，这样就把小说创作的时间提前了十年。可见，无论出于何种创作目的和艺术构思，艾特玛托夫对丝路的关注都是比较早的。塔吉克斯坦有两部丝路文化叙事俄语小说，即哈穆达姆与齐格林的历史传记小说《张骞的一生——伟大的丝绸之路》和阿利莫夫的童话体小说《沙尔沙尔赴北京历险记》。两部小说的主人公都是丝绸之路的"漫游者"，可谓跨越了两千多年历史的"同路人"。中塔两国于 1992 年正式建立外交关系，此后各方面的合作逐步展开，而这两部小说分别出版于 2002 年和 2007 年，可以说是中塔两国友好邦交关系发展的产物和见证。

结 语

　　与小说题材和内容相关，俄罗斯和中亚各国丝路文化叙事俄语小说在表现的主题和刻画的历史人物形象方面各自有所侧重。

　　俄罗斯作家瓦西里·扬的《蒙古人入侵》三部曲、卡拉什尼科夫的《严酷的年代》、加塔波夫的《铁木真》、沃尔科夫的《成吉思汗》等蒙古帝国题材小说涵盖了战争与和平、记忆与遗忘、漫游与归乡的主题，塑造了成吉思汗和拔都的形象，描写了他们分别作为丝路编织者和开拓者在丝路发展上所做的努力和采取的措施。什克洛夫斯基和涅恰耶夫的两部同名小说《马可·波罗》塑造了马可·波罗作为丝路书写者以及忽必烈作为丝路保护者的形象，表现了漫游与归乡的主题以及马可·波罗对梦想的追求。乌兹别克斯坦作家博罗金的小说《撒马尔罕上空的星辰》作为一部史诗性长篇三部曲小说，其内容丰富，主题多样，既包含战争与和平的主题，表现帖木儿入侵的各国人民的誓死抗争及其对和平的向往，也传达了小说人物对故乡的眷恋，表达了祖国和民族永存记忆之中便不会消亡的思想；塑造了帖木儿的形象，描写了他作为丝路英雄在拓展通商、保护丝路贸易以及包容多元文化方面的历史功绩。吉尔吉斯斯坦作家艾特玛托夫的小说《成吉思汗的白云》侧重表达主人公面对强权的有意识抗争，歌颂了他们不屈服的精神，反衬出成吉思汗的刚愎自用及其对自然规律的违背，勾画出其"顺我者昌逆我者亡的封建君王心理"[①]。塔吉克斯坦作家哈穆达姆和齐格林的小说《张骞的一生——伟大的丝绸之路》与阿利莫夫的小说《沙尔沙尔赴北京历险记》侧重表现对和平与友谊的向往、为实现梦想的漫游主题，《张骞的一生——伟大的丝绸之路》则鲜明而又生动地塑造了丝路开拓者张骞的形象，描写了他为丝路所做的历史贡献。

　　在反映宗教文化方面，俄罗斯和中亚各国丝路文化叙事俄语小说也因小说题材和内容不同而有所区别。

　　在俄罗斯的丝路文化叙事俄语小说中，蒙古帝国题材的小说不仅

[①] 余一中：《赞颂善与爱的悲歌——试析〈成吉思汗的白云〉》，《当代外国文学》1991年第3期。

反映了蒙古人及其君王对萨满教的信仰,因西征花剌子模和俄罗斯,也描写了花剌子模人民及沙摩诃末对伊斯兰教的信仰、俄罗斯人对东正教的信仰,介绍了萨满教、伊斯兰教和东正教的仪式和习俗。两部同名小说《马可·波罗》因以马可·波罗的东方之旅为主要内容,涉及了忽必烈的宗教信仰及其对不同宗教的包容。在乌兹别克斯坦作家博罗金的小说《撒马尔罕上空的星辰》中,作家主要反映和描写的是帖木儿及其帝国居民对伊斯兰教的信仰、伊斯兰教的仪式和习俗。在吉尔吉斯斯坦作家艾特玛托夫的小说《成吉思汗的白云》中,只简略提及在审判百夫长和织绣女工以及军队开拔时萨满敲起大鼓,此外再没有更多描写。塔吉克斯坦作家哈穆达姆和齐格林的小说《张骞的一生——伟大的丝绸之路》中,描写了大夏各部落相信火神和四十姑娘的雕像,反映了他们的多神教信仰。在阿利莫夫的小说《沙尔沙尔赴北京历险记》中,主人公途经敦煌莫高窟,作家以沙尔沙尔的视角予以介绍,在一定程度上反映了佛教在中国的发展。

在小说意象以及丝路精神的体现上,俄罗斯和中亚各国的丝路文化叙事俄语小说总体上是基本相同的。

俄罗斯和中亚各国的丝路文化叙事俄语小说描写的事件均发生在丝路及其沿线,驼队、道路、沙漠成为这些小说最为典型的意象。驼队是丝路文化传播的重要媒介,道路是丝路文化发展的基础和平台,荒漠则是丝路文化穿越的地理空间。这些意象的象征意义也有相似之处,例如驼队和道路都是永恒、不朽与长久的象征,道路和沙漠都象征着神秘和未知、动荡艰辛或危险与灾难。与此同时,它们各自也有与其他意象不同的意义,例如驼队是财富与繁荣、和平与友好的象征,荒漠则是快乐与自由的象征。不言而喻,丝路文化意象不只这几个,其意义也不限于此,而小说中蕴含的丝路精神,虽然更多地体现在互助合作与互鉴融通方面,同时也具有和平互信、开放包容、互利共赢的精神,凡此种种均尚待进一步发掘和深入阐释。

在对中国的认识和对中国文化的接受和描写方面,俄罗斯和中亚各国丝路文化叙事俄语小说是接近的,但受限于小说内容和题材,作

结 语

家们各自的侧重点稍有不同。

自古以来西方对中国就充满了无限向往，丝绸之路则拓展了中国与亚欧各国经济文化交流的途径，随着中国物质文明和精神文化的广泛传播，异域对中国的认识逐渐丰满和清晰，但是中国对其他国家而言仍是遥远神秘的国度。在俄罗斯与中亚各国的丝路文化叙事俄语小说中，中国元素俯拾皆是，其中有行走、生活在丝路上的历史人物和当代人物，有承载中国文化特征的器物，有标志性的地名古迹。俄罗斯的丝路文化叙事俄语小说中，《蒙古人入侵》三部曲是包含中国元素较多的小说，除了大量中国丝绸、瓷器、攻城器械和武器等物质文化的渗透，还塑造了长春真人、李通波和伊莲荷等三个中国人的形象，反映出作家对中国和中国人民的总体认识。长春真人的形象还出现在小说《严酷的年代》和沃尔科夫的《成吉思汗》中，虽笔墨不多，但是对他及其哲学观念均持肯定和褒扬的态度。在这两部小说与加塔波夫的《铁木真》中，中国的丝绸和瓷器均已进入蒙古贵族的生活，中国人的生活方式也为蒙古人所推崇和借鉴。在两部同名小说《马可·波罗》中，中国大地的风云变幻、城市和建筑的发展、帝王的宫廷、人民的生活和风习传统等，均进入作者的笔端，是俄罗斯丝路文化叙事俄语小说中中国元素最为丰富的。

乌兹别克斯坦作家博罗金在小说《撒马尔罕上空的星辰》中呈现最多的是瓷器和丝绸等中国物质文化元素，作家提到当时亚欧各国与中国之间的贸易往来，在帖木儿帝国的都城撒马尔罕能够见到中国商人。此外，通过帖木儿对中国的向往以及征服中国的愿望，作家勾勒出繁荣、富有和文明的中国形象。吉尔吉斯斯坦作家艾特玛托夫在小说《成吉思汗的白云》中塑造了忠诚的女仆阿尔荏的形象，刻画了中国人的道德典范，表达了作家对中国人美好品质的褒扬。在塔吉克斯坦作家哈穆达姆和齐格林的小说《张骞的一生——伟大的丝绸之路》与阿利莫夫的小说《沙尔沙尔赴北京历险记》中，多种中国元素贯穿始终，其中既有对中国物质文化的介绍，也有对精神文化的阐释；既有对历史古迹和城市建筑的介绍，也有对传说和风俗习惯的描写；既有对历史人物形象的刻画,也有对当代人民精神面貌的勾勒,表现出作家们对中国文化的深入了解和推崇以及与中国之间保持友好关系的美好愿望。总而言之,在丝路文化叙事俄语小说中,作家们通过对中国人、中国事、中国物的描写,勾画出中国遥远神秘、富有繁荣、文明发达的面貌和形象,中国文化也得以通过文学的方式更为广泛地传播和弘扬。

丝路是文学的重要书写对象,文学则是记录和传承丝路历史和文化的重要载体。以丝路文化为叙事核心的文学作品反映与沿线多个国家相关的重要历史时代和事件,折射出对国家兴衰、民族关系、世界历史和人类发展的思考,具有浓厚的历史感和使命感,是世界文学和文化的重要组成部分。文化意象、历史人物、国家形象、宗教等文化元素是丝路文化的重要组成部分,也是解读丝路文化的重要视角,对于唤醒对丝路的记忆、传播丝路文化以及延续丝路精神具有不可替代的作用,丝路文化对俄罗斯和中亚各国俄语文学产生了一定的影响,这是不言而喻的,总体来看主要体现在以下三个方面。

第一,丝路文化拓展了文学作品表现的空间和时间,为构建宏大叙事提供了可能性。在地理空间上,丝路文化叙事俄语小说从中国延展到印度、中亚五国和德国等欧洲各国,囊括了世界大部分国家和地区,形成宏大的叙事空间。在时间上,从张骞凿空西域的西汉时期至今丝路贯穿两千余年的历史时空,作家们在小说中钩沉历史并与当代对接,在追忆历史中审视当下,既观照外部世界,又向内省视,表达出对世界秩序和人类生存状态的终极关怀。

第二,丝路文化扩大了文学作品表现的领域和表现形式,为明确作品主题和内容提供了素材。绵延万里的丝路沿线独特的自然景观、文化艺术、丰富物产及民俗风情,为作家们提供了取之不尽的现实内容和独特的想象空间,他们将这些富有地域文化特色的素材有选择地融入作品中,创作出内容和主题丰富、表达形式多样、人物富有个性、意象独特之作。

第三,丝路与丝路文化中蕴含的丝路精神,能够深化作品的精神

结　语

和思想内涵。当代世界处在一个多元文化共生的时代，在政治多极化、经济全球化、文化多样化和社会信息化的背景下，各国面临的诸多挑战需要相互协作共同面对、共同解决，坚持不同文明兼容并蓄、交流互鉴，构建人类命运共同体，促进世界和平发展。应该说，俄罗斯和中亚国家的俄语小说中已然渗透了这种精神。

近年来，"丝路文学"成为日趋热络的概念之一，其研究也逐渐成为新的学术增长点。遗憾的是，本书对俄罗斯与中亚国家丝路文化叙事俄语小说的阐释较为粗浅，挂一漏万，权作引玉之砖。需要指出的是，一些小说甚至已经成为中国与各国人民有益的见证和延续，最为典型的代表是《张骞的一生——伟大的丝绸之路》与《沙尔沙尔赴北京历险记》。

《张骞的一生——伟大的丝绸之路》是塔吉克斯坦著名作家哈穆达姆和奇格林共同收集大量史料而撰写的中篇历史小说。全书以塔、俄两种文字写成，从塔学者的角度记述了两千多年前中国汉朝使者张骞两次出使西域并开创"丝绸之路"的艰辛历程。该书中译本于2002年在北京出版。2006年12月28日，作为庆祝中塔建交15周年系列文化交流活动之一，中国驻塔吉克斯坦使馆与塔作家协会在塔首都杜尚别联合举办《张骞的一生——伟大的丝绸之路》图书发行仪式。中国驻塔大使李惠来、塔作协主席、议会议员巴赫季及塔文化界、艺术界、媒体和高校师生代表六十余人出席。李惠来大使和塔吉克斯坦作协主席先后致辞。李惠来大使感谢两位作者为增进两国人民友好所做的贡献，希望双方着眼未来，携手共进，共同谱写中塔睦邻友好合作关系的新篇章。发行仪式气氛热烈，各界代表踊跃发言，高度评价该书的文学和史学价值，称赞该书再次强有力地证明了中塔友谊源远流长。

《沙尔沙尔赴北京历险记》的作者阿利莫夫是塔吉克斯坦共和国驻中华人民共和国大使，是一位经验丰富的社会活动家和外交官，为加强塔中两国双边睦邻友好合作，迎接即将到来的第29届北京奥运会，以及配合俄语年等有关活动，阿利莫夫大使撰写了这部现代童话体作品。阿利莫夫满怀友谊之情，对北京奥运会寄予了美好的期望。

· 351 ·

小说中的故事内容把不同的国家和不同的民族紧紧地连在一起，拉近了人们的情感，建立了友好桥梁，这是非常难能可贵的，具有重大的现实意义。阿利莫夫具有浪漫的想象力，他在作品中对第29届北京奥运会的场景做出某种预测，其中有两点创意是很独特的。一点是让北京奥运会的五个吉祥物出国，把历届夏季奥运会的吉祥物全部邀请到北京来，实现奥运大家庭的空前盛会。另一点更为奇妙，是邀请奥运城市以外的国家也派出自己珍爱的吉祥物造访北京，塔吉克斯坦的川川——沙尔沙尔就是这样开始他的北京奥运之旅的。这第二点更有意义，因为现代奥林匹克运动高举的是全人类团结的旗帜，其最高理想就是让世界各国人民共同参与创造和平、发展、进步的未来。阿利莫夫的创意完全符合奥运精神、丝路精神，他用自己的写作支持北京奥运会，为增进人民友谊、为亚洲及世界各国的合作事业做出了杰出贡献。

此外，鉴于博罗金在文学创作上取得的巨大成就，乌兹别克斯坦以作家的名字设立了文学奖。中国作家粟周熊的《良心》一书于1989年曾获乌兹别克斯坦共和国作协颁发的谢尔盖·博罗金文学奖，成为两国文化交流的见证，也是丝路文化精神的体现。

丝路文化是世界文化的重要组成部分，这是不言而喻的，"一带一路"倡议借用的就是古代丝绸之路这一具有丰富文化内涵和独特精神的历史符号。在人类迈入21世纪的今天，在"一带一路"倡议提出以后，随着丝绸之路经济带的建设和发展，一方面，丝路文化能够促进世界的和平与发展，使丝路沿线国家的经济合作伙伴关系愈加紧密，从而实现共同打造政治互信、经济融合、文化包容的利益共同体、命运共同体和责任共同体的梦想；另一方面，题材涉及丝绸之路的文学，即丝路文化的文学书写也必将受到重视而得以进一步丰富和发展，这也是文化史和文学史发展的必然。需要指出的是，丝绸之路是一条开放之路、发展之路，这决定了丝路文学的多样化和丰富性。因此，丝路文化叙事不仅要讲述遥远古代的荣光、深远的历史记忆和文化记忆，也应该重视其当下的发展与成就，书写其新故事、新风貌和新内

结 语

涵。不言而喻,"丝绸之路的伟大和它在人类文明史上的重要意义无论如何评价都不为过,无论怎样摹写也无法穷尽。正因为这一点,很多人都写它,都在尽自己所能来描绘它的历史。然而,丝绸之路就像是浩瀚的大海一样包罗万象,难以尽述。在它的历史中还有很多鲜为人知的故事,正等待着优秀的作家和学者来描绘"[1]。"一带一路"日益成为全球共同参与的宏图大业,相信会有越来越多的中外作家将丝路作为创作的重要题材,丝路文学的发展与成就可以期待。

---

[1] [塔]阿多·哈穆达姆、列奥尼特·齐格林:《张骞的一生——伟大的丝绸之路》,塔吉克斯坦共和国驻华大使馆2002年版,第1页。

参考文献

一 俄文文献

Башкеева В. В. , "Русский писатель Бурятии Исай Калашников: проблемы литературной биографии", *Вестник Бурятского государственного университета*, 2013, №. 3.

Болдонова И. С. , "Герменевтический историзм: художественный образ Чингисхана в современной бурятской литературе как фактор развития национального самосознания", *Вестник Бурятского государственного университета*, 2012, №. 6.

Бородин С. , *Звёзды над Самаркандом: Том 1. Хоромой Тимур*, Харьков: Прапор, 1994.

Бородин С. , *Звёзды над Самаркандом: Том 2. Костры похода*, Харьков: Прапор, 1994.

Бородин С. , *Звёзды над Самаркандом: Том 3. Молниеносный Баязет*, Харьков: Прапор, 1994.

Волков С. , *Чингисхан. Повелитель Страха*, М. : АСТ: Этногенез, 2010.

Волков С. , *Чингисхан. Чужие земли*, М. : АСТ: Этногенез, 2010.

Волков С. , *Чингисхан. Солдат неудачи*, М. : АСТ: Этногенез, 2010.

Гатапов А. , "Тэмуджин. Роман", Байкал, 2006, №. 6.

Гатапов А. , *Тэмуджин. Книга 1*, ФТМ, 2014.

Гатапов А. , *Тэмуджин. Книга 2*, ФТМ, 2014.

Гатапов А. , *Тэмуджин. Книга 3*, ФТМ, 2014.

Гатапов А. , "Об истории создания романа «Тэмуджин»", https：// lektsii. org/12 - 84816. html.

Гатапов А. Я. , "думал, что смогу написать о Чингисхане лучше…", http：//soyol. ru/culture/literature/3640/.

Жак Эрс, Jacques Heers, *Марко Поло*, Издательство：Ростов-на-Дону «Феникс», Перевод：С. Пригорницкая, 1998.

Имихелова С. С. , "Роман И. Калашникова «Чингисхан» в художественном сознании современных бурятских прозаиков (на материале прозы А. Гатапова)", *Вестник Бурятского государственного университета*. 2009, №. 10.

Жанузаков М. Н. , "Изображение кочевников в русской исторической прозе о средневековье", *Вестник Челябинского университета*, 1997, №. 1.

Иванова Т. Н. , *Проблемы жанра исторического романа и творчество Василия Яна*, Автореф. дис. на соиск. учен. степ. канд. филол. Наук. Москва：[б. и.], 1979.

Имад К. Ш. , *Концепция исторической личности в романах "Чингиз-Хан" В. Яна и "Жестокий век" И. Калашникова*, Диссертации на соискание ученой степени кандидата филологических наук. Москва, 1995.

"Исторический роман в русскоязычной прозе Таджикистана", *Сборник материалов Дней русского языка в Республике Таджикистан* (25—27 октября 2007). МГУ, 2007. Ч. II.

Каганович С. Л. , Восток в русской советской литературе 20—40-х годов：Некоторые проблемы. взаимодействия национальных культур：(На материале творчества А. Адалис, В. Яна, С. Маркова). С. Л. Каганович, Т. К. Лобанова, Р. И. Дияжева; АН УзССР, Ин-т яз. и лит. им. А. С. Пушкина. -Ташкент: Фан, 1979.

Калашников И. К., *Жестокий век*, Москва: Издательство АСТ, 2019.

Лобанова Т. К., *Исторические романы Василия Яна*, Москва: Наука, 1979.

Манаков М., Ратников К., *Игорь Можейко-Кир Булычёв: грани таланта*, Челябинск: ИзЛиТ, 2014.

Можейко И. В., *1185 год. Восток-Запад*, М. : Наука, 1989.

Нечаев С. Ю., *Марко Поло*, Москва: Молодая гвардия, 2013.

Рагимова Н., "Типологические принципы образов в исторических романах С. Бородина И И. Гусейнова", *Наука и бизнес: пути развития*, 2015, №. 1.

Разгон Л. Э., *В. Ян: Критико-биографический очерк*, Советский писатель, 1969.

Салмина М. А., "Использование клерикальной лексики в произведениях русскоязычных писателей о центральной Азии", *Вестник Ошского государственного университета*, 2010, №. 1.

Стрюкова В. Д., *Исторические жанры в современной русскоязычной литературе Таджикистана (в творчестве Ато Хамдама и Леонида Чигрина)*, Диссертации на соискание ученой степени кандидата филологических наук, Душанбе, 2009.

Урбанаева И. С., *Человек у Байкала и мир Центральной Азии: философия истории*, Улан-Удэ, 1995.

Шкловский В. Б., *Собрание сочинений. Том первый*, М. : Художественная литература, 1973—1974.

Якубовский А. Ю., *Самарканд при Тимуре и тимуридах*, Ленинград: Гос. Эрамитаж, 1933.

Янчевецкий М. В., *Писатель-историк В. Ян (Очерк творчества)*, М. : Дет. лит. , 1977.

二 中文文献

［塔］拉希德·阿利莫夫：《沙尔沙尔赴北京历险记》，吴喜菊译，外语教学与研究出版社 2007 年版。

［苏联］钦·艾特马托夫：《成吉思汗的白云》，严永兴译，《世界文学》1991 年第 2 期。

巴拉吉尼玛、张继霞：《成吉思汗与草原丝绸之路》，《鄂尔多斯学研究会 2016 年论文集》，2016 年。

［匈］贝拉·巴拉兹：《电影美学》，何力译，中国电影出版社 1982 年版。

班札洛夫：《黑教或称蒙古人的萨满教》，《蒙古史研究参考资料》2013 年第 17 辑。

鲍音、鲍兴诺：《丝绸之路综述》，《内蒙古民族大学学报》2015 年第 5 期。

［俄］别林斯基：《别林斯基选集（第三卷）》，满涛译，上海译文出版社 1980 年版。

［英］彼得·弗兰科潘：《丝绸之路：一部全新的世界史》，邵旭东、孙芳译，浙江大学出版社 2016 年版。

［法］布哇：《帖木儿帝国》，冯承均译，中国国际广播出版社 2013 年版。

曹保明：《丝绸之路文化身份的多元价值——关于东北亚丝绸之路的思考》，《中国艺术报》2014 年 4 月 21 日第 6 版。

［日］长泽和俊：《丝绸之路史研究》，钟美珠译，天津古籍出版社 1990 年版。

陈一军：《丝路文化的人类学意义》，《丝绸之路》2015 年第 24 期。

程正民：《别林斯基论历史题材创作》，《北京师范大学学报》2009 年第 2 期。

董国炎：《丝绸之路研究要强调民族、文学融合》，《中国社会科学报》2013 年 6 月 14 日第 A04 版。

冯鸽：《论幻想小说的非写实叙事》，《宝鸡文理学院学报》2011 年第

· 357 ·

4 期。

傅惟慈：《外国惊险小说漫谈》，《编创之友》1981 年第 3 期。

富育光、王宏刚：《萨满教女神》，辽宁人民出版社 1995 年版。

高建新：《骆驼：古丝绸之路的不朽象征》，《月读》2018 年第 7 期。

高永久：《帖木儿与中国》，《中央民族大学学报》1999 年第 2 期。

高永久：《伊斯兰教与帖木儿》，《西北民族研究》1993 年第 1 期。

格非：《小说叙事研究》，清华大学出版社 2002 年版。

顾农、陈学勇：《关于传记作品文学性的通信》，《书屋》2014 年第 3 期。

管新福：《西方传统中国形象的"他者"建构与文学反转——以笛福的中国书写为中心》，《文学评论》2016 年第 4 期。

［塔］阿多·哈穆达姆、列奥尼特·齐格林：《张骞的一生——伟大的丝绸之路》，塔吉克斯坦共和国驻华大使馆 2002 年版。

［法］海西希：《蒙古的宗教》，耿昇译，中国藏学出版社 2016 年版。

洪汛涛：《洪汛涛童话论著·童话学（修订本）》，长江文艺出版社 2018 年版。

胡良桂：《史诗与史诗性的长篇小说》，《文艺理论与批评》1990 年第 2 期。

胡亚敏：《叙事学》，华中师范大学出版社 2004 年版。

姜智芹：《文化想象与文化利用：英国文学中的中国形象》，中国社会科学出版社 2005 年版。

蓝琪：《花剌子模帝国的兴亡》，《贵州师范大学学报》2007 年第 2 期。

［美］劳伦斯·贝尔格林：《马可·波罗传》，周侠译，海南出版社 2010 年版。

黎跃进、孟昭毅：《丝路文化与东方文学史重构》，《东北亚外语研究》2021 年第 1 期。

李冰：《丝路文化的历史传承》，《光明日报》2017 年 8 月 9 日第 12 版。

李明伟：《丝绸之路研究百年历史回顾》，《西北民族研究》2005 年第 2 期。

李裴：《"历史"与"小说"——对"历史小说"概念的一种理解》，

《文艺理论研究》1992年第1期。

李琪：《"中亚"所指及其历史演变》，《新疆师范大学学报》2015年第3期。

李文增：《略论中西方丝路文化视野的差异性》，《世界文化》2019年第1期。

刘连杰：《惊险小说何以外热内冷》，《出版参考》2004年第28期。

刘亚丁：《20世纪90年代俄罗斯对中国智者形象的构建》，《俄罗斯研究》2009年第3期。

刘亚丁：《俄罗斯文学和历史文献中的"看东方"》，《俄罗斯文艺》2021年第1期。

卢明辉：《13世纪以后亚欧大陆"草原丝绸之路"与蒙古游牧文化的变迁》，《内蒙古社会科学》1997年第6期。

马瑞俊：《沙海绿洲驼队》，《丝绸之路》1994年第5期。

马振方：《历史小说三论》，《北京大学学报》2004年第4期。

裴树海：《试论多部曲长篇小说》，《湛江师范学院学报》1997年第4期。

[日] 前岛信次：《丝绸之路的99个谜》，胡德芬译，天津人民出版社1981年版。

色音：《元代蒙古族萨满教探析》，《西北民族研究》2010年第4期。

[俄] 什克洛夫斯基：《马可·波罗》，杨玉波译，四川人民出版社2016年版。

苏鲁格：《蒙古族宗教史》，辽宁民族出版社2006年版。

孙芳、陈金鹏：《俄罗斯的中国形象》，人民出版社2010年版。

孙秀君：《论蒙古帝国时期蒙古人对陆上丝绸之路的贡献》，《西部蒙古论坛》2016年第1期。

[苏] 瓦西里·扬：《拔都汗》，陈弘法译，外文出版社2006年版。

[苏] 瓦西里·扬：《成吉思汗（上）》，陈弘法译，外文出版社2005年版。

[苏] 瓦西里·扬：《成吉思汗（下）》，陈弘法译，外文出版社2005

年版。

［苏］瓦西里·扬：《走向"最后的海洋"》，陈弘法译，外文出版社 2006 年版。

汪裕雄：《审美意象学》，辽宁教育出版社 1993 年版。

王树福：《阿法纳西耶夫与〈俄罗斯民间故事〉中的神话思想》，《长江大学学报》2017 年第 4 期。

乌云毕力格：《丝路沿线的民族交融：占星家与乌珠穆沁部》，《历史研究》2020 年第 1 期。

乌云高娃：《帖木儿统治时期中亚商业贸易》，《明清之际中国和西方国家的文化交流——中国中外关系史学会第六次学术讨论会论文集》，1997 年。

乌云格日勒：《成吉思汗祭奠的萨满教根基》，《中国社会科学院研究生院学报》2005 年第 6 期。

杨志玖：《马可·波罗到过中国——对〈马可·波罗到过中国吗？〉的回答》，《历史研究》1997 年第 3 期。

伊莎贝拉：《〈曼德维尔游记〉：虚构文学中的神秘中国》，《今日中学生》2020 年第 4 期。

余辉：《浅析蒙元时期陆上丝绸之路的法律交流》，《外国法制史研究》2018 年第 20 卷。

余士雄：《〈马可·波罗游记〉与中西文化交流》，《欧洲》1993 年第 4 期。

余一中：《赞颂善与爱的悲歌——试析〈成吉思汗的白云〉》，《当代外国文学》1991 年第 3 期。

张健、向仲怀：《丝路文化价值探究》，《"一带一路"战略与蚕丝行业发展研讨会论文集》，2015 年。

张柠：《长篇"三部曲"的繁盛与终结》，《文艺争鸣》2015 年第 9 期。

张文德：《论帖木儿对丝路的经营及其影响》，《贵州师范大学学报》1997 年第 3 期。

张莹：《"西方中心主义"话语中的中国形象》，《文艺理论与批评》2016 年第 4 期。

张远：《新时代丝路文化研究与文化自信》，《红旗文稿》2017年第24期。

赵汝清：《从亚洲腹地到欧洲——丝路西段历史研究》，甘肃人民出版社2006年版。

庄秋水：《马可·波罗 现实与虚构》，《时代教育》（先锋国家历史）2009年第7期。